小说月报

大字版

FICTION MONTHLY

2024年精品集

《小说月报》编辑部 / 编

天津出版传媒集团

百花文艺出版社

图书在版编目（CIP）数据

小说月报大字版 2024 年精品集 /《小说月报》编辑
部编. -- 天津：百花文艺出版社, 2025. 1. -- ISBN
978-7-5306-9038-3

Ⅰ. I247.7
中国国家版本馆 CIP 数据核字第 2024ZV8307 号

小说月报大字版 2024 年精品集
XIAOSHUO YUEBAO DAZIBAN 2024 NIAN JINGPINJI
《小说月报》编辑部 编

出 版 人：薛印胜　　　选题策划：汪惠仁
编辑统筹：徐福伟　　　责任编辑：李　跃
　　　　　杨　喆
装帧设计：张振洪　　　封面绘画：厚　圃
出版发行：百花文艺出版社
地址：天津市和平区西康路 35 号　　邮编：300051
电话传真：+86-22-23332651（发行部）
　　　　　+86-22-23332656（总编室）
　　　　　+86-22-23332478（邮购部）
网址：http://www.baihuawenyi.com
印刷：河北鹏润印刷有限公司
开本：787 毫米×1092 毫米　　1/16
字数：580 千字
印张：31.75
版次：2025 年 1 月第 1 版
印次：2025 年 1 月第 1 次印刷
定价：78.00 元

如有印装质量问题,请与河北鹏润印刷有限公司联系调换
地址:河北省沧州市肃宁县经济开发区
电话:(0317)7587722　邮编:062365

目 录

【中篇小说】

好人格蕾丝

◎ 张惠雯

一

在新加坡的最后几年里,我曾在"日落大道"住过一段时间。那是位于金文泰的一个老住宅区,那一带都是建于二十世纪七八十年代的组屋。新加坡政府有所谓的组屋翻新计划,就是把这些老楼刷上新漆,刷得五颜六色,尽量缤纷,结果从远处望,这些房子就像一个个色彩鲜艳的廉价盒子摞起来,或者像堆放的集装箱。走近看,你会发现每栋楼像个巨大的蜂巢,充满了密密匝匝的小格子,每个小格子里藏着一户人家的秘密生活。

我那时辞去了工作,梦想着有一天成为小说家。我没有告诉父母,所以也得不到他们的援助,只能靠做点儿兼职工作勉强维持着生活。我就在这里的某栋老楼上租了个房间。房间在六楼,还算干净。这栋十一层高的组屋是这一带的楼群里最靠里的一栋,楼后就是一片浓密的原始雨林。雨林里还藏着一条废弃的铁路,是过去新加坡至吉隆坡的火车道。二十世纪六十年代,这条铁路大概是来往于新马之间的兴盛干线,如今却埋没、朽烂于藤蔓丛生的雨林中。我的后窗正对着雨林。雨林里的一切植物,草啊,藤蔓啊,大树啊,都像是彼此纠缠着生长,最后缠绕成一片密不透风的浓绿屏障。每天的早晨和黄昏,我会把窗户打开一会儿换空气,我能感觉到吸饱了林中水汽的空气如雾一般漫入房间,携着腐烂树叶和水果的腥甜。从窗子里望出去,我可以看到高高的红毛丹树和野生杧果树,有着巨大伞状树冠的雨树,还有开满红色和白色花朵的、我不知道名字的那些树。

房东是个独居的新加坡女人,叫瑞秋。她说她离婚了。我看不出她的年龄,可能有三十五六岁,也可能已经过了四十岁。她喜欢化浓妆,脸上最突出的地方是直翘翘的扇形假睫毛。她这套单元房有三个卧室,她住主人房,把其中一间租给我,另一间给她从马来西亚来的表妹住。和大多数新加坡房东一样,瑞秋的租约条款里包括"不能煮饭",但她表示可以网开一面,让我偶尔煮碗面,但绝不允许炒菜,不能有任何油烟。所以,每个星期,我只有一两次可以进厨房里煮碗汤面,其余时间,我都去外面吃饭。

瑞秋自己一周大概也做不了几次饭。她下班回来,手里常常拎着从外面打包的饭菜,就坐在厨房里的小餐桌那儿,边翻看杂志边草草吃顿晚饭。表妹回来很晚,从不在家里吃晚饭,我怀疑她在餐厅里工作。每个星期六,瑞秋和表妹的男朋友都会来。他们四个人一起吃饭、喝酒,闹腾得很凶。两个男人好像也是朋友,有时候他们赤裸着上身在屋子里走来走去。所以,星期六,我总是约朋友外出或是自己找个地方消磨时间。我通常十一点左右到家,他们那时或者在厨房吃夜宵,或者在瑞秋或表妹的房间里喝酒。我溜回自己的卧室,把自己关在里面。有时候,我听见瑞秋和表妹的房门大声地开开关关,听见有人在两个房间之间来回奔跑,听见什么东西重重地砸在床上,然后是笑声和尖叫……我猜想他们在玩一种追逐游戏。这两个平常很温婉的女子,到周末却如此尽情地"释放"自己。有一个晚上,我听见有人拍我的门,我问:"谁?"然后一个醉醺醺的男声说:"美女,出来一起喝一杯嘛。"这时,表妹和另一个男人爆发出一阵大笑。我本来躺下了,此刻直坐起来,不敢说话,也不敢动弹。我在想,万一那个人踢开了门,我该怎么办?但很快,我听见女房东笑嚷着:"要死啦你!你不要去吓人家嘛!"接着,她把那个人拉走了。门外安静了。又过一会儿,我悄悄起来检查了一下房门的锁,回到床上。可直到凌晨,我都没有睡着。他们也没有睡。我听到他们的嬉闹声、房间里大音量的音乐……

第二天上午,趁他们还在睡,屋里一片寂静,我赶紧出门了,在外游荡到晚饭后才回家。我回去时,房子里没有人。我发现我的房间门口有一包饼干,饼干盒子上有一张女房东写的字条,她解释说昨天她的男朋友喝醉了,他们都觉得非常抱歉。我接受了她的道歉。之后,我们都没有再提起这件事,这种意外再也没有发生过。

二

就是住在瑞秋房子里的那一年,我遇到了格蕾丝。

某一天傍晚,我从外面吃过晚饭回家。走到楼下的停车场,在橘粉交融的光线里,看见一条土黄色的流浪狗。它的一只耳朵耷拉下来,走得非常慢,像随时会倒在地上。它看起来又饿又乏,我猜想它是只走失的家犬,可能几天没吃没喝了。我隔一段距离跟着它。过一会儿,它在我住的那栋楼的一侧卧下。我远远地注意着它,发觉它很久都没动。我这时快速跑上楼,找了个塑料盒子,盛了些清水,又拿了两片面包下来。我朝黄狗走近一点儿,它没动,既不怕我,也没凶我。后来,我把盛了水的盒子放在离它不远的地方,把面包放在水旁边的草地上,自己走去远些的地方。黄狗抬起头,眼看着我,迟疑了一会儿,才慢慢站起来,往盛水的盒子走去。它嗅了一下,开始低头"啪嗒啪嗒"地喝水。它喝了大半盒水,似乎终于解决了口渴的问题,然后,它发现了面包。它走过去,闻了一下,我以为它会狼吞虎咽地把面包吃了,结果它无精打采地又闻了两下,竟然走开了。它又回到原来的地方,贴着楼壁卧下。我不甘心,心想,这可是"面包物语"的奶香面包,一只饿狗怎么可能不吃?我又把面包朝它挪了挪。可它看看我,又看看面包,连站起来的意思都没有。

我有点儿丧气,走过去把面包拿起来,丢进组屋楼下的垃圾桶。新加坡的组屋最下面一层都是空的,通常还配备一些小桌椅,给居民们提供了一大片阴凉的休憩空间。我在其中一张桌子那儿坐下来,想再观察一会儿那只狗。反正我也无事可做、无家可归。过一会儿,那狗又起身去喝了几口水,然后退回老地方卧下。我想,它不吃我给的面包,说明它并不像我刚才想象的那么惨,这是好事。

十几分钟后,我看见一位老太太提着个帆布购物袋从楼后的小道走过来。她穿件白色棉T恤,棕色宽松七分裤,身材瘦小,走路时身板挺得很直。她的打扮、身姿看起来还年轻,但一头全白的头发使我猜测她该有六七十岁了。那只狗看见她立即站起身迎过去,围着老人转,摇着尾巴,一副欢喜的样子。我注意到老人脸上也立即有了笑容,那笑容就像母亲看着小孩子时浮现在脸上的疼爱的笑容。她带黄狗往雨林那边走去,在边缘地带停下来,那里长着一丛丛又矮又密的灌木。她放下她的帆布袋,从里面掏出一沓报纸,把报纸摊开铺在草地上。接着,她又从包里掏出一个饭盒。我看见她打开饭盒,把里面的东西倒在报纸上……

我明白了为什么黄狗不肯吃我给它的东西,它有信任的喂养人。黄狗大吃特吃时,老人家就蹲在一边,手里拿一根附近捡来的小树枝,不时把被它拱到一边去的食物再往里轻轻地推一推,归拢在离它更近的地方。等那狗吃完,老人把盛食物的报纸卷起来,装进塑料袋,走过来扔进楼下的垃圾桶。我注意到她把"现场"收拾得干干净净,根本看不出喂过动物的痕迹。这时,她似乎注意到了我放的那个盛水的塑料盒。我赶忙走过去,告诉她说这是我刚才放在这儿的,我以为狗渴了,给它拿了点儿水。老人家笑了,她说:"那你很善良啊。"我不好意思起来。我注意到她笑起来特别灿烂、慈爱。我和她聊起来,说我还给它拿了两片面包,但它不吃,我好奇她喂它吃的是什么。老人家说,她喂的是打包来的米饭和肉、菜,还有一盒罐头狗粮,她全都拌在一起了。我说,怪不得呢,有肉有菜的,当然比白面包好吃。老人家笑得更开心了。黄狗吃饱后显得精神多了，我们说话的时候，它就很乖地蹲在一旁。我说还是第一次看见这只狗。老人家说，它就住在后面的雨林里。

"以前它差不多每天都出来。我只要看到它出来，就赶紧下楼来喂它。"她说。

"我刚才看到它的时候，它在楼前面的停车场。"

她这时用母亲责备孩子的眼神看了一眼黄狗，说："大黄不乖呢，乱跑！"又对我说，"我这三四天都没看到它，它肯定跑去别的地方了。"

"难怪，它今天看起来很累很饿。"

"肯定是被别的狗引走了。"她说。

我愣了一下，然后明白了她的意思。

她接着说："它几天不出现，我就总是担心它，怕它吃不上东西，或是在路上被车撞了。"

"你真有爱心。"我由衷地说。

她又笑了，脸微微发红。我觉得她的笑容和别的年长女性的笑容不一样，不只是温暖、慈爱，还有一丝和年龄不符的纯净，甚至羞怯。后来，当我和她成为朋友，当我更多地了解了她的生活，我才知道这和她的生活经历有关：她终身未婚。所以，在她的笑容和姿态里，都有那么一抹少女的影迹。

三

我得知她叫格蕾丝，就住在和我这栋楼相隔两栋的另一栋组屋里，已经在那里住了将近三十年。听说她还在喂养这一带的好几只流浪猫，我说我很想跟着看一看，请她哪次去喂猫时叫上我。于是，我们交换了电话号码。

过了几天，格蕾丝给我发短信，说她正打算出发去喂猫，我要是想去的话可以一起去。我到组屋楼下时，她已经等在那里。她仍旧提着那天提的橄榄色帆布包，里面沉甸甸地装满了干粮、罐头，还有用来堆放食物的一沓沓报纸和装垃圾用的塑料袋。我坚持帮她提袋子。我们边走边聊，格蕾丝告诉我她已经七十三岁了，说她在家里收养了十二只猫，实在是塞不下更多猫了，只能每天出去喂它们。我安慰她说，新加坡有太多流浪猫，不可能都收养在自己家，它们在外面自由自在也挺好。格蕾丝叹口气说，要是没有坏人，猫生活在外面确实更自由快活。

那天，我们走了四五个街区，一共去了七个喂猫的地点。她喂的第一只猫住在组屋楼群对面的小菜场里。因为是傍晚，菜场里的小贩都收摊儿了。我们刚走过空荡荡的菜场门口，一只白地黄花的猫就从某个水泥台子底下钻出来，兴冲冲地小跑过来。猫跟在格蕾丝脚边，把头蹭来蹭去，一副小孩儿撒娇的样子。等她蹲下身,那猫就仰起头,眯着眼,让她抚摸它小虎般的头颅。有一瞬间,这无家可归的小猫和孤独老人之间的亲昵,让我的眼有点儿湿润。格蕾丝嘴里用马来语说着什么。我问她那是什么意思,她说:"意思是宠宠啦,阿姨宠一宠。"不知为什么,我一直记得这句话的发音,她说:"撒扬,撒扬,Auntie(阿姨)撒扬……"

我发现,每当她走近平时喂猫的某个地点,猫们就从不知哪个藏身之处突然出现,慌张而欢快地跑过来,仿佛它们能辨认出她的脚步声、她的身影或气味儿。而每一次,她都会对它们重复那番亲热的抚摸、马来语和英语夹杂的安慰。大部分地方住着一只猫,只有两个地点例外,其中一处需要喂两只成年猫,另一处则有一只大猫和两只小猫。她每到一处,就把掺了罐头的干粮放在一沓报纸上,这样猫咪吃完以后,她把报纸卷起来装进塑料袋再扔进附近的垃圾桶,地上就不会留下任何食物残渣和污渍。我称赞她这种做法。她说:"必须收拾干净,不然附近的居民觉得因为你喂猫把环境弄脏了,会迁怒到猫身上,所以爱猫爱狗也要爱得负责任。"她说的是我从没想过的问题,我对她又多了一份钦佩。

我想,一个七十多岁的老人,每天要提着这些东西走这么远,太吃力了。所以,我对格蕾丝说,她可以分几只猫给我来养,因为我也喜欢小动物。格蕾丝听了十分惊喜,但她又很谨慎地问我是否真的方便做这些事,她已经做了好多年,也还可以坚持下去……我明白了,她担心的是我的责任感,怕我半途而废。我说我不上班,时间很空闲,而且我真心喜欢这些小猫,能为它们做点儿什么我特别开心。她这才答应。

在决定哪些猫分给我喂养这件事上,格蕾丝极力为我考虑,决定让我喂离我住处最近的三只。其中一只就是住在菜场里的那只白地黄花猫,另一只住在一栋组屋楼下,黄皮毛上有小老虎般的棕黑色条纹,第三只猫是一只灰色黑斑猫,住在排水渠上的一座桥边。起初几次,格蕾丝还带我一起去,好让这些猫熟悉我。到了那里,她在一旁,我去喂它们。两三次下来,这些猫都和我相熟了。我说:"它们很容易信任人啊。"格蕾丝说:"猫会认人的,它们看得出好人坏人,你心善,它们感觉得到。"我听了觉得羞愧。我以前什么也没为它们做过,尽管我也没伤害过它们。跟着格蕾丝喂养流浪猫,也许是我这辈子做的第一件持久的"善行"。

我自己单独行动时,才明白这些猫有多么聪明。它们能远远地辨认出我的脚步声,而且,仿佛也有准确的时间观念,有时我去晚了,会发现它们已经等在喂食的地点。我没有格蕾丝对它们那么细心,况且我也没有多少钱,所以我只是喂它们干猫粮和水。我觉得对于一只流浪猫来说,这也已经足够了,况且方便收拾。格蕾丝当然知道这个,所以,她偶尔会拿给我几罐猫罐头,说她买了太多用不完,快要过期了……我知道她的心情就像一位怕孩子吃不好的妈妈,想给那三只小猫改善一下生活。

我给三只猫都起了名字。菜场的那只叫"小白"，组屋楼下皮毛像小老虎的叫"小黄"，桥下那只叫"灰灰"。三只猫里面，小黄最胆小。它吃东西时都保持着警惕，听到周围有声音会马上停下来观望。格蕾丝说："它一定是过去受过惊吓，被人打过。"灰猫看起来活得最惬意，它住在一座刷成白色的钢筋桥下，桥跨过一道宽大的排水渠，上面有透明的塑料顶棚。渠里的水相当干净，像一条小河。水渠两边是专门给人散步、跑步、骑车的便道。紧贴着道路两边，是整齐的绿化带，绿化带再往上是石头砌成的堤岸。灰猫的栖息处就在桥南边的绿化带里。跨过桥，顺着一道长长的、坡度和缓的石头阶梯下去，有一棵大树，树下有张双人座的石凳，我每次就在石凳边喂灰灰。喂完以后，我会在石凳上再坐一会儿。傍晚和黑夜的临界是一天里最安谧、凉爽的时候。灰猫吃完了也不走，只要我不走，它就蹲在我的脚边，或者卧在石凳下面，好像有意陪着我。那种时候，我仿佛感到有一种什么东西在我和这小生命之间静静流淌，从它的灵魂流到我的灵魂，把我和另一个生命神奇地连起来。这种无声的交流、相伴，在我四处游荡、孤寂茫然的生活中，不失为温暖的慰藉。知道几个小生命每天的某个时候都在等着我、需要我的照顾，这份责任感也让我感到充实、坚强了一些。

　　偶尔也会遇到不愉快的事情。譬如，我那天正在桥下喂灰猫，一个跑步的中年男人经过。他先是停下来怪异地盯着我看，过一会儿，对我说："你不能在这里喂猫，会把这里弄脏的。"他那有点儿怪异的目光、身上的汗味儿让我讨厌。我本来不想理睬他，但他像要刁难我似的一直站在那儿。

　　我只好说："你看到我把哪里弄脏了吗？我喂的是干粮。"

　　"吃不完的猫粮会招来蚂蚁。"他说。

　　"吃不完的猫粮我会收拾起来的，我带了报纸。"我说着从我的包里拿出报纸和塑料袋给他看。

　　他坚持："这里不允许喂猫。"

　　我说："谁说的？有法令吗？我没看到。"

　　他说不过我，转而问："你是中国来的吧？"

　　我瞪了他一眼，收拾起我的东西，转身上了台阶。"喂！"我听到他在后面喊我。我突然有点儿害怕，怕他追上来，头也不回地快步往前走。那只灰猫跟随我跑了几步台阶，然后"倏"地跳入路边的绿化带不见了。

　　我把这件事告诉格蕾丝，她说她碰到过不少这样的人。他们讨厌动物，对照顾动物的爱心人士也会反感刁难。但她嘱咐我，遇到这种人要好好给他们解释，尽量不要和他们冲突，否则一些心眼儿坏的人会找机会报复。"怎么报复？"我问。"趁你不在的时候虐待你喂的猫啊。"她说。

　　和格蕾丝交往了以后，我又认识了美宝。美宝要年轻得多，大概四十来岁，是个干练的职业女性。格蕾丝说美宝有一家小公司,因为经济上宽裕一点儿,所以她负责的主要是给猫看病、节育掏腰包。一开始,我还在想强行给猫节育是否不人道。美宝说,这毕竟是个城市,如果不给这些流浪猫节育,任由它们随便繁衍,数量会多得控制不了,而食物越少,打斗、疾病越多,城市居民也会更讨厌它们,爱猫人士也疲惫不堪……她说服了我。

如果不是接触了格蕾丝和美宝这样的动物救援者,我可能永远难以相信世上存在着这样无条件的善,还有无缘无故的、毫不利己的恶,那种恶大概是人心底里最深的黑暗。美宝说起过她曾参与的一次抓捕虐猫变态男的故事。事件起因是不断有猫在组屋楼下被残忍杀害。事件如此恶劣,以至于上了《联合早报》。警察也立案了,但调查没有进展。美宝她们觉得警察是靠不住的,因为毕竟杀猫案不是杀人案,警察不会投入多少精力,多半只是消极地等民众提供信息。于是,她们大概八九个女生,开始研究变态虐猫狂的作案手段和地点,并且两人一组在附近埋伏。那人经常是午夜一两点时作案,所以,那段时间,她们夜里十二点集合,一直埋伏到凌晨四点,埋伏了将近一个月。那个变态被抓获时,正抓着一只猫往楼下的柱子上摔打,这是他惯用的手法——抓住猫的后腿和尾巴,把它们的头和身体往柱子、墙壁上摔打,直到它们血污四溅……两个女生及时冲过去抓住了他。虐猫者是个马来西亚人,很年轻。她们还讲到另一起"惨案",说有人把一窝刚生下的小猫全部装进白色的塑料袋,口袋扎紧,挂在树上。那是将近四十摄氏度的湿热天气,小猫被装在塑料袋里窒息而死,母猫一直在树下绕来绕去地惨叫,过路的人却没怎么在意,后来有个收垃圾的阿姨留意到树上有个袋子,她想办法取下来以后,发现小猫都已经惨死在里头了……我不太敢听这样的故事。美宝说,这样的事还不少,所以一定要给流浪猫节育,让这样的惨剧少发生些。

而格蕾丝所讲述的她收养的一只黑猫的遭遇,因为惨得不可思议,以至于我一开始怀疑它是格蕾丝的杜撰。直到我受邀去了格蕾丝家里,亲眼看到那只猫。它的一双眼睛被缝起来了,那不是普通的盲,而是眼珠被摘掉后的缝合,两个空眼眶之上一层可怜的皮的缝合。因为盲,黑猫不像别的猫那样在格蕾丝两房一厅的小公寓里走来走去。它始终安静地蹲坐在地板上。如果它察觉到格蕾丝在附近,就往前挪一挪,想挨近她一点儿。格蕾丝嘱咐我,不要去摸黑猫,因为它受过可怕的虐待,现在还容易受惊。我其实一点儿也没有想到去摸它,因为它的存在让我极其难受。我为自己怀疑过格蕾丝而愧疚。原来她告诉我的是真的:一个虐猫的马来人,用热油喷射小黑猫的眼睛,把它的眼珠烫坏了,然后把它丢弃在外面。有人打电话通知格蕾丝,当她赶到黑猫所在的地方时,它在地上发疯地打滚儿。格蕾丝冒着被抓伤的危险,抱起黑猫,把它送去了附近的动物诊所。医生给黑猫动了手术,摘除了它的眼球、把它的眼睛缝起来。格蕾丝说,这个医生平常也给爱心人士照顾的猫看病，但这一次，他坚持一分钱都不收。格蕾丝也不明白怎么回事。我想，这个医生也许有我看到黑猫时刹那间无法控制的痛苦感：因我们的同类对它做出这样丧尽天良的事而羞愧万分。

我和格蕾丝的关系日渐亲密。她知道房东不允许我做饭，叹气说："现在的新加坡人都变得这样小气了，以前不是这样的。"后来，她经常烧好饭用饭盒装好拿到楼下送给我。她每次总是至少烧一个肉菜、一个素菜，加上蒸好的、热腾腾的香米饭，或者是炒米粉配炖汤……这些家常饭菜，对我这个不得不每天都在外面打发一日三餐的人来说，就是最珍贵的美味。我知道她自己平时吃得非常简单，有时一个咸鸭蛋配一碗白粥就是一顿饭。我在新加坡只有几个朋友，没有亲人，自从我和格蕾丝成了忘年交，我像是有了一个亲人。

我对她的了解也更多了。我得知她是天主教徒，除了收养、救助流浪猫狗，每周还去一个天主教会的慈善养老院做义工，照顾那里的老人（尽管她自己也是个老人）。她告诉我，有的人老了变得很糊涂很暴躁，他们有时会莫名其妙地辱骂她。有一次，有个脾气坏的老头儿还把一碗粥泼到她身上（当时她正在喂他吃粥）。我问她怎么受得了这个气。她说她不生气，因为这些人天性并不是这么坏的，他们只是太老了，因为病痛、孤独的折磨，才变得乖戾。

她还给我讲了些她自己的事，譬如她在日本侵略时期度过的可怕的童年。她对我说："日本人真坏啊！把我的父亲、伯父都杀了。他们不仅把男人们绑走集体枪杀，还要逼迫他们的妻子、孩子去看自己的亲人被杀。"她几岁的时候，就是亲眼看着自己的父亲、伯父和其他华人男子一起被日本人绑成一串儿枪杀的。这种日军在东南亚集中屠杀华人的情景，我后来在黄锦树的《雨》里也读到过。仿佛是命运的捉弄，格蕾丝二十岁时，和一个在新加坡工作的日本男子恋爱了。两个人很爱对方，但格蕾丝的母亲坚决不能接受一个日本人。男的要调回日本时想带她走，格蕾丝拒绝了。她是母亲唯一的孩子，不能丢下母亲，更不能因为一个日本人丢下母亲。她说，在她这一生里，就只有这么一次恋爱，只爱过这一个人。

四

如果不是珍妮的出现，我和格蕾丝的这种关系应该不会有什么变化，而她在我心中，也会一直是个圣徒般完美的好人。

珍妮看起来三十岁左右，是个性格热情、直率的女人。她碰到我在一栋组屋楼下喂猫，就主动过来和我攀谈。我们谈了一会儿，我提到主要是我的邻居格蕾丝在做这些善事，我只是分担一点儿她的任务。珍妮听到"格蕾丝"的名字，神情有点儿变了。我问她难道她也认识格蕾丝？她说："谁会不认识她？那个老阿姨，有点儿凶呢。"我讶异地说:"她那么善良,怎么会凶?"珍妮含糊其词地说:"是啦是啦,她对动物很有爱心,但是人不好相处。"我不太喜欢她这样说我的朋友,可我又觉得珍妮并不像个尖刻、爱搬弄是非的女人。我想,或许她们之间有什么误会吧。

后来,再和格蕾丝见面时,我告诉她我碰到了珍妮。令我惊讶的是格蕾丝激烈的反应,她的脸上有明显的愠怒。"不要提那个女人。"她说,并垂下眼睛。我说:"珍妮好像也是在照顾动物的。"格蕾丝生硬地说:"珍妮就是这样欺骗大家的。"

"欺骗?"

"她说她在喂这些猫、喂大黄,但其实她很少管它们,她只是以这个为借口向人要钱。她叫人捐钱,十块、二十块……她是个骗子。"

我没再说什么。我觉得她的态度似乎不容怀疑和辩解。

另一次见到珍妮时,她正与和格蕾丝相熟的马来人穆萨在一起。他们站在我住的那栋楼后的雨林边缘,那个马来男人带着他的狗。他们朝我打招呼,说在那里等着喂大黄。我想起以前格蕾丝说过,大黄和穆萨养的那只狗是朋友,所以如果穆萨带狗出来,大黄只要在雨林里,多半会出来,因为它闻得出那只狗的气味儿,它会出来和它玩儿。

我想看看大黄是否会出来,就过去和他们一起聊了会儿天。大约过了五六分钟,大黄果然从雨林里跑出来了。珍妮这时也像格蕾丝那样,在地上摊开了报纸,把预先准备好的干粮和罐头搅拌到一起。我悄悄地观察珍妮,实在看不出她是个骗子。喂完大黄,珍妮走了。马来人牵着他的狗围着组屋散步,大黄兴冲冲地跟在他后面,不时和他的那只狗嬉闹一阵。我在组屋楼下坐了一会儿,终于还是忍不住走过去,问穆萨知不知道格蕾丝和珍妮有点儿误会,穆萨说他和格蕾丝太熟了,格蕾丝就是这样,她不喜欢谁就是不喜欢,没有理由。我迟疑地说:"好像因为珍妮找人捐款……"马来人说他知道这个,珍妮也曾找过他,他还捐过二十块钱,那有什么呢?珍妮也需要给猫狗看病、买食物,谁也不会靠十块、二十块发家。就在我和马来人聊着这些的时候,格蕾丝出现了。她看到大黄,脸上露出了慈母般的笑容,嘱咐马来人说:"你别走,先让你的狗和大黄玩儿,我马上去给它拿吃的。"

穆萨笑着叫她不用了,说珍妮刚刚喂过它了。

"谁?"格蕾丝脸上的笑容冻结了。

"珍妮。"穆萨说。

格蕾丝淡淡一笑,说:"哦,那个女人啊。"

我不知道穆萨有没有看出那笑容里的轻蔑,因为他继续说道:"珍妮也喂这只狗,我以为你知道的。"

格蕾丝这时看看我,问:"你也在这里啊?"

不知道为什么,我自认没做错什么,却感到十分尴尬。

我陪格蕾丝往回走了一段路,她表情严肃,一直没说话。到了她住的那栋组屋楼下,她问我:"你和珍妮联系了?"

"没有,我们没有联系,"我赶紧澄清,"我是在楼下碰到他们俩的。"

她看看我,那神情仿佛在确认我有没有撒谎。然后她点点头,脸色和缓了一点儿,问我:"她没向你要钱吧?"

"没有。"我说。

"她会要的。你不要相信她,她就是为了钱。"她笃定地说。

我沉默不语,因为我不想惹她生气,但也无法附和她的话。

过了一会儿,我说:"穆萨说他也给珍妮捐过钱。"我以为搬出她的老熟人穆萨,能稍稍改变格蕾丝的看法。

可格蕾丝竟使劲儿地冷笑了一声,说:"穆萨啊,他看见年轻女人就走不动了,捐钱还不是为了讨好人家?"

我惊讶得一时说不出话,因为我从未见过这慈祥的老人如此冷笑,更想不到她会这样去解释穆萨的"动机"。

我磕磕巴巴地说:"或者你们之间有误会?我确实看见她……也给大黄带了吃的。"

"她就是做样子给人看的,"格蕾丝提高声调说,"她就是看你们都在的时候喂它一下,不然她怎么骗钱?"

我感觉她似乎更愤怒了。我再也没有说什么。

那以后的两三周,格蕾丝都没有和我联系。以往每个星期,她都会给我送些她烧的饭菜,每隔几天,她会叫我下楼来一起坐坐或散散步。我给她发了几次短信,问她要不要一起散步、要不要一起喂猫、要不要来我家楼下等大黄……她都找理由拒绝了。那种不太好的感觉困扰着我:在格蕾丝身上有我从未见过的一些东西,一些不怎么宽容的东西。以往,在我眼里,她可敬、有爱心、无私,几乎是个完美的人。而那些天里,我倒是又碰到珍妮两三次。每一次,她都热情地和我打招呼,还要停下来聊几句。我则每次都急着脱身,暗自担心会被格蕾丝看到,使得她对我的不悦更深一层。毕竟,格蕾丝是我非常珍惜的朋友。

有天早上,我醒来突然看到手机上跳出一条来自格蕾丝的短信,说她这几天关节炎发作,两条腿疼得厉害,问我这两天可不可以帮她喂她照看的那几只猫。我赶紧回复说当然没问题。我想,我们终于有机会和好了。

我帮格蕾丝喂了三天猫。她照顾的流浪猫更多,从我们的住处走过去,路途也更远些。我不止一次想到,格蕾丝毕竟老了,还有关节炎,如果她能把这些外头的猫交给热心的珍妮照看,本该是一件多好的事……

格蕾丝非常感激我帮她照看猫。她恢复了对我的友情和慈爱。不久后是华人新年,格蕾丝邀我去她家过年。我买了些新加坡华人过年爱吃的蛋卷儿、凤梨酥,格蕾丝炖了玉米排骨汤,做了咖喱鸡、炒米粉。她无儿无女,我也是一个人,我们一老一少凑在一起吃一顿午饭,也算是过年的仪式。当然,陪伴我们的还有她家里收养的十二只猫。饭后,格蕾丝讲起一件有点儿悲伤的事,说她认识的一个人去世了,也是个和猫住在一起的孤身老太太,去世几天后才被人发现,怎么发现的呢?因为猫太饿了,日夜惨叫,叫得太凶,邻居们才意识到事情不对……她自我解嘲道:"所以养猫还是有用的。"可我听了心里很难过。过了半天,我才说:"万一你哪里不舒服,你随时都可以给我发信息。"格蕾丝笑了,她说:"我要是有个女儿,也想要像你这样呢。你妈妈真有福气。"那一刻,我动情地想,到她很老很老的时候,只要我还在这里,我会照顾她的……的确,格蕾丝是我在新加坡时最接近亲人的人。可人生的很多事并不以你的心意而改变。

五

对于其他地方的人来说,热带国家没有节气的变化,每一天都是同样湿热。但常年生活在热带的人会注意到时令的微妙变化和差异,这不仅是旱季和雨季的不同,还有相对的炎热和相对的凉爽。这种凉爽是很淡、很薄、不易察觉的,有时在某一阵突然吹过的风里,在风吹过去的"尾巴"里,你能捕捉到那么一点儿早秋般的凉意。草木能感知到这一点,所以到了下半年,虽然依然是夏天的天气,有些树的一部分叶子却已经开始变黄、飘落,但同时,仍有繁茂的绿叶生长着,这可能是热带才有的奇特景观。

我记得那件事发生的时候,就是楼后的大树开始飘落黄叶的时候,看起来,竟然也有一点儿孤独飘零的意味。因为晚上通常很凉爽,沿水渠又有丝丝缕缕的风,所以我傍晚喂完猫,都会沿着水渠边散会儿步,直到天黑后才返回我那狭小、寂寞的住处。确实也只能称之为"住处",因为在那里,没有一寸地方是属于我的,也没有一丝家的气息。

那天中午,我在居民区对面的一家咖啡店吃过午饭,正在路口等红绿灯准备过马路时,听到有人叫我。我循声望去,看见珍妮正站在离我大约两三百米的人行道上,抱着一只猫。我有点儿犹豫是过去,还是远远地打个招呼赶紧走掉。但她又叫了我一声,大声问我能不能过去一下。我走过去,注意到珍妮额上淌着汗,身边放了个装猫的小提笼。她焦急地对我说,需要我帮她个忙,说她刚抓到这只猫,要带它去兽医那儿做个检查,看它有没有生寄生虫或什么病,但走到路上,发现猫笼的挡板坏了,猫跳了出来,她好不容易才抓到它,现在只能这样抱着它,但笼子没办法拿了,问我可不可以和她一道去兽医诊所那边,帮她提一下笼子。"没问题。"我说。

我们一起往前走的时候,我问她这只猫是哪里抓来的。她说,是这几天才发现的,就在我们楼后的树林边缘,肯定又有人把不想养的宠物丢去那里了。她把那些不负责任的人痛骂了一阵,说我们这边就是因为有这片茂密雨林,还有那条排水渠,就变成这些人丢弃动物的场所……我心里"咯噔"一下,因为我听格蕾丝说过这只新的弃猫,她在喂养它。

"你和格蕾丝阿姨说了吗?她好像在喂它。"我问珍妮。

"没有说,"珍妮满不在乎地说,"我怎么和她说?她不接我的电话,也不回我的短信,一直是这样。"

"不过……你还是应该和她说一声,譬如,发个短信什么的,她即使不回复也会看到。"我说。我心里开始不安,因为对格蕾丝来说,她喂养的小猫就像她照看的孩子,珍妮这样抓走她的猫,如果她知道了,误会只会更深。

"也不需要什么都对她说,这猫又不是她的。她只是喂养它,也不给它们做检查。"珍妮说。

我心里暗自怪珍妮有点儿多事,但她想要给小猫检查身体,也是做好事,况且格蕾丝不太可能知道,我就没再说什么。我们在太阳毒辣的午后走了大约二十分钟,我感觉我的T恤衫已经贴在湿透的背部。至于珍妮,她比我更狼狈,因为她抱着那只一直试图逃脱的猫。幸运的是,那显然是只被遗弃的家猫,所以,它虽然挣扎,却并没有要抓咬抱它的人的企图。

医生的诊室在二楼,一楼是接待室,前台是个中年女护士。我们等了一会儿,护士告诉珍妮说现在可以带猫去看医生了。我就坐在下面等她。随后,让我不知所措的一幕发生了:在狭小的楼道里,抱着猫上楼的珍妮,碰到了正从楼上下来的格蕾丝。她俩都站住了。我先听到了格蕾丝的声音,她厉声问:"你抱它来做什么?"

珍妮好像被问蒙了,但她随后故作镇定地回答:"做检查啊,看看它有没有什么病,有没有寄生虫。"

格蕾丝好像没有听到她的话,继续质问她:"你为什么要抓它?你为什么这样随便折磨它?"

珍妮也不示弱:"阿姨,我是带它来检查身体的,怎么是折磨它?你说话要讲道理,不要乱说!"

这时,我看到格蕾丝的脸因怒气而涨得通红:"我乱说?我从来没有见过你这样的人……"

"我是怎样的人？"珍妮也恼了，"为什么你总是针对我？我究竟怎么惹你了？请你说清楚。"

"走开！"格蕾丝彻底爆发了，她推开挡在她面前的珍妮，"我不想看到你。你就是魔鬼！魔鬼！"

格蕾丝冲下楼梯，冷冷瞥了一眼站在那里的、目瞪口呆的我，一句话也没有说，径直推开门走了。让我目瞪口呆的不是如此糟糕的"巧遇"，也不是她们的误会和争吵，而是从格蕾丝口中说出的"魔鬼"这个字眼儿，以及她说出这个词时的表情，仿佛她真的看见了魔鬼，她的眼里充满了恐惧和憎恶……我想，格蕾丝是教徒，她一定真的相信有魔鬼，而对于教徒来说，魔鬼应该代表着最终极的罪恶，说一个人是魔鬼是对她最重的诅咒了吧？

过后，我给格蕾丝发了很长的短信，解释如何途中遇到珍妮、陪她一起去诊所。没有回信。我又给她发了短信，委婉地说出自己的想法，觉得她和珍妮之间只是存在误会，珍妮并非一个坏人……依然没有回信。过了一段时间，我担心她病了，给她打电话，但她的手机接通后永远没有人接听。最后，我放弃了。我想，她肯定已经对我失望透顶，因为我和"魔鬼"混迹在一起，也变得不可原谅了。而我也不再争取得到她的原谅。她的善良、友好，她曾对我的如母亲般的慈爱和照料，我依然铭记、感动，可我如今意识到，这一切都是有条件的：她需要我对她忠诚。她之所以要中断和我所有的联系，并不是因为我真的犯了错，只是因为她觉得我背叛了她。而每当想到她嘴里说出"魔鬼"时的情景，我心里就感到刺痛，脊背甚至爬过一股凉意：那字眼儿里燃烧着仇恨的烈火……

两个多月后，我的女房东突然说她要卖房子了，因为她打算在后港新区买一栋新式组屋，我有一个月的时间可以找房、搬家。于是，我开始匆匆忙忙地找房子，联系搬家公司，临走前，把我的三只小猫托付给美宝……我租的新房间在蔡厝港区临大路的一栋组屋里，无论昼夜，都会听到马路上呼啸而过的车，房间朝阳，终日溽热，而房东夫妇很关注我是否在过度使用空调。因为靠近地铁站，周围热闹熙攘，没有老居民区里枝繁叶茂的老树，没有白日里漫长的寂静，没有雨林，也没有被丢弃在雨林边缘或水渠旁的猫猫狗狗……

我和格蕾丝再也没有联系过。二十年过去，我还是记得她，那么清晰、生动的她，笑起来脸上仿佛有光芒。如果她还活着，现在已经九十多岁了。但我想，她很可能已经往生了。她很纯洁地活过，圣徒般地爱过、救助过，我相信如果她所信仰的天国真的存在，她一定会在那里。无论如何，世间没有完美的人。

【作者简介】张惠雯，祖籍河南，毕业于新加坡国立大学，已出版小说集《两次相遇》《在南方》《飞鸟和池鱼》等。曾获海内外多种文学奖项。

四天麻将

◎　徐皓峰

一

二十世纪五十年代初的香港,有一点像罗马,漂亮女子走街上,会遭尾随。要被一路随到底,知道了家门,会生祸。一位女子警觉遭尾随,闪进街边一家拳馆。

像医馆门口贴医生照片一样,拳馆门口贴拳师照片,像位中学老师。女子计划躲十分钟,不料尾随者前后脚进来。他十七八岁,背个能装两副拳击手套的人造革皮囊。香港中学大多开拳击课,四五点放学时分,街面上常见这种皮囊。

女子识得,原来不是尾随,是踢馆的。进门者说:"喊你们师傅。"室内五十平方米,两个高中生模样的小伙子在练习,身板单薄,动作不协调,明显的初学者。

武馆里间门开着,挂半截门帘,师傅坐藤椅,可见一双腿。夏日着短裤,腿上不见肌肉块,常人般松垮,久不晒太阳的惨白。

师傅掀帘出来,比学员更单薄的身板。

进门者掏出拳击手套,说白人办事科学,戴上这个比,不会打伤。师傅笑了,露出常年吸劣质烟形成的牙垢,问:"你是怕打伤我,还是怕我打伤你?"进门者说:"怕打伤你。"师傅说:"你戴吧,我不用,不想打伤你,我控制手劲就行了,人的神经比拳套可靠。"

俩学员赶她了,女子不好再看下去,出了拳馆。

过了一年,女子穿得起贵衣料,买了自行车。曾经躲进的拳馆,在她上下班路上,有时她会想,那天走了后,踢馆者是被打了,还是打了师傅?

被人尾随的第六感,她停车回身,有个走路肩膀不晃的身影,正是一年前背拳击皮囊的青年。

他经过她，一年前一样，走入拳馆。

一年前，他被打服了，交了半年学费，但一天没学，出急事，去了印度尼西亚。他叫高今粥，师傅叫陈识，叹口气，"你来学拳了。"

学第一个拳式，叫开拳，一般由老徒弟代教。陈识身边没这样的人，亲自教。学会后，高今粥练习二十分钟，说："我只学您一招，退还给我一半学费就行。"

陈识下眼睑收紧。退一半，很体谅。一般拳馆，是一月一交。一年前，高今粥被打倒三次，说见了真货，一次交半年。如此激情，第二天却没来，两个月里，陈识天天等他，之后是隔三岔五地想，是否出了意外，人已丧命——今日又见他，是真高兴。

陈识说："钱数大，拳馆现在只有些零钱，跟我去银行。"

要回里屋取外衣，进来位踢馆者。不是愣头青年，是穿长衫的师傅，自称刚从北方过来，开了拳馆，不了解南方拳，习武人好奇，想体会下。语言客气，其实是要在当地立威。

师傅姓陆，今天只是来递帖子，比武约在十天后。生活操劳，十天可养养身体，合理。陈识却说，十天后有事忙，要比，现在比。

陆师傅眼光亮起，收敛后，说可以。

馆内有三位学员，陈识掏出三角钱，请他们出门喝汽水，歇过四十分钟再回来。师傅们打架，不给看，学员不情愿地走了。确定他们走远，陈识插上门闩。

高今粥还在馆内，陆师傅问："怎么还有个人？"陈识说："我得留个人，万一你把我打坏，有人送我上医院。"陆师傅说："那倒不会，我有控制，最多要他扶你去里屋躺会儿，便能缓过来。"

陈识道谢，两人动手。

打得干脆，打法跟一年前打高今粥不同，陆师傅倒地。陈识有控制，陆师傅未受拳伤，膝盖跌地，有些肿，不妨碍走路。

陆师傅走后，高今粥向陈识表态："不用去银行了，那些钱还是学费，等我几日会来学。"

等几日，是想另外找辙，先挣出一月伙食费。

从印度尼西亚回来，行李存在以前住过的船户区，二十几条窝棚小船拴在岸边，旅馆般出租。没从拳馆拿回钱，高今粥到船老大家，说交不出租金了。船老大表示没关系，说："先住进来吧，等有钱再给，咱们是老门老户。"

高今粥说："不耽误你赚钱，作为老门老户，我这堆行李存你这儿，就是帮我了。"船老大拿钥匙，执意要给他开条船。高今粥拒绝，又提出个请求："白天，你容我回来喝两次白开水就行。"

香港自来水不普遍,打水要付钱,平民阶层常闹水荒。船老大问:"夜里你睡哪儿?"

"鸟窝。"

鸟窝,商家关门后的门洞,遮风挡雨。

逛到街上没人,高今粥寻了家气派门洞,左右门洞都睡乞丐,独这家没有,不及细想,赶紧占上。

睡得累,感觉到天亮,起不来。等街上走车了,他还软着,直到门开,出来人踢他。看体格气质,像拳馆住馆学员,拎拖把水盆,要洗门洞。高今粥望招牌,果然不是商家,是拳馆。难怪乞丐不睡这门洞,该是挨过打。

学员开口骂,北方口音。高今粥腾身而起,"听说北方人仁义,对上门挑战的,打伤了给医药费,没打伤送路费?"

学员说是。问路费给多少,恰好够一月饭费,欣喜若狂,"我不是睡鸟窝的,是踢馆的。"

谁想馆主是陆师傅。

昨日倒地的丑态,被瞧见,陆师傅脸僵。高今粥说:"台阶硬,没睡好,希望动手前,先借您学员的床再睡一会儿。"

陆师傅道:"见外了。睡我屋。"

大约一个半时辰,高今粥神圆气足地醒来。陆师傅备下了一桌菜,"小老弟,你没吃早饭吧?咱们就提前吃午饭。"

饭后,陆馆长表态,说:"拳馆刚开,经济不充裕,你每月来领八元,可领仨月,如想一次性结账,我衣兜里有十五元,你全拿走。"

高今粥惊愕,问:"咱俩之间是什么账?"

陆师傅以为高今粥是来要封口费的——拿了钱,就不会泄露他败于陈识的事。高今粥表态:"陈师傅允许我观战,是瞧得起我,我跑来讹您钱,还是人吗,日后怎么见陈师傅?"

陆师傅黑脸,说:"凑出二十四元,你拿走。"

高今粥道:"呵!我的话你听不懂,怎么还越给越多了?"

陆师傅让他再喝口酒,离席而去,片刻回来,摆上三十元,"一定收下,我谢谢你。"青筋暴起,要拼命的架势。

猛想到,这钱不收,陆师傅难安心,败绩外泄,拳馆开不成,断了他财源。高今粥拿了,陆师傅送他出大门还不够,让学员留门口,自己按贵客礼节,陪高今粥出街口。

走出四五十步，高今粥没忍住，问："您这么怕输，那天为何去挑战？"陆师傅解释，是演戏。

甲方挑战，乙方应战，往往定在十天后，十天里，请一位中间人劝说，双方就不打了，对外宣称打过了，不相上下。这番折腾，是演给学员们的戏，显示当师傅的不断有战绩。

高今粥问："怎么陈师傅说当天打，您就答应了呢？"

陆师傅道："他一副没休息好的样子，我觉得能占上便宜。戏演多了，也想真有次战绩。"

二

高今粥回船户区交租金，船老大说："你二舅把你行李挪酒店去了，办了入住手续，叫你上那儿住。"递上个墨绿色塑料的门牌，标着房间号，坠着钥匙。

高今粥问："你怎么确定是我二舅？"

船老大道："不是你二舅，谁会为你花那么多钱？"

船老大和儿子帮抬着行李去的，带回了钥匙。询问二舅相貌，想不出是谁。高今粥没有二舅。

到了酒店，前台说，订房者交了四天房钱。房间里有两个热水瓶，一罐免费茶叶。高今粥喝了个水饱，两小时后饿了。来时已查看，隔酒店两条街，有大排档。走到大厅，被前台喊住，问："晚饭时段，您外出干吗？"

这逗笑高今粥，答复："晚饭时段，当然是去吃饭。"前台说："你二舅还交了用餐押金，三楼和顶楼都有餐厅，只管点。"问二舅相貌，侍者没船老大有口才，但一个人被描述了两遍，大致知道了相貌，高今粥自信，碰上了，能认出来。

次日，没去陈师傅拳馆学拳，傻吃傻喝，等冒牌二舅现身。二舅没来，侍者敲门，说："二舅出钱每天给您买一张彩票，选号码吧。"高今粥让侍者代选，说我不信这东西。次日通知，代选的彩票中奖，百元。

高今粥日进百元，到了第四日。有人敲门，竟是陆师傅。合情合理，高今粥暗笑，船老大、前台描述的二舅都不准呀。

"我既然答应了，肯定不会往外说，您不用这样。"

"我哪儿有钱这么请你。"

陆师傅之前说谎，跟陈识比武，不是刷战绩，是受人之托。来港开拳馆，靠一位大哥庇护，大哥要求，算是投名状吧，没探出陈识实力，探出他实力，大哥从此待他如手下。

陆师傅带高今粥去了顶楼餐厅，口中大哥五十岁出头，跟船老大、前台描述的二舅不同。高今粥释然,取行李、办入住,大哥有手下。

大哥原是京城纨绔子弟,拜过两位武术名师,战争期间家财未破,南下香港后投资自来水公司,不用开拳馆赚辛苦钱,但喜好混武行,来港的北方拳师多会拜见他,求资助求庇护。

大哥开门见山,讲了和陈识的芥蒂。

一年前,大哥和几位朋友酒后散步,街对面陈识走过,一友人说南方拳,北方人理解不了,瘦成这样的人,竟也是位开馆师傅。趁着酒劲,大哥说这种人开馆就是骗子,自己打一夜麻将后也能打他。

醉酒人对自己的音量无感,陈识在街对面听到,喊话:"我连打四天麻将,也能打你。"大哥回头一笑,陈识也笑。大哥酒醒了一半,没再说话,被友人拉扯走了。

陈识的笑容,无法形容。一年来,雇混混找碴儿两次、请拳师踢馆两次,占不了便宜,也试不出深浅。陈识是高手,是否高过我?成了大哥心病。

以中彩票的方式,付出的三百元,是买高今粥偷袭陈识。"陈师傅对你上心,选传人的意思。他不会防备你,教你的时候,你偷袭他。偷袭的一招,我教你。"

高今粥掏出三百元放桌面,"这事我不干。"表态四日酒店的住宿费、餐费,他会在前台结清,不动押金。

大哥道:"有骨气,随你意。"叫陆师傅点菜,任由他离去。

收拾行李时,有些后悔,该吃过饭再翻脸。手里只有三十元,结账是三十七元,前台说大哥常安排人住,酒店对他的账有优惠。优惠了五元,还差两元。

想起了房间清洁工。每天上午十点,她会来。酒店规定,清洁工不收小费,给他留下人格高尚的印象。

上下跑,在五楼发现她,问能不能借两元,她还是没跟他说话,毫不犹豫,拿出两元钱。没说好何时还她,高今粥离开酒店,将行李送回船老大处,两手空空,上街闲逛到天黑。

脑子里想的都是清洁工,她让他有种归属感,想请她吃饭、看戏、看电影,给她买衣服、买自行车……高今粥躺进一个富户的门洞。

片刻出来俩男仆,说这不是刷夜的地方,赶紧走。高今粥依旧躺着,报上名字,说:"别人不能睡,我能睡,不信问你家主人。"

是大哥家。

给请进门,高今粥问中午谈的事还有吗?大哥笑,说有。住了两日,练熟了偷袭的招。北方名师秘传,诱导性组合拳,如果第一下,对手辨不清是虚招,便会在第四下被打中。

第三日，回到船户区，租了条船，之后每天去陈识拳馆。

为避开其他学员，陈识教他在早晨四点至七点。高今粥不舍得买手电筒，去时天黑，借了陈识的灯笼。

过了十五天还没动手，陆师傅来船户询问，高今粥说学得上瘾，动手后就再学不成了，请缓几日。缓到二十天，陆师傅找来，说再不动手，你这人就没信用了。

二十一天，陈识给高今粥矫正动作，高今粥动手。猝不及防，陈识倒地。比想象的容易，佩服大哥的招好，骂自己浑蛋。

陈识晕了三四分钟，醒来后没了再打的能力，强撑着回里屋，找出杆笔尖镀金的钢笔，说："着了你的道，是我没本事，近来没钱了，笔是真货，上中学时父亲给买的，当封口费吧，你别跟人说。"

钢笔拿给大哥看，笔尖的镀金几乎被磨没，大哥判断："说明这笔真是他的，所以你说的事是真的，我终于掂量出他的斤两。"

高今粥汇报，陈识是脖子大神经丛受击造成的晕厥，没受伤，休息三小时，便可恢复正常。大哥道："容他歇三天。"

第四天，大哥登门，向陈识递挑战帖，问："听说你不耐烦等十天，喜欢当天就打？"陈识笑了，和一年前街对面的笑容一样，点头称是，提出个要求，请高今粥当见证人。

大哥奇怪，问这人是谁。陈识回答："他应该是你的人。"

大哥颜面挂不住，出门叫司机接高今粥。等过一小时，高今粥到来。陈识关了拳馆，比武开始三十几秒，大哥躺在地上。

人晕了，不能立刻扶，四分钟后大哥自己爬起，生高今粥气，和陈识联手骗自己比武。陈识说："高今粥是我想培养的人，对他观察得细，他起歹意，怎能瞒过我？那天，我是故意让他打到。"

大哥叹了句："行。"陈识倒茶，"你总在背后找我别扭，不如让你亮相来打，打完这场架，一年前的那场嘴仗可以结束了吧？"

大哥道："你连打四天麻将，是打不败我的。最多是连打两天麻将。"这逗笑陈识，"是我说大话，我不对，向您赔罪了。"

喝过杯茶，这事就过去了。

高今粥待不住，跑出拳馆。

大哥说："陈师傅，你培养他，是用错了心。他为了三百元，出卖了你。"陈识道："惭愧呀，他出卖我，我利用他。他不配当徒弟，我不配当师傅。"

三

三百元,脏得不知该怎么花。

高今粥回酒店,租了一日房。次日上午等来清洁工,向她交代,自己有家,是开皮鞋店的,长兄支撑家业,自己只爱习武,跟老爹闹翻,离家出走,成了船户。

一年前家里在印度尼西亚开分店,受长兄劝,去坐堂看店,老实了一段,忍不住跟当地人比武,打伤了位警官的儿子,逃回港。烂摊子又得长兄处理,没脸回家。

"你是我的脸面,带你回家,老爹不原谅也得原谅。"

清洁工笑,说:"我能帮你这么大忙啊?"

高今粥说:"当然,我家什么都有,回了家,你跟我过好日子。"

清洁工说按规定,她们不能跟客人说话,得干活了。"您听我自言自语吧,酒店里从没有过穿成您这样的客人,所以之前打扫时,我会多看两眼,觉得您背后有故事。"

至于什么故事,她没兴趣。她跟所有人的关系,都是远远看着,不需要看明白什么。当高今粥跑来借钱,她借,是从小爷爷奶奶教育,人要帮人。左邻右舍、亲戚朋友,她都帮过,多帮一人,是习惯了。

打扫干净,她说:"您还我钱就行,我不想了解您。"

高今粥还了钱,想起陈师傅的钢笔还在他这儿。

还钢笔时,高今粥说:"偷袭您,不是为挣三百元,是想让生活里发生点别的事,现在这事没了,您还愿意教我吗?"

等了五秒,高今粥说:"您是要我交代那件事是什么事,再判断吗?这事,我没法说。"等了五秒,高今粥又说:"三百元,我拿着脏,会还回去。"

陈识开口:"拳馆的水电费还没交,要还就还我吧,我挨了三拳,你才赚到它。"

一年后,陈识说:"教了你这么久,你还没给我磕过头。"

高今粥磕头,陈识却把身子偏开,说:"半个身子受磕头半个身子不受,是承认教过你,不承认你是我徒弟,你只是你个人,没师门。"

陈识传承的南方小拳种,碰上了北方名拳汇集香港的大时代,为验证祖师技巧,他要高今粥挑战各门,打两年。

高今粥走出拳馆时,路面过来一位骑自行车的女子。两年前,她怀疑他是尾随流氓。一年里,看多了他,她径直过去。

高今粥耳畔,响着陈师傅的临别语:"打成什么样,都不要回来见我,你的事我都会知道。"

【作者简介】徐皓峰,本名徐浩峰,1973年生。高中毕业于中央美术学院附中油画专业,大学毕业于北京电影学院导演专业。著有纪实文学《逝去的武林》《大成若缺》《武人琴音》,小说《道士下山》《武士会》《刀背藏身》《处男葛不垒》,影视理论《刀与星辰》等。电影《倭寇的踪迹》入围第68届威尼斯电影节地平线单元,获第48届台湾电影金马奖最佳新导演提名、最佳改编剧本提名;电影《箭士柳白猿》获第49届台湾电影金马奖最佳改编剧本提名、最佳动作设计提名;电影《一代宗师》获第33届香港电影金像奖最佳编剧奖;电影《师父》获第52届台湾电影金马奖最佳动作设计奖、最佳改编剧本奖提名;导演话剧《北京无冬天》《这块儿的黎明静悄悄》等。现居北京。

奔月楼

◎ 樊健军

一

正月初六,女儿去乡镇当值,女婿赴邻省应卯,刚刚烟火气壅塞的房间陡然空落了。易平安得了闲,人却萎凋了,先前在厨房里帮闲不觉得,这会儿腰酸胳膊疼,站着坐着,歪仄在床上,浑身都不自在,哪儿都不舒坦。索性出去走走,舒活一下筋骨,呼吸些早春的新鲜空气。阳光正好,沿着江边的绿化带溯流而上,树影婆娑,斑斑点点的金光从枝叶间打下来,坠了一地的碎金。身体升了热度,酸疼感渐渐散去了。江边漫步的人不少,偶有脸熟的,颔首,点头,啊嗬两声便过去了。树影斑驳,越走越空旷,越走越孤寂,兴致渐无,索然折回身,如此虚耗一日。

人知天命,断无新交,唯剩故友。生命如恒河沙数,可终究敌不过无常,故友原本不过二三,到最后便成了稀有物种。物随物蔽,尘随尘交,不如此,又能如之奈何?

易平安本是个散漫之人,性情不咸不淡,对人对事都不怎么上心。上学那会儿,有过两三个要好的同学,毕业时作鸟兽散,天地邈远,再见面时不知何年何夕,刚开始还有些许忆念,后来便完全断了音信。毕业后,他在乡村中学教了十几年书,也交过几个知心的同事,课余时间常聚在一起打牌喝酒,到底带着酒肉的性质,待他调进城后,人走茶凉,彼此间便疏远了,慢慢地,都断了往来。换了单位,结识了新人,走马灯似的,晨间聚首,晚间道别,此时的交集际会恍若雾里的风景,谁也走不进谁的心里去。世道浇漓,人情冷暖,无可厚非,说不得谁的是与不是。倘若刨根究底,估摸也是一鼻子的灰,一手的刺,于谁都无益,于谁都没有什么意义。糊涂账,糊涂埋,该把它埋进时间的深渊。

例外也是有的,在谁都不多见,在易平安这里,陈光明称得上唯一的一个。他们俩是同乡、同学、同事,后来还多了一层关系,是上下级。先前,常州亥市不叫市,叫县,县城不过几万人,县以下是区,区以下才是乡镇。升初中时,他们俩一同考上了区所在地的重点中学,并且在同一个班。因为离家远,两人都寄宿在学校,期间往返都是结伴而行。易平安家离学校相对近一些,周六中午放学,走到家已是半下午,肚子里早已饥肠辘辘,陈光明往往在他家吃过迟到的午饭,然后再回家。易平安的家境不宽裕,可她母亲丝毫不吝啬,两大海碗面条,一人一碗,面条下还卧着荷包蛋。陈光明也不拿自己当外人,不以阿姨称呼他母亲,而是同易平安一样喊妈妈,不明就里的人还以为他是易平安的亲哥哥或者亲弟弟。初三上学期,陈光明的父亲不知是患了心梗还是脑梗,猝然离世,陈光明辍学补员,到村小当了一名数学老师。后来,易平安上了高中,考上了地区师专,而陈光明先是到县上的教师进修学校待了两年,之后考上了省城的教育学院。学业完成后,他们都回到了老家所在地的乡镇中学任教,同事了七八年,后来陈光明改行离开教育单位,成了市文化局的一名干部,尔后股长、办公室主任、副局长,十载光阴,修成正果,副职转正职,成了局长。此时的易平安依然是老马配旧鞍,十几年不曾挪窝,十几年不曾换新貌。

　　大概陈光明惦记着昔日的情谊,当上市文化局局长后的第二年,一纸调令,将易平安调进了市文化馆,翌年任命为副馆长。在文化馆上班的,大多在艺术上有一技之长,有的还颇有造诣,独独易平安啥也不懂,说是副馆长,干的都是别人不屑为之的琐碎事。他刚开始还觉得有些难堪,但很快就释然了,不去与人争名争利,自然落得个逍遥自在。陈光明调任市卫生局局长时,他仍是副馆长,后来馆长换了好几茬,他依旧是副馆长,最后在副馆长的位子上退休。

　　这么多年来,易平安同陈光明相聚的次数不少,但能安安静静坐下来说话的机会不多。在常州亥市,陈光明是股肱之人,案牍劳形,日无暇晷,树欲静而风不止,半点由不得自己,或许这树还不喜静呢。易平安很理解好友的境况,他一个形同虚设的副馆长有时也受人掣肘,何况是个局长呢。即便是这样,陈光明还是会忙里偷闲,每年都会抽出些碎片时间同易平安对坐。刚开始免不了有些春风得意,渐渐地,也生出牢骚、憋屈、怀才不遇的嗟叹,到后来拨云见日,亮敞了,也淡定了,举止从容,谈吐自如,颇有些儒将风度。每次见面,都是陈光明相约,易平安被动等待,他也主动过,但时常是,临到见面陈光明遇上突发事件需要应对,要么参加会议,要么接到通知出差,总之事不凑巧的时候居多。退休后,他们再见面,情形才有了变化,陈光明很少放鸽子,大多都会守约前来。

　　陈光明比易平安年长两岁,早退休两年。无政务缠身,彼此的时间都充裕了,甚至还有多余,不知如何打发。隔三岔五,两人要见面,或去茶馆喝茶,或去公园散步,或者到酒馆里小酌。易平安心里空寂时,拿起电话打给陈光明,三言两语,便约好了时间和地点,不出半个钟点,两下便相见了。

　　小夫妻走后的第二天,他照例给陈光明打电话,约他去临河的茶馆喝茶。陈光明应诺了,不过将时间挪到了下午。易平安追了半日电视剧,早早吃过午饭,上约好的茶楼候着。他让服务员在茶楼二楼的露天阳台上摆了张小桌,边喝茶边晒太阳,还能欣赏常州亥河两岸的风景。等了大半天,陈光明才姗姗来迟,脚步有点踉跄,脸上是一片赤糖,估计中午小酌了几杯。一问,果真如此。陈光明说有个朋友过生日,不喝两杯过不去,喝两杯皆大欢喜。易平安赶忙叫了一杯野生宁红茶,让他趁热喝了醒酒。陈光明也不客套,依言喝了茶,头顶上热汗冒了出来,酒劲退去不少。按以往,两个人该说些闲话,有时回忆旧事,有时也掰扯时下的热点。要是说到常州亥市政坛上的风云变幻,易平安一般不插话,一来是不了解,二来好像不忍打搅陈光明的谈兴。陈光明说的那些话他貌似听进去了,实则一句也没落耳,全让风不知刮到哪里去了。

　　这人啊,一辈子都他妈的生活在无奈的裤衩中。陈光明像是愤慨,又像是感叹。

　　易平安觉得好像有一群透明的、散发乙醇气味的鸟雀从陈光明的嘴巴里飞出来,噼噼啪啪撞在他的脸上。这种牢骚话消失了好多年,还是陈光明在文化局当副局长时,他听见过。人啊,有些时候的确需要发泄几句牢骚,把憋在心里的委屈释放出来,给后来需要盛装的憋屈腾出一些地方,要不然总有一天会把人给憋疯,会把人给撑爆。他本不想接话,可听陈光明说到裤衩,忍不住还是咧开嘴笑了。

　　你说是不是?除了妥协,还是妥协,除了忍耐,还是忍耐,要不然咋办?咱们还能逃到哪儿去?陈光明瞪着眼,一脸的无辜和愤懑。

　　你都退休了,啥事都不用管了,还需要妥协什么?忍让什么?易平安开导说。他本想说,你就是个退休老头,都失去社会属性了,可怕伤着陈光明的自尊,引发他更多的内伤。

　　我只是退休,又不是退出社会,更不是退出这世界。陈光明依旧愤愤然,好像在同易平安斗气。

　　你这话让别人听见可不好,喝茶吧。易平安不想同他争辩,提醒他说。

　　陈光明警觉地朝四周看了看,阳台上除了他们俩之外,另一角的茶桌边坐了个中年女人,低着头在刷手机。陈光明的嘴唇翕动了一下,还是没有发出声音来,又朝女人瞄了一眼,女人嘴角挂着笑意,似乎沉浸在刷手机的快乐中。

　　要我说,咱们这会儿最重要的是身体,身体若是出了毛病,啥都没意思了,啥都不是你的了。现在有时间了,多锻炼一下身体要紧,多活几年比啥都强。易平安说的是心里话,他向来就是这么想的,也是这么做的。

陈光明没有吭声,多半在心里认同他的看法。这种认同有些悲哀,易平安没有接着往下说,再往下说就有逼迫,甚至嘲弄的意思了。两个人静静地喝着茶,享受太阳的温暖,这种安静也只有像他们这样的关系才会品咂得出其中的味道。

改天带你到我健身的地方看看。默然好半天,陈光明忽然说。

你健身的地方?在哪里?易平安有些愕然。

奔月楼。

二

从茶楼返回的路上,易平安的耳边总是回响着陈光明说话时的那种腔调,这叫他有些不快,甚至反感。以前,陈光明说话时总是这样,有时说得好好的,忽然之间另一种腔调就蹦了出来,优越感爆棚,也许他自己不觉得,可在易平安听来,有一种反胃的恶心感。陈光明的口气总是居高临下的,脸上带着高深莫测的表情,好像他心中藏着许多重大的秘密,这些秘密让他拥有某种优势,他知道的永远比别人多一些,看得也更远一些,更能运筹帷幄,决胜千里。他站立的姿势也是如此,好像位置永远比别人高一点,他看见的始终是别人的头顶,而被俯视者永远不知道他的后脑勺长什么模样。

易平安对奔月楼并不陌生,但也算不上十分熟悉,只去过一两次。奔月楼在临河公园的一角,是个偏僻、幽静之所在。公园没修建之前,那一带到处都是建筑垃圾,高一堆,矮一堆,垃圾堆之间是发臭的水坑,提起那一带,人们直皱眉头,没要紧事谁也不愿意往那边跑。十几年前,市政府把这里规划成湿地公园,修砌河堤,平整场地,挖了池塘,栽树种草,繁花绿树中建起了亭台楼阁。唯一保持原貌的是那片枫杨树林,上百棵枫杨树,细瘦的树干直径盈尺,粗壮的得两人合抱。夏日里浓荫蔽日,晨昏之际,偶有白鹭栖息在树冠上,像是开了星星点点的白花。深秋,枫杨树落光了叶子,枝丫间的鸟巢暴露了,树干上葳蕤的槲寄生也显得格外招摇。新建成的公园成了人们理想的休闲场所,人气很快旺了起来,周边的旧房被拆除,新楼拔地而起,很快销售一空。在此期间,市文联和市文化馆联合组织了一次诗词爱好者参与的采风活动,临河公园就是观光点之一。那天,易平安混迹于一群老人当中,在人造土丘间绕来拐去,穿过枫杨树林,跃入眼帘的是一幢三层高的仿古建筑,这就是奔月楼。奔月楼的外墙被粉刷成朱砂红,镂花雕窗,楼顶苫着琉璃瓦。站在三楼的回廊上,常州亥河水面宽敞,波光粼粼,河风吹来,带着微微的腥气,清新而湿润。

那天早上,易平安来到了临河公园,到奔月楼前时七点四十五分,比约定的时间早了一刻钟。这么多年不曾来过,枫杨树更加繁茂了,奔月楼的一半被它们收入了绿荫之中。此时,奔月楼上有音乐声传来,他循声而上,到了三楼,门却是关着的。他从回廊绕到南面,向河的窗户敞开着,大厅里有六七个人,正踩着音乐的节奏在练习太极拳。一个穿着枣红色练功服的老人站在最前面,在他身后,另外几个晨练者排成两队,每队三人。他们似乎沉浸其中,没留意有人窥探。他觉得不便打扰,正要走开时却看见了陈光明,对方也在递眼色让他离开。他退后几步,站到了回廊的拐角处,室内的人再也不会看见他。

易平安在回廊上待了半个多小时,室内的音乐声停止了,有人在说话,声音很轻,听不清楚在说什么。少顷,陈光明穿着有些宽大的练功服来到回廊上,将他引进了室内。刚才还在左单鞭右单鞭的晨练者早已脱下练功服,换上了日常的装束。易平安被引荐给一位头发花白的长者,长者方额广颐,可能因为刚刚运动过,脸色有些红润,脸相很和善,眉宇间却聚着一股不怒而生的威严。高老,这是小易,我同学。易平安被介绍给尊称为高老的长者,高老微笑着向他伸出手,目光中分明挟带着一股箭镞似的锐利。再不是小易了,已经是老易了。高老开了个玩笑,周围的人也跟着呵呵笑了。高老简要地问询了几句,易平安如实作答,当问到退休前的单位时,是陈光明替他回答的,市文化馆的。那可是艺术家的殿堂,光明,你咋不早说? 高老责备过陈光明后,又抱歉似的对易平安说,易老师,刚才失敬了。他可不是什么艺术家,只是个书法爱好者而已。陈光明揭老底似的说。这一补充,反倒让高老对易平安另眼相看,那以后要向易老师多多请教,易老师可要不吝赐教哟。

高老的客套让易平安生出了羞涩,陈光明说得没错,他的确只是个书法爱好者。他调到文化馆后无事可干,常常关在办公室里临帖。文化馆有两位同事是中国书法家协会会员,这两位的性情截然相反——一位狂妄得不知自己姓什么,见谁都是鼻孔朝天;另一位却谦卑得很,正应了那句话,武艺长一寸,见人矮三分。他在私底下向谦卑的那位书法家求教,后者推荐他临赵孟頫的帖。他依言到新华书店买了赵孟頫的字帖,一笔一画,从零开始,渐渐地,开始临《胆巴碑》《玄妙观重修三门记》《雍古氏家庙碑》。易平安很诧异,练习书法这事同谁都没有说过,纯属地下工作,陈光明倘若不是信口胡沁,又是从哪里知道的,难道他的眼睛会穿墙过壁透视不成?

那位被尊称为高老的长者有些面善,易平安感觉好像在哪里见过,一时却想不起来。余下的那六个人,除了陈光明外,还有一个是认识的,叫郝主任,不过对方不一定认识他。N多年前,他送份报告去市政府办公室,当时就是交在郝主任手上。还有过一回,他代替馆长去开会,坐在主席台上的就有郝主任,那时的郝主任比现在不知精神多少倍,简直判若两人。

易平安就这样被陈光明拽进了奔月楼,并且当天就履任了,职责似乎同他当副馆长时差不多,干的也是打杂的活儿。待那几个人走后,他问陈光明,他们是谁呀?陈光明斜睨了他一眼,瓮声瓮气说,问那么多干吗?以后你会知道的。易平安有些不快,痴呆了一会儿。陈光明催促说,还愣着干什么?干活吧。

三楼的布置同印象中好像有些不一样,刚落成那会儿,有一股浓烈的油漆味,楼上楼下都是空空荡荡的,完全是座空楼。楼建成了,却不知派什么用场。上楼的人无非是站在回廊上,观看常州亥河的风景。现在看,三楼的空间好像缩小了一些,东头多了两间更衣室,南侧的更衣室还兼做音响室,门口立着一只齐膝高的黑色音箱。北面墙上挂着一幅装裱好的书法作品,内容是陶渊明的《桃花源记》,风格同本市另一位书法家的作品有些相似。那位书法家是本市最早加入中国书法家协会的,开了先河,在本地书法界引起了轰动,一时从者众,想必这幅作品的主人也受到过他的影响。

一楼有个杂物间,放着扫帚、拖把和塑料桶。易平安用塑料桶提了水上楼,用拖把清洗地板。地板上全是脚印,重重叠叠的,拖把擦过去,地板便镜子似的一溜光。陈光明在整理更衣室,将挂在衣架上的练功服叠好,收进各自的储物柜。干完这些,陈光明领着易平安进了北侧的更衣室,这间更衣室归高老单独使用,旁人不得入内。陈光明叮嘱了几句,不外乎高老的更衣室要保持干净整洁,收拾衣物时要注意哪些细节,等等。临分别时他又交给易平安一串钥匙,让他第二天早上务必赶在七点之前来开门,七点钟晨练的人们会准时到来。

陈光明走后,易平安看着手上多出来的钥匙,忽然觉得有些荒诞可笑,咋就接过钥匙了呢?咋就听从陈光明的安排了呢?就像当初离开学校,稀里糊涂调到文化馆一样。想到文化馆,他的心头又是一紧,骤然间记起来的故事好像一条蛇一样游进了他的体内,寒彻而又惊悚。故事是文化馆那个狂妄的书法家的亲身经历,某一天,那位书法家去了广东,一位朋友隆重地接待了他。那位朋友领着他同一帮人坐船出海去吃海鲜,先是抵达一座小岛,后来换船去了外海,目的地是孤零零在海上漂流的一艘大船。大船四周挂满网箱,点单的人坐着小艇绕着大船转圈,喜欢哪种海鲜点哪种。书法家甚是欢喜,因为陪同他的都是有身份有地位的人。开饭时,首先上桌的是一大盆热气腾腾的鱼汤,陪客对他都是礼让三先,请他先来,他在感动之余也就不再客气,用小勺盛了一碗鱼汤,鱼汤鲜美异常,他三勺两匙全下了肚,而其他人都还没举箸呢。如此客套一会儿后,那些陪客不再客气,一个个争先恐后,一大盆鱼汤很快见了底。后来,他问朋友,那一大盆鱼汤是用什么鱼煮的,怎么那么好喝,朋友说是乖鱼。再后来,书法家知道了,乖鱼是广东人的说法,其实是河豚。书法家气坏了,打电话把那个朋友痛骂了一顿,从此绝交了。再往后,书法家得了个外号,叫乖鱼大师。

易平安转而一想，又觉得自己太小肚鸡肠了，甚至有些阴暗。那位书法家本就没什么真心朋友，怎么能拿他的狐朋狗友同陈光明相提并论呢？陈光明还是很信任他的，要不然怎么会把钥匙交到他手上？易平安呸了自己一口唾沫。

三

　　奔月楼是个独立的世界，每天踩着相同的节奏在运转，看似漫不经心，实则恪守着严格的规律。刚开始，易平安有些不适应，虽然之前也经历过规行矩步的生活，可文化馆毕竟是个管理松懈的单位，涣散惯了，一下子箍得这么紧，感觉都有些窒息了。头两天早上，陈光明还打来电话提醒他，生怕他误了点。易平安的妻子倒有些高兴，至少她丈夫每天早上醒来，不像以前一样懵懵懂懂，不知道自己要干什么。易平安从床上爬起来，急匆匆洗漱，又急匆匆出了门。几天下来，他就养成了习惯，不用闹钟，到那个点自然就醒了。

　　易平安在奔月楼的事务不算多，每天早上六点五十分准点开门，虚室以待。七点左右，几位晨练者相继到来，高老必定会有一两人陪同。待他们换好衣服后，易平安打开音箱，播放晨练的曲子，然后他退到室外，下楼，到公园里转上几圈。如此闲逛了两个早上，陈光明送给他一身杏黄色的练功服，让他站到队末一块练习。易平安觉得有些滑稽，杏黄色的练功服让他联想到了黄马褂，有一次文化馆排练节目，让他穿着黄马褂客串了一回。他不好拂逆陈光明的意思，换上练功服，加入了晨练的队伍。晨练结束后，人们陆续离开，易平安开始擦洗地板，整理更衣室，将挪动的物品一一复归原位，完毕后锁门离开。

　　陈光明为什么把他拉到奔月楼来？易平安多次思忖过这个问题，得到的答案是也许此前这些活儿是由陈光明干的，陈光明有时遇上急事来不了，就拉他来顶上，给自己解围。时间一长，易平安说服了自己，心甘情愿接受了这份差使，好像这原本就是他的职责一样。

　　在这个晨练的小团体中，待人最和善的是高老，每天早上见面他总是微笑着同易平安打招呼，易老师早啊，好像不这么问候一声，就过意不去似的。易平安最先确认的是高老的身份，那幅《桃花源记》六尺条屏的书法作品上的落款是昌文，加上高老的姓氏，可不就是曾经的高市长？另外几个，无疑都是高老过去的部下，他的得力干将，其中有武局长、余局长。陈光明调任卫生局局长时，武局长是建设局局长，余局长则是教育局局长。他们几个，包括郝主任，见面时同样会招呼一声，但易平安听出了其中的区别，他们的声音是矜持的，好像他们的问候对他是种赏赐，中间横亘着不可逾越的距离。他们对他的称呼也是变化的，高老在时他们称他为易老师，高老不在时就还原了他的职务——易副馆长。好像他们在以这种方式提醒他什么,或者是同他划清界限。

　　这让易平安有些不是滋味,有几次意欲撂挑子不干了,可回过头一想,这点委屈权当是替陈光明受的,他是在帮衬他。正因为如此,他自觉同他们保持距离,当然,这种距离是心理上的,而在现实空间里,他距离他们并不远,几乎时刻都在他们身边。有时晨练结束,更衣室转不过来,余下的几个人会聚在大厅一角说会儿闲话,这种时候,易平安绝不靠近他们。他们好像故意压着嗓子,将声音控制在一定分贝之内,加上大厅共鸣产生的回响,声音散播开时变得混沌不清,不知所云。有时候也能听清楚一些意思,他们笑谈的内容都是过去式的,在他们那里可谓耳熟能详、心知肚明,可在易平安听来却是非常陌生,前所未闻。有时,他们也会说到常州亥市的时政新闻,毫无疑问,他们会拿这些新近发生的事情同过去做比较,继而发出寓意不同的感叹。刚开始,易平安还觉得有几分新鲜,会支棱起耳朵偷听,但听得多了,觉得很没意思,图个啥呀,还说这些,还在意这些。他回到了之前对待陈光明的态度上,左耳朵进,右耳朵出,什么都不曾留下。如此一来,他也就不在意他们说什么,甚至不在意他们是谁了。

　　短暂的热烈过后,往往由高老来结束一次谈话,高老说完之后,晨练的人们便微笑着道别离去。有时,他们也会聊些别的,某部热播的电视剧,某个熟人的近况,体育赛事,体检时身体的各项指标,这些都是花絮,有点像电视台播放的文艺节目。有一天,高老聊起了书法,从王羲之开始,说到楷书四大家欧、颜、柳、赵,因为涉及赵孟頫,易平安便格外留心。高老的观点并非独树一帜,多是人云亦云,听了一段,易平安便失去了听下去的兴致。好在高老也没有继续说下去,而是由书法转移到了他的祖上,高老的高祖父中过举人,他的曾祖父、祖父、父亲都是从小练字,书法上有童子功,都写得一手好字。他祖父特别喜欢颜真卿的书法,真正把它当墨宝了。听众由衷地赞美起来,高老却又自责,我就不争气了,辜负祖先们的传承了。众人便颂扬高老的书法,以此来宽慰他。

　　易平安猜想,高老的日常除了晨练,可能很大一部分时间都耗费在练习书法上了。某天,散了晨练,易平安同陈光明走在一块,两人同去吃早餐。高老祖上真的像他说的那样在书法上那么有建树?穿过枫杨树林时,易平安带着些许好奇问。陈光明乜斜了他一眼说,当然是,我看过他爷爷的字,很得颜真卿的精髓。易平安便不再言语了,陈光明却又带着警告似的叮嘱他,以后这种话可别乱问。

　　没人时,易平安逮空琢磨高老的那幅《桃花源记》条屏,虽说有不少瑕疵,但还是能寻觅出其中的好来。他把感受说给陈光明听,后者说,才知道啊?高老可是部大书,鸿篇巨制,博学得很,深邃得很,够你读一辈子的。又问易平安,你临赵孟頫的帖进展怎样?反倒叫易平安羞愧了,就那样,我是拿练字来填闲的。

　　你向来沉得住气,这点真叫我羡慕。陈光明说。

这话落进易平安心里，像掉进去一个半生不熟的饭团。他分辨不清，陈光明是叶公好龙式的羡慕他，还是在嘲讽他。

后来，他才知道，陈光明的话是有余韵的。两个人喝着茶，说些闲话。陈光明说起了从教育系统改行进城的经历，刚进文化局时正好是高老任局长，后来，高老进了市政府大楼，他被提拔为副局长。我的梦想就是那时被点燃的。陈光明对往事无限留恋，像是痴情者对过去的恋人念念不忘一样。这一段，即便他不说，易平安也早已感受到了。我要说没有野心，那也是假的。陈光明说到当了局长之后，眼前豁然开朗了，好像有一条光明大道直通市政府办公大楼。而后来，他在仕途上并不像之前那么亨通。易平安也听出来了，好友是借闲聊来销蚀心中的块垒。

高老这部大书呀，我还是没有完全读懂。陈光明为往昔的遗憾而叹息。

四

到文化馆上班后不久，易平安就生出了一个疑问，这疑问憋在心里快二十年了，始终没有说出来。当初陈光明为何把他调到文化馆，而不是文化局，委实让他费解。那时看来，他觉得在文化局肯定比文化馆更有前途，说不定能步陈光明的后尘也未可知。而后来，他的这种抱负慢慢被文化馆的日常事务给吞噬了，磨灭了，可是这个疑问并未因此消失，感觉像有个硬核藏在身体的哪个部位。有一天，晨练结束后，他同陈光明走在一块儿，犹豫再三，还是把疑问吐了出来。陈光明可能猝不及防，错愕了一下，稍后反问道，你不觉得文化馆很适合你吗？易平安得到答案，有些后悔旧事重提，他这么问很容易让对方产生误会，会以为他有什么不满。陈光明在局长任上时，对待同事是极为严苛的，有些女同事甚至被他骂哭过，不把易平安调进文化局，有可能也是为了避免彼此尴尬。易平安也明白，即便是这个原因，陈光明也不会承认，更不会说出来。

细细反刍，陈光明话里话外还挟带着讥诮之意，易平安也活该被羞辱，谁叫他到文化馆后就躺平了呢？不过，这些都已经过去了，多说无益。

奔月楼的时光就这么波澜不惊地缓缓流淌。遇上天气不好，晨练就会取消，待到天气好转再恢复。易平安也是克尽厥职，把奔月楼的事务当成自己的家务，侍弄得妥妥帖帖。对待晨练团体的每一个人，不管是高老，还是武局长、余局长，他都是行礼如仪，谨守分际。这么做并非小心翼翼，而是怕陈光明小看他。不过某天，他还是出了一些差错。早上开门时，他发现从门口到更衣室的地板上布满了来来往往的脚印，两间更衣室的情况更糟糕，地板上丢着一团团揉皱的抽纸，原本清空了的垃圾桶塞满了垃圾，苹果核、矿泉水瓶、面巾纸，什么都有，几只空的酸奶瓶搁在音箱上。易平安手忙脚乱清扫了更衣室，但还是慢了一步，晨练的人们准时到来,他不得不在众目睽睽之下,拿着拖把擦拭地板上的脚印。幸好拖把已经半干了,没有留下多少水渍,但地板上免不了有些花里胡哨。

晨练比往常晚了几分钟,除了陈光明的脸色难看一些外,其他人包括高老,都没有什么异常表现。他们聚在一块说笑着,中心内容是前一天本市发生的一件新闻,然后晨练照常进行,同往日也没什么区别。晨练结束后,陈光明有意留了下来,同易平安一块打扫卫生,整理更衣室。完毕后,关窗闭门,两人下了楼梯,易平安这才问,三楼是不是还有钥匙在别人处?他的言下之意是,昨天晨练结束,他已经做过三楼的保洁了。陈光明莫名其妙地觑了他一眼,好像对他为自己开脱有些意外。易平安觉得也许有些小题大做了,偶尔一次有些不整洁也很正常,就算疏忽,那也是谁都会有的。

临分别时,陈光明才说,下午你有空再来看看吧。

这句话里好像有几个意思,一个意思是让易平安下午再来清扫一次,另一个意思是让他来看看,到底还有谁有三楼的钥匙。半下午,他再次来到临河公园,还没进枫杨树林,就听到树林那边隐隐有乐曲声传来。到了奔月楼,二楼的大厅正热闹非凡,像有人在排练京剧,京胡月琴,唱腔委婉缠绵。上楼一看,果真是,正在唱着的是虞甜甜——夕阳红艺术团的台柱子。易平安同虞甜甜算是熟人,常州亥市的春晚向来都是文化馆主打,每年都少不了虞甜甜的节目。易平安是负责春晚后勤的,只要经常参加春晚的演员,即便没有说过一句话,彼此看脸也早该看熟了,更何况虞甜甜在春晚的舞台上水袖长舒了快二十年。他被动地听过她好多戏,对她从艺的经历多少了解一些。虞甜甜并非专业戏剧演员,学戏完全是受她母亲影响,她母亲是市剧团的演员,从小将她带在身边,她耳濡目染,慢慢地学会了一招半式。有时,她母亲来了兴致,会调教她一下,剧团的叔叔阿姨偶尔也会逗她一逗,花旦小丑,学的就有些杂了。她母亲习的是程派青衣,到她身上自然也突出一些。当时剧团在走下坡路,做专业演员已经不可能,虞甜甜便进了街道办,还是她母亲找关系把她弄进去的。

虞甜甜是有些悟性的,她母亲会的那一套,她已经青出于蓝胜于蓝了,后来不知怎的,改学了荀派青衣,同样受到观众宠爱。市里举办的大小会演,都少不了她的身影,加之她长相甜美,一颦一蹙之间,便把人们的心给捏住了。她的人缘极好,追求她的人更是遍布大街小巷,哪个角落都有。或许正因为如此,她的婚姻不太顺利,离过两次婚,后来干脆过起了寡居的日子。易平安听说过她的一些风流韵事,都是捕风捉影的,没见过真相。虞甜甜倒不受风言风语影响,一心扑在唱戏上,唱腔念白越发纯熟,每年市里春节晚会都会带着新戏登台献唱。退休后,她进了夕阳红艺术团,自然成了团里的长公主。

易平安隔着镂花雕窗看进去,虞甜甜穿了戏服,站在人群中央神韵飞动地唱着。快六十岁的人，身段依旧玲珑姣好，没有半点走形。此刻，她的唱腔婉约跳荡，活脱脱一个少女形象。青衣是梦。易平安不知不觉被吸引了，此前他欣赏过她表演的《元宵迷》《玉堂春》和《钗头凤》，这会儿却不知道她排练的是哪出戏。他站在回廊上观看室内的排练，直到结束，才想起自己来的目的。

二楼的门开了，室内的人鱼贯而出，有脚步声往三楼走，轻捷的，是虞甜甜的脚步声。易平安也跟着往三楼走，半道上听见三楼开门，又关门，猜想她是上楼去更衣，便在门外候着。少顷，虞甜甜从门里出来，已经换上了一件白地蓝花的外套，拎着一只纸袋子，袋子里大概装的是那身青色的戏服。她见了他，略微愣怔了一下，旋即莞尔一笑，易老师也在这里呀？易平安也笑了笑，我来当观众呀。虞甜甜咯咯笑，早了，这会儿戏还没熟呢。哪里啊，你是一叶扁舟重游赤壁，驾轻就熟。易平安恭维她。虞甜甜笑得更开心了。

虞甜甜走后，易平安进门察看晨练大厅，只见地板上留着两行脚印，星星点点的，径直通往高老的更衣室，顺着脚印走过去，又见更衣室的地板上多了几个纸团，看来这虞甜甜并不像外表这样，不是个爱整洁的人，总是乱丢垃圾。此后，因为虞甜甜，易平安每天下午都要来奔月楼一次，有时下午不得空，第二天就会赶早前来，赶在晨练的人们没到来之前，把弄脏的地方清扫干净。说不烦是假的，多了个虞甜甜，事务就翻了个跟斗，可他终归无法制止她，更不可能把她的钥匙收回来。更恼人的是，她还不懂得收敛，她见过他收拾更衣室，可依旧恶习不改，全然不当回事，顶多抱歉似的笑一笑，便一走了之。

他本想把这事同陈光明说说，还是忍住了，估摸他也拿虞甜甜的肆意无可奈何。后来，是另一件事情的发生抹平了他的烦恼，有一天，陈光明交给他一项任务，让他去请个老师来教太极剑和五禽戏。他四处打听，文化馆的同事也给他介绍过两位，可仔细一了解，这两位都有些让人不放心，一个贪杯，另一个则是话痨。陈光明把太极剑都买好了，八把剑，一把剑鞘是暗红的，另外几把剑鞘都是清一色花梨木的。可这边老师还没有着落，情急之下，易平安想到了虞甜甜，她认识的人多，说不定能找到合适的。把这事同她一说，她居然满口答应了，很快就找来一位老师，是市一中的体育老师，退休了，正闲得发闷。体育老师姓丁，丁老师年轻时习太极拳，还参加过比赛，拿过奖。丁老师很随和，平时见了谁都是笑眯眯的，除了必要的寒暄，并不多话，只有一样，教学时极为严格，不管是谁，动作不规范，不到位，必定疾言厉色，不给人留半点情面。易平安暗暗捏了把汗，想不到的是，高老等人却放得开，不怕受训斥，名师出高徒，一个多月下来，大伙儿太极剑就舞得有模有样了。培训结束，陈光明出面请了顿饭，酬谢丁老师，易平安把虞甜甜也请来了，几个人说说笑笑，这事算是画上了一个圆满的句号。

五

过些日子,陈光明又约易平安一块儿喝茶,相比退休之前,这约茶的频率高了许多。易平安觉察到,陈光明似乎比他还要落寞。退休之前,陈光明身边不说前呼后拥,最起码不会像现在这样孤家寡人似的,走到哪里都形单影只。触摸到这一层,他对陈光明便有了些怜悯的意思,别看过去风光,到头来还是落入了世态炎凉的窠臼,毕竟满大街行走的都是现实主义者。易平安有些感慨,既是为陈光明,也是为自己。想一想,两位童年好友年过花甲还能脑袋碰脑袋聚在一块儿,实属情谊难得,又何尝不是相互取暖?

两个人相对而坐,并无什么要紧的话说,说的多是废话。正是这废话,填补了人生的虚空,倒变成最珍贵的了,试问,这世界上还有谁愿意听你连篇累牍的废话呢?说上几句,静默一会儿,喝茶,嗑瓜子,太阳西斜。陈光明忽然赞叹似的说,看不出啊,你还挺能干的。易平安有些摸不着头脑,一脸讶异。请教练的事呀。陈光明把话挑明。那是虞甜甜的功劳,我可不敢贪功。易平安说。有些事能做不能说,又有些事能说不能做。陈光明说着车轱辘话,似乎在暗示什么。

易平安的内心有一宗烦恼,女婿考上了邻省的公务员,在交界处的一个乡镇工作。说近吧,隔着省,说远吧,过了省界,不出五十公里。女儿和女婿分居两地,生活不便,暂时不敢要孩子。他想把女婿调回来,这牛郎织女的,时间久了,怕生出什么事端。跨省调动可不是件容易的事,他把烦恼吐给陈光明,后者点头又摇头,这事是要解决,可惜我现在什么也帮不了你。去找谁合适?他让好友出个主意,指点迷津。你说找谁?陈光明眨巴着眼睛反问。易平安更是一头雾水。

七月底,骄阳似火,天气燥热得不行。市老干部局在筹划"常州亥市老年文化艺术节"系列活动,包括运动健身、书画摄影展览和文艺演出,时间定在重阳节。奔月楼陡然忙碌起来,好像一台机器一样加快运转。这三大活动都同奔月楼有关,三楼有两项:太极剑和书法展,二楼虞甜甜的荀派青衣是必不可少的重头节目。早上的晨练变成了排练,丁老师被请回来指导,一招一式都不能马虎。时间也被拉长,到九点结束。而虞甜甜也趁着早晨凉爽,加紧在二楼排练。一时间,奔月楼乐声悠扬,热闹非凡。在公园里闲逛的人们被吸引,纷纷上楼围观。易平安肩上的担子骤然加重了,除了要参加训练外,还得做好后勤保障。训练结束,他又得去定做演出服装,高老参展的书法作品创作出来后,又是他送去装裱店装裱。高老还动员他,好好写一幅,一定要参加展览。易老师呀,你可不能藏着掖着,好作品一定要拿出来让大家欣赏。高老半是玩笑,半是认真。这让易平安有些惶惶然。

重阳节那一天,艺术节活动如期开展。高老领头的太极剑表演、虞甜甜新排练的剧目参加了开幕式演出,获得了一致好评。艺术节谢幕时,奔月楼捧回来三项金奖,获奖的除了前面两项外,还有高老的书法作品。易平安创作了一幅楷书斗方,展览时被安置在一众作品中间,拿了个优秀作品奖,聊当安慰。奔月楼沸沸扬扬了几天,摆庆功宴,晨练前后的话题莫不是围绕艺术节在转圈。待到重复了无数遍,兴奋的热度渐渐降低,终至白水清茶,这才回到往日的宁静中来。

没几日,高老或许是嫌气氛不够热烈,又或许是想到了什么,晨练结束时给大家出了道题,把这"奔月楼"的名字给改了,改成什么合适,让大家都琢磨琢磨。可能谁都没有想到会有这么一出,一时僵住了,好在不必当场给出答案,尚有思索的余地。易老师,你也帮着想想。高老还特意点了易平安的名,让他无路可退。

高老啥意思?晨练散后,易平安问。

闲的吧。陈光明不以为然。

易平安却把它当回事了,回到家,脑子里旋转的始终是"奔月楼"这三个字。奔月楼这名字的由来他是清楚的,当年市文联和市文化馆组织的那次采风结束后,就因给这楼取名搞了一次征名活动,收到的名字有近千个,揽胜楼、抱水楼、叠翠楼……什么名字都有。最后定的是奔月楼,当时高老正在市长任上,想必这名字就有他的意思在里面。易平安原想走个捷径,从当年那些名字中随便挑一个,拿来应付一下,反复思量,好像觉得不妥。

高老把任务布置下去后,许久都没提起此事,大家都以为他忘记了。某天,晨练开始前,高老忽然问,名字的事大家想得怎么样了?大家你看看我,我看看你,好像谁也没有准备。武局长张张嘴,正要说话,高老却又摆摆手,阻止了他。晨练结束后,大家都更了衣,聚在大厅等候高老,高老好半天才从更衣室里出来,比平常慢了不止八拍。大家把各自想好的名字一一说给高老听。

武局长说,揽月楼。

余局长说,得月楼。

郝主任说,自在楼。

陈光明说,问天楼。

听到问天楼,高老愣了一下,瞄了陈光明一眼,但很快转向了易平安,易老师呢?

易平安迟疑了一下,本想说聚闲楼,觉得不对,最终给出的答案是,太极楼。

高老同样瞄了易平安一眼,哦了一声,有些意味深长。

大家都眼巴巴地瞧着高老,等待他的答案,高老却挥挥手说,散了吧。

数天后,高老晨练时携来一幅书法,众人一看,书写的是李商隐的一首五言律诗《晚晴》——

深居俯夹城,春去夏犹清。

天意怜幽草,人间重晚晴。

并添高阁迥,微注小窗明。

越鸟巢干后,归飞体更轻。

高老说,天意怜幽草,人间重晚晴,就取这二字——晚晴,就叫晚晴楼吧。

众人都叫好,还请高老赶紧书写了,找人刻出来,到时把奔月楼的牌匾摘了,换上新的。高老却又摆摆手说,不必那么张扬,只要我们在心里叫着就行。

六

转眼冬天到了,早起北风凛冽,山水萧瑟,常绿树上可见厚厚一层白霜。易平安穿上棉衣,系上围巾,戴上眼镜,套上皮手套,骑上电动车,依然准点到达奔月楼。在他的记忆中,上班时都没有这么准时过。他弄不明白动力是从哪儿来的,像是在同谁较劲一样。回过头看,已逝的日子算是虚度了,这么理解便生出一种紧迫感,他要把失去的给挣回来。

奔月楼却不像他想象的这么平静,不给他以拯救的机会。某个晚上,他早早上了床,为第二天的履职积蓄体能,刚刚入睡,便被一阵电话声吵醒,是陈光明来电,告诉他第二天不必去奔月楼,他哦了一声,那端便挂了电话。过一天,他再去奔月楼时,依旧扑了空,等到八点整,还不见一个人来。他给陈光明打去电话,对方静默了小会儿,才低声低气说,歇着吧。他没朝别的地方去想,只是猜测有可能天气太冷了,受不了这份苦寒,人们才暂时停止晨练。

过几日,易平安约陈光明出去喝茶,后者犹豫了好半天,才说,还是来我家吧。陈光明家里空空阔阔的,他妻子去了上海,帮儿子儿媳照看孩子,留下陈光明守着四房两厅,怪孤寂的。陈光明泡了壶茶,两个人并排坐在沙发上,静静地喝着茶。你咋不去上海呢?易平安问。上海那世界,太大了,过不惯。陈光明回答。没你说的这么恐怖吧?易平安玩笑似的说。还是小地方待着舒服啊。陈光明仰靠在沙发上,双眼有些茫然地瞧着天花板。之后,易平安问起这些日子为何不晨练了,陈光明坐起身,朝虚空之处扫视了两眼,好像担心有人在偷听他们谈话似的。有人出事了。他脸上挂着灰暗说。谁出事了?易平安追着问。过不了多久,你就会知道的。陈光明叹口气说。

难道是高老?瞅着好友心事重重的样子,他在心里暗自嘀咕。

元旦过后,易平安还没有接到通知去奔月楼,直到春节临近才听到消息,武局长被查了,好像事情还不小,恐怕得蹲个三五年监了。易平安对武局长并没有多深的印象,虽说在奔月楼的这段时间几乎天天见面,可看到更多的是他的背影。武局长的个子不高，且体形偏胖，晨练时动作也很笨拙，有点像企鹅在跳舞。因为站在队尾的缘故，易平安有太多时间琢磨每个人的背影、动作，虽说看不见他们的表情，但从背后多少能猜出他们对待晨练的态度。余局长是最认真的一个，每招每式都规范严谨，无懈可击。郝主任就有些敷衍，懒洋洋地，像泄了精气神。陈光明的动作粗看也很规范，但分明给人一种吃力的感觉，好像挑着千斤重担似的不胜负荷。其他几个人也是各有各的特点，很难说孰优孰劣。易平安也算不上全心全意，举手投足之间很容易走神，看似全神贯注，心绪却不知道跑到哪里去了。

相比之下，高老的动作从容、舒缓，收放自如，全然一派宗师的风范。

奔月楼静寂了一个漫长的冬天，待到春暖花开，才重新恢复到过往的节奏。可这节奏又不全是过往的，多了一份小心翼翼，生怕碰碎了什么，多了一份敛声息气，生怕惊动了什么。每个人都是匆匆而来，悄悄而去，晨练开始前，或是结束后，不再聚在一起说笑，彼此之间似乎有意保持距离。如此过了两个月，众人才又聚拢了，将高老围在了中心。这个月高老有件隆重的事，那就是他的六十九岁生日，常州亥市的人们历来讲究做九不做十，遇上整十的大生日会提前一年过，六十九岁就是七十岁，古稀之年了。郝主任试探着问过高老，高老拧着眉头说，过啥过呀，这不是催人老吗？平安就好，平安就是福。

高老说的是人之常情，可言语之间分明藏了颓废，挟带了伤感。

高老的生日宴还是在郝主任的张罗下如期举办了。高老吃了长寿面，喝了两盅酒，再说话时声音就哽咽了。高老说，你们这些人哪，从来就没让我省心过，我同你们说过多少次，慎独，要慎独，你们听进去了吗？说者痛心疾首，听者脸色凝重，不敢直视说者的眼睛。酒宴散时，高老醉了，脚步歪歪扭扭，郝主任去搀扶他，他撒开郝主任的手，一个人踉踉跄跄往回走。

生日宴后的第三天，易平安问陈光明，我想给高老送份生日礼物，你说送什么好？陈光明斜睨了他一眼说，平安就是最好的礼物。易平安还是自作主张，将文化馆那个谦卑的书法家送给他的一幅拓片当成礼物，转送给高老。那幅拓片据说来自西安的碑林，有些年月了，想来应该十分珍贵。他将拓片用大信封装着，带进更衣室，交到了高老手上。他注意到高老打开拓片时，眼睛分明亮了一下。

后来，在恰当的时候，易平安把心中的烦恼吐露给了高老，高老的反应很热烈，这是个实际问题，得想办法解决，不能影响下一代。现任的市长曾经是高老的秘书，有了高老帮忙，后面的事情就顺利了，易平安的女婿半年后调回了常州亥市，被安排在同他女儿比邻的一个乡镇。易平安在欣喜之余，不想遇到了一件意外之事，他离开了奔月楼，准确来说是被奔月楼给驱逐了。他女婿调回来后不久，陈光明约他喝茶，祝贺他心想事成，茶冷人散时，陈光明向他讨要钥匙，钥匙呢？

给我用一下。他以为陈光明要去奔月楼有什么事,便把钥匙给了他,此后,陈光明却再也没有把钥匙交还他。

几个月后,易平安或许是为了印证自己的猜想,又或许是有些怀念奔月楼的时光,有天早上他来到了临河公园,公园门口的保安同他打招呼,老易,好久不见啊。他回应了保安。后来保安絮絮叨叨说起,以前老张也是这样,前几年天天来,忽然就不来了。易平安讪笑着说,是啊,是啊。往公园里面走,穿过枫杨树林,来到奔月楼前,清晨的阳光斜射过来,将他的身影拉得很长。常州亥河流水汤汤,水面被晨阳笼罩,镀了薄薄一层金光。此时的奔月楼上乐曲悠扬,从音乐的旋律上判断,晨练进行到了哪一节,易平安再明白不过了。

【作者简介】樊健军,江西省作家协会副主席,小说见于《人民文学》《收获》《当代》《钟山》《上海文学》等刊,著有长篇小说《诛金记》《桃花痒》、小说集《冯玛丽的玫瑰花园》《向水生长》《穿白衬衫的抹香鲸》《空房子》《行善记》《有花出售》《水门世相》等,曾获首届汪曾祺华语小说奖、第二届林语堂文学奖、第二十九届梁斌小说奖中篇小说奖、《飞天》第二届十年文学奖、江西省优秀长篇小说奖、《星火》优秀小说奖、《青岛文学》第一届海鸥文学奖、江西省谷雨文学奖、江西省作协"天勤杯"2021年度优秀小说奖。作品入选加拿大列治文公共图书馆最受欢迎的中文小说名单。

书吧里的长耳鸮

◎ 南 翔

一

台风常常是这座南海海滨城市的不速之客。

话说今年此城经历的台风尤其多，暹芭过后是杜苏芮，杜苏芮过后是卡努，卡努过后是苏拉……好在这些不知从哪个硕大的娘肚子里窜出来的愣头愣脑的台风，每一次都来得快捷，走得干净。说是走得干净，也是这一次跟上一次比吧。譬如这次苏拉过后，处处都留下了拖泥带水的痕迹，让小冬感觉像是一群喝醉了的野猪耍闹过的灌木丛，满目都是践踏之后的折断与毁损。

红树林书吧正南向，一棵一搂多粗的王棕因当着风口，在历经了多次暴风骤雨之后，轰然倒塌，一条长长的躯干无助地横陈在海滨公园的石板路上。小冬当然没有听到轰然之巨响。此次苏拉——小冬查了一下，此名有紫气东来、气势磅礴之意——先是几天的炎热难耐，再是数日的瓢泼大雨，夜间听得到呜啦呜啦的风掠过耳朵。小冬半夜醒来，担心书吧屋外的帆布雨棚被掀。次日赶来上班，四片翻飞如蝶翅花瓣的雨棚完好无损。东向几棵麻楝、黄槿、菩提、人面子则全都听令一般躺平，一道躺平的还有这棵原本趾高气扬、带着膝下一丛灌木小兄弟看海上日出月落的王棕。

阴凉的东向顿时一片敞亮，小冬想，如果小雪在的话，她一定会说：天开眼了！这是每当雨收云开之后，小雪最爱说的一句，她讲这是奶奶生前的口头禅。小雪说这话时，总爱仰脸看着书吧对面的海面，海那边是香港的新界。

她张望之时，有瞬间的凝神，那是小冬最喜回味的目光逗留：雨后的阳光把她原本光洁额头上的一层细密的茸毛放大了，像是要与发际线争宠的一群雪白的羔羊。一对大而黑的眼珠,专注、深情而略感忧伤,与平日里的警惕、讥诮乃至有几分玩世不恭很不相同。

跟此前多股台风一样,调皮捣蛋的苏拉来时虚张声势,去时擦肩而过。听新闻报道:全市倒伏了百十来棵大树,损失了一些车辆和广告牌,所幸无人员伤亡。小冬坚守了近两年的红树林书吧,虽在海滨公园的风口,却基本完好,当天照常开张,所需的就是得花一两个小时清理积水,将枯枝挪到道边,等待清洁车拖走。

往常与小雪一道做这些事,她是有些漫不经心的。

小雪爱穿一双紫色半透明的高筒胶鞋,再戴上一副黄色的软皮手套,清理残叶,掰断树枝,打扫室内室外……清理得干干净净之后,她身上也不见污渍。但见一片茸毛生长的额头,早已沁出一排细密的汗水。此时她便摘了手套,洗了手,斜坐在刚刚擦干的雨棚下面的唯一一把镂花的白铁椅上,喝一杯热气腾腾的抹茶。尚未脱掉胶鞋的两只脚,在桌下踩钢琴踏脚一般,一张一弛。眼神专注得好似音乐已经从劫后重生的海滨公园四处响起,只要用心去感受,就能听到缤纷的节奏。

小雪有很多爱好,吹笛、吹箫、吹巴乌、吹葫芦丝……但凡吹奏的民乐器,她都无师自通。从小爸妈叫她学钢琴,给她买过一台"长江"牌钢琴。断续弹过几年,她始终培养不起兴趣,止步于入门级。这个曾想打造钢琴之城的城市,在世界钢琴比赛中拿过大奖的都不乏其人,小雪不想成为钢琴金字塔底座的一株小草。连体育爱好,她也放弃重量轻、观赏性强、技术要求可高可低的花剑,选了速度非常快的佩剑。过于随心所欲的后果显而易见,文艺或体育并无拿得出手的奖项,高考之中也两次失利,毕业红本最终在本市一所大专类职业技术学院的动漫专业盖了戳。

毕业之后的两三年内,她在几家文化与影视公司三跳两跳,最后跳到出版集团旗下的红树林书吧,小冬与她搭档了近一年。

这座城市有好几个堪称各区文化坐标的大书城,书吧、书房和大小图书馆则密如蛛网,渗入了各区街道的骨骼和肌理。当今时代,但凡带"书"字的空间,无论大小,光靠卖书都难以自食其力,称得起书城的地方,都得借助卖包、卖玉、卖字画、卖笔墨纸砚、卖酒水面包,以及在"书籍是人类进步的阶梯"的显赫标识两侧——二楼左边一路是音乐与美术培训,右边一路是"老碗会""农耕记"以及食客能念却都写不出来的陕西"biángbiáng"面,方得平衡收支。

小雪记得有一次是联合国教科文组织的官员迤逦而来,其中一位高鼻深目的老外用不错的中文说:这是读书和吃饭两不误的地方,读书读饿了吃饭,吃饭吃饱了读书。右边那位挽着他手臂,看起来是他太太的中国女子说:这叫精神文明和物质文明两手都要硬啊。经翻译一说,一群黑白面孔的人都笑了。

小雪在中心书城待了一年多，自愿要求到新开张不久的红树林书吧做了店长。不是宁做鸡头，不当凤尾，而是她喜欢简单、干净、美丽的环境。她说缭绕的书香是内环境，这在所有的几大书城和几十个书吧都有的；开门见海，见群鸟飞翔，见喷薄的日出，见浓得化不开的绿意，本市只有这么一个红树林书吧。

故而，她主动请缨，要求来此书吧做孤零零的掌门人。

小冬是她招聘的第一个员工，也是最后一个。

小冬迄今清晰地记得面试的那一幕：小雪身着黑衫黑裤，黑衫的一对尖前摆长遮大腿，腰上挽了一个松松垮垮的结。一头长发在脑后束成了一只活跃调皮的黑兔，随着她的颈项转动，上下左右地跳跃。在这个年平均气温22.4摄氏度的亚热带城市，她出门从不带太阳帽与遮阳伞。除非去大鹏湾游泳或骑摩托艇，她也从不抹防晒霜。以至她修长的脖颈与椭圆的脸庞都呈现一种淡雅的栗色，愈发把一双眼眸衬托得芝麻丸一般乌黑发亮。

她：你有什么爱好？

他：读书。

他不大敢正视她那对乌黑的带着光芒的眼睛。

她：到这里来工作的人，读书是工作之一。来书城书吧和图书馆工作的人，没有谁不爱读书的。

他：那……我还喜欢写作和画画。

她：哦，那可以给我看看吗？晚一些我们加微信之后，你也可以从微信里发给我。

他：我还有个自己的公众号，不过很少打理。

她：有自己的爱好，还希望表现自己，这就是好的啊。

此后不久她带他去观看深圳湾体育中心的一场佩剑表演，她的一招一式，尤其是刺和劈给他留下了目瞪口呆的印象。他没想到，平时那么一个文弱的姑娘，戴着面罩到了击剑场上，像是完全换了一个人，变得灵如鹰隼，活若蛟龙。

此刻与小冬在一起搞清洁、收拾苏拉顽皮捣蛋留下斑斑劣迹的，不是恍惚中的小雪，而是小冬招来的榕榕。小雪去年年底就辞工了。当时小冬问她是不是准备去考公务员？小冬的毕业证虽是本科，却来自本省北部一所名不见经传的二本学校。毕业这几年，他看见太多的同学或朋友猫在家里复习一年或数年，再见时带着一脸缺乏日照的寡白和缺少睡眠的两个夸张的黑眼圈，或者喜上眉梢，或者垂头丧气。小雪鄙夷道，你以为我还会回到那条道上去吗？我已经被虐多少遍了，不想被他们笑话。话是如此，小冬瞥见她读的书里，仍有大本教材。

榕榕比小雪矮，却比她胖了一圈儿，因此也显得壮实。搞起卫生来很是卖力，个把钟头之后，里外是干净了，她自己却弄得一身污泥浊水，索性连鞋袜都脱了，一起扔在屋后的水池里。她从储藏间自己的收纳柜里,取出一双拖鞋。小冬不用提醒,她让自己那一双胖得像施肥过猛的白萝卜、分不开趾叉的脚透透气,很快会穿上鞋。那是一双后跟足有两块砖高的松糕鞋。小冬想,爱穿这种鞋的女子,是不是天生就有踩高跷的欲望?

榕榕既不爱读书,也不爱吹拉弹唱,更与舞剑之类的高雅体育无缘,希望工钱能长一点,加班费多一点,多有点闲钱去逛逛超市,休息日去到对面的香港,买点欧莱雅或资生堂的护肤品之类,就是她生活期望值的一个等高线了。

话说回来,谁又嫌钱多咬手呢? 如果先前小雪不是嫌工钱太低,她是不会舍弃自己很喜欢的这个工作环境的。小雪慨叹过一句:我记得一位文学教授来做讲座,引用的是阿根廷盲人图书馆馆长博尔赫斯讲过的一句话"如果世界上有天堂,那一定是图书馆的模样"。现在的书城除了座位少点儿,其他跟图书馆没有太大区别。如果博尔赫斯能看到这个海滨生态公园的红树林书吧,面向大海,四季生绿,不知道会用怎样的形容词来夸赞这样的天堂了!

二

今天周六,下午三点有嘉宾过来书吧二楼做讲座。

小冬要赶紧收拾干净,他带榕榕正拟上楼,烨子来了。烨子是一楼拐角处咖啡角的经理,只不过她这个经理是一个光杆司令,点心是"星星面包坊"配送的,她的角色是咖啡师、服务员、收银员三位一体。此刻她站在门边收着伞问,还好吧? 除了倒了一棵树,台风又是跟咱开了一个不大不小的玩笑。她撑伞并非因为挡雨,而是为了防太阳。烨子跟小雪完全相反,一个视紫外线为寇仇,一个热烈拥抱四季——这个城市并无明显的四季——的阳光。故而一个脸色白得像涂了白蜡,一个额头和双臂像枝头刚爆开外壳的栗子。

榕榕道,你看得见的我们都收拾干净了。

烨子拍手道,好啊,我正好过来坐享其成。

小冬和榕榕上到二楼,刚把当头一块被吹落地上的"与书相悦"的讲坛牌子拾起挂上,忽然听得咕咕两声鸟鸣。两人四下寻找,榕榕认为在屋外的树上,小冬摇头,认为不像是外面传来的声音。莫非昨夜的台风将鸟吹落到了屋里?

这座红树林书吧,原先是中铁二局参与建设海滨生态公园留下的一座废弃的工地建筑,本来是要拆除的,有一位设计专家提出,中山市的岐江公园是在老的粤中造船厂旧址上改建而成的主题公园,引入了一些西方环境主义、生态恢复及城市更新的设计理念,是工业旧址保护和再利用的一个成功典范,拿了不少建筑或设计类荣誉奖。这幢二层的小楼,亦可做一些加减法,改造成一个酒吧、茶吧或书吧都是可以的。既保留了建筑工业遗产,又使海滨公园多了一处市民休憩的场所。

在一位深港两地闻名的设计师的修复图纸上变现之后,三选一,成了红树林书吧——一处但凡到过滨海生态公园的人都知晓的网红打卡点。二楼环伺都是落地玻璃,屋顶接檐处空出小半米,通风透气,吸纳海潮鸟鸣自然之声。

寂静时分,在二楼听到鸟叫,尤其是海鸥的鸣叫很是常见。可这次太不同寻常了,感觉近在咫尺。一番侧耳倾听,小冬断定鸟叫来自东面的木柱上横着的一根铁皮蓄水槽。榕榕立刻给他搬来一架金属人字梯。小冬蹑手蹑脚爬上去,榕榕一手扶梯,一手握嘴,却发出喔喔的叫声。小冬爬到顶,刚要伸头探看,未料随着咕咕一声,一只鸟头倏然探出,反倒把他吓了一跳,赶紧缩回头去。

榕榕"啊"了一声,叫道:一只猫头鹰啊!

小冬爬在梯子上,俯下的身子慢慢升起来,这只猫头鹰与他相向对视,各自的脑袋都往后退了半尺。小冬喃喃自语道,你别怕我,是我该怕你。说着让准备拍照的榕榕将手机递上来,就近给眼前半立半坐在铁皮槽里的猫头鹰连拍了几张。拍第一张猫头鹰还没有准备,拍第二张,它做了个偏头姿态,拍第三张,它调整了表情,眼睛睁得又大又圆,就差举起一只爪子来做一个"V"字了。

很快,小冬,还有榕榕,就要为这位不速之客操心了。

小冬将猫头鹰的图片发给田老师——一位中学的生物教师、本市观鸟协会副会长,曾经来红树林书吧讲过一次《怎样观赏海滨生态公园的鸟儿》。田老师回微信道:这是国家二级保护野生动物长耳鸮,鸮形目的鸟在民间都称作猫头鹰。猫头鹰除南极洲以外,其他大洲均有分布。长耳鸮在北方部分地区为留鸟,到南方来一般是冬天。这个季节能在红树林看到,大概率是跟气候变化有关。

小冬记得去年田老师过来做讲座,是小雪开的场子,她对田老师PPT展示的本市各种鸟类看得目不转睛:小青脚鹬、黑嘴鸥、黑鹳、东方白鹳、黑脸琵鹭、黄嘴白鹭、卷羽鹈鹕、乌雕、白腹海雕、黄胸鹀……讲座结束之后,还围着田老师问个不停,并讲自己也要去买一台无反光镜相机,得闲跟上观鸟协会的拍摄队伍。田老师对这位年轻好学的主持人,自然是赞美有加,主动出示手机二维码互加了微信。小冬便也凑趣,扫了田老师的二维码。

田老师提醒,但凡牵涉到保护动物,最好都给野生动物保护站打个电话,他们会过来检查并提出保护意见。

小冬交代榕榕去给"野保站"打电话之时,小冬将长耳鸮的图片发给了小雪。

小雪秒回:长耳鸮,就一只吗?公的还是母的?

她就是这样,有时秒回,有时要拖到第二天,或者更久才回。

小冬回答:目前就一只,不识公母。

小雪道：好好看着它，说不定它会带来更多的伴侣。如果是一只母的，兴许会选择红树林书吧孵雏呢。

小冬回复：那才好，书吧成了鸟儿的产房。你我都是助产士。届时请你过来助力。

小雪没有再接话。小冬略感失望。

小雪辞别的时候，是一个阳光刺眼的下午。她用妩媚的眼风快速扫了一眼小冬道：如果我如愿以偿了，一定会再来。

这么说，大半年过去了，她还没有实现目标吧。她是考公务员，继续提升学历，还是转换职业做别的？她一直没跟小冬讲。小冬也就没问。不问，并不意味着他不想知道。牵挂一位曾经的姑娘，也是他小小的顶头上司的选择，这是有点儿挠心的。好在小冬还年轻，并不因此影响吃喝与工作，爱的火苗宛如春天的海风，时不时会舔舐心口，带来一种麻酥酥的异样感，有点儿酸涩，也有点儿甜蜜。每次给她发了微信，就有所期待；故而他一定会选择某些有趣味的事情发过去，发出去之后，克制自己的迫不及待，三分钟、五分钟之后再看。在这漫长的三五分钟当中，他要找一些必做的、能干扰频繁翻手机的事儿，阻止或延宕看不到她及时回复的失落。

"野保站"很快过来一男一女，他们登上梯子查看之后，一是辨认出这是一只雌性长耳鸮，二是目前没有发现受伤，或许是受台风惊吓留下了，再次飞走是大概率事件，三是不要惊扰到它，包括不随意投喂。他俩走前留下了更准确的联系方式，包括二十四小时有人接听的座机。

送走两人之后，小冬在书架上没找到相关长耳鸮的资料，只能求助万能的百度百科：长耳鸮喜欢栖息在山地的森林中，昼伏夜出，听觉特别灵敏，可以凭听力找到猎物，主要捕食各种鼠类，偶尔也捕食小鸟。每年的三至六月是繁殖季，长耳鸮在森林之中建巢，通常利用乌鸦、喜鹊或其他猛禽的旧巢，有时也在树洞中建巢。长耳鸮每次可产五六枚纯白色、卵圆形的蛋，孵化期约十三至十四天。刚孵出的小长耳鸮毛茸茸的，在双亲的共同喂养下一天天长大，白天鸟爸爸飞到旁边的树上警戒，鸟妈妈待在巢中，夜晚爸爸妈妈都出去捕食，把捕到的猎物放在巢边，育雏期大约四十天。小冬把一些相关文字及图片下载备存，他希望长耳鸮在这儿多待一待，不要那么快飞走。

为什么会这么想呢？小冬忙完手里的活儿，扪心自问。并非他对长耳鸮有某种特殊的喜爱。海滨、红树林、绿地，各种鸟儿不缺吃食，也几乎没有天敌，他经常能看到各种鸟儿，他的日记中就不乏各种不请自来的鸟儿的描述。这只长耳鸮飞进了书吧，几次查看也处变不惊，惹得不知猫在哪儿攻读的小雪起了兴趣。小冬在忙活的一会儿，她已经发来好几条信息了。

留住了长耳鸮，就留住了小雪在微信里的心思。

明白了这一点，小冬感觉甜蜜而充实。一早过来忙到现在十点半了，也不觉得累。

除非逢年过节放假，但逢周六下午，多半会有一位国内外的华语作家，或者文化人应邀过来做客"红树林名家讲坛"。讲坛以文学为主，兼及诸类艺术、教育、文史哲以及博物百科。小雪曾告诉小冬，前年一位北京过来讲《西游记》的学者事后得知她为学历和稳定工作之类发愁，一边大口喝咖啡一边道：你现在的工作环境很好，坚持每周听课，相当于在读一所综合专业的大学。在二十世纪三十年代的上海，就有一些书店学徒工通过自学成为了不起的专家。他们的老师一是四壁的图书，二是店老板以及常来店里买书的大学者。教授还告诉小雪，上海市虹口区四川北路2048号的内山书店，是鲁迅一九二七年从广州到上海后逛的第一家书店，也是鲁迅人生最后十年的"客厅"，他来这个书店多达四五百次，在此买书、收转信件、会客、避难。内山书店在鲁迅文章中被多次提及，成为他晚年经历的重要见证。你想想，如果你这个聪明伶俐的店小二，十年中跟文学巨匠鲁迅相遇了几百次，你是不是也会成为一个"小鲁迅"啊？

这次讲课令小雪兴奋了很久，以至将原本的英文微信名"苏菲亚"，毫不犹豫改成了地道中国味的"店小二"。

讲坛的专家，通常是周五晚八点在市内中心书城讲一次，次日周六下午三点再到红树林书吧的"与书相悦"，来讲另外一个话题，这样可以达到效益优化。概而言之，本市出版集团下属的五大书城，联动百余家书吧，如同几条主动脉，再搭上密如蛛网的几百条毛细血管，阅读及讲坛深入了一座现代化都市的肌理脉络。看看能否借此催生出文化的骨骼。试想，一位嘉宾从北京或更远的地方飞来"南方以南"，风尘仆仆，讲一课就飞返，岂不可惜！常常是，一些听众周五晚八点在市内书城听了嘉宾的课，欲罢不能，周六下午又追随到红树林书吧，续上了"且听周六分解"。

通常是三点开张前半小时，中心书城活动部的小李叫网约车，送嘉宾到滨海大道辅道上的红树林公交站，小雪过去接即可。小雪之后是小冬。中心书城连派主持人都免了，小雪很快可以独当一面，不就是开头介绍一下主讲嘉宾，结束前再上去主持互动，来几句结束语嘛。小雪离职之后，接手的小冬很快也续上了。这一点中心书城非常满意。网购黑云压城的这些年，实体书店勉力支撑实属不易，稍不留意就有堕入深潭的危险，哪里还能聘用更多的员工来削弱原本就薄如刨花的薪资！无怪那位大口啜饮咖啡、把《西游记》讲得生动活泼的教授慨叹：现如今能在书城待下来的年轻人，一种是真正爱书，喜欢这种氛围；还有一种是无处可去，只有待在爱书的路上，静静等待命运的垂青。这是两道篱笆，不是被前一道圈住,就是被后一道圈住。

小冬认为自己是被教授讲的两个篱笆都圈住了,是双重的套牢。

那么小雪呢? 她是在两个篱笆之间,硬是想要蹚出一条滨海大道来?

三

小冬接到自广州来的陈老师,离三点开讲只剩不到十分钟了。陈老师偏胖偏矮,走路却很迅疾,斜背着一个"资深"黄包,漆皮斑驳,不时敲打他凸起的屁股。走到书吧门口,他还不忘从包里掏出香烟与打火机,点燃后猛吸了两口赶紧吐掉。跟随小冬上到二楼,他径直到前排鞠躬落座,抬头看一眼东面木柱上的挂钟道:当老师,守时,是他们优点的最大公约数……

他忽然愣住了,那上面有只鸟,是真的,还是假的?

台下三十多位听众一起朝东面墙上看去:

哇,还真有一只鸟,猫头鹰,泥塑做的吧?

真的吧? 它的头会动。

哇呀,它扇翅膀了……

小冬走到台前解释道,昨晚过境的台风苏拉,带来了这只猫头鹰,它的学名叫长耳鸮。我们不知它为何而来,也不知它何时会离开。但愿我们不会打搅到它,它却肯定不会打搅到我们。

像是为了应和小冬的主持词,长耳鸮探头探脑,咕咕两声。

台下轰然笑了。

一位听众耸耸肩道,我们那里农村把猫头鹰叫作夜猫子,有句俗话,"不怕夜猫子叫,就怕夜猫子笑。"

陈老师开讲道,我今天的讲题中,有"文化"二字,就拿这只猫头鹰开个头。猫头鹰在中国文化中确实有"厄运、恐怖、死亡"等意义,除了这位读者刚才讲的,还有"夜猫子进宅,无事不来",称它为"不祥之鸟"。认为它是逐魂鸟、报丧鸟,不为人所喜,现如今也存在这样的说法,那多数都是在农村。古希腊人的看法恰恰跟我们相反,他们把猫头鹰当作智慧的象征,希腊神话中的智慧女神雅典娜就喜欢一只小鸮。猫头鹰在中西文化中的定位,恰巧与蝙蝠在中国相反。蝙蝠在中国文化中,是迎福纳祥,砖雕、木雕、刺绣、剪纸上随处可见;在西方文化语境里,它与吸血鬼同义,等同魑魅魍魉……

小冬站在后面,两耳倾听陈老师的讲课——老师的开场实在是有趣啊,能够借景发挥,一下子就镇住了全场。他的两眼盯着的却是铁皮槽里的长耳鸮。莫非因老师给它正了名? 此刻它可以与俯瞰的芸芸听众一样,安静地听讲。到底年幼吧,它时不时转动小脑袋,却又很快转看讲坛,一副我是你的小粉丝的神态。小冬把手机调到静音,拍着全景的小视频,主角除了陈老师,就是这只高高在上的长耳鸮了。

陈老师接下来讲到,文化不仅仅在庙堂,在故宫,也在江湖,在民间。中国几千年传承下来灿若星汉的非物质文化遗产,就有很多从民间走向庙堂的,反向的也不胜枚举。二十世纪五十年代,时任中国美院院长的张仃,在大街上见到了"面人汤"汤子博——这是一位走街串巷、捏面人挣点小钱糊口的民间艺人。大艺术家张仃延请"面人汤"到家里捏了不少艺术精品:钟馗举剑、高僧打坐、孙悟空智斗金钱豹……后来经各方努力,在文化部艺术局过问之下,居然把汤子博请到中央美院来上班了。后来中央工艺美院有不少民间艺人独立的工作室,譬如汤子博的面塑,张景祜的泥塑,刘金涛的裱画……他们什么学历也没有,就凭自己的独门绝活,走进了殿堂,可以在堂堂带中字头的美院授课……

小冬在讲座当中,便把几个视频发给了小雪。长耳鸮听课那个认真的劲头,一点不输于在座的各位。听课者固然没有谁中途离席,却也不乏不时翻翻手机的。长耳鸮听讲就专心听讲,对手机一点兴趣也没有。

小雪在微信那头感喟:那个凭着一技之长就可以进大学任教、办工作室的时代,我们没遇到,今后不知还能不能遇到?现如今,学历就是唯一的人才尺度。

书吧的讲座比照中心书城,有线下,也有线上,只不过书吧线上的平台是腾讯会议,有直播,却不能回看。小雪看了小冬发去的视频,后悔道:早知讲得这么精彩,我就上腾讯会议了。

小冬答应,从今而后,他会提醒她收看。可惜的是,人不到现场,看不到长耳鸮萌萌的样子。

小雪还说:长耳鸮这么爱听讲,它的前世一定是一个好学生!"野保站"不让投喂,可也不要让它饿着才好啊。如果它频繁飞出去找食,怕就不会再回来了。

接下来的日子,长耳鸮确实是出去找食了,都是在夜晚。

趁它飞出铁皮槽之时,小冬和榕榕都登上去看过,里面有一些干枯的杂草,干鲜昆虫的遗体和鸟的粪便,有次还发现一只鼠头,吓得榕榕跑到屋外干呕。

它却从没有一飞不返,也没有带回伴侣或朋友。

小冬问小雪:它有没有可能是真爱听讲座,才不走了?

小雪对讲座有兴趣,北京那位学者的观点影响到她了——"坚持每周听课,相当于在读一所综合专业的大学"。如果不是薪酬太低,她哪里会选择忍痛离开。她知晓自己离开这个带着讲坛的环境优美的红树林书吧,一定是有得有失的。她同时对长耳鸮也感兴趣,它都能认真地从头听到尾吗?它是真听还是假听啊?

她把这个问题留给小冬,很快赢得了小冬的认同。他愿意紧密跟踪长耳鸮的动态,他对长耳鸮是真听还是假听抱有浓厚的兴趣。

又一个周六到了,来讲课的是一位本市大学的教授,后面留着一束马尾似的辫子,下巴颏也留了一撮短须。在小冬的见识里,一般只有搞美术的才爱留长发。事先读这位金老师的简介,令他有些犯晕,从本科到博士后,跟中文、美术史、雕塑和美学都扯上了关系。接上他,帮金老师拎着电脑包,小冬由衷赞道:金老师真是学富五车啊!金老师白了他一眼,声腔却豪迈道:我就是一盒清凉油,哪里不舒服都可以抹一把。他说自己二十世纪九十年代刚研究生毕业,就"雁南飞"到了本市,是这座后发之城崛起的见证人之一。

进来书吧,小冬主持很简单,他说:金老师是一位跨界学者,学养很丰富,相信通过他的讲座,我们一定会收获满满,在红树林书吧度过一个愉快的下午。下面掌声欢迎金老师开讲《从文化中升华出来的美学》。巧了,他的讲题中也有"文化"。

小冬很快来到后排坐下。今天来的人不多,后面两三排都是稀稀拉拉的。好在这一点不影响金老师的情绪,他中气十足,索性连话筒也不用。他说:

> 文化是什么,文化是指人所共同拥有的价值观、信仰体系、社会习俗、艺术表达、语言等非物质的精神财富,是人类共同创造和传承的一种方式。文化包含了人类的思维方式、行为准则、审美观念、宗教信仰、社会组织形式等方面的内容,反映了人类在不同历史时期、地理环境和社会背景下的生活方式和价值观念。文化可以通过语言、文学、艺术、习俗、建筑等形式传达和表达,具有独特的地域性、时代性和个体差异性。文化对个人和社会起着形塑、引导、推动和影响的作用,是人类社会的基础和精神支柱。文化是文化累积的产物,可以增加对历史的了解,丰富自己的知识储备……

小冬侧过身去拍长耳鸮。开场之后,它听了两三分钟,头缩下去好几次。听到五分钟之后,再未见它将头升起。它大概是昨晚到海湾道上去捉老鼠累了吧?

接下来金老师讲,什么是美学。

他讲文化之时,陆续走了两三人。讲到美学,也没把后排两个一直在用手机揽镜自照的美眉留住。小冬怕金老师难堪,心里暗暗着急,希望他能讲讲具体的美景、美食、美物,当然,如果能讲点美妆技巧,这两个美眉怕是不会断然离席的。再不然,讲讲我们海滨生态公园的鸟之美也好啊!金老师毕竟在小冬出生的年代就来到此城了。

坚持听完金老师讲座的仅剩三人,且预留的十五分钟互动,座下没有一人举手。小冬只有自己提问了:当代年轻人对自己的工作和薪酬常处于一种矛盾的状态。理想的工作薪酬太低,不喜欢的工作又觉得在浪费生命。您说该怎么选择?

金老师略一思索道,有一位苏联作家,好像是奥斯特洛夫斯基讲过,人的生命,似洪水奔流,不遇着岛屿和暗礁,难以激起美丽的浪花。年轻人不要指望一帆风顺,手到擒来。比照苏格拉底的那句格言,未经省察的人生没有价值。可以更进一步,省察之后,勇于争取,敢于尝试,一切都是靠自己努力挣来的,才有价值。即便努力之后未能如愿,也不会留下太多的遗憾。在我看来,努力大于结果……

头顶传来响亮的咕咕两声,惊得众人——一共才有五位,一起朝上看去。

小冬笑道:原本怕吓着了这只长耳鸮,没想到它白天也会大叫,倒反吓你们一跳。

这个"你们"不包括你吗?哦,你是事先知道屋檐上面有埋伏的。金老师摸着自己下巴颏的短须不无自嘲道,动物通灵,知我者,长耳鸮也!人生得一知己足矣,谢谢猫头鹰!

四

送走金老师,小冬回到书吧,在一楼咖啡角坐下。榕榕虽是书吧的店员,平时没事也会帮着烨子冲咖啡、端面包。偶尔,她会给小冬端来一杯柠檬水、一只羊角包。她看出店长今日有些疲惫。本店店长正是精力旺盛的年龄,他的疲惫不来自身体而来自心里——一堂他觉得不够圆满的讲座,足以拖累他的目光暴露出游离与沮丧。此刻他看到书吧内外,包括雨棚下和廊檐边,都有一些熟悉的面孔,那是讲座中途离席下来的情侣或闺蜜。满架的书香、海边的风景和散淡的聊天,超过了二楼讲座的吸引。这是小冬不愿看到的现实,他需要每次将图片发去中心书城,那边会及时推出公号——即使把顽皮的长耳鸮加上,终场也只剩五位听众,还别忘了主持人。

他忽然想起了手机微信那边,赶紧打开,令他欣喜的是,小雪发来了很多条信息。她说:今日闲着,硬着头皮听完了金老师的讲课。她在腾讯会议里听到了长耳鸮的咕咕叫声。遂问,长耳鸮是不是一直没有情绪听讲,只在结束前听到金老师几句金句才咕咕做了回应,算是给了点掌声。

小冬道:你猜得太对了,你是长耳鸮的一生知己(一连发去九朵殷红的玫瑰花)。

小雪道:金老师的讲稿,无须太用脑子,她用ChatGPT聊天软件,搜索就都齐了。难道金教授一点都不珍惜自己的羽毛吗?这样用聊天软件做课件,可以复制多少讲题啊!这种到处讲来讲去,讲些无比正确的废话,顶着教授的头衔,来来去去挣点讲课费,不会问心有愧吗?

小冬道:好在他后面那几句话,还有些价值,不然我们挑剔的长耳鸮也不会附和了。

过了一会儿,小雪回复道:是的,那几句话虽然是引用名人名言,我还是听进去了。不过一个半小时耶,是不是太浪费了啊!你的那只长耳鸮是很好的本色听众,动物不会虚与委蛇,接下来,我倒有兴趣看看,我和它听课,是不是一直会同频共振。

小冬回了三个"大拇哥"表情,道:是我的长耳鸮,也是你的长耳鸮,因为你是红树林书吧的首任店长,我屈居第二任。

小雪回复,等我忙过这一阵复习考试,一定过来看看可爱的长耳鸮。对了,我下次过来,如果它还在,我一定会给它取个响亮的名字。

小冬回了一个OK的表情道:一定,它会等你的。原本跟了一句:等到海枯石烂。凝视了一会儿,觉得这太不含蓄了,太有抢着表白之嫌了。删去,加了一句:等你金榜题名,我和它,一道来给你庆贺!

榕榕过来问,看你今天好疲倦的样子,要不要再来一杯奶,还是咖啡?

小冬下意识地把手机收起在胸前,做出让她收拾桌面的姿态,嘴里道:够了,谢谢。

都讲如今的青年人,卷得很,不仅不想生育,也不想婚恋。起码红树林书吧里的男女都食人间烟火。咖啡角的经理烨子,刚三十岁,一个调皮不亚于男生的女儿已经读小学了。她告诉小冬,小雪曾经谈过一次恋爱,她的恋人瘦瘦高高,去了欧洲,不晓得是留学还是工作。那一天书吧打烊之后,小雪一个人在海边的石凳上一动不动枯坐了很久,不仔细看,会以为是一座雕像。心上人的远离,把初恋的小雪伤到了啊。烨子的言语,比一般婚育过的女子还要放肆得多。她鼓励小冬大胆用身心之软硬,去填补小雪刚拔去红酒瓶塞似的空缺。

小冬还在反复踌躇之时,小雪便已辞职了。

烨子用了一句粤语讥嘲他,有食唔知食,冇食头岌岌!

榕榕虽然是湖南人,却精通粤语,她俩在一起窃窃私语用粤语交流之时,来自安徽的小冬大都听不明白。可从烨子促狭的眼风和榕榕不无羞涩的颜面中,猜得到烨子故伎重演,只不过眼下她怂恿的主攻方是榕榕,被攻者是小冬。

小冬说不上榕榕有何缺点,如果硬要找,那就是榕榕在钱份上过于计较,经常没加班也想多报一两个加班,再就是做事不那么上心。小冬欣赏小雪的是,看不起这份菲薄的薪酬,那就请辞,另择高枝——谁不想挣钱?所谓挣,就是凭借自己的本事。如果说小雪坦坦荡荡,凡事不藏不掖,榕榕就有一些与她的年龄不相当的促狭。

小冬喜欢坦荡的人,他预设自己未来的女友,做不到两小无猜,那也得做到不骗不欺。

小冬不认为小雪已经远离，她离开的只是这个书吧，并非这座城市。小冬把小雪揣在心里温着，他就觉得妥帖而充实，尽管他不晓得那个相处不很久，如今已难得一见的小雪，能在心里揣热多久。

小雪与小冬在微信里相约，观察一下长耳鸮听课的反应，她与它是否能和谐共振？

接下来的两期"与书相悦"讲座，一个是"二十四节气中的古今"，另一个是"从生态变化看未来"。小雪听后都觉得不错，小冬拍来的视频显示，长耳鸮也一直都很专注，偶尔探身朝座下前后扫视，那也是在表达：虽然老鹰高高在上，好似在包厢里听讲座，其实跟你们一样都是听众。

小雪兴奋道：长耳鸮可真是一只灵鸟，分得清美丑，听得出好坏！比当前那个热火朝天的AI灵通得多，不相信，你让AI出来走几步，他辨识得了一个讲座是好是坏，还是不好不坏吗？

小冬乐道：长耳鸮真是你的隔世知音，你俩惺惺相惜。

小雪回道：我跟它既不是隔世，也不是隔代，是隔种。可是，隔种的未必就比同种的难交流，人与狗，与猫，与其他很多动物交流起来，并不比与人打交道障碍更多。

很快，小雪便与长耳鸮分道扬镳了。再后来的两个讲座，一个讲苏轼的人生与文学，一个讲曹操墓的发掘。小雪觉得讲苏轼的完全是老生常谈，一堆资料垒砌；讲曹操的不仅有考古，还有文学，材料丰富，观点也很新颖。长耳鸮的反应，听讲苏轼它津津有味，听讲曹操它只升起过两三次小脑袋，很快就遭遇台风横扫一般，缩下去了。

小冬调侃：它看你始终不露面，也不过来慰问一下，生你的气了，有意跟你作对吧？即使看法跟你一样，也要做出相反的姿态。

小雪道：是吗？我很快就能过来看它了（三个鼓掌的表情）。

小冬遂问：胜券在握了是吗？

小雪回复：上帝掷骰子，偶然性很大。不到最后那一刻，谁敢讲自己就是幸运儿。

小冬道：你头上是一个开明的上帝，他掷的骰子一定有鲜明的倾向性（捂嘴一笑）。

小雪郑重告诉他：现在街道或图书馆之类的单位，细分一下，有公务员、事业编两大划分，事业编又有全额事业编、差额事业编、自筹自支事业编、参公事业编等。事业编还分职员和雇员。雇员是过去的编制，目前退一个减一个，不再增加。还有一种属于购买服务或叫劳务派遣，劳务派遣一般不能评职称……

小冬看得眼花缭乱且心里打鼓。他此前只晓得两个词，一个是学历至上，一个是逢进必考。故而他揣测小雪要么是在提升学历，要么是在考公务员或考编制。总之，都离不开一个"考"字。

此刻他已经无心再问小雪准备考什么，宛如三九天强灌了一杯冰水，一股阴冷之气，袅袅从心头升起。

小雪道，我需要你的鼓励，更需要长耳鸮的加持（露齿一笑）。

这样啊?!

接下来的日子，接下来的讲座，小冬都在视频上做了手脚，移花接木，每次都让长耳鸮"配合"小雪听课。但凡小雪喜欢听的课，长耳鸮都全神贯注；小雪听不下去的，长耳鸮也垂头丧气。

憨厚而又伶俐的长耳鸮啊，谁叫你是小雪姑娘的隔种知音呢!

十一月三十日，也就是本市一年一度读书月的最后一天，是小雪考试放榜的日子。小雪讲了，无论考试结果如何，她都要过来看看长耳鸮，跟它拍几张合影。她的语调中满含兴奋，她是有所期待的矜持。

五

三十号是一个再平常不过的日子，太阳明晃晃地照耀着波纹如镜的海平面，入冬以来，白天还有穿T恤的年轻人在海滨公园穿行。长者戴着墨镜，坐在石凳上看海、晒太阳；恋人成丁字交叉，躺在铺了彩色瑜伽垫的草地上。此情此景，小冬想看，却不敢盯着看。大约潮水漫涌的缘故，白鹭坡的白鹭，尚止于屋后两三只栩栩如生的雕塑。浑黄的海水覆盖了各类水鸟，也包括白鹭立足觅食的滩涂，白鹭已然藏身不远处的红树林了。林子里，草地上，却不乏蹦蹦跳跳与快步行走的鸟类。一身黑白相间长裙的红嘴蓝鹊，在凤凰树上探头探脑；树下草坪，一只成熟的黑领椋鸟，黑项白腹，眼圈儿鹅黄，一步一步像是小跑；它后面紧跟着一只团团茸茸的雏儿，走走停停，惹得它前面的那位父亲或是母亲，亦跑亦停，不忍将雏儿落下太远。

八点左右，小冬来到书吧，快速上到二楼，二楼台风扫荡过后一般的寂静使他略感吃惊，他咕咕两声，没有回应。他快速支起梯子蹑手蹑脚爬上去，悄悄探头一看，铁皮槽里空空如也，长耳鸮不知去向，只剩下一堆乱草与白花花的鸟粪。

两三个月以来，长耳鸮从来没有早上出去过。小冬每天上班，它要么在铁皮槽里补觉，要么升起小脑袋咕咕两声，代表morning（早上好）过了。

榕榕上来了，安慰一脸丧气的小冬道：顽皮的家伙，可能是昨夜里在红树林周边捉老鼠玩累了，随便躲到哪里去睡了，等一等它自己会回来的。

上午过去是中午,中午过去是下午。长耳鸮一直没有飞回来。

小冬始终心神不宁。他担心小雪随时过来看长耳鸮。他以前是那么盼望小雪过来,此刻却一直悬着,不知是期望她来微信,还是别来微信,更别说来电话。

待到下午五点半,夕阳如一只红彤彤的溏心蛋,失去芒刺,唯留柔软。长耳鸮与小雪难道串通过了,约会去了?均无一星半点消息。

小冬坐在雨棚下那只平素小雪爱坐的镂花白铁椅上。两眼空寂而不甘地望着红树林那边渐渐退潮的海水,海水上面落日悄悄隐退。

落日的对面,一轮不易辨识的月亮已经越升越高了。

榕榕给他端来一杯柠檬水,一只羊角包。

他面无表情,一动不动。直到夜色一层一层地涂抹上来,海滨万物都被灯光勾勒出安静的轮廓。

书吧里的人陆续都走了,到了十点的打烊时分。烨子问榕榕:他还在想那只鸟儿吗?

榕榕道:是吧,也许还有别的心思呢。

烨子在她耳边讲了悄悄话。

榕榕摇头,一个人的心思要是太深了,别人是很难进去的。

两人走前都跟小冬打了声招呼,榕榕还把他的夹克披在他身上。他"嗯哪"一声,还是什么话都没有。

小冬清楚了自己一向以来,就是一种单相思,就像小雪对体制内或编制的单相思一样,最终是难有结果的,那就不如放手吧,放弃吧。虽是这么想的,在提醒自己放弃的刹那,他的心如同琴弦,被一个弹拨生手猛地刮了一下,有一阵陌生的回不过神来的疼痛。

他就在沉寂中放飞了自己纷乱如落叶的想象。沉寂的不仅有他,还有长耳鸮,更有小雪。他一直坐在海边的夜色里冥想,把自己坐成了一座被浓浓夜色随意涂抹的雕像。

【作者简介】南翔,教授,作家。在《人民文学》《中国作家》《上海文学》《北京文学》等刊发表小说、散文百余篇,著有《绿皮车》《抄家》《南方的爱》《大学轶事》《前尘:民国遗事》《女人的葵花》《叛逆与飞翔》《当代文学创作新论》《手上春秋——中国手艺人》等十余部小说、散文、非虚构文学及评论作品。小说两度提名鲁迅文学奖短篇小说奖,四度登上中国小说排行榜。

功夫

◎ 智啊威

一

多年后，我躺在床上，哪里也不想去，什么也不想听，我曾信以为真的东西坍塌了，心也被砸得七零八碎。

我用棉花塞着耳朵，用被子蒙住头，仍有一些乱七八糟的声音闯进来，有时是蚂蚁的窃窃私语，有时是蚊子在吃饭放屁，有时则是从遥远的深海水底传来的类似呼救的声音，那声音汇聚在一起，像乱石一样挤压着我。我听到自己的骨头咯吱作响，视线震荡不休。与此同时，看到那个叫"我"的孩子，挂着拐棍，双腿呈外八字，走在童年狼烟四起的土路上。

我一边走一边倒吸凉气，有时一不小心就会"哎哟，哎哟"叫上几声，待疼痛缓解一些后再继续走，这时就会有同学主动帮我背书包，并关切地问，你父亲是不是又扯你的蛋了？

我总是一遍遍纠正他们那不叫扯蛋，是在帮我练铁裆功，于是又添油加醋给他们讲述我父亲的铁裆功已经到了何等境界，他们听得目瞪口呆，继而又问，什么时候能带他们去见识见识。我没有给他们承诺具体时间，因为父亲经常带着刘叔和老段天南海北到处跑，在家里待的日子并不多，且一回来又忙着教我功夫，哪还有时间给他们表演。

他们一个个很失落。

等我的铁裆功练成了，天天给你们演！

听我这么说，他们又兴高采烈了起来，然后众星拱月一样搀着我往学校走。

很长一段时间里，我俨然成了一个明星，走在校园，或羊庄的街上，身后的跟屁虫总是一大堆,我可以随意要求、指挥或训斥他们中的任何一个,那感觉真好,很长一段时间我沉浸其中,不能自拔。但我内心清楚,这一切都是拜父亲所赐,我很庆幸自己能拥有一个如此了不起的爹。

那阵子《少林寺》在羊庄露天电影的荧幕上接连放映,我和同学们看得如痴如醉,并一直幻想自己有一天也能拥有那样的神功。每天,我走在路上,或蹲在沟里拉屎的时候,目光总是在地上搜寻,希望能在某处草丛里,或废弃的房屋中,捡到一本落满灰尘的书,吹去上面的浮土,是一本武功秘籍,然后一个人躲起来勤学苦练。

而那本梦寐以求的武功秘籍我一直没找到,直到有一天放学回到家,看到父亲在院子里走梅花步,然后运气,再接着一声"哈",马步扎稳,双手前推,继而收回,背到身后。这时,刘叔走上来,朝他裤裆里一顿狂踢,爸爸的身体每次都被踢得飞离地面几厘米,但脸上依旧看不出一丝痛苦的神情。

表演结束后,他深深吐出一口气,收势,站直,看着目瞪口呆的我,笑着问,知道这叫啥吗?还没等我开口,他就走上来,伏在我耳边悄声说,这就是失传已久的中国功夫,少林绝学:铁裆功。

父亲的话令我大为震撼,我嘴唇哆嗦着发不出声。他又趁机问,想学吗?我心跳加速,头点得像小鸡啄米。他反而哈哈大笑着进了屋,好长一段时间都不再提这茬儿。

然而,父亲的那句话却像一颗珍贵的种子撒在了我幼小的心中,我连上课都开始走神,放学回到家也不再去找朋友玩了,而是坐在凳子上发呆,幻想自己某天也练成了父亲那样的功夫,在学校里给同学们表演,周围人山人海,水泄不通,场面蔚为壮观。那时候我已经不满足于被踢裤裆了,为了显示我比我父亲的功夫更高,就用绳子从树上吊下来一块大石头,指挥刘叔和老段把石头使劲往后拉,然后一起松手,石头带着呼啸,朝我撞来,咣当一声巨响,石头的碎屑纷纷坠落,而我依旧纹丝不动,马步稳稳地立在那里。

大家都看傻了,现场一片沉寂,过了足足两分钟,众人才缓过神来,响起排山倒海般的惊呼与尖叫。那声音经久不息,连学校的老师都像猴子一样兴奋地跳起来拍手称奇,校长更是屁颠儿屁颠儿地跑上台一把握住我的手,为我颁发奖状与证书,并当着全校师生的面说,龙二真是个百年不遇的练武奇才,如今的铁裆功已经出神入化,过不了多久就会冲出中国,走向世界,让那些蓝眼睛、白皮肤的外国人见识见识咱们真正的中国功夫!

校长的讲话满怀激情,夸得口沫四溅。

每次想到这,我都会从痴想中咯咯笑醒,看到老师的粉笔头正朝我脸飞来。

而每当我鼓起勇气,想问问我父亲啥时候教我功夫时,他已经又背着膏药领着刘叔和老段出远门了。一走就是一两个月，而父亲出去做的什么生意，我并不知道，妈妈也不让我打听，只记得他每次回来都是光头，像个和尚，而原本装膏药的黑色书包里都是钱。他把钱倒在床上，妈妈脸上挂着笑在灯下数。

那时候，我一直想不明白，父亲出去一趟怎么会赚那么多钱？可我也只是好奇，并不真关心，心里想的盼的都是他什么时候开始教我铁裆功，我想快点学会那项绝技，去朋友和同学面前显摆。可每当我提起这事，他总是不急不慢，领我走到院子里，拿起一块砖头，或拎着锤子，二话不说，哐当哐当朝自己裤裆里一顿猛砸，看得我头皮发麻，不由自主地夹紧双腿，捂住了裤裆。

父亲表演完毕，拍了拍手问我，厉害不？

还没等我回答，他就转身往堂屋走，我对着他的背影忍不住再次问，你准备啥时候教我铁裆功？

我也不知道为啥，每次只要我一提及想学铁裆功，一向温和慈爱的妈妈就会突然严厉起来，大声制止，你敢！年纪轻轻学啥铁裆功？好好读你的书才是正事儿！

妈妈的态度令我大为沮丧，于是整天耷拉着脑袋，干啥都没精神。有一次父亲回来，冷不丁踹了我一脚，说，给老子支棱起来，别整天一副半死不活的熊样，叫我还咋教你铁裆功。

我妈不让你教我。

你妈的话算个屁！

父亲的话又让我精神振奋了起来，为了让他早日教我铁裆功，从那之后我对他言听计从，再也没有跟他顶过嘴，且他每次回来，为了讨他欢心，我都表现得乖巧又懂事，完全像变了一个人。

那时候，经常会有一些所谓的亲戚和熟人，提着鸡蛋、罐头或方便面，带着孩子来我家，卑躬屈膝，好话说尽，希望父亲能收下他们的孩子，你吃肉，让孩子跟着你喝口汤。

父亲脸上带着笑，指着我说，喏，我亲儿子这么大了，我都还没教他。

来人纷纷碰上一鼻子灰，出门转身后，一个个都翻着白眼或咬着牙，有的辈分高的，就指桑骂槐，故意让父亲听到，但他也不恼，反而笑着留对方吃过饭再走。直到对方头也不回走远后，父亲才冷着脸对我说，看到了吧，人就这个鸟样子，能用上你的时候你比他亲爹都亲，一旦发现用不上，你就连根鸟毛都不是。以后你长大了，可要防着这一点，不然会吃大亏！

说罢，父亲爽朗的笑声荡漾开来，在秋日明晃晃的阳光下，一点点朝远处飘。

他牵着我的手往院子里走的时候，我忍不住再次问他，什么时候教我铁裆功。他捏了捏我的皮肉，用手拍了拍我的头说，想学会那一招可要吃不少苦啊，你要先做好心理准备。

我恨不得跪下来，向他保证我已经准备好了，快教我吧！

父亲微微一笑，说，快了。然后就进了屋，把我一个人晾在那。

父亲不在家的时候，我就一个人在村头站着，望向通往村外那条干巴巴的土路，盼着他的身影能够突然出现，然后大喊着跑过去，抱住他的腿。但大多时候，路上空空荡荡，连麻雀都不在那停留，只有风偶尔掀起的土雾，以及土雾或暮色中，浮出的一两张熟人的脸，飘过来，又荡过去，像平原上的鬼。

那阵子，因为我脑子里一直想铁裆功的事，整天都睡不好，白天上课也总是恍惚，有时候耳朵里突然什么声音都听不见了，偶尔又听到极为细小和遥远的声音，像雷鸣一样振聋发聩。

就在我感觉快要撑不下去的时候，父亲终于开了口，说要教我铁裆功。

那一年，我十岁，读小学三年级，听到这个消息，激动得差点没晕过去。那天傍晚，我兴奋地跑出家门，挨家挨户，向我的好朋友和同学们报告了这个振奋人心的好消息。但也就是在那天晚上，妈妈跟父亲大吵了一架，她一边吵一边哭着质问，孩子那么小，你干吗要毁掉他？你的心真够狠呀，你干吗要毁掉他？

那时候，家里的事还容不上我插嘴，我躺在床上，一片漆黑之中，听到隔壁传来咆哮和摔打东西的声音，那声音让我害怕，我一直提着自己的心，直到妈妈尖锐而绝望的哭声响起，我知道是父亲胜了，悬着的心才落下来。

后来我曾悄悄问父亲，那一晚他是怎么赢的？他一边剔牙，一边用手指做出数钱的动作说，人活在世上，谁的"这个"多谁说了算。

父亲说这话时一脸傲慢，我很不喜欢，但还是装出一副很崇拜的样子，因为他会少林绝学铁裆功。

在正式学铁裆功之前，父亲不止一遍告诉我会遭很多罪，要受很大的苦，但是，当他冷不丁让我脱下裤子，用那只粗糙有力的大手猛一下子攥住我的蛋，使劲扯的时候，我疼得眼泪唰一下就掉了下来，继而号叫着捂住裤裆，在地上打滚儿。这时妈妈从屋子里向我跑来，又迅速被我父亲的声音给绑住了脚。她立在我身边几米开外，一脸担忧和焦急，又不敢再往前走半步，望望疼得满地打滚儿的我又望望父亲，扑通一声跪下来，哀求道，建国，我求求你，你放过孩子吧，他还那么小，你不要毁了他啊，我求求你，我求求你！

父亲一脸不耐烦，把妈妈拽进了屋，锁门的时候说，我教孩子功夫的时候你最好不要再跑出来耽误事！

我躺在地上，从裤裆里传来的疼痛朝周身扩散，像电流一样忽高忽低，那一刻，我以为父亲把我的蛋给捏碎了，后来发现并没有。

十几分钟后，疼痛感弱了很多，但我还是不敢起来，怕一站起来，又被他猛扯一下。

你现在要是不想学，后悔还来得及。父亲走过来，蹲下身。

我赶紧从地上站起，虽然已经不怎么疼了，但浑身却一直发抖，双手也下意识交叉护在裤裆处。我怕父亲不教我，我所有的梦都会在顷刻间成为一团泡影，于是用近乎大喊的声音说，我不怕疼，我要接着学铁裆功！

这时，屋里骤然响起妈妈的哭声。我不明白她为啥突然大哭不止，直到多年后，才恍然意识到，那哭声意味着某种不可更改的灾难正向我袭来，而我还傻乎乎地站在那，被自己对未来的幻想冲得头晕眼花。

父亲摸着我的脸，问，疼吗？

不疼！我斩钉截铁地说。

父亲哈哈笑了，说，我知道很疼，但是，你要记住，不是我让你疼的，是那项绝学让你疼的，或者说，是你对功夫的渴望让你疼的。那一招为啥会成为绝学，就是因为很多人吃不下这份苦，忍不了这个疼。别人忍不了，你能忍住，就能成功！

爸爸说得有点绕，我也没听懂，但有一点我是明白的，就是我看的武侠电影里，每一个绝世高手的修炼之路都充满了坎坷与荆棘，有的还九死一生，跟他们一比，我这点疼压根算不得什么。

从那一天起，父亲为了教我功夫，外出的时间变少了。刘叔和老段便隔三岔五来我家，问父亲什么时候出去，父亲便摆摆手说，咋？皇上不急太监急啊？

两个人讪笑着，站在一旁观摩我练功。

来，跟着练呗？父亲说完，他俩后退几步，弯着腰，夹着腿，手护住裤裆，嘿嘿笑着，说，大哥，我俩都不是那块儿材料。说着，两人赶紧转身，逃也似的跑了出去。

烈日下，院子里的阳光滋滋冒火，我光着身，扎着马步，蛋皮上绑着一根布绳子，另一端则绑了两个秤砣，蛋皮被扯得足足有二十厘米长，那感觉很难受，说疼也不是很疼，说不疼又扯得心慌，坠得难受。

这时，父亲则坐在堂屋里的风扇下监督我，三两只苍蝇围着他手边的西瓜嗡嗡叫。我吞咽了一下口水，强撑着不让秤砣碰到地面，因为哪怕无意间轻碰一下，似睡非睡的父亲就会突然瞪大眼，飞奔过来，用手里的荆条朝我屁股上猛抽，然后时间作废，重新再来。

这招一学就学了一年多，在这期间，我不知道为什么要一直扯蛋皮，我想学的是铁裆功，又不是扯蛋功。每当我向父亲问出心中的疑惑，他总是厉声打断我说，咋恁多废话？你教我还是我教你？如此整得我挺不好意思，于是便又一头扎到了练功里，再也没有多过嘴。

虽然我心存疑惑，但练功的热情始终高涨不衰。每天一放学，就跑回家，扔下书包,冲进屋里,脱掉裤子,把父亲给我制作的那套装备整上。期间,连妈妈喊我吃饭,我都嫌浪费时间,故意不吭声,实在饿得不行了,才走出房间,看到什么吃的就往嘴里塞,塞满后赶紧回屋接着练。

现在回想起来,那时候的我确实疯狂,数九寒天的晚上,光着屁股亮着灯,在屋里扎马步,裤裆里挂着秤砣,练习扯蛋皮,不到困得实在睁不开眼,或双腿发麻撑不住,我绝对不会取下秤砣上床睡觉。

妈妈不止一次,用绝望的拳头砸着饭桌发出警告,你早晚要死在那个浑蛋父亲的手里!

而对铁裆功如饥似渴的我,根本听不进去妈妈的话,每次她刚一张嘴,我就借故赶紧离开,留下她一个人坐在那儿抹眼泪。我知道,她一直想让我好好学习,以后考个好大学,找个正经工作,老婆孩子热炕头,柴米油盐过日子。可自从我知道父亲会铁裆功,并且父亲答应教我之后,就意识到,我已经不可能去过那样庸常的人生了。我要像电影里的那些功夫高手一样,身怀绝技,成为一代武学奇才,才不枉来这世上走一趟。

当然,这些我自始至终也没跟妈妈讲过,那时候我们之间根本交流不了,她一张嘴我就心烦,总感觉她是想拖我的后腿,不想让我学会父亲身上的功夫,而具体为什么,她又欲言又止,只搪塞说,我也说不清。

那时候我一心都在学功夫上,因为太过刻苦和勤奋,扯蛋皮的时间远远超过父亲的要求,这导致很长一段时间我的蛋一直都是肿的,很疼,白天的时候只能叉着腿走路,样子荒诞又滑稽。

在一边刻苦修炼,一边对未来的幻想中,缓慢而艰难的第一年过去了,由于不要命地刻苦训练,我的蛋皮拽起来已足够松弛,像皮筋一样具有弹性。

父亲望着他的成果,笑眯眯地走过来,一把抓住,猛一扯,蛋皮被扯得足有半米长,松手的同时,发出啪的一声脆响,而我的脸上,一点疼痛的波纹都没有。父亲满意地点着头,向我竖起了大拇指,说不愧是他的种,果然是吃这碗饭的材料!

父亲的夸奖令我激动不已,那感觉仿佛我已经练成了铁裆功,全校师生和羊庄的老老少少都翘首以盼,掌声震天,呼唤着我快点儿登台表演。

别太骄傲,万里长征,你这才迈出去第一步。父亲的话像一盆冷水从我头上浇了下来。

我趁机问父亲,什么时候教我第二招。

心急吃不了热豆腐,学功夫要有足够的耐心和毅力,先跟着我和你刘叔、老段一起出去走走吧,俗话讲得好,读万卷书,不如行万里路。跟着我们一块儿上路走,也是修炼铁裆功的第二个阶段,当然,也是最为关键的一个阶段。

我听后耷拉着脑袋,父亲问我是不是不想去,我摇摇头,说,我还得上学啊。

上个屁学啊！你上学为了啥，不还是为了考个好大学？考个好大学还不是为了找份好工作，多挣点钱？而一旦你学会了铁裆功，那钱就会像流水一样哗啦啦往你口袋里淌。这是啥？这就是人生的捷径！

不上学，我妈会同意吗？

你妈说的屁都不算。

那谁说了算？

谁"这个"多谁说了算！父亲的两根指头又做出数钱的动作，同时露出猥琐的笑容。

二

刘叔负责开车，父亲坐在副驾上打瞌睡，老段和我坐在后排。长这么大，这还是我第一次出远门，既激动又兴奋，尤其是想到这一趟走下来，等我回到家时，已经练成了铁裆功，学校的同学和老师以及羊庄里的男女老少都会站在我回村的那条路上，人群密密麻麻，现场锣鼓喧天，像在欢迎一位凯旋的将军。

想到这儿，我忍不住把头伸出窗外，对着连绵起伏的群山大叫不止。

这时已是秋天，山坡上点缀着黄色的花、红色的树、黄色的草，远远望去，色彩相间，特别好看，尤其是在汽车的飞驰中，风景像罩着一层薄雾。

我折腾累了，把脸贴在玻璃上，也不知道什么时候竟睡着了。醒来的时候已是傍晚，车在山里一座废弃的庙前停住，我刚下车，一股寒意就迎面扑了过来。

老段和刘叔正在往庙里搬帐篷和被褥，我跟着走进去。庙里很破很空，屋檐的瓦片像被狗啃过一样参差不齐，石板的缝中，枯草有我腰那么高，在夜风的吹拂下，发出类似脚步的飒飒声。

大殿里的几尊泥塑神像，一个个也都龇牙咧嘴，看不出来是啥神。老段和刘叔跳到摆神像的台子上，抱起来就往角落里扔，有的神像的头被撞得稀烂，有的腿折了，搭在另一尊神像的胸口，有的神像的屁股压着另一尊神像的脸……我看得心惊肉跳，而他俩倒像没事人，一边扔，还一边笑着说，天冷了，我们行行好，把你们堆一起暖和暖和。

刘叔和老段把原本放神像的平台收拾干净后，就开始在那上面撑帐篷。

那一晚，我们四个人睡在一个大帐篷里，我一直贴着父亲，半夜总是隐隐听到那一堆缺胳膊断腿的神像因痛苦而发出的哽咽声。那声音高低不平，忽大忽小，此后的好多年里，都一直在我耳边回响。

第二天一早，老段拿着推子在我眼前晃，我这才发现，父亲和刘叔的脑袋明晃晃的，像两个灯泡。我正要笑时，就被父亲一把摁在凳子上，老段拎起推子，三五下，又一个小光头诞生了。这时，父亲像变戏法一样拿出一件黄色的衣服扔给我，说今天你要穿这个。我打开一看，是一套僧人的行头。

穿这干啥？

少多嘴。

待我们都穿好衣服后，老段拿出一个新车牌，把原本的车牌换了下来，开着车朝山海镇走。

山海镇位于太行山的深处，道路狭窄，两旁高山耸立，直插云天，我坐在车里，看着像和尚一样的他们仨，忍不住想笑，又不敢笑出声。

快到山海镇的时候，我们把车停在一片松林边上，老段率先敲着铜锣，去镇子里散布消息，说少林寺的高僧来了，要在镇子上表演少林绝技。老段走后约半小时，父亲领着我，老刘背着膏药，扛着两面旗，用红布兜着一个功德箱，开始往镇子里出发。山海镇并不是镇子，更像几个稀稀拉拉的山村连缀在一起。村子安静得很，家家户户都是石头房，门前古树参天，鸡鸭在下面觅食。

我和爸爸走到的时候，村头已经聚集了一些老人和孩子，还有一些正彼此搀扶着，陆陆续续往这边走。

村头残破的戏楼上，老段摆好桌子，铺上黄布，刘叔把两面锦旗分别插在戏台两边，上面几个黄色大字分外清晰：但求天下无疾苦，福满人间享安宁。

父亲登台之前，由刘叔先对其做一番介绍，说他是少林寺的大和尚，某某人的大弟子，得什么什么真传之类的瞎话。介绍完后，父亲便开始表演少林绝学铁裆功。有时是老段上去，有时是刘叔，有时则是两个人配合，用脚朝父亲裤裆里狠踢，或用碗口粗的木棍朝父亲裤裆里撞，令围观的群众发出阵阵惊呼。

表演完后，父亲举着膏药，说话不急不缓，问，有谁，或自己的家人，平日有颈肩腰腿痛的吗？有的请举手，可以上来免费领取少林膏药。此膏药乃是采用六十三种中草药，运用古法，历经九九八十一天熬制而成，治疗颈肩腰腿痛有奇效。

虽然身处深山野村，但由于《少林寺》那部电影的热映，大家对少林寺并不陌生，因此看到那里的僧人来了，不仅给大家表演绝技开了眼，还免费发膏药治病，不禁心生感动，有的老人上来一把握住父亲的手，说，善人哪！父亲则回复一句，阿弥陀佛。而人群中有时也会有一些居士，看到僧人来了，很激动，主动掏钱往父亲手里塞，说是供养一点香火钱。父亲则赶紧摆手拒绝，说，不不不，阿弥陀佛，万万不可。

然后父亲一副很感动的样子，走到台子的正中央，说，阿弥陀佛，感恩诸位，刚才有人要供养一些香火钱，我是万万不能接的，出家人的双手不能碰钱。我们这次出山，来到贵地，也没有别的目的，主要是广结善缘，为大家送药治病，另外还有一件事就是最近寺里在重修藏经阁，费用上比较吃紧，如果大家手头宽绰，同时也想结此善缘,可以为寺院捐一些修建藏经阁的香火钱,十块八块,五十一百都可以,捐多捐少全凭心意。凡是今天捐了钱的,到时候你们的名字都会被刻在功德碑上,立在藏经阁的一旁,让后人铭记的同时也等于时时刻刻在为家人祈福。希望家人健康长寿、儿女事业顺利、学业有成的,可以捐一些到我们的功德箱里。

说着,老段就抱出那个功德箱,刘叔拿着纸和笔准备记名字。而那些看了神功、领了膏药,又听说捐了钱名字会刻到功德碑上,能为家人祈福保平安的人,一个个便争先恐后,举着钱,挤着往箱子里塞。

那天,我站在台上,目瞪口呆地看着眼前发生的一切,一句话也说不出。

晚上回到荒庙里,他们几个把钱倒在地上,一边数钱,一边笑着谈论今天山海镇上那些捐钱的人有多傻,有的人竟然还大为感动,临走的时候拉着他们的手流下眼泪来。这在父亲他们看来,是如此的愚蠢又可笑。数完钱,父亲说今晚带大家去县城大撮一顿,酒肉管饱!刘叔和老段很开心,而我则一点也开心不起来,阴沉着脸,坐在那堆缺胳膊断腿的神像边。

父亲瞪着我,说你坐那儿干啥?还不快上车?

我不抬头,也不说话,父亲走上来,用脚踢了我一下,你死了吗?

这时候,我内心的委屈翻江倒海,再也抑制不住,眼泪唰一下就流了出来,用手指着父亲,吼道,骗子!

父亲顿时愣住了,表情既诧异又震惊,就连一旁的刘叔和老段也突然定格在那里,满脸惊愕地望着我。

啥?

骗子!

听到这儿,父亲突然哈哈大笑起来,笑过之后,一脸严肃地望着我,质问道,骗子?谁他妈是骗子?老子是个手艺人,老子是靠手艺吃饭的!要说骗,你这个狗崽子才是骗子呢!还没开始学铁裆功,就四处吹嘘,等你练成了铁裆功会多么多么厉害,以此骗你的朋友和同学对你心生崇拜,言听计从,整天像哈巴狗一样围着你!你自己呢?嘴上不说,心里倒比谁都喜欢被众人围着,抬着,巴结着的感觉。看,你的泪为啥越流越多,肯定是因为被我揭穿了老底儿,就像大庭广众之下被人扯掉了内裤,既气愤又羞愧,那羞愧和气愤就像沼气池里的粪水,越憋越涨,最后终于憋不住了,才喷溅而出,就跟你现在止不住的眼泪一个鸟样!

父亲的嘴像机枪,对着我一阵扫射,我"中弹"后一转身趴在那堆残破的神像上大哭了起来。刘叔和老段见状赶紧上来劝我,可无论他们怎么劝,都不能阻止我的眼泪。只有我知道,我突然大哭并不是因为父亲骂了我,而是经他那么一说,我才恍然意识到,好像我跟我所不齿的父亲本质上是一样的货色——父亲骗别人的钱,而我是骗了别人另外的东西。

父亲把我狠狠地羞辱一番后,就带着刘叔和老段去县城喝酒吃肉去了。我一直趴在那里哭,想哭到他们回来,可哭着哭着,就感觉眼泪哭完了,情绪也平静了一些,于是站起来,走到荒庙门口的台阶上坐了下去。

那一晚的月亮又大又圆,像一个明晃晃的玉盘子,悬在山顶上。我一直托着下巴仰着头,看到月光像一根根光柱,直直地朝我射来,我突然想起身,顺着那些光柱爬到月亮上去,那里荒凉、遥远,没有欺骗,我也不再骗人。想到骗子,我突然心头一酸,又想哭了。

不知道什么时候起了风,黑云在天上疾走,不一会儿就把月亮吞了下去,山中漆黑一团,从林中传来的风声似鬼哭狼嚎。我突然有点儿害怕,赶紧回庙里,钻进帐篷,用被子蒙住头,既盼望父亲能快点回来,又永远都不想再看到他。

深更半夜之际,我听到父亲回来的声音,他给我带了奶茶、汉堡还有鸡肉卷,都是我最爱吃的。我不接,刘叔说,快拿着吧,肯定饿了,这么晚了,你爸带着我们转了好几个地方才买到的。

我的肚子早就咕咕叫了,想接,又觉得不能,吃了就等于服软儿了。我想说我不饿,刚一张嘴口水就流了出来,我赶紧去擦,尴尬得很。

这时,刘叔拨开鸡肉卷的包装纸后,递给我,那香味熏得我再也顾不得那么多了,接过来就开始狼吞虎咽。

吃饱喝足后我又困了,但就是睡不着,耳边总是想起父亲下午的那番话。想到自己和他们一样,也是骗子的时候,心里就像猫抓鸡挠一样难受又说不出。

接下来的几天,我闷闷不乐,跟着父亲他们又在山里转了几个村子,他们骗人的手法还是那一套,屡试不爽。有时候我真是不想再跟他们一起了,有好几次我都想悄悄离开他们,独自回家,可放眼望去,人生地不熟,又不知道该往哪里走。

那几天我过得很煎熬,一直被父亲的那番话折磨着。某个失眠的夜里,我突然意识到,要想摘掉"骗子"这顶能把人压死的铁帽子,不仅不应该瞧不起父亲,反而要继续跟他搞好关系,早日学会铁裆功,然后通过自己的努力和悟性,争取青出于蓝而胜于蓝。这样,到时候我把这项失传已久的少林绝学展示给我那些朋友和同学们看,以此证明我并没有吹嘘,也不是骗子。这项功夫确实在我手中能达到出神入化、登峰造极的地步!

想到这一点后我的心情大为舒畅,在车上竟唱起了歌,他们三个纷纷侧目,刘叔说,哟,龙二,心情不错啊。

我嘿嘿笑着,不好意思地低下了头。

那天表演结束,回到旅店,我主动找父亲道歉,希望他能原谅我。

父亲瞥了我一眼，没搭理我，这时刘叔赶紧过来敲边鼓，说孩子小，难免会犯错误，一个人不怕犯错误，就怕认识不到自己的错误。你看，龙二觉悟多高，才屁大一点儿，就很快意识到自己的错误了。孔子说过一句话：知错能改，孺子方可教也！

孔子没说过这句话。我小声纠正刘叔。

父亲突然提高嗓门儿，孔子没说过，庄子总说过吧，庄子没说过，孟子总说过吧？孟子没说过，你刘叔总说过吧？你刘叔为啥要说？还不是为你好？你还纠正你刘叔呢？别以为自己读了几天书就不是你了，我告诉你，要论真本事，你连你刘叔的一个脚指头都比不上！

父亲劈头盖脸把我训一顿，然后示意刘叔和老段出去转转，他再单独教育教育我。

他们走后，父亲的脾气突然缓和了下来，拉着我的手，语重心长地说，孩子啊，你知道吗，我其实对你一直都寄予厚望的，刚才的话，以及前几天的话，你也不要当真，有时候我看似在对你说话，其实也不全是对你说的，而是装出个姿态给别人看，你懂吗？

我点点头，说，懂。

父亲说，你懂个屁，你要真懂了，我叫你一声爹。不过话说回来，你现在不懂也很正常，往后你啥也别多想，啥也别多问，我咋教你你咋学，就够了。有时候，面对一个高人，你越动脑子，就显得越蠢！明白了吗？

我光点头，没吭声。

那天晚上，父亲兴致盎然，又开始教我铁裆功了。他先是把我的上衣撩起来，把一个松紧带从我头上套进去，绷在肚脐上方，然后命令我脱掉裤子，手从那个松紧带上方穿过去，抓住我的蛋，连蛋皮一起往上一拉。两颗蛋子就留在了皮筋上方，同时蛋皮像一层肉垫子，挡在我的小鸟前面。

父亲操作完这一套流程后，说，现在知道第一招为啥先教你扯蛋了吧？男人身上最脆弱的就是蛋子和小鸟，只要把这两个东西保护好，再加上你刘叔和老段的精准控制，就会万无一失。

这时，他命令我扎好马步，并喊来刘叔，让他朝我裤裆里踢一脚。

父亲的这句话顿时让我紧张了起来，别啊，你光教了我扯蛋，还没教我真正的铁裆功了！

我的声音颤抖着，带着求饶，父亲跟没听到一样，给刘叔使了一个眼色，刘叔一脸坏笑，走上来，他穿着尖头皮鞋，在灯光下，明晃晃的，像一把尖锐而锋利的武器。他二话不说，朝我裤裆里就是一脚。那一瞬间，我感到屁股一紧，小鸟也像受惊的乌龟一样迅速缩到了壳子里，在他的脚碰到我裤子的一瞬，我心想完了，这一下不把我踢死也得把我踢残废了。

一脚踢完,我吓得双腿打战,而一旁的他们仨却哈哈大笑,我这才意识到,一点也不疼。我挠着脑袋,想不明白为啥刘叔明明踢了我却一点也不疼,难道我已经练成了铁裆功?

远着呢!父亲说着,把我的蛋皮放了下来,把那个松紧带收走后又说,看你那个尿样,还得多练胆,但眼下关键的是要学好腹语,铁裆功讲究的是上下左右,前后配合。

那时候我还不知道啥叫腹语,结果父亲说,老刘,你来踢我一下。刘叔上前,一脚下去,父亲的身体往上一颤,同时发出嘭的一声。然后父亲问,听到了吗?我点点头。父亲又问,为啥踢你没有声音?我摇摇头。因为你还不会腹语。

经过父亲的反复讲解,我才隐隐约约弄明白,腹语是咋回事儿,但与此同时我更疑惑了,心想,这学个铁裆功咋怎麻烦呢?一会儿扎马步,一会儿扯蛋皮,一会儿还要学腹语,而学完腹语,指不定还有啥稀奇古怪的花招要学呢!每当这时,我又总会不由自主地想起父亲说过的那番话:啥也别多想,啥也别多问,我咋教你你咋学,就够了。有时候,面对一个高人,你越动脑子,就显得越蠢!

是呀,我真不该想太多,只需按照父亲的方式,早日学会铁裆功,回到羊庄去证明我并不是一个骗子,才是大事。

意识到这一点后我很开心,然后就开始按照父亲的方法学习腹语。

那天阳光明媚,我和父亲他们开车来到木子沟,这里悬崖壁立,山峰高耸,非常幽静。我们在村里的广场上开始卸东西,由于刘叔前天扭伤了脚,我和老段身上的活就更重了,卸好东西,插上旗,老段就拎着铜锣去村子里唤人了,走了几分钟后又回来,说是忘记了带锣棍儿。父亲把他骂了一顿,他不好意思地挠了挠头。

那天,父亲在广场上扎好马步,喊老段上来踢,结果喊了几声都没人吭声,后来还是我掐了一下他的大腿,他才如梦初醒地走了上去,抬腿就是一脚,父亲的脸顿时缩成了核桃皮,身体像过了电一样不停地抖。当时刘叔站在我旁边,他一拍大腿,说,坏事啦!

刘叔一瘸一拐来到人群中央,挽着我父亲,低声说,要不算了吧,今天不演了,收摊子吧?这时候老段也意识到情况不妙,手足无措不知道如何是好。父亲伸手推开刘叔,故作轻松,声音洪亮道,老段,使点劲儿啊,继续踢!

老段虽然叫老段,但今年也不过二十多岁,以前他爹跟着我父亲跑江湖,后来年龄大了,让儿子顶了他的班,因为叫顺嘴了,一时不好改,所以就继续把他当老段叫了。刘叔后来告诉我,当时我父亲本来不想收他,后来想到刘叔也老了,以后把我培养起来,总需要一个搭帮的,所以就留下了他。

老段浑身发抖,不敢再踢了,但父亲的命令他又不能违抗,于是牙一咬,眼一闭，又哐当哐当踢了几脚，因为太过紧张，准头堪忧，我眼睁睁地看着父亲的脸又像核桃一样皱了几次。一旁的刘叔一脸痛苦，倒吸冷气，仿佛每一脚都踢在了他的裤裆里。

那天的表演结束得比较仓促，父亲神情凝重，艰难地走回到了车里，血顺着他的裤腿直往下流。刘叔把膏药撒在了人群中，让大家去抢，然后连旗和桌子都没来得及收，就开着车，狠踩油门往医院冲去。

车子驶离木子沟，父亲再也忍不住了，开始发出杀猪般的惨叫和哭声，听得人心里很不是滋味。一旁的老段被这场面吓傻了，跟着我父亲走南闯北这么多年，还从来没有遇到过这种事，面对刘叔的责骂，他一个劲儿道歉，说自己今天不在状态，走神了，第一脚没控制好距离，真踢上了，后面踢的时候心里害怕又紧张，一不小心又踢上了几脚。

车子朝医院飞驰的时候，我看到父亲一直尿血，蛋也肿得像一个红气球。那一刻我脑袋发蒙，想不明白这一切究竟是怎么了。

在医院，医生看了我父亲那红肿硕大的蛋后，很是纳闷和震惊，说自己行医多年，还没见过能肿这么大的蛋，于是又叫来几个同事，围着父亲，一边感叹一遍研究。那几天，也有别的科室的医生满怀好奇地跑过来，对着父亲的裤裆一阵观摩后，说父亲的蛋得深入研究，认真对待，如果能就此写成论文，发表在医学界的核心刊物上，肯定能震惊医学界！

父亲感到他们是在羞辱自己，终于忍不住了，劈头盖脸把他们骂了一顿。医生见我们几个都是光头，还穿着僧服，一时搞不清来路，也没敢还嘴，就散了。

住院期间，父亲很狼狈，因为伤势严重不能穿裤子，尿尿的时候钻心地疼，而最令他尴尬的是，也不知是被老段踢坏了哪个阀门，大小便也不再受控制，有时候正说话或吃饭呢，感觉屁股下一热，就知道又坏了事。

每次，都是老段负责清理和擦拭父亲的屁股，洗床单。刚开始父亲有点不好意思，总是用手遮着脸，但很快，也就释然了，并在老段帮他清理屁股和床单的时候问，臭吗，老段？

老段说臭。

妈的！臭也得给我忍着，别忘了，可是你把老子踢成这样的，要是好不了，你就得给老子擦一辈子屁股！

老段一直点头称是是是。过了两天，老段再帮父亲清理屎尿的时候，他又冷不丁地问，臭吗，老段？

老段挨了几次骂，也机灵了，说，不臭不臭，一点都不臭。

父亲很高兴，哈哈笑了，说，不臭我就多创造机会让你多收拾几回。

老段一脸苦相，拿着床单走出病房后长叹一声。

眼看着,父亲的伤势一天天好转,有时候还能下床走两步,但大小便依旧在床上解决。他背着老段告诉我和刘叔,刚开始是真控制不住,后来没几天就控制住了,但能控制的时候,反而又不想控制了,就想通过这个,好好恶心恶心老段,让他长点记性。

父亲说这话时一脸窃喜,仿佛在做一个极为好玩的游戏。

那天,刘叔和老段出去买饭,病房里就剩下我和父亲。我走过去,坐在床头,说,有个事儿,这几天一直憋在心里,再不问就要把我憋死了。

啥事儿?

你不是会铁裆功吗? 怎么会伤这么重?

父亲沉默了一会儿说,大意了。

什么意思?

就是艺高人胆大,最近几次表演的时候我都没扎蛋。

父亲看我还是没听明白,就继续说,铁裆功的第一步不是扎蛋吗? 就是把蛋扎到肚脐上,用松紧带绷住,如此一来,既给小鸟前面加了一层垫子,又通过移位,很好地保护了蛋子,这样弄好后,即便对方真的踢到了裤裆,也不会有什么大碍。但是,这次,我大意了。父亲长叹一声,连连摇头。

什么叫真踢到裤裆? 你到底会不会铁裆功?

当然会!

会铁裆功怎么还会伤这么重?

铁裆功属于一种表演。

啥叫表演?

就是演戏,每次踢的时候,看似踢到了,但其实距离皮肉还有几毫米,然后我身子往上一颠,再通过腹语发出一声类似真踢到裤裆的声音,以此达到以假乱真的效果。

父亲说这话时嘴巴贴在我的耳朵上,声音极低,但于我而言,简直犹如晴天霹雳。一时间,我张口结舌,呆愣在那儿,不敢相信自己的耳朵,可那番话又是如此清晰,一直在我耳边回荡。这一次,我没有再大喊大叫着质问父亲,而是摇摇晃晃地站起来,穿过隧道一样阴冷漆黑的走廊,来到人群熙攘的大街,脑袋里一片空白,不知道接下来该往哪里去。

【作者简介】智啊威,1991年生于河南。小说刊发于《中国作家》《天涯》《青年文学》《山花》《牡丹》等刊,被《小说月报》《中华文学选刊》《长江文艺·好小说》等刊转载。出版有小说集《解放动物园》。

映山红

◎ 畀　愚

多年前,一场台风在夜里吹倒了半面旧墙。于是,流言又开始在小镇蔓延。

旧墙有一人多高,上面爬满了藤蔓,顶端还长着些不知名的茅草,隔在学校与校办工厂之间。人们都把它当成是面照壁,孤零零的,就像镇东头那株孤零零的歪脖子老树,除了整天在风中凌乱,谁也不知道它矗立了多少年,更没有人想到要去推倒它。好在风雨无情,墙被刮倒的第二天,就有人发现了埋在下面的那个瓮。

我想,当时在场的每个人心里想的都跟钱财有关,所以他们的脸色看上去既紧张又兴奋,但谁也不敢自作主张。最后,这些人把目光落到了校长脸上。

校长显然刚从镇上赶来,头上冒着热汗。他摘下眼镜,撩起衣襟擦掉镜片上的雾气后,重新戴上,伸长脖子又看了眼,才朝着厂长用力地一点头。

厂长一开始就有点儿急切,抓过锤子就是一下子。瓮应声而碎,竟然是满满一瓮的石灰,早已结成了瓮的样子。大家都很失望。厂长不甘心,起手又是一锤下去,那坨石灰碎裂开来,里面还有东西——用布包着,看上去很脏,黑不溜秋的。

很快,在场的那些人眼睛就直了。他们断定那是具婴儿的干尸,四肢盘缩着,就像在母亲的子宫里,又像是只被风干的猴崽子。

我在很多地方都说过这个小镇的小,但麻雀虽小,五脏俱全。这里不光有客栈、码头、医院、学校、邮局,还曾有过教堂与寺庙,在山林脚下黑压压地挤在一块儿,无声无息,却又热气腾腾。

那所学校地处小镇边沿,正对着苕溪河,河的对岸长满了芦苇,更远处是层峦叠翠的天目山。原先,这里是座尼姑庵,高耸的门头下挂了块粗重的匾额,上面镌刻着四个大字——印月精舍。据说,它在鼎盛时期,寮房里曾住了二三十个尼姑,天南海北的都有。女人多的地方,闲言碎语也多,都是有关男欢女爱的。也正因为此,有人还信誓旦旦地说听到过婴儿的啼哭,就在那些夜深人静的时候,隔着那道斑驳的围墙。

这就好解释那个瓮里的枯骸了。传闻在许多时候就是真相。

只是央如从来不说。自从印月庵的门头被拆除,她就知道她当尼姑的生涯到头了,与之相关的一切也将成为记忆。

既然是记忆,那就是用来埋藏在心里的。

央如个子不高,白白净净的,长着一双像猫一样滚圆的眼睛,看什么都是一脸专注的样子。她穿着袈裟时不像个尼姑,脱了袈裟更不像是我们镇上的女人。小镇的人们对此有个一致的看法——小尼姑只要留起头发,扎上辫子,再穿件双排扣的列宁装,你说她是临安县城里下来的女干部都有人信。

所以她一还俗,头发还没长到耳朵根,保媒拉纤的人就已接踵而至。说来也怪,那些人介绍的男方都挺有来头的,不是乡镇大院里的干部,就是退伍下来的志愿军老兵、合作社的会计,最不济的那个也是邮局里的邮递员,但他们都有一个共同的特征——都是死过了一回老婆的,有的还拖儿带女。

央如那时二十刚出头,当然不会给人去当后妈。她用那双滚圆的眼睛一眨不眨地看着介绍人,等到对方说完,再也没话可交代了,才开口说她在师父跟前起过誓的,这辈子都不会嫁人。

你师父早死了。这回的介绍人是居民小组长,一向作风泼辣。她说,好端端的一个大姑娘,怎么可以让个死人耽搁了。

央如只好又说她一出娘胎就是个尼姑,谁娶尼姑是要触霉头的。

那是封建迷信。小组长又一扬手,说,新社会早不兴这一套了。

央如不好再说什么,皱起嘴角笑了笑,把两只手拢进衣袖里,低眉顺眼地站着,活脱脱一副小尼姑的模样。

居民小组长后来就有点不管三七二十一了,一边抓着她的一只手腕往外拖,一边说,你跟人去见一面又怎么了? 见一面又不会掉你二两肉。

央如的脸一下涨得通红,不吭声,犟在那里。

居民小组长只得松开手,可没走几步,还是忍不住回过身来。她看央如的眼神里充满了痛心与惋惜,如同眼看着一块好端端的肉将要烂在锅里。

说到底,女人不嫁大多是因为她们心里有人了,当过尼姑的也不例外——那个在她心里像是长了根的男人是央真。

央真离开时正值晚秋,大门外是漫天的飞絮。风把它们从河对岸的芦苇枝头吹散,飞上半空,飘飘荡荡,像极了冬天的雪花。那天,央如就站在刺眼的阳光里,心头始终默念着央真留在她耳边的那句话——我日夜都会想着你的，我去去就会回来的。

这是央如死都不会告诉别人的秘密。

事实上，印月庵里隐藏的秘密远不止这些，只是随着一代代尼姑的圆寂被带进了坟墓。早在央如出生前，偌大的庵堂就已没有了往日的盛况。战争几乎是在一夜间让小镇变得衰败的。过往的军队不光洗劫商铺与民舍，连寺庙也不放过，就像风卷残云，又像蝗虫过麦田。战争在消耗男人的同时，也消耗女人。到后来，偌大的庵堂里，只剩下了老师太与她的跛脚徒弟。

老师太是过来人。她把什么都看在眼里，只是不说，也不问。有时候，师父看着徒弟的眼神，就像在回望当年的自己。

那晚下了腊月里的第一场雪，悄无声息的。老师太盘坐在蒲团上，就像被冻僵了。她终于听到了徒弟屋子里传来的声音。有了第一声，就有了第二声，凄厉而又沉闷。

徒弟用被子的一角死死地捂住嘴巴，但捂不住的是从两条腿之间淌出来的羊水。老师太什么也不说，放下手里那盏煤油灯，转身去烧了半盆热水回来，费了很大劲才从徒弟的两腿间取出一个男婴。

孩子初临人间的啼哭，在雪夜里听上去就像只垂死的野猫在叫唤。

第二天，大雪初霁后的阳光格外刺眼，照在脸上却感觉不到半点的温度。老师太抱着一个瓮进到屋里时，徒弟已经跪在床上。她眼巴巴地望着老师太，说，您是大慈大悲的观世音菩萨。

孽是你造的。老师太把那个瓮放到床边，垂下眼，又说，规矩你也见过。

徒弟一把抓住她的衣襟，说，您就发发慈悲吧。

老师太愣了半晌，低下头去，一根一根地掰开那五个手指后，头也不回地往外走去。

那让我还俗。徒弟忽然一嗓子，对着那个背影说，我带他要饭去。

老师太充耳不闻，直到两只脚都跨过了门槛，才稍稍停了停，但仍然紧闭着那两片干瘪的嘴唇，望了眼墙外白茫茫的山林。她只是回身轻轻地掩上了那扇门。

阻止母子俩要饭去的人是尚未出世的央如。

这天到了傍晚，航船上送来一对男女。他们衣着体面，风尘仆仆。尤其是那个女人，脸蒙在一条围巾里，大着肚子，身上裹了件男式的人字呢大衣，虽然站着，却像随时就要倒下。

男人一直到把女人扶进椅子里，才摘下头戴的皮帽，彬彬有礼地说他太太在路上受了风寒,想在宝刹借住几天。

老师太又看了眼女人,说镇子里头有旅社,还有专门替人接生的产婆。

男人没有理会,从怀里摸出几块大洋,放在桌子上。见老师太无动于衷,他笑了笑,解下腕表,放在了大洋的边上。

老师太是见过世面的人。以前,天目山里那些土匪绑的肉票,也曾寄放在庵里过。她只是没见过这么白净与斯文的绑匪,心想大概是杭州城里下来的拆白党吧,就索性垂下双手站到一旁。

这一回,男人没有笑,想了想后,从内袋里掏出一支小手枪,也搁到了桌子上,说他们夫妻俩走得太匆忙,没带太多盘缠,但他很快就会回来接人的。说着,他朝着老师太双手合十,恭恭敬敬地弯下腰,说,有劳师太了。

老师太这才如梦方醒,赶忙合十、还礼。

临走时,男人拉起女人的手,说,别担心,一切都会好起来的。

可是,女人在两天后死于难产。老师太从没这么慌张过,张着一双血手跑出印月庵想去叫人,等她回来女人已经咽气——她拼尽最后一口气生下女儿,却连抬起眼皮看一眼的力气都没了。

老师太是在装殓时发现的,女人的上身几乎没有一块好肉。她的前胸与后背除了结痂的鞭痕,还有烙铁烫过后留下的疮疤。

多年不曾流泪的老师太忽然间眼睛湿润了,很久才喃喃地念出一声阿弥陀佛。这天晚上,她不饮不食,盘坐在长明灯下,一遍又一遍地默诵《地藏菩萨本愿经》。

两个孩子的名字都是老师太取的,一个叫央真,一个叫央如,只有名,没有姓。这本来就是尼姑的法号。看着他们一天天地长大,尤其是每次给他们剃光头发,老师太忍了好几年,最终没能忍住。她就像是在哀求,对徒弟说,送人吧,天目山这么大,好人家有的是。

跷脚徒弟不是没有想过,她是舍不得。她用一种无望的眼神望着师父,说,我是割不下这块心头肉。

哪有什么心头肉? 老师太说,出家人的心头只有菩萨。

徒弟低下头去,想了会儿,说,没了香火,还要菩萨来干什么。

你说什么?

徒弟抬起头来,直视着师父,说,我十月怀胎,我奶大了他们两个,我跟你不一样。

老师太一下被噎在了那里。有时候,庵堂的门关起来,里面就是一个家。有时候,他们更像是一家四口的三代人。

那年的春天一直在下雨,断断续续地,只要闭上眼睛就能听到无数破土而出的声音。它们伴随着墙外的天目山日夜疯长。只是,一年里的春荒也在此时如期而至。印月庵里已经余粮不多,师徒俩很多时候只能去山上挖笋,吃不完,就拿到镇上去卖。卖不掉,到了傍晚重新背回来,连夜把它们剥开、煮熟、撒上盐,晾在屋檐下。

这天,老师太盘腿打完午觉,便开始督促两个孩子背诵《心经》。她看见一个男人从角门里进来,头戴斗笠,身上披着一件陈旧的蓑衣。

这里是内院。老师太慌忙起身,站到窗口,说,施主,请留步。

男人并没有止步,而是摘下斗笠,扬起一张胡子拉碴的脸,上前叫了声师太,说他是受人之托前来接人的。

老师太一脸的错愕,又把他上下打量了一遍,觉得应该是山里的猎户,又像是在苕溪河里跑船的。

胡子拉碴的男人犹豫了一下,从褡裢里摸出两卷法币,见老师太并没有伸手要接的意思,就小心翼翼地放到窗台上,低眉顺眼地说,一点心意,不成敬意。

老师太忽然冒出一句话来,说,这里是尼姑庵,不是典当行。

男人并不介意,探头望了眼屋里那两个正看着他的孩子,伸进怀里掏出一支小手枪,说,您一定见过这东西,我就不多说了。

老师太当然认得这支小手枪。许多事情就像发生在昨天。

男人显然不是个有耐心的人。他催促老师太,说天色不早了,他还要带着那娘儿俩赶路呢。

这时,徒弟从镇上回来了,一手拿着伞,一手提着大半篮子的竹笋,一瘸一拐地穿过角门。

老师太抓过窗台上的一卷法币,转身从门里出来,拦在她跟前,让她再去趟镇上,去把往日里欠的那些债都还了,剩下的钱买盐,吩咐完,还催促了一句,赶紧去,别等人家打烊了。

很快,天上的雨点又淅淅沥沥起来。老师太站在廊檐下跟男人说了会儿话后,叹了口气,拿过一把油布伞,接着又说那坟就在外头的半山腰,也不知道碑上该刻什么字,就索性没立,她让人去山里找了株金钱松,种在了边上。

男人并没有要跟她前往的意思,仰脸看了眼天色,又望了望墙外的青山,说这次就不去了,下回再来好好地祭拜。

老师太点了点头,放下伞,去屋里拉着央真的手出来,交到男人的手里,张了张嘴,没有出声。她只是一把拉住了随后追出来的央如,直挺挺地站着,喃喃地吟诵起来,一切有为法,如梦幻泡影,如露亦如电……

女孩张嘴想要叫的,小嘴却被那只嶙峋的手一把捂住。一老一小就这么看着男人把孩子裹进蓑衣离开。她们的耳朵里尽是淅淅沥沥的雨声。

事情出在跷脚徒弟回来后，没见着儿子她就明白了。后来，她一屁股瘫坐在佛堂里，白花花的盐洒了一地。她以为是师父把她的儿子给卖了，仰起脸，对着菩萨念念叨叨，我早该料到了，她没那么好心的，我早该料得到的……

老师太摇摇晃晃，朝她跪下去的心都有。她扶着一根柱子，说，是个孩子就会长大，这一天天的，总得有个头。说着，她也仰起脸，眯起昏花的眼睛，如同是在对着宝座上的菩萨说，你知道的，庵堂里面怎么可以有男人呢？

跷脚徒弟像是一下子清醒了。她用一种古怪的姿势爬起来，站着摇了摇头，半天才说，她早就该还俗的，她早就不该留在这里的。

说完，她抓下头上那顶裹头，往方砖地上一丢，歪着光秃秃的脑袋，一瘸一拐地出了印月庵。

她念念叨叨地要去找回她的儿子，从此再无音讯。

这些都看在了小女孩的眼里，也记进了心里。央如钻在供桌的围幔后面，睁着一双滚圆的眼睛，乌溜溜的，就像是只受到惊吓的野猫躲在黑暗里。

可是两天后，央真回来了，湿漉漉的，像只离群的泥猴。他孤零零地站在印月庵的台阶上，一把一把地抹着鼻涕与眼泪。老师太站在门内，半天才合起双手，对着对岸的青山念出了一声阿弥陀佛。

又过了两天，她天不亮就带着央真去了镇上，敲了很久才敲开了裁缝老纪的铺子，把孩子往他面前一推，说，我给你找了个儿子。

老纪睡眼惺忪，说，我连老婆都没有，我要儿子干什么？

你就结了这个善缘吧。老师太无力地说，这是我欠你的。

央真回身拉住她的大褂，说，我不给他当儿子，我要当尼姑。

听话。老师太把手按在那个小光头上，说，给他当儿子有肉吃。

这是央真平生第一次知道，这世上还有种可以吃的东西叫作肉。

你把他养大，他替你送终，你们两不相欠。老师太抬头看了眼老纪那张灰黄的脸，马上又垂下去，说，这样，我们也算两清了。

那个胡子拉碴的男人再次来到印月庵时，身上穿的是件中山装。央如一眼就认出了这张脸。在一名解放军的陪同下，他拄着一根拐杖，默默地在佛堂里站了会儿，忽然问，你师父是哪年走的？

央如低着头，说，新中国成立的第二年。

男人想了想，那年他正随部队前往湘西剿匪，在此之前也是一直在打仗，从长江的北面，打到长江的南岸。更久以前，他在杭州坐牢，在日本人的陆军监狱里，直到抗战胜利。

我们见过的。他看着央如，伸手在腰下的位置比画了一下，说，那年，你们两个才这么高。

央如怎么会忘记呢？那天他头戴斗笠，身上披着一件蓑衣。那天的雨淅淅沥沥一直下到半夜。她只是茫然地睁着眼睛，有点失措地摇了摇头，但她知道，男人这回又要带走央真了，顺便把山上那座没有墓碑的坟也一起迁走。

老师太在正式给她受戒的当天，带着她去了那座坟前，在那里点了香，化了很多纸钱，念了很久的《地藏菩萨本愿经》。此后每年到了清明与腊月，师徒俩都会去到那棵金钱松旁上坟，除了念经，老师太从不多说半句话。几年后，她瘫痪在床，每天夜里都被噩梦缠身，到了白天就痴痴呆呆的，有时连央如的名字都要想上老半天，可每年她都记着日子，到了清明与冬至都会提醒央如——该去山上上坟了。

男人也听说了，小尼姑每年都会两次上山去祭奠，有点感慨，也有点感激。他用力地一点头，说，这也是为革命做贡献。说完，他看着央如，又说，还俗吧，你还有大好的青春，应该投入社会主义的建设中去。

央如低下头去，抿紧了嘴唇。她在心里轻轻地说，你把我的男人带走了，我还俗干什么？

那时的央真早已改名，跟了养父的姓，叫纪开来，成了山上农业合作社里最年轻的社员。男人抱着他离开的那天，他们冒雨渡过苕溪，天黑前进了天目山。那是男人来的方向，只要翻过山，就会有人来接应，护送他们俩到达皖南的根据地，让孩子回到父亲的怀抱。

第二天雨停了，山林里的水汽像雾又像云，男人一脚踩进了猎户为野猪准备的捕兽夹里。央真从没见过那么多的血，他拔脚就想跑。男人一把抓住他，掏出褡裢里的干粮塞进他怀里，指着迷雾的深处，让他穿过这片山林，再翻过那道山梁，就会有人带他去找父亲。男人说，你一定要记住，你的父亲名叫陈家彦。

央真从不知道父亲是什么，从小到大就没有人在他耳边提过父亲这两个字。他吓得哇地哭了。他挣开男人的手，一边哭，一边连滚带爬地往回跑。他要回家。他的家就在印月庵里。这是他唯一知道的地方。他记着来时的路。

那一年，央真刚满五岁还不到三个月，在迷雾缭绕的山林里跑了会儿就迷路了。镇上的巡山队发现他时，他已经在一株树底下睡着，怀里抱着一小包干粮，嘴角挂着口水。接着，他们又找到那个男人，从他身上搜出了那支小手枪。

这些事都是央真后来告诉央如的。那时，他已经姓纪，但央如还是喜欢叫他央真。她每次去镇上，路过那家裁缝铺，都会站在街对面，远远地看一眼里面的小学徒。他曾经跟自己一起背诵《心经》，一起穿着破旧法衣改的小大褂，还在一张床上盘腿打坐。央如每次想到这些都觉得恍惚得要命，就觉得自己好像是看着他一点点长大的,几乎都能看到他将来成了裁缝铺里的少掌柜。

央真也总会找借口来庵里,一会儿说是替老裁缝来上灯油的,一会儿说是来探望老师太的。有一次,他看着央如在往供桌上的长明灯里添香油,冷不丁叹了口气,说他真想回来当尼姑。

哪有男人当尼姑的?央如心里想笑,转念就像被什么堵住了,赶紧扭头望向大门外,就见天还是蓝色的天,云还是白色的云,青山绿水都在大太阳底下,明晃晃的、真真切切的,却又一下变得那么虚幻。她在心底长长地发出一声叹息,低下头,说,那你往后别来了。

白天不来了。央真点了点头,说,我晚上来。

央如的心一下就跳到了嗓子眼儿里。

老师太去世的那晚,央如做完晚课就回到自己的屋里,掩上门,熄了灯,和衣躺在床上。等待从来都是一种煎熬,有时还能变成一种说不上来的懊恼。快到半夜时,外面起风了。许多只有山林里才有的声音,一下子近在耳边,一会儿轻,一会儿响,一会儿长,一会儿短,让人心烦意乱,让人焦躁不安。她索性裹着被子在床头打坐,可那颗心仍像在风里吹着,在那里飘忽不定、摇摇欲坠。

央真已经不是第一次失约了,央如也不是第一次失望。

第二天一早,她端着脸盆去伺候师父洗漱,发现老师太整个人都已僵硬。她在床上半睁着眼睛,张大了嘴巴,一只手朝上伸着,张开着五根手指,像是看到了什么,想要用力去抓住它。

央如没有叫,也没有喊,连半点慌张都没有,她自己都觉得奇怪。呆呆地站了会儿后,她放下手里的脸盆,跟往常一样,拧干汗巾,给老师太擦完脸后再擦手。她想把那只伸着的手放进被子里,但那只手如同树上长出来的树枝。于是,她就用双手捧住它,把自己的脸凑过去,紧紧地贴在上面。

就在不久前,老师太曾用这只干枯的手摸着她的脸颊,毫无来由地说了句"苦海无边,回头是岸"。

央如的脸当时就红了,像是一下子被人扒光了那样。她知道,印月庵里发生的每件事都逃不过师父的眼睛与耳朵,哪怕是在再深、再暗的夜里。

后来,老师太盯着她看了会儿,又说,要是哪天我死了,你要想好怎么办。

央如愣了愣,在心里说她还有央真。

老师太像是听到了,无力地呼出一口气,又把那八个字喃喃地念了一遍——苦海无边,回头是岸。

央如后来才知道,裁缝老纪那晚也死了,一点预兆都没有。临睡前,他把傍晚喝剩的半壶老酒热了热,喝完后见炉子里的那几块炭上还有点火头,就夹进了熨斗里。他要把案板上那件旗袍再熨一遍,那是人家女儿出嫁时要穿的喜服。

老纪是一头栽在熨斗上猝死的。等养子闻着味道出来,他那半张脸已经被烙煳。

央真再也成不了裁缝。葬礼之后,他来向央如道别,他要去天目山上种茶叶了。这是镇里安排给他的工作。人们都劝慰他,说一个人了,就更加需要自力更生。

你还有我。这是央如张嘴想说的,可她说不出口,只能张着嘴,看着他。央真伸手去拉她,却被推开。央如转身走到屋外,抬头望着挂在夜空的半轮月亮,说,种茶叶,挺好的。

以后我再来就要翻过两座山。央真还是拉住了她,从后面,用胸膛贴住她的脊背。

央如不动,说,那就别来了。

两座山算什么? 央真说着,手就有点不老实了。

央如还是不动,仰着脸,望着那半轮月亮。她木然地说,她在看着呢。

央真一愣,马上就明白她说的是谁了,不由松开手,一屁股坐在石阶上。等他再抬起头来时,那张脸上尽是月光与泪水。

第二天,央真离开的时候天还没有亮。央如从枕头底下摸出一块手表,一声不响地塞进他手里。这是她从老师太的遗物里找出来的,上了发条后居然还能嘀嘀嗒嗒地走。

央真顺势将她揽进怀里,问了句多年来一直想问而未问的话——我被那人抱走的那次,你心里在想什么?

央如身体有点僵硬,把下巴搁在他肩头,说,哪次?

小的时候。央真说,我们一起在这里的时候。

什么也没想。央如说,我知道你会回来。

央真笑了,在她耳边说,就那么两座山,阻隔不了我们的。

春天的时候,印月庵后面的小院里开满了映山红。那都是央真从天目山里挖过来的,每次来都背来一株,在离开前把它们种下去。他对央如说他住的那个山坡上,到处开着这样火红的花。他说,我真想带你去看看,它们在太阳底下,就像火焰一般。

我见过的。央如看着他的眼睛,好像那里面就有。

那不一样。央真还沉浸在那个山坡上,说,那种漫山遍野的红是不一样的。

央如说,一样的。

央真这才有点领会到她的眼神,忙说,是的,是一样的。

不过，央如还是去了，在一个晨光熹微的早上，带着干粮，沿着天目山那些古老的山道，快到傍晚才找到那个山坡。那些火红的花丛无边无际，在夕阳里真的像火一样，把整个山坡都点燃了。央如从未见过这么浓烈与炽热的景色，但她忽然驻足不前了。她忽然害怕撞见央真，身为一名尼姑，她比谁都知道什么叫害怕，直到那个男人再次把央真带走。

那天，整天都在刮风。风把苕溪河对岸的芦絮吹过来，就像在下一场大雪。听到轮机的轰鸣声，央如再也待不下去了。她是跑着冲出印月庵的，只是那艘从镇上驶来的火轮已经远去，拖着两排雪白的浪花，在阳光下拍打着河滩。

她的男人要去北京了。他那素未谋面的父亲在那里等着和他父子团聚。

临别那晚，央如哭了，用力地在他肩膀上留下了一排牙印后，她又笑了，说她会在整个后院里都种满映山红的。

可是，这种红得像火的花朵只在春天开放，到了夏天就会长出绿色的叶子，到了秋天它们照样会枯萎与凋零。

央真说了，他说他去去就会回来的。

可是，他没有。

央如并不在乎，也不想思念。她照常会进山里去寻找与挖掘映山红，再把它们背回印月庵，一株又一株，直到整个后院里都栽满了这种火红的花树。她的足迹已经遍布了整座天目山。

可惜，那个院子很快就被推倒了，那里不久将建起一所学校。看着那些花树被一株株地移走，一天夜里，央如在睡梦中忽然惊醒。她想了很久才发觉，那些被连根拔起的其实就是她自己。

她只是没想到，青海的祁连山里也会开满这种火一样的花朵。那是无数青年支援边疆的一个目的地，他们先坐船，接着是汽车与火车。他们穿过大半个中国来到这里，最后搭乘马车进山。

又翻过一个山坳，央如惊呆了。七月的天空里竟然飘起了雪花，就像风吹过苕溪河对岸的芦苇滩。她在马车上睁大了眼睛。她更吃惊的是那些开遍山野的映山红，仍然像燃烧的火，又好像只在梦中才见过——它们的每一片花瓣上都挂着洁白的雪。

原来，春天的花朵也会在盛夏的冰雪里绽放。

央如真的是惊呆了。

迎着风，迎着雪，她一下就热泪盈眶了。

邵彬是个戴眼镜的上海人，刚到农场那会儿，他被分配在队部当文书，不久就主动要求下到马场，当了名饲养员，甘愿夜里几次起来给马槽里添草料。他要的就是每天都跟央如在一起,同进同出,一起吃,一起喝,一起在茅草棚里铡秸秆、拌饲料。

这个又瘦又高的年轻人乖巧而执着,时不时地会从口袋里摸出一颗冠生园的话梅糖来。可是,央如不稀罕,每次都是摇头,有时连话都懒得跟他搭。终于在一天黄昏,在祁连山凛冽的寒风里,邵彬说了句自己都很吃惊的话——哪怕你是团结峰上的冰川,也会有融化的那一天。

央如却一点都不惊讶,只是平静地望了眼远处,扭头去了食堂。那一刻,她觉得自己就是座千年不化的冰川。这就是她想要的,在这个天高云淡的地方,每天累到连胡思乱想的力气都不剩半点。

第二年,农场给支青们重新调整工作,央如被派去跟着一位配种能手学习科学繁殖,就是给那些成排的母马进行人工授精。那是她第一次见到发情的公马,从卡车上冲下来,宛如一头脱困的巨兽,鬃毛飞扬,拳头大的鼻孔里喷着如火般的气息,四个蹄子踩到哪儿,哪儿的大地都在震颤。

她吓得当场就双手合十,念出了一句阿弥陀佛,随即一把捂住嘴巴,发现邵彬正在出神地望着她。

更难堪的是钻到公马胯下。这是一名配种员首先要做的工作,而且是在众目睽睽之下。央如的一边是小母马漂亮的屁股,另一边,巨大的种马正昂扬嘶吼着。她抱着一个尾端装着个保温瓶的橡胶筒,钻在那个被叫作马床的木架子里,只听见配种能手在外面说,先对准,对准了,插进去,对,用力,使劲。

然后是一前一后地推拉,抱着那个带保温瓶的橡胶筒,她觉得自己整个人都成了那匹母马的器官。

晚上,央如吃不下,也坐不住。她浑身沾满雄性动物才有的那种气味,却连个洗澡的地方都找不到。她只能蜷缩在草料堆里,抱紧了自己。高原的夜里从未如此的宁静,没有风,也没有野狼在远处嗥叫,月亮与星辰近得几乎触手可及。她又贸然地想起了往昔,想起了月光照在印月庵的院子里。

邵彬带着半张青稞饼找来了,什么话都没说,只是蹲在她跟前,把饼递给她。央如摇了摇头,闭上眼睛,才发现眼眶里尽是冰凉的泪水。她起身想走,邵彬开口了,说他知道镇上有家公共澡堂,马车都准备好了,天一亮他们就去。

央如一把捂住脸,忍不住哭出了声。这是她当着第二个男人的面哭泣。

到什么山,砍什么柴。邵彬说,慢慢都会习惯的。

央如点了点头,终于开口,说,你走吧。

邵彬有点犹豫,推了推眼镜,留下那半张青稞饼后,从大衣袋里摸出半瓶青稞酒,才起身离开。他走出很远后,又回头看了眼,那些草垛在月光里就像层层叠叠的山峦。

那一夜，上海小伙也没有回营房，而是坐在草垛的阴影里，远远地守护着他心头的女人，看着她后来一口一口地吃光那半张饼，又一口一口地喝光了那半瓶酒。这是央如平生第一次喝酒，那种火辣辣的味道经咽喉穿过身体，最后都从她眼睛里涌了出来。

女儿出生那天，祁连山里下了三天三夜的大雪停了，天空中只有一只鹰在孤独地滑翔。为了铭记高原上的这场雪，还有他们的青春岁月，父亲给女儿取名为雪青。

看着产床上的妻子，邵彬再次重申，说，为了女儿的将来，我们要设法回城。

事实上，早在他们恋爱时，农场里已有不少对支青成为夫妻，立志要永远幸福地生活在这片高原上，但邵彬从来不这么想。新婚之夜，他已经把什么都规划好了。他对央如说，等我们有了孩子，就送她回上海去念幼稚园。

这是第一步。他连生儿生女都替央如想好了。他还说他们上海的家在新闸路上，楼下开着一家糖果店，那里街上的路灯彻夜不熄。

央如却什么都不想。她接纳一个人，就是为了忘记另一个人。

女儿快到五岁那年，果然被送回上海。那也是央如第一次去到那个在糖果店楼上的婆家。

邵彬的父亲早逝，家里还有一个哥哥与一个妹妹。哥哥已成婚，曾经的一家五口就住在这间铺着木地板的屋子里，现在一下子成了七口人。白天，那里是客厅、餐厅、书房、厨房兼起卧间，到了晚上，抱出柜子里的被褥往地板上一铺，这里就成了间集体宿舍，而且还是男女混居的那种。

阿拉上海人屋里都这个样子的。婆婆温和而随意，还说等到将来老三嫁了人，老大就能给她添个孙子了。

原来，她从没把老二这一家三口计算在内，但央如根本不在意这些。她只是失眠，晚上在被子里紧贴着女儿，连身都不敢翻。邵彬一直看在眼里，于是提议去趟天目山下的那个小镇，一起去看看那个央如出生与长大的地方，反正也就一两天的路程。

央如愣了愣，随即一摇头，说有什么好去的，她在那里又没有亲人，什么都没有了。

返回祁连山那天，祖母抱着孙女送到了楼下。雪青睁着一双乌溜溜的眼睛，不哭也不闹，只是看着她的父母。央如一下就想起了自己五岁的那个雨天，不由一阵心酸。她一把挽起丈夫的胳膊，对女儿说，乖，爸妈不在，你要听奶奶的话。

女儿似懂非懂，仍然睁大着那双乌溜溜的眼睛，嘴里含着一颗话梅糖。

此后漫长的日子里，央如有时会在梦中再见到这双乌溜溜的眼睛。她只是做梦也没想到，邵彬会死得那么突然，那么悲惨。

映山红又像火一样点燃山野的时候，无数野花在祁连山的草原上日夜绽放，马匹发情的季节同时也到了。那几百匹军马是忽然冲破畜栏的，就像决堤的洪流席卷大地，等到声音远去、尘埃落定，邵彬已经被踩踏得血肉模糊。

当时，他正拿着烧红的烙铁给一匹母马烙编号，连一句话都没有留下。

但他的死为妻子换来了一个回城的名额。

央如抱着骨灰盒回到上海的那天骄阳似火，糖果店二楼的那个房间里却像结了冰，每个人都冒着冷汗。后来，婆婆总算吐出一句话来，说，坐吧，别站着了。

雪青呢？央如也总算吐出三个字来。

然而，没有人吱声。女儿那天是去参加"发展体育运动，增强人民体质"的活动，横渡了黄浦江。孩子在游泳方面很有天赋，长得也像她的父亲，又高又瘦，十五岁已经像个大姑娘了。

央如在那间集体宿舍般的房间里勉强住了两天，跟女儿说的话却没几句。主要是女儿不理她，连看她一眼都是那么不耐烦。女儿的眼睛里只有祖母，还有姑妈与伯母，就是没有她这个当母亲的。

离开糖果店二楼那晚，央如从新闸路一直走到黄浦江边，在江堤上呆坐到天亮。她想起了印月庵门前的那条苕溪，也想起了坐火车路过的长江。她把这半辈子里所见过的山川与河流都回忆了一遍，才拍拍屁股起身离开。

天目山的秋天五彩斑斓，风从苕溪对岸吹来，裹挟着漫天的芦絮，又像到了下雪的季节。那个时候，央如在镇上的街道工厂里纺石棉，就是把成捆的石棉纱混合、梳理、分条，再捻成更细的石棉纱，整天戴着帽子与口罩，只露着两只眼睛。后来，这家工厂被撤销了，她只好跟着大家又去了镇外头的窑厂，她剪短了头发，日夜像个男人那样在河滩边练泥与拉坯。

多年之后，女儿倒是来看过她一次，挽着个同样高高瘦瘦的外国男人，在天目山里转悠了三天，临走时才说她要结婚了。

央如睁大眼睛看看女儿，又看看那个叫皮诺的外国人，说，哪天？

女儿说，什么哪天？

央如说，你们婚期定在哪天？

女儿没说。她只说到时候会把照片寄来的。

那就是说女儿连婚礼都没打算让她参加。央如张了好一会儿嘴，最终硬生生地把话咽回了肚子里。

女儿这时才说他们会在北帕默斯顿结婚，她谁也不会请，根本没这个打算。

央如说，那个，北帕……默斯顿在哪儿？

女儿说，新西兰。

央如又说，那新西兰是哪儿？

女儿没有回答。她忽然伸手碰了碰央如的头发，叫了声妈。

一下子，央如有种泪水要夺眶而出的感觉。

你一个人要照顾好自己。女儿想了想，又说，你干吗不找个人呢？相互也有个照应。

央如的眼神在转瞬间结成了冰。她说，我不用谁来照应。

女儿瞥了她一眼，挽起高高瘦瘦的新西兰未婚夫走了，沿着苕溪的河滩。

当天夜里起风了，吹得整个山林都在哗哗作响。央如在灯下端坐着，看着镜子里那个两鬓已经有点斑白的女人，竟然想起了自己的新婚之夜，同样刮着大风，在马厩旁的那间矮屋里，她死活都要关灯。她在黑暗中抱紧了那个干瘦的躯体，生怕一松手就会被风吹走。

那一晚，其实有个人成了驱不走的鬼魂。他像风一样在央如心里无孔不入。

事实上，央真一到北京就在给央如写信了，到后来几乎是隔天就写一封，说他又改名字了，这次是跟他真正的父亲姓陈，叫继军，但他仍然是央如心里头的那个小尼姑央真，而且永远都不会改变。他还专门说起了央如给他的那块表——他的亲生父亲，那位久经沙场的老革命，一见到手表就哭得像个孩子，整个晚上都在回忆。可是，他不能马上回来，他要去新疆入伍，成为一名光荣的解放军战士。这是他做梦都没想到的，如果错过这次征兵，他就得再等上一年。

央真到了天山脚下才开始胡思乱想、惴惴不安，接着就是伤心与绝望，但他仍然没有一天停止过想念。他的情书仍然跋山涉水，穿越大半个中国寄到天目山脚下，只是央如从来没有收到过，一封都没有。那些信被送到小镇的邮局，有的还没来得及盖戳就已落入邮递员的背包，当晚便被撕成碎片，丢进苕溪湍急的水流里。

那位丧妻多年的邮递员沉默寡言，整天穿着绿色的制服、背着挎包走街串巷。他是央如那些爱慕者中的一个，却把长久的念想变成了无言的恨。

只是，谁也阻挡不了一个男人的步伐。

年轻的解放军战士终于还是不远万里地来了。这是央真第一次探亲，他绝不相信爱情的结局会是无声无息、有去无回。当他双脚站上印月庵的台阶，看着在操场上做广播体操的学生，他才相信所有的担心与疑虑都会成真——忘记一个人有时只需要一转身。

然而，熄灭的火焰总会在某天夜里重燃。等到第二次探亲时，央真踏上了前往祁连山的路。他要亲口问一问，还要亲耳听到央如的答复。

那天的高原上下着冰冷的雨。央真搭乘一辆拖拉机赶到农场时正开午饭。他一眼就在众多人里看见了央如,她手里拿着饭盒,跟个男人合披着一件雨衣跑向食堂。到了门口,她抬手用衣袖擦了擦男人脸颊上的雨滴,还说了句什么。

那个男人又高又瘦,戴着眼镜。他看见了央真,雨衣张在头顶跑过来,等看清雨衣里那身军装后,更加热情了,说,同志,你找谁?

找谁?央真出神地看着他,摇了摇头,说,我路过。

说完,仍有点控制不住,不由得伸手拍了一下对方淋湿的肩膀,就像在拍他自己。

央真终于相信,自己早已成了人家生命里的过客。

印月庵被重建落成的那天,小镇请来了一位特殊的嘉宾。等到典礼结束,宾客散尽,他并没有离开,而是独自穿过佛堂,在后院的一张石凳上笔直地坐了很久。

戍边几十年,央真一直随军驻守在天山脚下,连父亲去世都没回北京。他曾有过一段短暂的婚史,留下了一双儿女,直到退伍的那天才突然发现,在这世界上竟然没有他自己的一个家。于是,央真把落户地选择在了天目山下的这个小镇。这是他出生与成长的地方。这里的每一片月光、每一缕风都曾让他魂牵梦绕。

于是,印月庵的后院里就多了个"关工委"的实践点。每逢周末,镇上的孩子们会在这里学习书法与绘画。有时,严谨而矍铄的陈老师会把他们拉进天目山,给他们讲天山上终年不化的积雪,传授他们野外生存与急救的技能。有时,他还会去看一眼那片记忆里的山林。那一年,他刚满五岁还不到三个月。那天的山林里到处迷雾缭绕。

央如也是在一个迷雾缭绕的清晨下山的。她最终没能忍住,独自翻山越岭,走了很长的路才走进印月庵,发现新庵堂内外的陈设跟她记忆里的一模一样,但又完全不同。很快,她又发现了,只有山门外那几块台阶才是她记忆里的台阶。后来,她穿过佛堂走进后边的院子,一眼就见到满院种着的映山红,虽然现在长满了油绿的叶子,但火红的花却瞬间在她眼里开满枝头——它们在太阳底下,真的就像火焰一般。

央如呆立在那里,好一会儿才回过神来。

后院的许多地方挂着孩子们的书画习作。如今,她曾住过的那间屋子成了一间小画室,锁着门,透过窗玻璃可以看到里面放着一张画桌,上面铺着毡布,搁着文房四宝。屋子的角落里还支着一张小床,四壁挂满了字画,署名都是"继军"。

她想,现在大概是个叫继军的人住在这里。

此后的央如再也没有去过印月庵。她当天就回了天目山上,回到当年央真种茶的那个山坡。女儿雪青回国承包这片茶园已经有几年了,带着她又高又瘦的新西兰丈夫,在那里养了很多走地鸡与山羊。每到春天,山下采茶的人就来了,他们摘走一茬又一茬的茶,直到映山红开满山坡,夏天就近在眼前了。

　　说来也怪,央如现在会越来越频繁地想起当年,想起见到这片火红的山坡就止步不前的那个傍晚。有时候,她呆坐在屋檐下,呆望着一个方向,有时一坐就是大半天。她只是永远不会知道,错过的人终有一天会相遇。

　　【作者简介】昇愚,作家。出版有小说《碎日》《邮差》《罗曼史》《欢乐颂》《叛逆者》等,部分小说被改编成影视作品。曾获第八届上海文学奖、第十二届人民文学奖、《人民文学》2010年度中篇小说金奖、中国作家出版集团奖等奖项。

百万现钞

◎ 荆 歌

    居老板的眼力不是生来就这样好的,他也吃过药。做这一行的,没有没吃过药的。可以这么说,谁都是吃药长大的。关键是,要长大,不能白吃药。最危险的是,自以为学会了游泳,水性已经不错,往往这时候是最容易淹死的。居老板那次在和田,从一个阿达西手上买了一块两公斤的原籽,满秋梨皮,过了一下灯,心就怦怦地乱跳起来。居老板觉得里面一定是荔枝肉,六万多块钱肯定是一个大漏。他压制着自己的激动,跟阿达西讨价还价。其实这个价,就是漏价,居老板巴不得立刻掏钱成交。但他知道,过于爽快,对方就有可能反悔。一旦反悔,再谈价就难了。"五万以下说,阿达西!"居老板跟阿达西猛击一掌,说了一个价:"三万八!"阿达西将手缩回去,用滑稽的汉语说:"三万八不行,五万八面子给。""三万九!"居老板说。阿达西摇头说:"不行,心里面价格说。"居老板又抡圆了手臂,跟阿达西击掌:"心里面价格四万二!"阿达西抽走手,也抡圆了跟居老板一击掌:"面子给!"

    这是居老板吃的最大的药。皮子是染色的。当时染色还不怎么流行,居老板没有看出来。肉是白肉,但只是一块青海料。青海玉哪有籽料,皮子是染色的嘛。居老板回忆起来,跟阿达西击掌的时候是有疑惑的,他的手怎么黄黄的?原来是染料搞的。

    那个时候,四万二不是个小钱。居老板皱巴巴的旧皮包里,总共只有五万现金。那时候也没有什么手机支付,就是现金交易。居老板深受打击,在和田的小客栈里昏睡了两天两夜,然后去市场上转悠,想再次遇见那个看上去有点憨厚的阿达西。但是见到了又怎样呢?退货退钱吗?不可能的。这种交易,就没有退货这一说。都是凭眼力吃饭。捡了漏,也不会给人补贴钱;吃了药,就只能长点记性,权当是交了学费。如果自己眼力不行,还跟人争执起来,没有人会同情你,只会笑话你。你不是想捡漏吗？以为捡了大漏，其实是跌了大跟头。看玉这一行，也是有天赋的。居老板天资聪颖，很快就找到了感觉，买十块料子，九块都是好料。他是扬州人，却喜欢往苏州跑。主要是他喜欢苏工。苏州和扬州，是两个风格不同的玉雕重镇。扬州工比较大气，以雕山子见长；苏州工精致、灵动，好料子总是能出好作品。居老板对苏州工的偏爱和迷恋，让他自己都觉得有点对不起家乡，枉为扬州人。不过没办法，"喜欢"这两字，就是不讲道理的。居老板腰里挂着一个手把件，就是苏工金蟾。这只金蟾，虽然不是名家所雕，却是居老板的心头爱。肉白，而且油润。通常来说，十白九松，一块玉料，如果很白，它的质地就会不那么紧密，只有紧密的玉，才会油润细腻。但这块料子既白又细，就是所谓的羊脂玉，还带着洒金皮，雕工也是无可挑剔的。贴肉挂在腰间，它会不时晃荡，轻轻按摩着居老板的皮肤，让他有一阵阵麻酥酥的畅快。当然更重要的是，苏州的玉市，无论规模还是档次，都不亚于新疆。有人说得夸张，新疆的好料，乃至玉龙喀什河的好料，都到了苏州。苏州一些玉雕师的保险柜里，装着天下最好的和田玉。事实似乎也正是如此，居老板后来已经很少再去新疆，更多的时候他都是在苏州晃悠。许多好料子，也都是在苏州文庙的玉市上淘到的。

　　赚了钱，吃喝玩乐暂且按下不表。先说他收了一个徒弟，名叫阿星，说是徒弟，其实是保镖。阿星跟着居老板买玉卖玉，却从来没有一点长进。在他眼里，无非都是石头，为此没少被居老板冷嘲热讽，乃至挖苦训斥。阿星个子不高，却有一身好武艺，身体结实得就像一块河床里经过了千万年流水冲刷淘洗的籽料。他跟居老板是老乡，只不过他是扬州乡下的，初中刚上了半学期，就离家出走，去了少林寺。其实也不能算是正宗的少林寺，而是离寺院好几里路的一所武术学校。在习武上他有点天赋，但不怎么安分守己，一边练武，一边还跟武校外一个不三不四的野和尚学魔术和算命。算命哪里是他能学会的，他嘴笨，忽悠不了人。扑克牌魔术倒是学了几套，总在同学面前显摆。教练知道了，用棍子打了阿星的腿。阿星不服气，居然还手，打伤了教练，于是一路逃到了苏州，出了苏州南门汽车站，不知道怎么就晃到了文庙。玉市上全是黄黄白白的石头，看人们讨价还价，嘴里蹦出来的价格让他吃惊不已。石头这么值钱？他老家的河滩上这样的卵石还少吗？他傻傻地拿起一块凑近了看，耳朵边上有一个声音说："这是块石头。"阿星转过脸，看见了居老板。"这，这些，不都是石头吗？"他愚蠢地说。居老板笑了，说："确实，都是石头。但是，玉石是成了仙的石头。""怎么仙，石头精吗？会变成美女吗？"阿星问。居老板笑了，说："你讲得对，就是石头成了精。会变美女啊，不过是先变成钱，再变成美女。"阿星听得有些糊涂，一时说不出话来。居老板打量着他的身板说："想学吗？"居老板眼睛毒，看玉厉害，看人也厉害，一下子看出了眼前这个小子身手非同一般。居老板正要物色这样一个人才，没想到得来全不费功夫，又是捡了一个大漏。往下再聊几句，发现竟是老乡，于是一言为定，阿星拜居老板为师，有了一份不薄的薪水。

　　阿星在看玉上的愚笨，让居老板有过短暂的失望。每次阿星拿起来仔细打量的，几乎都是玉市上最差的料。对于结构、油性、密度、皮色、籽型等，他完全没有感觉。居老板后来想通了，死了教他的心，是啊，把他教会了其实对自己并无好处。他要是也像居老板一样，练就了一双火眼金睛，那自立门户是迟早的事。倒不如他一直有眼无珠，就把他当条狗，在身后跟着，江湖上走，心里多少踏实些。

　　居老板在苏州有一些朋友，有贩卖玉料的同行，也有几位玉雕师；有苏州本地人，也有河南人、福建人、江西人。聚餐的时候，阿星总是坐在居老板左侧，默默地吃菜，不说话，并且滴酒不沾。开始，连居老板都以为他是不能喝酒，心里更是瞧他不起。有次福建人朱克龙教居老板划拳，居老板仿佛是中了圈套，输得一塌糊涂，一杯杯罚酒，喝得快坐不住了。阿星站起来，想要动武，居老板却拉住他，含糊不清地说："都是朋友，都是阿达西！"那些朋友就对阿星说："有本事你代居老板喝嘛！"居老板半梦半醒的，划拳竟然有了长进，一连赢了好几把，便来了兴致，嗓门儿也大起来了。不过接下来输得更惨了。这时候阿星抢过居老板手里的酒杯，一杯杯地喝下去，就像喝水一样。边上有人说，阿星至少已经喝下了一斤八两高度白酒，看上去却像没事人似的。"你小子，行啊！"居老板把阿星的后背拍得啪啪响。"五魁手啊——六六顺啊——七星照啊——"居老板突然有了法宝，兴奋得嗓门儿尖锐，胃里的东西喷涌而出，溅了半个桌子。

　　朱克龙算得上是居老板最大的客户，许多料子，他都是从居老板手上买的。但他也只是个二道贩子。朱克龙的客户是苏州城里大大小小的玉雕师。古城区相王弄里，一家接一家都是琢玉的作坊，以小作坊居多。上档次一点儿的玉雕工作室，则大多在十全街上。朱克龙人头熟，有许多稳定客户。居老板的名声也不小，很多人都知道他，知道他眼力好，手里有高货，普货的话呢，往往性价比较高。但是大大小小的玉雕作坊，还有一些名师工作室，都并不直接向居老板进货，居老板也不会把淘来的玉料径直送到他们那里。这个现象在外人看来有点奇怪，但行内人都清楚个中原因。那都是因为有个朱克龙。朱克龙是福建人，个子小小的，却是一个狠人。他最瞧不起的就是身上文了一些什么的人，女的除外。他说过，女人文身好看，手臂上刺一朵花，手背刺个蝎子，小腹刺只蝴蝶，特别性感。但是男人不一样了，刺上龙啊，豹子啊，骷髅头啊，都是虚张声势。真要干起架来，这些人都是不禁揍的。朱克龙的身上，没有任何刺青，只有几处伤疤。有一道疤痕，长长的就像一条蜈蚣，从他的肩头，一直延伸到肱二头肌的地方。那是被刀砍的。另外一条疤，在他的下颌处，轻易是看不到的。只有当他抬起头来时，这道疤才会暴露出来。那是有人在手指缝里夹了一个刀片,然后向他挥拳,拳头打在他下巴那里,刀片差点把他的颈动脉划断了。朱克龙说,这样的文身,才是牛×的。

像朱克龙这样的人物,没人惹得起,居老板当然也不敢惹他。好在朱克龙不是一个无赖,人虽凶狠,却基本是讲道理的。他从居老板手上拿货,从来不赖账,都是当场付款,也不会恶意压低价钱。用他的话来说,生意生意,就是要大家得利。他从居老板这里拿货,卖出去赚点差价,生意稳定下来,他的财路也就稳定了。朱克龙是精明的,他懂得不能欺负居老板,否则居老板来个人间消失,他就没有了进货渠道,也就断了财路。给下家供货,朱克龙有时候就有些不地道了。尤其是那些名师工作室,他把高货送过去,要价有时候就没了上限。他知道谁出得起钱。当然最后成交的价格,也一定是双方都能接受的。朱克龙从来不会太过分。

朱克龙不需要保镖,但他竟然就有一个保镖。保镖还是个年轻姑娘,是他的福建老乡,据说还是他的外甥女。孔娟娟长得像个秀气的男孩,说是孔子的第七十九代后人,应该是诗书传家,却曾经是散打冠军。因为在老家把她的初恋打残了,所以逃离家乡,跟着小舅在外面混。娟娟就是有文身的,以前她在后颈的地方,刺了一个英文字母。这个字母,连朱克龙都不晓得是什么意思,问她这个"S"代表了什么,她都只是笑笑。她心里当然清楚,这是她初恋名字的首字母。朱克龙猜不出这个字母的意思,心里不免郁闷。有天他对外甥女说,他每次看到这个"S",都会觉得不爽,"S"不就是死吗?娟娟对他说,她也觉得不爽。朱克龙说,那为什么要刺上这个?娟娟说,以前爽,现在不爽了。朱克龙是个聪明人,大致猜到了这是怎么回事,便说现在觉得不爽了,为什么不铲掉它?把"S"打残了之后,娟娟也想把这个字母铲了,但是想想铲掉之后,这个地方就留下一块疤,也太难看了。朱克龙灵机一动,说:"对了,不铲,不必铲,只要添上一个反的'S',就成了'8'。8当然是大家都喜欢的数字,要是嫌一个8太单调,还可以左右各添一个,变成888,大家一起发。"

阿星一杯接一杯喝酒的时候,孔娟娟一直在盯着他看。一开始,阿星"噌"地一下从座位上站起来,一副护主的样子,娟娟身上的肌肉,也随之绷紧了。她观察着阿星,只要他一动手,她就会箭一样飞射过去。许多时候,打架输赢并不在武艺高强,而在于出其不意。阿星一定不会料到,一个小女子,会像躲在草丛里的一只母豹,随时准备蹿出来将他扑倒。饭局刚刚开始的时候,阿星不是没有注意到娟娟。如果没有这个女孩在座,那整个就是一个罗汉宴。一枝独秀,年轻的女孩当然会一下子就将人眼光吸引去。但是,阿星喜欢长头发的女人。孔娟娟的头发,比在场很多男人还要短,耳朵因此显得特别夸张。还有,她后颈那个刺青"8"字,阿星也看到了。他对她的后脖子多看了两眼,因为很白,很颀长。孔娟娟紧挨着朱克龙坐,阿星就很自然地认为她无非就是朱克龙的女人,一个小情人。

　　动手的事情没有发生。阿星的酒量惊人,但娟娟对于酒量并没有太多的感觉。她从不喝酒,因为有小舅罩着,任何时候都没有人能够劝她喝酒。她看着阿星将白酒一杯杯灌下去,心里交杂着莫名其妙的喜悦和酸楚。这个年轻的男人,像她的初恋吗? 不是太像。但是他的身上却肯定有哪一处是与她的初恋极其相似的。哪一点呢? 她似乎努力在回忆。她将他从头至脚一遍遍打量,目光恰似一双小手,将他的头发撩起,把他的脑袋搬起来,察看他的头皮、鼻子和毛孔。陌生人的身上,隐藏着要命的熟悉,可是她却无法将它择出来,娟娟感到迷惘。她不酒而醉,有一点飘飘然。空气中弥漫着酒的腐朽味道。

　　第二次见到阿星的时候,孔娟娟高过头顶的粉腿,鞭子一样抽打在阿星的下巴上,差点儿把他踹倒在地。在完全没有防备的情况下被扫了一腿,阿星踉跄了两步,勉强站稳了。如果这时候娟娟再补上一脚,他是一定会倒地的。

　　阿星站稳之后,也飞起一脚,向娟娟踢过去。娟娟灵活得就像闪电,阿星踢了几脚都踢空了。阿星是在一条狭窄弄堂的尽头追上她的,不是阿星跑得快,而是因为这是一条死弄堂,娟娟幽灵一样飘到弄堂底,便再没地方可跑了。这时候,如果她像一件空衣裳,坍缩在地上,或者飘然而起,飘到空中,再悠悠荡荡地飘走,阿星也不会感到奇怪。因为阿星完全有理由认为自己是遇见了鬼,否则,他怎么会莫名其妙就挨了一脚呢? 这一脚,来得突然,差一点把他的下巴都踢歪了。而他回敬的两腿,却仿佛是踢到了空气。他一路追着娟娟,也好像只是追着一道影子,或者就像是在梦里追一个人,追啊追啊,怎么也使不上劲,当然也就怎么也追不上。

　　现在娟娟没地方跑了,被追上了,她就站在阿星的面前。在狭窄的弄堂里,两边长着青苔的潮湿墙面,就像两块巨大的夹板,把鬼影一样的娟娟夹住了,让她动弹不得。

　　这时候阿星出拳,对着娟娟的太阳穴,猛地打击过去。

　　真是没想到啊没想到,被两边的墙壁夹得似乎不能动弹的娟娟,还是灵活地躲开了。阿星的拳头打到了砖墙上,只听得"咔嚓"一声响,也不知道是在岁月中风化的老砖头被打碎了,还是他自己的拳头骨折了。墙皮掉了下来,阿星顾不得痛,他的情绪被恼怒和羞愧占据。

　　如果这时候孔娟娟出手或者出脚,一定会把阿星打得够呛。但她没有这样做,她出人意料地把阿星抱住了。她的身体,绵软地贴紧了阿星。阿星知道不是在梦里,但是,眼下发生的事,也实在是太不真实了。他这才感到了拳头的痛,很痛。他闻到了娟娟身上化妆品的香味,也闻到了她头发的香气。他把她推开,她却再次将他抱住。这一回,双臂有力,像是把阿星箍住了。

"抱我,好不好?"娟娟的头埋在阿星胸前,这么说着,竟呜呜地哭了起来。

在阿星之前的印象里,孔娟娟就像一个男孩。而此刻,仿佛是她突然变身了,成了一个柔情万端的女孩。身体被她柔软地贴紧,他的体内便突然有潮水澎湃汹涌。在昏暗的小弄堂里,他一时间无法确定与他紧抱在一起的,到底是谁。

"为什么要踢我?"阿星像个老司机,手不仅在娟娟的后背抚摸,还慢慢往下,摸到了她的屁股。

娟娟立刻松开了阿星,把他轻轻推开了。

"为什么看都不看我一眼?"她嗔怒道。

阿星说:"我看了。"

"我没看见你看!"孔娟娟说。

阿星的手痛得厉害,他把拳头拿近了瞧,发现流血了。

娟娟也看到了他手上的血。她把他的手拉过去,用嘴唇抿住伤口,吸吮他的血。

"可是朱克龙——"他抽走他的手,吞吞吐吐地说。

娟娟似乎猜到了他想说什么。她再一次扑进他的怀里,轻声说:"他是我小舅。"

"小舅是什么?"阿星问。

娟娟说:"你怎么什么都不懂? 就是舅舅呗!"

"我还以为是——"阿星没来得及把话说完,嘴就被娟娟堵住了,她的牙齿,咬痛了他的嘴唇。

每次卖掉玉料,居老板都会把得来的现金装进他的旧皮包里。百元的钞票一百张一刀,少则一两刀,多则十几二十刀。居老板从来不数钱,用他的话来说,他只要上手掂一掂,就能知道钞票有几张。装钱的皮包,他总是交给阿星。阿星拎着包,神情漠然而庄重,好像里面装的不是钱,而是核按钮。

一百张一刀的钞票,抽掉一张,居老板其实并不知道。每次他从旧皮包里把钱取出来,像是托了一块砖头,煞有介事地掂一掂,就放进抽屉里去了。

有一次,他掂了掂钱,眉头皱了起来,似乎感觉到了什么异样,于是扯掉橡皮筋,开始数钱。他的手有点笨拙,蘸着唾沫数到一半,手一松,钱散了一地。阿星赶紧捡钱,把地上的钞票一张不缺地递到居老板手里。居老板再数,数完后眼睛直勾勾地看着阿星:"怎么少了一张?"

阿星一脸茫然,盯着钱看。

居老板抓着钱的一头,将钱甩得哗哗响,然后递给阿星说:"你数数!"

阿星的手指竟是如此灵巧,让居老板刮目相看。他的右手,像弹琵琶的轮指手法，很快就把钱数完了。

"你在银行干过？"居老板诧异地问。

阿星面无表情，只是摇摇头："没有。"

"不少吗？"居老板问。

"不少。"阿星肯定地说。

居老板于是接过钱来，再次数了起来。他数钱的样子，笨拙得像是十指都被冻得半僵。这一遍数下来，竟然多了两张。"不可能！"他自己否定了自己，便又数了一遍。

一共数了五六遍，每次结果都不一样。居老板有些丧气，用橡皮筋将钱捆上，"不数了不数了，"他说，"少一张随他娘去了！"

居老板数钱，每一遍都数得不对。阿星飞快地数了一遍，确定就是一百张。不过这一沓钞票交还到居老板手里时，就剩下九十九张了。我已经说过，阿星在少林武校，不仅练武术，还私下里跟一个在附近游荡的假和尚苦学了一通扑克牌魔术。当着居老板的面，唰唰唰地数钱，一张钞票神不知鬼不觉地就钻进了阿星的衣袖里。

朱克龙是个麦霸，每次和居老板他们去歌厅，他都是手不离麦克风，一首接一首，拿着麦克风就像拿着根硕大的肉骨头在啃。他歌唱得倒是不错，只是福建口音重了些。阿星总是坐在沙发的一角，他没读过几年书，屏幕上的繁体字认不了几个，因此对朱克龙有点佩服。朱克龙连唱几首，需要稍事休息，就让居老板也来上一首。居老板却从不唱歌，说自己从小就是五音不全。他在歌厅的乐趣，就是跟身边的小姐玩骰盅，一杯杯地灌啤酒。有时候他让阿星代喝，小姐却不干了，说老板你输了你得自己喝，帅哥要是牛×就让帅哥自己来玩。阿星不玩，也不要小姐，他总是坐在沙发的一角，跟所有人保持着距离。

朱克龙一边坐一个小姐，另一边坐着孔娟娟。他的一只手在小姐身上乱摸，另一只手常常是搂着外甥女的腰。昏暗的灯光下，阿星的眼睛偶尔瞟过去的时候，看到娟娟正在看他。她的眼睛很亮，冷冷地刺向阿星。

这天朱克龙捏痛了小姐，小姐骂了粗话。朱克龙不乐意了，一把将小姐推开，要她滚蛋。小姐说，走人可以，小费得给。朱克龙犯了倔，就是不肯给。居老板觉得在这样的地方尽量不要惹事，便做和事佬，要阿星从旧皮包里取钱给小姐。朱克龙反对，表示钱是小事，犯贱的话偏就不给。小姐一屁股坐到朱克龙身上，不知道算是要言归于好呢，还是耍赖。朱克龙不吃她这一套，突然发飙，把小姐扔了出去。小姐被扔到茶几上，乒乒乓乓酒瓶酒杯碎了一地。这就惊动了歌厅保安，进来两个汉子，个个有文身。朱克龙是最烦男人有文身的，抛开哭哭啼啼的小姐不顾，只指着保安手臂上的青龙说,别拿这个来吓唬人,老子最讨厌看到这龙不龙蛇不蛇的东西。

两个保安走近朱克龙,想把他从沙发上拎起来。阿星猛冲过来,低头撞向一个保安,另一个保安却及时把阿星的衣领揪住了。这保安身高马大,阿星在他面前,显得就像一个没有完全发育的男孩。

两个保安协力将阿星往沙发上扔去,把他扔在了朱克龙的身上。

朱克龙怪叫了一声。

居老板仿佛是为了配合朱克龙,他也大叫一声,叫得比朱克龙还要响,还要凄厉,虽然他其实只是安然无恙地坐着。

阿星从朱克龙身上爬起来,拿起一只啤酒瓶,就往保安脑袋上砸。保安眼疾手快,竟把酒瓶握住了,反手将瓶子往阿星头上砸,发出了一声沉闷的响。

大家好像忘记了孔娟娟的存在。阿星头上吃了啤酒瓶一砸后,娟娟脱下自己的高跟鞋,把两只鞋一齐扔了出去,竟然分别砸在了两个保安的脸上。高跟鞋在保安的面孔上反弹起来,一只落到了居老板的肚皮上,另一只砸中了躲在角落里的小姐。

孔娟娟赤着脚,两条腿像鞭子一样在空中飞舞。噼里啪啦的,每一鞭都抽打在保安的脸上和脖子里。保安甲的裤裆里,也挨了一脚,也像刚才朱克龙和居老板一样,发出了号叫。

小姐不再哭,赶紧溜出去叫人。

领班进来之后,大家都住了手,因为他的手里拿着一把枪。

两名保安的脸,被娟娟的粉腿踢出了血,花里胡哨的。他俩仗着领班提枪进来,摇摇晃晃地又要动手,领班却制止了他们,一脸冷血地说:"结账吧!"然后挥了挥手枪,让保安出去。

朱克龙和居老板毕竟都是见过世面的人,事情到了这一步,结账当然对谁都好。

"结账结账!"居老板亲自把旧皮包拉链拉开,又拉上,慌里慌张地递给阿星,颤颤地说:"阿星,去结账。"

阿星接过皮包,犹豫了一下,出了包间门。

但他没有直接去结账,而是走进了卫生间。

等他从卫生间里出来,看到孔娟娟正站在大镜子前。从阿星这里看过去,有两个孔娟娟——镜子里一个,镜子外头也有一个。

"阿星,"娟娟说,"你慌什么?"

阿星说:"我没有。"

"你怕了吧?有我呢,你怕什么!"娟娟转过身,面对着镜子。她像是对着镜子里两个人说话,一个是阿星,一个是她自己。

阿星去大堂结账的时候,孔娟娟一直跟在他的身后。阿星几次回头,看到了孔娟娟,觉得心里不再那么害怕,虽然他断不肯承认这一点。

"那小子是个尿货。"朱克龙对孔娟娟说。

娟娟没吱声,只是将嘴里的口香糖吹出一个大泡泡。

朱克龙用食指将娟娟嘴里吐出来的泡泡戳破,说:"你喜欢他,是不是?"

娟娟还是没说话。这次她没有吹泡泡,而是让口香糖在嘴里发出了很清脆的声响,就像炸了一个小鞭炮。

"他配不上你!"朱克龙说。

"我想回家。"孔娟娟说。

朱克龙猥琐地笑了,说:"想甩掉我? 要跟他私奔吗?"

他的手指上,沾了一点娟娟刚才吹成泡泡的口香糖。他把它捻了几下,捻成一小团,想塞进娟娟的嘴里。娟娟扭头避开了,朱克龙便将它放进了自己的嘴里。

"想去哪里高就呢? 去哪里能挣到这么多钱? 那小子,阿星,他有钱吗? 他能养活你,让你吃香喝辣吗?"朱克龙伸出双手,刚捧住娟娟的脸,立刻就被她推开了。

"好嘛,"朱克龙说,"但是你还得帮我办完一件事,我才能放你走。"

娟娟看着朱克龙,不相信他说的是真话。"什么事?"她问。

朱克龙说:"现在还不知道是什么事,等事情来了再说。"

居老板虽然见多识广,但是这一次他遇到了一块从未见过的料。料有拳头这么大,白里居然飘着绿。这是什么东西? 居老板知道玉有很多颜色,白玉自然居多,此外还有青玉、青白玉、黄玉、红玉、墨玉、碧玉。一度还流行过一种名为"青花"的,跟瓷器里的青花却完全没关系,跟青色也没关系,而是一种黑白同体的玉。好的青花料,必须黑白分明,白的地方白得纯净,黑的地方黑得彻底。出现在居老板面前的这块料,并非碧玉,它的绿色,跟翡翠一样,但它显然不是翡翠。居老板不是翡翠专家,但什么是和田玉什么是翡翠,他还是分得清的。这块白里透绿的玉,他吃不准它是什么东西,但他还是果断买下了它。物以稀为贵,他心里这么想。卖这块玉的是个新疆小伙,看上去还没完全发育,说话声音就像小公鸡。不知道小阿达西是从哪里弄来这块料的,正巧被居老板撞上。因为细密油润,怎么看怎么舒服,而且开价又不贵,居老板都没怎么砍价,就把它收了。

朱克龙却知道它是啥。

苏州城的玉雕名师里,杨曦是公认的头牌,即使是在全国范围内,他的名声也是最大的，谁都不会质疑他是当代玉雕行业的翘楚。明代苏州有个陆子冈，在古城专诸巷琢玉，他是历史上第一个在玉雕件上刻上自己名款的。一块子冈玉牌，今天在许多博物馆里都是镇馆之宝。杨曦就是当代的陆子冈。大英博物馆特地购藏了两件他的"南石"款玉雕作品。注意，是"购藏"，与"收藏"是有区别的，大英博物馆是花钱向杨曦买的。许多博物馆，你捐东西给他，他还不要；他接受你的捐赠是给你面子。你的东西不够档次，是放不进有等级的博物馆的，放进去了，你的身价也上去了。杨曦的玉雕，大英博物馆这样世界一流的博物馆，收藏已经是给足了面子，还花钱向他买，他得有多牛×。杨曦曾经做过一个三件套——手镯、挂件、耳饰——给他太太作为生日礼物。这三件稀世孤品，是用同一块料子做的，羊脂白玉质地，上面绽放着一朵绿牡丹，那正是用白玉飘绿的珍贵和田玉琢成。朱克龙在"南石"玉雕工作室见到这三件套时，眼珠子都差点掉出来。据说，有人出价三百八十万元，杨曦都没卖。当然不会卖，料子稀少还在其次，东西是特意为太太雕琢，加个零也不会卖的。朱克龙知道这种玉料的特别和珍贵，在居老板这里看到，心念大动，自然不会放过。

居老板不仅会看玉，也会看人。见朱克龙眼里放射出非同寻常的光，就知道自己必定又是捡了大漏了。这块玉他买来不过花了小几万，在朱克龙面前，开口便是一百万。朱克龙的估价会低于一百八十万。听居老板开价一百万，简直不敢相信，同时也起了疑心，拿过玉来，用强光电筒上下左右地打，恨不得虫子一样钻进玉石里探清究竟。破天荒地，他还问居老板身上是不是带了放大镜。居老板笑了，说："朱老板你开什么玩笑，看玉还要用放大镜啊？居老板笑得有道理，不仅是看玉，看其他东西，书画、瓷器、竹木牙角雕，行家根本不需要放大镜。拿个放大镜东瞧西瞧，一定是个傻帽儿。现在朱克龙竟然提出要放大镜，是因为朱克龙心里不踏实，这样的料，不该是这个价啊。"没问题吗？"朱克龙问。居老板说："什么问题？"朱克龙说："染色的吗？"居老板说："要染也不会染这种颜色啊，染个洒金皮、秋梨皮不是更好？"

朱克龙犯了交易的大忌。讨价还价是买卖活动中必需的环节，这对双方都有好处。开价再便宜，也得还一口，否则卖家心里会不舒服，觉得是不是漏掉了。居老板说一百万，朱克龙就答应给他一百万。居老板心里五味杂陈。首先他有点不敢相信，自己狮子大开口，开了一个比心理价位高出十倍的价钱，朱克龙竟然一分不砍；其次，他马上觉得后悔，心想如果开得更高，朱克龙应该也会要。这时候用一句"悲欣交集"来形容居老板的心情，倒也不失为恰当。

百万现钞装在一只红绿相间的编织袋里，居老板把它接过来，手都禁不住暗暗发抖。他在心里瞧不起自己了：你老居经手的钱还少吗？怎么像乡下人一样没见识？但手就是不听话,抖得编织袋里装的好像是活物,哗哗地响。居老板把钱袋子递给阿星,似乎这袋钱实在是太重了,他已经提不动了。

天色已晚,居老板把钱袋子交给阿星的时候,突然觉得阿星的面目模糊得让他感到陌生。难道他会把这一大袋钱交给一个陌生人吗?这是谁?他心里一惊,嘴里叫了一声"阿星"。

阿星答应了,这声音是居老板熟悉的,他这才放心下来。

两个人回到住处附近,照例把车停在离弄堂不远的马路边上,一棵高大的香樟树下。阿星提着钱袋子,居老板倒像是保镖,警惕地跟在阿星身后。他的眼睛,紧盯着阿星手里的钱袋,似乎看到里面装的是活物,它正在挣扎,就要咬破袋子,从里面钻出来,箭一般逃跑,或者鸟一样飞走。

也不知道为什么,弄堂口的路灯坏了,黑咕隆咚的让居老板紧张起来。他正想把阿星手里的钱袋拿过来抱在自己的怀里,小弄堂里却飞出来一条黑影,飞起一脚,先是踢倒了阿星,再一脚,把居老板也踢得倒在了地上。

还没等居老板明白发生了什么事,黑影就不见了。当然,钱袋子也不见了。

阿星还算是反应快的,从地上一跃而起,也顾不得居老板,兀自追那黑影去了。

"阿星——阿星——"居老板人还坐在地上,嘴里凄惶地喊着。

那个抢钱的黑影,好像全身都被黑布裹着。尽管这样,阿星还是看出来了,盗贼正是孔娟娟。那飞过来的一脚,他也早已经领教过,腿的速度、力度,以及踢在他身体的哪个部位,都让阿星毫不怀疑他的判断。他刚爬起来追赶的时候,还看到娟娟的身影,就像黑夜里的一只蝙蝠,精灵般往前飞。但是追了十几步,她就不见了。阿星再次暗暗佩服,娟娟的身手真是了得,飞腿踢人就像甩鞭子一样稳准狠,奔跑的速度也超乎常人。尽管阿星拼尽了力气追赶,还是被她甩掉了。

阿星也知道自己追不上孔娟娟。即使追上了,又能怎样?凭他那点儿功夫,根本不可能从她手里把钱抢回来。为此他心里特别难受,说不清是一种什么古怪的滋味,既有点屈辱,又像是妒忌。他讨厌这种感觉。如果他身手过人,功夫远在娟娟之上,那么就能轻松制服她,将钱抢回来,送还到居老板手里。这段时间以来,也就是认识了孔娟娟以来,他被自卑折磨着。尤其是发生了歌厅里的事,他居然要在一个小姑娘的保护下,才敢去前台把消费和赔偿的钱款付清。他鄙视自己,瞧不起自己。他一点都不感激她,她保护他、喜欢他,倒像是对他的侮辱。他不止一次暗地里打算离开居老板,悄悄地一走了之,再也不要见到这些做玉的商人,不要见到孔娟娟。

阿星停下来,听到自己喘着粗气,他就像一条酷暑中的狗。

路边是一幢空壳高楼,楼房已经封顶,但门窗都洞开着。其实根本就没有门窗。阿星打量着大楼,脑袋突然疼了一下。抬头看时,发现有个人影在窗洞里探出半个身子。"阿星!"孔娟娟躲在空壳楼里,一直观察着阿星,见他在楼下发呆,便捡了一颗小石子,准确地掷中了他的脑袋。

究竟一口气爬了多少级楼梯,阿星自己也不知道,只是往上冲冲冲,生怕稍慢几步,上面的孔娟娟就飞走了。直到他觉得快喘不过气来的时候,孔娟娟从黑暗中冒出来,将他拦腰抱住了。

阿星反手勾住她的头颈,这回是下了死力气,好像要用尽全力将她的脑袋拧断。这时候娟娟完全可以抬起腿,用膝盖猛顶阿星的裤裆。但她没有反抗,只是吃力地吐出一句话:"钱——在那里!"

钱袋子就在阿星的背后,像一块石头缩在墙角。阿星松了手,要去拿钱袋。娟娟从背后又一次把他抱住了:"阿星,我们一起走吧。"

"阿星,阿星,"她喃喃道,不知是哭还是笑,"阿星,这些钱就是我们的,我们一起走吧。我想到海南去,我想看海,我想看椰子树。"

"那,朱老板,你舅舅——"

"他不是人!"娟娟说。

"他怎么啦?"阿星其实是明知故问,他推开娟娟,昏暗中看到她的脸特别白。黑暗中一身黑衣,她的脸就像是悬浮在空中的一张面具。

娟娟的手从阿星的衣领里伸进去,抚摸他结实的胸脯:"说出来恶心。为什么要让我说?要让我再恶心一次吗?你不怕恶心吗?"

孔娟娟的手指搓揉着阿星的乳头。阿星的手,也开始摸她的身体。她的胸小小的,屁股却饱满而结实。

"阿星,我们到楼顶上去吧!"娟娟的话,轻轻吹进阿星的耳朵里,他觉得痒痒的。

"做啥?"阿星放开她,警觉地拎起钱袋子。

"阿星——"娟娟的身子,柔软得就像一条蛇,绕在阿星身上扭动。

"我想在楼顶上,看着天,看着星星,和你——"她拽着阿星,走上了最后一道楼梯。

他们看到了星星。

果然有好多星星,像萤火虫,在夜空中飞来飞去。

"阿星,我要那颗最亮的,你摘下来,给我镶成一枚钻戒,好吗?"

阿星有点恍惚,觉得这时间,这地方,这夜空下吹着微风的高楼顶上,一切都显得很不真实。

娟娟已经把她的衣裤全部脱下来,铺在了地上。星光之下,她是这样的白皙,就像一条光滑的白鱼。

她又帮他把衣服脱了。她脱得一点都不小心，牛仔裤拉链往下拉的时候，他突然觉得有点痛，好像是拉链勾掉了他的一根毛。

　　他们摇动了空洞的大楼，摇动了整个天空。他们化身两只萤火虫，汇入了星星的海洋。他们和星星一起飞舞，和夜空一起旋转。娟娟快乐的呻吟，与远处一只猫的叫声遥相呼应，这是这座城市隐秘的声音，在人间之外，梦境之中。

　　这个小说如果写成一部中篇，那么接下来就是他俩提着这袋钱，双双飞赴海南岛，在那里过上了幸福的生活。然而生活总是喜欢跟热爱它的人作对，在海南一个叫大山的小村庄里，小夫妻俩开在一座水塔下的咖啡店，经常遭到恶人的骚扰。阿星和娟娟两个身怀武功的人，并不想显山露水，只想跟当地人和和气气，夫妻恩爱，生几个可爱宝宝，享受平凡的人生。可是恶人得寸进尺，竟然趁阿星外出的时候，欲对娟娟行不轨之事。娟娟当然忍无可忍，失手将登徒子打死。仿佛历史重演。然后小夫妻俩不得不再一次踏上逃亡之路。或者是，孔娟娟被判防卫过当而入狱，阿星在大山村便也待不下去，带着年幼的女儿回到家乡。在家乡他得知居老板出了车祸命丧黄泉，不禁唏嘘。阿星对居老板深感愧疚，买了香烛，提了酒菜，去居老板坟上给他磕头，向他请罪，请他原谅他没能把百万现钞追回来，反而跟娟娟私奔，花光了这笔本不属于他的钱财。人世间的故事，实实在在发生的和小说家虚构的，总是难辨真伪，许多时候虚构活灵活现，真实发生的反倒显得虚假而不合理。当然，相比真实发生，虚构更加自由，有着无限的可能性，各种不同的情节指向，都能让故事沿着不同的小径发展下去。比如，结局还可以是这样的：正当孔娟娟和阿星打算拿着巨款逃往海南的时候，朱克龙和警察出现了。朱克龙早就觉察到了娟娟的二心，一直都在提防着她。让她蒙面去夺回付给居老板的百万现金后，他报警说孔娟娟正在实施抢劫。这样做，看起来对他全无好处，但他意在陷害娟娟，以报复她对他的"不忠"。天底下哪有这样的舅舅？可他就是一个这样的禽兽舅舅。

　　而我这篇小说，从写下第一个字起，就已经确定为短篇。所以以上一段，纯属扯淡。只是要在结束之前，让读者诸君放松一下紧张的情绪，从专注的阅读中抽身出来，不必把虚构的故事太当真。

　　下面一段才是本小说真正的结尾：

　　娟娟穿好了衣裳，阿星猛地飞起一脚，把她从楼顶踹了下去。她像一只黑色的燕子，仿佛要向迷幻的星空飞去，却突然折断了翅膀似的，向着遥远的地面急剧下坠。

　　阿星屏住呼吸，听娟娟的身体在空中舞出风的声音，最后，在地面发出了沉闷的一响。

　　他的手机突然响了，《小苹果》的乐曲，在这寂静的夜里把他着实吓得不轻。

看是居老板来电,他对着屏幕吐了一口唾沫,然后关了机。

他提着一袋钱,幽灵一样从楼上走下来,消失在了城市的更隐秘处。

【作者简介】荆歌,苏州人,1960年代出生的文坛代表性小说家之一。小说集《八月之旅》入选"中国小说50强(1978~2000)丛书",长篇小说《鼠药》入选"中国小说100强(1978~2022)丛书"。另有作品被翻译至国外,多部作品被改编拍摄为电影。曾受邀任香港浸会大学国际作家工作坊访问作家。近年发表出版了《感动星》《他们的塔》等多部少儿长篇小说,数次荣登各类好书榜,并获得陈伯吹国际儿童文学奖提名奖、冰心儿童图书奖、中国出版政府奖提名和紫金山文学奖。曾在杭州、苏州、宁波、成都等地举办个人书画展。

春生

◎ 丁小龙

一

也许你们不太相信，我们孟庄有一个和我同年同月同日生的人，而且我们拥有同样的名字，我叫春生，他也叫春生。我住在村东头的泥瓦房里，房前有两棵泡桐树；他住在村西头的二层楼房中，院子里种着蔷薇、芍药与凤仙。从我家到他家需要走八百六十五步，这是我在小学四年级上半学期某个下午测量出的结果。对于当时的我而言，世界上最遥远的距离就是春生的家，世界上最美丽的地方也是春生的家。

我和春生同年同月同日生，而那天刚好又是立春。不同的是，他诞生在县医院的暖房中，而我则出生在家里的土炕上，接生我的是我的姑妈和两个伯母。当然，这些都是母亲后来时不时会给我讲的事情，她总说我那天差点把她送上了黄泉路，说她在鬼门关走了一圈，看见了死神的模样。在后来的某些日子里，我总是试图勾勒出当时出生的场景，仿佛我是自己命运的见证者与引路人。

在我出生那天，大雪囚禁了整个村子，也囚禁了他们的心。大地裂了好几道口子，而雪是撒在伤口上的盐。母亲在炕上折腾了很久，也没有生下我。父亲借来了邻家的手扶四轮车，准备把母亲送到县医院。祖父挡住了他，骂道，你现在送医院，就是送死。父亲仰起了头，却不敢直视祖父的眼睛，说，就算死，也不能死在屋里啊。就在他们僵持不下的时候，孩子的哭声打破了这种可怕的僵局。姑妈冲出了房间，喊道，是个男娃，男娃啊。姐姐跑到母亲的跟前，拉了拉她的手，擦掉了她眼角的泪水，然后剥了一颗橘子味的糖果给母亲吃。除了姐姐之外，没有人真正关心母亲。祖父看着院子里的雪，随后在铺好的红纸上写下两个工整的楷体字——春生。旁边的人都点头称赞，说这是一个吉祥的名字，说这个孩子以后肯定会有大福气。有了名字，我便有了活在这个世间的理由。名字，是我们命运的最初居所。

在上学前班以前，我可能不知道另外一个春生的存在，但我对他家的二层楼房印象深刻。那也是当年村子里唯一的楼房。那时候，我们家只有两个房间，祖父、祖母住一间，而父亲、母亲、姐姐和我挤在另外一间。夜晚，我们四个人挤在炕上睡觉。我们的梦也由此互相纠缠与照应。刚开始，我并没有什么不适，甚至喜欢母亲在临睡前讲给我们的那些奇异故事。然而，自从见了那栋楼房之后，我的心变了，开始意识到这个世界上有更好的地方，但我不敢把自己的想法说给母亲。我害怕母亲。母亲是一个看起来坚强，其实非常脆弱的女人。每隔一段时间，她就把自己关在房子里生闷气、喝白酒，有时候甚至会号啕大哭。有一次，我问祖父到底发生了什么事情。祖父摇摇头，说，你妈脑子不对劲，有时候会发疯，你以后可不要惹她。我没有再问下去，而是暗地里发愿做一个不惹母亲生气的好孩子。因此，我没有给她提起过那栋楼房的事情，更没有和她分享过我自己的梦想。在她面前，我总是扮演着顺从又懂事的好孩子角色。在我的记忆里，母亲从来没有抱过我，更没有亲过我。偶尔惹到了母亲，她便会对我吼道，你再不听话，我就不要你了。于是，我便垂下头，向她道歉，向她保证自己再也不犯错误了。

事情的转机发生在夏天的一个傍晚。天西边突然一声巨响，我和姐姐跑到了家门口，看着闪电撕开了天空，而黑云也张开了嘴，仿佛野兽般吞掉了整个村庄。我听到了村子里很多小孩的尖叫声，于是拉着姐姐的手，一起跑在路上，随后仰起头，对着天空中的"野兽"喊叫。没过多久，又是一声巨响，姐姐拉着我的手，边呼喊边往家跑。天降大雨，雨滴像碎石子一样砸到地上，发出咚咚的响声。那是我见过的最大的一场暴雨。刚开始我还有点喜悦，随后变成焦虑，最后转为恐惧。雨水越涨越高，漫过了我们的家门，冲进了我们家。父亲出门喝酒去了，于是母亲开始指挥我们来应对这场战斗。母亲出门去凿开地道，试图把雨水引走，而祖母领着我们，用脸盆把家里积的雨水舀出去。在整个"战斗"的过程中，我听到了祖父的呻吟声和咒骂声。自从上次摔倒后，他再也没有起来过，躺在炕上也有将近半年的时间了，而他的大部分时间都是用来等死。在暴雨面前，我们所做的反抗显得如此微不足道。所幸的是，在雨水快要冲垮这个家之前，大雨突然停了下来，而黑云也融进了黑暗，成为天空的守护者。面对着灌满了雨水的房子，母亲说，不管了，这些雨水会自动退掉的，你们睡觉去吧。看着眼前的场景，我有点害怕，于是问道，这么多的雨水，要是房子塌了咋办啊？沉默了半晌后，母亲说，塌了就要认命，人的命，天注定。那时候，我并不明白母亲的话，又不敢多问，怕惹她烦恼。那个夜晚，我生平第一次失眠，第一次思考关于死亡的问题。于是，我在黑暗中向心中的神灵祈祷。不知为何，神灵和我母亲有着同样的面容。

第二天睁开眼，房子没有塌掉，而我还好好地活着，身心完整。不知为何，开心之余，我居然有种失落感：要是早日见到死神，或许就不用在这人间遭罪了。洪水从我家退走了，同时也带走了祖父体内的最后一口气。祖父在黎明时分离开了这个世界。我走到他的面前，握住他冰冷的手，看着他恐怖的脸色，不知道接下来该做些什么事情。那是我第一次面对死亡，而我还没有学会如何去直视死亡。旁边有人骂道，你这娃真是个白眼狼啊，你爷以前最爱你了，没想到你这么冷漠。这句话喊醒了我体内的悲痛，泪水沿着脸颊流进了我的嘴里。我尝到了其中的咸涩，而这种咸涩终于引发了我的哭泣。我拉着他的手，哭喊着不让他离开这个家，不让他离开我。父亲把我抱到了家门外，让我先去找邻家小孩玩耍。我站在原地，抹着眼泪，看着父亲离开的背影。在他的背影中，我看到了祖父往日的神态，也看到了我未来的样子。

送葬的那天清晨，我第一次见到了春生。当然，那时候我并不知道他也叫春生。他站在他家门口，好奇地打量着眼前的送葬队伍，时不时会拉着他母亲的手，和她有说有笑。有一瞬间，我看到了他用手指了指我，而他母亲则顺势抱起了他，说了一些话，嘴角是神秘的笑。我看到了他眼神中的迷惑，也看到了他家楼房上空徘徊的白鸽。

葬礼结束的那个夜晚，我终于鼓起勇气，向母亲问道，咱家啥时候才能盖楼房呢？母亲半晌没有说话，而这沉默就是对我的惩罚。过了一会儿，她终于开口了，靠你爸是靠不住了，我自己也没本事，你要是能上大学，这个家以后就靠你了。我没有再说话，而是盯着眼前的黑暗，突然想起了那个在楼房前指着我的男孩。

二

上学前班的第一堂课，我第一眼就看到了那个男孩。老师让我们上台做自我介绍。她并没有点名，而是走到教室的过道，拍拍谁的头，谁就上台介绍自己。我是第七个上台的，原本想好的话突然间从脑中消失了。我的脸发烫，双腿快要站不住了，但我瞥见了那个男孩眼神中的微光。那一刻，我又找到了被吓走的魂魄，向他们简单地介绍了自己。在我下台后不久，那个男孩登上了台，他看起来是如此自信明媚。等教室里安静下来后，他说，大家好，我也叫春生，和另外一个春生同年同月同日生，我们都是立春那天生的，那天下了大雪。随后，他又补充道，我们家有楼房，欢迎大家来我家玩。说完，他下了台，向我做了一个胜利的手势。我再也没有什么心思去听其他人的话了。不知为何，当得知这个世上有另一个春生时,我的心便不再寂寞了。是的,寂寞经常在夜晚独自歌唱,寂寞,是所有人的家。

放学后,姐姐带我回家。在路上,她问我今天有没有什么收获。我说今天认识了另外一个春生,他还和我同年同月同日生呢。姐姐笑道,我还以为你早就知道了呢,那个春生的姐姐和我还是同学呢。我怪她为什么不早点告诉我,但她说自己以前提过,只是我当时没有留意。我不再说话,而是闷头走路。拐弯的时候,我听到了身后有人喊我的名字。我转过头,原来是另外一个春生。还没等我说话,他便说,春生,我很早就想认识你了,咱们去我家玩吧?我点了点头,和姐姐说了再见。

那是我第一次去春生的家。刚进大门我便看到了一座花园,比我们教室前的花园还要大呢。花园里的秋菊开了很多,有白色的、黄色的、橙色的,还有我从来没有见过的紫色秋菊。刚刚进入院子,便听到了一个女人的喊声,春生,你回家了啊。也许是因为有点紧张,我也跟着春生一起喊道,是啊,我回来了。随后,春生望了望我,笑出了声。他的母亲从厨房里走了出来,看见了我,笑道,原来是村东头的春生啊,你俩现在是同学了啊,以后可要互帮互助,共闯天涯啊。她摸了摸我的头,又摸了摸春生的头,说,好孩子,今天就留下来吃饭吧,婶婶今天给你们做的是芹菜大肉馅水饺。我点了点头,跟着春生去了里面的屋子。

我们坐在沙发上,春生打开电视,找到了动画片。我们家是一台用了好多年的黑白电视机,而春生家里的是一台彩色电视机。那是我第一次看到彩色动画片,整个人都被那色彩王国吸了进去,仿佛掉入另一个奇幻世界。看完动画片,春生带我去他的房间。房间里有个小书架,上面放了很多书。不过,大部分书我都看不懂,但我特别羡慕有书的房间。除了姐姐的课本,我们家里没有一本书。我们坐在床上,春生开始给我讲其中的一本漫画书。我们是同龄人,他已经认识了那么多的字,而我则像是一个"睁眼瞎",除了自己的名字,什么字都不知道。看着他入神的模样,我多么渴望成为他,多么渴望认识更多的字,多么渴望见识更大的世界。

过了一会儿,我们离开了房间,上了他家的二楼。站在楼上,听着风中的歌声,看着眼前的村落,我感觉自己的世界也变大了。也许是看到了我惊奇的神情,春生突然问道,我家楼下有四个房间,楼上有两个房间,你们家一共有几个房间呢?他的问题狠狠地扇了我两个耳光,火辣辣地疼痛,而我又不想在他的面前撒谎,于是吞吞吐吐道,只有两个房间,我没有自己的房间。他没有嘲笑我,而是非常同情地说,春生,你以后可以住我家,咱俩可以一起去上学。我点了点头。也就是那个瞬间,我便把他当成自己的朋友了,他是我上学后结交的第一个朋友。

回家后,我把春生的提议告诉了母亲。母亲的脸色瞬间变得难看,说话也严厉起来。她冲我喊道,你有家不回,住别人家里是啥意思啊,你要是不想认我这个妈,现在就可以滚了。听到母亲的斥责,我没有顶半句话,而是走出了家门,走进了秋风中。眼泪流进了嘴里,依旧是咸涩的味道。我早已经习惯了这种味道。姐姐说眼泪是海的味道,但姐姐和我一样都没有见过海。晚上睡觉时,我听到了母亲在黑暗中对父亲说的话。她说,给谁显摆呢,盖了楼房就了不起了啊,也不知道他家的那些赃钱是从哪里来的,还想收买咱的娃。父亲糊弄了几句,而母亲依旧在唠唠叨叨,仿佛这是她体验活着的唯一方式。那个夜晚,我梦见自己和春生交换了身体,交换了家庭;梦见自己睡在二楼的房间里,抬头就能看到遥远的星辰。

我很快就适应了小学生活,也基本上适应了同班有个同名同姓的同学,偶尔出现的差错,也成了我平日生活里的插曲。比如,老师上课点我俩名字的时候,就会闹出很多笑话。有时候,我俩一同站起来,有时候又都坐在板凳上,等着对方去回答。后来,老师会刻意避过我俩的名字。更奇妙的事情是,我和春生高矮胖瘦几乎差不多,模样也有七八分相像。有段时间,班上甚至有人传我和他是双胞胎兄弟,而春生则是我母亲给出去的孩子。关于这件事情,我从来没有向母亲求证过,但心里有种隐蔽的黑暗想法:要是我们真的是双胞胎,那该有多好啊,因为我在这个家里太寂寞了。有一次,大黑和春生不知为何事吵了起来,声音越来越大,塞满了整个教室。大黑指着春生骂道,王春生,你就不是你妈生的,你就是个野种。这句话触怒了我,我和春生一起把他按倒在地上,给他嘴里塞废纸,往他脸上吐唾沫,还一起踢打这个浑蛋。要不是老师及时赶到,也许我们会杀掉这个仇敌。也就是从这件事情开始,春生成了我最好的朋友。当我喊他的名字时,也仿佛是在喊我自己的名字;当我和他说话时,也仿佛是说给我自己听。有时候,我觉得他就是我的影子,也是我的镜子。

当然,他不仅仅是我的朋友,也是我最主要的竞争对手。在小学时代,只有班上的前三名才能拿到三好学生的奖状,而奖状则意味着成功,也意味着荣耀。有好几次,我和春生排在了第三、四名,而这也意味着我俩中间只有一个人能拿到奖状。只要有一个人拿了另外一个没拿,我们的关系就会进入短暂的冰封期。在冰封期,我不再去他家做作业,更不会和他一起去后坡上玩耍。过了冰封期,我们的关系又会恢复正常,不会变好,也不会变坏,就像不远处缓缓流动的渭河。

有一天,我和春生一起去坡上捡麦穗。累的时候,我们坐在麦地里,听着风声,闻着麦香,看着天边的云彩。当一只野兔从我们面前跑过,春生突然对我说,告诉你一个秘密啊,我喜欢上了一个人。我怔住了,不知道该做何种反应。他笑了笑,说,我喜欢咱班的采薇,你可不能把这个秘密告诉其他人啊,我只给你一个人说了。我点了点头,没有再说话。其实,我当时最想告诉他的秘密,也是同一件事情。在他说出那个秘密后,我突然觉得自己失去了喜欢采薇的资格。也就是自那天起,我突然意识到我们关系中的某种坚固的部分随风消散了。

小学时代,关于我和春生的故事还有很多很多,其中最让我留恋的还是每年的生日。生日的早餐，母亲都会给我做两个荷包蛋。我不喜欢吃荷包蛋，但为了讨母亲开心，我会表现出满足又感恩的神情。早餐结束后，我就等待着晚餐的到来。并不是因为饥饿，而是因为有惊喜。生日那天，我从父母那里讨来了一个特权，那就是可以去春生家吃晚餐，甚至可以在他家留宿。在我们生日的当天，春生的父亲都会从县城带回来蛋糕，而且每一年的味道都不一样。之所以记得如此清晰，是因为我从小就养成了写日记的习惯，而生日当天的事情是其中浓墨重彩的篇章。每次吹蜡烛前，他们都让春生和我闭着眼睛许愿。我每次许的愿望都一样，那就是能拥有像春生父母这样的父母，能住进像春生家这样的家。只不过，我的愿望每一次都会落空。吃完蛋糕后，他的父亲每次都会送我们礼物，而每一次的礼物都是书。他的母亲会说，你俩是最好的朋友，要一起考上名牌大学，要一起走出这个村子。我和春生都不说话，而是点点头。大学对于当时的我们而言，是太过遥远而无法想象的世界。其实，孟庄在我们心里就是乐园，我们不理解大人们为何都想离开这个村子，却又被囚禁在这个村子。晚上，我们睡在一张床上，天马行空地聊天，一直到梦神降梦于我们。他曾经告诉我，他也梦见过与我交换了身体，交换了心灵。我们做过同样的梦，但没有想到未来我们却走向了完全不同的道路。

小学毕业那天，春生、采薇和我一起去后坡上玩耍。到了一片荒草处，春生停了下来，说，从今天起，咱们就算真正长大了，咱们要举办一个仪式，来好好庆祝一下。不知为何，我觉得春生此刻的神情特别像我们小学校长。我想笑，又把笑吞进了肚子。采薇问他是什么仪式，春生没有说话，而是把书包里的书本全部倒在了荒草上，随后从裤兜里取出打火机，蹲在地上，点燃了书本。采薇摇摇头，说，我不敢啊，我爸会打我的，他说书是神赐给人类的礼物。而我呢，从书包里掏出书本，一本接一本地扔进了火中。大火点燃了荒草，火势随着风快速地蔓延。看到眼前的场景，春生喊道，不好，咱们快跑吧，要不就没命了。我们跑着离开了后坡。等我们回望的时候，只看到了黑压压的烟雾在不断膨胀，仿佛要吃掉半个天空。后来，大人们扑灭了那场大火。除了我们仨，也许没有人知道那场大火因何而起。我对此没有任何窃喜，有的只是长久的愧疚。

后来，每次想到春生，我就会想到那场大火。有好几次梦里，我梦见自己被团团大火所围困，而当我要放弃的时候，却发现自己长出了翅膀，飞出了火海，飞向了星空。每次在飞升的过程中，我便从梦中醒来，心里空落落的，好像失去了某种珍贵的东西。除了春生以外，我没有把这个梦告诉过其他人。

三

镇子离我们村子大概有十里路。像其他学生一样，我和春生也是骑自行车去镇子上中学。刚开始,我们还有点兴奋,毕竟是离开了村子,不再受父母的管束了。后来,我们才逐渐意识到,离开了村子那个小笼子,我们却来到了镇子这个大笼子。

我被分到了初一四班,春生则被分到了初一三班。我们两个的教室只有一墙之隔,而给我们代课的都是同样的老师。与此同时,我们两个人的宿舍也只有一墙之隔。也许是因为同一个名字,我们的命运被某种无形的东西所捆绑,两个人都无法挣脱。在我们四班,数学老师会经常把王春生的名字挂在嘴边,说王春生的数学是如何优秀,反应是如何灵敏,在课堂上是如何认真又积极。数学老师在夸奖春生的时候,好多同学都会看我,而我嗅到了他们眼中的讥讽与嘲弄。每次夸完春生之后,数学老师都会补充道,我说的是三班的王春生,咱班的王春生还得继续努力啊。也许老师并没有意识到,他的这些看似鼓励的话,其实就像匕首一样插进我的心脏。我感受到了真切的疼痛与嫉妒。对于数学,我并没有什么天赋,只能靠埋头苦学。我从来不向别人请教问题,因为我不想让别人看到我的笨拙。

有一次放学后,春生来我们班找我,而我当时正在为一道数学题而苦恼发愁。春生看出了我的困惑,于是坐在我旁边,开始给我仔细讲解这道题。原本复杂深奥的数学题,经过他的精彩演绎后,显得简单又清晰。说完后,他问我听明白了没有,我点点头,以示感谢。他笑道,笨蛋,以后有不会的题就来问我啊,不要一个人在这里死磕。我知道他这句话是在开玩笑,但"笨蛋"二字还是揭开了我的伤疤,由此触怒了我。我喊道,你他妈的才是笨蛋!才是蠢货!才是傻×!会做个题就了不起了啊,以后不要在我面前瞎显摆了。他被我的话吓到了,脸上是震惊与不解。骂完他之后,我背着书包离开了教室,把他撂在了原地。出了教室,我有点后悔,却又有些释然,甚至还有些复仇后的快乐。

我们有两天没有说话,也避免看到彼此,我以为会永远失去这个朋友,可第三天放学时,春生又来教室里找我,说今天是集市,问我有没有空出去逛一会儿。我说,我没钱,也没心情去逛。他说,你跟着我,我带你去吃好吃的。当时的我已经厌倦了从家里带来的馒头和咸菜,于是跟着春生出了校门,去了镇子上的集市。集市里有好看的衣服和玩具,可惜没有一样属于我。母亲每星期只给我十块钱,而这些钱只够两三天的伙食费,剩下的时间我都要吃从家里背来的馒头、咸菜。走了大概十分钟,春生把我领进了一家小餐馆,叫了两个肉夹馍和两份麻辣米粉。如今回想起来,那是在整个初中时期,我吃过的最美味的一顿饭。填饱肚子后,我们之间的不快也随着食物一同被消化了。

虽然我们同年同月同日生,又有着同样的姓名,但我们的性格却截然不同。我胆小如鼠,除了小学的那次打架之外,再也没有和别人发生过肢体冲突,甚至连普通的吵架也尽量避免。也许,这种性格的形成与母亲偶尔的歇斯底里有千丝万缕的关系。每当母亲把自己关在房间里号啕大哭时,我都生怕她走极端,生怕她永远地抛弃我们。另外一方面,我又希望她离开这个家,把她笼罩在这个家的恐惧统统带走。为了讨她的欢心,我始终扮演着好孩子的角色,从不顶嘴,绝对服从。与我不同的是,春生可以直接表达自己的好恶,敢说敢做,从来不委屈自己。有一次,数学老师在课堂上解答一道题的时候,他突然站了起来,告诉老师中间有个步骤是错误的。老师愣在了原地,没有理会他,继续讲解问题。春生又站了起来,说出了产生错误的原因。老师转过身,瞪着眼,把他赶出了教室,让他站在门口反省。春生离开了教室,离开了教学楼,直接回了宿舍。后来证明,数学老师确实做错了那道题,而春生是正确的。当我知道这个事情后,对他又多了一分敬意,也多了一些妒忌。

为了满足自己仅存的虚荣心,我只能在学习方面拼尽全力。除了数学之外,我其他的课程还算不错,尤其是英语,每次考试都能接近满分。我的总成绩基本上也维持在全年级前十名,甚至进过前三名。与我不同的是,春生的成绩忽高忽低,有一次得了全年级第一名,接下来又落到了五十多名。虽然我们两个人经常一起写作业,一起讨论问题,但我在心底还是把他看作自己的竞争对手。他的英语比较弱,每次向我请教问题时,我都是挑着给他讲,把他绕得云里雾里,就是不把最核心的道理告诉他。相反,他给我补数学的时候,却相当认真耐心,一直给我把问题讲清讲透为止。只要他的成绩不超过我,我就可以把他看作最好的朋友。有好多次,我都向神灵忏悔,希望神可以原谅我幽暗与可怕的心。

学校的冬天是最难熬的,每一分每一秒都很难熬。教室里没有暖气,食堂里没有暖气,而宿舍里更没有暖气。学校禁止使用电褥子,只有暖水瓶才能短暂地缓解这种冰冷到骨头里的痛苦。冬天似乎永远没有尽头。冬天的根扎进了我们的体内,开出了寒冷的花朵。冬天的夜里,我经常会做关于夏天的梦。最冷的时候,我甚至可以听到死神在户外的呼喊与细语。有好几次,我梦见了死亡。

那是初三最煎熬的时期,我们的生活已经快要被寒冷与学习掏空了。"三模"结束的那个下午,春生问我要不要一起回家,他说他快要坚持不下去了,再这样学下去就会发疯,就会死。我说我不能回家,因为父母不让我周中回家。春生说,憨憨,你就住我家呗,他们又不知道,回去我妈给咱俩做好吃的,美美地睡一觉。我摇了摇头。他说,我让我爸给咱俩零花钱,多好的事情啊,我可只有你这一个朋友呀。我点了点头,说,可千万别让我妈知道了,要不她又让我别念书了。春生笑道,那当然了,咱俩的秘密又多了一个。

路上,虽然天依旧很冷,但我们的心却很热乎。我肚子里的饥饿野兽在咆哮,似乎已经嗅到了热乎乎的饭菜。快要靠近村子的时候,春生突然喊道,咱俩比赛吧,看谁先骑到家。说完,他迎着冷风,吹了一声口哨,便从我的眼前冲了出去,把我甩到了后面。我也不甘落后,盯着他的背影,紧紧地跟着他。没过多久,他骑下了坡,从我的眼前消失。我已经没有多少力气了,于是推着车上坡,好不容易才熬完了这段艰难的路。当我站在坡上准备往下骑的时候,却听见了风中掺杂着求救的声音。我有种不祥的预感,于是推着车子慢慢地下了坡。我一边下了坡,一边喊着春生的名字。等下坡后,我在路旁的沟里看到了春生,自行车压住了他的身体。那个瞬间,我居然没有多少恐慌,而是做好了他已经死去的心理准备。我已经不害怕看见死亡了。

四

春生并没有死去,而是摔断了左胳膊。在医院住了整整半个月之后,他的父母把他接回了家。在那半个月里,作为他最好的朋友,我理应去医院看看他,陪陪他,跟他说说话,给他宽宽心,在艰难的日子里给他温暖与关怀。然而,即便我在心里无数次想到了他,终究没有去医院看他。我讨厌医院的味道,也害怕看见生病的他。

在春生回家后,我依然不敢面对他,也没有去他家陪伴过他。我总觉得他出事,和我多多少少有些关系:如果当初我劝他不要回家,如果当初我不和他骑车比赛,如果当初我给他好好补英语,也许就不会发生这样的事情了。对此,我充满了愧疚,不知该如何面对他。于是,我选择了逃避,选择了避免看见他。在他缺席的这段日子,我和其他人的交流也越来越少了,而是把所有的心思都投进了学习。我知道自己面对的是一个人的战争,而我没有任何输掉的资本。如果考不上高中,那么,我又得重新回到农村,重新被打回原形。很小的时候,我就知道自己是没有退路的人。

两个月后,春生再次回到了学校。经历一场病痛后,他像是换了一个人,在学校碰见我的时候不说话,脸上也没有多余表情。我知道自己曾经的冷漠伤害了他,在他需要我陪伴的时候,而我却选择了逃避,甚至连句问候都没有。我想要给他道歉,想要给他讲明自己的心路历程,但我还是怯懦了,还是无法面对他。在那段灰暗日子里,他和我都仿佛失去了影子。或者说,他和我站在河流的两岸,而河上没有一座浮桥。

中考结束后,我生了一场病,整日躺在家里的炕上,而春生也没有来看过我。我终于理解了春生当时的失落与难过。我不怪他,因为我已经没有资格要求他为我做任何事了。我们已经不再是朋友了。在这牢笼般的村庄里,我又感到了深深的寂寞,这里没有可以说话的人。过了一段时间,中考成绩出来了,我以全年级第二名的成绩考上了县上的重点高中鹿鸣中学,而春生考得并不理想,只能去上县里的普通高中。那一年,我们初中只有三个学生考上了重点高中。在之后的表彰会上,学校给我们三个人每人奖励了一千元,并且把我们的照片挂在学校的光荣榜上,下面还配上了个人简介。母亲比我还要兴奋,她把这个好消息告诉了她熟悉的每一个人。

那个夏天,我没有见母亲掉过一滴眼泪;那个夏天,渭河的水位也没有越过水平线;那个夏天,父母承包了二十多亩瓜地,西瓜价格也比前两年翻倍,于是我们家赶上了好运气,赚了很大一笔钱。父亲雇人推倒了家里的泥瓦房,在原地盖起了二层楼房。那个夏天,我终于拥有了只属于自己的房间。也就是那个夏天,我的身体野蛮生长,体内的野兽常常在夜里独自嚎叫。在镜子中,我看见了陌生的自己。

在临近开学的前两天,春生再次出现在我的世界。在我的印象里,那是他第一次来我家。刚开始,我们没怎么说话,只是简单地打了招呼。他坐在沙发上,和我一起看完了一部香港警匪片。关掉电视后,我们出了门,步行去了后坡。一路上,我们时不时会说上两三句话,大多数的时间都是在聆听彼此的沉默。不知道走了多久,我们终于站在了后坡最高的位置,而这里也是我们小时候最喜欢的地方。在这里,我们可以看见整个村庄的外貌,我们可以瞥见整条渭河的孤独。我们站在风中,聆听风的歌唱。沉默半晌后,春生说,以后,咱们都要考上大学,咱们都要去外面的大世界闯荡。我没有说话,而是看着远处的风景。过了一会儿,他又说,开学的时候,我爸开面包车送我,把你也捎上吧。我点了点头,感谢了他。

上高中后,我很快就适应了学校的节奏,而眼前的世界也越来越开阔。在学习方面,我从来没有松过一口气,因为我明白这是改变我命运的唯一方式。家里的经济条件好了一些,而我也不用再背馒头咸菜来学校了。与我不同的是,春生并没有完全适应高中生活,学业上也越发吃力。第一次全县高中统考,我排名第二十六,而他则排在了五百名之后。每次周末回家,我俩经常聚在一起写作业、看电视、下象棋,也时常去后坡的原野上漫游。也许是自尊心作祟,他从来没有向我请教过一个问题。我从他的表情中猜到了他在学习上遇到了很多问题。为了避免误会,我也从来不主动去挑明这件事。有一次,我甚至看到了他因为解不出一道数学题而默默流泪。我给他讲解这道题,但从他的反应中,我知道他并没有完全听懂。也许是从那个瞬间开始,我终于松了一口气,不再把他看作自己的竞争对手。

事情的转折点发生在高二下半学期的某一天。那天,春生的父亲在镇子上的超市采购日用品,突然因为心肌梗死而倒在了地上。等救护车把他拉到医院,人已经没气了。等春生从学校跑到医院,握住他父亲的手之后,他母亲才合上了他父亲的双眼。他的父亲没有留下半句话,便离开了这个世界。葬礼结束后,春生去了学校,办了退学手续。之后,他来到我的学校,和我道别。那个中午,我第一次在校外的羊肉泡馍馆请他吃饭。我问他接下来有什么打算。他说,过几天就去南方,他堂叔给他找的活,是在鞋厂打工。我原本想劝他留下来上学,劝他以后上大学。然而,话到了嘴边,又咽了回去。因为我突然意识到自己的建议是如此的幼稚可笑。我说,你去了那边,记得给我写信啊,也可以给我家里打电话。他点了点头,没有再说话。不知为何,我从他的神情中看到了自己曾经的落寞。

看着他越来越远的背影,我突然意识到我们两个人的距离也越来越远了。当他消失在街角,我突然意识到我们不再是彼此的影子了,而我在以后的梦里也很少见到他了。但是,他留在我心中的那个空位置,没有任何人可以替代。

五

离开孟庄后,他没有给我写过信,也没有给我打过电话。连着好几年,他都没有回过这个村子。虽然我时不时会想到他,但我没有主动去他家,也没有去要他的联系方式。我也知道,即便是给他打了电话,我们也没有什么话可以说。于是,我们以这种不联系的方式产生了某种微妙联系。在心里,我始终为他祝福。

我的高中生活顺风顺水,即使偶遇风暴,最后也都有惊无险,平稳度过。我依旧是老师眼中的好学生、父母眼中的好孩子。我从来没有所谓的青春叛逆期——在我的童年时代,我的心就已经苍老了。我按照他们的期待不断地重塑自己,我早已经看不清自己的心了。后来,我考上了省里一所重点大学的计算机系。虽然没有达到自己的目标,但父母已经相当满意,尤其是父亲,他专门为我摆了升学宴,亲戚朋友们也专程来为我庆贺。在宴席上,父亲领着我,给到场的每个人敬酒。到后来,我和父亲都喝多了酒,而那也是我第一次醉酒。也许是酒的缘故,我突然理解了曾经的父亲,我越来越像我的父亲了,而父亲也越来越像我的祖父了。但是,我不想再重复他们的命运了。

我虽然报的是计算机系,但是上了大学后,才第一次接触计算机。之所以选择这个专业,仅仅是因为我听说这是个热门专业,以后好就业,也好赚钱。后来在学习的过程中,我发现自己并不排斥这个专业,当然,也没有足够的喜欢。从小到大,我也不知道自己喜欢什么,或者说,我根本没有喜欢的事情。我只是按照某种所谓的正确观念去塑造自己——我是大人的牵线木偶,我是自己的假面傀儡。有时候,我会想到春生,想到我们共同的过去。我想象着他在南方的生活。有时候,我会梦见他,梦见我们交换了彼此的皮囊,交换了彼此的人生。在虚妄的日子里,我可以感应到他的存在。

大三上半学期期末的某一天,我正在图书馆复习备考,突然接到了一个陌生号码打来的电话,犹豫了片刻后,我挂断了电话。临考前的几天是复习的黄金时段,我可不想被任何无关的事情所干扰。几分钟后,我收到了对方发来的短信,问道,春生,你知道我是谁吗?尽管是文字,但我立即辨别出了文字后面的声音。对着手机,我看了几分钟,回复道,你也是春生,我现在有事,等会儿回你电话。放下手机后,我已经无心看书了,不知道如今的春生成了怎样的人。随后,我整理好书本,离开了图书馆。走到学校的花园处,我拨打了那个电话号码,而对方也立即接听了电话,说,春生,算你够哥们儿,没有忘记我啊。还没等我开口说话,他又补充道,我腊月二十六结婚,你到时候回来给我当伴郎啊。我没有任何犹豫,说,好啊,这是我的荣幸。沉默了半晌后,我们在同一时间挂断了电话。

寒假,我在学校又待了六天,白天的大部分时间,我都泡在图书馆翻阅各种各样的杂志,释放一下前段时间备考所带来的精神压力。上了大学后,我并没有什么朋友,而图书馆是让我感到最舒适的地方。第七天,我倒了四五趟车,花费了四个多小时才回到孟庄。回到家后,稍作休息,吃了晚饭我便去村西头找春生。

看到我之后,春生先是一愣,然后走上前,握住我的手说,我们的大学生终于回来了,我的伴郎终于出现了啊。说完,春生把我领到了座位上,他则坐在我的旁边。闲聊了几句后,春生从茶几上的烟盒中取出一根烟递给我。我摇了摇头,表示自己从来没抽过烟,也不会抽烟。春生的脸色有点难堪,笑道,兄弟啊,你不抽烟,以后没法在社会上混啊。说完,他旁边的几个伙计纷纷点头称是,而所有人的目光都锁住了我。有那么一瞬间,我想转身离开这个乌烟瘴气的地方,然而所谓的理性之手又拽住了我。我笑了笑,把接过来的烟放进了嘴里,春生则帮我点燃了烟。我猛吸了一口,呛得眼泪都流了出来,同时惹得他们笑出了声。接下来,我很快便掌握了吸烟的诀窍。当我想要努力融入他们几个人的谈话时,却发现自己是不折不扣的局外人。

一直到婚礼,我才知道春生的新娘居然是我们的小学同学林采薇。小学毕业后,采薇跟着父母去了更北边的地方,因为她的父亲在矿场上找到了一份不错的工作。尽管很多年没见了,采薇的眼神也不再那么清澈,但我还是一眼就从人群中认出了她,就像小时候一样。只不过,我早已没有了心动的感觉。尽管自己是伴郎,但在整个婚礼的过程中,我的心已经飞出了这个村庄,飞向了更远的地方。

六

大学毕业后,我并没有马上去工作,而是继续留在本校读研究生,并不是因为有多么喜爱这个专业,只是出于现实的考虑,因为学历高一点,竞争力也就大一点。我早已经从天真的浪漫主义者进化成精明的现实主义者。为了能够在这个城市扎下根,为了能过上有尊严的生活,我不能在任何一个环节掉以轻心,因为我没有背景、没有后路,所有的事情只能依靠自己。我曾经答应过母亲,等在城市里买了房,就把她接过来一起生活。从小到大,母亲去过最远的地方可能就是鹿鸣县了。我一直记得自己的誓言。我不会让她失望,也不会让自己失望。

结婚以后,春生每隔一段时间就会给我打个电话,谈谈他自己的近况,而我只是个聆听者,几乎不提及自己的情况。其实,他也并不关心我的近况,他只需要一个可以听他说话的"树洞"。结婚后的第二年,他们就有了自己的儿子,我帮忙给孩子取了名字,并且做了孩子的干爸。春生再也没有去南方的工厂,对当年的经历也绝口不谈,只说那里不适合自己。和村里很多人一样,他承包了二十几亩地,开始种起了西瓜,过上了所谓的正常生活。有一次喝醉酒,他给我打电话,骂道,为啥你去上大学了,我却在这里过着狗一样的日子;为啥老天爷对我这么不公平……我并没有听完他后面的话,而是直接挂断了电话,关闭了手机。之后,我凝视着户外的夜色,似乎听到了远处渭河的浅吟低唱,似乎看到了渭河边的祭神场景。

年龄越大,心理时间也越迅疾。三年的硕士生涯很快便画上了句号,迎接我的将是未知的人生。不知为何,离开校园的庇护,我觉得自己更像是一个隐身人。毕业后,我去了一家知名的大型民营企业做软件工程师。对于计算机系毕业的学生而言,这是一份相当不错的工作——待遇不错,福利还行,也有一定的上升空间。当然,就像同行业很多人一样,加班对我而言已成为生活的常态。项目紧迫的时候,我会加班到午夜,甚至会超过凌晨一两点。那个时候,我觉得自己的灵魂已经脱离了肉身,飞向了黑暗的高空,有时候会飞回到孟庄。刚开始的几年,我经常会住在公司,夜里醒来的时候甚至可以听见城市的哀鸣。躺在黑夜里,我常常回想起小时候躺在院子里乘凉,数着天上的星星的场景。那时候的时间如此漫长,那时候的自己还拥有着幻想的力量。如今的我,心里全是物质上的计较,眼中早已没有了星辰。我偶尔会想起春生,但我从来没有主动联系过他。有时候,我甚至羡慕他,羡慕他住在乡村,羡慕他组建了自己的家庭,羡慕他并没有失去自己的本心,而我呢,是一棵失去了根系的飘浪之树。

有一天晚上,坐在我隔壁的同事周清河突然摔倒在地,还没等救护车赶到公司,他已经断了气,离开了这个世界。前一个小时,我们还一起吃了晚餐,此刻他却去了另外一个世界。清河与我关系还不错,此前一直说自己受不了这份工作,说自己已经做好了离职的准备。如今,他真的离开了,不用再抱怨了,不用再苦熬了。在这个行业,因为过劳而猝死的事情时有发生,而更可怕的是,我已经在心底也做好了类似的准备,甚至买好了相关的保险,只为给父母提供最后的物质保障。其实,我也想要离开,想要开始新生活,但某种无形的东西将我紧紧捆缚在原地,动弹不得。我偷偷参加了两次公务员考试与一次事业单位考试,最后都在面试中被淘汰。我甚至参加了一次博士生入学考试,因为没有复习,最终连初试也没有通过。我想到了春生,想到了那个村庄,然而我不可能返回那里了,因为那里已经不是我的家,但这座城市也不是我灵魂的栖息之地。有时候,我甚至怀疑自己只是没有灵魂的空皮囊。在清河去世后的第三天,新招来的同事就坐在了他的位置上,干起了他以前留下的活。

工作后的第五年,我在城东郊区贷款买了一套九十多平方米的精装房,我没有向父母要一分钱,也没有征求他们的任何意见。等我住进新房之后,便给父母打了电话,邀请他们一起来生活。一周后,母亲住进了我的新房,而父亲坚持住在村子里,说自己还有农活要干,说自己的身体已经长在土里了,挪不动了。母亲对我说,你不用管了,你爸就没有享福的命。说完,母亲便下楼到小区附近跳广场舞去了。

自从和我一起生活以后,母亲常常唠叨着让我结婚,而我常常以工作太忙为托词。其实,我并不是不想结婚,而是没有遇到合适的人。进一步说,之所以没有遇见合适的人,是因为我对人已经没有多大的兴趣了,而是把更多的精力放在了计算机上。更抽象地说,我是一个被工作掏空了灵魂的人。当然,我不能把这些话讲给母亲听,因为我们之间始终存在着一堵高墙。我偶尔会在夜里听见母亲的哭泣声,但我从来没有问过其中的缘由。有一次晚饭时,母亲说,只有你结了婚生了孩子,我的人生才算圆满。我说,妈,你有你的生活,我有我的人生,你放心,我会好好给你养老的。母亲并没有接我的话,继续说,你看看村西头那个春生,人家和你一样大,娃都上小学了。我说,那个春生好,那你就把他当儿子吧。说完,我没有再吃饭,而是走进了自己的卧室,关上了房门。第二天,母亲离开了城市,回了老家。

春节放假那几天,我收拾好行李,开车回到了孟庄。在路上,我看到了身材发福的春生。我和他打了声招呼,他走了过来,递了一根烟给我,说,咱们的研究生终于回来了啊。我点了点头,问他脸上的伤疤是怎么回事。他笑道,前几天和人打了一架,没啥事的。也许是看到了我脸上的倦意,他又补充道,明天是咱俩的生日,你来我家吧,咱们已经好久没有一起过生日了。我点了点头,又和他说了些闲话,直到我们无话可说。我一直盯着他离开的背影,直到视线变得模糊。我已经好多年没有过生日了,要不是他的提醒,我已经忘记了这个特殊日子。

第二天下午,我开车去县城,专程去买了蛋糕,又在隔壁的书店买了五本书,打算送给春生的孩子。春生的父亲以前送给我的书,虽然快要被翻烂了,但我一直都珍藏在家里,作为记忆博物馆的一部分。我把车停到了春生的家门口,看着眼前的衰颓景象。以前那么阔气的二层楼房如今看起来却很低矮,甚至泛着阴潮的腐朽味。春生的母亲站在家门口，看见我先是一脸迟疑，随后便挤出了笑容，说，你是春生吧，都买车了啊，你都好几年没来我家了，现在外面干大事哩，把你婶婶都忘记了呢。说完，她领我走进了他们的家。

院内的花园已经不见了，取而代之的是种西瓜用的竹竿。以前那群鸽子也早消失了，阴沉的天空只剩下几只麻雀。我带着蛋糕和礼物来到了他家的客厅，坐在沙发上看电视。过了片刻，春生从卧室里走了出来，精神涣散，眼神游离。他的身上还残留着昨夜的酒味。我觉得这个家有点不对劲，于是问他，快过年了，咋不见采薇和孩子呢？春生苦笑一声，说，前段时间和我打了一架，她把娃带回娘家了，估计年下也不回来了。我没有再说话，而是打量着眼前的春生，但春生避开了我的眼神。我们一起坐在沙发上，看着没有生趣的香港警匪片，就像小时候一样。这些年来，他说自己只喜欢这类型的电影，从小到大也没有什么变化，就像这个村子一样。

半个多小时后，婶婶把做好的饭菜端到了桌子上，同时给我和春生各准备了一碗荷包蛋，她也坐了下来，说，你们小时候一起过生日，你叔都会给你们准备蛋糕，今年婶婶给你们准备了荷包蛋，你们趁热吃。我感谢了她，默默地吃完荷包蛋。我把蛋糕放在桌子上，点燃蜡烛，接着和春生两个人都闭上了眼睛，各自许愿，随后吹灭了蜡烛。春生问我许了什么愿，我摇摇头说，说出来就不灵了。其实，我已经没有什么愿望了，因为我已经瞥见了生活的本来面目。

过了一会儿，春生说，你看，外面下雪了。我和他站了起来，走到门外。雪从空中落了下来，我站在院子中间，仰起头，让雪融化在意识深处的森林。有那么一瞬间，我觉得我们回到了童年，回到了那个没有忧虑的年代。我似乎听到了从时间尽头传来的回响——你是春生，我也是春生，我们都是春天的孩子。

故事讲到了这里，也许你们依旧不相信另一个春生的存在，你们会觉得这个故事有太多的巧合，或者你们会觉得春生只不过是我的另外一个化身罢了。这些都不重要了。重要的是故事讲完了，而两个春生也因此获得了某种形式的新生。

【作者简介】丁小龙，北京师范大学文学硕士，中国作家协会会员，西安市文学艺术创作研究室专业作家。文学作品发表在《当代》《中国作家》《大家》《青年文学》等国内多家文学杂志，总计百万余字，被多种文学选本与选刊转载。文学评论发表在《中国当代文学研究》《中国诗歌》《四川文学》等刊物。另有译作三十万字。入选陕西省第一届、第二届"百优人才"。著有小说集《世界之夜》《渡海记》《空相》。曾获首届百优优秀作家称号，第三届、第六届陕西青年文学奖等多种文学荣誉。

三人填充成象

◎ 顾骨

前书

早年,水墨这只小奶牛猫尚在家中嗲声嗲气时,朱琏先生埋头于四方墙壁以书砌成的斗室中,做关于安南志怪的种种研究。他俯首时,水墨总盘绕在书桌前嗅探他诞下的墨水。那些墨水更多是注解,是缭绕于正统文字四周的种种小文字。朱先生将此命名为"琺案",后来索性拎出来单独成篇,以作互文。偶尔,不甘于嗅探的水墨会以猫爪充当朱先生的钤印,朱先生便在旁呆笑。这段记忆太过繁絮,如今朱先生也要通过好一番抽丝,才能把它从书房往事中标新出来。这一同位素标识法首先点亮的节点是水墨的褪色。大概是因为在梅雨季,一连多日的潮湿闷热煨炙着水墨,让小家伙不安于待在书桌上嗅探墨水的气味,又或者是因为雨中的顿悟,让水墨通过嗅觉识别了琺案上的墨水:安南,不安于南。总之,不安于斗室中的水墨离开了朱先生,去往四通八达的野土地,遍寻不见。

寻找的过程是艰难的,寻找水墨不成之后,朱先生接到编辑《安南汉文小说集成》的任务,那是笼盖着包括越南与粤地在内的庞大体系,他从此每隔一段时间,便去往墨线所指的南方寻找另一种水墨。巨著告成时,他带回些乱七八糟的东西,白咖啡、越南砧板和装进肚子里的屈头蛋,也带回来许多幅画。那些画用更小的图案做线条画成,比如拿小兔子拼出的大骆驼,或者用小乌龟凑作的千里马。朱先生称之为细密画或画里有画。他钟爱这样的画像,也请画师给妻子画了一幅素描,素描的线条是妻子的名字,这种根茎促成花果的植物性浪漫,深得妻子青睐。

在安南,最让朱先生忘不了的,是作为画家的巫师阮氏慧女士。在越南的日子里，朱先生常跑去请阮氏慧作画，以至于临走前，如古铜铸成的阮文强伸出五根手指，善解人意地暗示朱先生，越南媳妇的彩礼统一以五千元为准，换算成越南盾，是皇皇一千五百万元。阮氏慧在手势旁脸红，朱先生大窘，解释自己只是为了买画，几乎到了要走遍每一个安南当地祠堂赌咒发誓的地步。回来后，他常想起这段往事，不是回忆人，而是试图在脑海中打捞那只孤象。

朱先生记得是在取回给妻子的画的下午，阮氏慧找到他，告诉他有一只迁徙中离群的孤象在往他们的村落走，她的哥哥阮文强带着刀叉将孤象制服。孤象被捅出许多伤来，血流汩汩，阮氏慧请朱先生一同前往救治。

朱先生对象的兴趣是绝伦的。他手头正在做的安南志怪研究里，便有关于飞象的神话——阿Q在一只象形的气球里填充满飞鸟，从而生成一只飞象。这与阮氏慧擅长的"画中有画"若合一契。他请阮氏慧画一只以小鸟图案为线条，编织成的大象。阮氏慧却很着急，没有理他。他边同阮氏慧走，边向阮氏慧科普象的怪谈。事后想起，他之所以那么不解人意地对阮氏慧喋喋不休，是因为在陌生的越南，阮氏慧是为数不多的懂汉语者。由此，他又想起大象并不常见于中原的志怪之中。在历史的囹圄里，大象逃狱成功，退出了主流的话语藩篱，像自己的水墨一样，来到了野土地。

典籍中的越南大象是刚硬的，据传甚至能默识人之是非曲直，用鼻子卷起负心人，而后抛掷在空中，用牙齿将其戳死。这得益于其嗅觉，自家的猫咪水墨曾经也爱嗅探，可现在它却迷失在了高楼里，把着钢筋不应朱先生的呼唤。朱先生很想念它。

眼前的孤象更可怜，鼻子软塌地垂在土里，呼出的气吹在三叶草上，间或喷出些许血沫。朱先生抚摸那些皮肤的褶皱，他研究过象，却更多是针对象的延伸。如今象的眼睛湿润，对准朱先生，像两道处死哥斯拉用的射线，使他浑身发烫。后来他查阅更多关于象本身的资料，从而得知，象鼻更多时候是鼻而似非鼻。它如舌如手，灵动自由。长鼻由四千块以上的肌肉性静水骨骼组成，这样富足的肌肉，使得它能够单纯以肌肉来完成骨骼与关节的功能——抛、拾、甩、掷。朱先生又得知象的鼻子拥有两千多个嗅觉受体基因，是狗的三倍以上，便在书桌上遐想起来：那只象没准当时也能闻到我身上残留的水墨气息。如果孤象如今在我身边，那它一定会替我嗅出水墨的踪迹。这些后来知道的知识无法穿越回去，朱先生在那一刻，只知晓象鼻如人鼻，是呼吸管道，并由着《动物世界》种下的记忆明白象鼻还可以充当花洒。朱先生半蹲着抚摸象的头颅，象感激地用象鼻去轻轻反触朱先生的脸颊，血沫呼在朱先生的圆框眼镜上，朱先生先天的满头鬈毛被吹得飘逸。

阮氏慧请朱先生帮忙用手扶住被刺伤的象鼻，竭力上药。阮氏慧说，孤象离群的十三天里,村民的芭蕉林和蔗田被大面积毁坏。阮兄是英雄,替村庄保住了许多人命,无论是直接的或间接的。他注定是村庄的好人。

朱先生看着象的眼睛,实在不忍附和这句话。他问阮氏慧村民打算如何处置这只象,阮氏慧说,它会由我处置,我会骗大家说它是神灵附体来传话给我的灵物,我会救它。

朱先生与阮氏慧合力在阮家村郊的瓦房旁搭建了象棚。那些日子里他日夜砍伐,牛奶被高温惹得馊臭,原本白净的皮肤因此渐转古铜,而古铜般的阮兄在旁讥嘲地看着他们,像看待那只象时一样冷漠。朱先生寒栗,想起阮氏慧是村中德高望重的巫师,医人医兽不过是通灵的附带,便自欺式地信任她的话语权。他害怕阮氏慧不够格,又不自信地以学者的身份向阮文强强调,那只象,奇妙的,奇妙的,杀不得。朱先生并不太会说越南语,他按着英式越语的拼法,将译作奇妙的Kýdiêu念作key due,也不知道有没有说服阮文强。

在越南搜集汉文小说集成的最后日子里,他频频前往象棚注视那只孤象,自觉已成为那只象的一部分,这种关联似乎是脐带式的,他像舍不得水墨一样舍不得那只大象,如同婴儿依偎乳房。

左象

阮文强从阮氏慧那里接手孤象时,和阮氏慧大吵了一架。阮氏慧那套巫蛊的把戏,他是不信的。两个巴掌扇过去,和吃草药后发蒙的样子也大差不差。通灵通灵,一巴掌把天灵盖扇到通风就灵了。什么神啊鬼啊的,村里人信,自家人还信吗?他连夜动炉子,做了象钩,钩在象身上反复试了几次,象按喇叭般吼。痛吗?痛就对了,糟蹋那么多芭蕉甘蔗,总该遭罪。象吃痛,异常驯良,他也依旧用赶制的锁链锁住它不放。这只象是亚成体,他自觉够格做老师开始上课。青少年的人也好,象也好,都是最宜在教育中学习的。阮文强教育这只象搭载人,教育这只象搂住游客,时不时佐以象钩伺候,象学得很快。某天,阮氏慧回来喂象芭蕉,象用鼻子搂住阮氏慧,阮氏慧霎时软下来,阮文强便知道,自己的教育是如此有成效。他拥有独有的会讨好人的象。这在以前很常见,如今却是怪谈。他跑去市镇,和办戏团的中国人陈隆大喝酒,陈隆大最喜欢看戏,他用鼻子喝酒给陈隆大看,陈隆大开心得像个孩子。有一瞬间,阮文强有像教育象一样教育陈隆大的冲动,他自觉是喝酒喝昏了头,强忍住了。他觍着脸,和陈隆大签了协议,定期把象弄到市镇的戏团表演,由此赚了一大笔钱。陈隆大不知从哪儿搬出的古老词典,不许他自称驯象师,而要叫作驯象卫,他觉得没差别,就听了陈隆大的。这帮人和之前来的那个朱先生一个样,爱装神弄鬼。

演出进行了几次,最初的表演项目是搭载乘客和泼水游戏,比较初级,后来,他怂恿陈隆大架设相机供大家和象合影,合影只收两万越南盾,加象鼻搂抱服务的,收四万越南盾,戏团每天爆满。陈隆大说:"你不要天天来,一周来一次,观众的新鲜劲就一直在。"他很相信陈隆大的判断,也趁机清闲,用赚的钱装修了祖宅,打理了象棚,还说了门亲,每天在家做新房的监工。

他富起来了,孤象也乖,并不忤逆,几乎用不着打便很听话。阮文强吹嘘是自己动之以情晓之以理的功劳,这让阮氏慧逐渐对他放下了戒心。阮氏慧是最看不得他打象的,为了摆出一副好人样子来,阮文强把象钩扔到地上,摊手念:"象,好象,听话的象,不用打。"阮氏慧笑,他还拿芭蕉和阮氏慧一起喂给象吃,象尽数吃了,也分一瓣给他。

平时,阮氏慧也会像朱先生想起她一样想起朱先生。这样的想念是无关风月的,全都赖在一只象上。朱先生告诉她,象就像中原文化一样,一路南迁到安南来,变成了新鲜事。就像朱先生手头的工作。朱先生说六千万字的书,好像到头来也只用得到十几万字而已,但毕竟是安南人用汉字写的,所以很难得。这她懂,几千的越南盾,到头来不也只值朱先生手里的一块钱,在安南却是最基本的东西。

朱先生还给阮氏慧讲汉诗,讲六八体,她就学下来,写祭祀词,想着显得更专业一点。朱先生说他在广西边境的村里遇到一个越南媳妇,写了一首让他很是忘不掉的六八体,他常念诵。

> 无家欲说喑哑,思家望尽天涯路呀。
> 寒鸦笑我囚枷,谁怜我体留痂与疤?

阮氏慧想着朱先生朗诵那首拗口诗的样子,用手掌掩住唇舌发笑。朱先生还和她说:"汉话里想象、幻象、意象这些词,和大象是脱不了干系的。"大象的边缘化,让他难过。

她听不懂这些,但自有另一番理论来体察。村人不再信奉她的通灵了,经常她开始舞蹈时,孩子们就在台下捣乱,阮文强也带头嘲弄她。她知道自己正在成为孤象。她一直陷在这样的思考里,心不在焉地喂食孤象,也喂食自己。阮文强为了赚钱,和孤象外出的频率越来越高,她越来越孤独,想起还没有画朱先生不经意提起的小鸟作为线条的大象,便不厌其烦地画起来。阮文强回来见了,也不耻笑她。偶尔站在她背后观摩,看得她头皮发麻,擦擦改改,总觉得自己画不好。有一天,她看见阮文强在拿牛角刀削木枝,刻成两个十字架的模样。她问阮文强在做什么。阮文强说,让象画画试试。她不同意,挨了巴掌,眼睁睁看着阮文强把那东西插在象鼻上,流出血来。象从未发出如此凄绝的长鸣,如同抛锚的轿车引发高速路上大堵车时才能听到的喇叭合唱,震耳欲聋。那些车子卡在路上,耗到汽油燃尽,也成为抛锚的一员。她眼睁睁看着大象驯良地绘画,阮文强让她教它,她不愿,阮文强就自己教,无非是画根香蕉或树或笑脸,但水墨都刺在了她的眼睛里,烙下印,再忘不掉。

阮文强找到了赚钱的新途径,陈隆大大喜。他是最会出主意的,问阮文强:"让象给人画像可以吗?"阮文强说:"人都画不出来的东西,象也难画。"陈隆大说:"难才有钱赚。让它写名字也行,先拿我的名字来练,'陈隆大'。"

"我自己都不会写自己名字,叫象来写个卵。"阮文强不屑,"要不然叫象画自己,得钱吗?"

"象的自画像,得得得。"陈隆大两眼放光,"就练这个,就练这个,你教它画。"阮文强便应允下来。他回到象棚,还没到阮氏慧来送晚饭的点,便想着马上教象画画试试。他想阮氏慧每次来象棚看见他教象画画,象没出声,她就先像条狗一样鸣呜起来,烦得很。这样想着,他在纸上用笔画了一只简笔的象,又把画挂在画板上,往象鼻插画笔,示意象画。象却石化般不动了。他觉得奇怪,抓起象钩往皮里扎,象前膝跪下,扬起尘来,没有叫。他又来了一下,象鼻便动了,他放下心来,却见象鼻挥动,如一道灰蒙的鞭子抽在他脸上,他眼睛一黑,随巨力飞出。即将晕过去时,阮文强听见妹妹的尖叫。

右盲

成为盲瞽后,阮文强的世界弥漫起雾来。他向妹妹精确地形容这雾的森罗。他说:"雾和我眼前的暗一般,压得我喘不过气来。"世间的雾都是在阮文强被巨力甩出那一刻造访的。那一天,还有许多大事发生,比如远在千里之外的朱先生的编纂工作被校方否定为无用的废纸,又或者那只孤象在甩晕阮文强后真的画下一幅自画像来,阮氏慧发现那幅画里没有长鼻。然而相比这折磨人余生如一日的雾,这些色彩斑斓的事物都黯淡下来。

那年的中秋节,一群孩子在泥路上互相甩着炮,吵得阮文强半梦半醒,阮氏慧忙着在无数庙宇间穿梭,她请神上身的技法得到了瞩目。祈福舞跳到一半时,瞥见台下孩童的脸,阮氏慧就想起自己第一次随阮文强去戏团看那只孤象演出,自觉羞耻。扮演女神的妩媚能力消失了,她一下子成了僵硬的机器人。可即便如此,这舞姿却仍成为狂欢节中必不可少的一部分。她是无人在意的背景,又是许多人在意的伴奏,有她的舞,狂欢才有理由进行,有就好了,跳得怎么样,并不重要。她想起朱先生在安南时,亲历过这场盛会。那么多年,似乎只有他一个人认真地看阮氏慧跳祈福舞,还录下视频来,说要写考据文章。朱先生告诉阮氏慧,他给这场盛会起了个中文名字,叫"安南女巫代表大会"。阮氏慧想起他,为他祈福。

阮文强是看不见这些事情的。整个中秋节里,炮仗声隆隆地轰着他的耳朵,但这不影响他睡过去。视网膜脱落后,他便无比嗜睡。村民将他的嗜睡归咎于眼瞎,虽然歪打正着,却没有人究其物理,只惊讶于他竟然一反常态地温驯下来,没再叫嚷杀象。刚失明的日子里,他反复地发高烧,清醒时总尽力如呕吐般喷出文字,请妹妹杀掉那只象。成年后,他第一次在妹妹面前落泪,哭着醒来又睡去,又在睡梦中哭着复醒。他总告诉妹妹,自己没瞎,自己还能看见。阮氏慧却并不相信。好几次他的怒气想从双瞳里面射出,让妹妹别吵醒他睡觉,自己却被一片雾牢牢笼住,无从发泄。他感到痛苦。

彻底清醒过来时,阮文强才意识到他真的失明了。那些昏迷时自以为没瞎的呼喊却不是自欺,而是后天失明者必临的宿命。他通过实践知晓,后天全盲者是能够做复明的梦的。在梦里,他如冯虚御风般飞奔,看着熟悉又陌生的村落。他肆意地吃喝放纵,闲下来时就仔细地打量起自己的手。他伸出五指在面前挥舞,拉长又放近,几抹朦胧的肉色在满世界的雾里忽隐忽现,世界多彩,他傻笑着醒过来,喊阮氏慧杀了他。

他说:"你杀了我,我能看见。"

阮氏慧说:"死了什么都没有了。"

他说:"我能看见。"

阮氏慧说:"我请神时,没请过瞎子,因为瞎子看不见路,附不到我身上。"

他说:"你把草药捣碎了,每天给我点,让我睡过去。"

阮氏慧没有说话,阮文强感到恐慌,他大叫:"阿妹。求你了,阿妹。"现在,他不再叫妹妹阮氏慧了,他叫她阿妹。阿妹没有回应他,过了一段时间,他闻到一股草药香味,便笑起来,"阿妹"二字成了呓语,他又做起梦来。

最后得知阮文强眼瞎的是陈隆大。他从市镇赶来,陪在阮文强床前半个小时,阮文强一直不醒。他就出门打了通电话。下午,来了一批人,嚷嚷着把象弄走,阮氏慧拦在象前面不许。这些人吵醒了阮文强,阮文强叫妹妹过来,妹妹把发生的事情告诉他,他摸索着取下墙上挂着的刀叉,让阮氏慧扶他出去,对陈隆大说:"我明天就要杀象,它害我瞎了眼。"

陈隆大嘲笑他:"你是盲佬吹蜡烛,不如把它留给我,我替你杀。"阮文强循声,听见孤象的喘息,他踱着步挪到孤象旁边,摸着象腿说:"这只象只听我的,你们不滚,我让它也把你们弄成瞎子。"陈隆大挥手让手下上来抢,阮文强咳一声,象果然灵动地挥起鼻子来,阮氏慧把锁链从桩子上拔开,孤象冲出去,吓走一批人。陈隆大说:"你还我象。"阮文强拍象背作为回应,孤象从水桶里吸水,把陈隆大冲在泥地上。阮文强说:"你再来,我死给你看。"

他真的动手,用的是象钩指住胸膛。陈隆大不信邪,说:"那你死。"阮文强便挥钩。仍是那只象,把象钩甩出去了,用鼻子卷起水桶,往陈隆大身上夯。陈隆大走前,阮文强的胸前已经是一片血迹。这次他又昏了过去。阮氏慧照顾阮文强,又是五六年了。她时常持续性地发呆,呆立着想念朱先生。现在,她和阮文强都废了,阮文强赚钱时说好的亲跑掉了,她自己带着一个废人,又做灵婆这种活计,也是没人要的。两个人连同象一起住在村郊,像是在坐牢。

中梦

偶尔醒来时,阮文强便在象棚里摸象,陷入长久的呆滞之中。他常把攥在手里的蒲扇大的象耳当作念珠来盘搓,靠触感数清楚每一道褶皱;或示意孤象蹲下,让他爬上象背的座椅。总之,阮氏慧在外采草药时,阮文强都陪着象。偶尔采完药回来早,她能听见阮文强在和象说话,那些话她听不到。她赤着脚过去想偷听时,阮文强就说:"阿妹,你回来了。"然后便不再说话。

她不知道是象在报信还是阮文强能听见她来的声音,总之这些话语成了盲人的秘密,让她想窥探而不得。阮文强成了气球,既不炸开又不泄气,眼看着一天天涨了起来,藏了一肚子心事。要像朱先生口中那只飞象一样飞起来。她在饭桌上问阮文强:"梦还好吧?"

阮文强说:"不好。"

她不知道该怎么接话,只低着头替兄长难过。又过了很久,大概是把嘴里的米嚼烂了,阮文强说:"越来越瞎了。"

阮氏慧不知道他说的话是什么意思,只他自己懂。他被蛰伏已久的浓雾彻底吞食了,失明日久,梦中雾越来越浓,让他在梦里也看不清楚东西了。梦渐趋于恐怖,他日复一日地被象鼻抛起,被象脚踩死,被象身撞开,却连象也看不真切了,象如同一团黑色的球,压过来让他体验上天入地。他早料到了这一点,每每安定地醒过来,并不闹,只是试着练习不再睡觉,一困就掐痛自己。有生以来,他觉得自己成了那只被驯的象,孤零零。从此,阮文强醒着的日子比以前多了许多。他不再嗜睡,阮氏慧说:"你不能连觉都不睡了。"他说:"我每秒钟都在睡。"阮氏慧说:"我搞点草药回来,让你做舒服的梦。"他说:"从来没有舒服的梦。"后来,阮氏慧问过久别重逢的朱先生才知道,后天全盲者的梦多数是噩梦,一开始贪恋做梦不过是为了没瞎时记得的色彩,越往后梦却越歹毒,全是灰蒙与恐怖。朱先生说,无论梦里梦外,阮文强都注定是一个只有体感在的盲人了。

阮文强不告诉阮氏慧的是,他偶尔也会梦到朱先生,梦到那个白牛奶般的书生,披着一头鬈发,笑吟吟地骑在象背上追他。在逼仄的黑暗巷子里,朱先生与象拼命踩他,叫他崩溃。

阮文强便也试着骑在象背上,那是他失明后第一次登临,他和象说了许多话,求它放过他,别再在梦里追杀他,几乎跪下来磕头,而后自己爬上了象背,对象说:"我们一起走,我们都是象。"如果这些话被阮氏慧听到,阮氏慧大概会觉得兄长彻底疯了,又或者告诉兄长,我也是一只象。

阮文强第一次骑象出走时,阮氏慧正在给他采草药。她怕劣药让阮文强陷进噩梦里,就往深山走,采药的时间便越来越久。就是在这样久远的冒险里,阮文强一个人骑上了象,引导孤象走出象棚,去山上找她。一人一象出门,邻家捡垃圾的阿奶喊他说:"强,久不见你了。"阮文强回他:"阿奶,你以后天天能见我,我天天出来。"他说着,用脚踩孤象的左背,孤象受启发,在泥路上左转,往山里去。好在那天阮氏慧回家早,才不至于让一人一象远行迷失。阿奶却自以为象真识路了。她进村里,去市镇,把垃圾捡到袋里,把这事四处说出去。说阮文强成了象人。大家信奉赞叹,只陈隆大立刻赶到村里,请阮文强带象出山。

"不让画,不让骑,搂搂人也是好的。"他劝道。

阮文强犹豫许久,同意了,于是陈隆大每天派人接他和象进城。象的复出典礼是盛大的,市镇万人空巷,人人挤着要和一人一象合影。阮氏慧跟在旁边守着阮文强,她放心不下这一人一象。一连待了三个月,戏团人少了些,陈隆大却坚持让阮文强每天都来。有次表演,陈隆大邀阮氏慧去吃饭,她去了,便把阮文强和象留在戏团里。陈隆大请阮氏慧喝酒,问她会不会像阮文强一样用鼻子喝酒的戏法,她也能用鼻子喝,但不想演给钱眼看,就不说话。她估摸着时间,不顾陈隆大拦她,匆匆吃完就一路赶回戏团去。到戏团时,她才发现陈隆大的马仔摆着一幅画在孤象和盲兄面前,请象作画。盲兄在象背,自以为是地命令孤象搂抱观众,还时不时拍一下象背,说:"下一个。"

阮文强幻想着象鼻挥开后,会有下一个游客进入怀抱中,却不知道自己成了指挥作画的家伙。直到阮氏慧哭着冲上来喊,他才反应过来,也哭着喊:"陈隆大,你恶!你恶!"

他踹象背,示意冲刺,阮氏慧冲上前去解锁,象鼻轰鸣,蓄水池里的水被它吸上来,尽数往人群喷去。人群一哄而散,阮氏慧和象在劈开的道路中赶回村里。陈隆大没敢再来找他。

阮氏慧不去采草药了,她每天在家里守着这一人一象,闲着没事干,就画朱先生请她画的那幅画。画纸攒了好几炉火,始终没画好。阮文强问:"你这是在给我烧纸钱吗?"

阮氏慧不答。

后离

　　五六年来,朱先生总忘不了自家的水墨。每每在中山公园之类的路上遇到流浪猫,都会试着唤水墨的名字。他听信喂食流浪猫后请流浪猫找猫的传说,经常带着罐头与照片外出,却永远只带着照片回来。他继续写书,赖于那两年在越南的经历,他写了一部注解安南志怪神话的书。有几篇故事就配几篇琵案,编辑请他参与自家书的设计,他附上几张有水墨爪印的琵案手稿在扉页;又请求封面画师画只飞象,画师换了四五个,总画不好,出书便耽搁下来。朱先生知道自己想要哪种画,他常看阮氏慧送给他的几幅细密画,想着把飞鸟填充成象。

　　他常常向周围的人讲安南救象的往事,他说话太慢,大家怕了他,往往他一开口就扯开话题,并不愿听。他便把这事讲给妻子,妻子听进去了,也说:"有机会该去看看那只象的。"他说:"是该去看看,是该去看看。"

　　他着手准备安南汉文小说补遗的新项目,但几次申报都被驳回,便不得不放弃了,连带着放弃的,似乎还有手中的教职。在非升即走的体系里,他似乎注定要走一趟。实在不得已,就往越南去吧,他想去,但又迟迟未成行。某天他在课上给学生讲课,不得不援引想象、幻象、意象等词汇时,又牵动了对那只孤象的思念。他顿了顿,学生却没有反应,多是埋头看着手机,他走下讲台,看见一个学生在看象照镜子的短视频。学生惊慌地关掉软件,他示意学生点回去,他说:"我想看看那只象。"

　　课堂俱寂,学生打开软件,视频里,一只象不断在镜子前搔首弄鼻,解说词讲,象的自恋,是在鼻子上的,因为鼻子是象身上的万能器官。

　　朱先生发着愣,想起那只象的鼻子如舌如手,对学生说了声"谢谢",又回到讲台上接着上课,他讲自己救那只象的事。没讲完,下课时间到了,几个学生让他拖堂,他看到后排不耐烦的脸,笑道:"下回分解吧。"

　　朱先生回到家,犹疑着和妻子说:"国庆快到了,我想回越南一趟。"妻子立刻知音,她说:"你这个爱玩文字游戏的家伙,你这一趟,明明是'去'不是'回'的。"妻子看出了他的魂不守舍,他觉得妻子的鼻子,也如象般灵敏。

　　他买了当天的机票,飞去南宁,又坐了三个小时的大巴入境。一路来到阮家祖宅,象棚依旧,祖宅却空无一人。他立在象棚前,发了很久的呆才远远看见一个疲惫的女人拎着一背篓草药回来。朱先生用蹩脚的越南话说:"好久不见。"阮氏慧用汉语说:"欢迎回来。"他步入正题,问:"象呢?"阮氏慧说:"走了。"

　　他怅然,说:"走了是好事,总该自由的。"

　　阮氏慧低下头说:"和我哥哥一起走的。"

　　朱先生这才记起来如古铜般的阮文强,说:"他怎么样?"

阮氏慧说:"好多事,慢慢说。"

她请朱先生进瓦房,朱先生进去,看见地上铺满被踩脏的纸,他低头看,发现就是他请阮氏慧画的充满鸟的象。他问阮氏慧:"你画了好多遍?"

阮氏慧说:"我画好了的,晚点给你带回去。"

朱先生一时不知道说什么,又转头去看那象棚,想起自己的水墨来,长叹一口气。他坐在板凳上,听阮氏慧讲这五六年里发生的事,不知道该说些什么好,天彻底黑下来,两个人才意识到没有吃饭,阮氏慧说:"我先做饭。"

阮氏慧去做饭,朱先生便低头看那些画,一幅幅画铺满世界,炉里也装满纸灰,他觉得自己闯了祸,自责让阮氏慧画了那么多幅画,却想不明白阮氏慧为什么画得差了许多。他看那些画时,发觉阮氏慧的象鼻总画不好,或短或长,或粗或细,似乎总不得其神韵。朱先生想,那是象身上最重要的地方,他长叹一口气,想着阮氏慧到底画了多少幅,才会如此有底气地告诉他,她画好了。他发着呆,想着阮氏慧说的事情,觉得自己此前实在应该每年回来看一次孤象,偏偏在孤象离开的这一年才回来,有什么用呢?

阮氏慧做好了饭,安南的饭菜好酸甜口的,他向来吃不惯,现在却很怀念地吃起来。阮氏慧问他:"我说到哪里了?"朱先生答:"说到一年前你哥哥带着象从戏团回家。"

阮氏慧笑着说:"阿哥回家后,我就像一个人在家养两只象一样,每天画完画就去给他俩送吃送喝,但也没送几天,阿哥和象就走了。说起来,阿哥走还是因为朱先生呢。"

朱先生觉得奇怪,他没有追问,拣了菜,等阮氏慧自己解答。阮氏慧说:"阿哥总梦到朱先生骑着象追他上山,那几天改口了,说朱先生原来不是追他上山,而是追着他请他一起坐在大象的背上。"

朱先生自嘲道:"我竟然还会骑象了。"

阮氏慧说:"嗯,骑象上山。阿哥说,你请他爬上去以后,他做梦就彻底成了一团雾,什么都看不见了。挺好的,至少最后一个能看见的梦不是噩梦。"阮氏慧说着,流出了眼泪。她说:"阿哥就是做完那个梦想走的,那天我趴在桌上给你画那幅画,阿哥突然说:'阿妹,扶我去找象。'"

"我拿着笔过去扶他,他从我手里接过画笔来,被我扶着到象棚去,跟我说:'阿妹,你让孤象画它自己'。"

"阿哥从没有那么吓人过,像好几次我请神时请到的恶神一样,用最缓的吐字挥砍大刀扎在人心口,我被吓得不敢拦他,他蹲下来摸索那个用来卡住象鼻的十字架。象不反抗,很听阿哥话。它用鼻子画它自己。"

朱先生彻底停杯投箸了,他抬头看着正在哭泣的女人,女人从烧香的神台上取下一幅画来,递给他。

他去看,阮氏慧在旁边说:"象画完,阿哥趴在它背上,说:'阿妹,我走了!'就一路往北边的群山上去了,那是这只象离群前原本要去的地方。"

朱先生低头看那幅画,是一幅没有鼻子的自画像。紧接着,他透过昏黄的灯光,看到纸正面渗着墨水,他犹疑着给纸面翻身,听见阮氏慧的话洒在他耳郭里,流进四肢百骸。阮氏慧说:"这是我答应你画的填充成象。"

朱先生俯身去看,线条却并不是鸟,组成象身的是密密麻麻的阮氏慧、阮文强以及朱先生。显眼的鬈发和眼镜让朱先生一瞬间认出了自己,他不知该说些什么。阮氏慧说:"你来晚了,你该看看那只象的,它长大了。"

朱先生捧着那幅画走出瓦房,对着象棚,象棚空空荡荡,背景是夜色与遥远的群山,恰好向着北方,他听见几声幽远的象鸣,似乎还夹杂着自家水墨的欢叫。他想起水墨丢失的那一夜,他一直在家楼下的小区里搜寻它到凌晨四点,小区的路灯坏了,没有光,四处是水泥,也听不见野猫的叫春声。他用嗓子模拟出猫叫,仍没有获得回应。现在,他有些想尝试发出象鸣,但他没有。他拈住画的几根手指停止隔着膜的亲吻,那幅画从他松散开的手指中飞出去,消失在了黑暗里。

【作者简介】顾骨,本名黄鼎雄,壮族,生于二〇〇一年。现就读于广西民族大学传媒学院,写诗词,写小说。有小说见于《广西文学》《椰城》。

带皇口的女人

◎ 林筱聆

　　这女人一上场，林秀就知道她是来砸场子的。

　　我来！女人把手一扬，袖子轻轻往上一撩，往泡茶位置上一坐，俨然成了友茗茶业的店主。她像是拿发酵度极好的面团蒸出来的，白出了水平也胖出了天际。主人位上顿时满满当当，一片赤橙黄绿青蓝紫的热闹繁荣景象。女人三四十岁，着一件宽松的灰色棉麻连衣裙，外搭一件七分袖刺绣长开衫。开衫上有细长的绿叶，有粉红色的花骨朵，还有细碎的小黄花。两只手腕上更是花红柳绿，像是装下了整个春天，墨绿的平安镯、黄中带点绿意的黄翡圆条、象牙白的砗磲手串、湖水蓝的绿松手串，还有玫红艳丽、一绕就是三四圈的南红手串，金闪闪的黄金手链……挤挤挨挨。两个无名指上各戴了一个满绿镶钻的大蛋面戒指，脖子上一个极大的满绿观音翡翠，那种水好到几乎要起荧光。林秀看一眼自己脖子上那块小小的无色翡翠，默默地把它藏进了领子里。眼前的女人明明戴得一堆繁复，一堆累赘，放谁身上都是拥堵，但林秀无法否认，那女人压得住它们，那些物件在她身上服帖得很，让你挑不出半点不是来。

　　女人说的是闽南话，却带着广东腔，跟她的人一样，显得特别跳脱——她大概率是广东人，在安溪生活久了。她一字排开七个白瓷碗，往碗里各放进一把用来舀茶汤的白瓷匙，再对应摆上七个白瓷盖瓯，瓯盖随手一掀一放，烧开的大水壶轻松一提一冲，烫杯的动作有如行云流水，一看就是行家——有架势的大行家。架势这东西很奇怪，脱离舞台，有人依然会把它装出来、摆出来、做出来，但只要生活中的动作一起，就像是这扎一个那扎一个不起眼的小洞，它便悄无声息地四处逃逸；有人只是给它一个路径让它直接显现出来，它却自我运转形成一个气流，把周边的人往里吸；再搭配上平实的话语和动作，这个无形的气流便又增加了三分劲道——这就成了强大的气场。

自带这个大气场的一个女人，居然没人认识她。林秀心头一紧，望向父亲林澜。父亲一直是茶店的压舱石，有他在，就都稳稳的，再大的风再大的浪也不怕。他一如往常地递一圈烟过去，再挨个儿给接了烟的客人递打火机。他从来就是这样——即便是二十年前有人差点对他动刀子，他也没有乱过阵脚。

那一年，林秀只有十来岁，林家还在镇上开个小茶铺，除了自家茶园里做的一点茶，更多是左手进来右手出去的茶叶批发。秋茶上市的一天，有个醉酒的茶师到店里闹事，说是因为父亲林澜的缘故，让他一斤茶叶少赚了几百元，一大批次的茶叶少了几万元的收入。茶师借着酒劲操起桌上的一把刀直指他的胸口说，还说我们是什么表亲，你为什么害我？我跟你有仇吗？你得了广东茶商什么好处，让我白白损失了好几万元？你凭什么说我的茶就值二百多元？

如果让我再说一遍，我还是会这么说。说实在话，就我个人认为，你那泡茶其实做得也还不错，但当下市场流行发酵度轻一点的白水观音，这种发酵度中等的茶，目前在市面上卖不出好价钱，卖不动也有可能。如果不是我跟广东茶商保证这泡茶将来的增值空间，他还不一定买呢！人家说不定还以为我是在帮我的表亲拉生意呢！林澜像什么事都没有发生，掏出口袋里的红塔山，敲了敲盒底，让两三根香烟露出头，递向茶师，说，我问你，你做茶是要做一辈子，还是做一阵子？想要做一辈子，那就不要做这种一锤子买卖。见茶师不为所动，他又凑近小声说，咱们村里乡里，只有你能制出好茶？既然不是，凭什么人家回头再到你这里？你是不是应该让人家觉得物有所值，甚至是物超所值？

茶师收了刀子，接了林澜的烟。林秀一直觉得，当年那根烟像是刀的鞘，稳稳地套住了那带着寒光的利刃。此刻，它再次发挥了作用。林秀没有抽烟，但空气中弥漫起的烟草味同样安抚了她。林澜正要为自己点上烟，忽然想起了什么。他再次掏出烟，隔着茶桌递向女人说，不好意思，你……抽吗？女人摆了摆手，一脸的胶原蛋白被嘴角一拉，胀得更满了。

那……开始吧！林澜比了个手势，女人把桌面上的七泡茶聚拢到自己面前，众人非常默契地背过身去，林澜拉上另外一个烟客往外走。除了客人们自带的六泡茶，林秀今晚出手应战的是她的撒手锏。秋茶上市，店里的斗茶会已经连续赛了五个晚上，越到后头越是高手对决的时候。"林秀"连下四晚，已经完成了热身的使命，该是"隐芳"粉墨登场的时候了。

随着女人一声"可以了"，众人转身入座，林澜掐了烟进屋。他站在位置上，眼睛像扫描仪迅速扫视一遍。谜面已经摆在七个盖瓯里，同样是紧结、乌青、油润的茶颗粒，有些乌青深一点，有些乌青浅一点，有些乌青微微带点黄。

大家都不闻一下干茶香？见林澜坐下，女人问。明明她的话头从这一圈人的最左侧出发,话尾落在了最右侧,目光也完整地走了一圈,可所有人都听出来了,她问的是他。她的话就像是熟透的榴莲外皮上的细刺,有几分软下来的意思,却又分明扎人。林秀不高兴了,手一摆说,你冲你的水吧,我爸看一眼就够了。她不容许有人挑衅她父亲的权威。这么多年,作为资深茶王的父亲负责收茶、拼配,她负责引四方客卖四方茶。父亲的水准摆在那儿,他的茶一贯都是无冕之王,也是风向标,各个乡镇茶王赛开赛前,但凡想去冲金夺冠的茶都会提前来跟他的"林秀"和"隐芳"过过手,有个八九不离十的感觉才敢往赛场里送。茶王赛后,各级赛事的金奖茶也会汇聚到她店里,再来个民间状元总决赛。每年春秋两个茶季,店里天天都有茶王赛。

是啊,林师出手哪里还需要闻干茶?这几泡茶林师肯定都喝过,等一会儿闻个盖香肯定就知道丁是丁卯是卯了。冲吧冲吧,我们都等不及了。有几个人附和了林秀。女人多少有些勉强地提壶冲水,却不知道,勉强只是表面的开场戏,真正水壶一提起,那东西就跟着醒茶的第一冲水冲进了盖瓯里,从一数到七。她把瓯盖一一盖过去,而后双手左右开弓各自捏住一个盖瓯,同时一个高高提起,一个倾倒下去,像是花开双蒂,又像是双龙吐水,准确地落进各自配套的茶碗里。林秀看呆了。她从没见过一个女人可以如此优雅而轻松地驾驭双手开泡这个难题,泡茶俨然成了女人一个人的独角戏。茶桌成了她的舞台,她高高在上,她俯视着你,她保持着跟你的远距离。那微微跷起的兰花指,那一气呵成的悬壶高冲,那老道轻巧的刮沫、冲沫,尤其是冲泡过程中的那种自在,无不尽显一个老茶客的气息。

其他人关注的不是这些。有人按下了计时器,计算着掀盖和出水的时间。有人努力捕捉空气中的香气,有人猜测着输赢结局。好不容易三十秒到了,可以掀盖了。林澜从一到七一溜闻了过去,又在3号茶和6号茶上反复闻了一遍。他开了局之后,众人跟上,有人从一闻到七,有人从七闻到一。

这个3号是大皇口! 够香够霸气! 有人说。

这个6号也是大皇口,但气势上好像弱了一点。有人说。

这个1号一定是你的! 有人说。

不,不,这个1号应该是他的。有人说。

这泡会不会是林师的"隐芳"?! 有人问向林澜。他眉头一蹙,不说话。就像楼上小提琴老师新带的学生,没有找到音准,拉出的曲子总让人听不出调子,所有人都停在那里。林秀赶紧招呼女人说,时间差不多了,可以出水了。

女人微微一笑,很快就把七碗茶水倒上了。每个人自取一个茶杯、一把小汤匙,一碗接一碗舀过去品起来。林澜显然又被3号茶和6号茶给难住了,一圈下来后,又在那两碗茶水里各自多舀了一汤匙试喝。不给众人发问的机会,林秀又发话了,来吧,第二冲开始吧。

奇怪的事情发生了。直到第三冲出水，林澜还是保持沉默，其他人再也按捺不住了。有人说3号茶略胜一筹，有人说6号茶汤水更细软，有人说3号茶应该是林师的，有人说6号茶才是林师的。众人望向林澜。他咂了几下口中的茶，又舀了一汤匙3号茶，连喝了几小口，然后把茶杯往桌上一放，坚定地说，这个3号和6号应该是同一泡茶，它们只是拌堆的时候没有拌均匀！另外，这里面没有我的茶！

哇！一片哗然。所有目光争着抢着往女人的身上砸过去。这怎么可能？这七泡茶里绝对有林师的茶。绝对有，一定有，必须有！女人非常镇静地在"有"字上一遍遍地强调，又非常不屑地拉开抽屉，把一个个茶叶小包装亮出来说，来，你们自己看啊，这3号对的是不是林师的"隐芳"？6号对的可是我的茶呢，怎么会是同一泡茶？末了，又说了一句，看来，这传说中的大茶师也不过如此嘛！

不对，3号确实跟我的茶有点像，但不是，它绝不是我的茶。林澜说。

会不会是你刚才放错了？林秀问女人，言语中有了退让的意味。

这一个对一个，怎么可能会错？女人反问。她坚决得像一匹烈马。

放错也很正常啊。林秀又退让了一步。

不，不是放错的问题，而是这里头根本就没有"隐芳"。林澜顿了一下，说，如果确定有，除非……正当大家期待地等着他往下说，他看了女人一眼，却又不说了。

除非什么？林秀也问。

没什么。林澜背着手往里走。林秀会了意，招呼众人说，今晚茶会就到这里了！她的心里一阵窃喜：看破不说破嘛，父亲总算也学会了。这两年，上了岁数的他还屡次因为说破而受伤。前年的铁观音民间荒野茶王赛上，眼看几位评委纠结15号茶和87号茶哪泡茶为冠军，他非常确定地说，15号茶的荒野气不是100%纯正的，一定掺杂了施过肥料的茶青，不信的话，可以拿茶叶去进行检测。一测，果然氮超标。这一测是一去十万里，15号茶直接被踢出局，连优秀奖都没有了。后来才知道，这丢了冠军的15号茶茶主居然是农业农村局局长的小舅子。去年，一个朋友的朋友拿来一泡茶请他鉴定并估价，一开始他也不想估，未料对方连着安慰自己说，这估的价也不一定准。他一听就不高兴了，说，你这个茶叶成本顶多一斤两三百元，如果店家是小品牌，卖你五六百元一斤差不多了，如果是大品牌，卖你个两千元都很正常。林秀埋怨他说，也不先了解一下是谁家卖的茶，就这么大嘴巴。第二天商家就找上门来了，居然还是同一条茶街上的。原来，买茶的和卖茶的是亲戚，卖茶的一斤要四百五十元才卖，买茶的七拐八拐找到了林澜后，便重新回去要求店家按三百五十元一斤卖。卖家说，我毛茶进价是两三百元没错，可拣梗去掉三四成，成本一斤都要四百元，我怎么可能倒贴五十元卖给你？买茶的人就把林澜端出来,直接把他给卖了。卖家说,谁不知道你林师人脉广水平高,可以低价要到好茶,可你也要给我们这些小辈留一条活路啊!不是所有人都能拿到跟你一样的价钱的呀。林澜这才意识到好心办了个坏事,却已经来不及了。

大家一个个起身,女人有些不情愿地站起,像是担心那个姹紫嫣红的春天会被椅子钩破了,她起得非常慢,走在一群人的最后。走出店门外没几步,她又折身进来,直奔着林秀去,说,来,加一下微信吧!才说着,手机已经递到林秀眼前。由不得任何推托,林秀只能加了。待她出了门,林秀生气地说,明明是她要加我微信,却要我扫她,什么人呀!绷着一身的力气,我不喜欢!

人家也不在乎你喜欢不喜欢!林澜笑着说。他站着把桌上的茶杯一个个收进旁边的白瓷盘,往两个盖瓯里加了水,又往烧水的壶里续上水,这才抬头。眼见女人的背影拐过屋角,他缓缓地在主泡的位置上坐下,说,这个女人,带皇口……

皇口?你说这个女人带皇口?林秀有点没听明白。她已经全然忘记她刚才最想知道的是父亲那个“除非”后面的内容。在闽南话里,“皇”是一种看不见摸不着却又实实在在感受得到的东西。它是一股气,一股流动的气,一股更多时候与雄性密切相关的气。闽南人在日常生活中,表示程度深的时候经常会带上“皇”字,加上“皇”字的词语往往有一种特别的意味和力量。男人表示自己很生气会说自己“火皇要发”,觉得一个男人气场很强会说他“皇气很大”,认为一个男人摆官架子会说他“很有皇势”,形容一泡铁观音的茶香中带有一股很饱满的、令人很舒心的甜酸会说它有“酸皇气”,或者说它“带皇口酸”“带皇口”。

一个女人带皇口,这是林秀第一次听说,正想细问,见父亲开始烧水,又把3号茶和6号茶的盖瓯单独取出往前摆在一起,她知道今晚父亲势必要跟那两泡茶较一会儿劲了,赶紧端了满满一盘茶杯去洗。林澜掀开盖子分别闻了几下,然后正面看侧面看,又各自捏起几片茶叶上看下看左看右看,搓开在手心再比较。还不够,他又盖上瓯盖来了一个漂亮的倒扣,而后轻轻提起瓯身,只见那些微微展开的叶片紧紧地团在一起,稳稳地立在瓯盖上。他小心地举起瓯盖,又是闻,又是看,研究完这个瓯盖上的茶,又研究起那个瓯盖上的茶。好了,这下他放心了,他非常满意地把瓯盖上的茶叶重新扣回盖瓯里。

林秀端着洗好的一盘茶杯走出来,刚喊了一声“爸”,纳闷的问题还没抛出,却见刚刚走出去的那几个人竟然又回来了,后面还跟进来更多人。走在最前头的正是那个带皇口的女人!女人虽然面带笑容,却挡不住一身上下的凛凛威风和腾腾杀气。她俨然是部队的总司令,大有指挥千军万马驰骋沙场的气势。父女俩对视了一下——来者看来非常不善!

女人不请自坐,坐在与林澜正对面的位置。这时,水正好烧开了,林澜招呼其他人入座,往两个盖瓯里冲了水。林秀放下装茶杯的白瓷盘,问向女人,你?有事?

我想买你们的"隐芳",有多少买多少。女人说的话突突的、烫烫的,像对面升腾的水蒸气那么冲。

不好意思,这个茶我们不卖。林秀抓了把方凳往父亲的身旁一坐,说道。

你们开茶店不就是卖茶,为什么不卖?女人的身子猛地往茶桌前一倾,带出一股逼迫感。

奇了怪了!不卖就是不卖,哪里还需要什么理由?林秀把球踢了回去说,就像你要买茶就是要买茶,哪里需要什么理由?

女人说不过林秀,便转而对林澜说,林师,可以吗?"隐芳"我全要了!你出个价!一斤多少?两万?三万?五万?八万?只要你敢出,我就敢买!

哇!现场一片惊叹声。八万?林师,可以卖啊!有人在怂恿,有人开始在计算,五八四十、六八四十八……

十万都不卖!林秀几乎要炸了,说,你开什么玩笑,你知不知道规矩啊?都给了你,我们自己不开店了?!况且,你自己的茶也不错啊!她转而对父亲说,是不是啊,爸?

林澜不接话,只是往白瓷盘里冲了水烫了杯,而后开始提盖闻香,两三个来回后倒出茶水,径自品了起来。他在这个茶碗里舀两勺,又在那个茶碗里舀一勺,偌大的房间里只有茶水在他唇齿间发出的"咻咻咻"的声响。他示意大家各自取杯,各自舀茶。女人象征性地舀了两下,应付地喝了两口。她的心思全然不在茶里。她盯着林澜急迫地问,可以吗,林师?十万,十万一斤,我全包了!

哇!哇!全场尖叫连着尖叫,一片喧哗。林澜终于放下杯子抬起头。他环视一圈,说,我声明一下,刚才是我说错了,七泡茶里确实有我的茶。

你们看,我没说错吧,我没说错吧,这里面本来就有"隐芳"嘛!女人一听,双手一拍,眉眼里闪现出一种得意的光芒,她的双手在空中舞蹈,身体成了钟摆,时而转向左,时而转向右,像是要跟所有人一一求证,说,你们看,林师也有出错的时候哈!人非圣贤,孰能无过,是不是,是不是?

没人呼应女人。烧红的铁丢进了冷水里,"嗞"的一声,一阵白烟后,只剩平静。所有人的目光都赶集一般地往林澜脸上聚拢,它们拥挤着、推搡着。林澜像是什么都没看到,悠闲地点起一根烟抽了起来。这下,林秀也被整迷糊了,她的目光刚跟着过去,林澜的问题便跟着他的烟圈一起悠悠往外吐出来了,我想知道,我的茶为什么不是在一个盖瓯里?烟圈后面,他的目光笃定、刚毅,先是直逼带皇口的女人,而后又转向其他人,语调深沉地问,你们不觉得这两泡茶像得太不正常吗?有人猜测女人去哪里找到了"隐芳"的兄弟茶,有人猜测女人把"隐芳"分在了几个盖瓯里,还有人猜测女人把"隐芳"和另一泡茶混在了一起……

哎呀,知道知道!女人有些不耐烦。她的右手在空中频繁地摆动,像是在扫射,更像是在驱赶什么。她说,不用管它们怎么像,反正这里面有你林师的茶就对了嘛!她试图岔开一条路,转而对林秀说,说吧,有几斤全部拿出来吧!谁会跟钱过不去呢?过了这个村可就没这个店了!都是做茶的,一斤茶多少成本大家都知道,你们没地方再去找我这样的优质客户了!皇气在女人的身上堆积,它在张扬,它甚至变成一种漠视与轻蔑。

为什么我们的茶不在一个盖瓯里?林秀重复着父亲的问题,厉声道,为什么它们像得那么不正常?你说!

它们?不正常?女人像是猛地意识到林澜说的是什么,赶紧回过神来说,它们都有皇口酸,一个大皇口,一个小一点的大皇口。刚才大家不是都这么说吗?

既然你自己的茶也有大皇口,那你何苦要花那么多钱买我们的茶?林秀很是不解。

我和你们的大皇口比较不一样啦,它……女人的盛气弱了三分下来,卸掉一部分铠甲的她把自己装进了温和里,开始讲自己的故事。她讲她以前一直以为自己的茶很好很完美,直到这次喝到了林师的"隐芳",才知道父亲讲的铁观音传统的大皇口是个什么味道,也才知道了自家茶的短板。她讲她的父亲也是安溪人,一辈子爱铁观音,却也因为铁观音栽了大跟头,除夕夜被债主逼得吃药自杀,被救起来后,十几二十年基本不碰铁观音,转做普洱茶。她讲她自己跟着丈夫经营玉石店二十年,两年前硬是被父亲喊回来做茶叶生意。父亲已经卧病在床,他一直念叨着的只有二十年前喝过的大皇口。她讲她想带点"隐芳"孝敬老父亲,她相信这久违的大皇口可以治病,可以安抚老父亲的心。

女人讲得那么感人,林秀差点就信了,或者说,有那么两三秒的时间,她真是信了。但两三秒后,她重新回到不可能这么简单的现实中,重新审视这个带皇口的女人。同样是女人的独角戏,上半场的表演没有多少言语,更多的是表情和动作,这让女人看起来有一种城市铁轨的坚硬感。下半场的表演更多的是言语,女人像是切换到了另一条路径,有了一种山路的蜿蜒感,或者是水路的曲线,看起来便有了几分柔软。刚刚还杀气腾腾的皇口不知怎么的,突然就不见了,像是她的身体里有一个看不见的容器,她暂时把它们收进了那里。她半土半白的闽南话里暗藏玄机。除了广东一带的腔调,她说的闽南话多少还带点北线乡镇的口音,每个词都用力发着重音,而且词语的尾音总会急速往下掉。安溪按距离城区的远近分内安溪和外安溪,又按地理方位分为北线和南线。内安溪的乡镇才产茶,南线乡镇的茶叶以茶汤色深醇厚见长,北线乡镇的茶叶以白水茶汤见长。一两公里的茶街上有几百家区域的不同的茶店,因为主要收购茶叶而各有特色,店家的口音也跟他们收购的茶叶一样南腔北调。

林家的店开在茶街上有十多年了,林秀五年前全面接管经营大权,父亲负责茶叶的收购和拼配,店里的主要用茶是南线乡镇的传统重发酵乌龙茶。这几年,父女俩分工合作,联手干成了好几件大事。三年前,一家上市公司的五百份单价一千元的中秋节茶礼找他们定制;两年前,他们在省城开了第一家分店;去年,他们成了国内一个大品牌茶饮品企业的乌龙茶供应商。仔细回想,这几年与北线乡镇的茶农茶商少有生意往来,更不用说有什么过节,或者什么生意上的矛盾和纠纷了。她到底是谁?她究竟想干什么?

林秀搜肠刮肚,还没想出个所以然,女人的态度又来了个一百八十度大转弯。她的皇口架势又起来了,叫嚣道,你说吧,"隐芳"什么价?不就是钱嘛?!钱不是问题!

那你说,你的茶是哪一泡?林澜笑笑,指着桌上的两泡茶,问女人,这一泡,还是那一泡?

女人这才认真地品了品,然后指了指林澜右手位置的茶说,这个,这个是6号茶。

林澜摇头笑笑,连抽了两口烟,又吐了两口烟。

我就不信了!这个肯定是我的,是6号茶。女人的皇口一下子又回来了。她把茶倒扣在瓯盖上,这时盖瓯底的数字显露了出来,那是一个红红的"3"。她还是不肯罢休,把另一个盖瓯里的茶也来了个倒扣,再一看,瓯底的数字分明是"6"。女人并不服气,她指着林澜说,一定是刚才我不在,林师把两泡茶给调了个个儿,对不对?对不对?

你这说的什么话?我爸吃饱了撑的倒过来倒过去?林秀非常生气,起身准备送客,说,好了,已经很晚了,我们准备休息了。至于"隐芳",我不知道你是真喜欢还是假喜欢,我可以送你几泡。买的话,就算了。说着,她进屋拿了五泡"隐芳"出来,走到女人身边,放到她面前的桌上。

等等!女人朝空中一个挥手,急忙喊停马上要转身走的林秀。她把五泡茶推向对面的林澜,侧过身子对林秀说,如果你觉得十万还不够,尽可以大胆地说!我今天就把话放这儿了,你出什么价,我都接受!

就你这语气,感觉你都可以吃下我们整条茶街了!林秀"噗"的一声笑了出来。

话都说到这份上了,我也不怕谁笑话。整条茶街我是吃不下,但就你店里这一斤十万的几斤茶,甚至就你这家店我还真吃得下!女人的语气越收越紧,越变越硬。她腾地站起来,指着林秀说,你开个价,我分分钟就可以把这小店给收了!

你是谁呀?凭什么你说收就收啊?林秀也急了,一手拍在桌上质问她,我们凭什么要把店卖给你?

凭什么?林师不是所谓全县最德高望重的老茶师吗,敢不敢跟我打个赌啊?

在场的都可以做证,我们今天就打个茶赌!我们一人出一泡茶,如果你赢了,我真金白银赔你们二十万,而且我立马消失,从此不再踏进你们店。如果我赢了,你们就把店卖给我,从此以后不再做茶生意,不再祸害人!

谁祸害人了?你把话说清楚。林秀的手指直戳戳地戳向女人,身体也紧跟着逼近,两个女人间的大战眼看一触即发。林澜左手一抬,像一道命令止住了林秀的继续进攻。他掐灭了手上的烟头,不紧不慢地说,茶叶是用来做,不是用来赌的。

好,那咱们就斗茶。女人把手一扬,挑衅道,敢吗?林师!斗个有年头的!

七个盖瓯和七个茶碗全部清掉,重新换上两个盖瓯,与每个盖瓯对应着排出五个茶碗——这是准备五冲茶水决胜负了。一切准备就绪。女人拿出的是一泡二十年的"老铁",最简易的单泡真空包装,没有企业名没有产品名。林澜问清了年份,打开靠墙的柜子,从最下方取出一个大罐子,罐子上标注着"2002"。他用手扫一遍围观的人群,对女人说,公平起见,你随便指定一个人来泡。

女人指定的是后面跟进来的一个瘦高个儿,也是张很生的面孔。他问,泡几克?女人答,七克。众人刚要转过身去,林秀突然说,不行,万一他做手脚呢?公平起见,我们也要指定一个人。众人都认为有道理,并推举了隔壁店的店主。女人没有反对。

房间里异常安静。只听见"窸窸窣窣"拆袋解袋的声音,听见茶颗粒"唰"地倒进天平托盘,再"噗""噗"继续加一颗、两颗进去,然后一下倒进盖瓯里。又听见罐子被打开的声音,听见茶颗粒先密后疏倒在天平托盘上,然后"噗"的一声后,泡茶的人拍了拍手说,好了。众人围过来站在桌前,他们很自觉地给林澜让出最居中的位置。林澜也不客气,往前一站,俯身拿起两个盖瓯,一看,再一闻:都是非常漂亮的铁锈色,都是大小非常均匀的茶颗粒,都是非常清新纯粹的陈年香。盖瓯放到一半,林澜有点迟疑,又拿起来闻了一遍。他一脸严肃也不说话,其他人也不敢在鲁班门前弄大斧,索性就都保持沉默。有那么一小段时间,大家只是静静地看和听,只有水流出壶入瓯的声音,只有瓯盖与瓯身轻轻相碰的声音,只有水流出瓯入碗的声音,只有汤匙与茶碗相碰的声音……当一股淡淡的檀木香氤氲在屋内,先是什么东西凝固了,什么东西缓下来了,紧接着又是什么东西迅速炸开了。

哇!哇!有人闭上眼睛猛吸几口,不住地夸赞道,是非常好的老铁香!

太棒了!肯定都是极品老铁!好得不行!有人说。

先后提过两个瓯盖,闻过两泡茶香,林澜的表情凝住了。他在两个盖瓯间反复提盖,反复嗅闻。众人一闻,香气确实有点类似,难怪林师会不好拿捏。茶汤一出,几乎同样浓淡明亮的琥珀色。现在,就看汤水的口感了。林澜舀两勺左碗茶汤入口,倒还平静,右碗茶汤一入口,他的手颤了一下,再一入喉,他的眼眶已经是湿的了。他颤着声音问女人,你,你这是王运来的茶?

王运来?林秀怔了一下,急急问父亲,是很久很久以前欠你钱没还的那个王运来?林澜不置可否。该是二十年前的事情了吧。那时,铁观音正风靡全国,林家还在老家街上的茶铺收茶卖茶,每年春秋两季到茶铺来收茶的茶商里就有王运来。那年秋茶上市,王运来从广东回到安溪收茶。有一天,他到茶铺来,放茶假的林秀也在茶铺里帮忙。他请林澜去一个制茶能手家帮他把关一泡好茶,约定按照购买总金额支付10%的手续费,好奇的林秀也跟去看热闹。才到茶农家,茶叶刚刚完成第一次包揉和第一次烘焙,来自广东、东北、北京的几个茶商直接就开价抢购了。有人出价五百元,有人出价六百元,有人出价八百元,茶商们一个个摩拳擦掌,围观的人也跟着热血沸腾。王运来正想出价八百五十元,林澜拦住了他。

你们这是在干什么?在竞拍吗?林澜一边喊停了茶商的叫价,一边又给茶农上起了思想课。他说,怎么可以把茶叶的买卖当成赌博?茶叶卖什么样的价钱,关键还是要看这泡茶叶本身值不值这个价。等它制作完成,它是好茶就该值好茶的价,它是一般的茶就该值一般茶的价。现在工序还没全部完成,这泡茶的最终质量还有很多不确定的因素,你们这样叫价对制茶和买茶的人都不公平,对这泡茶本身也不够尊重。三两句冷话让现场的人回归清醒。几个小时后,成品茶完全出乎大家的意料,茶商们纷纷选择放弃,王运来犹豫不决。林澜说,论当下,这泡茶可能卖不出好价钱,但若论十年后,这泡茶的价值不可估量。王运来听了他的建议,以每斤二百六十元买下那一天总共两担左右的茶叶。结账的时候,林澜还帮忙垫付了五千元。那以后,王运来像是消失了,再没跟林澜联系过。

女人也跟林秀一样怔住了。她还没回答,旁边的人已经先雀跃起来。有人惊呼说,天啊,连谁的茶都喝得出来吗?!有人认识当年的王运来,却也表示怀疑道,不可能吧,二十年了还能喝得出来?大家七嘴八舌地说,争先恐后地舀起茶汤又是咂又是啜。有人说左边盖瓯的茶好,更饱满更纯粹,有人说右边盖瓯的茶好,更细腻更绵软。女人这才反应过来,几乎和林秀同时舀了这一碗茶汤,又舀了那一碗茶汤。两口入喉,女人几乎合不上嘴了,她又来回多喝了两次。林秀直接问林澜,这茶怎么那么像?她刚说完,众人又各说各好,各有各的道理,各有各的依据。林澜努力平复了自己的情绪,缓缓地说,如果我没有判断错,这应该就是二十年前的同一泡茶,只不过储存在不一样的环境里,所以造成了细微的差别。他的目光犹豫地看向女人,女人迎着他的目光,回应道,我是找王运来买的茶没错!你的呢?这难道真是同一泡茶?这怎么可能,你怎么会有王运来二十年前买的茶?听他——孩子说,那一批茶叶他全部买走了呀!

那批茶叶王运来全买走了没错。当年我没收他的手续费，只要了他十斤茶叶。我知道这茶多放几年会更好，但我真是想不到它会好到这种程度。几分小小的骄傲从林澜的口中流出，爬上了他的脸、他的眼。他说，这泡老铁到目前为止真是战无不胜！

亏您这大茶师还能记得王运来的好！他的茶让您战无不胜，可您知道您把王运来祸害成什么样了吗？我今天就是替王运来打抱不平来的，我必须替他讨个说法！女人像是一只手扣住了机枪的扳机，"突突突"地冲着林澜一番快速扫射。

真的是王运来的?! 王运来怎么啦？他还好吗？他现在在哪里？被扫射的林澜没有躲，捡起地上的子弹壳一颗颗地递还回去。

在哪里？在天上看着你呢！女人说话的音调突然高了起来。她讲起当年王运来听信了林澜的话，说是那一年的茶叶是十年来最好的，借了高利贷买了很多安溪茶，运回广东后，仓库里几乎都堆满了。一开始，每天都有很多人来看茶，却只是看。后来，有人试着出价，一斤一百多元，两百多元买的茶叶居然有人敢出价几十元钱，而且，一个比一个出价低，一周比一周报价低。再后来，连看茶的人都没有了。临近春节，债主每天都到家里"上班"，各种威胁各种恐吓。除夕前一夜，王运来找来一辆大货车，连夜把家和仓库都搬到广东一个亲戚办的工厂里。春节后，情况还没有好转，两个正在上高中的孩子也不敢去学校，只能办了休学。到了第二年四月，眼看春茶收购马上开始，价格还是上不来，没办法，他只能低价卖掉八担，剩下最后两担死活不肯卖。收到茶款后，他跟亲戚转去买了其他茶，好不容易缓过劲来，两个跟着他收茶卖茶的孩子散了半年的心却再收不回来了，先后退了学。所有人都说他是被人骗了，他不信。他每年都会拿那茶出来泡，越泡感觉越差，泡到第四年，他彻底绝望了。从那以后，那茶就被扔在仓库里没人理会了。后来仓库里又进了其他各种茶，大家慢慢就淡忘了这个事。几年前，王运来得了老年痴呆，更不记事了。有一天晚上，他突然想起了那些茶，半夜要跑去仓库看茶，结果迷了路，莫名其妙掉进了湖里，第二天被发现的时候，早就断了气。女人说着，情绪越发激动起来，说，你知道他被捞起来的时候是什么样子的吗？女人问着话，拼命摇着头，像是在极力否定着什么，眼泪已经挡不住地往下掉。

怎么会这样？怎么会这样？林澜一个趔趄跌坐下来，林秀赶紧跑过去扶住他，她用手势、用眼神、用嘴巴跟围观的人一个个打了招呼，示意大家离开。有人开始往外走，瘦高个儿望向女人。女人看一眼林澜，急急跟上往外走的人，伸手往他们面前一拦，说，都不能走！今晚你们通通都要在这里当见证人！林秀还想劝大家，林澜喊住了她。众人重新入座，他请女人也坐下，女人并不领情，双手交叉往胸前一抱，侧着身子往墙上一靠，就那么斜斜地俯视着林澜。那目光冷峻得像是一把利刃，轻轻一甩，就足以把一个人死死钉在位置上。

林澜有些艰难地重新站起，走向女人，说，每个人都要为自己年轻时的张狂付出代价。那年的茶确实是那十年里最好的，甚至可以说，那之后的十年也比不过那一年的好。但是，好的东西没有遇上懂的人、喜欢的人就显现不出好。当年的我太自信了，我以为这样的好茶随便收，一定是有市场的，我忽略了那几年市场风向转变迅速，很多人更喜欢爽口度高一点、发酵度轻一点的；我以为这种风向顶多吹个三五年，再说了，广东那边老茶客多，应该会有更多人喜欢传统口味，我没想到，这种潮流居然风靡了十几年，到这几年才重新回归传统口味，重发酵的茶才越来越受欢迎。我也忘了，运来手头也没有多少钱，根本禁不起一批茶叶在手上压几年。资金转不动，什么都白搭——何况他又经常有搏一把的心理……末了，他有些庆幸地说，还好，那次他只买了两担。

他何止买了两担！女人的背瞬间脱离了墙，很激动地说，不是你跟他说的吗，这种茶，只要低于两百元，有多少就可以收多少？那制茶师傅不说是你家什么表亲吗？王运来买了他和他亲戚不下十担那种风格的茶！

我当时——我——这——林澜吞吐着字句，不知该怎么解释。缓了一会儿，他转而说，这种茶，头一年喝也不错，中间的三四年味道是最差的。就像人在成长中的叛逆期，那阶段正是它各种吐青转化的重要过程。过了那几年，五年后，吐青吐完了，转化也稳定了，它就怎么喝怎么好了。讲着讲着，林澜问女人，你确定四年后，他没有再喝过？

没有。女人面无表情地回答说，越喝越难喝，再喝还有什么意思。

唉——林澜一声长叹道，这么多年，运来一直没有再跟我联系，我就估计那批茶肯定让他吃了苦头，但没想到会这么严重。那种茶是正宗的传统味，是我小时候喝的那种筋骨很重的茶。说实在话，当年没几个茶师能做出这种茶来，也没几个茶师敢做这种风格的茶。我知道假以时日，这种茶肯定会火，可我完全没想到，这一等居然要二十年。我自己那年也收了一些，但都卖得很不好。卖不出去也好，现在都成老茶，成了宝。三十年河东，三十年河西，这几年"老铁"非常风靡，这种上了二十年又是传统重发酵的，优势全面显现出来了。

是啊，老值钱了！林秀特别骄傲地补了一句。

值多少钱？女人又问。

一斤至少也要五……林秀的心比父亲的更直、口比父亲的更快，但父亲用一个眼神拦住了她。他对女人说，我曾经给他打过很多次电话，手机一直没人接，后来干脆就停机了。我也曾到广东去找他，知道他搬家了，却不知道他搬去了哪里。如果当年他再回来找我，说不定我还可以帮得上忙。

帮忙？怎么帮？拿什么帮？女人的话语里极尽嘲讽与挖苦，一句叠着一句释放着杀伤力。她冷冷地说，你现在让我收购了便是对他最大的帮忙。

这事跟收购有什么关系？林秀觉得女人简直是在无理取闹。

做人都做到这份上了，你们怎么还好意思卖茶？女人连嘲带讽，每句话都翻着江倒着海，风不大浪却高。见林澜不接话，她打开身上的大挎包，取出两大捆钱说，你对王运来无情，王运来对你不会无义。我这次来就是受王家委托，替他还二十年前你帮他垫付的五千元茶款。刚开头确实是没钱还，到云南后，日子一点点好起来，他好面子，想着等再好点多还点。后来，人就傻了，糊涂了……这是二十万元，算作利息，也算这些茶的溢价吧。

不不，林澜做了个挡的动作，把钱推回女人面前，说，我绝对不能收这些钱！我绝没有收这钱的道理！你把这钱给还回去！

女人直勾勾地盯着林澜，突然问道，王运来有这样的姿态，你不觉得你应该有所表示吗？你不觉得你应该把不属于你的东西还给他吗？

你……林澜嚅动着嘴唇，好半天说不出一句话。

你说什么呢？你怎么可以血口喷人？林秀怒指女人发问。什么不属于我爸的东西？

我说什么你爸知道。女人轻轻地"哼"了一声，然后是一阵冷笑。

林澜有些激动起来，声音颤抖得厉害。你能不能告诉我，你怎么会去买运来的茶，你一定跟他们家很熟吧？他的孩子呢，现在都在做什么？日子过得好吗？他们现在住在哪里？

这些就不劳你老人家操心了！你老人家把这钱收了，他就不欠你了。你再把王家的东西还给他，你就不欠他了。

东西我可以还给他，但我需要跟王家的人见面才行！林澜说得非常平静。

这——女人突然卡住了。我就是王家的人！我是王运来的女儿！

现场顿时像炸开了锅，林澜却像是一点都不意外。他不再说话，反身上了楼，几分钟后又回来时，手上多了一个小木盒子。那个小木盒子林秀从小到大只见过两次，第一次是在二十年前了，那段日子，她刚放过茶假，王运来几乎天天来家里。一天晚自修回家，她听见父亲与王运来在客厅吵架。他们应该是在争执什么，父亲非常生气，甚至还说出了"猪脑"这样的词。不一会儿，王运来骂骂咧咧地走了。她偷偷凑到父亲身边，却见他身边的桌上放着一个打开的小木盒子，盒子里装着一块绿色玻璃样的东西。她忍不住上前就要拿，父亲一手就挡住了，说，不能碰！看他一脸严厉，她只能断了念想。再看到它已经是五年后了，那一年，也是秋茶上市的季节，她回茶铺帮忙。父亲到广东转了几天回来，一脸的不开心。林秀帮他收拾行李箱里的换洗衣服时，掏出来一个衣服包裹住的小木盒子。她打开一看，是一个挂坠。挂坠是个非常鲜亮的翠绿色的佛像，那佛像嘴角含笑，眼帘低垂,有一种处事不惊,万里无云的意境。她拿手电筒一照,天啊,完全透明的。她抓着那个挂坠,兴奋地跑过去问父亲,这个佛公可是翡翠?是玻璃种的吗?您哪里来的这么好的佛公?是给我的吗?这个值不少钱呢!

不!这是别人的!林澜硬邦邦地说着,生硬地把玉坠拿过去,重新装进盒子里,拿着盒子进了自己的卧室。他的卧室里有一个小小的保险箱。

此刻,林澜一脸神圣地打开了小木盒,盒子里果然就装着那尊玉佛。女人拿起玉佛左看右看,眼里满是挑剔,满是狐疑。她甚至打开了手机的手电筒上照下照,而后又从自己脖子上解下那个满绿观音。当两个玉器同时摆在她又白又嫩的左手手心上,林秀惊奇地发现,它们简直浑然一体。一样翠绿,一样剔透,一样起荧光——玉观音多了几分温润的感觉。女人紧紧地握住左拳,贴着自己的胸口,冲着林澜丢出一句,说吧!

简简单单的两个字,却写满了主人的傲慢和不屑,像是一个接受投降的君王等着对方提出什么不合理的条件。

要说什么?这东西放在我手上这么多年,我都担心把它弄坏了,或者弄丢了。林澜哈哈一笑,说,好了,好了,今天总算可以让它物归原主了。

没了?你就没有其他什么想说的?

没了。

这东西就这么给我了?

对。

你就那么相信我是王运来的女儿?

所有的信息都对得上,没什么好怀疑的,而且……林澜指了指自己的脸,说,有些东西不用多说,都写在脸上呢!

总算是落幕了,演戏的人卸妆去了,看戏的人也纷纷散了。等最后一个客人出了店门,快憋坏了的林秀终于可以开口说话了。她迫不及待地问,就这样白白给她了?王运来欠的两万五千元也不要了?

那些钱这十斤茶早就挣回来了。林澜指着盖瓯里的老铁说。

为什么不告诉她,你只是让他爸买了那两百斤,另外那八百斤你根本不知情,也不是找咱们家什么亲戚买的,是他跟人在赌桌上赌回来的?你不是一直说他有赌徒心理吗,他肯定就想一次性搏一搏,搏对了就赚大了。你一直告诉他,做茶就是做茶,心里要先想茶再想钱,不要一门心思往钱里钻。他不听你的才会这样。

人都走了,还是让他留一点好印象给孩子们吧,说那些干什么,难道还让人家真的感激你?怎么感激你,真的要接受人家的二十万元?她父亲已经去世了,一切都过去了。

可你对他家有功啊！这茶不要说卖一斤一万元，就是卖个五千元，一百万元就已经摆在那里了。

可我让他们家的幸福迟来了二十年，我何功之有啊？林澜反问道，当年，我如果不让他买下那两百斤，他就不会有后头去动那八百斤的心思。或者说，如果我后来不再借给他那两万多元，他也不可能再去买别人要转手的茶叶。当年我就告诉他，这可能就是别人做的一个局，专门把他当猪宰的，可他就是不信。现在看来，肯定就是了，不然怎么会有那么巧的事？正好他那天带了一块祖传玉坠在身上，人家正好就约他上牌桌，正好人家就输了，要拿茶抵债，正好他就想买茶，而赢钱的正好就看中他手上的玉坠？哪那么多刚好，上了赌桌，还有什么朋友可论的。可我要不借给他，他可能就把玉坠给当出去了……

正说着话，林秀的手机响了，有人让她到门口收货。很快，两大箱茶叶被搬进了店里，箱子上标注着"2002 王"的字眼，起码有一百斤。父女俩相互一问，谁都没有订这样一批货。她又问送货的人，送货的也说他不知道。正在犯难，那个女人的微信来信息了，只有短短的一句话：我爸说得对，世间还真的有诚实正直的人在，一直有。林秀把手机递给父亲，轻轻地说，是刚才那个女人。她指着那两箱茶，问道，难道会是她？难道是那泡茶？不可能吧?!

林澜沉默了。林秀又想起了另一个问题。她问，第一轮斗茶是怎么一回事？为什么你一会儿说没有我们的茶，一会儿又说有？

她应该是把我们的茶和她的茶拌在一起了，所以3号和6号盖瓯里的茶才会那么像。

天啊！林秀惊叫一声，又无奈摇头道，这个女人，还真是带皇口啊，带大皇口的！

【作者简介】林筱聆，女，1975年生于福建安溪，福建省作家协会副主席。著有长篇小说《香见》《茶王》《心弈》《女镇长》及中短篇小说集《佛跳墙》《秘密》等。作品见于《人民文学》《中国作家》《北京文学》《啄木鸟》《作品》《山花》等刊，部分作品被《小说选刊》《中篇小说选刊》等刊转载。

芳邻

◎ 张 者

　　天亮了,小区里的鸡叫了。

　　蓝家老太太起得早,她开始习惯了在鸡叫声中起床。相比来说,她的女儿蓝清芳就不一样了。著名律师蓝清芳被鸡叫声吵醒,她愤怒地用被子蒙起了头,在迷蒙中恨恨地发誓,起床后就把鸡杀了。蓝老太太让保姆把鸡窝垒在一楼的窗外,鸡叫声顺墙爬上二楼,通过二楼卧室的窗户到床头,直击蓝清芳的耳膜。鸡叫声离蓝清芳太近了,简直就在耳边。蓝清芳有些抓狂,心里怨着老妈,谁让你养鸡的? 这是别墅,又不是你的蓝家庄。

　　蓝老太太起来也没什么要紧的事,只是老年人睡不着罢了。她手里拿把修枝剪,开始在院子里溜达。见了有什么不顺眼的,咔嚓一下,将疯长的枝叶剪去,十分地爽,立刻就找到了手握生杀大权的感觉。她家的那些树呀,花呀,草呀,菜呀,闻风而低头,怕得要死。它们感知到老太太来了,杀气阵阵,本来正昂起头准备沐浴早晨第一缕阳光的,本能地又把头缩回去,作低眉顺眼状。

　　这是一个星期六的早晨,南郊别墅区里显得很宁静。从每一家门口停着的车来看,这个周末又回来了不少人。那些在城里上班的,奔忙了一周,累了、乏了,周末到郊区的第二居所享受一下清静。只是,这宁静被鸡鸣声打破,又被狗吠声搅乱。听到鸡叫声冰冰和豆豆这两条小泰迪再也按捺不住了,它们开始叫唤,闻声凑热闹。它们的妈妈刘姨,只好将它们放出来遛遛。蓝老太太见了刘姨就喊:"冰豆妈,这么早遛狗呀?"冰冰和豆豆就汪汪叫,算是答复。

　　两条小狗的叫声并不大,却惹得整个小区的狗都叫起来,成了大合唱。蓝老太太对于鸡鸣狗吠已经习以为常了。离开蓝家庄随女儿进城后,就没有了鸡鸣狗吠的日子,自然就没有了日出而作日落而息的日子。城里满耳都是汽车喇叭声。那些汽车喇叭从早到晚没有停顿，没有节奏感，混沌无边，让人心慌。就像在声音的温水中煮，不知道什么时候才是个头儿。蓝老太太闹着要回老家蓝家庄，这时，蓝清芳的别墅刚好装修完，让老爸、老妈搬进了别墅住。蓝老太太住进别墅，没有了汽车喇叭声，又觉得太寂静，好像少了点什么。于是，她到镇上赶集一下就买了十几只童子鸡，公母搭配。这些童子鸡本来是买来杀了吃的，蓝老太太却开始喂养，没多久公鸡就开始打鸣，母鸡就开始下蛋了。这下蓝老太太找到了感觉，那些乡村记忆伴随着鸡叫声像从一张旧唱片中播放了出来。蓝老太太的心有了着落，也不慌了，过起了自己习惯的日子。

蓝老太太在自己家门前的那棵月季树前徜徉，这是一棵树桩月季，叫安吉拉，开得水红盈盈，精灵乖巧。她又喊了一声："冰豆妈，你看这花开得多好。"

刘姨不太喜欢蓝老太太叫她冰豆妈，只是笑笑算是答复。冰冰、豆豆毕竟是两条狗，冰冰是一条白色的，豆豆是一条咖啡色的。平常自称两条狗为乖儿子，心肝宝贝样，可人家真叫她冰豆妈，她心里还是有些别扭。冰豆妈毕竟是某上市公司的财务总监，刘总监在公司牛着呢，总经理都让她三分，称她刘姨。

别扭归别扭，但毕竟是对门邻居，况且蓝清芳又是自己的好友，新闺密，听习惯了也就罢了。冰豆妈就问："你家清芳起床没有？"蓝老太太回答："从美国回来，要倒时差，不睡几天才怪。她买了这别墅，就没怎么回来住过，全世界到处跑，这儿成了我的养老院。"蓝老太太话中含嗔，音中却有傲娇。冰豆妈说："还是你好，能天天在这儿住，我们还要上班，周末才能来。明年退休了就在这儿养老了，种种花、种种菜，多好。"蓝老太太说："我们家清芳负责种花，我负责种菜。她会悄悄在我的菜地里种花。"冰豆妈说："清芳说你会偷偷把她的花移了，种菜。你们娘儿俩谁抢谁的地盘说不清楚。"蓝老太太就哈哈大笑，说："种那么多花干什么？只开花不结果，又不能吃……"

冰豆妈正和蓝老太太说着闲话，突然发现冰冰、豆豆不见了，这可吓了冰豆妈一跳，连忙喊着"冰豆、冰豆"，跑着找狗去了。

这时，隔壁老王也被鸡鸣狗吠声吵醒了。王文元是一个编剧，写抗日神剧的，睡眠不好。最近刚接了一个活儿，这次是抗日谍战片。既然是谍战，那就要搞阴谋诡计。不能用手榴弹打飞机，也不能手撕鬼子了。老王心里的那点阴招和损招都用完了也才完成一半，接下来怎么编，让老王挠头。老王想着到郊外的别墅住住，放松一下，睡个好觉，找找灵感。老王是周五下午来的，从沸腾的闹市区突然来到郊外，仿佛一切都尘埃落定了，心儿猛然落地了，这对一个靠写作为生的人来说无疑是好事。老王先是在自己院子里浇花、浇菜、剪枝，又在小区内遛了一圈。他先是被小区各家品种繁多的月季花激发了，然后又被那些散步的小媳妇触动了，特别是见到邻居蓝清芳，真的让他心中一颤。蓝清芳是标准的成熟知识女性，身高有一米七,白领丽人,打扮讲究入时,内敛、自信、独立、不卑不亢,比那些矫揉造作的二流女演员不知高级多少倍。那些女演员为了让老王在剧本里加戏都是直打直上的,害得老王妻离子散,家破人要活,成了没有钻石的王老五,嘿嘿。

老王见了邻居蓝清芳不由得上前打招呼,两个人立在门廊下聊了两句,话虽投机,却被蓝老太太打断了。蓝老太太大惊小怪地喊:"蓝清芳呀,你怎么又把花种在我菜地了?"蓝清芳去和老妈理论,王文元只得和蓝清芳告别。意犹未尽的老王回到家,坐在电脑前愣了一下神,居然就灵感大发,一口气干了一万多字,整整一集。老王在电视剧里加了个人物——一位代号"清风"的军统女特务,她打入日本人内部,这当然就有戏了。那清风就是"清芳"的谐音,就是以蓝清芳为模特的。老王凌晨三点上床,想着终于可以睡个踏实觉了,至少睡到中午十二点,没想到鸡叫声突然响起。那叫声开始仿佛很遥远,犹如在梦中,有点像电视剧中鬼子进村前烘托的宁静。不久,鸡叫声越来越悠扬长久,越来越自信,越来越过分了,一下又一下地啄老王的太阳穴,老王不得不醒了。

这是什么情况?谁家居然在别墅区养起鸡来,物业不管吗?

想起物业老王心中就有气,老王门前公共领域有一丛丁香,春天开得好,紫色花都挂在朱色的门楣之上了,香气宜人。只是花谢了,就成了繁茂的灌木,枝叶把门都封了。老王早就通知物业剪枝,可物业只答应却不见动静,上次回来老王就自己动手了。那些剪下来的枯枝败叶居然现在还堆在门口没人清理。还有后院的小溪,买别墅时老王就喜欢这种有水的户型,想着溪水清澈、鱼虾嬉戏、荷花绽放的情景,为此老王多掏了十来万块钱。没想到物业为了节约成本,放水越来越少,现在成了臭水沟,成了蚊虫的天堂。

老王在半睡半醒中恨着物业,又迷糊过去了。老王刚睡了一会儿,新的一轮鸡叫又开始了。这次鸡叫和上一轮不同,上一轮是公鸡打鸣的声音,高亢有力,一唱雄鸡天下白嘛。这次是母鸡叫,咯咯哒,咯咯哒……而且不是一只鸡,是多只鸡。叫声中有喊的成分,向蓝老太太邀功请赏,当然也有滥竽充数的。鸡叫声没完没了,其间还伴随着公鸡调戏母鸡的嬉笑声,小母鸡大惊小怪的撒娇声,叽哇乱喊,嘈杂混乱。

老王愤怒地看了一下表,才九点多,不得不起身去关窗户,没想到正和蓝清芳碰了一个照面。蓝清芳也迷迷瞪瞪起身关窗户。关窗户是两个人潜意识的事,目的都是想把鸡叫声关在窗外,再睡一会儿,关键是两个人都是从床上不情愿地起来,穿戴自然就不讲究了。老王裸着身子,这对男人来说太正常了,在风和日丽的五月,脱光了盖床薄被裸睡是人生之享受。关键是你男人要爽,人家女人也要舒服呀。平常只要出门蓝清芳穿戴都是一丝不苟的,怎么搭配,什么品牌都有讲究,可是睡觉时却和老王一样,也是裸睡。王文元家和蓝清芳家虽然隔着院子,中间还有围墙,可直线距离也就二十多米。两人临窗相望,一下都愣住了。蓝清芳那美丽的乳房在早晨八九点钟的阳光下明亮、精致、灿烂。蓝清芳家院墙边种着"欧月",那些叫"自由精神"的花朵开得轰轰烈烈,然后自由地翻越围墙在老王家的这边展示着美丽。老王被那些花朵刺激了,也被蓝清芳的乳房刺激了,总之眼睛一亮,被闪得眼前一片空白。

也就是一瞬间,两个人连忙关窗拉帘。老王猛地扑到床上,那美丽的画面定格在脑海里。花与乳房,在老王的脑海里染成了一派粉红。那些自由奔放的欧月开得大若乳房,那没有了束缚的乳房同样也自由奔放,灿若花朵。老王被鸡叫声弄坏了的心情,被花与乳房照亮了。

蓝清芳以同样的姿势扑到了床上,心里咯噔一下。完了,走光了,并非逆光,一切都暴露在光天化日之下。都怪这些该死的鸡。

这个隔壁的老王,蓝清芳其实并不了解,虽然是邻居,由于是第二居所,你来我往,难得碰面。蓝清芳只是从老妈那里听到一些他的情况,说隔壁老王是一个编电视剧的,经常有漂亮女演员来。蓝清芳没看过隔壁老王的抗日神剧,也不想看。蓝清芳觉得自己的经历比任何一部电视剧都精彩。蓝清芳未婚,却有一个儿子,八岁了,在英国留学,是名副其实的小留学生。这事也是蓝老太太的心病,这不是私生子嘛,村里都叫野种的。蓝清芳对这种说法不屑一顾,什么私生子,什么野种,这是一种人格歧视。法律规定非婚生子女和婚生子女具有同等法律地位。女儿一谈绕口的法律,蓝老太太就不言语了,她知道女儿是大律师,你说不过她,甚至都听不懂她在说什么。不过,蓝老太太还是拎得清的,女儿的事和邻居闭口不谈。有人问到女儿婚姻,老太太就叹气,说追求清芳的优秀男人多了,人家一个都看不上,就是要单身。

蓝清芳和老王被这一折腾,弄得睡意全无。两人打开手机,发现在小区业主群里已经有上百条信息了,都是谈鸡论狗的,特别是关于小区养鸡的议论都霸屏了。

小区有五百多户,由于入住率不高,业主群里也只有二百多人。一户中有的夫妻、子女都入群了,群里最多有一百多户主。这是一个独栋别墅项目,现在已经很难批别墅用地了,这样的楼盘就成了稀缺产品。再加上四周是高尔夫球场和水系,风景优美,房子早已售罄。可是,这么个好地方入住率却不高,究其原因其中肯定有投资购房的,买了就放那儿了,等待升值;还有,就是买了为将来养老,等着退休;已经入住的应该属于会享受生活的那类人。冬季关门闭户,夏季来住,在院子里种花、种菜、栽果树。工作日老人守,周末来度假。

二百多人的群算个小群,但群里却极为活跃。发言的人较多,说话都充满了自信,都是直截了当的。能在这个小区买房的都是各行各业的精英,有大学教授,有企业高管,有著名律师,有媒体中人……都算是成功人士了。不成功能买得起别墅吗?当然,这个项目就是为中产阶层量身打造的,真正的富豪又看不上这里了。这样一群人暂时离开了原有的生活轨迹,没有了约束,一下就活泛起来。企业高管没有了公司员工,著名律师没有了当事人,大学教授没有了徒子徒孙……总之,没有什么好顾及的关系,也没有什么利益冲突。大部分业主都不曾碰面,更不了解各自的历史,只在业主群里认识。散步时碰面了也对不上号,在群里连网名都退居二线了,名字都成了房子的编号。这些人来到郊外好像一下就放开了,不再谨小慎微,无须藏着掖着,何必端着摆谱,解放了,展开了,性情中人了。大家只有一个身份,那就是业主,所有人的关系都是邻居。

这个周末出现了新情况,业主们本来是来找安静的,却被鸡鸣狗吠声骚扰。1501业主把小区的鸡叫命名为"半夜鸡叫"。1501的业主说的当然是有道理的,有的业主凌晨三点才睡下,周末要睡到中午十二点的。五点钟鸡就叫了,这样算来可不就相当于半夜鸡叫嘛。1501的命名遭到了1508业主的反对,认为这种说法哗众取宠,半夜鸡叫是地主为了让长工起来干活儿,现在谁是长工,谁是地主?要说地主,大家都有院子,都算地主。1508和1501两家因狗生隙,曾有过节,无论谈什么问题,正确与否,在群里总是针锋相对的,见面就掐,没有什么客观性。

1616业主认为在小区养鸡是严重扰民行为,在市区谁家养鸡,肯定会被物业罚款。养鸡不但扰民,而且不卫生,臭气熏天的。如果染上了禽流感,直接威胁到每一个人的生命安全。

1616业主说话直来直去,绝不留情面,在小区属于著名人物。说她著名是因为她家不养鸡、不养狗,却养鹦鹉。她家那只鹦鹉,和人没学好,见了来人的问候语就是:"傻×,傻×……"搞得邻居不好意思去她家串门。1616业主收拾了几次鹦鹉,没想到这鸟对着主人照样喊:"傻×,傻×。"鹦鹉可能不懂人话,却学了一句人话,只会说一句人话吧,却又不是人话。其实,在鹦鹉看来,"傻×"和"你好"没有什么区别,只是人听了不舒服罢了。在鹦鹉不绝于耳的傻×、傻×声中,邻居再谈到1616业主时就称呼她为"傻×它妈"了。这称呼1616业主听到会不高兴,但却好记也好玩,有笑点。"傻×它妈"很快流传并演变成了绰号。不知道1616业主是否知道这个绰号,要是知道了,肯定会气疯,就她那火暴脾气,不找上门才怪呢。不过,这绰号只是大伙儿背后用,见面可不敢这样叫,傻×它妈姓王,陕西人,大名叫王西凤,业主们当面都尊称她一声凤姐,只有背后谈到1616业主时,才会用傻×它妈这个绰号。

在一个新社区,用门牌号码代表每一户人家,这是业主群的基本要求。业主一入群,群主就发公告,其中一条就是"请备注房号"。其实,用房号代表每一个活生生的人既没有特征,也没有生命气息,而且数字容易混淆。可是,不备注房号你就更分不清楚谁是谁了。大家到了郊外，相互又叫不上来名字，按照郊外村里生活的习惯，往往会用孩子之名指代爹妈。可是，买别墅的六○后比较多，孩子往往都大了，就像出窝的小鸟早飞了，六○后又生不出二胎，年过半百又爱心泛滥，只能养宠物，邻居们就用宠物名指代户主。

这样，在群中用编号，在自己微信中就可以再备注，蓝清芳就是这样备注的。比方：1616（傻×它妈）；对门邻居刘姨房号是2109，在蓝清芳这儿的微信名就是：2109（冰豆妈）；1501（金莲妈），因为1501业主有一条狗叫潘金莲；1508（二流子爹），因为1508业主的狗名字叫二流子。

蓝清芳的房号是2112，蓝清芳没养宠物，却喜欢养花。王文元后来把蓝清芳备注为：2112（自由精神它妈），王文元觉得用"它妈""他妈""她妈""他妈的"备注都不妥，后改为"自由精神"。这个备注让老王在相当长一段时间都浮想联翩，这算是对那天早晨的纪念吗？蓝清芳把王文元备注为：2113（隔壁老王）。蓝清芳看到这个备注就想笑，"隔壁老王"这尊称属于网红名，含义深刻，耐人寻味，属于重点防御对象，哈。

王文元一看"傻×它妈"的留言，觉得应该替"自由精神"说句话，省得其他业主也起哄，让蓝清芳下不了台。任何事情都是这样，要提前引导舆情，最后才能掌控舆情。当大部分业主都为傻×它妈点赞时，你再跳出来反对，那时候必然会成为众矢之的。

王文元从内心觉得应该帮蓝清芳，人家看都让你看了，你不能白看。无论是有意还是无心，看了这个事实无法改变。这世上有几个女人能让你看呀，而且那么好看。那些二流女演员可以和你上床却不让你看，因为身上假的东西太多，乳房是隆过的，屁股是垫高的……说不定一看就露馅，保不齐能发现刀口。王文元看了蓝清芳，或者说王文元和蓝清芳互相看了，这是两个人的秘密，有了共同秘密的男女，心自然也就拉近了。

王文元有了这种意识，在后来相当长一段时间，凡是反对蓝清芳的，就成了王文元的对手；凡是支持蓝清芳的，就成了他的朋友。具体到养鸡上，凡是反对养鸡的就站在了王文元的对立面，凡是赞成养鸡的就是他的朋友圈。王文元完全抛弃了原则，放弃了自己，大搞"两个凡是"。一个被鸡叫骚扰的受害者，成了养鸡的支持者，这都是因为蓝清芳呀。

著名编剧王文元是一个文字工作者，靠卖文挣钱，属于专业写字的。文笔肯定是一般业主无法比拟的。他在群里发言往往声情并茂，极有煽动性，再加上幽默风趣，总是迎来点赞无数。王文元见傻×它妈的留言上纲上线，说养鸡已经不是扰民的问题了，直接威胁到了邻居的生命安全。这还得了？王文元就发文说养鸡没什么不好，也没觉得扰民。人在鸡叫声中会感到更安全，在鸡叫声中睡得更香，这就是一种意境。然后，王文元引用了王籍的诗"蝉噪林逾静，鸟鸣山更幽……"还嫌不够，他又引用了王维的诗"人闲桂花落，夜静春山空。月出惊山鸟，时鸣春涧中"。王文元告诉业主们，此处有声胜无声，鸡叫比鸟叫更有人气。睡梦中的鸡叫声直接把自己送回了故乡，这才是安静的郊区生活。鸡叫声比汽车喇叭声美妙多了，让人能回忆过去美好的童年。我们要感谢养鸡的业主，给我们带来了睡回笼觉的美妙时刻。王文元这样说，也不是完全胡扯。王文元虽然被墙外的鸡叫声骚扰，然而确实也听到了远方若隐若现的鸡叫。那种鸡叫声当然就不是噪声了，真的是一种美妙的音乐。可见，小区内不止一家养鸡。

最后，王文元还确定了养鸡的合法性，认为业主养鸡是人家的自由，这就像合法地养宠物一样，这种自由不可侵犯和剥夺。

王文元的留言让人无法反驳。那些在业主群中比较活跃的人，多少都是些风雅之士。看了王文元的留言也觉得妙，把一个扰民的鸡叫声说成了"蝉噪林逾静，鸟鸣山更幽"，真是会附庸风雅。

蓝清芳看了王文元的留言气不打一处来。既然鸡叫声那么好听，你在鸡叫声中能酣然入梦，你起来关窗户干什么？你不起来关窗户我怎么会走光？真是占便宜还卖乖。蓝清芳没能力和王文元谈意境，这不是她的强项。蓝清芳就谈法理。通常情况下谈法理比谈法律更难。谈法律只是对法条的解释，谈法理那就上升到法的哲学了。蓝清芳认为养鸡是你的自由，可是你的自由已经影响了他人的自由。你行使了自己的权利，却侵害了他人的权利。每一个人都是平等的，在行使合法权利时要达到一种平衡，就要有所为，有所不为。这样，大家才能和谐相处，才能建立和谐社会。

隔壁老王见了蓝清芳的留言，有点犯迷糊。明明是你家蓝老太太养的鸡，骚扰我睡不成。我替你站台说话，你却怼我。这不是胳膊肘往外拐嘛。王文元想想又暗笑了，蓝清芳可能还因为走光而气急败坏呢，她或许觉得吃亏了。看来蓝清芳真被那鸡叫声吵烦了，鸡叫声让蓝清芳抓狂。谁是我们的敌人，谁是我们的朋友，对这个革命的首要问题，都失去了理性的判断。

事实证明王文元的判断是对的，在蓝清芳留言没过多久，隔壁院子里再一次传来鸡叫声。这次鸡叫和上两次都不同，这次鸡叫是一种惊慌失措，是一种鸡飞蛋打，是一种疲于奔命，只有鸡遭遇到了危险才会有这种叫法。王文元对这种鸡叫很熟悉，晚上鸡这样叫肯定是黄鼠狼扒鸡窝，白天这样叫那就是有人要杀鸡待客。

王文元小心翼翼地掀开了窗帘。有了走光的经历，王文元就没有那么孟浪了，连拉窗帘都小心谨慎了。这次隔壁老王又看到了蓝清芳的另外一面。蓝清芳穿了一身运动装，一手拿刀，一手举着捞水草的网兜，把鸡追得大惊失色，满院乱跑，有的已经飞墙上树了。蓝清芳也把自己追得披头散发，像一个女疯子。王文元又是心中一动，暗暗喝彩，这个好，这个好看，有野性，极大地满足了他的窥探心理。蓝清芳的动作显得很夸张，有些作秀的成分，仿佛是故意做给隔壁老王看的，意思是说：我反对养鸡，就说到做到，绝不两面三刀，就从自己家的鸡杀起，杀鸡给猴看。王文元想到这个成语，连忙把窗帘放下了，咦，这不是在骂我嘛，我啥时成了猴了？

王文元刚放下窗帘又听到另一种声音，那就是蓝老太太的吆喝声："蓝清芳呀，你不能杀我的鸡呀，都是下蛋鸡呀……"

王文元又看，发现蓝老太太手持竹竿在蓝清芳身后转悠。蓝清芳举刀撵鸡，要杀；蓝老太太举棍轰鸡，要救。蓝清芳追鸡，蓝老太太追蓝清芳，两人围着院内的花坛团团转。蓝老太太一边转圈，一边喊："蓝清芳你不能杀我的鸡，昨天晚上西红柿炒鸡蛋你没吃吗？你不是说比小时候的还香嘛，那蛋就是咱家的鸡下的呀！你个没良心的，吃了鸡蛋还要杀鸡，恩将仇报，就像你吃了我的奶，还要杀我一样！"

蓝清芳回嘴："平常你把我种的花挖了种菜，我让着你，现在你养鸡我绝对不同意。这是别墅区，你知不知道这是违法的？"

"养鸡还违法，天下哪有这样的法？"

"扰民不违法吗？"

"扰什么民？蓝家庄家家都养鸡，谁说扰民了？"

"蓝家庄是蓝家庄，这是别墅区。"

"别墅区怎么了？又不是我们一家养鸡，法不责众。"

蓝老太太说出这句话，王文元一下愣了，没想到老太太还能冒出这句话，不愧是著名律师的妈。蓝清芳也愣了，停了下来望望老妈问："谁说的法不责众？"

"冰豆妈说的。小区养鸡的多了，物业没法管，法不责众。"

"你说的是小众不是大众。物业不管是他们失职，要从自己做起，人要有社会公德。"蓝清芳弯腰喘着，抬头望望老娘，说，"你是养鸡，还是养闺女？你要养鸡我就回城里住。"

"你不让我养鸡就是不想养老娘，我就回蓝家庄乡下住。"

两个人僵住了，有鸡从院墙上飞到了王文元院里避难。王文元想着帮帮这娘儿俩，又不好亲自去劝，这种鸡毛事，你往往越劝越乱。唯一的办法是让物业出面，物业的人来了只要说小区不允许养鸡，蓝老太太就没话说了，蓝清芳也就下台阶了。

王文元还是坚定地站在了蓝清芳一边。这位群里公开支持养鸡的，又来了个大反转。凡是蓝清芳的主张就坚决支持。王文元拨通了物业的电话……

物业经理带着保安没多久就来了,电动摩托车多快呀。蓝老太太虽然对物业穿制服的保安有些惧,可还在争辩。说小区又不是我一家养鸡,为什么要我杀鸡?物业的保安告诉蓝老太太,不是他们要管闲事,是因为有业主举报。蓝老太太又道出了法不责众,物业保安却说民不举不究,现在有业主举报,作为物业我们就不得不过问了。蓝老太太一时语塞,求助地望向蓝清芳。没想到蓝清芳把手里的网兜递给了保安,说:"你帮我抓鸡,今天我就把鸡处理了。"保安接过网兜,显然有些兴奋,他跃跃欲试准备扑向一只芦花鸡。蓝老太太大喝一声,向保安冲去。

"要杀鸡就先杀我!"

蓝老太太喊着,冲上去,去夺保安手中的网兜,手一软突然向花坛倒去。蓝清芳见状一声惊叫,扑向老妈。蓝老太太已经倒在地上,口吐白沫,昏倒了。

王文元扇了自己一巴掌,我这是干的什么事呀?可别因为鸡闹出人命。王文元连忙冲下楼去。

王文元冲进蓝清芳的院子,发现蓝老爷子坐在轮椅上,微笑着望着老伴和女儿在院子里争执。保姆站在身后,扶着轮椅一动不动。王文元对保姆喊着:"还不快去照顾老太太!"蓝老爷子平静地道:"不必,不必。"王文元定住了脚步。蓝老爷子又说:"我和她战斗了一辈子,败下阵来,就看女儿能不能斗得过她了。"王文元说:"蓝老,您看老太太都晕过去了。"蓝老爷子:"如果我的判断没错,她是装的,为了几只鸡够拼的。"王文元听蓝老爷子这样说,无语了。

蓝老爷子是一位退役军人,参加过自卫反击战,在文工团说快书。部队前进的时候他曾打着快板鼓舞士气。退休后,老爷子写了一本书叫《我的快书生涯》,蓝清芳帮老爷子出版了,蓝老爷子就觉得自己是作家了,说话文绉绉的。

其实,不是鸡鸣扰民,而是狗吠吵人。鸡鸣引起狗吠。

"睡狗醒来是非多。"怪不得英国诗人乔叟这样说。

最早是小泰迪冰冰和豆豆,它们的叫声引起了另一组团的狗高声喊了一嗓子。它这嗓子不得了呀,犹如一首歌的起声,悠扬高远,细腻明亮。这是一条妖媚的狗,媚眼如丝,长着一脸狐媚相,外号"潘金莲"。它是1501的爱犬,品种为日本柴犬。金莲的这一喊惹得一条外号叫"二流子"的公狗高昂地唱和。二流子属于中华田园犬,它的声音嘹亮夸张,在广袤的中国村庄,时刻都能听到这种狗坏脾气的叫声。它的脾气要看主人在村里的地位,要是富人或者村主任家的狗,那必然是村里的老大,叫声也会狗仗人势,直冲云霄,气贯长虹。要是穷人家的狗,它基本上就是一条见谁都会摇尾乞食的癞皮狗。实在没有吃的,无奈中只能吃屎,中国有句俗话叫"狗改不了吃屎",说的就是它可怜而又悲惨的生存史。

中华田园犬在中国的大地上已经生存了几千年。据说秦始皇一统中原牵着的就是这种狗。秦朝丞相李斯临刑时哀叹:"吾欲与若复牵黄犬俱出,上蔡,东门逐狡兔,岂可得乎!"苏东坡词云"老夫聊发少年狂,左牵黄,右擎苍"。这里的"黄"指的就是中华田园犬。

中华田园犬是一种真正崇尚自由的犬种,在中国的大地上自由地溜达。它们特别喜欢田园生活,在一望无际的初春麦田里,经常会看到一群狗聚会,开party(联欢会),村里人称之为"狗恋蛋"。它们自由恋爱,婚姻自主,勇敢地当众交配,这意外地完成了村里半大小子的性启蒙教育。如今,中华田园犬也陆续从田园走进了城市。它们对城市生活很不习惯,出门时打死也不让主人牵,所谓遛狗对它来说是一种侮辱。每当1508业主打开院门出门散步时,这狗肯定先主人一步,冲出院门,别说用绳拴了,你连毛也挨不上。主人散步,它就在主人前面不远不近地走。离远了就在林荫道旁撒一下尿,好像尿频似的,不多不少只有几滴。撒尿是象征性的,占地盘留下自己的气味才是真的。二流子痛苦地嗅到,小区里有各种洋狗留下的气味,这些气味在它的潜意识中都是不熟悉的,不是小花的,也不是小白的,尽是些异国母狗的骚情味。二流子在小区中独自遛着,为了表示自己温顺、服帖、不咬人,让迎面散步的业主放心,见了行人就躲到路边,作低眉顺眼状。如果见主人近了,它又向前奔跑一段,总之和主人保持距离,若即若离的。大家开始以为它是一条流浪狗,后来才发现1508业主跟在后面呢。它也是宠物狗,狗名:阿黄。就阿黄的状态,业主就给它起了个外号叫二流子,这样好记。好记是好记,1508业主的备注名就成了:1508(二流子爹)。

二流子一直是金莲的追求者,只可惜金莲妈不同意这门亲事。二流子的心里苦呀,它的叫声带有一种无奈,一种忧伤,一种怒火。金莲当然能听懂其中的弦外之音,如此,它就越发得意了,叫声中就有了一种自恋和夸张,还伴随着矫揉造作。这样一来,金莲和二流子就组成了男女声二重唱,在小区唱响了中日友好的情歌。

小区里有多少狗,谁也说不清楚,反正它们周末都会随主人入住。别墅区对这些狗来说也是第二居所,狗随主人来来往往,没有机会分出高下。这样,小区里暂时就群狗无首,没有主事的,混乱无序。狗们谁的话都听不进去,观点各异,产生争议和分歧是肯定的。无序的狗叫声就显得混乱了,成了一种真正的噪声。

由于金莲和二流子忧伤的二重唱,引起了群狗共鸣,大家纷纷唱和,并倾诉自己的衷肠:

"人类呀,他们真的不是东西,不懂狗的情感,还包办婚姻。这都什么年代了,狗还没有自己的婚姻自由。狗命咋这么苦呀……"

二流子甚至蛊惑群狗挣脱锁链,在小区内游行示威,向人类抗议,争取狗权。二流子的蛊惑没用,因为它当不了带头大哥,群狗都有些看不起它。虽然1508业主是群主,可群主无法和村主任相提并论,没有什么威望,在业主群更没有任何特权,尽管见面了有业主也尊称一声田群主。业主群也不是他建的,前群主移民出国了,临行时把群主顺手转给了隔壁邻居1508业主。1508业主也无心当这个群主,业主群疏于管理,一盘散沙。

　　小区里群狗无首,人群里也是群龙无首。群狗无首,狗叫声就嘈杂混乱;群龙无首,却恰恰是百花齐放,百家争鸣了。

　　现在是讲身价的年代,二流子曾经是流浪狗,是田群主捡来的,没花一分钱。金莲就不一样了,是主人花了好几万元买来的,这种日本柴犬最高市价都有十几万元的。中华田园犬本来是有历史渊源的犬种,有贵族血统,皇家鹰犬,应该世袭罔替。在别墅区却很少见其身影,唯有田群主养着。阿黄我行我素的样子,自有其落拓不羁的潇洒。可是,又有什么用呢,外国母狗不会欣赏,认为它是流浪汉,本地狗又不见身影,阿黄就成了孤家寡人。到了春天,阿黄连找对象都成了问题,这让田群主十分发愁。一天,田群主看到1501业主在群里晒了金莲的私家照片和视频。其中一张居然是金莲的私处特写,红肿湿润艳若桃花。还配有文字,说金莲发情了,需要找情哥哥了。田群主把手机里的照片给二流子看,还放了一段视频,不承想二流子看后仰天坏笑,十分中意。

　　黄昏时分,正是小区居民散步的时候,田群主决定带二流子出门,让二流子和金莲在小区里来一次美艳的邂逅。二流子懂的,一跃而起,冲出院门,走先。

　　二流子和金莲在小区花园里相遇。当时正是春暖花开,夕阳西下,金辉染枝头,一个谈情说爱的良辰美景。这景色不要说狗了,连人都会情窦顿开。

　　金莲见了二流子就抛了个媚眼,并且摇动着尾巴。二流子欢欣鼓舞,直接上身。金莲本来要从的,没想到金莲妈一拉狗链,抬腿就是一脚,正踢到二流子的鼻子上。二流子"嗷"的一声败下阵来。金莲本来是一条中型犬,二流子和金莲个头差不多。在中华田园犬中二流子算是小个子,再加上又不爱打理,显得瘪三相。金莲就不一样了,干干净净,还扎着蝴蝶结,被一根精致的狗链牵着,显得人模狗样的。两狗相比,二流子确实不成样子。不过,金莲在发情期,要的是真情欲,并不以貌取之,不在乎二流子的颜值。

　　二流子最大的错误就是太性急了,自己的主人还没到,两家的亲事还没谈呢。两条狗八字也没合呢,是不是门当户对?是否要彩礼?是不是黄道吉日?办不办结婚仪式……这些人类的繁文缛节一项都没有进行,二流子就要急着进洞房,真是欲速则不达呀。

　　田群主见自己的爱犬被踢了一脚,也不恼,上前和金莲妈打招呼套近乎,说出了两层意思。第一层意思是,大家都是邻居,就撮合两条狗好了吧,成全了它们,这是顺应天理的美事。第二层意思是,二流子和潘金莲在一起,生了小狗送一个就成。其他的金莲妈可以自行处理,绝不干涉。金莲妈很不屑地瞥了一眼田群主,断然拒绝。当然，金莲妈还是向二流子爹耐心说明了原因。金莲已经许配给了赵家，就是养殖基地的赵总。两家人包办婚姻给狗做主，定了终身，金莲妈还收了聘礼。说白了金莲妈已经和养殖基地赵总签了合同，收了订金。金莲发情后要送到养殖基地去，生了孩子属于养殖基地，养殖基地支付金莲妈报酬。金莲妈说出的这些理由还是比较中肯的。可是田群主还不死心，希望让阿黄先试试，快活一下。金莲这么漂亮的狗，不能便宜了外人，咱们是邻居，这是亲上加亲呀。

金莲妈有些不快了，反问田群主金莲是什么犬种？田群主当然说不出来，对狗没研究呀。金莲妈也不客气了，就有些夸张地介绍了金莲，说金莲属于日本柴犬，血统高贵，是日本国宝，被政府指定为"天然纪念物"，属于日本的国犬。我这种赤色柴犬价格都是好几万元，有些赛级柴犬的幼崽价格都有十几万元的。你知道日本前首相安倍晋三送给普京的犬吗？就是柴犬。普京当儿子养着呢。

金莲妈是典型的附庸风雅，她有意将事实搞错，说日本前首相安倍晋三送给普京的是柴犬，就是有意抬高金莲的身价，实际上那是秋田犬，这一点金莲妈是知道的。当然，秋田犬和柴犬有些像，柴犬比秋田犬个子小点，只是，田群主不懂这些，被唬住了。最后，金莲妈说，我必须在养殖基地给金莲找一条柴犬，这样生出的小柴犬品种才纯正、才珍贵、才值钱。你家的阿黄就是一条柴狗，它们俩不配。

田群主不太懂狗，居然说柴狗和柴犬都是"柴"呀，难道不是一个意思吗？

金莲妈被二流子爹惹恼了。田群主完全是一个不懂犬的棒槌，简直了。怪不得整天和一条流浪狗散步呢，连绳都不拴。金莲妈年轻时曾经在文工团待过，据她说开始是台柱子，后来就当了导演。金莲妈说话就有说戏的感觉，或者说有教导的口吻，她不客气地给田群主上了一堂犬课：

"你那柴狗和柴犬不能相提并论，你那狗就是本地的'土狗'，南方叫'草狗'，北方叫'柴狗'和'笨狗'。在东北的朝鲜族同胞，就把它当'菜狗'，炖着吃的。到目前为止，中国的土狗都不是世界犬业联盟（FCI）认可的犬种，不能作为一个犬种存在。它不配做犬，只能是狗。"

田群主有些蒙，望着金莲妈不知道说什么好。这他妈的"犬"和"狗"有什么区别吗？说一千道一万不还是狗嘛。你家的狗都不叫狗了，叫犬。叫犬就高级了，就高贵了，就比我家的狗高一等了？说白了金莲妈就是看不起阿黄，认为二流子配不上金莲。看不起狗就是看不起人呀。田群主退休前也是领导干部，退下来后成了某个行业协会的副主席，现在老单位同事都尊称他田主席。他哪里受过这种气，也火了，大声呵斥金莲妈："狗不分贵贱，不要搞种族歧视，拟人化，无聊。"

金莲妈轻蔑地一笑，牵着金莲走了。当然，金莲还是有些不太情愿的，可也拗不过主人。走的时候还向阿黄抛了个媚眼。阿黄受不了了，围着田群主团团转，还用嘴拱主人的腿，意思是说："怎么办？怎么办？走了，走了……"

金莲妈总是让自己处于扭捏作态的状态。老公离异走了,孩子正在读大学。半老徐娘的金莲妈是一个人过,号称对臭男人不感兴趣了,连养狗都是母的。可是,她又是一个有风韵的人,每天傍晚喜欢先遛狗再散步,这个丰腴的女人,在散步时总是一脸严肃,对一切都视而不见,她喜欢作少女状,在腰上严肃地系着一件长袖衫,耳朵上挂一个白色塑料纽扣,一根电线通向腰际的手机,不知道她在听什么重要的内容。遇到不喜欢的人,人家跟她打招呼,她也装着没听到。她喜欢快步从男人身边超越,屁股扭成繁忙的石磨。

田群主被金莲妈气坏了,见她牵着金莲走了,就带着二流子跟在身后。田群主望着金莲妈扭动的屁股,心里冒出了一个绰号:磨面机。

田群主和金莲妈住得本来不远,属于近邻,不是说远亲不如近邻嘛。田群主怀着善意,希望两家结下秦晋之好,亲上加亲,没想到碰了一鼻子灰,生了一肚子闷气。田群主带着阿黄回到家后,脸色难看,老伴见了,不喊老田,也不喊田群主了,改喊田主席,也不敢问究竟。田主席实在咽不下这口气,认为自己吃亏就吃在不懂狗的专业知识上,于是上网查询。这一查,他倒吸了口凉气,没想到关于狗的内容有成千上万条。当然,田主席最关注的是日本柴犬和中华田园犬的内容,还进行了一番比较。

当田群主对比了两种狗后,不,是犬,他充满了自信。要论出身,中华田园犬出身高贵得多,连始皇帝统一中国时都牵着它。日本柴犬算个屁,不就是打柴人的狗嘛,身形小,好钻灌木丛,为打柴人抓兔子。那个"磨面机"说阿黄是土狗,上不了台面,要是说土狗特指中国本土犬,那应该是指京巴、西施、藏獒、八哥犬。这类原产地在中国的犬,在FCI和CKU中均可查到,有明确的指标信息。中华田园犬不被世界犬业联盟(FCI)认可,是他们瞎了狗眼。

了解一些犬的知识后,特别是了解到阿黄祖上的辉煌历史后,田群主在小区群里公开向金莲妈叫板了。田群主发的帖还是有杀伤力的,他毕竟是群主。

应该说田群主用心有些险恶,他打着民族主义的大旗上纲上线。田群主认为:"狗与狗生来平等,狗格没有贵贱。"

这个说法没有问题,也被一些业主点了赞。

"打狗看主人,骂狗也要看主人。"

这个观念是中国人的传统文化。狗在中国不是什么宠物,比宠物的地位更高,基本上就是一个家庭成员了。所以,狗和主人的命运及其社会地位是联系在一起的。养狗的业主自然也点赞。

"看不起中国的狗,就是看不起中国人。"

田群主开始上纲上线,把狗的地位步步拉高,把国狗和国人联系在了一起。这让一些业主困惑,这田群主要说什么呢?

"任何对中国犬的蔑视就是对中国人的蔑视。一个中国人养一条日本狗，就狗眼看人低了，这是犯贱。简直就是……"

田群主在这里用了省略号，就差直接用"汉奸"二字了。其实，在这里不用"汉奸"二字，也是此处无声胜有声。田群主在群中开始骂人了，这是很少见的事。田群主平常是温和的、谦恭的，这次是谁惹了他呢？大部分业主都不出声了，知道有好戏看了。

田群主把阿黄捡回家完全是出于一种爱心，就是觉得小阿黄可怜。他也没把阿黄当宠物养，没觉得它多么了不起，更没想到阿黄的祖上这么伟大。最后，田群主声情并茂地诉说了中华田园犬的好。在中国几千年的历史中，它们是中国人最忠诚的朋友。所谓物以稀为贵，由于繁殖的群落太庞大，人类就开始对它轻慢、不珍视。过去，这种犬无论是地主还是贫农都可以养。夏季它可以看门，冬天它还能暖被窝。"狗不嫌家贫"就是对它最好的评价。在最冷的冬季，它还以身相许，宁愿牺牲自己的生命，成了人们锅里的肉。中华田园犬在和中国人的相处中，几千年来可谓无怨无悔、生死与共。

一夜之间，田群主成了中华田园犬的铁粉。

金莲妈看了田群主的发言，开始气得眼冒金星，随后，捂着胸口平静下来。金莲妈是上过台面的，还当过导演。她把田群主的发言复制在电脑上，细细地看了几遍，对整个文本进行了分析和研究，然后把中心思想、段落大意都总结了出来。金莲妈为了反驳田群主甚至又看了几遍鲁迅杂文。金莲妈认真准备了案头工作，把戏剧冲突的发展台本都梳理好了，然后，启用鲁迅杂文的语调、语气、语法以及文风，把田群主骂得狗血喷头。当然，鲁迅先生的那句著名的骂狗格言是少不了的，那就是"痛打落水狗"。刘老师认为鲁迅先生要痛打的落水狗就是所谓的中华田园犬。这种狗没有教养，有人养没人管，像个二流子似的在小区里溜达，主人也从来不拴绳，它还四处拉屎撒尿，经常将玩耍的小朋友吓得大哭。这种狗我下次见了真的要一脚踢进水中，然后痛打。

应该说，金莲妈确实厉害，抓住了要害。田群主遛狗从来不拴，狗拉屎从来不铲，还吓哭了玩耍的小朋友，这都是不争的事实。这些二流子的罪状就摆在那儿呢，是赖不掉的。可是，二流子爹却要帮阿黄抵赖，这引起了广大业主的愤慨。一时，舆情大变，大家纷纷谴责养犬不拴、狗屎不铲的不文明行为。你瞧瞧，舆情就是这样，需要引导吧。田群主讨论的是中华田园犬和日本柴犬的对比，打的是民粹主义的牌，算是宏大叙事了。现在被金莲妈一引导，变成了遛狗不拴、狗屎不铲的鸡毛事。宏大叙事面对个人日常生活，人们的兴趣往往会偏向后者，因为鸡毛蒜皮才是真正的日子，触及个人利益。

第一个跳出来的是傻×妈，也就是王西凤。这可是一员悍将，她跳出来毫不留情地严厉谴责田群主,可谓火力全开。子不教父之过,狗不教爹之过。遛狗不拴绳是对邻居的不尊重,是一种不文明。狗屎不铲是一种可耻的行为,严重影响了和睦的邻里关系。凤姐在群里发了一段自己家的监控录像。小视频中有三条狗,一条是冰冰,一条是豆豆,另一条就是二流子。

冰冰、豆豆在凤姐门前的草坪上撒欢儿玩耍呢,二流子却在拉屎撒尿。然后是冰豆妈入画,连忙喊着冰豆、冰豆,去拉狗。二流子见了冰豆妈逃之夭夭。这时,凤姐从屋里出来,一脚踩到狗屎上。凤姐愤怒地一脚将冰冰踢翻在地。冰豆妈心疼极了,扑上去把冰冰抱在怀里。冰豆妈虽然看到是二流子干的坏事,却有口难辩。你难道把狗屎拿去化验来证明冰冰的清白?二流子跑了,让冰冰背锅。冰豆妈无奈,只能向凤姐道歉,眼泪都快流下来了,心里十分郁闷。这样,冰豆妈心中就对傻×妈有了芥蒂,再见到了就不打招呼了,装作没看见。

冰冰和豆豆是贵宾犬,也称"贵妇犬",是一种非常聪明活泼,擅长跳跃的水猎犬。贵宾犬被法国誉为国犬,不过却起源于德国。贵宾犬按体型大小可分为标准型贵宾、迷你型贵宾、玩具型贵宾。FCI甚至将贵宾分为六种体型。我们所说的"泰迪",其实也是贵宾犬。冰冰和豆豆属于迷你型贵宾犬,太小不好拴,也拴不住。由于冰豆身形太小,皮毛光滑,无论冰豆妈买的拴狗绳多么精致,它们总是能挣脱绳套。这样,冰豆妈遛狗就只能采用新的方法了,那就是让老公顾工骑电动车遛狗。顾工叫顾长文,是一名工程师,大家不叫他冰豆爸,却叫他顾工。顾工骑着电动车,两只小狗就站在脚边,十分神气。顾工骑车慢行,嘴里哼着京剧,把散步的业主都逗乐了,这成了小区一景。冰豆妈平常不拴冰豆只敢让它们在自己家门前活动。可是,这两条活泼的小狗,你一转眼就不见了踪影。

所以,那天冰冰和豆豆跑到凤姐家门前,正碰到了二流子,还被凤姐录了像。凤姐在群里说,小狗撒尿没什么的,那只是象征性的,为了占地盘走哪儿撒哪儿。拉屎就不同了,清早起床,阳光明媚,鸟语花香,本来你心情大好,可是你出门就踩了一脚臭狗屎呢……凤姐在群里除了严厉谴责田群主外,还向冰豆妈道了歉,说那天冤枉冰冰了。

凤姐的监控录像,让冰冰的不白之冤终于昭雪,算真相大白了,这让冰豆妈很感动。可是,冰冰那一脚之仇呢,自然算到二流子身上了。所以,冰豆妈公开声援凤姐,甚至直截了当地指责二流子爹身为群主,却不能以身作则,不能起到模范带头作用,这样的群主不合格。冰豆妈的一席话直接动摇了1508业主的群主地位。本来冰豆妈也就是不吐不快,没想到这话让小区另外一个著名人物,外号"一枝花"的接上了话题。小区万物花开,能开的都开。在小区称之为一枝花的那自然非等闲之辈。一枝花直接喊出了田群主下课的口号。这让田群主十分伤心,因为田群主是一枝花的粉丝。

一枝花叫念小思,是1008业主周教授的小夫人,九〇后,年轻漂亮,是一个真正的美女。"年轻"和"漂亮"当然是关联在一起的,如果长得好,气质优雅,但不年轻了,这叫资深美女,比如蓝清芳那般。开始,小区里的业主都以为念小思是周教授的女儿。当周教授带着她和女儿肩并肩散步时,有好事的老太太就喊:"周教授,你好福气,有两个如花似玉的女儿。"周教授有些不好意思了,就指着念小思介绍:"这是我夫人。""哎呀,你夫人和女儿谁大呀?"周教授的女儿周景白着眼说:"我只比小妈妈大一岁,您看行吗?"周景一句话就把天聊死了。其实,周教授的女儿周景平常在家从来不叫念小思妈妈,她想叫姐,周教授不干,认为乱了辈分,最后达成的共识是叫姨。虽然念小思不喜欢周景叫姨,不伦不类的,有点姨太太的味道,比较腐朽。念小思希望周景叫自己小妈妈,可周景又不干了。没想到周景在外人面前叫出了小妈妈,念小思十分高兴,抱着周景的脸亲了一下,然后,在耳边说回去就把那条你喜欢的裙子送你,周景欢天喜地。两个人在林荫道上秀亲情,这让散步的老头儿十分羡慕。

念小思在小区出名最大的原因是她年轻。小区内退休的人多,准备退休的就更多了,都是为了将来养老置的业。来的年轻人都是下一代,平常忙着呢,不愿意来郊区,都贪着大都市里的灯红酒绿,找各种理由推脱,比方:没有Wi-Fi呀,有了Wi-Fi又嫌网速太慢呀,之类的。好不容易来了,也不长住,陪老爸、老妈住一天算是给面子了。念小思不一样,她长住。

业主们都称念小思为周教授家的,念小思听了这称呼极为不爽。后来,她一不留神居然生了一对龙凤胎,一个叫早早,一个叫点点,大家又叫她早点妈。念小思是一个文学硕士,对这称呼也不接受,认为没有美感,十分庸俗,就像是一个卖早点的。谁这样叫她,她就采取不答应的方式,时间长了业主们觉得有换名的必要。念小思早、中、晚在小区散步要各换一套衣服,打扮得花枝招展的,小区里的老家伙就给她换了个名字,叫小区一枝花。这名字没有新意,一听就是失去才情的老同志所为,当然,这名字总比早点妈中听。给念小思起这么个绰号,也不仅仅因为她年轻漂亮,田群主曾经说,起这个绰号是因为周教授家院子里种的花多,特别是各种品种的月季,他们把院子打理成了月季园,四季花开,成了小区公认的最美园子。

小区里的老家伙喜欢贼头贼脑地盯着念小思,只要她散步,身后必然跟着几个老不死的(注:小区大妈语)。田群主自然也在其中。念小思散步也不和孩子走在一起。孩子由保姆护着在前面蹬着滑板车滑行。她远远地跟着,不跑不奔,有条不紊,保持距离,走出了在园子里散步应有的节奏,这和田群主遛狗有异曲同工之妙。一般都是二流子往前跑,念小思在身后跟,田群主他们又在念小思身后,这成了小区黄昏时散步的一景。二流子见了大人低眉顺眼的,见了小朋友却喜欢恶作剧。它其实是逗小朋友玩呢，可有的小朋友天生就怕狗。二流子哪里懂得人之初之喜好，见了早早和点点就凑上去闻闻再闻闻，特别是对裤裆感兴趣。这引起了早早、点点夸张的反应，孩子们扔了滑板车找保姆寻求庇护，不承想保姆也是一个怕狗的，就哇哇乱叫起来，听着像被狗咬了似的。念小思赶上来，二流子就躲到一边了，远远地望着，也不跑。

念小思恨死二流子了，可又逮不住它，不知道是谁家的狗。在群里喊了几次，说有一条野狗，把我家孩子吓哭了。大家都表示同情，田群主还在群里呼吁大家遛狗注意，别吓着小朋友。念小思声称，下次遇到了一定跟踪追击，谁也别拦着，我要打狗给主人看。我带孩子在小区散步，还要防着你家的狗，狗主太不自觉，也不拴。念小思在群里说不清楚是谁家的狗，就没人搭话了。关于对养狗的议论，已经是老生常谈了。王文元就放了一个吓人的视频，内容是两条大狼狗撕咬一个老人的，这让人不寒而栗，让一些业主愤怒，甚至有业主提出在小区内严禁养狗，这又遭到了爱狗人的反对。

当念小思看了凤姐的监控录像后，才知道原来是田群主家的二流子，所以，冰豆妈说田群主不合格时，念小思就直接喊出了田群主下课。念小思自己有一个网名，叫下课，意思是嫁人生孩子，博士也不读了，下课吧。念小思在群里也没有备注房号，虽然田群主吆喝了几次，念小思却极不耐烦，也不理会，觉得备注房号，就暴露了自己的居所，有一种不安全感。其实，谁都知道周教授家住哪儿。

念小思想把田群主拉下马完全是闲得无聊，好玩而已，二流子只不过是一个小理由。念小思觉得把田群主拉下马还是比较有意思的，平常敢把谁拉下马呀？这个世界结构完整，等级森严，层次分明，每一个人的位置都是确定的。要改变一个人的社会位置，不知道有多麻烦。你能把谁拉下马呀？你敢把领导拉下马吗？你敢把导师拉下马吗？群主就不一样了，群主好像是领导却没有领导的权力，拉下马没有后果，还找到了"敢把皇帝拉下马"的快感。念小思这次就主动备注了房号，但是不是备注自己家的，而是有些恶作剧地备注了田群主的房号，备注名就成了：1508（下课）。

这个似是而非的备注，当然引起了歧义。念小思在群里也不说话了，用各种表情图片表达对田群主下课的欢迎和认同，每隔一分钟就刷屏一次。当念小思不断刷屏后，王文元就认为"1508（下课）"应该是田群主的老伴，因为1508是田群主的房号嘛。谁不反对老伴当群主呢？放着好日子不过，熬眼遭罪地天天抱着手机守群，熬出病了咋办？所以，让田群主下课，老伴当然是第一个支持的。

念小思见2113业主这样说，便暗暗发笑，也不解释，继续刷屏。

蓝清芳见群里正轰田群主下课，觉得无聊。本来是讨论文明养犬问题，怎么演变成换群主了呢？换了群主大家就能文明养犬了？莫名其妙。不过，蓝清芳还是

站在了冰豆妈一边。蓝清芳什么也没说,只把《文明养犬管理细则》又发了一遍,其中有以下的内容:

第五条,养犬人爱护公共区域环境卫生应文明遛犬并携带宠物粪便袋或垃圾袋,及时清除犬只所排泄的粪便。

第六条,遛犬时主动避让老年人、残疾人、孕妇和儿童,8:00—20:00不得在社区主路遛犬(导盲犬除外)。

违反条例规定,携犬出户不束犬链,携带导盲犬以外的犬只进入公共场所或者乘坐公共交通工具的,由公安机关或者其他行政主管部门处警告,并处五十元以上二百元以下罚款。携犬出户不及时清理犬只粪便的,由城市管理部门或者其他行政主管部门责令改正;拒不改正的,处五十元以上二百元以下罚款。

蓝清芳发出的这个《文明养犬管理细则》,成了压垮田群主的最后一根稻草。田群主悲愤地将群主甩锅给了蓝清芳。蓝清芳并不知情,发了《文明养犬管理细则》就去睡午觉了,醒来就"被群主"了。蓝清芳第一反应是把群主的位置还给田群主,可是老群主愤怒地退群了。蓝清芳茫然四顾不知道把群主让给谁,在群里吆喝着:当不了群主、当不了群主! 大家却纷纷留言:坚决支持蓝清芳当群主,有著名律师当群主我们放心。念小思更是欢欣鼓舞,又不断刷屏:坚决支持美女姐姐当群主! 坚决支持美女姐姐当群主!

王文元觉得奇怪,田群主的老伴居然叫蓝清芳美女姐姐? 难道田群主的老伴比蓝清芳还小? 不可能呀,田群主的老伴王文元是见过的。她已经退休,喜欢跳广场舞,经常在群里晒自己的照片。那些照片的背景多是大山、大河和大楼,田群主老伴的造型则多是张开双臂,举着纱巾的。

王文元见田群主被赶下了台,哈哈大笑,还不嫌事大,煽风点火。居然把换群主事件说成"五朵金花逼宫,田姓群主下课",很有些新闻点。还总结道:"三个女人一台戏,四个女人一桌牌,五朵金花能变天。"

【作者简介】张者,本名张波,男,毕业于北京大学法律系,硕士学位。中国作协小说创委会委员,重庆作协副主席,一级作家,国务院政府特殊津贴专家。出版有长篇小说大学三部曲《桃李》《桃花》《桃夭》,长篇小说《零炮楼》《老风口》,中篇小说集《朝着鲜花去》《或者张者》《山前该有一棵树》,散文集《文化自白书》等。作品主要发表在《收获》《十月》《当代》《人民文学》等刊物,被各种文学选刊转载,并多次登上文学年度排行榜,曾获第八届鲁迅文学奖及各类文学大奖。

香榭坊巡逻队

◎　陈　河

> 而在做完他们所做的一切之后，他们起床，冲澡，扑粉，喷香水，梳头，穿衣服，就这样，一步一步，他们又变回不是自己的模样。
>
> ——胡里奥·科塔萨尔，《七十七号爱情》

小区之前都平静，突然开始出事情。

五月里，庄德礼在他自己暗中运作的数据系统上注意到多伦多西边的橡树谷区域发生两宗入室盗窃案。两周以后，他吃惊地发现这类入室盗窃案正在系统上蔓延开来。他是个数据分析专家，对于城市每天发生的数据有一种特别的好奇，经常会越界进入不公开的数据库。这回，他本来在观测城市的治安情况变化，想建立一个预测长期房地产市场发展的计算模型，却意外发现了入室盗窃的趋势。在接下来的日子里，他开始认真监测入室盗窃案的发生地点流向，惊奇地发现被盗的房子几乎全是华人所有。由于信用卡的普及，大部分人家里基本不存现金，电器衣物等东西已不是重要财产，入室盗窃几近消失。但近年新来的华人增多，华人家里喜欢囤现金，还有名包、首饰、黄金等，再次激活了古老的入室偷盗行业。庄德礼发现案发地点虽然在变化，但如果把地图距离拉开来，就可以发现是有规律的。庄德礼准确分析出，盗窃案不是个人所为，是团伙，而且至少有三个团伙。他很快又有了一个发现：几个团伙正在逐步接近他所居住的香榭坊区域，两周之内必定抵达。

果然在预测时间范围内，区内第一宗入室盗窃如期而至。主流媒体英文报纸《多伦多星报》和电视CP13频道都报道了这个案件，说是一个华人牙医家里被盗走十万美金现金和同等价值的珠宝首饰。窃贼的技术相当好，是从屋顶的天窗进来,在十分钟之内扫遍了藏有细软的角落,打开了保险箱。作案过程被闭路电视拍了下来,警察接到报案两小时后到了现场,采了指纹拿走了监控,之后就没下文了。几天后,埃德加街的那个红色屋顶大宅被盗,这屋里住着一个印度老太太,是个有钱人的遗孀,据称被偷走一块很大的红宝石。庄德礼之前预测贼人目标都是华人住户,这案子是个例外。

就在三天之后,他自己中招了。这个晚上他和太太一起去参加了北京大学校友一个小规模的聚会。他开的是一辆外观低调的路虎车,土灰颜色,和自然融合,车身看起来不高,底盘低,车厢内部宽敞,动力强大。当他从埃德加街转入玛丽谷之后,马上有一种预感,身上起了一层鸡皮疙瘩。他的车子到了自己家石头和黑生铁构成的围栏外时,他没有像往常一样早早按下车内后视镜设定的大门开关,而是静静观察了一下动静。几颗塔松的松果落地,地面上都是落叶,没见到前院里有异常动静。他迟疑了一分钟,才按下开关,围栏铁门被钢丝牵引着拉开。在外墙门关上之前,他没有进车库,因为之前看过一个视频,一个独立屋的主人开车进车库时,埋伏在车库外的杀手在驾驶室的视线死角处钻进了车库。车库关上之后,里面的情况都看不到了,接着就发生了屋主人被谋杀的事件。在确信没有埋伏之后,他开车进了车库,仔细观察每个角落,鼻子不停嗅着,好像他是警犬似的。果然,一进屋子,立即有一股陌生的气味扑鼻而来,有人进入过屋子!老婆第一件事情是到了自己卧室,她的几个从巴黎买回来的香奈儿包、迪奥包都被拿走了。家里没有放现金,贼人把所有柜门抽屉打开翻找,拿走了两件加拿大鹅牌的衣服,在地下层的酒吧里喝了酒,还在主卧室的卫生间拉了一泡屎,没有冲水,刚才的气味就是从这里来的。庄德礼愤怒地打开了后院的门,把照明灯全打开,只见灌木中还躲着几个贼人,见了光露出戴了面罩的头,飞快地跳过栅栏跑到了峡谷里面。庄德礼知道他们不会跑得很远,车子肯定停在附近。他马上打911报警,接线员问有没有人受伤?有没有开枪?在庄德礼回答说没有之后,接线员说警察一时还不能过来,得明天白天才有时间过来勘查。加拿大警察的行事作风他是领教过的。二十年前他刚来时住在出租公寓,买的第一辆车是二手的道奇,停在地下车库被偷走电瓶。他打电话报警,警察安慰了他几句,意思是这种小案件警察是不会管的。那时他还没钱,一个电瓶对他来说价格不菲,最后也只能到车行再买一个二手的电瓶装上去。他对警察很失望,现在也是。但他现在有了一些办法,比如他可以侵入警察局网站查看本区报案记录,他发现在一天之内有六件入室盗窃案报告,每个案件都有地址记录。他查了房地产交易网,发现这六家都是华人。就是在这个时候,他心里产生了建立街坊联防巡逻队的念头。

庄德礼住的地方位于城市北部,这里有一条道路叫Shaughnessy Ave,华人给它取名香榭街,周边区域就是香榭坊。百年前这里是乡村别墅区,至今还有一条路叫Deerwood,说明当年这里有鹿群出没。随着城市不断扩大,这里离市中心不远了,成为居住区。因为地块大位置好,之前的旧木屋被推倒翻建成巨大豪宅。三年前,有一天庄德礼去乡村俱乐部高尔夫球场转错方向,进入了香榭坊。一棵巨大的英国柳树遮天蔽日,至少有几百年树龄,几个人抱不过来,这树就长在路边,准确地说是长在一个大房子的前院。开车在这个区里兜了一圈,到处是高耸入云的古老大树,他认得的就有云杉树、大枫树、俄罗斯白桦、英国山毛榉。香榭街尽头有一条小路"玛丽谷",一侧靠着多伦多由北向南的丹河峡谷,峡谷内长着高大的枫树,红得如梦如画。峡谷后面有一条河流,被树木包围,这一段是行人不能进入的地方,峡谷的另一侧就是乡村俱乐部高尔夫球场。在这条小径上,有许多掩映在风景中的大房子,第二年秋天,他发现玛丽谷中那座背景有几棵特别红的枫树的房子在挂牌出售,他特别喜欢这房子外墙贴的那种火山结晶岩石片,就出手买下这处房产,搬过来住了。

起初,他以为自己是最早进入这里的华人,直到有一天,他看见一辆黑色奔驰G500吉普车(华人偏爱这款车,称之为大G)从对面开来,开车的是一名华人女性,凭直觉他认定她是华人。她不是过客,后来他又看过她几次,她肯定就在这一带居住,但不知在哪条路上。再外围一点的皮尔森路上,有一些红砖外墙的房子,他有一次看到有华人老爷子在扫前院车道,还有一次,他在丹霍姆路和布莱森街交界处散步时,隔着围栏听到一对夫妻用四川话吵架对骂。区内华人在快速增加,只是相互不来往,路上遇见了连眼神也不接触一下,更别说交谈。大概一年之后,他有了一次重大发现,他看到了那辆黑色的奔驰大G停在玛丽谷口和草原街转角的"城堡"前面,铁门正在打开,大G车进入里面的车库。这事让他印象深刻,"城堡"是一座带着浓重哥特式风格的大房子,很像他在法国见过的一座古堡。它的屋外结构和装饰用了全套的黑生铁艺,这让他联想起一句形容满身刺青的NBA(美国职业篮球)球星艾弗森的话:他体重只有八十公斤,其中七十五公斤是身上的刺青颜料。这些黑生铁部件就像艾弗森身上的刺青一样,好看又怪异,好像整幢房子都是生铁组成的。其实这屋子的外墙主要还是石料,石头砌成的塔楼只有洞口没加门窗,塔顶有带风信鸡的避雷针。墙顶上和窗洞内有样子笨重的金属灯饰。这房子处于玛丽谷大房子区的入口处,当初建筑商好像注意到这一点,让它有一种门户的意味,所以小区内的人都会想到"城堡"这个名字。如今他知道了"城堡"里住着一个开大G的女主人。

庄德礼喜欢看电视上的野生动物频道。高原山地有很多穴居的鼠兔,出洞穴活动时会有一只鼠兔在瞭望,发现险情就会发出警报信号,其他鼠兔就会躲藏起来。他想当那一只瞭望警戒的鼠兔,但目前区内的鼠兔各自提防,互不来往,根本还没有一套信号系统。现在他得改变这个局面,得走访联络几个洞穴。

第一个洞穴是埃德加路口墙上贴彩色大理石的那一家。他之前多次看到这家户主是个剪着短发的华裔女生，有时能看到一个华裔老人在门口洒水扫地。这天他主动去按门铃，门框上有监控镜头，他抬头对着监控，好让里面的人看清他不是踩点的贼人。果然有效，门开了，屋主人和他说话。交流出乎意料地顺畅。女主人叫刘滢，上海人。庄德礼一报自家门牌号，她马上就知道他的房子，说他家后面的枫树太好看了。这几棵枫树成了他的名片，住这样房子的人是可以信任的。说起入室盗窃案子，刘滢说自己正在召集邻居商量对策，已经联系了几家人，明天就在她家碰头，庄德礼在这个重要时刻出现真是太好了，请他明天一定来参加。

第二天出席会议的除了刘滢夫妇和庄德礼，还有一个地产经纪人孔蒙申，他的房子在丹霍姆街，后院有足球场那么大，野兔多，引来几只胡狼常在这里出没；列治文山有名的牙医咸森林，拥有四个牙医诊所，《多伦多星报》报道的被盗十万美金现金的华人家庭就是他家。比起香榭坊的众多大宅，刘滢家房子不算大，布置却很精心。大厅引人注目地有一架小型雅玛哈三角钢琴。墙上的画很多，有鉴赏能力的庄德礼能看得出这些画都是高仿印刷品。聚会在地下室举行。比起楼上的客厅，地下室显得更加讲究。地面铺着厚厚的波斯地毯，中央有一张樱桃木台球桌，后面是一个投影屏幕、一套卡拉OK的设备。右手边是酒吧，台面用了红色的意大利大理石，摆着各种各样的芝士，柜上全是洋酒。边上一个门，打开来是一个宽大的家庭影院，配了大银幕和大功率音响，和电影院的包厢差不多。左边有一个发烧友级的音响室，设备很讲究，一个插头值上千加元，电源要经过电波过滤器，消除杂音。机器下面垫的是高级红木和大理石。可以想象盗贼若进入这样精细的地方会如同大象进入瓷器室，所以刘滢夫妇会特别积极组织邻里防范入室盗窃。

大家寒暄几句后，便进入正题。刘滢通报了自己掌握的情况。目前活跃在多伦多的一批窃贼主要来自南美。窃贼只要弄到一本墨西哥护照，就可以免签证进入加拿大。他们进来后有组织地进行盗窃，即使被抓住了也很从容。加拿大对偷窃罪惩罚力度很小，疑犯被指控后往往能与检控官达成认罪协议，坐免费飞机回到老家，就算被判有罪入狱，刑期也只有短短三个月。他们一旦获释，又可以上街重复作案。有一个例子很说明问题，一名哥伦比亚妇女和她的女儿经墨西哥来到加拿大，偷窃被逮捕后，向加拿大政府申请难民保护。她承认犯有五千加元以下的盗窃罪，被判九十天监禁。现在，她已经获得人身自由，难民申请已在审理中。在这个等候过程中，她和她的女儿们住在一个新建的每月一千四百加元租金的公寓里，所有费用都由政府福利支付。她第二个女儿还生了一个孩子，天生拥有加拿大国籍。现在这个家庭被驱逐的可能性几乎是零。近年来，这些流浪的罪犯发现了一块未开垦的肥沃宝地:华人的家庭,尤其是那些大房子。窃贼的策略很简单:让一名戴着头巾的女人或者装成公司推销员的男士去到住家门口叫门。如果没人回答,就从后院破门闯入,首先前往主卧室,寻找珠宝、名牌商品和现金,无一不得手。到目前为止,约克区报案几百起,破案抓获的罪犯人数为零。

庄德礼也提供了自己掌握的数据和自家被盗的经验,根据他的观测,认定接下来会有一个案件频发的高峰期,要做好准备。到会人员一致认为要把区内街坊动员起来,召开一次邻里大会。刘滢当场建了微信群,取名"香榭坊WATCH OUT邻里守望群"。她让大家通过各自微信关系把消息尽快发出去,还准备打印一批纸质通知送到已知是华人住户的房子。刘滢负责安排开会的场地,定好了开大会的时间。

第二天晚上,庄德礼看了一下新建的邻里守望群,吓了一跳,人数已经增加到一百多人。邻里大会地点在埃德加街120号的房子里,主人冯建德是个建筑商。庄德礼家离这里约九百米,不需开车,他直接走了过来。按照这边习惯,聚会时每人会带一样食物过来,他带了一瓶红酒和一盒日本寿司。当他接近开会地点时,看见路边停满了汽车,华人家庭男女老少一起出动,拿着折叠椅子聚集过来,很有气势。埃德加120号在大路边,是个五车库的大房子。庄德礼走到开大会的后院,看到一个巨大的游泳池泛着碧波,倒映着蓝天白云,边上有个很大的凉亭,三排长桌上摆满了食物和饮料,主人提供了一只烤全羊和酒水,上百人在这里也不显得拥挤。参会的除了华人,也有一些西方人,大部分是华人的配偶。那个被偷走红宝石的印度富孀就住在120号隔壁,也来参加了,还从印度餐馆订来一大盘子印度式的饺子。来客中一个白人男子是约克区警察局便衣侦探麦克,还有一个列治文山的女议员,这个地段是她的选区。集会一开始很正式的样子,先由刘滢主持介绍情况,因为有议员和警探及非华裔邻居参加,全程使用英文。女议员发表了讲话,称赞华裔社区的团结和贡献;麦克侦探介绍了警方掌握的盗窃案发生动向。议员和侦探象征性出席了聚会开头部分,便提早离场了。之后大会便是自由讨论,某种程度成为社交联谊活动。针对如何防范打击入室盗窃,大家献计献策。成立巡逻队的建议很快被提了出来,很多人都会往这方面想,连印度老太太也这么想。她说小时候在印度乡村,野生的大象会到玉米地吃庄稼,村里的人就会成立巡逻队,埋伏在地头,野象来时放鞭炮烟火,敲响铁箱子,吓跑它们。还有一部分人提出要多装监控器,可以运用刷脸高科技,同时配合无人机在空中巡逻。想法越来越多,群众脑洞大开。

庄德礼和会场房子主人冯建德聊起天来,相互加了微信。他一看对方微信名乐了,叫高传宝,配的头像就是电影《地道战》里主角的剧照,头上还包着白毛巾。初次见面,他不便马上问他为什么用《地道战》里人物的剧照和名字。和他聊起天,庄德礼得知他毕业于浙江大学土木工程系,到多伦多之后一直在本专业内干活,起初给建筑公司当施工员,后来自己做点小工程,而现在他是个大建筑公司的东主,和市政府有大量工程合约,主要是地下通道设施方面,还有TTC(多伦多公车局)地铁的辅助工程。庄德礼问他用《地道战》的元素作为微信名是不是和他目前从事多伦多地下工程有关系?冯建德微笑不语。他说了一些让庄德礼觉得疯狂的话。冯建德说在某个维度里,城市的地道是到处存在的,和高家庄的地道没什么区别。这个事情是得到证明的,他说自己在维修地下工程时,亲眼看见有的人往墙壁走去,然后就消失了。那些人是进到了地道里面,就像《哈利·波特》电影里经常出现的那样,是到了一个维度外的世界。他在掘进地道时,经常会遇到这些地下路径,打破了,还得修回去,绕开来,人要是误入这些地道就回不来了。冯建德举了一个很说明问题的例子,墨西哥毒枭古兹曼·洛埃拉在监狱里面从抽水马桶下面逃走,帮他越狱的就是这样的神奇地道专家。庄德礼听他说话觉得这个家伙好像有幻想症,可能科幻看多了,但看他实业做得那么好,似又证明他不是个疯子。

在和冯建德交谈的时候,庄德礼的心思有一半在注意后面一排坐着的一个女生。她就是那个开大G车的女子。之前他只是在车子经过时打了一眼,惊鸿一瞥。现在他可以在静止状态看她,但是也不能盯着她看。作为一个成功人士,他接触过无数素质优秀的女生,他最相信的是第一眼的直觉。这些年来,庄德礼一直心平如镜,过着无所事事的隐居式生活。当他刚才看到她出现的时候,居然有心跳加剧的感觉,说明他是在意的。这女生身上有吸引他的东西,不只是她所居住的那座生铁城堡。他看到了她去摆满美食的桌子那边取餐,也跟了过去,好像她身上有磁力。她取了一只塑料的用餐手套,可怎么都搓不开黏在一起的口子。庄德礼很自然地把一只已经错开口子的手套递过去,换得她一声谢谢和一个眼神。为了回报他的帮助,她建议他吃一块她带来的南京盐水鸭。

"这么说,你是南京人?"庄德礼开始了第一句和她的对话。

"我是重庆人,不过在南京读的书,学会了做盐水鸭。你呢?"

"武汉人。我在路上看过你开车,还知道你住在路口的城堡里。"庄德礼说。

"我散步有时经过你家门口,你家后面那几棵枫树太好看了。"女生说。刚才庄德礼发言时报过自己家门地址,她记住了。

"还是你家的城堡更好看。你已经加入微信群了吗?还不知道你名字呢。"庄德礼说。她的脸很白净,眼角略有细细皱纹,头发乌黑。

"加了,我的微信名字是YI,我叫南懿。"

庄德礼很快就在微信群的通讯录里找到了她的名字。这时候,他本来可以提出相互加一下微信,但是他知道真要接近一个在意的女生,初始动作要越慢越好,就像猎豹接近一只羚羊。他知道今天的交谈该结束了,在最好的状态下结束,下次的交往会更加顺畅。

这次的群众大会取得高度共识,每个家庭都扛着一个铁丝加塑料板做成的牌子回家,上面用英文写着Neighbor Watch Out(邻里守望)。大部分家庭把牌子插在门口,也有个别人多了个心眼儿,这不是告诉贼人我是华人吗?就把牌子放在车库里没插上。这个措施容易实现,而第二件实事——建立巡逻队却有难度,要有人力物力。在大会上,有个北京老乡就提出来,这还不容易?咱们照着朝阳区大妈的方式不就得了吗?保证贼人寸步难行、插翅难逃。但是问题来了,北京有很多大妈,土生土长,了解每一寸街角土地,每一句方言,是土地爷。在香榭坊可找不出这样的一支大妈队伍。的确有一些大妈大爷,是子女带来的父母亲,不会英文,出门还会走失,根本担当不起这样的重任。所以这件事情还得会开车会英语的青壮年来做。先是有人提出义务制,每家出人,不出人出钱也可以。这个提法很快被否决,加拿大是个平等国家,不能用钱摆平,而且这里的住户不差钱。最后决定还是采用荣誉制,英国骑士方式,自愿报名,让出巡的人们在区内获得名望。

经过一番组织,巡逻队成立了。根据地段,分成三个小队,每次值班巡逻两个小时,主要是监视区域内的异常情况,有情况及时通报。一是报告户主,二是通报微信群,三是盘问调查。每组有五个队员,从晚上六点开始到第二天六点,每两个小时轮班,巡逻队员要开着自己的车,在香榭坊的街区之间巡视。他们选择了十个观察地点,巡逻间隙就在那里埋伏,观察情况。

庄德礼第一次出勤时段是在晚上八点到十点。这两个小时他开着车在区内巡逻,小区并不大,兜一个圈不到十分钟,所以他很多时间是停在观察位置上。他第一次发现可疑情况是在西林街看到有一辆灰色尼桑车停在路边,当他的车子经过时,他看清驾驶座里是一个南美模样的人。他把自己的车停在了路边,车头朝着尼桑车方向,开着车载行车记录仪拍摄,觉得这人很像个踩点的。他把视频在群里直播,很多人在看,都提醒他注意安全。很快又有一个空中角度的视频出现,是无人机出动了,从空中切换画面(后来他知道无人机操纵手是南懿的儿子)。有人建议他过去盘问,但也有人说这是送死,万一那人拔枪崩了你咋办?微信群中有一户人家就住在无人机实拍的视频画面之内。突然他说话了,看!这人是我家女佣的老公。视频中出现了一个女人走出一扇大铁门,尼桑车上的男子下车,先和她拥抱,然后打开车门让她上车,场面很温馨。看着车子远去,庄德礼想,幸好没有过去盘问人家,要不然会多么尴尬,这可是一种对别人的歧视啊。

庄德礼的第三次巡逻就没那么岁月静好了。那是夜里两点来钟,他看到了一辆皮卡从橡树路进来,进入玛丽谷。这个时候不可能是施工的,一定是贼人。于是他的车子跟了过去,看到车子进了一条小径,这是一条死胡同,他跟进的话会有危险,就要求空中支援。无人机起飞了,拍到贼人扛着长梯子,从一个边门进入后院。在瞭望网上监视的孔蒙申一看,这房子是群里的华人老高家,他做纺织品生意,家境殷实。群里已有电话通讯录,他马上电话通知老高。这家伙已经入睡,被手机叫醒。老高一边和群里人说话,一边听到屋顶上有响声,马上打电话报告警察,说贼人正在屋顶。这回警察马上赶到,因为这种情况有可能出人命案。警察到来时,贼人还在屋顶,下不来,被警察活捉。这是三个月以来警察首次抓获入室偷窃的贼人。多伦多华人自媒体"超级生活"报道了这一消息,香榭坊巡逻队在加拿大华人社区圈内出了名。

天很快冷了。在进入冬天之前,多伦多会有一段飘着雨丝的阴雨天。这天又轮到庄德礼巡逻。他转了一圈,把车停在了"城堡"下面,可以看见"城堡"南面的窗户。这看起来是无意的,事实上是受到了一种吸引,他对"城堡"有好感。他看到窗内有灯光,隔着窗帘还见人影晃动,很像电影里的镜头。庄德礼突然很想和南懿说说话,他和她还没有个人微信,又不想在群里和她说话。他觉得现在是申请和她添加微信关系的时候了。他在群里找到她的名字,在要求加微信的一栏说:我是John Terry,正在你的"城堡"下面巡逻(John Terry是他的微信名,也是他的英文名字)。发出之后,他心跳得厉害,等着她接受,又有一种害怕她会接受的心理。他看着窗上的灯光和人影,想着她在干什么,有没有看手机,看到他的话会有什么反应?

足足有半个小时,庄德礼的心思都在手机上,不见南懿回复。他想起自己读大学时军训,有一次夜里站岗,抱着步枪睡着了,结果被训练营的军官查到,受到通报批评。他觉得自己现在也是在站岗放哨,这样看手机和抱着枪睡觉差不多,于是就放下手机继续观察路上情况。可就在这时,突然听到手机叮咚一声轻响,这是有人接受你申请的信号。他心跳加剧,打开微信一看,果然是YI加他了。她回了一句:"辛苦了,轻骑兵!"

这一句话让他觉得很是亲切。"轻骑兵"这几个字说明她是读过俄罗斯文学的,而他也是看俄罗斯的文学长大的。"轻骑兵"这个词也很切合他眼下所执行的任务,为接下来的对话开了一个好头。

"夜里看到你的灯光很温暖,我想起一首歌《罗蕾莱》,这歌唱着德国河流上有一处悬崖,水手被悬崖上的歌声吸引,结果撞到暗礁上了。"

"知道这首歌,蔡琴唱过的。可我觉得那首《十五的月亮》更应景:你巡逻在祖国的边防线,我在家乡耕耘着农田。"接下来是一个大笑的表情符号。

"对你来说这歌太俗了,喜欢俄罗斯文学的人不会喜欢这歌。"

"你怎么知道我喜欢俄罗斯文学?"

"你叫我轻骑兵,这话只有看过俄罗斯文学的人才知道。"

"算你聪明,我真的喜欢俄罗斯,喜欢《日瓦戈医生》。"

"你还记得书里'带雕像的房子'这一段吗?"

"记得啊,这一段我最喜欢。拉拉住的房子对面就是一个带雕像的房子。日瓦戈找到那个房子,和拉拉一起把水挑到里面。"

"你记得真清楚。知道吗,我们区内丹霍姆街一座房子外边有精美的雕像。每回经过这里,我都会想起拉拉的故事。"

"你真是一个有意思的人。你是一个文青。你是一个什么样的人?说说看。"

"说来话长,某种程度来说我是个被铐着锁链的人,没有自由。我在麻省理工读完博士之后,创立了一个叫Flatform的数据公司,鼎盛时有一百多名员工。本来我想大干一场,可IBM(国际商业机器公司)看中了它的价值,花了一笔大钱要买断它。我并不想卖,可要是不卖就会被IBM逼垮破产,只得同意。IBM的合同附带了一个条件,从此我再也不能从事任何有关IT的商业活动,除了可以买农场搞种植业。"

"一看就知道你是有才华的人。可惜被囚禁了。"

"被囚禁的人对于城堡会特别敏感,因为城堡是囚禁的象征。"庄德礼说。

"其实我也是被囚禁的人,在这里六年了,带孩子上学,从小学读到高中。"

第一次微信说话就情投意合。庄德礼从来没有对邻居说过自己卖掉公司的经历,这是商业秘密,居然都对南懿讲了。卖掉公司之后,他的财富够他一生做个富人,再也不需奋斗,但是他的人生失去了动力。而此刻,他突然觉得自己内心的废墟里有一处地方冒出了暗火。

这天早上,一条不是入室盗窃的消息引起群里人很大不安。牙医咸森林夫妇牵着他家的纯种小哈巴狗外出散步,在过丹霍姆街和斯各特街口时,有一条看起来不很大的拉布拉多犬猛扑过来,狠狠咬了小狗颈部一口。这狗主人正是街口49号的屋主,这家伙每天下午五点左右会在门口的马路上用曲棍球棒击球,让他的狗去把球捡回来。他有时玩得嗨了,会脱掉衣服光着上身。消息在群里传开,反响很大,很多人都遇见过49号屋主人在马路上和狗玩曲棍球,但没见过这狗那么凶。这个白人男子见自己的狗咬了别人的狗,说了一声Sorry(对不起),带着狗回到屋里。牙医一看自己的狗不行了,立即抱着狗回到家,开车直奔动物诊所。抢救不惜代价,花了不少钱,小狗最后还是死了。警察对于这件动物伤害案件远比入室偷盗重视,接报案之后马上到了49号房子调查取证。证实是这家的拉布拉多犬咬死小狗之后,很快有专业动物人员过来带走了这条狗,让它安乐死,狗间蒸发。没有几天,人们在路口又看见了这个白人男子光着上身挥着曲棍球杆子击球,有一条新的狗口吐白沫在捡球。这狗比之前大,是更凶的英国斗牛梗,而这个家伙的眼神也更让人害怕了,从此华人散步都绕着圈子走了。

庄德礼对这件事有一种更复杂的提防心理。他对49号这家有印象。这是一幢老平房,有一侧种植着浓密的柏树,无法看穿,还有些郁金香之类的花草会从柏树底部长出来。这屋子的地皮不小,要是卖给建筑商翻建新房应该价格不菲。现在屋里肯定住了不少人,车道外边总是停着至少四辆车,有尼桑丰田,有时也会有好车,先前有一台宝马,后来有过一部奥迪和一部捷豹,这些车总是有一个部位被撞过,又不加以修理。经过这里总能闻到一种刺鼻又有点令人愉快的气味,毫无疑问,这是有人在抽大麻烟。他好几次看见过警车停在外面,警察进到屋里去,说明是有事情的。还有一次他散步经过这里,是在牙医家的狗被咬死之前,他远远看见一个中年妇女站在车道外和看起来是屋主人的白人男子说话。这屋里有好些个白人男,他弄不清哪个是打曲棍球的。那女的用很大的声音和白人男子吵,白人男子处于下风。庄德礼听到女的说了一句话,说白人男子把一个未成年的女孩拘禁在屋内,说要告发他。白人男子没有发狠,处于下风,只说你去告发吧。当庄德礼走过去之后,那女的开了一辆红色的车子从他后面过来,朝着北面方向开去。

某个晚上,十二点左右,庄德礼开车巡逻中经过丹霍姆街时,注意到49号房子内还有很多人活动,路边停着几辆车,后院还有灯光。他突然产生好奇心,这家人夜里干些什么呢?会不会和区内的入室盗窃案有联系呢?他把车停在一百米开外的一个隐蔽处,后面是布莱森街那座最漂亮的大房子。他一边用监视器看着49号的动静,一边和正在守望群里值守的孔蒙申交换情况。就在这时,他听到有人敲他玻璃,外面出现了一张人脸,一个白人手持一把手枪对准他,让他摇下窗。他知道有危险了,但是无法脱身,万一这人开枪怎么办,只好把窗玻璃摇下。

"F××k(××的),你在这里干什么?"对方问。他身后还有一个人,是黑人。

"我是这里的居民,是邻居,就住在隔壁街上。"庄德礼说。

"你半夜停车在这里干什么?"

"我在巡逻,最近这边入室盗窃案件多,我们在自卫巡逻。"

"都是你们招来的事情,快从我的视线里滚开,臭中国佬。"这个家伙说道。

庄德礼知道受了极大侮辱,但是不能吃眼前亏,无法和他理论,只好马上开车走了。

这事给了他当头一棒,这区内是有危险分子存在的。他和刘滢等人商量,说小区内有种族歧视的人,要进行抗议。可怎么抗议?对方到底是谁呢?他起先以为是49号屋里的人,但是刘滢告诉他,其实这边不少西人大宅都雇着私人安保公司的保安,夜里会暗中巡逻,这是侦探麦克告诉她的,也许这人是个私人保安。庄德礼想了想,觉得对这事很难做出反应,因为找不到对手,如果瞎抗议区内别的族群,会越搞越糟,破坏邻里关系。这个区内住户都很爱安静,邻里交往不多,华人还是最近才开始抱团的。49号这家是个例外,听说屋内有精神病人,最近还有一个人自杀。庄德礼这段时间有点幻觉,好像这里是个华人居住的家园,现在如梦初醒一般明白过来,这个区不是真正的"朝阳区",而是各种族混居的区域。地产网上有人口分析的圆图,用不同颜色表示各种族的居民比例。意大利语人口占25%,英语人口30%,伊朗语20%,华人占的比例仅一成多。事实上,这里最大最好的屋子都不是华人的。在西林街尽头那段没有人行道的路上,深入峡谷有巨大的房子群,路边标着门牌的地方仅仅是个入口,想看一下峡谷里的房子模样都看不到,庄德礼在这里住了三年都不知道峡谷里的房子住了什么人。庄德礼虽然能进入各种复杂的数据系统,但对邻居了解甚少。比如丹霍姆街门口有雕像的屋子最近挂牌子要转卖,价格奇高。庄德礼好奇,查了一下价格,看到和同样的房子相比,这房子报价贵了四百万加元。他请教地产经纪人孔蒙申,答案是这屋内装潢特别名贵,是请蒂芙尼公司的设计师做的,天花板上贴着很多钻石。这话让庄德礼觉得可信,因为屋外的那些雕像是真正的大理石和青铜做的,放在古罗马博物馆内都不会觉得假,屋里面肯定有好东西。还有埃德加路58号那个门脸有点像白宫的大宅,门口有个喷水池,大院内可以停十几辆车,车位总是满满的,每次看到的车都不一样,都是少见的名车,有些跑车他都没见过,不知道品牌。他常看到大胡子中东人带着美女出入,可能是个私人地下俱乐部。这些邻居根本不和区内的华人来往。

终于有一天,出了一个事情,他和区内那座屋子像宫殿一样巨大的外族邻居打了一次交道。这天早上,庄德礼接到报告,说昨夜巡逻队的无人机在巡逻时撞到了西林街口150号那座巨无霸房子围墙内的大柳树,失去了联系。这部无人机是南懿儿子操控的,功率大,配备全视角高清摄影仪,没有它,巡逻队等于失去了眼睛。据说南懿儿子打电子游戏和玩航空模型是个高手,却是个腼腆的孩子,不敢去那个大宅要回无人机。刘滢把情况告诉了庄德礼,问他能不能出一下面。这事让庄德礼想起读小学的时候,他和伙伴经常会把足球踢到操场后面一个粗石垒成的围墙里。那是最可怕的事情,因为这院子的主人非常凶狠,有好几个同样凶狠的儿子,他们家屋顶有个阁楼,里面养着鸽群。遇到这种事,大家就抽签决定谁去敲围墙里主人的门,把球要回来,抽签时会像决定生死一样紧张。去要球的人经常会被打耳光,有时候要回来的球已经被剪破,庄德礼额头就吃过院子主人一个"毛栗子"。但西林街口巨无霸屋主人不是这样凶狠的人。庄德礼之前散步时见过这屋子的主人,是个壮实的老人,他在路边的草地放了很多儿童喜爱的小雕像、风车、小喷泉,自己经常和老太太戴着破草帽在路边拔杂草、扫树叶。庄德礼知道这事得马上处理,因为这无人机不是玩具,有很强大的侦察功能,落入对隐私权敏感的西人家有可能变成大事情,警察要是介入调查就更麻烦了。他决定立即去拜访这屋主人,看看能不能顺利取回无人机。

这天庄德礼进入了这座房子。房子建在两条街路交界的高地上,像神殿一样巨大,却没有像区内别的房子那样的铁门,连木头的栅栏墙都没有,是完全开放式的。他刚进来时,发现前房门门框上有一个标志,便猜到了这屋主人是犹太人。进入屋内,他能看见的地方不过是屋子内部的百分之一,那是个巨大客厅,高大的金色穹顶,波斯地毯,墙上有一系列的大型油画,带着涂金的画框,上面的人物比真人还大。之前在路边见过的老人在客厅边的书房接待了他。这里的书架连到屋顶,得用移动的梯子才能够得着那些烫金的羊皮面书籍。庄德礼心里服气,知道华人在这里的宅子是无法和这幢房子比的,这不是靠金钱就能做到的,那是一种文化气息和气派,得靠年头才能生成。

老人无比友善,说自己童年时期在上海度过,是被中国人保护过的犹太人。他还说和香榭街隔着一条街的巴佛斯特路就是犹太人聚居的地方,有完整的犹太人社群设施和组织。老人住在香榭街区有年头了,对每座房子的历史都有所了解。他说起庄德礼房子的前房东曾经是一个有名的冰球前锋,后来还当过教练,卖掉房子是因为他要搬到温暖的美国佛罗里达去住。

庄德礼和他谈起区内华人住户频频遭到入室盗窃的事,说起了华人自发组织巡逻队,然后顺势说到了掉落在他院内的无人机的事,说完之后就条件反射头皮紧张,准备像小时候一样被那个园子的凶主人用指头在他脑门叩"毛栗子"。老人说自己已经把无人机收起来了。老人问他知不知道在社区上空用无人机监控是illegal(非法的),庄德礼回答说知道的。但是老人没让庄德礼为难,说虽然是illegal,但他主要是看合不合理,是不是必要。所以他觉得为了防范入室盗窃,无人机可以飞。老人嘴里不停冒着一个词:Fight Back(回击),说华人的做法很对。到现在为止,贼人没有进入过犹太人家里偷窃。为什么贼人不偷犹太人,就是犹太人会Fight Back。老人让庄德礼拿回无人机。告别时,他再次说,"Fight Back"。

当他拿回了无人机,心情无比愉悦。不只是因为拿回了巡逻队的眼睛,主要是为南懿做了一件事,献了一次殷勤。而且他有了一个上门的理由,去送还无人机,这样就能见她一面。当他的车子接近"城堡"时,那生铁雕花大铁门自动为他打开,车子进去后,铁门又缓缓地自动关上,一切都显得那么默契,不是铁门有多智能,是南懿在"城堡"窗内目视着他,为他开门关门。有很多年了,庄德礼没有像今天这样心潮汹涌,作为一个成功的高科技人士,身边不断会有优秀女生对他示好,外遇机会很多。但他记住一句话:麻烦事的代价是来得便宜,去得昂贵。然而今天,当他进入了"城堡",那一条铁律完全被抛在脑后,甚至他还越过了一条更普遍的常识:兔子不吃窝边草。当他进入南懿的客厅,那种气氛是愉快的,也是暧昧的。那是下午,她儿子不在家。

"以前是从街上看你的'城堡',猜想过这内部结构会是怎样的。我经常会联想起莫扎特的家乡萨尔茨堡,在那个城堡的顶部石室,放着各种各样铁质的中世纪酷刑刑具。"庄德礼坐在客厅一张中式红木椅子上,端着一杯她为他冲的滇红茶。

"那你现在找到了想象中的刑具了吗?莫非你坐的椅子下面有可以夹断腿骨的铁夹子?"南懿转过脸看着他,嘴角带着微笑。

"暂时还找不到。我只是看到了一个布满丝绸窗帘的客厅和满室的鲜花。你这房子里外都漂亮。"庄德礼说,他觉得和她说话是如此有趣。

"你知道吗?我们家买这个房子时,其实是犹豫了很长时间的。因为这个房子面对着两条大路,犯了中国人所谓的'路冲'。听说,就算是西方人,也不会喜欢这样的位置。"

"任何房子都有一些缺陷,看主要的方面好了。'城堡'是香榭坊的地标,风格独特,古色古香。你住着不是好好的吗?"

"之前是觉得好好的,但最近感觉心里慌慌的。我这些窗口外面看起来像箭楼,但是在里面我时时觉得会有贼人进来。二十多年前,我和老公在深圳开始创业,住宅楼外面都密密麻麻罩着不锈钢的安全网,我很不喜欢,觉得自己是被关在笼子里的动物。到了这边之后,看到所有房子的门窗都不设防,觉得很舒服。但是你知道吗?我最近很想把所有门窗再装上不锈钢防盗门窗罩,只是听说这里政府不容许这么做的。我去年回国的时候去过深圳,看到那些不锈钢的安全罩都不见了。"

"一个人住这么大的房子确实会有点害怕,尤其是女士。你先生有过来住吗?"

"他的心思都在国内的事业上。每年来一次,住一个月就走。"

"你不必过于担心,咱们这个区治安一直都很好,最近的状况是反常的,也不会持久,会好起来的。"

"我也是这么想。其实我老公说要是觉得不安全,他可以在另一个很安全的西方人社区再买一个房子。但是我还是不想搬家。我很喜欢我们这个区域,生活方便,离华人超市和餐馆都不远,区内有峡谷和大树,房子漂亮得像童话世界里的建筑。我搬来之前,前屋主意大利建筑家已把房屋交给儿子,自己到北边住了。他儿子没有打理房子,杂草丛生,花木凋零。我花了好几年的时间,才把草地整好,遍植花卉,石料外墙和铁艺部件都细心维护,把'城堡'搞得很漂亮。大家对我很好,都喜欢我这房子。自从有了邻里守望群,认识了不少人,更不想搬了。"

"你是群里重要的成员,真的不要搬。难以想象这'城堡'的主人不再是你,我会是如何失望。"

"你经常来坐坐吧,随时都可以的。"南懿说,眼神意味深长。这一天什么也没发生,但实际上该发生的已经发生。

香榭坊巡逻队登上各种中文媒体热搜,英文传媒也都有报道。但是区域内的案件数量并没有减少。刘滢从麦克探长那里获得内部消息,说南美职业偷窃联盟看中了这个地方,将在这里举行系列比赛,包括资格赛和锦标赛,接下来的日子会很麻烦。有一天,多伦多自媒体"超级生活"报道了一个新闻,说香榭坊社区有个武术教练,逮住了一个入室窃贼,他自己将窃贼绑了起来,等警察过来处置。李来仁是从美国搬来的,二十来年一直在士嘉堡开太极武术馆,每个学员一个月收三十加元,挣钱缓慢。他最终有了点积蓄,加上贷款买了香榭街的房子,是西林街豪宅区外围的红砖房。巡逻队成立的时候,他被封为巡逻队武术指导。他极其看重这个封号,像是林冲身为"八十万禁军教头"一样,总想为坊间做点好事。他每个晚上都要离家到士嘉堡开馆授课,这天九点左右,巡逻队发出警报,说有一伙可疑人在花园街一带游走,沿街敲门。此时李来仁穿着汉服,正教弟子们咏春拳,当时《叶问》一剧正在热播,学咏春拳的人很多。李来仁本来是专心教拳,无心看群里的视频。但是正在值班的巡逻队员打电话过来,说窃贼正进入他家后院。他这才拿起手机看无人机从空中发来的现场直播。他看着无人机俯瞰的一个画面:一棵长满花的树,还有屋顶,上面有一块补丁。毫无疑问,这是他家房子,屋顶的补丁是去年大风刮破屋顶后修的。贼人按了他家前门门铃,没人反应,就从房子一侧进入后花园。李来仁看到自家后院走动的几个贼人的红外线人影,不禁火从心上起,怒向胆边生。他对徒弟们说:"你们先自个儿练,我回家一下。"有三个徒弟就跟着他出来,跳上了车,直往十几分钟路程外的家宅而去。他的车冲进自家的车道时,望风的贼人来不及报信。他冲进屋子时,有两个已经跳入后院跑了,还有一个正想跑,被李来仁一个扫堂腿放倒,加一顿暴揍,当场擒住,按在地上。李来仁抬眼一看,屋内的后门被硬生生撬开,这樱花木的门是半年前花了他一万多加元才换上的。屋内一片狼藉,箱柜全被翻腾了,有锁的锁被砸开,没锁的被掀翻。他最关心的是自己还有两万加元现金放在一个镜框后边。他看见镜框已经被卸下来,包钱的布袋在地上,钱不见了。这都是他收的学费,现金,没向政府报税的。他马上去问那个被徒弟控制在地上的盗贼,钱在哪里?贼人说不知道,搜了他的身,没见钱,应该是他逃跑的同伙带走了。这边他马上给911打电话报警,他英语不好,半天都说不清情况。贼人想逃,他不能放他走,得把两万现金拿回来才行。911警察通过中文翻译问他有没有人受伤?他说没有。警察说现在人手不够,一下子来不了,会尽快来,但没有确切时间。李来仁苦苦等着警察过来。他不能把贼人放掉,要不然他那两万加元就没办法追回了,他也不能老是让徒弟按着那家伙,就用绳子把他捆起来,绑在花园里的大树上。没料贼人大喊大叫,杀猪一样凄厉。有一家西方人邻居听到了叫声,报了警。警察很快赶到,不是因为入室盗窃,而是因为邻居报警李来仁私自拘禁贼人。

这件事马上成了多伦多的热门新闻。起初华人社会都很关心那个被抓的贼人如何被审理惩治,还有李来仁的钱怎么被追回。但几天下来,案件大反转,贼人被保释了,案件转向了李来仁私自拘禁入屋贼人的捆绑行为,触犯了刑法。警察逮捕了李来仁,四十八小时后由家人缴付一万加元保释金才出来的。李来仁气得吐血,还得准备一周后的出庭。多伦多华人社会组织了大规模游行,到市政府警察局门口喊了几天口号,摇了旗子,请了刑事大律师黎钧。最终李来仁的非法拘禁罪名成立,经黎钧大律师的雄辩才免于被起诉。他的武术馆执照被吊销,十年内不得从事格斗武力的行业。由此连带的后果是,在法庭审理中,法官发现香榭坊巡逻队使用了空中航拍无人机,自装了街道监控摄像镜头,还使用人脸识别技术。法官为此大怒,宣布这些行为侵犯隐私权,严重违法。香榭坊巡逻队被勒令立即解散。

香榭坊的"邻里守望"一度被媒体追捧为理想国的模式,一夜之间却被彻底否定,这事就像一场荒诞剧一样。香榭坊居民并不在乎政府对他们的做法是否认可,只是关注到区内的入室盗窃案子一下子猛增。由于李来仁揍了一顿贼人,贼人们开始报复,集中在这个区内作案。案件越来越多,现在华人开始流行一种消极防范方式,家里有名贵包包的女主人传授经验,把名贵包包用黑色垃圾袋包好,扔在最不起眼的角落,以躲过贼人的搜刮。结果有一家粗心的男主人第二天把这些价值上万美金的"垃圾袋子"真的扔到了垃圾车里,被粉碎机打成了碎片。巡逻队没有了,各家各户只能自顾自。一部分家庭开始考虑拥有枪支。事实上一部分人家里已经有枪支,还常去打靶。但加拿大的枪支管理有非常严格的规定,如果你对人使用枪支,到头来一定会吃上官司。尽管这样,买一支枪还是成了香榭坊人们谈论最多的话题。

随着秋风吹起,加拿大的枫叶开始红了,风景显得那么优美,感恩节即将来临,收音机里开始出现有圣诞元素的歌曲。生活还要继续,区内西人住户的社交派对频繁举行,每个周末从下午到深夜,音乐声震耳欲聋,马路两旁停满车子。那段时间,庄德礼常和香榭坊巡逻队几个骨干成员私底下讨论未来的计划。由于目前任何实际行动都受到限制,迫使他们的计划充满幻想性甚至科幻性。那时玛格丽特·阿特伍德的网剧《使女的故事》正在播放中,他们从剧中反人类的力量联想到未来入室盗窃联盟会不会成为有军队有警察的政权?近年流行的电影和电视连续剧《饥饿游戏》《分歧者:异类觉醒》《鱿鱼游戏》等,都倾向于未来的世界会越来越军事化,由极端组织控制着社会,这使得庄德礼思考华人社区未来的发展方向。冯建德还在卖力推行他的那套高家庄地道战理想国。巡逻队解散之后,冯建德经常会用《地道战》里的一句台词鼓舞士气:"各小组注意,各小组注意。你们各自为战,打一枪换一个地方。"有时候,他会放电影里的片段,各家各户地道连成一片,武工队员通过地道从村里人家炕头钻出来,又从灶眼口转移到高粱地。冯建德最近又有了新的话题,他刚刚承包了一项为贝尔公司埋设地下光纤的工程。他说贝尔公司新建的地下光纤系统具有物理可能性,成为一种现代的量子地道,人的意志可以在地道里穿梭,甚至可以战斗。他说贝尔公司埋设地下光纤采用了一种智能机器,这机器就像一条蚯蚓,能在地下三米处自行挖掘前行,精确到达每个转换站。他说自己还看见了关键的一步,贝尔工程师会鬼鬼祟祟地在每个基站盒子上布上一种图形多维码。他还不知道这种码的作用,正在企图解开这种密码,也许邻里群成员未来就可以在地下光纤网络里穿梭呢。

在香榭坊华人最为情绪低落的时刻,南懿主动提出在她家开一场音乐会派对,这个提议让心灰意冷的邻里再次兴奋起来。"城堡"的塔楼上挂起彩色灯饰,请来的专业乐队除了标配的摇滚乐器,还有一架大型的竖琴和一部手风琴。一部大卡车提前一天就过来,把大功率高保真的音响设备安置在"城堡"每一个角落。在主舞台的一边有个大型投影屏幕供冯建德独家使用,他把《地道战》里的插曲都选出来播放,背景配上了原版影片的片段。毫无疑问,香榭坊区内的屋主人大部分生于二十世纪五六十年代,他们熟悉的还是那个年代的歌。在这个冲破沉闷的音乐会上,他们一直唱着旧歌,边唱边舞,最高潮的时候,一个歌手用摇滚乐的尖叫方式唱起了《国际歌》,这首歌马上把气氛点燃了,借着酒精的力量,几乎所有的人都挤到台下随着歌声跳舞。他们之前在国内庄严的场合中无数次唱过这首歌,可是从来没有想到伴着这个歌还可以跳摇滚舞,而且跳得嗨翻了天。这个时候,庄德礼一直在距离南懿不远的地方,人那么多,无法和她有亲密的表示。但是,庄德礼知道南懿虽然没和他说话,肢体语言却显出她在关切他,他们心有灵犀。当人们都被摇滚《国际歌》吸引过去跳舞的时候,庄德礼看到南懿进了屋子。他从另一个门也进了屋子,南懿站在那里看着他。他略有点慌乱,问洗手间在哪里,南懿转身朝左进入带几级台阶的通道,按了一个开关,那扇墙壁立时分开来。她和庄德礼进去之后,墙壁又合上了。一切都已水到渠成,他们开始接吻、拥抱,在一张大沙发上除去衣物。不只是性爱,庄德礼内心有一种强烈的情爱在汹涌。在他们做爱的时候,楼上舞台上的摇滚乐轰轰隆隆地响着。乐曲终了,他们也已经穿戴完毕,南懿对着镜子理理头发,示意庄德礼先出去,之后她笑容满面出现在会场的人群中。

音乐会不久后的一个晚上,庄德礼有点神不守舍,想着南懿。在和她有过那一次之后,他总有点心神不宁。现在他不能出来巡逻,找不到理由外出去见她,他不能有不正常行为,怕引起妻子的怀疑。就在这时,他听到窗外天空上有一阵巨大轰鸣传来，是直升机。直升机平时只有白天会出现，而且飞行高度很高，快速穿过而已。可今天的声音却特别响，桌上的水杯都被震动了。好不容易巨大的声音过去了，可不到五分钟，又响起来，而且这一回声音更响。庄德礼突然看见外面的路面亮如白昼，是直升机打开了探照灯在地面搜寻目标。紧接着他听到了皮尔森街和埃德加街有警车不停鸣起警笛，打着圈子，还有警犬在凶猛地吼叫。他打开窗，看到高处有一架直升机悬在空中，更高处还有另一架直升机在警戒，明摆着是在追踪搜捕目标。他打开了邻里守望群。很多人在发言，及时报告直升机搜捕现场情况。孔蒙申说看到十几个警察拿着长枪在地面追捕，还有警犬沿着路边搜寻。刘滢说已经发信给警察询问情况，是给那个帅哥侦探麦克，还没得到回复。很快孔蒙申说自己看到警察进入了他家隔壁的后院，有逃犯越过了栅栏，警察正在追，上面直升机的探照灯一直在照射着。刘滢发布了最新消息，说是西林街150号那座大宅主人的儿子是国会议员，窃贼进入他的房子，触动了特别警报，所以会有大批警察出动追捕。庄德礼立即就相信了这个说法，因为从孔蒙申说的被追捕者越过他家邻居栅栏的位置来看，非常接近那个犹太老人的房子。他没有想到老人的儿子是国会议员，只知道他的身份肯定不一般。这时群里有人说可以看电视新闻，有现场直播。庄德礼打开了电视，CP13频道正在直播。他之前住的地方和电视台不远，有一条路的名字就叫"13频道"路，里面有一个建筑群，有巨大的卫星天线。这个台最厉害的本事就是做现场直播，频道的记者就是一群秃鹫，哪里有血腥气就会飞到附近布下转播设备。记者已经连上了直升机空中镜头，频道有自己的直升机。画面上能看到两个盗贼对地形很熟，在西林街房子的后院之间躲藏逃跑，翻过一座座不高的木栅栏或者铁栅栏。有的后院之间没有隔栅连在一起，像足球场那么大，画面上一个窃贼直奔向前，像在重演马拉多纳当年那记单刀球。警察在外面的马路上追，利用自动追踪摄影机锁定目标，没有让盗贼脱离监视范围。庄德礼看见一个盗贼越过了带雕塑的房子，越过了带铜马、喷泉的房子，又越过了带保龄球馆的房子，一路狂奔。警车在集聚，不停地鸣笛，大批警员下了车，手里拿的全是长枪而不是手枪，把马路都封住了。警察守在路口，判断盗贼到了西林街和丹霍姆街交叉口最后一座房子，就要跳出住家后院过马路，正好可以逮住。然而，意想不到的事情发生了，窃贼越过了高墙，转身跳入了"城堡"的院子。庄德礼看着贼人进入"城堡"的铁墙内部，心头一紧，南懿今天只有一个人在家里，儿子到几百里外的滑铁卢大学读书去了。

警察一看贼人进了"城堡"院子，马上将其包围了。"城堡"屋子外面有好几个门洞，没有门，里面有石头的回廊连接，只有石洞里面才有门，因此盗贼很容易在石墙内躲藏，警察无法射击到他。警察一步步包围过来了，到接近贼人藏身的死角时，发现他已经用锤子敲破了门玻璃，伸手把门打开，进到屋里，把门反锁上了。直播记者报道:窃贼进入屋子劫持了屋主人,要求警察让他安全离开加拿大回到哥伦比亚。庄德礼一听这消息心如刀绞,这下可如何是好?就这个时刻,电视直播居然插入了广告,在南懿被劫持之际电视台居然插播这广告,气得他想把电视机砸了。他坐不住了,他有南懿手机号码,说好平时不用,紧急时刻用。现在正是紧急时刻,他拨通了号码,马上有人接。不是南懿,是警察介入她的电话。庄德礼的电话被警察拦截,询问他是什么人。他说了自己是她的邻居和好朋友,问警察现在她情况怎么样。警察说没有消息可以告诉他,请他不要再打这个电话号码,以免影响营救人质行动。

庄德礼知道情况严重,南懿一定出事了,否则她的手机通信不会被警察拦截。她就在距他不到一公里的地方,在"城堡"里,在贼人的刀枪之下。潜意识中萨尔斯堡的铁质酷刑刑具占据他心间。他现在最希望和南懿取得联系,得接近她,而不是被动地从冷酷插播广告的CP13频道现场直播中看到她受难。他启动了自己那台处理功能强大的电脑,他要找到警察在现场的指挥系统的路径,他知道警察有专门设备监控现场情况,那样就可以看到南懿目前的实况。他曾经多次侵入警察局网络,解开那些系统防护体系对他来说轻而易举。但是这一回他想进入解救人质现场指挥系统,却遇到完全不一样的路径。这是一种仿生的三维数据通道,他戴上了AR全息头盔式眼镜。在眼睛适应了焦距之后,他发现自己处于一个地下迷宫一样的环境,路径狭窄,很多出口入口。这是一个光纤的通道,之前他从没接触过。他想起冯建德说的贝尔公司在香榭区埋设光纤电缆的事,看来警察正是利用了这套光纤系统,警方是贝尔公司的合作者。庄德礼原来无所不能的解锁工具这回到处碰壁,找不到入口路径。

在邻里群里,冯建德还在喊话:各小组注意,各小组注意,烟是有毒的,不能放进一丝一缕,水是宝贵的,要让它流回原处。庄德礼骂了一句:F××k you(去你的)。但是立即和他微信私聊。

"哥们儿,我需要你的帮助。我已经进入警察解救人质的监控系统,想到达'城堡'现场,但是发现警察已经用了贝尔的地下光纤电缆系统。那个通道极像你描述的数据量子地道。我无法解开那一组密码。我记得你说起过埋电缆时贝尔的工程师在基站盒子上布上一种图形多维码,你知道里面的关系吗?"

"你是不是想去解救南懿?"冯建德说。看来他早就看出他和南懿的关系。

"我必须尽快到她身边。"庄德礼说,就算他八卦出去也不顾了。

"兄弟,只有掌握线路上每个基站的图形多维码,你才可以进入光纤系统里。"

"你有没有这套图形多维码?你一定有的,上回你提到过。"

"我后来是收齐了这套密码。但我要是把这套多维码透露出去,就严重违反了我和贝尔公司的工程合同,会被撤销资格、付出巨额赔偿,最后还得吃官司。"

"你还他妈高传宝武工队呢,这么自私,见死不救。你不知道南懿正被劫持,随时都可能丧命吗?"庄德礼突然失去控制,破口大骂起来。

冯建德没有回复庄德礼的臭骂。静默三十几秒钟后,一幅幅图形多维码从微信里陆续送来,一共有八幅。庄德礼对着屏幕作了几个揖,冯建德这家伙是好人。他再次戴上全息头盔式眼镜,把八幅图形码贴到对应的位置上。蜂鸣声响起,他开始向前移动,短暂时间内完全失去意识,就像几个月之前做的一次全麻手术一样。等到恢复意识之后,他觉得刚才自己在飞速移动,穿梭在星球之间、时间之外。现在他完全清醒了,发现自己真在一个地道一样的环境里,狭窄而平滑。这个通道和《地道战》里的地道不同,有点像亳州城里的曹操地下运兵道。那年他在亳州旅游,导游说有幽闭恐惧症的人别下去,狭窄的通道会让人产生窒息的幻觉。接下来他像是在一个巨兽的肠道里前行,有一种绿色的光在指引着他,更像是肠道蠕动推着他向前。突然间,肠壁变得薄了,挤压他向前的力没了。肠壁像气球皮一样越来越薄,直至能清晰看见肠壁外的情景。原来他已经到了'城堡'里面,透明肠壁外正是窃贼劫持南懿的现场。他一时间忘了自己的所在,怕贼人看到自己。但他触摸不到肠壁,也发不出声音,显然屋里的人根本没有感知到他,他只是一种电子微粒,一种暗物质,一种磁场。

现在他清晰地看到了南懿白皙的脸。那年初见她时,他并没有觉得她很漂亮。对她的美的认识好像是暗室显影液中的照片,渐渐显现出来的。这个显现过程持续了好几年,而现在,显现停止,另一种状态开始。她被劫匪的手臂卡住脖子,惊吓中显出镇定,在和贼人说着什么话。贼人手里有一把手枪,像中国的54式手枪,正顶着她脑门儿。劫匪嘴角冒着白沫,对着外面包围的警察说话,声音高亢,是西班牙语。人质被劫持已经有段时间了,劫匪嘴唇干裂,显出倦态。庄德礼看着南懿,还能随着意念调整放大焦距。系统采用夜视镜像,画面基本是黑白的,这让他看着南懿的时候有不真实感,像是在看一场久远的电影。她像《卡萨布兰卡》里的英格丽·褒曼,面对着德国军官,眼神里流露出一丝恐惧;她也有点像《宁死不屈》里的女游击队员米拉,神情坚毅。在这之前的现实生活里,他其实还没有真正仔细看过她的脸。此刻他凝视着她,发现自己内心对她的爱意是那么深。他爱她,愿意为她献身,愿意扑过去夺过贼人手里的枪,却隔着无法逾越的维度。且慢!他有新的发现,他觉得南懿眼神变得奇怪,好像是发觉到了他的存在。她的视线转向他,紧紧盯住他所处的位置,寻找着。一刹那间,庄德礼发现南懿的眼睛在和自己对视!就在这时,他看见南懿猛地摇动一下,控制她的贼人脑门儿中心突然出现一个小洞,紧接着才是一声枪响。贼人的眼睛一下子瞪得很大,脑门儿上的洞里流出了血,手臂从南懿脖子上垂了下来,手枪掉落在地上。然后就见好几个警察出现,把南懿从贼人的手中救下,很快满屋子都是警察。他明白警察已经用狙击枪打死了贼人,南懿安全了。现在他得从地道里退回去,就像钻洞的小鼹鼠,得把每个地方的数据痕迹抹掉,不让对方的服务器追踪到他。当他终于退出程序,摘下AR全息头盔时,觉得刚才经历的一幕是那么逼真,完全像真的一样。

从警察包围"城堡"宣布人质被劫持开始,CP13现场转播的画面一直固定在"城堡"的铁门上,偶尔看到画面有点抖动,是风吹过来摇动了摄像头。警察没有更新解救人质的信息。到半夜三点钟,直播画面突然热闹起来,有枪声响起,之后有大批的人员冲进"城堡",有救护车过来,屋内有担架抬出。看直播的邻居们知道一定是发生什么事情了,警察在采取行动。那担架抬出的是什么人?是劫匪吗?会不会是南懿?邻居们急得想跑出家门到"城堡"去看个究竟,可街上都是警察,示意居民马上回到屋内。终于到了天亮,约克区警察总长开直播新闻发布会,宣布劫匪在劫持中一直用手枪顶着被劫持的屋内女主人,警察在和劫匪谈判了三个小时之后,借助送水的机会,狙击手将劫匪当场击毙。女主人身体没有受到伤害,但精神受到严重创伤,被转移到另一个城市的医院疗伤。

警方击毙入室盗窃劫持罪犯之后,顺藤摸瓜抓获了一百多个职业窃贼,彻底瓦解了盗窃集团,并一改之前的宽容,把这批人永久驱除出境。这一次行动非常有效,从那之后,入室盗窃案销声匿迹。香榭坊的华人们松了一口气,开始了正常的生活。一年之后,屋门口那些邻里守望的牌子都拆了,后来几次活动都是野外登山郊游联谊。香榭坊回到了岁月静好的状态,房价又一次开始飙升。只有庄德礼感觉一切都改变了。"城堡"的女主人从那一次被解救出来后就没有再回来。几个月之后,有几部搬家公司的大货车来搬家,腾空了房子。之后便有地产经纪人插起了房产出售的牌子。整整一年过去,这个房子也没有人买,因为买家都知道这个屋子里击毙过一个人,发生过一起劫持事件。这种凶宅,多伦多有好多处,几十年卖不出去是正常的事,除非某一天出现一个外星人一样的买家。

庄德礼再也没有联系到南懿。听刘滢说,出事之后,她老公就带南懿回国了,没让她再回多伦多,她儿子也去了美国读书。关于南懿的最后消息,他是在《多伦多星报》上看到的。一位白人女记者独家采访了刚被解救出来的南懿,她的精神状态很不稳定,一直在哭泣。她说到在被解救之前的一分钟,看到了一个头戴中世纪骑士头盔的人出现在屋内,她相信他是来救她的,之后劫匪就中枪死去了,她也得救了。报纸的女记者引用了她这段话,指出这是心理创伤造成的谵妄。在所有看过这段专访的读者中,只有庄德礼知道南懿说的是什么,证实他在贝尔光纤通道内和南懿的对视真的发生过,他戴的AR全息头盔是青铜时代风格的。当他看到这段话时,浑身战栗,之后,又掩面而泣。

几年过去,庄德礼每回经过"城堡",看到"城堡"铁墙内疯长的草木和夜间点着的一盏孤灯，心里总有一种无法言说的难过。他内心废墟的暗火被南懿点燃之后，还在燃烧，无法熄灭。

【作者简介】陈河，生于浙江温州，年少时当过兵，曾担任温州市作家协会副主席。1994年出国，在阿尔巴尼亚经营药品生意。1999年移民加拿大，定居多伦多。主要作品有中短篇小说《西尼罗症》《夜巡》《我是一只小小鸟》《黑白电影里的城市》《南方兵营》等，长篇小说《沙捞越战事》《布偶》《红白黑》《米罗山营地》《在暗夜中欢笑》《甲骨时光》，曾获首届咖啡馆短篇小说奖、第一届郁达夫小说奖、《小说月报》第十四届百花奖、第二届华侨文学最佳主体作品奖、《人民文学》中篇小说奖、华语文学传媒大奖。

互猎

◎ 张学东

一

来人相貌平平。

再确切些讲，他已过早地呈现出那种年纪男人的诸多特质来：面皮黧黑皱糙，两腮的肉皮松弛呈条棱状，干瘪的嘴唇满是不健康的烟灰色，只有浓而黑的一对抹子眉还在不遗余力地参差乱长，如同久未修剪过的两段绿篱，看上去刺刺扎扎、毫无章法。整个脸部的营养，恐怕都让这两条贪婪的粗毛团吸收了去，使得这张脸看上去瘦得惊人又干得可怕。藏在眉轮下面的一双三角眼，多少闪跳着狡黠的光焰，还时不时地翻过一抹阴郁的眼白。通过自家的可视门铃，乍睹这副尊容时，雍和平心里便不由得泛起一阵莫名的不爽，而这种不良印象，又加深了才刚摆脱灯红酒绿场所的疲惫感和厌恶感。若不是门铃一直那样恼人地嘶鸣着，这种时候，他实在是懒得去搭理任何一个人。

"是雍师傅吧？"嘶哑的声音从话筒里慢吞吞挤出来，干涩且低沉，跟那副尊容如出一辙。一定又是哪个讨嫌的保安，他们总会没事找事上门来啰唆一通，什么车停得不是位置啦，堵了人家小区的大门啦，最好是下去挪一挪啦，与人方便自己方便嘛，诸如此类。雍和平根本不等对方把话说完，便极不耐烦地喝问道："快说，啥事？"许是楼下男子靠那摄像头太近的缘故，显示屏里的脸严重变形，鼻头显得奇大，同哈哈镜里见到的怪影相仿，这更加剧了主人对陌生男子相貌的坏印象。

"我说雍师傅啊，刚才你是不是把车停在外头巷子口了？"果然未猜错，又是个多嘴多舌、好管闲事的家伙。雍和平一边懒散地伸手拉开脖际的领带，一边愤愤地应付道:"都这么晚了,你说,还能停到哪去?拜托了,千万别让我再下去挪车,除非我能把它抱在床上睡一宿!"事实正如此,眼下在市区想找个泊车位,简直比寻个漂亮媳妇还艰难,只要回来稍晚点儿,你就得绕树三匝地满世界瞎趸摸,往往折腾老半天,还不一定能找得到合适的位置。巷口那边虽说离家稍远了点儿,可也算不赖了,由于它毗邻小区又非机动车道,巷道总共有一辆轿车那么宽,一般夜里过了零点,两旁的各类店铺陆续打烊,来往路人逐渐稀少,车胡乱停放一宿,应该不成什么问题。可问题是,偏偏有人半夜三更还跟自己过不去。

于是他不由分说,草草挂断话机,摘去领带,趿上拖鞋,打着酒嗝,醉意蹒跚地冲进卫生间里。今天是周末,傍晚老婆从幼儿园接上女儿,便直接打车回娘家过夜了,因为明天是老岳父七十岁大寿,老婆说她得提前过去帮把手,叮嘱他明天午饭前赶回去即可。眼下,他满身都是臭烘烘的烟酒气,当然也少不了花枝招展的陪侍女郎身上的香水和脂粉味儿,老婆若在家的话,他准得先去冲个凉,不然根本挨不了床沿。她准会为此煞有介事地唠叨半天,"闻闻你身上都什么味儿,熏死人了……"此刻他确实困得人仰马翻,上下眼皮早打起架了,他胡乱将自来水往脸上泼了那么几把,又拿手心掬了水吸进嘴里咕咕地漱口,他还没来得及拿毛巾擦干脸呢,可恶的门铃复又丧钟似的响上了。

"喂,你他娘的到底还有完没完?!"

就像绝大多数狂躁的精神病人的一次急性发作,他忽然冲着黑灰色的话筒咆哮起来,与此同时,一串晶亮晶亮的水滴从脸颊滑落到脚下的地板上。琥珀色的高光大理石地面,跟所有五星级宾馆的大厅如出一辙,镜面般闪闪发亮,直晃人的眼。这都得益于老婆的日常操持,这个女人实在太爱整洁了,每天不管有多忙,必得抽出空来,将这二百来平方米的复式楼房收拾得一尘不染。他有时刚好站在家中的美国红橡木扶梯上吸烟,就看见她吭哧吭哧蹲在一楼客厅里,撅着浑圆的屁股,反复擦拭地板和家具的样子,简直就像是一个执着的手艺人,在对自己心爱的作品做最后一次精心打磨。四岁半的女儿却是个小淘气包,高兴起来便随手乱丢东西,她的小画册、童话故事书、七十二色画笔和大大小小的毛绒玩具,总是被丢得到处都是,即便如此,老婆还是能魔术师般将这个家打理得井井有条。

许多时候,雍和平会满心觉得,这辈子能摊上这样一个女人该知足了,自己在外面虽辛苦奔波,在家里可是标准的甩手掌柜,衣来伸手,饭来张口,油瓶子倒地也不用他去扶上一把。可男人的心又总是野的,时不时跑到外面撒会儿欢儿,美其名曰生意应酬无法脱身,其实自己也难保不喜欢随波逐流荒唐一下。就拿今晚的这场饭局来说,他确实需要好好陪陪那几个重要客人,红的、白的、黄的各种酒都喝了,后来又去KTV包房,歌也唱得够嗨,尤其是一直缠磨在他身边的那个陪侍小姐,到底还是点燃了他那男人的豪情,最后居然就在狭促的车厢内,他醉醺醺地将那个小妖精摆平了。等他窸窸窣窣提好裤子,忙乱地掖好衬衫,随手抽出几张百元大钞甩过去的时候,对方冷静得却像什么也没发生过,只是双手利索地够到背后,旁若无人地系着被他拉扯开的胸罩的小挂钩,然后再拿细手指梳理梳理黑缎子般的长发,便漠然地推开车门,迈着轻盈的猫步,消失在无尽的夜色中。

那时间,有一股腥乎乎的夜风旋进车内,空气中飘荡着来自城市下水井的浓浓恶臭,这股醍醐的味道如当头一棒,似乎是对晚归丈夫的一次警醒和棒喝,使他不由得陷入那种激情消退后的落寞与隐疚当中。

"雍师傅,先别忙着发火嘛,我就是想捎句话,你的车窗……怕是忘关了。"随着话音落下,那张酷似哈哈镜里的丑怪脸,也毫无征兆地消失在巴掌大的可视屏里。

车窗未关?应该不会吧?可刚才自己确实有点儿手忙脚乱,毕竟,在车里做那事,况且又快到家门口了,一时疏忽也是难免的。于是,他不敢再犹豫什么,几乎来不及穿好皮鞋,就慌慌张张趿拉着鞋奔下楼去。脑海中分明还晃动着那张陌生的面孔,黑瘦、萎靡、变形,甚至有些病态,可偏人家还费心费力跑来提醒自己,自己也真是有点儿狗咬吕洞宾——不识好人心了。尽管他车内不会留有现金和银行卡之类的,可他分明记得,那份刚刚签妥的施工合同,正跟一摞标书副本一起被塞在车厢里,一旦让谁拿走麻烦可就大了。要知道,为了拿到这个抢手的项目,陪吃、陪喝、陪玩……他几乎没日没夜地折腾了俩月,直至今晚这一切才算尘埃落定。

奥迪A6L轿车黑黝黝地匍匐在巷口,离车不远处,一盏歪斜的路灯正呆头呆脑地投来一丛暗淡而散漫的光线,黝黑的车身被那一团朦胧的、类似月光的东西所笼罩,远远望过去,汽车静得仿佛一头熟睡中的黑豹。早在几年前,他还开着一辆二手的切诺基,整天灰头土脸地辗转于各个工地,后来生意越做越顺当,出行总得讲讲气派,事关面子问题马虎不得,他毅然决然买下了这辆纯进口的最新款奥迪牌轿车。

雍和平跑得气喘吁吁的,心跳得十分潦草。这种事情以前不是没有发生过,忘记锁车门,忘了关天窗,盛夏时节骤降暴雨,雨水直接从车顶灌进来,车里简直能养一大缸金鱼了……这样想时,先前发生在车内的荒唐把戏又闪跳出来,真是该死,一个人怎么可以忘乎所以成这样,竟忘了关好车窗,在做那事的当口。一旦想到这个关键点,他顿时眼皮直跳,飞也似的冲到自己的车前。

当雍和平心神不定地钻进驾驶室内,并下意识地回头朝后侧的车窗观望时,整个人霎时震惊得尖叫起来。

"啊!你……你……你谁呀?"

实际上，除了那一拃来宽忘关的车窗，此刻赫然闯入他视线中的，还有紧挨着那扇车窗的座位上立着的一截黑影。那黑影仿佛一只巨大的夜蝙蝠，诡异地钻进车来，心安理得地将这里当作自己理想的栖息地了。雍和平整个心脏猛地蹿向喉头，周身的血液几乎同一时间奔涌进空白的大脑里，一连串可怖的画面迅速在眼前滑过，劫持、绑架、敲诈、恫吓……所有充满凶险意味的剧情，都一股脑儿浮现在他脑海中。

"有钱就是好，这车才新换不长时间吧，跑起来准带劲，啧啧……"黑影不无艳羡，像是专门进来参观车的，弄出一串俗气的啧啧声，屁股上下用力弹压着油黑柔韧的真皮座椅，那响声听起来跟他的嗓音如出一辙，叫人难以忍受。

"喂，你……你到底是谁啊，你想……想干什么？"他一面怯颤颤地发问，一面尽可能睁大双眼，去盯视后座上的诡谲黑影。但这种时候，车厢内委实太暗了，想看清一个人的面目不太容易，这更使他心中的那份恐惧感分秒必争地蔓延开来，以致他都无法正常呼吸了。

"来一根不？"黑影压根不理睬他的惶惑与恐惧，而是静静地伸手从衬衣兜里掏出烟盒，轻轻磕出一支，冲他晃了两晃。那是一盒再普通不过的红塔山，这种低档货色在他的交际圈子里早就销声匿迹了。

他警觉而不安地摇着头，额际已然汗涔涔一片了。

"喔，差点忘了，你们这帮大老板，只抽软中华啥的，"黑影的口气不无揶揄之意，"咱这几块钱的烂杆烟，咋能入得了雍总眼皮呢？"说着，那两只手开始在裤兜里胡乱摸索起来。黑暗中的窸窣寻觅，带着某种诡秘而邪恶的味道，说不准，对方会冷不丁拔出一把锋利的匕首，直接顶在他的喉管上，听说，一些夜间拉活儿的出租车司机就是这样被劫匪控制住最后丢了性命的。

"我说雍总，别自顾愣着啦，你瞧，我又把打火机弄丢了，就借你的点火器使一下呗！"

他这才强迫自己从战战兢兢和胡思乱想中回转过神来。对方忽然改变了对他的称呼，兴许，是个熟人，故意拿自己寻开心也说不定，看来情形并没他想象的那么糟。他侥幸且狐疑地盘算着，同时摁下汽车的点火器，进而，又迫使自己积极地思忖起来。或者，一切都是预谋好的，先在暗中蹲点，以便监视他的一举一动，再装作保安的样子，混进小区叫门，一步步地诱他就犯，恐怕这就要跟他摊牌了。

砰！

点火器自动弹跳出膛，发出金属特有的清脆响音，那感觉类似于利刃突然出鞘。他惊得差点儿尖叫出声，身体不由得打个激灵，才忙掩饰似的伸手将点火器拔了出来，然后，动作有些笨拙和夸张地向身后递过去。

黑影慢吞吞地将自己的脑袋探过来，对着鲜红的点火头把烟吸燃了。空气中多了种呛煳味，白丝丝的烟气，很快就填满了这个越发令人感到窒息的狭小空间，仿佛一场阴谋的千百个神秘莫测的触须，无处不在，令人胆寒。

"呵，可真是贵人好忘事啊，怎么，雍总这老半天就没认出我吗？"伴着干呛熏眼的劣质纸烟味，那张瘦削的丑脸，再度伸到正副驾驶位中间的空当里，像一只非常突兀的面具一动不动，又像是准备跟对方好好叙叙旧似的。

"我看雍总真是生意越做越大，人也越活越风流了，可就是这身臭脾气，还那么雷公火暴的，准是在公司里训人训惯了吧。"

直到现在，雍和平总算有机会和胆量抬起手，轻轻摁亮了头顶的阅读灯，借着那一团橘黄色的光亮，谨慎地侧过脸去，使劲注视这张黑暗中的陌生面孔，青灰、松弛、粗糙、狡猾，唯独没有了刚才哈哈镜里的印象。狗日的摄像头，总是把人捕捉得那么怪诞不经而无法辨认。

事实上，眼前的这个抹子眉男人，确实透出几分似曾相识的味道，只是这相貌太过平常了，注定不会让人印象深刻。因此，雍和平不得不仔细辨识，同时，挖空心思开始追忆往事。实在是张其貌不扬的脸，最突出的就数那两道粗黑扎眼的眉毛了，看着倒有点儿眼熟，可一时真就搞不清在哪里见过……该不会是生意场上的冤家对头吧？

二

古稀之年的老人，在饭桌上依旧谈笑风生，频频举起酒杯。

"我说和平啊，今儿的酒咋老不见下去呢？瞧瞧，都能养鱼喽！"老岳父说着便直起身，亲自给女婿把酒蓄满，再端起自己的杯子，朝一直蔫头耷脑的雍和平举了一举，"来，咱爷儿俩有日子没好好喝了。"可雍和平压根就没听见老岳父的话，一味地沉浸在某种虚空中。老婆不得不碰了碰他的胳膊肘，又凑在他耳边轻声道："和平，爸等你喝酒呢。"他才如梦方醒，迟疑地"哦"了一声，忙伸手去端杯子，却又不慎，哗啦一下，那杯酒让他碰翻了。

老人用裁判员似的目光盯着他，略带不满地咕哝道："这生意上的事固然当紧，可也不能一门心思摽着劲，你说说，这钱啥时候能挣到头呢？今儿我看你老心不在焉的，是不是公司有啥烦心事？"他连忙摇摇头，勉强挤出一个笑脸，以示自己很好，但那笑容却稍纵即逝。老婆一面替他重新斟好了酒，一面笑着打圆场，说最近他在外面跑一个棘手的项目，老是深更半夜才进家门，估计是给累着了，昨晚又没休息好，让老人千万别往心里去。这话让他心里倏地一热，还是老婆最体谅自己。昨晚，最终躺在床上的时候，他确实睡意全消。那张黑瘦丑陋的脸，和那双不无狡猾的眼睛，就跟一枚生锈的钉子一样，深深钉在他的脑子里，搅得他思绪如潮全无睡意。

那还是几年前了，公司刚刚起步，自然需要招些人手，抹子眉大概就是那阵子被招进来的。雍和平自己学建筑出身，之前在国有单位干过几年土建工程，到头来单位只给大伙挣下一屁股债，连员工的基本工资都开不出，后来他索性辞了职出来单干，仗着托了些熟人和老乡的门路，陆续承揽到中小规模的市政绿化工程，不外乎在街边或休闲花园植植树、栽栽花、种种草皮，或者，在生活区搭建凉亭游廊、铺一片小广场、装个把城市雕塑，因为投入不算大，加上他又擅长方方面面应酬，生意倒也做得顺风顺水。绿化工程受气候条件限制，尤其在西北地区，一入冬便闲下来，公司不可能养那么多人，到了这种时节，像平时出工不出力的、干事浮皮潦草的，或者不听经理管束的，正好借机打发了事。那个家伙应该是在工地上当过一阵施工管理员，身上好像还揣着个驾照，忙得最不可开交的时候，也能顶个司机用。抹子眉一定是觉得自己为公司付出很多，可到头来一句话就让他走人，怎么也想不通，就跟主管人事的女经理大吵大闹，惹得那女人哭鼻子抹泪的。

那天的事正好给雍和平撞个正着。当时，公司承揽的一个市政项目正在全面验收，市里领导高度重视，要把这个工程作为评选园林城市的一个亮点对外宣传。偏偏这种时候，他们栽下的二十几株法国梧桐死了一多半，监理把他提溜到现场，训他跟训三孙子似的。最可气的是市委的那个小秘书，平时人模狗样，说起话来官腔十足，俨然二号首长，这家伙指着他的鼻子批评了足足半个钟头：没那个金刚钻就别揽这瓷器活儿，你知不知道，这次评比事关我市形象和未来的经济发展，你一个搞绿化的连树都种不活，难道政府出资是养你吃干饭的吗？你能干就干，不能干就赶紧滚蛋……雍和平被骂得灰头土脸，只剩下忍气吞声、点头哈腰的份了。没想到一回到公司就遇上抹子眉跟女经理闹得不可开交，当时大伙都在气头上，话说得很难听，加上对方那张黑脸确实叫人望而生厌，雍和平到底还是三言两语打发了此人。昨天在轿车里，抹子眉一边吸烟，一边跟他讲述这段旧事。"雍总，你说过的话，我到死都忘不了，你说，像我这种人，生就一副穷命，走到哪里，也不招人待见！哈哈，这话还真让你说准了，打那以后，我在哪都干不长久，可以说没过过一天舒心日子。有时我觉得，自己根本就不配活在这世上，要是早早死了，反倒干净……"

女儿吃过生日蛋糕后，便一个人跑到楼下玩去了。

楼前的草坪上，有一架小型的塑料滑梯，旁边还有几样半新不旧的健身器材，岳父他们经常在这里锻炼身子骨，活动腿脚。雍和平只是应付性地跟老岳父喝了两杯，就推说想下去瞧瞧孩子，担心小家伙会不小心摔跤磕碰。做父亲的都很疼爱女儿，别人也不好说什么。其实，他只是想借机到外面透透气，心里有事憋屈得实在难受。祸从口出,他可真没想到,当初自己随便说过的一句气话,竟让抹子眉耿耿于怀这么些年。对方虽然只字未提记恨他的话,可他能够感受到那种深深的怨恨,当自己后来嗫嚅地说出那句实在对不住的话时,抹子眉明显对此嗤之以鼻,丝毫没有接受他所谓的道歉。抹子眉将烟头掷出车窗,又用力吐了口烟痰,接着,就是一阵剧烈的咳嗽,那动静很有点儿摧枯拉朽的味道。他不得不忍受着咳嗽声所带来的种种心理不适,他甚至觉得,整个车厢都跟着抹子眉的咳嗽一起战栗起来。"噢,时候不早了,雍总也该回去歇着了,这往后啊,咱俩还有的聊呢,反正我成天闲着也是闲着。"抹子眉瓮声瓮气撂下这句话,便一头扎进了午夜漆黑的街巷中。车门被奋力关上的声响,如同一次有力的爆炸,让雍和平禁不住打了个冷战。

雍和平远远地望见女儿,小家伙天真地叉开双腿,细嫩如玉的肌肤发出孩童特有的柔光。此刻小公主就坐在鲜红的塑料滑梯顶端,饶有兴趣地舔吮着手里的什么东西。距离滑梯几步远的健身器上,有个男人正斜身跨在上面,两腿在离地面一尺高的位置上,一荡一荡的,动作夸张而又滑稽,活像个马戏团玩杂耍的小丑,嘴里叼着烟卷,目光瞥向他家的宝贝女儿。

雍和平的大脑猛地从一片恍惚迷乱中苏醒,嘴角不由得抽了一下,"该死的!居然跟到这里来了!!"

昨夜间,他也曾试探着问过一句:"你有啥要求?我会尽量弥补的。"问这话时,他的心里懊恼极了,那种叫人抓住把柄的感觉,简直糟透了,自己真是鬼迷了心窍。当时,抹子眉不置可否嘿嘿一笑,那伴随着浓痰和咳嗽的怪异笑声,真的比哭还难听。他直想冲口而出:"干脆来个痛快的,说吧,到底想要多少钱?"可最终,他也没有勇气说出,更不可能说得那么理直气壮。

现在,抹子眉又鬼使神差地出现在自己的女儿面前,可见这货是不会善罢甘休的,说不定,一路死心塌地地跟踪他到老岳父这边来,就是想把事情闹大,从而最大限度地狠敲他一笔。这样想时,夜里所有痛苦的辗转和内疚,全被抛到九霄云外,太阳穴处的青筋似乎都要暴突起来了,他暗中攥紧了双拳,三步并作两步冲到抹子眉跟前。

"喂,你到底想咋样?"他本来是想大声呵斥一通的,可那些硬气的话刚一挨嘴皮子,便蚊子般没了声气,像被苍蝇拍拍扁了似的,软塌塌的,变成了被极度压抑下来的一句悄悄话,连他自己都觉得窝囊透顶。

抹子眉照旧气定神闲地在健身器上晃动着双腿,好像他来这里仅仅是为了锻炼身体的。健身器的金属臂杆来来回回,摩擦出很刺耳的嘎吱声,有一只臂杆的接缝处油漆剥落,生了锈的铁杆露出褐红色的内里,仿佛随时会咔嚓一下断开。雍和平这时才留意到,对方简直瘦得像根竹竿,整个身体扁平枯槁,透过皱巴巴的灰衬衣,依稀可见根根肋骨,尤其那双荡来荡去的细长的腿,使裤管看上去空洞无物,俨然一个小儿麻痹症患者。抹子眉慵懒地打了两个哈欠,三角眼眯缝着,充满好奇地望着滑梯方向,那张瘦黑铁青的脸,在午间日光的映射下,倒是变得比夜间温和了许多。不,这只不过是种假象,谁也无法猜透别人叵测的内心!他尽量这样想。

女儿一见他来,便欢天喜地地从滑梯上滑下来,然后跑跑跳跳扑奔上前,一下子就把他的大腿抱拢了。“爸爸,爸爸,我不想待在姥爷家,一点儿也不好玩,我要去公园看小动物,你带我去嘛,好不好? 爸爸,爸爸,宝宝都好久没去了,上次你答应过宝宝,只要宝宝好好吃饭就去……”孩子的要求一点儿也不过分,最近这两个月,他确实忙得焦头烂额,通常晚上回到家时,孩子早就睡熟了,早晨他出门前孩子还没醒来,真怕女儿都记不得他的样子了。

还没等他想好该怎么搪塞女儿,那无耻之徒却忽然碍手碍脚地在女儿面前蹲下来,烟灰色的嘴巴几乎凑到孩子额前,用那副沙哑低沉的声调嘀咕着:“小娃娃都爱上动物园,猴子爬杆可有意思了,不过你爸爸可是大忙人,怕没工夫陪你去看,要不我……”抹子眉这种毫无道理的干涉,简直要让他气得发疯了,他注意到,懵懂无知的孩子竟然向陌生人投去了向往的目光。在短短几秒的愣怔后,他二话不说,激愤地抱起自己的女儿,大步流星地朝楼道方向走去,迅速逃开。

孩子当然不明白发生了什么,一个劲在他怀里拧着小小的身体,活像一条难拿的鱼儿,粉嫩的嘴唇倒也不忘吮吸手里的那只棒棒糖,晶亮的糖汁让那小小的嘴唇越发闪闪发光,如粉雕玉砌一般好看。孩子噘起小嘴咕咕哝哝:“宝宝不想回姥爷家,就要去公园玩,现在就去看小猴子……”他无暇理会孩子,执拗地一口气爬到楼上,用力敲开岳父家门后,径直把孩子塞给老婆。他谎称公司临时有点儿急事,需要自己马上去现场处理。老婆见他脸色委实有些难看,只是疑惑地皱了皱眉头,对于丈夫,她总是百依百顺的,她知道生意艰难,男人肩上的担子很重,她能帮的就是在家照顾好孩子。小姑娘发现爸爸着急要走,突然哇的一声大哭起来,惹得一屋老少吃惊不小,都慌忙撂下手中的碗筷,一起拥到门口张望。

等他快步跑下楼梯的时候,终于意识到问题的严峻了。女儿刚才手里拿着的棒棒糖,难不成是那家伙给的? 之前,他好像并未留意到谁给孩子买过糖吃。也许是他多疑了,不过,万一那畜生打起小孩子的主意怎么得了? 女儿若是被盯上了,后果将不堪设想! 这样一番惶惑无助的忖度,让他整个人几乎跌落到崩溃的边缘。他明白自己这次遇上大麻烦了。

种种迹象表明,抹子眉确实盯上他们这一家人了,尤其是他最最心疼的小女儿,刚才这家伙跟孩子说话的语气和眼神,就像是他跟女儿早就很熟络了似的。不,绝不能由着事态这样发展下去,快刀斩乱麻,得当机立断! 妈的,一定是穷疯了，想来敲老子一笔，钱我可以给，就当是做生意亏了本，只要那家伙能把嘴闭牢，并保证往后不再来骚扰，凡事都可以商量。无论如何，他自认为可以搞定这一切。

三

自始至终，那一桌子好菜他都没有动一筷子。

倒是抹子眉的胃口，好得着实令人吃惊，鱼来搛鱼，虾来剥虾。居然还点了阳澄湖大闸蟹，女服务员嗓音甜美地介绍，那可是一大早从江苏空运来的上等鲜货，拳头大的一只，就要八十八块，简直跟抢钱似的，一点儿折也不打。可惜啊，这么好的一盘螃蟹，那家伙根本不会吃，只顾饿狼般叼住胡啃乱咬，蟹腿被扯得四分五裂。那家伙的门牙龇得好似鬣狗，额头青筋啵啵直蹦，那双骨节突出的大手，活像流浪狗的脏爪子，指甲缝里净是污垢，埋汰到无以复加的程度。他经商也有些年头了，从来没有请这种人吃过一顿饭。

他实在是看不下去，只好痛苦地侧目去扫视窗外。街面上的人跟往常一样，熙来攘往，但他总觉得每个打窗边经过的人，都要居心不良或嬉皮笑脸地朝他们这边张望两眼，间或，露出一个诡异的笑。席间，服务员进来给客人更换蘸碟，很显然，小姑娘也被这种生猛的吃相镇住了，一个劲拿余光不无好奇地窃视着他们。好在，雍和平眼前的蘸碟始终干干净净，否则，他想，人家一准认定他俩是一路货色，恐怕八辈子都没吃过螃蟹。可即便这样，他也感到自己被不折不扣地当众羞辱了，对于一个成功人士而言，无异于颜面扫地。

“你当真，一口都不吃？”抹子眉埋头忙活了一通，也许终于想起对面还坐着一个大活人，才勉强用沾满了蟹黄和滴滴答答的姜汁的手，抓起一只五花大绑着的螃蟹，径直戳在他面前。“这王八日的，肥得流油咧，我劝你还是尝一个嘛。”实在可恼！这感觉倒像是抹子眉才是今天最慷慨盛情的主人，而他，很有点儿却之不恭的陪客的意思。

“不吃你会后悔的，真的，狗才骗你！”

他倒宁愿面前坐着的仅仅是一条饿急了眼的野狗、疯狗、癞皮狗，通常，狗吃饱了肚子，就会乖乖地听话，还会不停地冲你摇尾巴。他再次痛苦地将视线拉回到桌面，那些原本摆盘十分考究的菜品，早被抹子眉风卷残云般的丑恶吃相，搞得乱七八糟了，那些深褐色、鹅黄色、淡绿色、鲜红色的汤汁，飞溅得哪哪都是，好像雍和平一不小心，跌进了某个龌龊的屠宰现场，真就连下脚的位置也找不到。最惨不忍睹的是，那一盘大闸蟹，刹那之间变成了一座奇形怪状的小山，发红泛亮的蟹背壳，很有几分耐火砖的味道，加上白如瓷片的蟹腹壳，这一大摊红白相间的残骸，像极了刚刚被强行拆毁的建筑物，就那么毫无章法地被丢弃在眼前，实在是大煞风景。

他哭笑不得地摆摆手，表示自己什么也不需要，让对方自便。他丝毫没有饥饿感，况且，在这种坏人面前，哪还有什么胃口可言？焦虑和痛恨还来不及呢。更要命的是，抹子眉正用如此卑劣无耻的手段，不断地折磨着他的视觉、听觉和嗅觉，他简直有种生不如死的煎熬感，真想跟对方真刀真枪大干一场。有那么一会儿，他甚至考虑过，大不了弄个鱼死网破。但是，这种疯狂的、不切实际的愣头青想法，也仅仅在脑海里闪现了不足两秒，便消失得无影无踪了。现实，不允许他有一丝一毫的张狂和胡来，小不忍则乱大谋，否则，他有可能会身败名裂、倾家荡产，那样的话，多年的打拼都将付诸东流了。他打小就知道一句老话，叫"好鞋不踩臭狗屎"，现在，他必须让自己学会隐忍，不可轻举妄动，忍一时则风平浪静。

他越来越觉得，刚才自己真是吃饱了撑的，怎么会鬼使神差想出这么个馊主意来！"你要是还没吃东西的话，咱俩可以找个地方，坐下来边吃边谈，你觉得怎么样？"事实上，这也只是他一时想出的缓兵之计，没想到抹子眉欣然应允。"好啊，好啊，要是能蹭雍总一顿大餐，就是马上死尿了，也值！"当抹子眉兴高采烈地抛出这番言辞时，雍和平立刻流露出某种不易察觉的鄙视神情。吃人的嘴短，干脆就用好吃好喝塞住这家伙的臭嘴吧。数年来，过于频繁的迎来送往和觥筹交错，早就让雍和平对一切美食丧失了兴趣，吃饭，于他来说，更像是一种仪式，一种行之有效的交际手段，一种弥漫着食物气息的博弈和拼杀，离开饭桌，注定什么生意也谈不成。贪食乃人之天性，这也是生意场上最容易攻克的关口，不管什么人总得吃饭吧？

末了，抹子眉提出没吃完的东西要打包带走。"随你便吧。"他只是心不在焉地应了一句，趁机马不停蹄地思忖着，接下来该如何交涉。生意桌上他轻车熟路，可这种荒唐无理的谈判，他却一点儿底也没有，因为，他不清楚对方的胃口到底有多大。服务员漫不经心地往发泡餐盒里拾掇着剩菜，那家伙正优哉游哉地跷着二郎腿剔牙。他头一次在那张黑瘦的脸庞上，捕捉到一抹心满意足的红光。这种红润的光泽他并不陌生，事实上，跟他打交道的那些生意场上的人，他们的脸上经常挂着这种饱食后的庸俗光彩，如果再有几杯美酒下肚，效果会更好。通常这种时候，他们都会拍着胸口、打着臭烘烘的酒嗝道："雍老板，那事好商量，你就放心吧，到时候会尽量关照一二的……"可是，现在抹子眉一句话也没有，只是一味地沉浸在酒足饭饱后的满足与慵懒中，活像一条饿狗，刚刚啃完一条肥硕的羊腿，撑得没了斗志。

直到他们离开餐厅、汽车开动后，抹子眉才提出来，说想去当年干过的工地上瞧瞧。这个要求实在让雍和平感到莫名其妙，为什么要去那里？工地还跟这家伙有什么鸟关系？况且，都过去好几年了，公司承揽的业务那么多，生意早渗透到城市的角角落落，他根本记不得抹子眉说的是哪个工地。"你就照我说的，一直往前开，过了红绿灯，左拐再左拐，然后顺着匝道右拐，等下了铁路立交桥，就差不多到了。"他又不得不听从那家伙的一通瞎指挥，心里盘算着的，依旧是怎样能尽快摆脱这种没完没了的纠缠，他不可能将大把的时间都耗在这个浑蛋身上，时间对于他就是效益，就是大把大把的人民币，他时刻得算算经济账。

昨晚，自己的脑子一定是喝坏掉了，干吗别出心裁玩什么车震呢！是为了庆祝那份几百万元合同的顺利签订，还是仅仅为了满足一个男人不可告人的欲望？螳螂捕蝉，黄雀在后，一着不慎，就让自己落入这该死的圈套难以自拔。眼下，他不得不撇下岳父大人的寿宴和一家老小，驾车拉着这个难缠的无赖，满世界乱窜，急急如漏网之鱼，惶惶如丧家之犬，所谓成功人士的优渥感，早已荡然无存了。偶尔，他也会想起小女儿娇柔懵懂的小样子，当然还有刚才她歇斯底里的一通啼哭，孩子想去动物园玩玩，这个再简单不过的要求，却是他这个当爸爸的一时无法满足的，至少今日是不可能了。想到这里，他的怒火再度升腾，感觉胸腹的横膈那里，有一簇幽暗的蓝色火苗在吱吱燃烧。

"咱们可都是男人，有话只管张嘴，千万别再兜什么圈子了。"虽然心里如是合计半天，可话一出口还是变了味。"估计你这几年也不易，若是手头紧的话，不妨开口。"他试探性地抛出了橄榄枝，而且，尽量让自己的语气像老朋友那样舒缓而沉稳，"你看这样行不，你干脆说个数字，也让我听听？"

沉默。少说有一根烟工夫的沉默。沉默，远比车厢内滞涩的空气更加叫人难以忍受。抹子眉半晌一声不吭，只是将黑脑袋斜靠在车窗上，目光多少有些呆滞，也许是刚才狼吞虎咽地大吃大喝，让这瘦瘪瘪的家伙陷入了短时的困倦，那张黑脸已看不出有任何的妄想和危险了，好像他仅仅是个搭顺风车的路人。

"你觉得，钱这玩意儿，真能摆平世上所有事？"抹子眉像是在自言自语，那双三角眼眯缝着，像极了一只午间嗜睡成性的老公猫，说出的话也带着一股迷茫的味道。"那你说呢？"他实在是懒得回答这种幼稚的问题。平心而论，这些年的苦心经营，至少证明了一件事：没钱是万万不能的。有时，你想挣十万，起码得有五十万或一百万搁在那里，不然没人搭理你。

"你现在应该很有钱吧，想换新车就换新车，想住大房子就住大房子，没啥是你办不到的吧？"对方的口气，始终如睡梦中的人一样散漫不经，但那些话分明又是有所指的。

于是，他不得不接过话头，委婉嗫嚅着道："不瞒你说，钱多少是挣了一些，可也没有你想的那么多，如今处处需要打点，日常开销太大，就比方说昨晚……"说到这里,他不由得一阵懊恼,这才叫哪壶不开提哪壶,干吗自己跟自己过不去呢!

"差点儿忘了——昨晚你在车里头感觉贼受活吧?"这话猛不丁从那家伙的狗嘴里钻出来,带着一种十分艳羡的鬼祟口吻,一下子又刺痛了他的软肋。

"这个嘛……不过是逢场作戏……当时确实喝高了,不然咋会……"

"你是想说,酒壮尿人胆,对吧?"抹子眉的声音陡然提高了,还用力拍了一把他的肩膀头,仿佛哥们儿间熟得不能再熟了。"搞女人就是搞女人,你这就叫,老大白天玩命捞钱,老二夜里给你可劲造呢,不然,挣那么多钱管屁用!我要是有你那么多钱,一天非受活他几次不可!"抹子眉说这话时,表情忽然变得色眯眯的,让他竟无言以对。

"到了,到了,就在那头!"奥迪车在抹子眉不无激动的叫喊声中刹住,透过车窗,能够清晰地看到那家结核病医院和一片老旧的家属区之间的空地,杨树、柳树、臭椿还有国槐,长得快有两层楼那么高了,树木之间的空地上野草丛生,原先种植过的草坪早没了印记,靠近路边的榆树矮篱长得歪歪扭扭,颜色灰不溜秋的,几乎看不出什么绿叶,明显是后期的管护不到位造成的。这样小打小闹不上档次的小工程,他现在基本不干了,因为这多半都不过是为了争创所谓的"园林城市"或"卫生城市"之类的头衔,头痛医头地临时折腾那么一番,有时时间紧迫,干脆撒上麦粒冒充草坪,待检查评比之后,也就疏于管理放任自流了。他现在更愿意接手那种大型高档社区里的绿化和养护工程,规模通常比较大,造价也高,钱相对来得快些。

那个家伙完全不在乎他的感受,旁若无人地跳下车,手里倒没忘拎着打包的、鼓鼓囊囊的食物袋子。他像只撒欢儿的黑山羊,径自跨过灰头土脸的榆树矮篱,快活地一头钻进树林中去了。他望着对方有些驼背的干瘪背影,略加思索才离开了自己的汽车。他当然没有心境故地重游,恰恰相反,面对多年前公司干过的活,他倒是多少有些惭愧,他宁愿世上再也没人提起这个不起眼的鬼地方,公司在刚起步的时候,脚步总是蹒跚稚嫩的,就像一个懵懂肤浅的穷小子。他心事重重走过去的时候,那家伙刚好贴着一棵碗口粗的新疆杨撒完尿,身子还在神经质地抖着,同时仰起脖颈吸着烟,烟雾不时笼罩住那张皮肉有些耷拉的黑脸,加之林间荫翳蔽日,抹子眉的表情变得更加阴郁难测了。他只好皱着眉头,两手环抱站在对方跟前,不管怎么说,这倒是个讲话的安静所在,除他俩之外,暂时并无旁人。这种破事越少人知道越好。

可是,未等他开口呢,抹子眉就抢在他前头拉拉杂杂讲开了:

"你怕是不知道,当初为了种下这些树,我可是费了老鼻子劲,下面埋的都是该死的建筑垃圾,想要挖个树坑,真是比登天还难!"

对于这样的描述,他无动于衷,因为他的脑子里盘算的,是如何尽快打发这个家伙滚蛋。

"雍总，我想你还记得吧，当时工期赶得忒紧，我带着一帮人负责在这里挖树坑，你跑过来指着我鼻子训话，说挖不下去拿我是问，那天我确实跟你顶过几嘴，我说光靠人手怕是不行，得上那种小型挖掘机，你说我说的是屁话，花那么多钱雇台机器，要你们这些人吃干饭啊？还说什么两条腿的驴找不到，两条腿的人多了去了……后来实在逼得没法子，我想大家伙出来挣两个钱不易，就连夜用洋镐刨啊，撬啊，光人头大的石头和水泥块，就拉走了好几蹦蹦车，把那十几个哥们儿都累扯了，半夜里躺在地上就睡得呼呼的，那阵子还不到五月呢，夜里天寒起来，骨头缝子都冒凉气，害得我的老腰坐了病，疼了好几个月，肾上还落下了病根，可就是这样拼死拼活地干，到头来你还是轻轻松松一句话，就让我卷铺盖走人了……不是吹牛，我答应了人家的事，从不失信的，像你这种干大事情的老板，这辈子恐怕也没失过信吧，不然，你生意能做得那么顺，啊？"

这话无异于一道电光，冷不丁就刺穿了他此刻幽暗而焦躁的思绪，他觉得身体的某个部位颤了几颤，脸面忽然火烧火燎，像是被谁用力甩了几个耳刮子。

"你到底想怎样？"他那憋闷了许久的声音，终于第一次带有了质问的味道。他觉得自己像是已经被剥光了衣裤，正赤裸裸地站在对方面前，所有的羞耻感已消失殆尽，他再也无须遮着掩着什么了。

"别跟我讲这些，你知道我每天接触的都是怎样唯利是图的人吗？人和人之间除了利益和票子，谁还有那么多闲工夫跟你扯这些闲篇儿！你觉得守信用这件事很重要，你觉得我雇用了你，就该一辈子不离不弃地养着你管着你，是吧？可你有没有想过，有多少人出尔反尔？明明铁板钉钉的事，明明合同就摆在那里，可等竣工后好几年，愣是讨不回一分钱的工程款。更可气的是，他们还经常换头儿，新头儿一来，翻脸就不认旧账了，我们成了受气包和冤大头，还得往里面拼命砸钱，冤枉钱花得没数，你说我又该找谁说理去？何况，我这里就是一个私营小公司，我就是一个小老板，没有你想象的那么高尚，我不可能把公司办成一个大家都满意的福利院！当初，我可能是在言语上冒犯过你，尤其是在你的去留问题上。那天主要是我自己在外面受了窝囊气，回到公司冲你说了过头的话，我真的很抱歉，公司也有公司的难处，我知道现在说啥都晚了，我只想尽快了结咱俩之间的恩怨，只要能让你满意就好。"

话说到这里，他果决地由裤兜里掏出印有老人头图案的黑色皮钱夹，从里面抽出两张深蓝色的购物卡，递到对方眼前。"这里面正好有两万块，本来我是准备过几天孝敬新工地上的那两个小监理的，你若不嫌少的话，先留着用吧，公司还有一堆事要办，真的很抱歉，我得先行一步了。"

四

有如幽灵一般,抹子眉再度现身于公司写字楼对面的马路边上。

这已是几日后的黄昏了,雍和平是起身下楼准备回家时,从总经理室那扇巨大的宝石蓝玻璃窗里瞥见的。那家伙的脊背正懒洋洋地靠在一根路灯杆子上,身子一屈一伸地动着,像是在那里蹭痒痒呢,嘴里仍不忘叼着命根似的吸着个烟卷。

看来,这该死的尝到了甜头,那两张购物卡一准是打了水漂,压根没能满足他的贪欲!有句话是怎么说的,跟正人君子打交道,你得像个正人君子样;要是跟无赖打上了交道,你最好也变得像个无赖;要是跟你打交道的就是魔鬼,你索性就变成阎王爷吧。所以,他本不该心慈手软的。打一开始就一分钱也不能掏,让他空口无凭,疯狗一样随便咬去,谁会相信这么一个卑鄙无耻的家伙胡言乱语呢?可是事情不怕一万,就怕万一,万一这家伙真的去找妻子胡说八道,或者,冷不丁拎把菜刀,孤注一掷闯进幼儿园去劫持小孩,到那时候可就悔之晚矣。一想到妻子整日为这个家不辞辛劳地操持,想到小女儿年幼无知的可爱模样,他便于心不忍了,还是破财免灾吧,区区两万块又算得了什么,老子有的是钱,凡是钱能解决的问题都不是问题。这样想着,他急忙打开老板桌辅台下的一只小保险柜,那里面总有几万块周转现金,他想都没想,顺手拿了两摞子塞进兜里。

他刚把车从公司后院里开出来,老远便瞧见那家伙正准备迈步冲过马路来,也就在这一刹那间,那个可怕的念头比闪电还要迅疾,穿越脑际,使他周身的血液都为之蹿沸起来。他清楚地感觉到,握在方向盘上的十根手指,突然无法按捺地颤个不停,他像是一名乐手在为那首悲怆激越的《命运交响曲》敲打着节拍,当当当当、当当当当……就连踩油门的右脚的几根脚趾,也都在同一时间鬼鬼祟祟跃跃欲试了。汽车油门瞬间就被最大限度地轰起来,眼前的仪表盘的指针,迅速向右打到了两千五百转以上,车尾部的双排气筒也开始隆隆怒吼,震耳欲聋。

此时此刻,他能清清楚楚地感觉到,这辆象征着财富和地位的轿车,真的就变成了一头穷凶极恶的黑豹,一头驰骋猎场的百兽之王,猛不丁就窜上暮色苍茫的马路,并挟着一股丛林野兽特有的孤注一掷和狂妄,嗷嗷轰鸣着,目不斜视,龇牙咧嘴,毫不犹豫,朝着迎面飞奔而来的黑瘦猎物横冲直撞……

伤者已经在市急救中心躺了两天两夜,那副干瘪瘪的身板,被插上了好几种细塑料软管,氧气面罩一刻也没有离开那张青灰色的嘴巴。与此同时,公司新承揽下来的某豪华商圈绿化工程开工在即,他却不得不把大量的时间耗在医院里,耗在急救室和拥挤的科室走廊,以至负责施工的副经理都快把他的手机打爆了,一会儿向他请示这该怎么处置,一会儿问他那该怎么去协调,活脱脱像个离了娘的孩子。这种时候，他完全被巨大的懊恼和崩溃所劫持，如同身陷囹圄已无法自拔。

当然，这中间也少不了交警例行公事的讯问，他一再强调，当时天色实在太暗了，自己一时疏忽忘了开大灯，稀里糊涂就撞上了那个横穿马路的行人。交代问题的时候，他心里还会感到一阵阵惶恐，最让他不安的是，万一那个家伙忽然醒过来，知道是他开车撞的，会不会直接告他一个蓄意谋杀？还有，自己那桩上不了台面的糗事，到时候一定也会被和盘托出的，作为他杀人灭口的最主要动机……他实在不敢设想下去。可有时人生分明就是一场冒险，想要成功就要付出代价，他相信在激流和险滩过后，一定会有彩虹出现，只是现在一切都还很渺茫。

他现在连肠子都悔青了，真是良心丧于困地，一念之差多可怕啊！平心而论，他这辈子连一只小土鸡都没宰过。早先念书的时候，在中学解剖青蛙的生物实验课上，他始终没有鼓起勇气，拿起那把锋利的手术刀。后来这件事被全班同学诟病，尤其是平时最喜欢叽叽喳喳的几个女生，嘲笑了他好久好久，说他是个不折不扣的胆小鬼，没有一点儿男子气。以至多年后，在一次同学聚会上，大伙又乐陶陶地议及此事，都说他真是个面慈心软的善人。他们还煞有介事地借题发挥，说这个社会要想把事业做大做强，太过善良是行不通的，人们受经济利益驱使，情感变得日渐冷漠，心肠变得愈加坚硬。而善良有时意味着懦弱，懦弱往往会叫人丧失执行力，这在突飞猛进的商业社会不啻大忌。

当时太不可思议，好像早就聚集了那么一股戾气，像个恶魔在他身体里横冲直撞，使他突然变得心狠手辣，彻底丧失了人性，做事丝毫不计后果也不计得失，他竟连眼皮都没眨一下，就轻而易举地大开杀戒了。问题是，这个被他撞得半死不活的可怜蛋，之前还当过他的员工，怎么说也为公司效过几天力的，没有功劳，也有苦劳吧，他怎么可以如此残忍无情？简直禽兽不如！可有时，他又分明觉得，那家伙也真是罪有应得，谁让他痴心妄想跑来敲诈，谁让他耍弄阴招想不劳而获，明明已经给了两万块，见好就收吧，可他就像鬣狗一样死死咬住他不松口，实属咎由自取嘛。

"断了两根肋骨，还有些皮外伤，问题不算太大。"这是头天晚上，医生初步诊断后给他的答复，"糟糕的是，有一根断骨刺穿了一只肾脏，造成大量出血，必须进行手术。"但是，到了第二天早晨，情况又有所变化。医生对伤者做了术前的全面检查，却又意外地发现，就在那只受伤的肾器上，竟生有蚕豆粒大小的异物，经过一番彩超图像和活体化验分析，很快就有了更确切的诊断结果：伤者的瘤子应属恶性的。也就是说，那个潜藏已久的恶性肿瘤，几乎每时每刻都在威胁着患者的健康乃至生命，而病人或许还蒙在鼓里。因此，医生会诊后提出了合理建议，说正好趁着此番手术，顺带帮他切除掉那个肿瘤，不然伤者会有性命之忧。

与此同时,伤者的妻子也已经被交警传唤来了。这是一个唯唯诺诺的矮个儿中年妇女,那张生着星星点点雀斑的黄脸盘上,有那么一两处青紫的瘀痕,像是之前被谁粗暴地抡过拳头,一双湿乎乎的眼睛,眼神生怯而痛楚,她几乎不怎么抬头看人,一进病房,只顾捂着嘴默默流泪,对于丈夫肿瘤的事,她竟一无所知。但她始终没有像电视剧里通常编排的那样,疯狂地扑到丈夫身上,大放悲声,呼天抢地。

　　他反倒有些失魂落魄。这事越想越觉得后怕,尽管是对方敲诈在前,可后来自己的行为也太过歹毒,几乎眼睁睁杀死了一个大活人,面前的这个矮墩墩的中年妇女,让他的内心再次受到前所未有的煎熬,她的每一次抹泪、每一声哀叹,都让他觉得自己真该死。他反而希望,这个女人一上来就跟他撒泼,撕他的衣领,扯他的头发,朝他脸上吐口水,甚至再用力扇他几个大耳光,这样,他的心里也许会好受一点儿。

　　可是,这个无声又无息的矮个儿女人,自始至终除了低头发呆和悄悄抹眼泪外,连句像样的硬气话也不讲,只是一味地沉浸在惶恐与无助中。他听见负责事故处理的交警跟她嘱咐了几句,说这位雍老板人很通情达理,事后第一时间就把伤员送来抢救了,所有费用人家都没二话。"要知道,毕竟是你爱人违反交规在先,横穿马路可是不对的哟!"他听了这番话,心里越发感到一阵发虚,十根手指无所适从地绞在一起,额头直冒冷汗珠子。

　　眼前兀自闪现出交警所说的那个"第一时间":伤者肉球似的从轿车的前保险杠处弹起老高,在空中划出一道诡异的抛物线,继而又飞出十来步远,像一个被谁粗暴地扔出窗口的破行李卷,就那么胡乱翻滚着,最后重重地砸进路旁的绿化带中。这感觉很像几年前他去陕西杨凌订购一批行道树,由于地理不熟加上夜间驱车,在没有任何路灯照明的情况下,汽车猛不丁撞上了横穿马路的什么活物。当时就是那么咕咚一下,把他两眼的蒙眬睡意惊到九霄云外。事后他想,应该是只野兔,不然自己就死定了。这回更甚,要知道他撞的不是兔子,而是一个大活人,他简直吓得面色纸白,头脑嗡隆炸响,只顾慌慌张张驾驶汽车落荒而逃,耳边反复响起那种很神经质的自言自语:"撞死他了,撞死他了……我把他给活活撞死了……"

　　汽车后视镜什么也看不到,忽降的夜色恰好掩盖了车祸现场,加之公司所处的位置又离闹市区较远,相对偏僻,所以没人注意到刚才那惊悚的一幕。但他猛然间意识到,也许应该下去看一眼,万一没死呢,万一那家伙身上还揣着什么重要证据呢?比如,最让人担心的就是手机,这玩意儿有时就像手雷,那晚抹子眉男人有没有用他的手机拍照或录像?万一这玩意儿落到什么人手里,对自己就太不利了,到时候再整出个"车震门"就惨透了。

于是,他不得不掉转车头,又原路返回。当他心惊肉跳地翻越绿篱,摸黑寻到那个家伙的时候,立刻就在对方身上摸索起来,完全不在乎那人是死是活,好像他仅仅是件没有生命的平常物品。谢天谢地!手机还在,早该淘汰的旧款,机主设了密码,一时无法看到里面的内容。他稍加思索,便把那玩意儿冲着旁边的电线杆子用力砸过去,手机壳啪地响了一下,便无声地散落在黑暗中了,他终于长出了一口气。

就在那一刻,他隐隐觉得有什么神秘的东西,在扒拉他的脚脖子,一下,两下,三下……那动作微弱得像一片羽毛轻轻滑过。他吓傻了,一点儿不亚于暗夜撞到了厉鬼或僵尸,他惊愕地从草地上蹦起老高。然后,他就听到那种气若游丝的、近乎绝望的呜嗷声,像极了一只垂死挣扎的老狗,在主人面前惨兮兮地乞怜哀鸣着……

他还想毅然决然地扭头走开,可最终,到底扛不过内心的激烈争斗,鬼使神差地,他又被那可怜巴巴的声音硬给拽了回来。他发现自己并非铁石心肠,并非冷血禽兽,他根本做不到一走了之。他那可怜的一丝良心尚未彻底泯灭。他想起自己之前好像在一本书上看过,说地狱共分十八层,在阳世做了恶的人终将被打入其中,但每一层受罪的程度各不相同,地狱越深苦难越重,割舌头、剜眼睛、下油锅、点天灯……书上说,哪怕人这辈子有一点点善念,阎王爷那里都会记得清清楚楚,反正他可不想直接被打入第十八层。

事到如今,他不得不硬着头皮,装腔作势地给矮个儿女人吃颗定心丸。"请放宽心吧,你爱人的事,我会负责到底的。"说罢,他便迫不及待地跑到楼道尽头,钻进臭烘烘的卫生间里,手指哆嗦着,好不容易才锁闭了那扇肮脏的小门,然后,他死鱼般盯住天花板,大口大口喘气。

五

考虑到肿瘤扩散等问题,受伤的那只肾被整体摘除了,手术暂时获得了成功,前后所需各项用度,雍和平都一一支付,倒不是他有多慷慨,事情到了这一步,也只得如此。伤者的家属自然是感激涕零。

矮个儿女人一连给他鞠了好几个躬,可他始终不敢跟这个女人对视。他摆了摆手,便急匆匆从医院溜了出来。病房秽浊的空气,简直快让人窒息了。却未料到,矮个儿女人也一路尾随着他,悄悄来到停车场。太阳正热情奔放地炙烤着大片大片的车顶,四周到处都是汽车反射而来的刺目的白光,好像这满世界的大铁盒子,马上就会燃烧起来并化为灰烬。

女人抢先一步,挡在了他的车前。一种极不好的预感突如其来,他不得不重新打量对方。阳光下,女人的眼圈依旧红肿着,满面的雀斑让女人显得有些狰狞,颧骨处的瘀痕依稀可见,忧伤的眼神里,流露出某种欲说还休的意味。说不定她跟她男人是同党,现在轮到她来继续她丈夫的勾当了,正所谓嫁鸡随鸡,嫁狗随狗。他的脑细胞又开始急速活跃了,理智又重新占据了大脑,他不再感情用事,心里不断告诫自己,务必谨小慎微,千万不能再次落入该死的圈套中。贼咬一口,入骨三分,多年的经验告诉他,这世上只有你想不到的,没有什么是做不到的,他务必步步为营,以守为攻。

矮个儿女人忽然无缘由地垂下头去,像是生怕被他看穿了阴谋似的,那是弱者身上经常会出现的怯懦卑微的模样。或者,她只是还没有完全想好措辞,该怎样开口,跟一个私营老板谈判。他一面审慎地注视着对方的神情和举动,一面想象着可能出现的不利局面。她还是怯怯地迟疑着,嘴唇嗫嚅了好一会儿,最终,不无羞赧地,慢慢地,将那只插在裤兜里的手伸到他面前,又似投入了全部的勇气和决心,她终于把手掌平展开来:两张深蓝色的卡片。它们在阳光下熠熠闪亮,夺人眼目。他顿时傻了,这不正是自己不得已才送出去的东西吗?

"前些天,他回家跟我叨叨过你的事……讹人,是他的不对,为这我跟他闹了两回,可他死活听不进劝……也不知为了啥,最近他的脾气是一天比一天坏,动不动就翻脸……我老劝他别跟自己过不去,穷穷富富都是一辈子,可他就是死犟死犟的,老想着哪天能挣上一笔大钱……可我觉得你人不坏,不该乱讹你的东西,这回为救他的命,让你破费了那么多,咱不能再昧着良心了。"

女人像是用尽身上的所有力气,才赤红着脸,赧然地讲完了这通已经憋了好久的话。之后,她深深喘了口气,胸口明显起伏着,像是终于做成了一件了不起的事。她把手里的卡片轻轻放在奥迪车的引擎盖上,随即果断地转过身去,头也不回地一路跑开了。她跑得好慌张,身子朝一边斜去,像是随时会跌倒。看来,是他低估了这个腼腆而又诚实的女人。他想叫住她的,半天只是嘴巴干张了几下。他使劲琢磨女人说过的每一个字。那个画面太过血腥和悲怆,那是他一生最大的恶,他简直不敢再想了。

停车场的空气中,始终悬浮着一股火辣辣的味道,人的头脑开始莫名地发涨,盛夏好像说来就来了,没有丝毫的过渡。

公司的新项目进展得如火如荼。天气一天比一天热,白天蒸发量极大,刚刚种下去的植物,像月子里的女人一样娇贵。尤其是那几十棵碗口粗的银杏树和法国梧桐,都是花了大价钱,兴师动众地从南方辗转运来的,在他们这座西北小城,以前很少大规模种过此类树,水土不服在所难免,可投资方却孤注一掷,好像不种上这些高贵的树,就不足以提升商圈的档次。树冠上搭起了一层黑乎乎的遮阳网,树身上每天都挂着营养液袋,二十四小时不间歇地往树根部打点滴,就像是在争分夺秒地抢救危重病号。树的成活率直接关系到绿化后的整体效果，以及甲方后续的返款事宜，这是重中之重，万万不能马虎。

他踌躇满志地背着双手视察现场，他又一次给自己的员工发号施令："你们要有一股子跟大树共存亡的决心，都给我听明白没有?! 一句话，人在树在，树要是死掉一棵，我非把你们……"以前那句"头朝下塞进树坑"的狠话，他今天没有说出口。即便如此，那几个黝黑黝黑的乡下男人，还是胆怯地伸伸舌头，再舔舔被日头晒得干巴巴起了白皮的嘴唇，赶紧分头忙乎去了，谁也不敢有丝毫的懈怠。工人们深知，大树要是真有个三长两短，这月工钱肯定就泡汤了。

夜很深了，他处理完工地上杂七杂八的事务，才疲疲沓沓回到家。

这种时候，老婆和宝贝女儿已经睡下了，客厅里静得瘆人，大理石地面发出幽暗的亮光，这亮光又陡增了大房间的空阔度。他无力地瘫斜在沙发上，习惯性地打开了电视，是探索发现频道的一档野生动物节目，一只勇猛的猎豹，正向一只落了队的羚羊发动进攻。豹子雄健有力的四肢，正在草丛中跑跳疾驰，羸弱的羚羊完全惊慌失措，来回奔突，疲于逃窜，最终，猎豹锋利的牙齿死死叼住了对方细嫩的喉咙，鲜血汩汩涌泄，仿佛再也关不住的水龙头。猎者和猎物上演着狩猎与逃亡、生与死的对峙，弱肉强食，适者生存，优胜劣汰……这些法则在动物的王国里，似乎再天经地义不过。

不知怎的，他忽然泪流满面。他从来没有被这类节目打动过，从来没有! 这绝对是平生头一次。他慌手慌脚地想要转换频道，但是遥控器失灵一般，于是那幅惨烈的画面就定格在眼前，不时地激荡着他的心，使他灵魂深处的那种罪恶感不断加剧，扩散，蔓延。解说者正用磁性的声音娓娓讲述着："豹子终于大获全胜，现在是它大快朵颐的时候了，不过它依旧保持足够的警惕性，因为就在不远处，三三两两的鬣狗正十分狡猾地慢慢围拢过来，而天空中还盘旋着一只非常凶猛的秃鹫……"

某一瞬间，他仿佛觉得，那只狰狞血腥的狩猎者，就是他自己，他正在大口大口撕扯着奄奄一息的羚羊……而那张扭曲不堪的猎物的脸，越来越像一个男人了。

六

等到伤者及其家属主动找到公司时，他简直不敢相信自己的眼睛。

怎么说呢，抹子眉男人已明显发福了，三个来月的卧床静养，使得那张原本瘦削而暗黑的面孔有了明显改善：松弛干瘪的腮帮子，竟变得圆乎乎的；两片嘴唇明显带了点儿血色；皮肤也阴转晴似的不再那么黑沉着了。若不是矮个儿女人在旁边搀着他,雍和平就快认不出来他了。

　　未及他做出任何反应,抹子眉就在矮个儿女人的搀扶下,手里拄着一根与实际年龄极不相称的竹拐棍,一步一挪地摸进了总经理室。能看出来,这种走法几乎跟所有伤筋动骨者,或手术初愈后的病人没什么两样,孱弱、重心不稳、一步三晃。

　　"多亏了好心人啊,是你救咱一命,不然的话,我这一百来斤,怕早就交待了。"抹子眉语调非常迟缓,但显得异常真诚和动情,跟他以前惯于冷嘲热讽和阴阳怪气的口气截然不同,而且,他的眼神里丝毫没了先前的狡狯和阴暗,又似乎是被什么看不见的神奇物质所牵引,那目光总是不自觉地往两边飘去,很难长时间集中到一块,多少给人一种脑中风后的痴茶相。

　　"我这心里头啊,老也不踏实,这不,刚能下地动弹,就让老婆陪着来了,真不知咋报答经理的大恩大德……"抹子眉几乎再也说不下去,嘴角抽抽搐搐,眼圈泛了红波,倏地滑出两行浊泪来,手里的竹拐棍跟蛇一样一抖一抖,触地笃笃有声。

　　矮个儿女人忙掏出一团纸巾,一下一下替他擦拭着,那感觉像在打理一个不懂事的大孩子,她的眼圈也跟着红湿了。

　　至此,雍和平完全蒙了,一时张口结舌,又面红耳赤。"你们……这这……这是咋说的……"那种做贼心虚的感觉,一下子又把他死死地攫住了,他神情惶惑,半晌无言以对。

　　公司的副经理知道人家是来登门答谢的,急忙命女秘书倒了茶水热情接待。伤者拘谨地抿了口茶,突然又想起什么,忙对身边的矮个儿女人说:"快快快,把包里的东西拿出来啊。"矮个儿女人这才恍然大悟,赶紧从背包里取出一个绒布卷,当着大伙的面展开,原来是一面崭新鲜红的锦旗,上面绣着两行金灿灿的大字:"雪中送炭,救死扶伤"。

　　这个局面无论如何是他想不到的。他分明从伤者的眼神和口气中感受到,抹子眉压根就不认识他这个人,而过去发生在两人之间的恩怨龃龉,在伤者的头脑中同样不留一丝一毫的印记,一如手术摘掉的那只脏器。这又好比,原本被两个男人决斗时践踏得斑驳凌乱的一片海滩,当一次汹涌的潮水退却后,所有痕迹都不复存在了。与其说这诡异的结局让他感到不可思议,不如说是某种神奇的力量完全抹平了一切,这也太超乎人的想象了!以至于有那么片刻,他根本无法把自己的思绪拉回到现实中,整个人如同一只没有魂魄的空壳,轻飘飘地浮荡在空气中,升不起来,也落不下去。

　　好在公司的副总经理嘴皮子利索,又极会来事,一面替他收下那面歌功颂德的锦旗,一面大谈特谈公司近些年所资助的贫困学生和困难家庭,为他的所作所为找到了最好的注脚。雍和平正好借机溜出去吸根烟，以便舒缓一下尴尬而紧张的情绪。他稍稍一闭眼，数月前的那个夜晚，又开始在脑海中集聚浮动，荒诞而又猥琐，自然少不了后来那个更加罪恶的黄昏，自己就那样一步一步陷入污泥浊水中无法自拔。他现在唯一感到庆幸的是，在那个极其幽暗的时刻，他最终总算伸出了自己的手，哪怕只是被动的良心发现，其实现在看来，那也许不是在搭救别人，而恰恰是在拯救他自己。

不知何时，矮个儿女人已静静地站在他身边了。他倏然一惊，烟头灼痛了两根手指，他掩饰什么似的，哆嗦着慌忙丢掉。"现在……可真是好了，你看，他把以前的事都忘光了，有时候，像是快连我也记不起来了。"矮个儿女人低声诉说的时候，柔和的目光穿过他们面前巨大的玻璃幕墙，伸向不远处的地方。那里塔吊林立，犹如一片茂密的森林，一处庞大的商业楼盘正在夜以继日地建设中。他知道，那里正潜藏着无数个商机，有高楼就有空地，有空地自然少不了要种草、种树、做雕塑、铺广场。

"我后来就跟他讲，是你们这家公司捐了一大笔钱，帮他治好病的，其余的他啥都不知道，他现在也逢人就说，世上还是好心肠的人多啊！"说着说着，这女人倒像是在喃喃自语了，"也不怕您笑话，以前那种提心吊胆的日子，我和儿子真是过得够够的，但愿他以后……"

他始终静静地聆听，有时觉得这女人的声音很近很近，有时又似乎觉得非常遥远，仿佛他们仅仅是在一场奇异的梦境中相遇。他暗忖，最好这梦永远不要醒来。他甚至开始在心里盘算，如果可能的话，他很想再拉他俩一把，至少把这女人聘到公司里来干点儿什么，薪水嘛，可以尽量开高些……这种时候，他觉得自己的人生还是有些价值的。

七

"雍先生，这部手机你以前有没有见过？"

警察是隔着银灰色办公桌，把一个用透明塑料袋密封起来的黑灰色手机递到他面前的。雍和平侧着脸，不无好奇地瞄了那么两眼，随即便摇着头否定了。

"你再好好想想，比如，你身边的什么人，或者，你公司的那些职员？"对方的口气多少带有一丝循循善诱之意。

他有些不耐烦地皱起了眉头，要说公司员工，那些每年都在更换的植树种草的季节性用工，既有本地的也有外地的，有川区的也有山里的，实在是多了去了，他哪里能一一记得。"不好意思，我确实没什么印象，今年工程量尤其大，整天忙得焦头烂额的。"他双手抱胸，再次扫视一眼桌上那只被密封起来的手机，那玩意儿旧得令人鄙视，所有棱角都被汗液侵蚀得斑斑驳驳的，上面还泛着那种绿了吧唧的霉光，活像个刚出土不久的陈腐老古董，一块小得可怜的液晶屏，也绽出两道狰狞的裂缝。

"再给个小提示吧，这是在你公司马路对面的绿化带里发现的，当然，问题的关键是，这部手机里保存了一段录音，可能你会感兴趣的。"警察面无表情地说着，干练的目光已从他脸上移开，只顾动作灵活地啪啪点击着鼠标。

很快，就从警察的电脑扬声器里，播放出一段既陌生又熟悉的声音来。显然，那是两个男人在某个特定空间里的对话，声音时断时续，录音效果不是很好，听起来不免有点儿幽暗和模模糊糊的，但其中一个很像是他自己："你这几年也不易，若是手头紧的话，不妨开口……你看这样行不，你干脆说个数字，也让我听听？"中间出现了短暂的空白，有类似吸烟的吧嗒声和干咳声，接着，是另外一个男人在说话，那声音听着不无猥琐和玩世不恭的味道："你觉得，钱这玩意儿，真能摆平世上所有……"

他再也听不下去了。鬼知道警察是怎么弄到这些材料的，一种前所未有的无力感死命地攥住了他，那是东窗事发时的惶恐无助，更是一种大限将至前的毁灭感。已经远去的那个可怕场景，瞬间就被激活了，昏暗的马路、黑漆漆的草坪、刺扎扎的绿篱，还有黏稠冰凉的血迹，连同那惊心动魄的幽暗一刻，又借尸还魂般地闯入了他的脑海，开始激荡着这个男人的每一根脆弱而敏感的神经。过去几个月来，他一直试图忘掉那可怖的一幕，他也尽可能多地让对方获得一些应有的补偿，好让潜伏于内心深处的罪恶感和愧疚感消除殆尽。

"现在知道为什么传你来了吧，除了这段录音，我们还在手机上提取到了你的指纹。"

警察说到"指纹"这个字眼时，一副证据确凿要盖棺论定的口气。刹那之间，他仿佛被尖状硬物猛然刺中了，浑身上下不由得战栗起来，额际早已密布了一层细汗，两腿几乎麻痹失去知觉，脑袋似有千斤重。但他尽量稳住心神，毕竟是在生意场上滚爬了多年的老油条了，什么场面没见识过，所谓见人说人话，见鬼说鬼话，临时撒起谎来也是不会打磕的。他说，当时情况危急，为了尽快救人，自己确实动过那部手机，本来是想用它联系伤者家属的，可那玩意儿设了密码，根本打不开，后来可能是手忙脚乱地，就落在现场了……

事情一下子变得诡谲而又险象环生。就好比有一次，他好不容易忙里偷闲，便心血来潮带着女儿去游乐园玩，父女俩乘坐新建成的过山车。那玩意儿上天入地疯狂折腾了一通，便缓缓地停在半空中的某个高度一动不动了，就在人们以为惊险时刻已经结束时，那过山车却跟着了魔似的，突然加速，一下子扎进最下方的某片水域，呼啸而来的水滴和凉意几乎让人胆寒。他现在似乎就处在这样可怕的状况里,以至于都不敢再去设想,万一……万一抹子眉哪天一觉醒来,脑袋瓜子变得灵光了,一股脑儿地把几个月前的经过都讲给警察,到那时自己无疑会为此锒铛入狱,多年来的辛苦打拼都将毁于一旦,已经拥有的锦绣生活将跌进万劫不复的深渊,老婆孩子必然要跟着他饱受痛苦和耻辱,古稀之年的老岳父,还有老家年迈的父母,必将从此以泪洗面,再也抬不起头来……真是愚蠢透顶,最终他还是搬起石块砸了自己的脚。

看来事不宜迟,只得临时抱抱佛脚了。他当天邀请本市一名颇有声望的律师一起共进晚餐。这位老兄长相酷似一位笑星,稀疏的头发一根不落全贴着青亮的头皮背向脑后,一双多毛而肥厚的大手像极了熊掌,眯缝在镜片后的细长眼睛则像狐狸,显得精明而又诡谲。他以前曾帮公司摆平过经济上的一两次纠纷,在某种程度上,这是个很善于钻法律和政策空子的家伙,用他自己的话说,这世上没有他摆不平的案子。律师在饭桌上很专注地听完雍和平的讲述,沉思片晌,才老谋深算地替他谋划起来。

在律师看来,关键就在当事者,只要伤者及家属不主动提出控诉,所谓民不告官不究,建议他私下里尽快给对方塞上一笔封口费,然后,再通过律师的私人关系斡旋此事。"反正,你得死死咬住一条,就是交通事故确属意外,至于你俩之间的过节,完全可以说成是多年前的一桩普普通通的劳资纠纷嘛,公安若再追究什么,只说无可奉告,毕竟他们也是怀疑,只要搜集不到真凭实据,尤其是受害者提供的证词,想立案也不是那么容易的事。"律师的一席良言让他茅塞顿开,他当即将那两张未送出去的购物卡,原封不动地塞进了对方的衬衣口袋,说是一点儿小意思,不成敬意,事后另有酬谢。律师坦然一笑,说都是应该的,咱哥们儿间还瞎客气什么呢。

矮个儿女人在他公司里打杂有一阵子了,这天一早刚上班,他就把她唤到自己的办公室里,还亲自动手给她倒了一纸杯热茶,然后关起门来,无话找话地嘘寒问暖。矮个儿女人多少有些不知所措,以为自己哪里做得不妥,甚至怀疑老板想要炒自己鱿鱼了,所以,她的屁股只是浅浅地搭着真皮沙发一角,不敢坐实,半天头也不敢抬一下。他呢,始终装得跟没事人似的,尽量放缓语调说:"我听大伙老夸你,说你到咱们公司后,把里里外外的卫生搞得很彻底。"随即,才话头一转:"你爱人最近情况怎样,身体恢复得差不多了吧,改天我还要抽空去家里瞧瞧呢。"说着,就站起身来,把事先准备好的那只信封递到女人面前,"这里是些奖金,你拿回去,看该给家里置办些啥,把日子过好,今年公司效益不错,不能亏待了你们。"虽然话说得不显山不露水,可女人还是很疑惑地瞅瞅他,又瞅瞅那厚鼓鼓的信封,少说也有一两万块呢。她始终也没伸出手去接纳。

他从矮个儿女人闪烁的目光中,似乎读懂了什么,也许,警察早已到她家里了解过情况了,她把事情的前因后果和盘托出了也未可知。他灵机一动,又叹口气诉苦道:"如今生意越来越难做了,竞争对手太多了,暗地里使绊子的也不在少数。这不,最近就有人拿你爱人受伤的事来黑我,说我是故意开车撞伤自己的员工呢……实在好笑得很,要真是那样的话,我又何苦花那么多钱去救他的命呢?"

矮个儿女人始终静默无语,神情也已由先前单纯的紧张,渐渐变得复杂起来,直到他将那牛皮纸信封再度递到她手上,她才矜持地倒背了双手,连忙起身推辞说:"雍总,这钱无论如何我不能拿,不过请放心,咱不是那种忘恩负义的小人,谁说那样的话,谁烂舌头、下地狱。"他还想坚持什么,房门被敲响了,副总经理抱着一摞施工图纸径直走进来,矮个儿女人乘机退了出去,他顺手将那只信封扒拉进抽屉里。

那位律师老兄果然神通广大得很,没过几日,经他私下里的一番人脉斡旋,事情有了进展。

两人约好在茶楼里碰个面,律师脸上满是稳操胜券的得意之色。对方从雍和平手里接过厚厚一沓子酬金,几乎看也不看,便直接塞进了深咖色的名牌手提包里,然后跷晃着二郎腿,咝咝地端起紫砂茶盅品茗。"也算是老弟的造化,那个傻狲脑瓜子确实不灵光了,不然这事还真不好运作呢,毕竟人嘴两张皮嘛。"律师讲话时,始终摆出一副趴在桥头看水流的轻松与惬意。

他心里的一块重石刚刚落地,听完这句话复又莫名地悬腾起来。因为,谁也不知道,那家伙的脑袋到底出了什么状况,或者,保不齐哪天又忽然恢复了原先的所有记忆,到时候再过来咬他一口,那该如何是好?

律师似乎洞悉了他那副恍惚不宁的神色,边咂巴着茶叶梗,边放下茶盅,然后亲密地拍拍他的肩膀头,慢条斯理地宽慰道:"放心吧,天又塌不了,就算真塌了,不还有老兄我替你顶着嘛。"

不知怎的,这话倒越发让他有些不寒而栗。他也是忽然意识到的,这回也许真的是被别人牢牢地攥住了辫子,可事已至此,也只能听天由命了。

八

适逢年关当口,总得搞一场答谢宴会,那些对公司发展有利的各路大神,都得挨个儿下帖子,邀请过来盛情款待,场面自然是越隆重越气派越好。这天下午,公司包下了东港海鲜城的多功能豪华大厅,吃喝玩乐都备齐了,节目中间还穿插了为嘉宾准备的抽奖活动,头等奖是最新的名牌平板电脑。

数律师来得最晚,说是不巧得很,恰好有个场面需要应酬。雍和平很有诚意地给律师敬酒、寒暄。这位老兄眯缝着狡黠的细眼,将酒杯在唇上沾了一沾。雍和平故意挑理道:"太不够意思啦,连新年酒都不干掉,往后咱们兄弟还怎么合作?"律师这才勉强饮了,吧嗒几下嘴皮,龇牙一笑,忽然又神秘地伸过脖颈,那张能说会道的嘴巴几乎贴到了他的耳朵根上。"谁说不合作了? 要不是为了更深入地合作,我今晚还就不来了,来了可不单单为讨杯酒喝,我还有一份大礼相送哦!"显然,这是在卖关子,标准的生意场上欲擒故纵的套路。

雍和平很会意,赶紧揽住对方的臂膀,两人便勾肩搭背暂时抽身退出了沸腾喧哗的席面。在吸烟区里,两个男人面对面吞云吐雾,律师的表情总有些云遮雾罩,招牌式的大背头纹丝未动。他则极力揣测刚才那句话,在一通不得要领的胡乱猜想之后,他还是直奔主题:"不知老兄要送什么新年贺礼,我可求之不得啊!"律师始终不急不缓,他的目光如烟如雾,让人茫然又难以捉摸。后来律师总算慢悠悠地吸完最后一口烟,很用力地摁熄烟头后,方才言归正传。

"先让你瞧个东西吧。"律师快速滑动自己的手机屏幕,很快从照片夹里滑出一张照片,再用拇指和食指一撑画面,那个标题就被放大了:某某人身保险公司。"是份保单? 谁的?"雍和平觉得自己的问题实在有些幼稚,律师的目光已经很能说明一切了。"当然是你撞过的那个倒霉蛋喽,还能有谁!"律师沉稳地说着,手指又向左侧一滑,另一张图片赫然呈现在眼前。"我怀疑,这个保单恐怕连他老婆都不知道,不然的话车祸之后,保单早该在报案时派上用场了!"雍和平几乎屏住呼吸,不无惊疑地盯着保单上那一串阿拉伯数字,那可是几十万哪!

律师只是那么轻描淡写地给他展示了一下图片,便迅速收起了手机,似乎那里面还有更多不可告人的秘密,然后,就把一双多毛的大手直戳戳插进裤袋,用一只鞋尖使劲蹭着绵软鲜红的地毯。过了一会儿,律师方才解释道,他也是最近在办理别的案子取证时,无意中发现这份保单的,于是便帮他偷拍了下来,并说当初他也多少有些怀疑,只是不能确定。"现在这份材料至少证明,那家伙确是有备而来,也就是说,那晚他很可能是真的不想活了,与其说是你开车撞向他,倒不如说是他铁了心来找死的。"律师的分析既简明扼要又切中要害,雍和平的心早跳成一只铁皮鼓了,半天咚咚敲个不停。"其实他这样做,已经严重违法并涉嫌骗保了,必要的时候可以拿这个收拾他!"律师最后的这句话说得掷地有声,后来这位老兄没有再回到宴会上,而是推说另有急事提前告辞了,雍和平忙派手下人拎了部平板电脑直接送到律师车里。

雍和平尽量让自己的心绪平复下来,同时将整件事情在脑海里快速捋了两遍。抹子眉一定是知道自己得了癌症将不久于人世,于是挖空心思,瞒着老婆买了大额的意外保险,然后又择定那个黄昏横穿马路,好让汽车来结束他的生命,如此就能为自己的老婆孩子留下一笔可观的遗产,真可谓用心良苦啊!如果放在半年前,雍和平是不会这样考虑问题的,现在他不由得扪心自问,如果自己的人生也陷入那样一种绝境,也许他根本没有勇气做出这种决定来,他觉得抹子眉身上有那么一点儿让他刮目相看的地方了。男人在外打拼,为的是不让自己的老婆孩子节衣缩食、居无定所,在这个意义上,抹子眉的确是个失败者。可换个角度看,为了一家老小,他竟然甘愿拿自己的性命做最后一搏,手段也许卑劣,但其用心却是无可厚非的。由此,他对这个曾纠缠他的男人感觉复杂,竟再也恨不起来,恰恰相反,在这个猥猥琐琐的瘦男人面前,他莫名地自卑起来。这感觉猝不及防,表面上看,他衣食无忧、吆五喝六、高高在上,可内心深处总有种挥不去的乏味和无聊,有时甚至还夹杂着落寞与绝望,他知道那是再多的金钱也无法排解的东西,比如良心的不安。那么,这家伙为何单单挑选了他呢?是以往的过节如鲠在喉,始终叫他难以释怀,还是他不想因为一场车祸随便毁了某个无辜者的生活,所以,思前想后,挑来拣去,最终还是确定了他,毕竟他过去为他的公司出过力,而且,在他眼中他既是一个实力雄厚的成功者,同时更是个道貌岸然的伪君子,是理想中的猎物和目标。

宴请活动一直持续到很晚才结束,雍和平没有立刻回家,而是心事重重地开车直奔矮个儿女人家。律师的信息他不可能当作耳旁风,这种时候,他突然很想去那里瞧瞧,或者只是想打探一下抹子眉是真傻还是装傻,这对于他而言至关重要。那夫妇俩就住在城北那片"神经末梢"上,老辈人都管这里叫北门金三角,可见是个三教九流杂居之地,尤其是那些拥入城里务工的,通常都要在这里寻租廉价的住所,因此这边脏乱差到了令人发指的程度,还有农业时代遗留下来的一条黑乎乎的沟渠,正歪歪扭扭地从那片破旧不堪的旧楼和平房间穿过,像一条永远也拉不严实的巨大拉链。说是条灌渠,倒不如称之为臭垃圾沟,附近住户把生活垃圾肆意抛撒其中,夏天最热的时候,沟渠里总是发出类似沼气般的恶臭,沿渠飞舞的苍蝇蚊蛾成团成团地朝人面乱顶乱撞,谁打这里经过,都得紧皱眉头捂住鼻孔。因为公司参与过旧城改造配套的绿化工程竞标,他早就得知这里被列为"绿水蓝天"的改造项目,可好多年过去了,改造始终停留在红头文件上,并没有得以有效地推进。

若不是来找人,他相信自己这辈子也不会到此一游的。还是上回抹子眉出院时,他曾亲自驾车送过他一趟,那次是大白天,此刻驱车深入其间,忽然就有种莫名的不安,那些沉溺在昏暗灯光下的破楼旧房,那条坑坑洼洼的连进一辆轿车都很困难的窄道,还有路边过往的灰头土脸、浑身散发着异味的行人,都让他感到格外压抑和胆怯,就好像自己一不小心掉进了可怕的汪洋大海,随时随地都可能被什么人恶意纠缠或围攻。纠结再三,他靠边停了车。

这种时候,他才觉得汽车这玩意儿可真是个庞大的累赘。黑暗中始终弥漫着一股刺鼻子的煤烟味,让人老想打几个响亮的喷嚏为快。他一路忐忐忑忑,仅凭着上次的模糊印象，往前摸索步行，手里拎着刚从后备箱里取出来的两盒营养滋补品，他的车里长年都装着类似的东西以备不时之需。此刻即便是在夜色的掩盖下，这两盒包装讲究的礼品，跟周边的环境还是显得那么格格不入。不知怎的，他又兀自想起数月前，抹子眉在车里跟他说过的很猥亵的话："老大白天拼命挣钱，老二夜里可劲地造呢……"男人可真是这世上再荒唐不过的动物，仅仅为了那么点儿私欲和感官刺激，什么糗事都能做得出来。可眼下，他简直落魄得像个龟孙子，不得不黑灯瞎火跑到这鬼地方来，待会儿还得装作没事人，跟那两口子瞎客气，尽量套一套那个女人是否知晓保单的事，只要他们绝口不再提过去的事，一切都好商量。和气生财，这一点他始终保持清醒，至于律师刚才提出的方案，那得到万不得已的时候才会用的，至少现在他还不想节外生枝。

紧靠路边的某个灯光暗黄的出租屋里，飘荡出一首老歌，旋律是他再熟悉不过的，歌词也朗朗上口："经过了许多事，你是不是觉得累，这样的心情，我曾有过几回，也许是被人伤了心，也许是无人可了解，现在的你，我想一定很疲惫……"他听出来是姜育恒的《跟往事干杯》，这歌他有时会在歌厅里点唱，那词真是把一个养家男人的心境写到家了。他现在就不无疲惫地走着，心累是一种更可怕的煎熬，它无边无际却又如影随形。冷不防，一只怪香怪香的黑影飘然而至，像极了一只猫科动物，正很神秘地跟他擦碰着肩膀，他不由得收住脚步。一对黑得吓人的眼睛直勾勾盯住他，一根白色的细手指在他面前一曲一直，活像只妖娆多情的虫子跃跃欲试。他早就听说，金三角一到晚上就变成野鸡窝了，可他从未亲身经历过。此刻，那香得辣鼻子的"猫科动物"正骚情地搭讪着："来嘛，帅哥，保证让你玩得舒舒服服哟……"他觉得什么东西倏忽间钻进躯体，是一条恣睢的细蛇在爬，是一簇蓝瓦瓦的火焰在跳，还有那股呢喃着的艳俗气息，这一切都让夜色中的男人感到一股低回的热浪袭来，若放在几个月前，那件事没发生的时候，他说不定就会挡不住诱惑多瞅两眼，而眼下，他简直像是遭到毒蛇拦路侵袭的农夫，或者是一只惊弓之鸟，狼狈不堪地抢步逃开了，几乎头也不敢回一下，他从来没有感到过自己如此软弱，或神经过敏。

"龟儿子，好像哪个能吃了你……"香艳的黑影在身后一阵冷嘲热讽，带着一股戏谑与诡异的味道。

当他终于大口大口喘着粗气，在一幢幢密不透风的拉手楼中间，好不容易才确定下自己要去的住所时，迎面忽又冒出一高一矮两个黑影，他们连体人一般，正从眼前窄得如一线天似的夹道里，摇摇晃晃朝他这边一点一点移动着。因为有过刚才那一幕，他不得不谨慎地连忙后退，几乎让自己紧贴着墙根，然后悄无声息地瑟缩在夹道口一个黑乎乎的旮旯里。这里因为是死角，靠墙堆着些来路不明的垃圾，那种臭烘烘的味道总在鼻孔前肆意招摇，他在黑暗里腾出一只手捂着鼻子。这时,他终于意识到,这种鬼地方真他娘险恶,自己摸黑前来,实在是不明智的,万一身遭不测,真是悔之晚矣。他不露声色地注视着黑影的动静,只见其中的矮个儿尽量以双手搀住高个儿,一副要绑架对方的样子,他俩嘴里叽叽咕咕说着什么,似在吵架又不太像。离他越来越近了,声音也越来越清晰了,黑影丝毫没有觉察到,窄道那头还躲着个大活人呢,这里确实太暗了。

"别抓得那么死,我飞不了。"高个儿嘟哝着。

矮个儿心平气和地接过话头:"瞧把你能的,要是能飞就好了,省得见天为你操不完的心。"

"那你松开,看我自己能不能走? 我走得稳着呢,别把人当三岁娃娃了。"高个儿很不以为然。

矮个儿默不作声,暗中可真就赌气似的丢开了手,同时也停住脚步,任由高个儿自己往前一挪一移地动着,可刚挪了没两步,高个儿的腿脚猛地一抖,身体便失控了,前后栽晃起来,差点儿就趔趄着倒下去了。矮个儿早一个箭步蹿上去,眼疾手快地拦腰把对方箍住了。

"吓死人了,让你逞能! 让你逞能! 跌坏了可咋办? 这条道本来就不好走,又黑乎乎的。"

矮个儿一面像是很生气地絮叨着,一面更紧密地站在对方一侧,继续用双手牢牢搀住高个儿的胳膊,然后往前一下一下迈步,一高一矮两个人影,就那样艰难而默契地在窄道中并肩同行。这里该是他们每天的必经之路,只有走出狭长的窄道,外面才有更宽阔的一方天地,可眼下他们还被困在里面。

"唉,啥时候病能好彻底呢? 见天让你这样扶着走,真难受……"

"这有啥,我知道你着急,我比你还急,白天我在人家公司里干着活,心里老放不下你,生怕你一个人在家里磕了碰了的……要不是人家对咱这么好,前前后后给你花了那么多钱,你那病还真不知能咋样呢。"

"就是,就是,老天长眼啊,让咱遇上了活菩萨……你得好好给人家干活卖力呢,上班别老惦记着我,你看,我一个人白天在家,能吃能睡的。"

"这还说得像个人话……差点儿忘了告诉你,前两天老板把我叫到他办公室里,拿出个鼓鼓的信封子,说是要给我发啥奖金,可我没要,我心里说,公司给咱开着一份不错的工钱,咋还能随便拿人家的钱呢。"

"对着呢,这钱可不敢乱拿,人家那是可怜咱……"

雍和平始终屏住呼吸静立一旁,先前的黑已不再那么黑了,先前的恐惧心理也不复存在,就连空气中的臭味似乎也不那么冲了,这里绝非什么想象中的龙潭虎穴,他那颗一路上悬着的心不知不觉已复归平静。黑影终于慢吞吞地挪出了那条逼仄的窄道,估计他们还要往前面走上一阵子,趁这个工夫,他才鼓足勇气摸索着找到了二人的住处。

门口用两个普通纸箱和蛇皮袋堆放着些杂物，他脚下稍一唐突，便被绊了一下，纸箱发出咚的一记空响，他在黑暗中惊出了一身细汗。随后，他敲响了脏兮兮的房门，这里黑得有些阴森，没有任何照明灯，空气里飘着韭菜叶和煮面条的味道，好在门被打开了，一块罕见的光亮忽然跳到他脚下，让人觉得这个地方不再那么深不可测。他发现自己的皮鞋头上蒙了厚厚一层煤灰，刚才走的都是黑乎乎的煤渣路。

一个八九岁光景的男孩俏皮地倚门而立，正好奇地仰起小脸朝他张望。他知道他俩有一个儿子，便把手里的两个亮晶晶的大礼盒款款搁在孩子的脚下。他尽量语气平和地说："我是来看望你爸的，刚在楼下见到他俩去散步了。"男孩依旧好奇地眨动着黑亮的小眼睛，似乎一点儿也不清楚这个深夜造访者是谁，半晌，只是疑惑地抬起小手，不无拘谨地抓挠着自己的后脑勺儿，另一只手里还攥着一截不太长的铅笔，笔头眼看就磨秃了。孩子的小脸倒是姑娘般清秀，挺像那矮个儿女人的，唯独两道眉毛又粗又浓，跟抹子眉如出一辙。

"喂，小家伙，快帮叔叔把这些东西拿进屋去，"他冲男孩说这话时，总算是长舒了一口气，"叔叔猜，你肯定有好多作业要写吧？"

这回，男孩总算是懵懂地冲他点了点头，随即，又腼腆地吐了一下雀儿似的小舌尖。不知怎的，在离开这里之前，他忽然有种想摸摸那颗毛茸茸的小脑袋的冲动。老早以前，他和老婆就曾想过再生个儿子，可一直未能如愿；最近的一次房事中，他俩又不约而同地起了这个念想，老婆说想给女儿再添一个弟弟，而他也觉得孩子一个人实在太孤单了。当然，更深层的想法是，未来他挣下的这份产业，最好能有个儿子来继承。

当他将右手迟疑地伸了出去，五指张开想要笼住那颗小脑壳时，男孩也许出于胆怯和羞涩，竟一缩脖子，像条泥鳅似的滑进门里去了，刚才落在脚下的光块忽然缩小，最后只剩下窄窄的一条。他的手又慢慢收回来，心里很想对小男孩说，等下回再来，叔叔会给你带些玩具和学习用品，可最终什么也没有说出口。

等转身离开的时候，他终于意识到，是什么在这漆黑夜晚给了自己一线光明。

【作者简介】张学东，1972年生。宁夏文坛"新三棵树"之一。中国作协会员、国家一级作家。著有长篇小说七部、中短篇小说集十余部，曾在《人民文学》《十月》《当代》等刊发表作品，入选各种国内优秀小说选本及排行榜。现为宁夏作协副主席。

居黄鲈港

◎ 曾晓文

一

思来想去，我选定了短视频标题：码农在加国买下一座教堂，不是每个人，都会置身历史变迁的现场。

由远景开始，蓝天白云哥特式教堂绿尖顶，随后呈现全景，我坐在教堂前的木椅上，一身银灰休闲短套装，背对雕画满屏的红橡木双门。镜头拉近，我"噗"的一声打开香槟酒瓶塞，同时释放闪亮泡沫和欢快音乐，轻斟一杯。终于特写来了，一副方框太阳镜遮盖大半张古铜色的脸，我露齿一笑，说，Cheers，干杯！

秋日里，在抖音和微信朋友圈，这段长度不过半分钟的视频，如一头虎鲸在大西洋里猛然露脸，掀起了千层波浪。记不清在多少日子里，我像一只藏在沙里的蛤蜊，溅不起一小团浪花。对我视而不见的，或被我忘记真名的联络人，纷纷点赞。兴奋些的，奉送竖起的大拇指或惊喜表情，添加"哇、哇噻"一类的文字，一时间新信息的彩铃声叽喳不断。我的前房东范老师发来颇正式的贺词，大意是而今迈步从头越。十年前，我在北京的一个教培中心听过他的英语课。他移民加国改行不止一次了，但我不改对他"老师"的称呼。

热闹了大约一小时，我的准前妻发表意见了，"WTF?！"一个粗俗英语感叹句的缩写，我想比较准确的翻译是"什么鬼"，或者"我靠"，问号抒发惊讶，感叹号抒发愤怒。她一向惜字如金，给我回微信要么"YES"，要么"NO"，十之八九是"NO"，与人生中不如意事的比例奇妙地吻合。她偶尔会慷慨一下，多输一个字母，比如我问何时回家做晚饭，她答"DIY"（Do It Yourself，自己动手）；再比如初识纪念日，我问历史上的今天发生了什么？她答"IDK"（I Don't Know，我不知道）。总的来讲,她用语简略,还算洁净,劈头盖脸掷过来WTF,还是破天荒的第一次。

我叫她准前妻,因为离婚案正在走程序。外表斯文的范老师堪称模范丈夫,问过我个中感受。我说,上大学时参加过铁人三项赛,游泳、骑自行车、长跑,结束后大病一场,把体育生涯亲手扼杀在摇篮中。走程序比铁人三项更难,拼体力、拼耐力,还要竞技击剑本领。今天,我在她毫无觉察的情况下,买下教堂,剑走偏锋,终于刺向她的心口。她倒退一步乱掉章法,表情惊怒、颜值大降。我端起酒杯又喝了一大口,浆液顺着喉咙壁滑溜下去,清冽舒爽啊。

我这个被她点评为胸无宏图的枯燥乏味的男人,逆袭了,创造惊喜了。

二

买教堂的缘由,要从夏季里发生的一件事说起。那时我还在多伦多做专用JSP语言编程,早九晚五,周末不加班。本打算编个十年八年,稳稳当当地和中产阶级扎堆儿,谁料到新技术像科幻片里的恐龙横冲直撞,大客户们闹着要手机版。公司招了一批刚毕业的大学生,夸赞他们开发APP(手机软件)的资历可追溯到穿尿布的年纪,把研发人员裁掉一半,我是其中一员。码农端一碗青春饭,原来并非传说,我正值三十八岁的好年华,遭遇职业熔断,心里憋气。好在人力资源部搞人性化管理,提前两个月通知,还允许我在工作时间外出面试。

我驾车去安省西南部的W市,接受了一家公司的第一轮面试,被告知进入第二轮的概率是30%。回程时,我在高速公路上疲惫地行驶,突觉后腰被人捅了一刀。透过后视镜搜寻,鬼影子都不见一个。这鬼把刀抽出去,耐着性子用尖端割来刮去。我疼痛难忍,一阵恶心,眼前万物似乎变成了暗房冲洗槽中的老式胶片,我不得不放慢速度。几辆超长货运卡车碾压白线,从身旁飞速掠过,誓把我的小尼桑挤出正道。我向导航仪咨询,一个友善的女声说,最近的急诊室坐落在湖岸市,从下一个出口驶出高速。我特别不爱听这女声的指令,不过性命攸关,也只好乖乖地照做了。

湖岸市医院在一幢大平房里。不该仅凭外表评判医院,可是无金窝,哪能招来金凤凰?遇到庸医或者黑医怎么办?我捂着后腰,摇摇晃晃地走进了急诊,没有遇到门卫或接待员。在候诊区里,五六个人分散而坐,一律表情愁闷地盯着天花板。如果按照0—10分给疼痛程度分级,0分无痛,10分剧痛,那一刻我的疼痛感和不安全感飙升至8。我从号码分配器里抽了一个签,23号,我顿时瘫坐到一张皮椅上。墙上的显示屏立即发布通知,23号的等待时长大约四小时一刻钟!我内心涌起斗牛骤见红绸布一般的冲动,差点儿一头撞过去。半小时后,负责分诊的西班牙裔男护士接待了我,问了一大堆问题,随后把我的临时病历送进了诊室区,叫我回原地待命。

在诊室区与候诊区之间，隔着一扇自动安全门。门开启，一位梳马尾辫的女护士出来喊病人名，淡蓝色的V字领棉布衫下波光闪动。后来另一位女护士露面了，同样的上衣，却是内衬保守的白圆领衫，一头微弯的褐发在脑后绾成优雅的低发髻。对比"波光"女护士，她的眼神更自信，似乎在说，这是我的地盘，你们都要听从我的安排！随后她叫走了一个老男人。她的祖先来自东欧，还是西欧？她多大年纪？从正面看不到三十岁，从侧面看奔四张了。我在心里玩猜谜游戏，以此来熬过这痛苦的时光。我更希望得到哪位护士的接待呢？

大约三小时后，保守女护士喊我的名字Junhao（俊豪），听起来像"将侯"，大概意识到发音不甚标准，她的嘴角弯起抱歉的笑意。我想将侯也算俊豪吧，立即撑腰站起身，随她走进了一间小诊室，在椅子上坐下来，这时我才看清她胸牌上的名字——维罗妮卡。她浏览过我的临时病历，问，你住在多伦多？

我点点头说，在高速公路上实在痛得受不了，就到你们这儿来了。

我在那儿住过很多年。她一边说，一边抓起我的左臂量血压。

维罗妮卡，我第一眼就看出你的气质与众不同了，见过大世面。我恭维道，忍着剧痛悄悄打量。只见她皮肤白皙自成好底色，褐色的眼睛甚为出彩，嘴唇略现红润，并无化妆品痕迹。准前妻曾经和她一样崇尚素颜。我不由得皱皱眉头，这样的联想多么不合时宜。

说说你的症状吧，我敢打赌，你的眼睛一点儿都不疼！她揶揄道。我动用了看家的英语能力来形容痛感。她说，可能是肾结石，这东西在你的身体里，平常像不存在似的，一旦向下走动，就会导致急性绞痛。我按照她的指示，在布帘子后面换上白长袍，躺到诊床上，挨了止痛针。她递过来一个一次性尿杯，说，去卫生间尿吧，然后交给我去化验。我尿完了，躺回到诊床上，还不停地喊疼。她盯着我看了一眼，似乎要辨别其中有无谎言成分，随即宣布去取大枪。很快，她拿来了强效止痛针，眼都不眨地往我的手臂上扎下去，警告我这会导致困倦，千万不要开车，如果没人接，应在附近过夜。

一个留两撇小胡子的医生走进来，说看了化验结果，确认了维罗妮卡的诊断，给我开了处方药，还绘声绘色地描述，这药就像微型炸弹，能把肾结石炸成微小颗粒。临出门时，维罗妮卡给了我一个医用过滤器，嘱咐道，尿尿时用它接着，要是把小颗粒顺出来，就大功告成啦！你把它保存好，送到专家那儿去化验，再听听预防策略。这时我已饥肠辘辘，请她介绍附近的好餐馆。她瞪了我一眼，反问，你以为我是酒店的礼宾员吗？我嘻嘻地笑起来，疼痛显著减轻，大枪起作用了。她说，打车大约十分钟到黄鲈港，在十字路口你会看到列维酒馆，那里不只卖酒，还供应午餐晚餐，很Cozy（温暖舒适）的。我问，在哪一个十字路口？她终于笑了，说，黄鲈港镇中心只有一个十字路口!

我很快坐进一辆出租车。司机是一位面善的白人大叔,见我刚从急诊室出来,贴心地沿着伊利道平缓行驶。路两旁的农庄正值收获季节,满眼喜盈盈的色彩,玉米金黄,番茄鲜红。我想这下回归基层农村了。一家名叫柏格的加油站进入了我的视线,白山墙上粉刷着一行醒目蓝字:欢迎来到黄鲈港!

维罗妮卡所说的十字路口在伊利道和黄鲈街的交界处。我在东北路口下了车,走进了列维酒馆,一脚倒退了半个世纪,这才明白Cozy还有"窄小"的含义。酒馆内,五张小桌子亲密地挤在灰蒙蒙的灯下,桌旁的人都抬起头好奇地盯着我,像打量戴皮帽子的因纽特人。幸好露台上有空位,天气也足够晴朗,我拣临街的一张小圆桌坐下。一个中等个头的男人走过来,携带着一团光,那光源来自白皮肤白衬衣以及银狐色的毛发。他把一杯冰水放到我的面前,自报家门名叫列维。老板亲自服务?我问。侍应生的车抛锚了,我当然得上,他说。他递给我一页花体字的菜单,介绍招牌套餐——炸黄鲈鱼、薯条、圆白菜沙拉,说到这儿,他的表情变得生动了,语气里透出骄傲,鱼是今儿早上从伊利湖里捕上来的,马铃薯和圆白菜是周边农民种的。我想,这简直是加国版的农家饭,毫不犹豫点了一份。

等餐时,我环顾四周。柏格加油站占据西南路口,门上挂一排广告小红旗,汽油每升优惠五分钱。东南路口有一家药店。从它的立地招牌上,我了解到止咳糖浆买三送一。我单身狗一条,要咳嗽多少天,才能用完四瓶糖浆啊?对面是一座哥特式教堂,它与巴黎圣母院或者米兰大教堂什么的完全不在一个量级,但却自有气派。门前居然也竖着一个牌子,上面的大字浓墨重彩:出售。还注明了房地产代理人玛吉·麦考密克的电话号码。

大约一刻钟后,老板列维把炸黄鲈鱼套餐端上来了。我用餐刀切下一片鱼菲力,塞进嘴里品尝,外酥里嫩,再滴上墨西哥辣椒汁,味道还真不错。吃饱了,好奇心蠢蠢欲动,趁着列维来收脏盘子的机会,我问,教堂也会被出售吗?

他没好气地说,那不是写得明明白白的吗?

你知道要价多少吗?

五十万加元左右吧,还包括里面的所有设施!

出同样的钱,在多伦多下城还买不到一个一间卧室的公寓,大白菜价!

列维疑惑地皱起了眉头。大白菜在西人超市里有售,但他不像是在饮食上勇于冒险的那类人。我解释道,意思是便宜。

列维长叹一声,说,教堂怎么可以标价?唉,近些年做礼拜的人越来越少,教会支撑不下去了……他眼圈一红,转身离开了。

我拿出手机,在房地产网站查询有关信息。这是一座联合教会的教堂,建于一八八〇年左右,实用面积约四百平方米,穹顶最高处达七米,花园达两千平方米！扩展搜索，发现一些城镇的教堂已被世俗化了，被改造成画廊、音乐厅、图书馆之类的，也有个人买下后装修自住，享受开阔的空间，总之潜力无穷，机会无限。在我的眼前，幻想的喷泉飞溅出闪亮的水花，如果把这座教堂改造成供应早餐的家庭旅馆，自住和出租相结合，该多酷！我把售房链接通过微信发给了范老师，语音留言讲出内心想法，问他怎么看。范老师开过装修公司，在多伦多地区拥有四幢房子，经验丰富。他回复，好！同时解决无房无业的痛苦，一石砸到两只鸟。

这时，列维送来了账单。我刚才无意中触动了他的伤心处，有些过意不去，问，你在这儿住多久了？

他反问，你知道黄鲈港的原名叫什么吗？

我摇头，心想，在此之前，我都不知道世界上存在着这个地方。

麦考密克。你知道我姓什么吗？麦考密克！我的祖辈创立了这个镇！你看，那是我叔爷，在一战中为国牺牲了，当时还不到二十岁啊！

我顺着他的手指望过去，看到酒馆门口的一座老式青铜路灯上，高悬着一幅约一米见方的油画布海报。海报上印着一位俊男的戎装照，还有庆祝一战胜利百年纪念日的字样。俊男含蓄地有些神秘地微笑着，俯视简朴的街道。我赞叹，你们是世家啊，哦，对了，我注意到这个房地产代理人也姓麦考密克。

列维说，她是我的外甥女，我不能阻拦她做生意。

当晚，我住进了酒馆隔壁的旅店。透过房间里的窗玻璃，望见在黄昏的光线下静谧伫立的教堂。它似乎在诉说些什么。我躺到床上，在止痛药的效力下沉沉地睡去了。

<h1 style="text-align:center">三</h1>

第二天早晨醒来，我的疼痛感减轻，饥饿感加重。我走出旅店，去附近的咖啡馆却碰了锁，蔫蔫地顺伊利道往东，经过一座石桥，看见路边一个四面透亮的小棚子，便走了进去。棚内简易的木柜台上摆着不同型号的篮子，里面装满西红柿、草莓、西瓜、玉米、豆角、生菜……还竖着价牌，特地注明本地产。我的目光被一个木匣子，准确地说，被上面的"$"符号吸引了，钱匣！小棚子背对辽阔的田野，四周不见人影，公路上空荡荡，我完全可以抱起东西扬长而去。如今还有这么信任人的地方存在?！我拿起一个西红柿咬了一口，舌尖上的记忆被唤醒了。童年时在东北乡村的老家，没施过化肥的西红柿是难得的美味。不过，美味阻挡不了远离的脚步。十多年前随波逐流，做了北漂，和准前妻结婚，山穷水尽时，获得了移民的机会。我们先落脚西部寒冷的城市温尼伯，后来她在多伦多找到工作，便一起搬了过去。人有时会在执念的大水缸里瞎扑腾，生活在大城市就是执念之一，也许

到了该砸水缸的时候了，搬到小城镇生活。

早餐后，我拨通了房地产代理人玛吉·麦考密克的电话，以为会像在多伦多一样，万事都要提前三天预约。对方却说，一刻钟以后可以在教堂门口见面。很快，一辆黑色汽车准时抵达，从车上走下来一位着西装的女性。她年纪和我不相上下，皮肤偏棕，凭长相不能进入美丽群体，但健康结实，做派也很干练。她正是玛吉，她热情地和我握手，问我本人感兴趣，还是替人看房。大概我身上的面试专用服——白衬衣、黑裤子、灰领带，令她有些迷惑。我回答说是前者。

玛吉打开了教堂大门，做出有请的手势。我注意到门上有雕画，便好奇地问，怎么把劳动者也刻上了？这倒很少见。玛吉说，教堂初建那阵子，附近的农民和渔民都不识字，从熟悉的劳动者身上看到自己的影子，就愿意走进来，总之，这曾是一座特别接地气的教堂。我惴惴地问，把教堂改作他用，合适吗？玛吉微笑着解释，当这里不再举行礼拜仪式时，它就是一座普通的建筑。

我跨过门槛，走进主堂，立即闻到一股刺鼻的霉气，还瞥见地毯上的肮脏水渍。玛吉身手敏捷，立刻敞开大门通风，说，屋顶有点漏雨，没人打理，气味不佳。她倒诚实，并无拼命推销的意思，不像准前妻在多伦多找的那位华人房地产代理，遇见发霉房，会说湿度充足；额头撞到低矮的天花板，会说温暖亲密，不断鼓励我们参与房屋竞价。我们一次次雄心万丈立誓攻城略地，一次次在动辄差价十几万加元的羞惭中落荒而逃，在逃窜的路上彼此丢失。

主堂的穹顶比想象中的还高，三位白衣小天使在上面展翅飞翔。东西墙各镶六扇玻璃窗，一半细长状，一半圆形。玻璃上似花非花的红蓝图案在阳光的投射下，幽暗神秘。玛吉说，你看，这空间！足够你办舞会的！这话不算夸张。我顺着过道踱步，在想象中悄悄布置浪漫的场景。是的，如果撤去两旁的长椅，办舞会绰绰有余。主堂的尽头是祭台，旁边立着一架管风琴，由上好的红橡木手工制作，纹理自然优美。我在琴旁的方凳上坐下来，用手指点击键盘，却弄不出响声。

玛吉笑了，说，你得同时踩大踏板送风，当然可以理解，我们这代人小时候爱好的都是新式乐器。她这是套近乎。我小时候经常向往吃鱼吃肉，没有爱好任何乐器的经济实力和闲情逸致，我按她的指导做了，居然奏出了微弱的哆咪发嗦。当音乐响起，就会有人迈开舞步。如果我奢侈些，把真人乐队安置到合唱团的阁楼上，那将是怎样的场面啊？谁会预料得到，我这样一个菜鸟，会成为一场大型舞会的主人？准前妻会产生悔恨之心吗？除了我和玛吉，这里没有其他活魂灵，木长椅上空落寂寥，几本《圣经》从椅背的口袋里露出头。我拿出其中一本看了看，牛津大学一九五〇年印刷的版本，封面缺了两个边角。它显然被前人熟读过。

我随着玛吉顺着祭台北侧的木楼梯，下到半地下室的底层。地板有些倾斜，如果把一枚硬币丢下去，它马上会滚动起来。我惊喜地发现了一间厨房，里面有岛屿式厨台、柜橱、老式电炉、自来水管、冰箱,可以满足一个单身汉的烹调需求。我走进了卫生间,扭开淋浴开关,试了试抽水马桶,出入水顺畅,功能齐全。

玛吉又带着我顺着楼梯,登上了合唱团阁楼。穹顶上的壁画变得清晰,小天使翅膀上的羽毛飘飘忽忽。她推开一扇边门,把我引入一个圆形的钟楼。清爽的夏风扑面而来,刷走了我身上的热汗。我抚摸着大钟,问,青铜的?还有钟锤,能敲响吗?玛吉确认那是青铜的,百年前从英国定制,当然可以敲响,但千万别轻易下手,上一次有人敲钟,是因为伊利湖突发洪水,冲垮了不少房屋。我走到钟楼的铁围栏旁,放眼望去,哇!禁不住惊喜地叫出声来。镇上的房屋最高的不过三层,钟楼位于制高点,面前毫无障碍物。在不远处,伊利湖的蓝绿波光轻微荡漾,似在用奇妙的声音呼唤我。人体的70%是水分,据说因此人一见到水,就本能地渴望扑过去,沉浸其中。玛吉嘴角一弯,笑意盈盈,说,这是免费的。你如果在湖边买一幢面积差不多的住房,要出一两倍的价钱呢。看来她采取的先抑后扬的销售策略,在最后一刻展示无敌湖景。

我问,你觉得在这里开家庭旅馆有没有前途?

当然有!这里是加国最温暖的地方之一,常年都有旅游者。春天里,人们去附近的公园看鸟,夏天上湖钓鱼玩船,秋天来摘南瓜、苹果、桃子……

我的口水都快流下来了。

那天我离开黄鲈港,去湖岸市取了车,回到了多伦多。

过了大约一个星期,我收到了W市面试官的电子邮件,说必须舍弃几位候选人,很不幸包括俊豪。我想这是一个警醒信号,谁说我必须循规蹈矩,把编程进行到底?谁说我无法出框思维?我联系了湖岸市一位收费低廉的房地产代理人,通过他与玛吉交涉,玛吉与联合教会的董事会协商,董事会向教会总部报告。在几个来回的讨价还价之后,双方达成了协议。我和准前妻登陆加国时,用我的名字开了个银行账号。四五年前,她就职的公司发薪水直接转账,她就单独开了一个,女性独立嘛,我也没反对。我和她为了买房,省吃俭用,在各自的账号下存下一笔现金,我当然有权支配自己名下的钱。因为还在职,我打了一个时间差,申请到了银行贷款。我必须承认自己对于买房的复杂和昂贵缺少精神准备,我几乎每天都能学到新词,押金、验屋费、律师费、贷款首期款、房屋保险费、产权保险、土地转让税、房屋交割时的调整费……到了秋季最后交接时,我的英语词汇量大增,账户下的存款几乎清零。

我在多伦多的合租屋里,丢掉了几件并无搬运价值的家具,把衣物装进行李箱,带上电脑和手机,开车来到了黄鲈港。在整个过程中,我对准前妻守口如瓶。既然她要一拍两散,还开始约会一个印度裔副总裁,启动人生第二春,我有责任或义务向她汇报吗?当晚,我在教堂里跑上跑下,突然独自拥有这么巨大的空间,惶惶然,兴奋然,一遍遍地自言自语,这是我此生拥有的第一幢房子,这是里程碑式的日子! 我睡在哪儿呢? 这么多的选择,这么大的奢侈,最后选择了纯木的祭台,那里是最干燥最温暖的。窗外没有嘈杂的车声,隔壁没有吵架的人声。我钻进羽绒被,进入了安宁的睡梦之乡。

第二天早晨醒来时,黎明的第一道光线透过穹顶的一个圆窗,温柔地安谧地洒进来,壁画上的三位小天使似在轻扇翅膀。我伸展涂满金辉的手臂,心中涌起了史诗般的情感。中午时分,我坐在教堂门口的木椅上享受秋阳,兴奋之余,录了一段短视频,发到了微信朋友圈,赢得诸多热烈的关注。我怀着骄傲的心情,宣布自己成为黄鲈港联合教堂的新主人。

四

我在提包入住教堂后,丝毫不敢懈怠,立即启动装修工程。每月要付银行贷款,时间等于金钱。我通过玛吉的介绍,联系上了湖岸市的一位老设计师。他正迈向八十五岁,走路颤巍巍的。谢天谢地,他把我的计划妥当地描画成了建筑蓝图。这包括移除主堂里的几十排高背长木椅,分隔出五间卧室,新建两间浴室,更换木地板,把合唱团阁楼改造成卧室,加大底层的厨房,安装全套电器,纠正倾斜的地面并铺上瓷砖,等等。我下定决心干些力所能及的活儿,比如拆除旧家具、清除垃圾, 外包繁重的或要求手艺的活儿。我打电话联系了两家建筑包工公司的老板,一位大块头,一位小个子。在收齐两人的报价后,我雇用了小个子,主要原因是他比大块头便宜几千加元。小个子名叫汉尼斯,整天戴一顶草帽,草帽下露出一双温暖的褐色眼睛,嘴角挂着隐约的微笑,给我容易接近的感觉。他没让我失望,很快就拿到了装修许可。

开工那天早晨,我被嘭的一声惊醒了,立即从祭台上的羽绒被里爬出来,跑下楼,打开沉重的大门。一辆红色皮卡撞翻了教堂的邮筒,倒车后扬长而去。我只看见皮卡后箱上一条彩绘黄鲈鱼摇头摆尾,没看清车牌号。列维站在他的酒馆门前,挂着树叶耙子,露出惊骇的眼神。我冲他喊道,你看清车牌了吗? 他为难地摇摇头。我又说,你一定知道的,请告诉我,我要找这个人要赔偿! 他终于发声,我建议你不要轻易挑起争斗,快回屋吧,我真希望没看见你这副样子!

这时我意识到自己还穿着睡裤。多少年来,小镇上的人们穿上最好的服装出入这座教堂,不难理解此图此景对他造成了精神刺激。我急忙跑回去,穿好长衣长裤,想着必须去买一个新邮筒,恼怒难平。

汉尼斯开着面包车抵达了,从里面走下来两个人。虽说不该对建筑工抱有人高马大的刻板印象,但我对他们的外形还是不免有些失望。一个半大男孩子最后跳下来,甩着两条麦秸似的小胳膊,两只圆眼睛滴溜溜地打量教堂门上的雕画。我知道很多公司每年允许员工带孩子上几天班,以增进他们对家长和社会的了解,问,今天是带孩子上班日吗?这里不太安全吧?汉尼斯笑了,说,孩子是来干活的。我追问,多大了?得到的回答是十二岁。这明明是雇用童工、触犯法律嘛,我暗忖如何委婉地劝退。汉尼斯显然看穿了我的心事,说,这是我家老二,不是雇工,当个帮手而已。他有个十二岁的孩子,而且是老二!我如果直接问他几岁生老大,恐怕涉嫌触犯隐私。他主动坦白了,我十八岁生老大,老二下面还有两个妹妹。我想,乖乖!对比他,我的人生真没啥大作为。

傍晚,汉尼斯和他的"团队"结束当天的工作,离开了。列维走进了主堂,问,一切都还顺利吗?我说,他们的效率不低。

我就知道你会雇用汉尼斯。其实他不是老板,他的父亲塞缪尔才是。这些门诺派人,靠低价把生意都抢走了!我惊讶地问,什么人?列维露出了"给你扫扫盲"的表情,反问,你知道阿米什人吗?

我点点头,眼前出现了美国老电影《证人》中的一幅画面:在乡间碎石子铺成的小路上,一辆中世纪风格的黑色小马车缓慢驶来,车轮发出吱吱呀呀的声音。驾车的男人戴黑礼帽、披黑斗篷,身旁端坐着同样装扮的女人。我看那部电影是因为喜欢男主角的扮演者哈里森·福特,没想到积累的这点儿知识派上了用场,问,你说的是那些驾中世纪小马车的人?死活不肯用电,在家里点着自制蜡烛?

列维露出一丝孺子可教般的微笑,答道,你说对了一半,门诺派人和阿米什人有相似之处,也有关联,就像白喉麻雀和北美歌雀……他笑出声来,大概对自己的幽默满意,尽管我根本分不清那两种雀。

我还有疑问,直言道,汉尼斯可是开着皮卡,穿着牛仔裤,拿着苹果手机!

这里的门诺派是进步派,早开始拥抱汽车、电力、高科技啦……列维把重音落在"进步派"和"拥抱"上,不无讥讽之意,你不是整天抱着个苹果手机吗?搜搜吧。

他顺着过道往前走,在一张长木椅旁停下了,问,你拆除时,能把8号长木椅送给我吗?

看来他终于进入主题了。我其实没注意到长木椅编了号,定睛一看,果真如此,号码还被刻在正宗的小铜牌上呢。我对木椅的用途早做过设想,放在楼梯间、衣帽间,或者用它们打酒柜、书柜……这么优质的红橡木,要买全新的,价格昂贵,何况我在装修上需大笔花费,必须尽可能利用一切现有资源。

他用手轻轻抚摸光滑的椅背,说,从我祖父那辈起,8号长木椅就专属我们家族了。我父母办婚礼那天,我祖父母就坐在这儿;我受洗那天,我父母就坐在这儿;我第一次参加童子军会议,我和女朋友第一次公开露面,都是……

我如果放任他在回忆的小道上跑下去，他会一溜烟儿跑到天黑，只好礼貌地打断道，我理解你的心情，不过8在我的文化里是幸运数字，我怎么舍得呢？

他问，你不是还有18、28、38、48吗？他脸上因为温柔回忆现出的红晕倏地褪去了。

对不起，这些8会怀念自己的小兄弟的。

他眼神中的光亮黯淡了，鼻头却发红，把手从椅背上缩回去，怏怏地转身，说，你如果改变主意了，知道在哪儿能找到我。

第二天一大早，我被嘈杂的人声吵醒了，接受了前一天的教训，我没有贸然穿着睡裤跑出去，而是先从窗口观察。主堂的窗台高过我的头，玻璃又是彩绘的，真是中看不中用。我只好跑到阁楼上，透过一小扇普通玻璃窗往下望，不禁心跳加速，腿肚子发软。上百号人聚集在教堂门口，准确地说，是我家门口！他们散立在停车场上，街道上，甚至列维酒馆的露台上。有人摇晃手里的迷你型枫叶国旗、塑料碎布制品，这些大概是他们从马路斜对面的一元店买来的；还有人高举用红记号笔写的标语牌：停止毁灭历史！保护文物！标语牌的前身显然是快递用的牛皮纸箱。列维坐在露台正中的位置上，漠然地望着天空。我想起他昨天说的，你知道在哪儿能找到我，这才品出了言外之意。他是无可回避的近邻，而且，他的家族在这儿扎根了一个多世纪。我一个吃瓜群众，得罪他，不是在公然对抗主流吗？

一位高胖的大叔正面对采访话筒演讲，激动地辅以双手的各种动作，举话筒的年轻人戴一副圆框眼镜，表情相对平静。大叔上身裹着红黑格法兰绒衬衫，勉强扣住脖子下的第三粒纽扣。这种衬衫源自苏格兰，俗称伐木工衬衫，曾经广受钓鱼者、狩猎者的欢迎，近些年又成为天下码农的标配，我此刻也穿一件蓝白格的。我猜他选择这样的行头，是为展现接近普罗大众的领导风范。

几个身强力壮的抗议者开始敲门了，夹杂愤怒的叫喊声，嚷着，你出来，你出来！我慌忙跑下楼，确认前一夜把门锁好了，还推过来管风琴顶住。随后，我用颤抖的手指拨通了911，听到有中文选项，惊喜地果决地按下了键。接线员耐心地听完了我的语法混乱的报告，用公事公办的语气问，有没有人受伤？

暂时还没有，不过求你派人来保护我！

抗议活动不属于急救范围！

帮帮忙，虽没见过面，但母语一家亲啊。

她传过来敲打键盘的声音，说，黄鲈港没有警察，在行政上隶属湖岸市，联络一下那里的警察局吧。如果你运气好，也许有一两位正行驶在乡间小道上。别占线了，真正面临生命危险的人正等我接听！说罢，挂断了电话。

我拨打湖岸市警察局的电话，听到了可恶的忙音，急得满头大汗，顺着楼梯往钟楼上跑，眼前晃过《巴黎圣母院》里的钟楼怪人卡西莫多。他高喊"避难了"，当然我比他英俊得多,可悲的是,此刻没有大美女爱丝梅拉达等待我的保护。我躲在大钟背后俯视,静观局势,又不会被轻易发现。

一辆红色雪佛兰皮卡鸣笛出现了,货厢里排满大号黑塑料桶,尾部画着一条黄鲈鱼,正是撞坏我家邮筒的肇事车! 要不是此刻大敌压境,我一定会冲下去索赔。一个男人从驾驶室的玻璃窗里探出了上半身,喊道,让路! 他戴着黑墨镜,白挎篮背心领口溅满血红的斑点,粗壮的手臂上布满帆船交织渔网的刺青,产生强烈的视觉冲击。这种华人所谓的挎篮背心,在英语世界里有一个外号,叫Wife Beater(打老婆者)。据说在一九四〇年代,美国东部的一个恶棍打死了自己的老婆,被逮捕时穿的就是这样一件背心,因此得名。它也是马龙·白兰度在电影《欲望号街车》里的经典着装,协助他打造出了暴虐兼性感的风格。

一些抗议者向后退了退,小心翼翼地叫了一声,船长! 带头的大叔声如洪钟,喊道,我们从事的是崇高的事业,你得支持! 被称作船长的男人回答,你掏钱买下这车鱼,我就站在这儿支持你! 大叔无话,但不肯挪步,举话筒的年轻人识趣地转移到酒馆的露台上。船长吼道,那我就冲撞了! 大叔只好指挥着抗议者大片地退让,其中一些人趁机离开了,想必要去上班或做其他事儿。

船长把红皮卡开到列维酒馆的后门旁,停稳,卸下了两个泡沫箱,请列维签收。原来酒馆里好吃的炸鲈鱼,就是他送来的,这引起了我的兴趣,更重要的是,他在无意中解除了抗议者对我的威胁。带头大叔对周围人嘀咕了几句,四五人拉起手围成一圈,闭上眼。祈祷了一阵,随后皱着眉头散去了。

我走下钟楼,急需一杯咖啡来安顿惊魂。刚到主堂,就听到了礼貌的敲门声。我开了门,来人是一位汗淋淋的老年白人男子,戴一顶绿帆布遮阳帽,一身短衣打扮,像是刚在森林中完成徒步行,进镇迷了路。他说,我叫乔瑟夫,在湖岸市政府主管历史遗产保护项目,听说你准备更换窗框和地板,是吗?

看来带头抗议的大叔或者他的追随者已向市政府举报我了。

乔瑟夫说,这些东西都是珍贵文物,进行各类修复,必须申请特殊许可。

我问,一百多年前的东西也算文物? 这是加国特色的玩笑吧?

补办特殊许可吧,在获批之前,必须停工!

我愣在原地不动,像是一个冻得发抖的人,又被人从阁楼上兜头倒下了一桶冷水。

乔瑟夫看了我一眼,安慰道,申请的步骤不算复杂。

我终于点点头,说,好的,我立即去办。

他又说,我有时候痛恨自己,总当坏消息的传递者,但没办法,我不能坐视啊。说实话,你的最大难题不是文物修复,而是供水管和排水管,你没发现洗手间和厨房都有漏水的痕迹吗?

我其实注意到了，不过没太在意，以为腾出工夫把开关之类拧拧紧就行了。我问，你怎么知道的？

乔瑟夫说，我是在附近的一幢房子里长大的，小时候经常在教堂的后花园里玩游戏，对这里了如指掌。水管是大约五十年前装的，用的是聚丁烯管道。十多年前，国家管道工程局就把它从规范列表里删除了。接着，他甩出了一大串我不太懂的化学名词，总之是水与管道会发生化学反应，导致水缓慢地泄漏，甚至管道会突然地破裂。他最后说，趁着装修机会把全部水管换掉，免除后患。祝你好运！

五

在抗议活动后的第二天，汉尼斯才露面，说他和团队前一天准时来了，但因为柏格在领人抗议，停不了车，就先去别人家干活了，不然白白浪费一天工。

柏格？就是对面加油站的老板柏格？我问，我怎么没在加油站见过他？

黄鲈港只有一个柏格！他请人打理加油站，自己整天四处瞎忙，嘴上没把门儿的，外号大嘴巴。

我向他转告了乔瑟夫传递给我的坏消息。他说，那你没选择，必须申请许可，水管的事儿，我来帮你找人看看。快过圣诞节了，休息几天吧。你看过清唱剧《弥赛亚》吗？我摇头，这种时候我该找个地方烧香拜佛，哪儿有看演出的心情？他掏出一张票递给我，说，多出来的，演出就在今晚，大家都说，人一辈子一定要看一次《弥赛亚》！我不愿意拂他的好意，装修工程还靠他呢，就接过了票，心想，还有人说人一辈子一定要和鲨鱼游一次泳呢，难道我也要去尝试吗？

傍晚，我按照票上的地址，开车不到十分钟，就找到了演出地点，门诺派教会的教堂。停车场已经满员了，我只好把车停到了路边。这家教堂也是用传统的红砖建成的，造价相对昂贵，设计风格简洁，镶满明亮的玻璃。刚一进门，我便被蒸腾的人气熏热脸颊，对此我毫无思想准备。一个瘦高的黑衣男人迎面站立着，腰背挺直，脸上挂着矜持的愉悦的表情，像一位在儿子的婚礼现场迎接宾客的父亲，准备点头致意，握手或拥抱。汉尼斯站在他的身边，没戴草帽，他洗净脸上常有的灰尘，换上熨帖整洁的黑衬衣，见到我展露笑容，立即骄傲地向我介绍瘦高男人，这是我的父亲塞缪尔，教会监督会的负责人，筹建了这座教堂，还筹办了这场演出。我立即恭维道，你太厉害了！塞缪尔用力地握我的手，把骨骼都握出响声来了。他说，你知道吗？我们可以缺少衣食，但不可以缺少教堂！我太高兴了，你接手了联合教堂，不然那里杂草丛生，使黄鲈港变得非常沉闷。

我哼哈了一声，在心里嘀咕，也许他高兴的真正原因是他的教会少了一个竞争对手。

塞缪尔又说,我们的教会向所有的族裔敞开大门,尤其是新移民,最近吸收了不少墨西哥农民工,还真没有华人。

原来如此!汉尼斯所谓的多余的票,可能是遵从塞缪尔的指示特地送给我的,把我变成重点培养对象。我在黄鲈港当然不是历史上的第一位华人,但绝对是历史上第一位买下教堂的华人。

一群人拥入门厅,带进来一片喧嚣与躁动。塞缪尔递给我一本小册子,然后抱歉地说必须去问候其他人,还嘱咐汉尼斯多陪陪我。我跟着汉尼斯退到大厅的角落里去聊天,却被门诺派女人们吸引了注意力。她们头戴的白纱布发网像两个世纪前西欧女人的睡帽,显然是家庭针织作品。拖及脚背的长袖化纤连衣裙遮蔽了全身的皮肤,颜色不黑不蓝,剪裁是口袋式的,图案莫名其妙,像对抽象画派作品的幼稚模仿。这装扮太令人郁闷。我很想问问汉尼斯,这些面料是从哪儿买到的,恐怕在电商网站上淘不到,但转念一想,他的太太和姐妹可能也在她们中间,就咬住了自己的舌头。

这时维罗妮卡翩翩出场了!我像在暗淡的画廊里,吃力地睁大疲惫的双眼,忽见一缕色彩。她的连衣裙很应景,圣诞树绿色的,剪裁合体,适度地展示脖子、前胸、小腿,性感却不招摇,别有韵味。汉尼斯冲她点了点头,她向他和我挥了挥手。

你认识她?我好奇地问。

他说,维罗妮卡是我的堂姐。

我想到了号称颠扑不破的七人定律,即通过七个人可以与世界上的任何一个人联系起来,而在黄鲈港,只需两个人!

我随着汉尼斯走进了主堂,见中央早搭起一座临时舞台,四周摆满座位,有长木椅,也有临时加的单人椅。演出票上没有座位号,先到者自然占据前排。汉尼斯邀我和他家族的人,乌泱泱的几十位同坐,我婉言谢绝了,心想,要是在演出期间睡着了,岂不是伤害太多人的感情?我选了角落里的一个座位坐下,捧起塞缪尔给我的小册子读起来。

正当我看册子上的宗教历史时,观众席上的灯熄灭了,舞台上四五十人的乐队整装待发。一个绿色的影子飘过来,指着我身旁的一个空位,问,我可以坐这儿吗?我忙不迭地说,当然!庆幸自己先知先觉,不然机会女神怎么会眷顾这个黯淡的小角落呢?塞缪尔家族的人们瞪着探照灯般的眼睛,不时向我和她的方向扫射。我问,他们是不是希望你坐过去?

她干笑一声,讥讽地说,哪儿享受得到那样的殊荣?我母亲说,这个教堂建成五年了,还没见过里面的样子,派我来拍几张照片。我诧异地望着她。她放低了声音,说,很多年前,我母亲就被教会驱逐了,我也只有在圣诞节演出期间才可以进来,接着耸了耸肩膀,补充道,当然,我根本无所谓。

她也许对我并无好感,只不过是向一个陌生的外乡人临时靠拢,不至于太过孤单。我希望灯光足够昏暗,她没有注意到我失望的表情。我说,塞缪尔刚才对我慷慨激昂的,说他们的教会向所有的人张开怀抱……

你是学龄前儿童吗? 别人说什么你都信?

演出开始了。演唱者们从耶稣出生的那天慢慢道来,后来深情地激扬地开始了著名的大合唱《哈利路亚》。观众站起身来,我在维罗妮卡的示意下也站了起来。我侧过脸,见维罗妮卡悄悄擦泪,低声问,你没事吧? 她摇了摇头,说,很多时候,我真希望自己还有信仰。

六

圣诞节后下了一场大雪,随后气温直线下降,教堂里的暖气系统患上了功能障碍。"节礼日"那天,我在家具店里买了一张双人床,并不指望哪个女人会来同床共枕,只因为打折后,双人床比单人床还便宜! 我请送货员把它直接安置到了避风的阁楼上。

新年过后,我拿到了特殊许可,终于可以复工了。汉尼斯带着一个水管工爬上爬下,查看了大半天,证实了乔瑟夫的说法,建议换成铜管。这是一个大工程,得在后花园里掘地三尺。几天后,汉尼斯通过电子邮件发来了报价表。我从个位慢慢数过来,53800.00加元,这些数字像是藏在突然点燃的爆竹里,在我的眼前炸成了无数碎片。

除了借钱,没有其他出路。找银行借,是痴心,刚申请出一笔二十五年期的贷款,本人目前处于待业状态,说得好听一点,是在成为自雇者的进程中。找认识的人借,是妄想,在这个国度里有三样东西不外借,汽车、钱,还有老婆。别人开你的车出了车祸,保险公司会赔偿吗? 把钱借给别人,社会文化生活中没这一条,再说除去占人口不到5%的富翁阶层,谁有闲钱啊?遍地都是房奴,咱和富翁又不熟。不借老婆,这还用得着解释吗? 我苦思冥想了一整天,无奈厚着脸皮,给准前妻发了微信,请求约个时间通话。整整一天一夜,她连一个英语缩略语都没丢过来。以前吵架时,我说过不少贬损她的话,在那一千四百四十分钟里,我的心变成一片桑叶,被一群悔恨的蚕缓慢地顽强地噬咬。终于她回复了,说可以通话。

我特地奔进主堂,在代表好运的8号长木椅上坐下,深吸一口气,拨打她的号码,用深沉的声音唤她的名字,青馨。

她说,哟,教堂新主,不是说过只通过律师交涉吗?

那话里的刺儿把我的耳膜刺痛了, 但我不会向她拍砖,小不忍则乱大谋,我轻笑一声,力图在电讯空间拉近距离。我描述了面临的困境,随后期期艾艾地说,请求你看在十年夫妻千年恩的面子上,帮帮忙。

她问,我能帮你什么?

我放低声音,说,我想请你入股!那笔给第二个孩子存下的基金,我们先投资到教堂上吧。

她静默了大约二十秒钟。轻微的呼吸声被话筒无限地扩大。

我臀下的长木椅似乎变成了一道寒冷刺骨的冰川,一秒长于百年。在朦胧中的温尼伯市街道上,一对身影渐行渐近。那是我和她,一起进银行开一个特殊的账号。那天气温低到零下四十摄氏度,阳光却是充足的,怀着信心的。

她终于问,我们不是发过誓,不管出现什么情况,都不动用这笔钱吗?

我心头一热,因为她很久没对我使用"我们"这个词了。如何分配这笔大约六万加元的存款,是离婚的重大障碍之一。如果第二个孩子已出生,这笔钱应归属拥有抚养权的一方。根据目前的局势,傻瓜都可能预测他/她永远不会出生了。我说,我早请教过范老师了,还做了一个教堂项目投入、成本、利润分析书,可以发给你,这年头不懂得利用房地产赚钱,就是错失良机。如果你愿意,我会请律师起草一个正式的合作协议,给你15%的股份。

她说,我得先找个人问问,再回答你。

我足足等了一个星期,被悬念折磨得几乎上楼敲钟。在侧门旁的花园里,经年累月积存了大堆的垃圾,有旧工具、烂木板、空的黑油漆桶、半空的白油漆桶……我决定来一场彻底清理。傍晚时一不小心,被一块木板上的钉子扎破了手,血流了出来。这时,她打来了电话,说,我找律师问过了。我猜想她的那个印度裔男友给她支招了。

她接着说,我和你结婚后获得的所有财产,都是共同的。你可以使用我们共同账号下的现金。但必须和我平分利润。如果你把教堂改造成家庭旅馆,我自动拥有一半的股份。

我两眼冒火,嚷了起来,你打劫啊?我在这儿流血流汗,你坐享其成?!

我早劝你不要拖着离婚的事儿。

原来她站在这黑暗的角落里,持枪等着我呢。我痛恨她受过谈判训练的平缓语调,听起来比门诺派人的德国方言还陌生。我痛恨她身上所有陌生的一切!

怎么不出声了?她问。

既然我们在离婚,你凭什么瓜分我的利润?

她轻笑一声,说,问题的关键就在这儿!你我分居不到一年,又没达成离婚协议,按照安省的法律,还是夫妻!

我吼道,我靠,算你狠!随即挂断了电话。油漆的腻,血的稠,土的脏,与对应的无奈、愤怒、悲哀混在了一起。我在一张破木椅上坐了好久,终于打起精神,回到教堂里,把自己清洗干净,上网找到了一位家庭法律师,约了电话咨询的时间。

两天后,我被这位律师真诚地告知,青馨说的没错儿,她确实有权分享一半利润,当然,我应该和她谈清楚,所谓的家庭旅馆即共同生意体,必须按月支付给我薪水。她此刻躺在别的男人的怀抱里,我却要替她当牛做马,这简直是出剑失手,反把自己刺得鲜血淋漓!

七

新冠病毒仿佛从外星球坠落的巨魔,无形,却无所不在,时刻威胁人们的生命安全。所有非必需的商业和项目都被政府叫停了,当然也包括我的教堂装修。花园里的垃圾还没清理完,停车场上堆满了汉尼斯预订的新房瓦,新旧混杂,百废待兴。除了加油站和药店,附近的店铺都关了门,老板和雇员们居家隔离。我每天早晨关注感染数字的曲线,看着它以不可思议的速度急速上升。白日里街道上异常空寂,不知名的没心没肺的鸟儿随处造窝。偶尔有一辆汽车开过,不管我在教堂里的哪个角落,都感觉它擦着身体疾驰,害得我一阵颤抖。我像一只被关在笼子里的困兽,在主堂里踱来踱去,观察横向的和斜向的拱肋如何交接,形成一座座纤细精巧的骨架,又观察覆盖在骨架上的石制穹顶,时常怀疑这种建筑结构的安全性,尤其在刮大风的日子。这也许和我在超级市场里,怀疑会通过触摸货架染上病毒没什么两样。我上网仔细研究,原来支撑重心结构的是厚重的扶壁。在世界上的一些地方,许多同样结构的教堂都是几百年前建的,至今还昂然矗立,我于是有些放心了。我不断地提醒自己,空间是珍贵的,满世界的人都在拼命保持彼此之间的两米距离。如果我还住在大多伦多地区的合租屋里,每天的精神会多么紧张。十几个人挤在一幢三居室的房子里,共用一间厨房,如果一人感染,其他人不那么容易躲过吧。到了深夜,我又觉得教堂里太空旷了,放大了孤独。如果我染上了病毒,痛苦致死,谁会发现呢? 谁会前来告别呢?

这样下去我会疯掉。我需要做些力所能及的事情,转移注意力,燃烧能量。地毯上的水渍像一群死鱼的眼睛,整日盯着我。我发誓要把它们清除,无奈地毯边缘被压在长椅下,长椅又被大号螺丝钉固定在地板上,螺丝钉和地板死活锈在一起。我没有合适的工具,只好作罢。不久,汉尼斯打电话给我,说他们的教会已经恢复了活动,开放了私立学校,他也可以开工了。这是公然违背省政府的规定!我简直不能相信自己的耳朵,尽管每天都做梦重新开工,但还是婉言谢绝了。

在百无聊赖之中,我拉开了底层一个大壁橱的门,尺寸不一的纸盒子哗啦啦地掉出来,不同年代印刷的小册子和礼拜仪式流程单散落了一地。我把它们按年代顺序排列,几乎梳理出这座教堂的近代历史。我找到了列维举办婚礼的照片,他当年称得上帅哥,新娘优雅娇美。在他的三儿子受洗的照片上,他身边的女人换成了一个体格结实的,想必是第二任吧。这里的确装载着他的很多回忆。我还在一本年终总结的小册子里,发现了一张柏格十八九岁时的照片。虽然他那时留着长卷发,我还是认出了他的阔嘴巴。他在教堂里当清洁工,在夏季的野餐募捐会上付出辛苦劳动,获得了表彰。

傍晚时,我到街上散步,据说这有利于提高免疫力。四周常常空无一人,我像一个从古堡中出来放风的幽灵。有一天,我在离教堂不远的石桥上,惊喜地遇见了维罗妮卡。我在隔着她两米远的距离停下来,扶着栏杆望着结冰的小溪。她的脸瘦了一圈儿,眼角的皱纹似乎深了些。她说最近急诊室里人满为患,每天超时工作,忙得半死,好不容易得空来看自己的母亲,在附近走走,呼吸一些新鲜空气。她的母亲就住在桥下的那幢黄房子里,房子一层和二层各有一个露台,夏天母亲喜欢坐在那儿晒太阳,冬天她会觉得憋闷,何况又遭遇了疫情。随后,她仰起头,指了指教堂的尖顶,问,你过得怎么样? 一个人住在那里,会不会觉得很冷?

我的脑子飞速地旋转着,这是什么意思? 她在诱惑我吗? 我为什么不邀请她进去坐坐呢? 甚至牵着她的手,走上合唱团的阁楼,相互取暖,一起对付荷尔蒙的蓬勃袭击? 可是,我能确定她没有感染上病毒吗? 她每天接触的都是新冠感染病人,连N95的口罩都没有。我支吾道,也不算很冷。

随后我和她互道了一声保重,回到各自的清冷世界中。

不久,我看到了青馨在朋友圈发的信息,说她将在一场视频讲座上发言,内容有关华裔女性的职场经验。我使用假名字上线,当然不会露脸。青馨选用了一个像素过高的网络摄像头,暴露了眼角的皱纹。哈,看来她也躲不过恐惧和焦虑的侵袭。那精心打造的美丽形象呢? 大约五年前,她在多伦多找到的工作是软件测试员,薪水比较低。她所在的公司扩大销售部门,销售人员除底薪外,还可以拿奖金。她动心了,申请调转,一板一眼地接受了各种培训,但始终不出成绩。在一个鸡尾酒会上,她认识了一位女形象设计师,对方在油管视频频道开办节目,宣扬形象挂钩销售成绩,圈粉甚众。她接受了这位设计师的"打磨",摘掉黑框眼镜,换上了隐形眼镜,留起了中长发,用精心挑选的职业装巧妙地纠正了梨形身材,变得修长美丽,事业越来越顺利,离我却越来越远,直到今日把我变成她的匿名观众。

当天晚上,我躺在阁楼的床上,蒙眬中一个小天使轻扇翅膀,从穹顶上慢慢地降下来,乖巧地躺进了我的臂弯。我睁开睡眼,看到了不满两岁的儿子,惊喜极了,借着月光仔细端详,却惊出一身冷汗。他怎么变成这样了啊? 眼睛失去了光亮,眼窝可怕地凹陷,嘴唇干裂。一个穿白大褂的男人站在我的床前,冷冷地说,那乳白色的东西，不是壁画上的祥云，是孩子的大便，无脓血，无臭味，可能染上了轮状病毒，随后丢给我一张纸签，上面写着抗生素和止泻药。我把耳朵贴到儿子的小胸脯上，他的心跳越来越微弱了。我跳下床，抱着他去急诊。要进ICU（重症监护室），必须先交押金，我把儿子交给青馨，自己四处去借钱，终于凑够了，奔到收费处去付款。青馨慢慢地走过来，把儿子放到一张木椅上，我随着她一起跪下去，亲吻儿子变得冰冷的脸颊。在那些日子里，我曾被多少悔恨折磨，不该送儿子去便宜的私人托儿所，那里卫生很糟糕；不该用抗生素，它可能对腹泻患者有害；不该……不久，我们申请的加国家庭移民被批准了。在登陆温尼伯时，海关官员——一位身材饱满的白人阿姨，在浏览了有关文件后，问，怎么不把儿子一起带来？青馨当场失声痛哭。

她的哭声由远至近，在教堂空寂的穹顶下回荡。

八

终于熬到了夏季。据医学专家说，新冠病毒在炎热的天气里传染得不那么凶蛮，省政府允许非必须商业开业，建筑装修工程也可以复工。汉尼斯和他的团队再次露面，开始挖沟凿渠，为更新进出水管做准备，同时更换房瓦，给教堂带来了生气。

那天我租来了一个建筑专用的垃圾箱，把花园的大部分垃圾丢了进去，还清理了从侧门进入花园的小径，心中生出了许多成就感。傍晚时分，工人们都回家了，我走进厨房，把生米加水放进电饭煲里，插上了电源，正准备去卫生间淋浴，听到有人在楼梯口高呼我的名字，就走了过去。列维抓着扶手弯腰站着，脸色惨白，上气不接下气地喊道，快跑！

我问，出了什么事了？

我酒馆里的天然气监测器……发出了警报……爆炸……

又不是愚人节，开什么无聊玩笑？

他飞速地跑下来，扯起我的T恤衫后领，瞪起大眼吼叫，你等死吗？

这时我闻到了天然气的臭味，立即跟着他顺着楼梯往上爬，意识到正门太靠近天然气泄漏的地点，就大声叫道，走侧门！幸好我白天刚清理过，脚下没有磕绊，我们很快穿越花园，上了伊利道。附近店铺里的人们已经跑在我们的前面了。列维喊，向南拐！我听从了，很快超过了他，回过头催促，快！快！当我们跑过了两条小街时，背后一声轰隆巨响，像有人从飞机上丢下了一颗炸弹。脚下的街道一阵摇晃，我本能地维持身体平衡，忍不住转头去看。十字路口附近的建筑被炸裂了，火光喷射，裹挟着滚滚黑烟。列维反身向十字路口的方向跑，我追过去死死地拉住了他。碎裂的瓦片、玻璃片，还有许多不明物在空中狂飞，其中一片尖利的东西刺中了我的眉骨。我拖着列维，继续往南，直到逃进了街边的一座墓园。

墓园里往日的安静被彻底打破了。几十个人站在小山坡上，粗重地喘息着，俯瞰镇中心，那里火焰正熊熊燃烧。人群里有商铺和酒馆的老板、雇员、顾客，还有一些附近的居民，原本在购物、晚餐，或者休闲，听到了列维酒馆发出的煤气泄漏警报，不顾一切地往外逃。列维担心我不熟悉这种警报，或在教堂底层听不到，特地去喊我，险些送了命。很多人的形象和我一样狼狈，仅着T恤衫和短裤，满身灰尘，其中几位拿出手机给家人或朋友报平安，我这时才想起自己把手机忘在教堂厨房的柜台上，钱包还躺在阁楼里的床垫下。

警车鸣笛，把小镇的十字路口包围了，救火车接连出现，从各个角度狂喷冷水，才控制住了大火。几辆救护车抵达墓园门口，救护员们分头行动，把重伤的抬上车拉走了，给轻伤的，包括我，做了些简单包扎，安排进中学校车，拉到了湖岸市医院的急诊。

我已是熟门熟路，领了口罩，做了核酸测试，走进了候诊室。座位都被占满了，一些人索性坐到了过道的地板上，难掩神情中的沮丧。几个可怜的孩子坐在母亲的怀抱里，把小脸儿绷得紧紧的，像是随时准备逃离。高悬在墙的电视锁定国家电视台新闻频道，正播放航拍的黄鲈港镇中心的画面，资深男主持报道爆炸性新闻，只见其严肃表情，不闻其声。列维冲进分诊室，找到遥控器，清除了静音。主持人用沉重的声调说，安省黄鲈港发生天然气爆炸，镇中心沦为废墟，接着镜头一一掠过被炸毁的列维酒馆、药店、比萨店、旅店、图书馆……前联合教堂的门脸被炸裂了，碎砖瓦无情地砸在我的汽车上，落进主堂里。我像坐进了一辆失控的汽车里，眼前只有灰蒙蒙的天空和道路，那个熟悉的隐形的魔鬼又开始出刀了，肆意地掘我的后腰。男主持人的声音终于穿透了云层，幸好当地的义务消防员驾驶灭火车迅速赶到，不然后果不堪设想。政府关闭了镇中心，因为爆炸还可能发生，不幸的是，镇上的几十家店铺不能营业，一两百个家庭无家可归。

候诊室里出现了几秒钟死一般的寂静，随后有人打破沉默，接着各种声音同时响起来：

疫情还没散，又出这种事儿！

因为疫情停业了大半年，现在又被封了店，我们去靠讨饭生活吗？

我从家里逃出来时，什么都没带，谁想得到今晚就回不去了？

祖宗留下的烂摊子，我们怎么收拾得了？真倒霉！

我从他们七嘴八舌的议论中，好歹把握了事情的一些脉络。在一八九〇年左右，他们的前辈们在附近地区发现了珍贵的天然气，乐开了怀，一口气挖了很多座井，为企业提供能源，还用于家庭生活，取暖啦，做饭啦，洗浴啦，撒欢儿地享受好时光。渐渐地,天然气井变得枯干了,像瘸腿的拉车马,被丢弃了,被胡乱地掩埋了。"一战"之后,粗心大意的人们直接把房子建在了旧天然气井上。死马的尸体会融入泥土,可天然气是活跃的魂灵,慢慢聚集,从井口的缝隙中钻出地面,遇到火星,迅速化合,酿成严重的爆炸。

WTF! 我在心里骂道,那是一百多年前的事情了! 我爷爷都还没出生,我太悲催了,远渡重洋来替他们埋单?!

一个戴棒球帽的男人用食指点了点我,说,一定是你小子,不知从哪儿冒出来,买下我们的教堂,受到了惩罚! 他旁边的几个人立即点头附和,把灼灼目光投向我,逼迫我像一只被群狼围攻的小羊,怯怯地低下头,仰仗口罩掩饰尴尬的表情。他们认定我有罪,我就有罪了? 心里当然不服。

好在有不同声音:

教堂荒在那里,很衰败,有人买下来,是一件好事,每到周末,你们都在列维酒馆里把酒言欢,怎么不积极走进教堂呢?

你们为什么不向教会捐款,维护那座老掉牙的建筑呢? 为什么不动员儿女参加礼拜呢?

在今后的十年里,全国还会再有大约九千个宗教场所消失,占所有宗教建筑的三分之一!

戴棒球帽的男人又说,他买下也就算了,还在教堂四周乱挖,把井盖给掀翻了!

列维说,别忘了,去年夏天就发生过一场爆炸,那时俊豪还没买教堂。

我惊跳起来,问,什么? 去年就发生过爆炸? 为什么没人告诉我?

人们安静了片刻,相互看了看,终于有一个男人低声说,去年的爆炸没这么严重。专家没做详细的调查,别轻易下结论。

列维长叹一声说,这是上天在惩罚我们啊,突然从椅子上一头栽到了地板上。我和他身旁的几个人扑过去,喊他的名字。大约一分钟后,维罗妮卡带着两位急救员露面了,拨开众人,把列维挪到了移动病床上。维罗妮卡焦灼疲惫地扫了一眼四周的残兵败将,目光掠过我,像掠过一簇蒿草,一刻也没有停留,随后推着移动病床,旋风一般地奔向诊室。如果不是她用甜美的声音向我介绍列维酒馆,我会看见那座教堂吗? 会成为买主吗? 会遭遇死神吗? 她居然不理我! 不过转念一想,这里大概从没同时接纳过这么多伤员,她太辛苦了,又在心里原谅了她。

电视新闻转向了其他内容,人们开始考虑衣食住行的具体事宜,还说看到了脸书群里的信息,很多居民愿意认领"难民"。这时我才知道黄鲈港居然有一个脸书群。我搬来快一年了,整天刷微信朋友圈,竟然对身边的社交圈视而不见,临时抱得上佛脚吗? 且不说手机不在身上,即使在,从周围人虎视眈眈的表情上也不难预测,我缺乏被认领的运气。

几个小时后,需要转院的重伤者被转走了,经过检查诊治的轻伤者被接走了,候诊室里只剩下了我和一个肿眼泡的男人。男人给我讲了两遍他的人生故事。他最好的朋友是酒,后来他不幸得了肝炎,前几年远离了"朋友",但在疫情期间,情绪抑郁,实在控制不住啊,天天抱着朋友不放,他的肝脏一次次闹罢工。

大门咣当一声被推开了,一个绿眼睛、高鼻梁的猛男亮相了,一身橙红消防服,脚蹬高腰防火靴。我觉得他有些面熟,但想不起在哪儿见过。他扫了一眼候诊室,冲肿眼泡男人叫了一声哥们儿,把头转向我,说,我来看看还有没有需要帮助的难民,就剩下你了!你就是那个教堂新主吧?我怯怯地点了点头。他冲着诊室区喊了一嗓子,维罗妮卡!维罗妮卡小跑着露面了,应了一声,船长!他想必拥有多重身份,救火员加船长。他说,你给这个倒霉蛋包扎一下。维罗妮卡叫我随她进诊室,很快在我的右眉头上缝了三针,简洁告知,运气不好的话,可能会留下个疤。那口气仿佛是说,今晚可能会下一场小雨。我听了,不由得恼怒起来,喘息几乎撕裂口罩。维罗妮卡这时嘱咐道,多休息,有精力才可以应对变故。这话还算有一点温度。

我出了诊室,见船长正绘声绘色地向肿眼泡的家伙描述天然气爆炸的情景,看见我,问,你准备去哪儿过夜?

我说,无家可归,镇上只有一家旅店,位于爆炸中心,已变成了废墟。即使它开业,我身上既没有钱包,也没有证件。

我给你找个睡觉的地方吧。

我看看他,又看看酒鬼,想象着随他走进一个房间,满地的酒瓶、呕吐物、垃圾,粘满番茄酱的脏盘子和刀叉以及卫生间里尿渍斑斑的马桶,更可怕的是,里面会不会有感染过新冠病毒的人?

船长露出不太耐烦的表情,说,别磨蹭了,我明早三点钟要出船。你不跟我走,去睡森林吗?小心被郊狼咬去半边脸!

我一狠心一跺脚上了他的救火车。他告诉我,黄鲈港常住人口仅几千人,没有成立专业消防队的费用,就招募志愿者组成义务消防队,他是三名队员之一。他们仨都受过专业训练,每天把消防员制服和必要设备放在各自的皮卡尾厢里,一旦接到火警电话,离消防站最近的队员去取消防车,另外两位立刻换上消防制服直奔现场。这天他正巧在镇上办事,消防站离爆炸中心不到一公里,他在第一时间取上消防车,先把重灾区的火灭了,不然更多的民房会被烧毁。船长在消防站停好了救火车,带我走近一辆红皮卡。我看见车后厢上画着的黄鲈鱼!问,你就是撞翻了我家邮筒的……那个家伙!

船长有些尴尬,嘟囔道,我当然有五迷三道的时候。

那就不该上路。你万一撞了人怎么办？我刚坐了你的救火车……

他斜了我一眼，问，你要给我上安全教育课吗？上不上车？你想当流浪汉吗？我告诉你，黄鲈港从没有四处游荡的流浪汉，这有关小镇的荣誉。

都炸成废墟了，还扯什么荣誉？我嘟囔道，不过万般无奈，还是上了他的皮卡。路过邮局时，看到柏格正站在一辆警车旁，接受国家电视台记者的采访。船长毫不掩饰讥讽的表情，说，这大嘴巴又要吧啦吧啦了。

我嚷道，发生了这样的灾难，应该有人出面说话！

柏格不会替你说话的。大嘴巴运气真不坏，他的加油站离爆炸中心很近，但没啥损失。

船长在乡间小路上七拐八弯，进入了一座房车公园。沙土路的两旁栽满了树，有白桦、黑槭、蓝柏树、万年青，还有一些我叫不上名字的，随后，不同颜色的房车在树间显现了，自动式的、拖挂式的、挂国旗的、挂女性内衣的，应有尽有。有的在皮卡车箱上支起一个小帐篷，相当于一星级宾馆；有的空间宽敞，还配备高级家电和卫浴设备，俨然移动的五星级宾馆。人们在自家的房车前呷着啤酒听音乐，或者围着篝火发呆，见到船长，都面带微笑地寒暄几句。

路尽头是一片半圆的开阔地，西侧停着两辆拖挂式房车，东侧立着三座小木屋，缺口处是浅棕色的沙滩。沙滩延伸大约十几米，融入月华满怀的伊利湖。一对年轻男女黏在一起，在一张野餐桌旁的木椅子上亲昵，男的是黄头发，女的是红头发，鲜艳惹眼。船长吼道，小列维！你爸在湖岸市医院急诊室呢，还不去看看？小列维从女孩的肩窝里抬起脸，从野餐桌上拿起圆框眼镜戴上。原来他正是在抗议教堂活动中采访柏格的那个年轻人。他打量我眉头上的纱布，像是关注难民，又像是审视俘虏，打了一声招呼，就拉起女孩的手向公园门口跑去了。船长摇摇头说，唉，年轻人的爱，就像欢蹦乱跳的鱼，但愿晚一点落网。他走到靠近沙滩的那辆房车旁，顺手拉开了门，显然没上锁，说，你就睡这儿吧。我探进头去看了看。整洁的床铺，原木桌椅，一个电炉，一个小冰箱，敞开的蓝色浴帘后面是小淋浴间，总之可达三星半。船长指了指离房车几十米远的一幢蓝房子，说，那儿是我的家，我去给你找两件换洗衣服。

我走进了房车，坐到椅子上，摘下口罩喘息着。打开床头的窗户，湖上的微风一波波涌进来，清除着我身上的臭汗。过了一会儿，船长穿过房车公园和他家之间的小路返回来了，从窗口丢给我一件新泳裤，一件"打老婆者"白背心，说，算你好运，我前两天买了双份。

我迟疑道，这不是我的风格……我从没打过老婆……

靠！这种背心早洗清名声了，女歌星麦莉·赛勒斯还穿着它上台演出呢，船长说，这种时候你还挑剔风格？这时他的手机彩铃奏响乡村音乐，他接起电话，变了脸色,嘴里嚷着有急事,就跑步离开了。

我淋浴后,换上了白背心。多年来没和手机分居过,现在我与外界失联,不免失魂落魄,当然还面临急迫的饥肠辘辘的问题。我在橱柜里搜索,除了两片饼干,再无其他了。这时我听到敲门声,打开门,看到小列维把一个一次性餐盘,还有一瓶矿泉水放到门口的野餐桌上,餐盘上摆着两个巨无霸汉堡。他说,朋友给我送来的,刚烤好的,趁热吃吧。我问,你爸怎么样?小列维说,老毛病,心脏痉挛,已经脱离危险了。说罢转头向临近的房车走去。我猜他想尽量保持社交距离,冲他的背影说了一声谢谢。列维跟我说过,他住在镇北的一幢宽敞的大房子里,搞不懂为什么小列维屈居窄小的房车。

那天晚上,我喜欢上了用优质牛肉做的鲜嫩多汁的汉堡。小列维和他的小女友在隔壁的房车里叫床,多次呼喊天神,惊走一群群睡鸟,把我从清冷的教堂阁楼拖回到了凡俗人间。

九

第二天一大早,我被一阵敲门声惊醒了,不情不愿地打开了门,船长高举手机,兴奋地嚷道,有一个女人说联系不上你,追踪你到急诊室,维罗妮卡给了她我的电话号码,她叫什么Xin。

我的心狂跳起来,鼻子一酸,说,青馨!我的准前妻。

船长放声笑起来,说,你这个家伙还有点儿运气!我刚到家,早晨没出船,正好替你服务。

我接过了电话,尽量在变得沙哑的嗓音中添加深沉元素,Hello。

青馨嚷道,OMG!(噢,我的上天!)

我沉默,不知是想动用沉默的力量,还是担心泄露哭腔。

你受伤了没有?

我心头一热,但答非所问,你怎么知道的?

新闻都上国家电视台了,中文媒体连夜赶译。你脑子出问题了?这里地大物博,买房子也行,偏挑一个鸟不拉屎的地方?

我说,很多鸟在黄鲈港拉屎,什么燕子、啄木鸟、黄莺,什么北美红雀、布谷鸟,还有水上的湖鸥、白头翁,数也数不清。我把刚学到的鸟知识都搬出来了,还巧妙地省略了不吉利的猫头鹰和乌鸦,为自己的选择辩护。

渣男!青馨叫道。

我当然清楚,渣男是指自私、不负责任、玩弄别人感情的男人,立即抗议道,我不是渣男。你错了!这三个字脱口而出。那简直可以和尼尔·阿姆斯特朗第一次登上月球的瞬间媲美。他迈出的一小步,是人类历史上的一次飞跃,我公然反驳青馨,是个人情感历史的一次飞跃。

话筒里竟然凝结一小片意味深长的沉默。这个曾经留短发、戴眼镜的女孩,这个曾和我在一间间窄小的出租屋里笑过、哭过的女人,在爆炸后第一时间寻觅我的踪迹。我失重般飘飘然,不禁乘胜游弋,说,看来你还是惦记我的……

别傻了,她打断我,我惦记的是我的投资!说罢,收了线。

我把手机还给了船长。船长在我通话期间,把一个松动的电炉开关修好了,告诉我镇上的人搞了个临时救助中心,建议我去拿些生活用品。

我根据他的指点,在港口附近的一间废弃的仓库里,找到了临时救助中心。里面已经聚集了几十个人,其中大半是前一天在急诊室见过的。人们的眼神中少了惊慌,多了睡眠不足的疲惫。几个头发蓬乱的女人忙碌着,把搜集到的捐献物品分类,见到我,忍不住笑出来,我身上的打老婆者衫和肥大的游泳裤,还有眉头的纱布,想必制造出了足够的喜剧效果。

第一个走上来迎接我的,竟是玛吉。她眼神中充满同情,说,很抱歉发生这样的事情。这些物品都是我连夜募集来的,尽取所需!我跟在她的身后,从长条桌上拿了一些衣物、食品,还从她手里接过一件羽绒服。我心底一凉,看来她对我在冬季之前回归教堂缺乏信心。

柏格走了过来,穿的还是红黑格法兰绒衫,说,我和你还没正式认识过,我叫柏格,我知道你的名字,说着伸出胳膊肘,对准我的胳膊肘亲密地触了触,这是疫情期间的拥抱方式,随后,他讥讽玛吉,看来我们的市议员准备打长久战了。

玛吉是市议员?!我用诧异的目光盯住她。她微微一笑,说,我今天顶的是市议员的头衔。本地的市议员非专职。

柏格问我,你大概已经听说了吧,去年夏天,镇中心就发生过天然气泄漏事件!

我从前一晚起脑子晕晕的,幸好被柏格提醒了,直截了当地问玛吉,你把教堂卖给我时,怎么没提这件事?

玛吉支支吾吾地说,不是特别大的……不是特别大的事件。

柏格紧追不舍,去年镇上的商家老板和居民都很害怕,恳请我们这位大议员和市政府沟通。

玛吉说,那些人做事慢腾腾的,去年爆炸后,过了三个星期才派人调查,没查出个名堂,后来又请了几个专家,也拿不出解决方案。

柏格说,我们这辈人对旧天然气井的事儿不太了解。我去养老院找过镇上的那些老家伙,其中一个对眼前的事儿糊涂,对七八十年前的事儿清楚得很,他说在"二战"前,镇上就发生过一次爆炸,炸平了邮局,附近还有许多废弃的天然气井!

我还没从昨日爆炸的惊魂中安定下来,头发根根竖立,心跳乱了频率,立即问,你们市政府就没有一张标明废弃天然气井位置的地图吗?

玛吉低声承认,没有,记录很零散。

我叫道,我靠! 我招谁惹谁了? 拿出了多年积蓄,买了一个危险建筑! 这太不公平了!

玛吉说,其实别的省也有没封好的天然气井,比如卡尔加里,一些巨头公司挖完了石油和天然气,赚完了大钱就走人……政府要花百亿加元收拾烂摊子。

柏格插嘴道,不要转移目标! 我们关心的是黄鲈港的现实!

玛吉有些尴尬,问了我一个现实问题,你昨晚住在哪儿? 今晚有地方住吗?

住在船长的房车里,谁知道是不是长久之计呢?

柏格伸出食指和中指,戳戳我的手臂,说,住他的房车里比住他家里好,免得变成酒鬼。镇上的酒庄在爆炸中心,被迫关门了,这下买酒要开长途了。语气里藏着不少幸灾乐祸的成分。

这时有人喊玛吉接收捐赠物品,她一边说抱歉,一边离开了。柏格从鼻子里哼了一声,说,瞧把她忙的。她能当上议员,还不是因为她的姓氏! 这里是麦考密克家族的天下! 她要是早点调查出天然气泄漏的原因,就不会出这样的悲剧了。防灾比救灾更重要。

我连连点头,说,对! 必须防患于未爆炸之前!

他说,镇上居民在脸书上有个群,我邀你加入吧? 语气变得亲昵了。我说我把手机丢在教堂里了。他大步走到一个长条桌旁,在小纸箱里翻了半天,找出了一个老式三星手机递给我。手机上的每个输入键,都赛过大拇指指甲盖。他叹了一口气,说,这是我老父亲的,睹物思人啊,老父亲当年从西部跑到这儿当农民工,养活我们一家人,经常被本地人瞧不起,不容易啊。我手一抖,手机险些丢到地上。柏格安慰道,别担心,我老父亲活到了九十岁,得的不是新冠。我想没有通信设备寸步难行,就接受了,告诉柏格用这个上不了网,等拿回智能手机再入群。

我回到房车里,考虑下一步的生存。船长家的灯一直黑着,不知道他去了什么地方。

✝

两天后的傍晚,一辆面包车在对面的小木屋门口缓缓停下来。船长下了车,从后备箱拿出一台轮椅,小心地摆到车门前。他拉开车门,把一个瘦小的门诺派女人抱下来,放到了轮椅上。我立即冲过去,拉开小木屋的门,扶住。女人身穿一条长及脚背的花连衣裙,右腿上打着的石膏,和脸色一般苍白。她吃力地挤出一个微笑,低声道一声谢谢。船长把轮椅推进了小木屋,又把女人抱到沙发上安置好。女人说,麦克斯,幸亏有你。船长介绍我认识她,说她叫耐蒂。我问,你是怎么受伤的?

耐蒂说,我家的房子离镇中心不远,在爆炸中没受损伤。当晚因为天气燥热,居民区停电,过了午夜我还睡不着,坐在二楼的露台上乘凉。我听见街上有一只小猫在叫,可怜兮兮的,猜想哪家人匆忙撤离,把它丢下了。我心里不忍,打算暂时收留它。当时四周黑乎乎的,我下楼时一脚踩空,摔断了腿。

船长说,她家现在被确认成危房了,她也必须撤离,还好这间小木屋暂时没人租。你注意她的动静,需要时帮帮忙。我几天没合眼了,得回家好好睡一觉。

我答应了。他没提房车的事情,想必允许我继续住几天,我决定等等再说。

转天,我惊讶地看到了维罗妮卡出现在小木屋门前。她穿着护士服,手里抱着装满蔬菜水果的牛皮纸袋,胳膊肘上还挎着一个小木篮。她说,你现在和我母亲做邻居了。这时我才知道耐蒂和她的关系。她从木篮里拿出一个铝箔纸包,递给我,说,麻烦你给船长送去,谢谢他前两天在医院里照顾我母亲,我必须马上回急诊上班。对她说不,当然不容易,我接过了铝箔纸包,心想正好借这个理由,去和船长谈谈暂住房车的事情。

我敲响船长的家门,奉上了来自维罗妮卡的谢礼。他龇牙笑了,说,正愁没人陪我喝酒呢。我和他走到湖边的露台上,坐进两张宽大的木椅里。他把一个黑塑料桶放在椅子中间,几瓶莫尔森啤酒从冰块中间好奇地探出头来。我们各自开了一瓶,泡沫涌出来,在明月下恣情闪亮。我喝下了一大口。在爆炸后惊慌逃窜,目睹了镇中心的大片废墟,见证了自己的和别人的创伤后,这清爽的感觉,真想不出有更好的东西可以取代。

船长打开了铝箔纸包,请我品尝里面的炸卷饼。我吃了一块,说,哇,好吃!味道和北京的炸油饼差不多。随即意识到他并不知炸油饼为何物。

维罗妮卡是本郡最好的烘烤能手!船长骄傲地宣布,那语气像夸赞自己的老婆。

我有些替他抱不平,说,这礼物太薄了,你照顾了她的母亲!

她不需要给我送任何东西,我欠她的,永远还不完。船长的语调少见地感伤。

我敏感地听出了弦外之音,试探地问,这中间有故事吧?我愿意听,有大把的时间。

船长哈哈笑了,说,那我得再开一瓶啤酒。

我想起了柏格叫他酒鬼的事儿,劝道,悠着点儿。

维罗妮卡的父亲是门诺派教会中的一位活跃人物,但不像其他教友那样忽视基础教育,坚持送维罗妮卡上公立小学,甚至公立中学。维罗妮卡十一二岁那年,长老们交给她父亲一笔钱,派他去邻郡采购小麦种子,那时还没有网购这码事儿。没想到这老兄一去不返。大家等着种子下地,都快急疯了,地里的收成是一年的生活保障啊。他的哥哥塞缪尔从中部曼尼托巴省的门诺派教会借贷,星夜兼程,买回来种子救急,在一夜之间成为教派英雄。耐蒂和维罗妮卡被踢出了教会。门诺派是为躲避迫害移民的,却反过来迫害自己人。维罗妮卡似乎满不在乎,索性和船长(当时大家还叫他的真名麦克斯),还有同校的几个男生整天泡在一起。门诺派女人不剪发,极少单独行动或运动健身,她却把头发削成俏皮的短发,经常独自去森林里徒步,还迷上了单人舢板。耐蒂种了几十亩的西红柿,没白天没黑夜地劳动,身为异类,在收获季节雇不到帮工,只能雇用毫无经验的船长和他的三个同学。耐蒂每天摘的筐数超过四个男生的总和。

船长家族世代捕鱼。在二十世纪九十年代,因为湖水污染严重,渔业完全停滞,他老爸只能打些零工,脾气变得糟糕极了,见到邻家的狗都要吼骂几声,一再警告船长远离耐蒂母女。十八岁那年,船长和维罗妮卡一起离开黄鲈港,去了多伦多,在下城西部的帕克戴尔租下民宅里的一个房间。附近居民的成分比较复杂,瘾君子和性工作者经常在街角晃悠。他在一家百货公司的仓库当工人,上晚班,白天在家睡觉,时常怀念家乡的田野和湖面上暖洋洋的阳光。二十一世纪初,湖水治理初显成效,政府又允许捕鱼了。他老爸激动万分地打电话喊他回家,他听从了。他先做水手,积累下启动资金,然后贷款买了一条渔船,捕捞优质淡水鱼,还开起了门市店。

那维罗妮卡呢?我问话的口气像一个听故事的傻乎乎的男孩。

船长摇了摇头,说,她不肯回来,继续读书,后来当上了护士,结过婚,又离了。两年前,她母亲得了严重的类风湿关节炎,行动不方便,她才应聘入职湖岸市医院。

你出出进进都是一个人。她回来了,可以重续前缘啊。

哈,船长干笑一声,你以为那么简单吗?你怎么把自己的老婆弄丢的?

三言两语讲不完啊,要不,再去买一箱啤酒?我开玩笑道,你听说过北漂吗?他摇头。我向他解释。他似乎懂了,说,那我以前当过多漂,漂在多伦多。这回轮到我摇头,说,不一样!多伦多没有户口制。你听说过北京户口吗?他又摇头。这场谈话实在进展不顺,不过我还是尽力向他解释,像往筛子上倒石子儿,不知道他能兜住几粒。

我出生在中国东北的边疆小镇(90%的加拿大人住在离美国边境一百六十公里内,算得上苦吗?),高考时累得差点吐血,考上了一个省内的本科(船长高中勉强毕业,没想过上大学,再说这儿也没高考),我父母在我上小学时离婚了,我跟我爸过（船长小心翼翼地问，你母亲是不是有犯罪记录？这儿的法院在近80%的离婚案中，都会把十二岁以下孩子的抚养权判给母亲）。我爸靠捡废品养活我（这时船长的眼神中流露出同情，捡废品的在哪个国家都属最低收入阶层）。我上大学后，很多男同学都有女朋友，但我没有。女生向我放过电，我不敢接招，因为没有请对方吃饭、看电影、游玩的预算，只能一个人上网看看免费小说，一不留神提高了文字水平，到二十六岁那年还是童男（听到这里，船长眼泪都快流下来了）。后来我认识了同为北漂的青馨，彼此爱上了。在七八年中，我和她先后换了五次工作，搬过十三次家，住过各式各样的格子间，漏风的、无窗的、恶臭的、潮湿的，经常和十几个人共用一间厨房和浴室，都熬过来了。移民后，我们之间却出现了问题，直到进入离婚程序……

船长安慰道，也许还有希望，她不是在爆炸后立即给你打电话了吗？

我说，有个鬼希望？她正和一位印度裔副总裁约会呢。

哦，那就有点挑战了。你也可以约会，多经历几个女人没坏处。不过话说回来，这疫情年月，苦了我们这些单身的，没地儿去找女人，郁闷！

疫情前我也约会过一位华裔资深美女，她整天就惦记着和我上床。我搬到这儿，我俩的关系也就自然告终了。我坦白道。

船长指了指湖对岸，说，我在对面美国的城镇有一个女朋友，以前去看她很容易，疫情一来，海陆空边境全关，很久没见了。她的一对双胞胎儿子可爱极了。你知道吗？汉尼斯的妻子又怀上了。门诺派人不采取避孕手段，又不打胎，他家又要添人口了。

旱的旱死，涝的涝死！我说，语气有些愤懑。

哥们儿，你说得太对了！

船长的这一声哥们儿，令我心头一热。我立即喊了声船长，期期艾艾地讲出了自己的困境。

船长爽快地说，你就在我的房车里先住着吧。

我感激地一个劲儿地点头，当然，世上没有免费的午餐，船长又不欠我的，我立即问，我能帮你做点什么呢？他侧过头，瞄了我一眼，似乎在掂量我的体力，问，你有啥技能啊？我猜想编程在这儿根本无用，没吭气。船长停顿片刻，终于下了很大的决心，说，这年月，大家都会尝试没做过的事儿，艺术家都买缝纫机做口罩了。我需要人手送鱼到家。你要是肯学，给我当助手吧。

我心想，送鱼还要学吗？不过立即表决心，我肯学！你知道吗？我最初希望技术移民到魁北克省，上了两年的法语班！听法语广播，看法语电影，交了昂贵的学费，达到了移民部要求的水平！

我靠！船长说，法语太难学了，我在高中学过两年，每年都要重考，东抄西抄才勉强及格。我被名词的阴阳性差点儿搞疯掉了,直到今天都想不明白,为什么一本书是公的,一张桌子是母的?

我笑得把嘴里的啤酒都喷了出去。很久没这样笑过了。不知不觉间,月亮已完全升上了高空,在湖面投下洁净的光,似乎给白日里的灼伤涂上了一层滋润霜。

十一

转天中午,我去船长的鱼店走马上任。从房车公园走路到鱼店,只需十多分钟。人生三宝,丑妻、近地、旧棉袄,鉴于刚获得了一件别人捐赠的羽绒服,我就缺丑妻了。

几个店员正忙着从卡车上卸鱼桶,汉尼斯的二儿子艾力坐在一辆自行车的后座上看热闹。船长身穿连体橡胶衣,刚上湖捕鱼回来,展示给我新形象。他带领我参观一番,店面大约四十平方米,后仓库兼清洗间也不过百平方米。送鱼的交通工具不是帅酷的皮卡,而是一辆老掉牙的自行车。送鱼者并非我一人,还有艾力!艾力瞥了我一眼,面无表情。我当他的客户时,他都对我不理不睬,何况此时呢?总之一切都和想象中的有差距。我低声问,开车不是更快吗?船长说,送的都是汽车进不去的地方,房车公园啊,森林中的宿营地什么的。

一刻钟后,我和艾力分别背上装满生鱼的保鲜包。当我还在调整头盔时,艾力已经光着头跨上自行车,在乡间小路上飞也似的驰骋了。也曾在他的年纪我每天背着大书包去上学,放学后帮我爸干活,也吃过苦的,怎么可以示弱?倒霉的是订货单上没有正式地址,我又不熟悉地形,在森林里迷了两回路,折腾到傍晚才送完两单回到鱼店。船长嚷道,这比学法语难多了!凭你这速度,鱼都臭了吧?艾力把当天剩下的十几单都送完了!

我连忙表示明天继续努力。

他摇摇头,说,艾力一个人忙得过来,我得留着他。汉尼斯最近不能工作,家里需要收入。他染上病毒进急诊,听说住院要隔离,不能和家人见面,就掉头离开了,结果传染给了全家。

我吓得几乎跳起来,问,那你怎么还让艾力进你的店里?

艾力已经转阴了,还有了抗体。门诺派人就这么一传十,十传百,在社区里提前实现了群体免疫。

我买房瓦的钱还没付给汉尼斯,影响他的现金周转,心里有点惭愧,再说,我也竞争不过这个艾力小倒霉蛋,只好认输。我看到一个墨西哥裔模样的哥们儿,正站在摆满鲜鱼的案板后面,慢吞吞地刮着鱼鳞,心想,我得给自己创造就业机会,免得流落街头,立即说,船长,要不,我帮你杀鱼吧。你会吗?船长怀疑地看着我。我拿起一把尖刀,开膛剥鳞,几分钟后,就把一条黄鲈鱼清理得干干净净。船长的两眼放出光来,问,会取鱼菲力吗?我又利落地完成了任务。他不知道,青馨喜欢吃鱼,和她生活在一起的那些年里,尤其在她坐月子时,我杀过多少条。因为她怕刺,我给她煎鱼菲力,用鱼头和鱼骨炖汤,过滤干净给她喝。船长说,你被雇用了!镇上的人很少吃整条鱼,店员又取得慢,总是供不应求。

几天后,船长敲响房车的门,喊我的名字。我拿起手机看了一眼,凌晨三点!极不情愿地打开门。船长说,我手下的一个水手病了,你临时顶替一下,和我出船。我感觉自己像在话剧院当B角的演员,突然获得登台表演的机会,兴奋得连腰带扣都找不到了。

我跟着船长,借着羞答答的月光,深一脚浅一脚地到了港口。他指指一艘二十多米长的白船,说,就是那一条。尽管舷灯昏暗,我还是看清了船身上的绿漆名字VERONICA(维罗妮卡号),问,维罗妮卡?就是……那个维罗妮卡?船长点点头,反问,你知道这名字啥意思吗?我摇头。船长说,意思是她带来胜利,谁出船不想收获满满,大获全胜呢?好了,别啰唆了,赶快上船,不然鱼都跑了。我心里滋味复杂。五岁以上的小孩都懂得他为什么起这个名字。

我上了船,看到列维稳坐在船舱里喝咖啡,很惊讶。列维问船长,你怎么把这个家伙找来了?我怀疑他连游泳都不会。

这是公然对我表示轻视了,我回敬道,我会游泳!你不是应该躺在医院里吗?

列维说,早出院了,真受不了里面的紧张气氛,好像地狱大门敞开了似的。

船长说,列维,你还在恢复身体,去开船吧。

我怀疑地看看列维,开始担忧自己的人身安全。他瞪了我一眼,说,我学开船那年,你还吃奶呢。随后走进驾驶舱,发动马达,像模像样地把渔船驶出了港口,向伊利湖中心奔去。他告诉我说,你想当水手,必须先熟悉地理。伊利湖由美加共有,黄鲈港地处北岸,南岸是美国的俄亥俄州、宾夕法尼亚州和纽约州,西岸是密歇根州。随后他放慢了速度,直至使船进入漂浮状态。

船长丢给我一条黑色连体橡皮裤,说要对我进行上岗培训。我穿上后,跟随他来到了船尾的渔具支架旁。他摇动缀满了铅重物的渔网,很快渔网就在水中舒展了,好家伙,直径足有三十多米。船长解释道,因为有铅重物,渔网会沉底,渔网边上的塑料软木塞又能确保顶部的漂浮,不会在水中缠结。你把柱子插在渔网四角,渔网就不会滑动了,再把印着我名字的橙色旗插稳,别的船就会绕道啦。

我使出了洪荒之力,把柱子和旗子都竖了起来。在随后的几小时里,我跟着船长四处撒网。当太阳在湖面露出面孔,列维把船开回到第一张网旁,船长开始收网,鱼儿在网中跳跃着、挣扎着。那些有一双绝望的大眼睛的是玻璃梭鲈,其他的是黄鲈鱼。黄鲈鱼算是美人儿,身子是黄色或黄绿色的椭圆形,装饰着六七条灰黑花纹。我注意到所有的鱼长度都在二十厘米左右，好奇地向船长请教原因。船长说，我不捕小鱼，特地把网眼设置得大一些，小鱼可以轻松地游过去。

我们接着收第二张网，第三张网……我见到满船舱活蹦乱跳的鱼，兴奋得灌下几大杯运动饮料，说，我很想跟你学捕鱼！列维对我喊了一嗓子，算你有眼力！船长捕捞的鱼质量上乘，有海洋管理委员会发的认证证书呢。船长不无得意地说，这捕鱼的学问大着呢，设网的地点很关键，决定最佳捕获量，要关注天气，还要利用导航仪、测深仪，当然，还有些祖辈传下来的技巧，我不可以轻易透露的。好了，该返航了。我惊讶地问，太阳还没升高，为什么不再多下几次网？船长答，我的执照允许捕捞的数量是固定的，即使没人检查，在这条湖上，船老大们都自觉遵守规矩。

当维罗妮卡号抵达黄鲈港时，许多渔船都相继归来，一时间港口上交通拥挤，四周弥漫着水雾、腥气，还有汗味。船长和其他船上的人打招呼，说些不着调的笑话，随后称了渔获量。我问，这里每天都这么热闹吗？船长说，当然了，每天三百多艘渔船出湖，再加上四五十条拖船，各家捕的鱼不同，除了黄鲈、玻璃梭鲈，还有碧古鱼、小嘴鲈鱼、胡瓜鱼之类的。不过比起我老爸捕鱼的年代，这算不了什么，这儿曾经是世界上的一个淡水鱼中心，辉煌不再了。

我在船长的指点下，戴上胶皮手套，把鱼按种类分装进承重约五十公斤的黑塑料桶中，再倒进十倍大的白泡沫箱子里。这些活儿看着容易，做起来难。有些鱼被网刺穿身体，鲜血淋漓，有些不停地垂死挣扎，从我手中一次次跳出去。我在甲板上脚底打滑，连滚带爬地捕捉，总之既狼狈又疲累。到了中午，我和船长终于完活了。一位比船长还高壮的白人司机前来接应，用吊车把它们装到巨型卡车上，运到加工厂。船长把几个黑塑料桶装进他的红皮卡里，带到门面店里，卖给零星的顾客。当天下午，船长说原来的水手不幸得了脑瘤，辞工了，叫我接替他的职位。

从此，我在维罗妮卡号上负责清洁甲板和鱼舱，分类和包装，准备和修理渔网，在入坞和出坞期间处理锚和锚绳，还跟着列维学会了驾船。天然气爆炸事件发生后，政府官员来镇中心视察过，带来一些专家，还上了电视新闻，随后便去忙别的事情，把难民们遗忘了。我和列维有时晚上对饮啤酒，把该骂的人都骂过了，到了凌晨还得爬起来出船。我把一部分工资给船长做房车租金，剩下的勉强糊口。

有一天收工时，船长说他想和湖对面俄亥俄州的女朋友视频通话，问我会不会设置。我说当然会。傍晚时分，我走进了他的家门。他的家比我想象的整洁得多。起居室的南墙足有两层楼高，镶了七八个窗户，最大限度地展示湖景。他说要留我一起吃晚饭，做炸黄鲈鱼，我自告奋勇清蒸。我帮他设置好视频后，他的女朋友丝黛拉和她的两个儿子,还有一条狗出现在屏幕上。我不由得联想到《欲望号街车》中的受气包妹妹也叫丝黛拉,忍不住想笑,不过这位丝黛拉挺自信挺喜兴的。丝黛拉说双胞胎儿子都在接受远程教育,辛苦得要命,七八岁的孩子,哪儿习惯得了?好在不在一个班,叫他俩轮流。一个儿子在其中一个班露脸报到,再到另一个班用兄弟的名字上线,其他时间用虚拟头像,这样每个儿子隔天上课。船长忍不住大笑起来,说,这主意好!

当船长结束视频通话时,我的清蒸鲈鱼也出锅了。我在他的橱柜里居然发现了一瓶酱油,好一阵惊喜,做了酱汁。他惊诧地说,我打了半辈子的鱼,还没吃过整条上桌的,真受不了鱼眼瞪着我的样子。我建议他尝尝。他举起双手做投降状,说,你害我?我再不忍心出船了,说着,拿起一把叉子对着鱼身插下去,掘起一块肉,伸出大手,撕掉鱼皮,蘸了酱汁尝了一口,叫道,Holly Cow(天哪)! 确实好吃! 完胜列维的炸鱼。随后,他扭开一瓶啤酒,一口气灌了下去。

那晚,他把啤酒喝光了,就开了红酒。我怀疑他喝下去的是汽油,因为我的劝阻像一根根燃烧的火柴,只能反复点燃他的愤怒。这时他的形象和《欲望号街车》中脾气暴躁的马龙·白兰度奇妙地重合了。我甩了一句狠话,船长,你这是慢性自杀! 结果被他赶出了家门。

因为四周黑黢黢的,我没选小径,沿着街道向房车公园走去,突然听见身后刺耳的车胎声,慌忙躲进了街边的灌木丛。船长驾驶着他收藏的老爷车,卷起尘土远去。我猜他就是在类似的夜间或凌晨飙车时,撞翻了我教堂的邮筒。

我庆幸自己没被他的老爷车碾过。

十二

秋季里,熟悉的鬼又来偷袭我的腰。这一次我有了经验,大杯大杯喝水,按时吃止痛片,还从药店里买来医用过滤器。过了没几天,一个微小的泛白的石片顺着尿流漂了出来。我仔细地把它装入一个小塑料袋里,兴冲冲地骑上鱼店的自行车直奔急诊室。我请分诊护士呼叫维罗妮卡。等了大约半小时,她才姗姗露面了。我高举起手中的宝贝儿,问,你看,这是什么?

她满面倦容,既迷惑又怜悯地看着我,那表情仿佛是说,最近精神疾病患者激增,你是不是刚加入了他们的行列?我猜她忘记了我的肾结石。在疫情前的那个夏天发生的事,像上一辈子那么邈远。那时我们握手、拥抱,彼此靠得很近,那时夸大微小的疼痛,忽略琐细的幸福。现在病毒似乎侵入了每一个人的体内,令我们迅速地忘记,何况她接待过那么多的病人,还送别了其中一些过早离开的。一片不到0.5毫米的结石,在她的记忆大海中不过是贝壳的细屑。我提醒道,我尿出了肾结石，你说过的，要拿来检测它的成分，预防再次生成。她似乎想起来了，微露笑意，说，可能我当时没太说清楚，你要和肾结石专家的诊所联络，送到他们那儿去化验。

也许我被记忆欺骗了，也许只是找了一个见她的借口。她说，正好轮到我午休了，反正你也来了，要不到门外去喝一杯咖啡？我当然求之不得，立即说，好，我骑自行车来的，出了一身汗，休息一下最好。那语气像一条渴望女主人爱护的宠物狗。她叫我稍等一下，随后走进了员工休息室，几分钟后，端着两杯中号提姆·霍顿纸杯咖啡走出来，递给我一杯。我随她走出急诊区的后门，在一张木椅上坐下来，面对毫无情调的停车场和快餐连锁店。她似乎一时不能适应户外的光线，眯起了眼睛，眼角皱纹像湖面上细小的涟漪，让光有了落脚处。她说，谢谢你帮我母亲的忙。

我说，其实也没做什么，都是一些小事，倒倒垃圾，买一点儿日常用品。

几年前，我母亲患上类风湿病，我一再劝她搬到多伦多去，但她不愿意，我只好搬回来了。有些人离开自己的环境活不好，比如她和船长。

以前我和准前妻一直觉得离开自己的环境，一切都会变好，我说。不知为什么，我突然对她打开了话匣子，讲起我和青馨，还有我们失去的儿子，随后长叹一口气，说，我和她前几年一直努力，希望她能再怀上孩子，但一直不能如愿。

不孕的障碍有时是心理的，不是生理的。

总之是一场悲剧。

维罗妮卡把喝空的纸杯捏扁，准确地投进了不远处的垃圾桶里，说，发生在你们身上的，是不幸的意外事件，不是悲剧，但你们不能重建生活，那才是悲剧！

她居然用这么冷静的口吻评论，几乎把我激怒了，谁给她的权利？尽管在许多个隔离的日子里，我躺在联合教堂的阁楼上幻想过她。她站起身说，该回去上班了。我最后忍不住问，你和船长重建生活了吗?！她并不作答，把门在我面前重重地关上了。

入冬后，天气渐冷，湖水结冰，捕鱼季节结束，我进入了无业状态。我给青馨发了一条微信，问她手头有没有旧智能手机可供捐赠，支持再就业。她正好有一部，还慷慨地给我寄了快递。我收到手机后，立即加入了黄鲈港脸书朋友群，发现天然气爆炸事件是最热门的话题。半年多过去了，镇中心还没解除危险，仍处于封闭的停电状态，瓦砾、垃圾遍地，难民们不得回家取东西。市政府宣称为保护商铺和居民的财产，雇了保安人员看守。有人拍到了保安值班时坐在车里睡觉的照片，那睡相十分不堪，口水流下来足有一米长。这张照片在群里激起了民怨，后来保安被炒了鱿鱼，看守者被换成警察。对此镇上的人都不买账，花的还不是纳税人的钱？

在房车公园里,住五星酒店级房车的度假者早撤离了,只剩下了我、耐蒂、小列维和几位难民。在我住的房车里,电暖气是三十年前的款,不知哪个"器官"出了毛病,时而通电,时而不通,全看它老人家的心情。伊利湖也换了风景,听任西北风踩来踏去,把棕褐色的惊涛骇浪一道道甩到房车的后窗上,害得我整夜睡不着。

平安夜那天午后,下了一场不大不小的雪,但我一点儿也调动不起迎接白色圣诞的情绪。我一个人沿着乡间小路散步,通过手机上的广播APP听到地区新闻。镇上的一些居民带着家鸡在公园里举办滑板比赛,即让家鸡站在一块小雪橇上,从山坡上下滑,先到坡底者为胜,啼笑皆非。在不知不觉间,我来到了镇中心的十字路口。去年此时各家店铺都装饰了圣诞彩灯和花环,如今周遭仅剩一片废墟。我注意到在封路的铁栅栏旁站立着一个雕像般的身影,走近了,看清那是列维。我的目光越过了联合教堂碎落的彩绘玻璃,被砸扁了的汽车,列维酒馆豁口的房顶,落在高悬路灯顶端的"一战"英雄的油画布海报上。海报上的英俊面孔随风轻摇,依然含蓄地微笑着,仿佛来自一个神秘的世界。它居然在天然气爆炸和大火中幸存了下来!我兴奋地嚷道,列维!快看,你叔爷!列维困惑地顺着我的手指望过去,不出一声。我以为他老眼昏花,侧过头想再次指点,却看见两行泪从他银狐色的睫毛上滚落下来。

新年后,玛吉主持了几场难民视频会议,一再表示,在没查清原因之前,不能随便在爆炸地重建家园。如果这样做,半个世纪后,子孙后代们会面临同样的危机。我无语,不知怎么评估人类的能力。耗资一百亿美元的詹姆斯·韦伯望远镜,据说是迄今为止最先进、体积最大的太空观测仪器,发射升空,用影像记录下宇宙中第一颗发光恒星,又成功返回了。对地球上这个小角落的天然气爆炸,怎么没人找出合理的解决办法?

病毒换了魔法,变成奥密克戎来主宰世界。省府又下令了,非生活必需的商家歇业,居民不准见面聚会。我暂时断了求职的念头,坐吃山空。门诺派教徒根本不听那一套,星期日照常在教堂里做礼拜,被警察开了一张几百元的罚单。

下一个星期日早晨,一阵汽车的响声划破了房车公园里的沉寂。我透过房车的窗户,看到一辆黑色SUV停在了耐蒂的小木屋门口。一身黑衣的塞缪尔下了车,走进小木屋。过了一会儿,维罗妮卡开车急速到场,穿着病毒防护服,显然是从急诊室赶来的。耐蒂坐在轮椅上,穿戴厚重的黑大衣和毛毯式的红披肩,正被塞缪尔推出门。

维罗妮卡冲过去,说,妈,你不要去!

耐蒂皱起眉说,你不和我一起去做礼拜也就算了,为什么要阻拦我?

你这是在冒生命危险!

塞缪尔板着脸,似乎变成了聋哑人,把轮椅顺着踏板推进了车厢里,开车离开了。维罗妮卡紧咬下唇望着湖水发呆,那表情像在默默投掷愤怒的石子,左一堆,右一块。她驾车远去,车胎在雪地上刻出了幽深的辙印。

耐蒂从教堂回来时,我正在房车门口铲雪。她叫塞缪尔把她的轮椅停在小木屋的门口,和他拥抱道别,平日疲惫的两眼焕发出难得的光彩。她对我说,俊豪,你看,今天的天气多好!

我没说话,因为不觉得天气有什么好,太阳努力地从云层里往外钻,努力得很悲苦。

她又说,塞缪尔代表教会重新接受了我和维罗妮卡,不管怎么样,血浓于水。

他接受你是有条件的吧?我问。

傻孩子,世间万事都是有条件的,我今天至少领到了圣餐。

从那天起,我每次从耐蒂的小木屋门口走过,都能听到她的咳嗽声。我不难想象,她摇着轮椅进入了我和维罗妮卡听清唱剧的那座教堂,在过道上慢行,靠近祭台,从前面的教徒手中接过他或她刚喝过的酒杯,里面装满葡萄酒,喝了一口,随后把酒杯递给身后的教徒。一人感染,人人传染。不久,我也开始咳嗽,担心中招了,在恐惧中挨过白天和黑夜。咳嗽是掩盖不住的,像困顿、迷失,像爱,欲盖弥彰。

两个星期后的礼拜日,我的咳嗽奇迹般地停止了。一辆救护车停在小木屋前,两个穿防护服的男人顶风冒雪,用担架把耐蒂抬走了。当晚,噩耗传来,耐蒂因罹患新冠肺炎,医治无效,离开了独女维罗妮卡,离开了黄鲈港。

十三

春节期间,我想发条微信问候青馨,斟酌再三,写不出一句话来。我的教堂在废墟中残缺地站立,她的股份变成了画在纸上的苹果饼。共同账号上的钱被我挪用了,去支付银行贷款,目前余额仅剩三位数。在冻结朋友圈好一阵子后,她突然发了一条信息,说向往拥有一条宠物狗,可是市场上一狗难求,希望万能的微友鼎力相助。别人居家隔离,深感孤独,需要安慰陪伴,这我理解,但她不是有个副总裁男友吗?我立即联络范老师,侧面打探。范老师还真知情,说副总裁搬离多伦多下城,回到了卫星城里的父母家,也好在隔离岁月守在同一个"社交气泡"里,和青馨通过视频交流,彼此看得见听得见,但摸不着。最要命的是,对纷繁时事的观点,两人落脚在一条光谱上的两个极端,起初还争论,后来连争论都不屑了。

我在黄鲈港脸书朋友群提问,跪求多余的宠物狗。有人立即通报汉尼斯家的母狗刚产下了一窝三条,愿意出售。哈,社交媒体太强大了。汉尼斯不用脸书,但我有他的电话号码,立即"发射"一条短信。他告诉我一只狗一千五百加元!我想,他姥姥的,趁火打劫吗?两年前还不到二百加元。他们家族的人不顾条令,生意照做,赚得盆满钵满,连狗都通货膨胀了。我再细问,它们还是混种!立即商讨价格。他回复道,有关狗的生意由艾力负责,艾力从来都是一口价。我眼前浮现出艾力缺少表情的脸,放弃了努力。

　　二十四小时后,船长给我发了一条消息,说丝黛拉收养的狗刚生下五胞胎,愿意送一条给我。我听了,喜忧参半,省下当然好,但是美加两国因疫情关闭边境,禁止非必要旅行已经一年了,尚没有解封迹象,给小狗移民的难度非同小可。船长可不爱听难度一类的词儿,说,全球变暖,湖上提前解冻,我们可以出船。让我来策划一下吧。

　　接下来的几天我坐立不安,到了去接小狗的前一夜,焦虑几乎抵达极限。凌晨三点,我换上干净的内裤,把护照揣到贴身的棉毛衣口袋里,穿好牛仔裤和羽绒服,背上装满必需品的双肩包,直奔港口。一颗红心,两手准备,万一被移民巡逻警察捉到,用护照证明身份。以前有位华人小哥,被关进边境上的一个小黑屋,三天没人理,所以干净的内裤也十二分重要。

　　这天船长亲自掌舵,待我撒下了第一张网之后,就悄悄地向伊利湖南岸靠近。按照计划,丝黛拉把小狗交给了俄亥俄州S港的一位水手,对方要求二百美元的报酬,我毫不犹豫地答应了。我们将在离S港渡口不远的水上边境线附近进行交易。我瞪大双眼,没发现任何界限标志,立即向列维请教。他说,所谓的边境线是虚幻的,在疫情前我们随时都可以驾船过境,想登陆就向S港的移民站报个到。这时水面隐约传来了轮船马达声,船长立即调整方向,向对方靠拢。临近后,我把事先准备好的红包放进鱼篓,压上一块石头,递了过去。借着船上的朦胧灯光,我看清对方是一个满头卷的年轻男人。他拿起红包,把装在笼子里的一条小狗放进鱼篓,奉送回来。全程没人说一句话,小狗也没叫一声。

　　船长撒欢般返航了。我打开笼子,抱出了一只毛茸茸的小东西。我有备而来,从双肩包里找出一小罐牛奶,把它倒进一次性纸碗里,递给了小狗,爱怜地看着它香甜地喝起来。船长兴奋地嚷道,还真是纯种的金毛猎犬!丝黛拉没撒谎!小金毛,我说,这是我刚给它起的名字。列维赞叹,这是一个好名字,多可爱的男孩啊!养狗好,一直贴在你身边,不像养孩子。你知道吗?小列维去西部的班芙了,都没和老子告别一声!镇上的年轻人一个接一个离开了,觉得外面的世界更有趣。他说要去搞摄影,当一个艺术家。我对新一代很失望。天然气爆炸的调查结果出来了,源头就在政府的邮局下面!我最近发起了一场集体诉讼,起诉市政府和省政府玩忽职守!

　　我惊讶地问,市议员玛吉不是你的外甥女吗?大家不是在等保险公司的赔偿吗？

她要对自己的行为负责！保险公司的赔偿不可能弥补受灾商铺和家庭的损失，再说，有些人根本没买保险。我希望你加入起诉团。

我弱弱地问，我有权利吗？

列维反问，你难道不是教堂新主吗？当然有权利！在所有受损失的房产中，你的教堂占地面积最大，你出面，对我们打赢这场官司很重要！

我不由得挺直了腰板。列维的话是有分量的，他的祖先一手创建了这座小镇，他本人在此地经营酒馆将近三十年。不过，我心里还是七上八下的，说，要不，我先找个人咨询一下。列维拍了拍我的肩膀说，当然了，孩子，我能理解。我们请的律师，愿意提供免费咨询。

我下船后直奔动物诊所，请兽医给小金毛体检，打疫苗。随后，迫不及待地拍了几张照片，通过微信发给了青馨，问，你觉得这条金毛猎犬怎么样？

青馨回复，好可爱！是你的吗？

是我送给你的礼物！名叫小金毛。

青馨静默了足有半分钟，问，你是不是又缺钱了？

我说，NO。

青馨说她前一天在医院体检时密接了新冠感染者，须在家隔离两个星期，随后附加一句，如果有小金毛陪伴，那该多好啊。这一次，她不像从前那样节省言语。我的车被砸瘪了，去多伦多有困难，不过我答应想办法。

我回到了房车公园，看到维罗妮卡坐在小木屋门口的椅子上，整理着她母亲的遗物。我说我感到很难过，问能不能帮她做些什么。她摇摇头，说，我把镇中心的房子托付给玛吉处理，母亲不在了，我和这里的联系也断了。她的声音哽咽起来，不得不停顿片刻，接着说，我已经通过了面试，在多伦多找到了新工作，每家医院都急缺护士，跳槽从来没这么容易过。我周末去找房子，请你先不要告诉船长。

我请求她把小金毛带给青馨，她爽快地同意了，说，看来你产生了一些新想法。我把青馨的手机号发给了她。

很快青馨就在朋友圈发了九宫图。小金毛亲吻她的脸颊，躺在她的臂弯里，伏在她柔软的肚腹上……这个幸运得令我嫉妒的小狗崽子！青馨获得了众多点赞，发私信谢过我，随后又追问，维罗妮卡是你看上的洋妞吗？隔着屏幕，我闻到了嫉妒的醋味。

我沉默不语。我终于懂了，女人喜欢有些神秘的男人。

一个星期后，我在集体起诉书上签了字。诉讼事件很快上了地方电视台的晚间新闻。在代理这一案件的湖岸市律师事务所里，电话被打爆了，竟吸引了三百多人签名。

玛吉承受了许多公开的指责,收到了恐吓信,甚至她两个十几岁的孩子都遭到了骚扰。百般纠结,她不得不辞去了市议员的职位。有人在脸书群里叹息说,她是黄鲈港历史上第一位女性市议员,又是白人和墨西哥人的混血儿,她的辞职,意味着女性平权运动的历史性倒退。当天下午,我正在鱼店里杀鱼,柏格露面了,把我叫到了停车场上。他难过地说,你是个受过高等教育的人才,看到你这么辛苦地劳动,还住在简陋的房车里,我心痛啊。玛吉根本不为镇上的居民着想。市政府决定在黄鲈港所在的选区补选一位议员,我已经决定再次竞选了,我的对手是列维,他和玛吉是同一个家族的,能有什么新招儿?我知道你和他关系不错,但是我更有从政能力。你要是支持我,我不会忘记你。我一旦当选,一定为你争取到最大的赔偿,最大限度地维护你的权利!

我想,谁能预料到这个领头围攻教堂,抗议过我的人,现在关心起我来了,真是山不转水转。我被他说服了。他露出笑容,还请我帮他拉船长的选票。我立即摇头,说,船长的脾气你是知道的。柏格说,没人知道为什么,船长对你特别有耐心。换了别人,早就被炒鱿鱼了。瞧你在船上干活的那速度!去年夏天,人们都在加国境内旅游,船长要是把那辆房车租给游客,可以多赚一倍的租金。他羡慕我和船长的关系,刻薄一点儿也可以原谅。

不久,我在公园里的竞选活动中,表示支持柏格,还有一群门诺派人也为柏格摇旗呐喊。列维走到了我的身边,脸色青白,甩给我一句狠话,早知这样,我真应该让你葬身在教堂里!

柏格成功当选了。我看见他的正面照被贴到了市政府的网站上,差点儿没认出来。他剃了络腮胡,用黑西装红领带替代了红黑格衬衫,立马显出十足的官员气派。

十四

六月里,渔船增多,船长带着列维和我比平常更早出发,占据最佳撒网位置。一天凌晨,港口还在沉睡,在月光和晨曦交错的湖面上,一个窈窕的影子徐徐飘来。一位穿靛蓝比基尼的女子平稳地站在红桨板上,把桨叶插入水中,左右划出轻波般的韵律,裸露的皮肤散发着淡粉的光。待她靠近了,我看清那是维罗妮卡,向她挥了挥手。她停止划动,任桨板漂浮,举起桨叶向渔船示意。船长抬起头,飞速地望了她一眼,又低下头去整理手上的旧渔网,越理越乱。当天下午,我听说维罗妮卡开着一辆搬家专用的面包车,离开了黄鲈港,才醒悟过来,她的桨板比基尼表演是在向船长告别,是想在他的记忆里印下一幅图景,在湖光几乎完美的早晨,一个皮肤尚还光润,胸脯尚还耸立的女人,无声地问候早安。

沉寂郁闷了一年的黄鲈港传出了一两条新闻。专业人员封住了爆炸的天然气井，还给镇中心的其他几座天然气井安装了检测仪，政府给难民发了补助金。我拿到的金额仅够支付低价房租和部分日常支出。设想中的家庭旅馆还没开业，小生意补偿金自然没我的份儿。列维拿到了，仅够支付欠下的货款。柏格声称自己的加油站因为商业区被封，生意量减少，得到一大笔补偿。我给他连续拨打电话，听到的都是大嗓门儿留言。有一次他终于接听了，矢口否认对我有过承诺。我气急了，差点儿到黄鲈港脸书群上去控诉。

黄鲈港一年一度的盛事——钓鱼竞技比赛，在后疫情时期又恢复举办了，吸引了美加各地的钓鱼爱好者报名，头奖将发给钓到最大鱼的人，奖金近万元。柏格付了一笔可观的租金，预订了船长的渔船，说是邀请一位好友参赛。列维借口身体欠佳，不能参与，其实他是不想伺候扬扬得意的柏格。

钓鱼节开幕的早晨，黄鲈港比平日喧闹多了，发烧级钓鱼专业人士的豪华船挤满了港口。我想这些人花一二十万元买下船，一年用不了几次，就算赢了头奖，也不够维护费。我多走了大半个钟头的路，才找到了简朴的维罗妮卡号。船长见到我，舒了一口气，说，我还担心你也闹罢工呢。今天你开船，多练练，技多不压身。我见他的右手臂肿得比他的大腿粗，还打着夹板，问，怎么搞的？他说，别问了。这时我看见塞缪尔坐在甲板上优哉游哉地喝啤酒，还罕见地一身休闲短打扮，大跌眼镜，问，他就是柏格说的那位好友？你怎么接待他？他害了维罗妮卡的母亲！船长低声说，我靠，我事先也不知道，现在总不能赶他下船吧？他是镇上的富人，药店、比萨店的房东，发动门诺派教徒投了柏格的票，从政府赔偿中获利后，就和柏格称兄道弟了。镇上的餐馆关闭，我的售鱼量降低，有人给我赔偿过一分钱吗？

在比赛开始前，柏格笨拙地爬上了附近的一个小山坡，对着一个老式麦克风，说了些重振黄鲈港之类的套话。随后他迈着飘飘然的脚步上了船，像刚领到奥斯卡金像奖似的，嚷道，准备好了吗？胜利属于我们！

一声哨响，上百艘船同时出发了。伊利湖在一年中的大部分日子里，像一位天使，波光潋滟的，偶尔地，会露出魔鬼的脾性。当我们抵达湖中心，一股邪风刮过来，卷起了恶浪。我的心跳变得紊乱，维罗妮卡号开始摇摆，我担心这名字恐怕也难以带来胜利了。我紧张地转动方向盘，柏格摇晃了一下，跌坐到甲板上，说，我是旱鸭子，还有晕船的毛病。船长从座位下拿出救生衣，叫每个人穿上，还用左手拍拍我的肩膀，安慰道，我经历过比这糟糕得多的天气，不必太担心。

塞缪尔骂骂咧咧地说，这鬼天气怎么钓鱼？不掉进湖里都算运气好。柏格从短裤口袋里掏出一支烟卷，抖抖地点燃了，抽了一口，长舒一股甜丝丝的气息。天气女神似乎执意要玩一场恶作剧，兜头把雨水泼下来。柏格晕得更厉害了，开始呕吐。船长踢给他一个装鱼的塑料桶,说,吐到这里,别污染伊利湖。柏格在两次呕吐的间隙,冲我嚷了一句,快,我必须到陆地上,才会好受一点儿!

柏格蜷缩在湿漉漉的船舱里,像一条被网钩刺穿皮肉的鱼,可怜兮兮地蜷缩着,我的心软了下来,掉转船头,艰难地向黄鲈港驶去。

第二天凌晨,我和列维站在港口望穿四只眼,不见船长的影儿,打电话也没人接。我只好骑上别人丢在路边的自行车,飞速赶到船长的家。敲门,无人应,转到了后院,拉开了阳台门,找遍了每个房间,终于在车库的老爷车里发现了他。他仰头靠在驾驶椅上,皮肤泛蓝,呼吸极不规律,陷入昏迷状态。我叫他不应,摸摸他的脑门儿,像冻箱里的鱼菲力,滑而冷。我立即拨打911。接线员说要联系黄鲈港的救火志愿者,这样会以最快的速度把病人送到急诊室,我立即大叫,这方案行不通!需要救助的是志愿者本人!后来接线员联系上了湖岸市医院,对方派来了救护车。我不能想象当船长在急诊室的床上醒来,见到看护自己的蓝衣天使不是维罗妮卡,心中会是什么样的感觉。

我回到房车里,琢磨下一步怎么办的问题。乔瑟夫敲响了我的门,戴的还是绿帆布遮阳帽。他说,在我的努力下,市政府愿意出原价从你手上买下教堂,把它改造成一个老人活动中心。以后方圆百里的老人们都可以到那里去聚会,参与读书俱乐部活动,喝咖啡、玩牌、玩虚拟高尔夫,等等。

我简直不能相信自己的耳朵,问,这是真的吗?

是真的。

你怎么有这么大的能量?

我没树过敌,说服了每一个人。我马上要退休了,希望有一个交流的地方。你忘了吗?我从小就在教堂的花园里玩儿,留恋那个地方。

我立即同意了这笔交易,只提了一个额外的条件,请市政府把8号长木椅留在服务中心,并郑重刻上"麦考密克家族专用"的字样。

在买卖成交后,我立即付清了银行贷款,还退还了从共同账户中挪用的钱。

我获准进入了阔别已久的教堂。由于水管被炸裂,水漫底层,教会的小册子和礼拜仪式流程单都在污水上漂浮。它们陪伴过小镇的人们,也陪伴过居家隔离期间极其孤独的我,一阵彻骨的悲凉从脚底升起,霎时冲到了胸口。我以最快的速度找到了手机、钱包、电脑,打包了几件没有受潮长毛的衣物,请人搬走了那张新床,用来替换房车里的旧床。

十五

蓝天白云哥特式教堂绿尖顶,又一次出现在眼前。市政府修复联合教堂的动工仪式开幕了。乔瑟夫授予我一项殊荣,敲钟纪念这个历史时刻,为此我特地穿上面试专用的白衬衣、黑长裤。我小心地登上阁楼,推开侧门进入钟楼,拿起钟锤,使出全身的力气敲击。雄浑的声音穿越街道和树林,抵达伊利湖畔。人们听到钟声,从四面八方向十字路口聚集。

我走下钟楼,见保险公司已派人拖走了我的车,汉尼斯开着一辆新面包车出现了,车身上印着他自己的名字。他微笑着走过来,说,你看,这世界就这么小。我要感谢你当初给我装修的机会,市政府认可你的选择。我脱离我父亲的公司了。我惊讶地问,为什么? 汉尼斯答道,我想当一个不一样的父亲。

列维悄悄地出现在我的身边,说,关于8号长木椅的事儿,我都知道了。谢谢你。我在继续领导对政府的集体诉讼。你卖掉了教堂,也没必要退出,你可以要求对这两年中损失的补偿,当然,要做好打持久战的准备。

我说,我想考虑一下。

我能理解。孩子,我不怪你,好多事儿我都想不明白。列维再藏不住声音中的嘶哑和沧桑。

我听了鼻子一酸,眼泪差点儿落下来。

汉尼斯的团队开始动手捡拾瓦砾。我录了一个短视频,把它传给了青馨,自己也留个纪念。我没发朋友圈,能否引起轰动,已经不重要了。

当人群几乎散尽时,船长从街角的阴影里走出来,面有菜色,居然裹一件粗纺的黑毛衣,白背心似乎已成往日记忆。他说,俊豪,我要去戒酒所待几个月,你能帮我维护维罗妮卡号吗? 把船交给你,我放心。这时,我的手机响起新信息铃声,是青馨发来的,问,你以后打算做什么? 她开始关心我的未来了,我抿嘴笑了。船长说,我猜是青馨吧,你要开船到湖上逛逛,我也支持,尤其是带上她。我给他一个熊抱,说,船长,我会去看你,和你一直留在同一个社交气泡里。

八月里的一个响晴天,我把维罗妮卡号泊进W市港口,在甲板上踱来踱去,熬过漫长无比的半小时,看到一位女子正穿越蓝柏树间的小径。她留着蘑菇头短发,背双肩包,怀抱装小金毛的笼子。青馨! 她接受了我的邀请,从多伦多搭飞机到W市,随后搭乘优步车,一路寻来。小金毛亲热呼叫,抢先表明认亲心迹呢。青馨停下脚步,仰起素颜亮眼,沐浴我的目光,绽开笑容。我想,比起躺在黄鲈港教堂的阁楼里观赏壁画上的天使飞翔,这一刻更梦幻。

【作者简介】曾晓文,加拿大华语作家。出版有长篇小说《梦断得克萨斯》《中国芯传奇》、小说集《苏格兰短裙和三叶草》等十部文学作品,还曾担任三十集电视连续剧《错放你的手》编剧。作品荣登2009年和2017年中国小说学会小说排行榜。曾获《中国作家》鄂尔多斯文学奖、全球华人散文大赛奖等十几个奖项。

重出江湖

◎ 禹 凤

一

十五年前那一天，是那杯挺不错的咖啡决定了一切，我感到口干舌燥所以一口气喝了大半杯，忽然我便快乐起来，简直忘了这是一场重要的面试。坐在我面前深思熟虑的这位先生在他所献身的行业里简直是人中龙凤。

龙凤君抬起眼冷冷打量我，他年过五十，有一双鹰目，轻巧地吐出有分量的话："我自然看出你是人才，不过，你已赋闲多年，恐怕再进办公室会不习惯。"

咖啡因在我身上起了奇特的化学作用：通常听见这种话我会起身告辞，不啰唆，可此刻我倒感觉有趣，简直像玩脱口秀。

"林先生，在您面前我不敢自称有才，不过，'赋闲'一说我倒自有看法。我没赋闲，我几乎是利用别人不敢浪费的一大段时间弥补了我主要的职场缺陷。现在走进办公室的话，我应该更自在，也更有办法。"说完我竟冲这拥有强权的男人笑了笑。

林先生不耐烦地在总裁宝座上扭动一下，他起先大概以为我不会再多话。不过，他这种人可不想在言语上没个着落，他不会就此送客。

"哦，你的意思是我说话不准确？"他的嗓音显出一点点的僵硬和恼怒，我看他领带下端有一丝压痕，而我今天选的领带是端庄的英国货，虽焕然但不骄横，"你所谓'更有办法'是什么意思，能解释一下吗？"

我下意识摸了摸自己赭色的领带结，大多数人不敢打这种色彩的领带。我喜滋滋回答："林先生，我从前有很多办法，如今我的办法没那么多了。我的意思是我不会再依赖办法管理，我没办法，因此也许会更有办法。"

总裁先生愣着,屈尊琢磨我的话,然后他自面试开始以来第一回站起来走了几步,居高临下俯视我:"你当然懂,新人在三个月里必须拿出客观的业绩,你混过三个月再走人还不如别来碰运气。我林某人从不姑且,也不会动感情那种东西。"

我没随他站起来,也没低头回避他的目光,相反,我仰起脸对他和善地笑笑。他这人可不容易呀,是不是?我若像他那般每天容许自己被别人放在火上烤,我说出的话会比他的更绝望。

"三个月是挺长的一段时间,可用来认识工作圈子的每一个人。"我微笑说。

他不由得点了点头,转身回总裁宝座上坐下。他靠后仰望,迫使他的总裁高背椅拉出弧形角度,以便他获取足够空间跷起二郎腿。他交叉双掌手指再看我,目光犹如甄别骗子,忽然他的眼神柔和了,声调也变和气:"好吧,也许我可以赌一把,你看上去还不错。我可以告诉你的是,你将遇到的全是些杀气腾腾的人物,好自为之吧!"

我笑了,很想说明我从没碰上过什么大善人,职场上一旦到了向总裁直接汇报或隔半级汇报的位置,谁能碰上善人和好事?

不过,我怀疑是咖啡制造的欢畅情绪助我迷惑了这位著名的职场暴君,我还是少说话为妙。

他抓起桌头电话,对着话筒说:"你来一下。"

他转向我,笑了笑,残忍中竟有腼腆:"记住,有百分之九十的概率你会在三个月内被管理层否定。别记恨我,我倒是希望你成功的。"

我站起来,勇敢地伸出手,林总裁没有犹豫,也伸出手同我握了握。他的手冰凉却干燥,用了三分力气。他明白我起先用力然后及时顺着他减轻了掌力。他这种人一定会认为这是我见机行事的确证。

人事部总监当然是女人,她悄悄闪进门,站在门口。她不看我,看老林。

老林沉吟道:"我觉得你该给Frank足够的支持。假使他提议要砍掉属下什么人,你无须多言,等第四个月他来上班时,你保证他不想再见的人别出现在他面前。"

人事部总监说她懂了,她扭头朝我微笑,用英语说:"祝贺你加入我们。"

以上是我重出江湖的第一回合。

所谓重出江湖,必有淡出江湖在先。

是的,我已离开林立的跨国公司写字楼十年之久(之前我在漂亮的大楼间不停跳槽)。走时绝没打算回归,曾有猎头公司殷殷找来,我风轻云淡地回答他们我已退休(这是最灵最决绝的拒绝方式,从此猎头将你从名单里划去)。

我从原与商业无关的专业辗转加入跨国商业，也许可说为了高薪，但批评我直指内心的人知道我对钱尚不够热心。那么，我自认是为追逐某种打开局面的可能性吧。

我算是个浪漫而天真的人，总觉得自己可有一番天马行空的作为，于人于己都有益。当然，至今为止的事实证明我乃是空想主义者。

离开跨国公司密布的职场江湖，也并非为钱，我想这是未能如愿打开局面的结果。

也就是说带着希望或奢望而来，因失望或绝望撤出。反正，当时我判断此生不会再重归商界江湖，我找到了更能打开局面的事业，我要去忙碌。

顺便先提一句，我一旦不再计算金钱，当时就生出海阔天空之感，我认为当一个画家会有更多彩的未来。于是，我全身心投入了十年，从中国水彩开始，到安定于西洋油画。这十年也算有回报，画作通过随机的渠道卖出去一些，并非竹篮打水。

言归正传：人事部总监将我引到她位于下一层楼的办公室，向我出示早已填写完毕的格式聘用合同，上面用水笔写了漂亮的文字（我的名字）和漂亮的数字（我的年薪）。

"Frank，实话实说，您真是厉害，能打动他，"女总监跷起大拇指朝正上方指指，"恕我直言，您已十来年不在商业领域用功，其实已不适合这职位，您的经验已经过时了。"

我认真看看她，想弄明白她反着林总的意思说这些话的动机。这下我才看明白她是个风韵犹存的半老徐娘。我对她微微一笑，搞不清她是友是敌。

"我的意思是您的时间和我们的时间可能不是同样的时间。"她还啰唆，以为我傻。

"是的，"我对她和和气气，"历史和新的历史之间有很多缝隙，我们多数人最终都会躺翻在那些隐秘的沟沟里。"

她发出哈哈哈的有点紧绷的笑声，我猜她心里的剑手往后退了一步，因占不着便宜而需要多打量我几眼。

"我重出江湖了。"我挥手把签了字的合同扔回她一份，"让我们看看人事部的专业观点是不是在我身上管用。"

我走出人事部，迈出公司玻璃门，坐电梯下行，继而步出高耸入云的写字楼。楼外阳光明媚。

我不着急，要下个月的第一个周一才报到。还有十几天时间逐步调整航向（包括把最新完成的一幅名人画像郑重交给订购者）。他娘的，再作冯妇并不是件叫人愉悦的事，首先它提醒并嘲讽我并没照着自己的设想一帆风顺于画界的航行。

很多时候人需要弃舟登岸，才能接续命运的旅程。

二

往新办公室搬东西时我带上了十年来陆续画的几幅CBD风景画。我并没打算向商界新同事展示不属于他们视野的这些劳什子。我把它们醒目地挂在办公室墙上的目的是提醒我自己，我同工作时间里的红男绿女们是不同种类的动物，不忘这点对我有好处，就像一只海龟不该忘记自己同陆龟们的天生差异。

不等我像每日进自己画室前那样调匀呼吸，一个兴冲冲的少妇就一头刺进了我的空间，像只信天翁扎进海水来看看水里到底是什么鱼。

我诧然转身看她，她对我微笑，微笑渐变甜腻腻的弯嘴笑："老板，我是你的下属经理，欢迎你。"

我还没安排会见下属，不过她礼多我不怪，我笑笑，请这位戴奇怪的红框眼镜的吉西卡郑坐下："有什么话要和我说吗？"

她注意到我讲话的节奏，犹疑地朝两旁看看：我的办公桌，桌边有两张供下属汇报工作坐的高背椅。

于是我坐到我那部门总管级别的高背椅上，它比她要入座的高背椅更宽大更堂皇。她跟着走过来坐下，形式上便符合了公司的规范。可是，她回头看看敞开着的门。

我笑说："所有人进来谈工作都必须保持我的门笔直地敞开，你懂？"

吉西卡秒懂，她笑得暧昧，使她显得更世俗："老板，你真有防范心哟！"

我没理她，我审视她如同审视一种新颖的文具，等她开口告知来意。

没人会无缘无故造访新上司，这是冒险的，很可能会丢失安全的第一印象。

她继续朝我笑，但笑容变得涣散，可能是我的冷静让她不安。

"老板，我相信你已经知道发生在我们部门的事情了，这个公司里很多人等着看我们的新笑话呢！"她字斟句酌。

"我不知道以前发生的事呀。"我说，语气好似胸无城府。

凭什么我必须知道我之前的事？

"啊？"吉西卡作大吃一惊状，不过她立马看出我无动于衷，"老板，就是这件事让你的前任丢了饭碗。"

"你还不如直接告诉我发生了什么呢。"我边说边打开笔记本电脑。

她开始絮絮叨叨。听这样的人来说是非，我同时要判断她在是非中占的权重和位置。

我始终不主动开口,只起身就近倒了杯白开水给她润喉。她没意识到自己花了半小时才把故事讲完,这绝对是她个人的失策。无论如何,我理解到她卷入很深,难以自拔。

我礼仪性地表示了感谢,感谢她第一时间说明她认为我会面临的风险。如果不知道以往,很多人常一脚踏空。

吉西卡出去之后,我才有工夫仔细读了读我的公司邮箱(还蛮清净),可门口又闪进一位女士,并顺手把我的办公室玻璃门合上了。

我大概目光犀利了些,这个中年女人谄笑着立定在门口,犹豫着不知如何张嘴。我挥挥手,对她轻言细语:"请把门打开。记住,我的门永远不关。"

她立马显出情绪受打击的表情,像做错了事被逼改正。她打开门,犹豫着是不是就此走出去。

"你是谁?有什么事要说?"我问她。

她转过身来,一张黝黑的圆圆的脸,长相不但不漂亮,而且尖端前翘的下巴破坏了面上的和气,她看上去受挫且欲求不得满足。我由此联想到中国的古语:来说是非者,便是是非人。我自然不喜欢这样的女子。

"老板,我是苏茜张,我负责品牌。能跟您说点事吗?"她的音调委屈紧张至极,让我担心不让她马上开讲她会晕倒在地。

"老板,请原谅我今天就找你。"她把我办公桌前给下属坐的椅子拖到远离我处,侧身坐下,"我太委屈了,我简直要垮了,我害怕我做不下去了。"

我暗笑,这算什么公司文化?老林还装得像个值得人人敬仰的企业领袖。我且听这苏茜张分说。

她的眼泪抢在正式开口前簌簌落下,沿着不美的脸颊如瀑布流淌,我迅速打开提包拿出餐巾纸递给她。她呜咽了一下,捂住了眼睛。我观察到这些泪水有其真实性,因为餐巾纸马上湿透了,而且眼泪还没止住。我只好再递给她一些。

听她倾诉没几句,我意识到她是刚才那位吉西卡的对头,被吉西卡抢先令她十分不安,她想告诉我这个部门所有人都站在不同的山头上针尖对麦芒,没人中立。

所以,对我这新人而言,此地没人是无辜的吧?

但凡我有选择,我该辞退她们所有人,着手建立一支新团队。当然这不是选项,也不可能是。

想让我受她们影响形成倾向?我不信她们有这不自量力的动机。她们只是想保卫目前的地位,想告诉我她们能做什么且不想做什么,寄望于我能共情。

按以往的经验,我明白苏茜张不可能是最后一个来解释自己的人,这种事会造成从众心理,会让没来见我的人感到不安全。我开始讨厌这些让我被动接收的下属,她们共计十六名。我的第一个工作日将被她们搞得乌烟瘴气。

不过事实证明我过于悲观了,等第四位主动汇报情况的女士从我办公室出去,我等了等,就不再有别人进来了。我特地出去到部门办公区域走了一圈,笑嘻嘻同每张陌生面孔点了点头,看见一些健康和欢愉的脸,我才把心放下。

四分之一,我统计了一下。

从前我如何处理部门人事的呢?隔开和画布孤单单打交道的长长十年,我确实有些健忘了。但我还记得导致我摔倒或把我绊住不放的那些事留给我的教训。不管如今将面对什么人什么环境,我自有我的一套。

我相信这是种游戏,就像人要经过许多不稳定的跳板,前去摘取挂在什么东西上的桂冠:请相信,每个人或早或迟都会从不稳的跳板上落水,这早就设计好了。

然而我会达到自己设定的成功,因为我不需要桂冠,只想始终不从跳板上掉下去。

无欲则刚,放弃争取桂冠的人不受游戏中各方势力的支配。

三

现在且来说说在商界努力与在画界努力的区别。

当然,商界顾名思义以赚钱为首要目的,每个部门每个人其实都必须以产出来证明自己的价值。而画家们的目标模糊得多,达到一言难尽的程度。

在商业的飞轮上,每个小小齿轮只要尽到自己的本分,不需要彼此建立任何额外关系,甚至额外的关系有时会带来害处。假使一个人习惯于每天走进公司都看到新员工的面孔,习惯每个季度公司都流失几张熟面孔,那就容易在商界安定下来。在追逐利润的平台上每天都有新玩家,不需要搞什么俱乐部,而拉帮结派绝对是场噩梦。公司对利润的追求永远和公司里的帮派力量摩擦,因为一旦程序被帮派操控,公司就失去了稳定预期。

仅仅入行十年,我在画界只能说是厮混,尚不够说从业。画界的时间感和商界的迥异。

你想,在本国这个独特体系里,有多少终身制的职位,有几多超越生命期限的权威被刻意继承,被进一步发挥。

这是个独有的时空。作为有幸得到职称拿上工资的画家,你可以放下画笔和画布,先去挣快钱、成家、生子并生一场因劳累过度而发作的大病。等一切全过去,你回到美术世界,发现所有人还在原来的班底中,所有的权威依旧是泰斗,而新人们需要先拜在老人们门下才能得到真正的提携。

画作是画家的产出,不过,作品并没有通畅的渠道去往市场。这里有一套类似于公粮收购的体系,收购公粮的人决定收购的对象并拥有定价权。画作若抵达最终市场,收购者还能随意确定被收购物的等级,不受质疑地放去不同的分级市场上售卖。

你作为卖粮食的,必须和收公粮的建立并维护好关系。

吉西卡和苏茜们在最初的情绪性活动无果后都平静了下来,甚至达到过于平静的状态。她们发现新老板是个冷风团,什么热量也不发散,已就职满月,却连请下属吃顿团圆饭这种起码的团建姿态也没有。

每天我当然要召开部门会议,但只听取向我直接汇报的几个下属陈述日常动态,并不做任何指示。我知道自己在干什么。

这和历史有关,也和从业经验有关,甚至同从前的局部失败给我的教训有关。才不过加入公司一个月嘛,我还不了解这家公司,这家公司也不了解我,能有什么好说的?我闭上自己的嘴巴。

当然我会看,但职场上光靠看是不行的,还要靠听和嗅。不过我才登岸,听是听不见什么的,嗅呢,还没东西可嗅,这时就要比耐性。我从前不耐心,自认聪明,自认有一套,结果却不如意。后来我学乖了,就当自己不存在。

老林说什么三个月见业绩,我给他改改,我的目标是三个月内玩得不砸锅,这就是业绩。

人事部总监神神秘秘地又找了我一回,她说根据她部门获得的情报,我的前任正在从事有害于公司声誉的秘密活动,明确说是试图向市场监管部门提供不利于公司业务的资讯,让公司受处罚。

我冷冷地听她爆料,我并不认识我的前任,我来时此君已离开,也没交接过工作,所以我以为这些麻烦事与我无关。但我不能说出这观点,只能用态度表示。

人事部总监微笑说有件事难免同我有关,公司有证据证明我的前任至今同我部门的某人保持着密切联系。

她建议我留意吉西卡郑。

"吉西卡?"我迟钝地回答,"我能知道那是什么证据吗?"

对方迟疑了片刻,说:"当然,你是公司高管之一,我相信你会保密。"

她从文件夹里拿出厚厚一摞打印的通话记录,每次通话都注明了日期,这陌生的手机号有若干次连上了吉西卡的手机号,都是在晚上通话。不过,每次通话时间不长,没一次超过五分钟。

这能说明什么,又能证明什么?没法律条款规定吉西卡不能接听前主管的电话。况且,这通话记录哪来的,是通过合法途径搞到的吗?

我几乎面无人色,表情铁板一块。我可不认同这种乌七八糟的信息,更不认同胡天野地的企业行为,但我不能以语言表达,更不能蠢到在内部邮件里提及此类操作。

对方当然是读表情的高手,她立马打退堂鼓:"Frank,我按惯例传达,并非我个人的意思……"

我微笑一下以打断她,站起送客。

至少我什么也没说。

没说就稳妥,解释权归我。

老林肯定知情,并且他首肯人事部的操作,我明白这点就够了。能让我知道公司这类操作,证明我已被初步接纳为高管之一。

从前也许我会看重公司的操守且耿耿于怀,这是"不粘锅"的天性决定的。但既经过了商界的熬炼,加上十年画界熏陶,我此刻很难再被这类小节影响判断力。

老林可能有很多不堪之处,但起码他不是个伪君子。

次日中午我正准备起身去吃午饭,苏茜又是那么一闪进了我办公室,当然她不再顺手关门,而是叫了声老板就假装怯生生地站在门口。她也不看看自己的模样和年龄,这种怯生生的姿态放在十八九岁的姑娘身上,也许有风韵,在她而言实在成了恐怖的腔调,如雌螳螂颤悠悠地摆动纤细腰肢,透露的却是凶险。

"老板,有件事我必须向你汇报。"她声音又抖颤了一下,让"汇报"两个字发出一种细小而抖动的和声。

我指指椅子,请她坐下。

"我这么说是冒风险的。"她抬脸强调,像做出了什么了不起的牺牲,"老板,但我不能不提醒你,你的前任可能正在破坏你的工作。"

我心里打了个小小闪电。我认真看看她,她的脸没洗干净,头发也没梳理妥帖。她是个已经不顾自己形象的婆娘。

我等她继续往下说。她们现在了解了,我不阻止就是允许她们说下去。

"有人告诉我,你的前任到很多部门去检举公司的不当操作,我们这里有人里应外合。"苏茜使劲看我,牙齿狠狠咬到了自己的下唇,血从唇裂处溢出,但她不知道。

"不懂。"我力图言简意赅,希望她及时刹车。

我可以当作没听见她说。

但她刹不住车了。她愣了愣,眼珠转几下,再次开口:"你不懂? 有人和你前任互通信息,不利于公司!"

人啊，一旦开口说出了第一句，就无法再阻止自己的恶意。

"谁？"我再次言简意赅，给她最后的刹车机会。

苏茜面色如土，空气里弥漫着她酸臭不良的口气，她肯定缺少睡眠和休息。

她犹豫了五六秒，像个赌徒那样用力说："吉西卡和他关系最好。他走的时候，我听说吉西卡原本是要跟着走的。"

我合上电脑，准备站起身去吃我被耽误了的午餐。我对苏茜很温和："苏茜，如果你需要休息，下午你可以回家，我批准。你对我说的这些，我都听明白了。"

吃午饭的时候我想的可是画画的事。

如果我要塑造一个形象，我必须允许这形象主动表现，用它自己的姿势或力量。我没法阻止它，也不能去设计它，它要怎样都可以，我顶多规范它表达的方式，让它展示的能量适当。

我发现自己和从前在公司时不一样，过去我崇尚管理，要按自己的意思规范下属们的行为乃至语言，如今，我反其道而行，我自己倒没什么表现欲了。

就像一个酒吧主，端出一杯杯饮料，竖起耳朵听酒客们爱说什么说什么。但酒吧是我的。

我还不了解老林的公司，没发言权。不过，我确信自己正安全操作。

四

我就任新职满两个月了，却还没主动拜访过那几个风头正劲的品牌总经理，他们是公司里非常紧要的角色，形象说，既是利润的直接创造者，又是我部门的内部客户。若放到从前，我一上任急着去见的就是他们。不过，这回我不着急。

如果真要见面，他们也可以来拜访我嘛。从工作伦理上看，我们之间相当平等。

有时我又忍不住推敲这事，仍劝自己不急着安排这类接触，拿画画打比方：主体不要突兀地自己跳出来，最好有点事件驱动的感觉。发生了事自然就有角色，顺其自然，有必要见才见。

电梯里碰上老林，老林很主动对我打招呼，让我感觉到目前为止诸事妥帖。他垂询道："你见了杰米、杰奎琳和露西他们几个了吗？怎么杰米说他还不晓得你来了公司？"

我大胆且快活地对老林说："您不必担心，他真有事自然会找我，我若真有本事，自然能叫他满意。现在我还在熟悉情况，不着急去见这几个大忙人。就算勉强见，也没啥效率。"

老林若有所思地看看我，"嗯"了声，不置可否。他先到达他的楼层，大摇大摆走出了电梯。

我把部门所有人都召集起来开会,让她们把几个品牌的情况一一向我汇报。我说我对品牌的好事暂不感兴趣,你们多少知道品牌不守规矩的事,无论往事还是正在发生的,请一五一十地说给我。

我听了一下午汇报没听完,第二天下午接着听。听了一圈,我心里有点数了。

倒没什么杀人放火的事,但凡在这个市场做生意,那些婆婆妈妈们单方面给你定的规范,如果照做,就不会再有你存在。主管婆婆妈妈们强加你一个游戏,品牌经理们却是打游戏的好手。不过万一谁捅了娄子,经理们要忙生意的,就只能归我部门来善后。

我从前干"危机管理"这行当吃过亏,我当时规劝前公司属下的品牌尽量少惹事,能管住自己就多管些。理由呢? 当然有:生意嘛不是竭泽而渔,不是焚林而猎,只要你不动手去竭去焚,其他的我部门帮你维持。可到了最后,并非品牌经理们热衷于焚琴煮鹤,他们的增长率若追不到上峰的游标卡尺,年底就要被炒鱿鱼。营销这行太现实。

我其时在国际上出过名:远在欧洲的最大老板问当年中国市场的增长率何以没创新高,狗日的品牌经理们就血淋淋把我咬出来,呈名大老板案头。

那个大老板用法语问这Frank是谁呀,是哪方神圣,能把品牌总经理们都摁倒在竞赛的跑道上。大佬讲话有法国式的幽默和歹毒,他问:"Frank是不是从警界聘来的呀,我们需要他解决那些拖生意后腿的麻烦,不是要他在公司内部设立警察分局。

你说我有机会回答他的问题吗? 就算买了机票送我上飞机,我也见不到他。见到他,他也不会有意愿听我唠叨。况且,我明白,若从纯粹的生意角度出发,不顾地方市场的特殊性,他说得就没错,我就是扮演了内部警察。

历史是现今的教师,我可以当任何角色,就是不能再让品牌觉得我是管束他们手脚的人。

如果我坚持自己的原则和底线,早晚会同这些家伙们碰得噼里啪啦,那又何必着急相见,慢慢来好了。

但光我不急也不管用,这天吃过午饭,我在办公室戴着耳机听交响乐解乏,门口腾地挤进来一个大块头,不但堵住我的门,而且面色黑里透红,眼神炯炯,似笑非笑地瞪我。

我愕然拿开耳机,萨拉萨蒂戛然而止。

"Frank,终于让我逮着你了!"他假装在我肩上狠抓一下,其实手势很温柔。我立刻认出这个就是公司最大品牌雨果的总经理杰米谭。

他转身拉松我紧紧卡在门吸上的门,轻却坚定地把门关严。

他拉过一把椅子，一屁股坐下，给我一个猝不及防的严肃面孔，像我哪里得罪了他似的。

"Frank，你不能再视而不见。"他低声说，"我们需要你。我们被人家铆牢了！"

他明显有北方口音，却用了个上海话的动词，这让我咧嘴一笑。

"世上哪有这样的事？从前坐你位子帮我解决麻烦的人，现在满世界投诉我们，转过头来给我们制造麻烦。要我说，这全是老林没安排好人家离职的费用嘛！封口费是绝对省不得的！"杰米说到这儿，明亮的小眼睛盯着我看。

我和善地笑笑："杰米你有何吩咐？说吧。我能做的一定做好。"

他摇摇头，狐疑地朝四处看，眼光在我的那些风景画上停留，变得更狐疑。

他转脸对准我："Frank，要资源你就开口，别同我客气。只要能摆脱麻烦，我什么代价都肯付的。明人不说暗话，你要在公司出头，只能跟我交朋友，我们一起成功。你喜欢我也好，不喜欢我也罢，没的选，只能和我同舟共济。"

我笑得欢畅，但我不回答他什么，大家骑驴看唱本，走着瞧呗。在跨国公司这种地方，文化荟萃，互相配不上套是惯例。我要做的不是考究文化差异，而是顺水推舟，让事在彼此能接受的范畴里圆。

杰米看我城府蛮深，也只好摇摇头继续唱他的独角戏，他变戏法一样拿出一个礼品袋，往我桌上一放。伸出手拦我："不客气，不客气，见面礼，是我们品牌的产品，送给你太太试用。"

他站起来打开门，转身朝我挤挤眼，咻溜一下走人了。我这才看清他绷在肥壮身子上的精美西服，很吃一惊：这样的胖子竟敢穿迪奥？笑死。

既然见了杰米，就不能再怠慢其他几位。我让吉西卡打电话给其他品牌总经理的秘书约见她们的老板，三下五除二排定了时间表，几位总经理女士都选择一起午饭或下午茶。

对于见陌生而地位较高的女士们，从以往的经验学习，我自有对策。

每次见面我都仔细根据对方品牌的特色挑选我认为气质相宜的西服、衬衫、领带和皮鞋，去南京路上高档店家理发，当天一早用摩丝定型头发。还记得隔天得剪掉自己长野了的鼻毛和眉毛，认真沐浴刷牙，禁绝有气味的食物，如蒜韭类。总之，清清爽爽地出现在这些女人们面前。

做到了这些表面功夫，其他就很轻松。女人们自爱说话，我只需礼貌地听，嗯嗯哈哈，不加以反驳。至于她们提一点要求，除非有原则性问题需当场说明（从没发生过），也只需点头即可。她们自然对你印象不会差。我要做的就是管住自己的嘴，不说任何引发歧义的句子，也不自命风趣同人去开玩笑，她们自然便觉得这趟公事公关得好。

事实上叫我稍微吃一惊的是管着第二大品牌的中年妇女杰奎琳邓，她是宝岛上过来的，说一口柔柔的宝岛国语。她饭也不好好吃，一个劲同我讨论房地产价格。她确实下手在苏州买了房产做投资。她给我看手机里存着的她金鸡湖别墅的视频，很伟岸的一栋。不小心手一滑，她放出自己穿三点式跳钢管舞的视频，我转开眼睛，她却笑起来，说我不必这么不大方，她这是在去年公司年会上公开表演呢，谁都有这段视频的。

我朝她微笑，笑得温和而略带嘲弄。同时我想着她身材挺好。

差不多三个月的试用期满了，这次我坚决彻底地实施了我的战略：三个月只听不说，只看不做，没任何业绩可言，我尽可能弄明白周围的人事（当然再努力也是雾里看花），不做任何评论，也不去附和任何人的主张。在公司之外我拜访了一些找上门来论是非的部门，尽力将相关事件推后处理。

这就是说我没任何建树，但也没任何过错或不得体的行为和言语，不曾得罪任何人，如果公司留用我为正式员工，很好，顺理成章。即便公司不看好我，我也没付出过什么额外努力，大家快聚快散，事如春梦了无痕。

三个月的最后一天，人事部总监来电让我一起去老林的总裁办公室。走进老林办公室前我多少有些忐忑，不过看见老林的脸色，我就松快下来。

老林说三个月说明不了什么，如果一个人没在公司干满三年，他心里其实不会当他是可信任的员工。他说，问过了，公司管理层的人暂且对你印象不错，做你这行的如果性格温和、脾气nice（不错），一般而言更能让大家安心。

他言下之意，公司里这班人斗惯了，看我并不起劲赶着斗，都以为我不喜欢或不善于斗。嘿嘿，这可是我学着隐瞒本性之绝大的成功。看来画画十年建功，我的牛脾气被自己疏导管制得有点圆熟了。

我像跟同品牌女总经理们见面那样，把自己打扮得山清水秀，身上洒了青草味的法国香水。我柔和而放松地坐在老林面前。这魔王既然没什么失败案例可拿来训斥我，终究也喜欢别人安时处顺不挑是非，他柜子里自然有的是好酒。

他打开酒柜挑出一瓶路威酩轩的香槟，"嘭"一声飞掉木塞，给我和人事部总监满了杯，我们一起庆祝我的转正。如此这般，我获得了一次缜密心计得逞后的光荣聘用。这是我从未体验过的。

重出江湖，此情此景，风正一帆悬。

五

其实，重出江湖没那么轻松，实属被逼无奈。

画界是一片看着秀丽的丛林,是的,和所有丛林一样,是外观罢了。外壳珠玉般璀璨,钻进去,在里头呼吸浮沉,各人有各人的风云际会,但雅俗还是同样的。

在画界丛林里混到能自给自足,也就是画着画着能保证肚子饿不着了,买得几片瓦遮挡风雨,应该就算成功。

怎么说呢,自然世间有坐拥无数粉丝的大画家,他们收入颇丰,但记住,什么样的画家只能打动什么样的看客,不能大众化的灵魂肯定没金钱来犒赏,自由且无用的灵魂唯蚊子喜欢叮咬。

想要成为有影响力的画家,不光靠才气,更要凭运道,那是难得的、概率极小的大运气。

当然,在本国聪明人中间,凡不太肯赏饭吃的天意都能通过人工去调节,无非多花钱多勾连,不拘泥于圣人制定的规则……

只可惜我在画作中迈开的每一步,脚印虽深且厚,但始终缺乏效益。我也无从勾连,勾连令我冷笑。

所以,作为个人储备的那些钱总有花光的一天。到了那时辰,能重出江湖再到公司上班打工,真是天无绝人之路。

众所周知,跨国企业最紧俏的资源是人头。也就是说人力资源有限,一个萝卜一个坑。如想招聘合用的或急用的新人手,先考虑砍掉原来既有的人吧。

每个人,甚至包括老林,理论上都有被公司上层突然解聘的可能。

今日里既然我已稳居中位,那么,要保这位子带来的收入和尊重,唯一途径是像老林说的那般秀出业绩,证明自己不是尸位素餐,有能力解决棘手问题,帮公司稳定地获取利润。

也正因为凡事不靠个人能力,要靠团队合作,我必须就此整理我的团队。

老林早就道出了其中奥秘,他第一天就告知人事部经理不得在我转正后阻挠我对属下人员施行调整。

即便我不想做什么也不行了,吉西卡和苏茜两个女人已闹到了彼此听见对方声音就生理性作呕的程度,这大体与我无关,是我前任埋下的雷。不过,难题却得由我化解。

最好的方法当然是二者选一,这么做的好处是马上就消除了部门内的争斗。

化学上来讲,我比较接受吉西卡,我看到苏茜有点烦。

我常想起苏茜第一次自说自话进我办公室时不请示就关门的细节,这细节很好地概括了她的内在,使我对她有一种易发的恼怒。但她并不知情。

可是,吉西卡在公司里更招人嫉恨,女人们都认定她长得漂亮(男人们则未必有同感),坦白讲,她就是脸被同性嫉妒而并没什么身材的那种女子。大家都传说她和我的前任走得近,所以但凡要砍掉经理级的下属,公论倾向于留苏茜不留吉西卡。

我不能不砍掉一个经理以空出人头来,我的年纪需要一个懂电脑并懂新媒体技术的助理经理,而且要与我保持频繁互动,甚至经常一起出差,这必须是位伶俐的男生。

我请人事部总监共进午餐,同她确认了我的计划。我可以砍掉一个,然后招聘一个同级别的新人。

解雇员工这种事想必人人能理解,是件脏活儿,等于选出个身边人来当场反目成仇。他或她今后会无数次在虚空里诅咒我,因为我强硬地伤害到他或她的自尊,或许还多少破坏了他或她的生活,暂时甚至更长久地影响其获得必要的生活资源,增添个人乃至整个家庭的不安全感。

不过,考虑到不让自己将来被无情解雇,就必须狠心下手,解雇那些会导致你的部门更脆弱的下属。

我进出办公室特别留意了一下窗边经理席上苏茜的情况,这些天她还算平静,但她做事情的思路同我不合拍。不是她笨或喜欢标新立异,是她不太专业。她从前是个中学教师,不晓得走哪条路子进到跨国公司来,起先也不在这部门,干的是很奇怪的职务。如今她所谓"品牌工作"的很多内容是她历年中独创的,我曾请她写个工作报告给我,但收到的竟是一首自作聪明的打油诗。

越如此我越好奇谁是她的靠山,我最好搞明白这点,以免又重蹈覆辙,得罪不该得罪的人。于是我把苏茜请进办公室,对她说我们必须有一个年轻有新技能的男性经理。

她一听就明白了,登时面色惨白嘴唇哆嗦,两只眼像濒死的兔眼,瞅住我不放。我想(有点卑劣)那个时刻我同她提出任何交换条件她可能都会答应。当然,我对她不可能有所求。

我说:"苏茜这事还没决定,最近我太忙,要过阵子才着手处理。事先跟你们经理级的通个气。"

她沮丧地出去了,假使她有背景,那么很快就有人会为她来说项的。

然后我请吉西卡进来,同她做交易。

吉西卡大概早嗅到了什么气味,进门时那张被女人们认为好看的脸就充溢着表情,她有点对抗地瞅住我,嘴唇抿成一条略有起伏的线。我把对苏茜说的话也讲了,然后我直截了当问她:"苏茜还是你?"

"苏茜。"吉西卡斩钉截铁地回答,同时轻微扭动了一下脖子,像新疆舞里那个小动作。

我笑了,但没笑着看她,而是笑着看我的电脑屏幕,我说:"如果你想留下,我俩必须做个交易。"

她哆嗦了一下，眼光变得茫然，然后又灼灼地望着我，我想她一定误会了我的意思。但我很好奇，不由得有种卑劣的猫戏老鼠的冲动。我戏谑地回看她，问道："你愿不愿意？"

吉西卡面对大事，当真了，脑瓜子不好使了，她眼睛眨也不眨地瞪着我，脸猛然发红，手团在一起，手指无助地扭结。她点点头，说："我不能丢掉这份工作。"

我心里暗笑，觉得该适可而止了。我于是板起脸，认真地说："我相信那是真的，所有人都告诉我你和我的前任关系非常好，你不要否认。现在我俩的交易是这样的：杰米和杰奎琳已经烦死我了，他俩的品牌都被我的前任举报了，他们要求我去摆平。"

吉西卡还没回过神来，她还在琢磨她误会了的事。我不耐烦地敲敲桌面："听好了，吉西卡，我对你不会有任何为难。只要你去跟我的前任商量个方案，让他主动撤除他的举报。懂吗？他有合理要求你可以转达给我，我会尽力。但如果你不能说服他马上就给我这个面子，你走，苏茜留下。"

我虎视眈眈看着吉西卡，吉西卡愕然地张嘴看着我。

"公平交易，是吧？"我点点头，"我相信你的能力。"

苏茜离开公司的时候并没撒泼或哭泣，原因很简单：吉西卡完美地终止了我的前任对公司的骚扰，他甚至没对我提要求，这是他和吉西卡之间的情谊。老林听杰米和杰奎琳一起夸我"不战而屈人之兵"，立马传我到他总裁办当面嘉许。

我说老板嘉许我就算了，我有个小小请求希望你满足我，好让我安心做这个部门的领袖。我请老林开恩，给苏茜一笔额外的遣散金，以便她有更充裕的时间寻找新工作。老林爽快地答应了。他说下不为例。

很快我从蜂拥而来的应聘者中挑选了年轻的恩佐宋，他在我不熟悉的新领域里似乎什么都懂，网络上那种难题他都能凭脑力和手工快速解决。三个月试用期之后我觉得让他转正是天经地义的，他是个非常理想的助理。不过恩佐自己吞吞吐吐对我说，在接受聘任前该诚实地把他的隐私告诉我，然后请我定夺。他说他有抑郁症，一旦发作就会影响他的情绪和工作能力。一般一年中他会有一个月被这病困扰。

我答应保守他的秘密，他接受了聘用。吉西卡也神采焕然，一旦送走宿敌，我想谁都会有一种明朗的复苏感吧。我觉得我的部门现在士气不错了。

到了这地步，我终于也长舒了一口气，要知道，我之前的十年是完全不同的。商界的优美之处是能不加掩饰直来直去地提出建议，权衡利弊，然后达成交易，当然前提是我们都有能力。我们交易的是合格的商品和服务。

我之前那十年嘛，献给了油画。尽管我幸运地碰到许多对画画有虔诚信仰的人，他们只认画面不辨画者，他们像缪斯的亲兵那样维护油画的荣誉，但我仍遭遇到很多灰色地带的模糊人形物体，他们同样挥舞着文艺旗帜，但其所作所为……作为画作的拥有者，我拒绝同他们交易，那些交易不但不公平，且猥琐而腐臭。

我终于重出江湖，暂时可忘怀前十年中一些叫人不愉快的事。

六

她叫成玲，大约二十五六岁，是一个体形肥胖的女生，成天在忙碌，是我被动接收的十六名下属中地位最低的一个。所谓地位，说的是她们之间工作的分配，她干最苦最累的活儿，负责本部门在浦东仓库中收发与分拣敏感货物，并送到进检单位检验的工作。

我注意到她全因为有关她的传说让我想起了旧小说里一个名词"包身工"。当然这名词用于她是夸张的，她不是现代工业奴隶，可看看我们这样一个独资外企，她怕是企业内部最接近奴隶状态的那个人。

等我稍感安定，自然要巡视我部门的外延区域。我从城市中心的摩天楼下来，令司机驶往黄浦江对岸金桥开发区的落寞地带，那里有我司存储最新法国货的现代化仓储区。成玲是本部门常年驻在彼处的唯一人员，和其他员工不同，严格而言成玲不是本司职员，她是从人事服务公司借调来的。

人人都知道她想通过苦干来换取被我司收纳为正式员工的好运。

"Frank，谢谢你能来看我，关心我的工作。"成玲走进我在仓库的临时办公室，对我露出一个非常大的笑容，表现得恭顺且敬慕。

我吃惊地看到她薄施脂粉的圆脸盘上过于明显的黑眼圈，以及挂在她粗白颈子上的大金链。她两手搁到桌面上，让我看见她十根手指上新新旧旧的创可贴。

"Frank，我太苦了，我累得快趴下了。"才说这么一句，眼泪已从她黑眸子的圆眼里如泉水般涌出。我身边没准备面巾纸，这让我猝不及防，但并没恼怒。

她的泪水同其他员工的不同，她的泪水看上去真实且具说服力。

我只好保持沉默，给她一点时间，等她从猝然的抽泣中平静下来。她从口袋里摸出用过的、皱巴巴的面巾纸，使劲按在浮肿的眼皮上，面巾纸立马浸透了水分，变得脏兮兮的。

"不要哭。"我说，"有困难可以同我讲。我刚上任，对你的工作不熟悉。"

假使我的前任和周边同僚们对她的苦楚无动于衷，我可不能再像从前的自己，轻易心软。在职场这种地方，滥施同情绝对将产生意想不到的后果。

再说谁又活得容易呢？

我还是有意愿倾听她的善心的，我听她说为了赶上品牌要求的出新速度，她一周有五六天在仓库里不回家，晚上偌大仓库只剩她一个女生，随便趴在沙发上就对付一夜。她唯一的非工作的时刻是男友早上给她送来热腾腾的油条和豆浆。

"你不是包身工，成玲。"我严肃地对她说，"你要保护自己。"

"是的，Frank。"她疲惫地点头，"但我想抓住这个机会，想转正，成为正式员工。"

她明明白白的话博得了我些许好感，她没掩饰自己的动机，尽管这动机过于一厢情愿。

我请她带我去附近进检部门办公处拜访那些进检官员，并且，若合适，请那些官员们一起吃顿工作午餐。成玲笑了，她说你能去就是对我的支持，让她们看看我的工作还是能让公司上层看见的。

我们的车在几乎空寂无人的海关封闭园区里畅行，这里的地面太大了，几乎相当于市中心的一个行政区，但到了晚上几乎又是无人区，剩下少少几个像成玲这样的夜班工人。进检部门的办公室在一栋简易办公楼里，我和成玲走进去，走廊里飘荡着我们说话的闷闷回声。

一个穿金丝肩章黑制服的中年女子高兴地招呼了一声成玲："你来啦，快来帮我，你们的样品都到了。这么长的货单，哪样是哪样呀？"

成玲怯生生地先介绍了我，我同对方寒暄的当口，她已乖乖俯身到满地纸箱上，开始蹲着挑货，把杂乱的样品按货单序号排列起来。这不是进检官员自己该干的活儿吗，怎么又是成玲干？

但官员们还挺随和，听说我想请她们吃饭，一个个面有喜色。我们坐车出发去餐馆时，成玲还在货堆里手忙脚乱，她抬起头，谦卑地说："你们先去，我排完了货就来。"

其实我们很难等她，一直到我们聊着工作的难处吃到最后一道饭后甜点时，成玲才满头大汗跑进来，头发上粘着一小条货品贴纸。她高兴地说想不到还能赶上！

女进检主官每道菜都拣几筷子放到盘子和碗里给成玲留着，现在她津津有味吃起堆得满满的冷菜。我们赶紧给她另点了热饭和热汤。

"你们这个小姑娘真不错。看在她面上，我们可给贵司行了不少方便的！"进检部门的人这样对我讲，颇有就此还了成玲人情的寓意。成玲咀嚼着抬头笑："哪里哪里，感谢老师们和领导们支持我。"

回仓库路上我告诫成玲身体健康很重要，虽年轻但不要拼命，哪怕你有热望，世间也不是那样简单地有互相交换的等号存在。她不晓得听没听懂，一个劲地点头。我估计我再多说她就要像鹦鹉那样开口"感谢Frank的支持"。

吉西卡仿佛已比较认可我行使权威的方式。这之前我同她一起到长沙出了一次差,她足以了解我对工作关系中女士们的距离意识,这是我天生"不粘锅"性格的体现,足以让她们感到某种安全和舒适(假如不是暗中失望的话)。

"你是君子,Frank。"她在回程飞机上突兀地对我说。

我知道她指的是什么,我迟钝地笑笑:"记住,连兔子那种低等动物都不吃窝边草。"

吉西卡是我手下级别最高的经理,她在公司已待了十年,足够资深,她一听我谈起成玲的行止,脸上就表情丰富:"Frank,她可是有目的的。"

"谁没目的呢? 我觉得把目的说明白的都可算作老实人。哪怕不让她达到目的,也别让老实人吃亏。你们这些年给过她加班费没?"我想我不是挑战吉西卡,我挑战的怕是风车。

我跟人事部总监提起成玲,她摇摇头说:"成玲不是我们公司的员工,Frank。"

可能是公司经营女性商品为主,写字楼里到处是女生。有些女生平时行止乖张,与其他女生不同,给我的感觉是她们有强大背景。一般我不研究闲人闲事,对女士我记得文文雅雅、有礼有节就好。除非谁欺负上门。

有个女人就欺负上门来,很遗憾,是个大美人,恐怕可说是这层写字楼里天生丽质的一位。此佳丽不取洋名,大家就称呼她本名杨嘉伊。

杨嘉伊跑到我们部门办公区大叫大嚷,把一摞外文画刊砸在吉西卡桌上,嘴里说的是英语。我听见喧嚷跑出去看,正看见美人抖动娇躯说出"fucking"这个似乎现在进行时的词。她看见我,愣了一愣,住了嘴,改成漂亮的带京腔的普通话威胁吉西卡:"你们自己看着办,不行我只好告诉林总。"

我难以将目光从这个凶神恶煞女人的妩媚背影上挪开,人长得性感且性格蛮横,有时你不得不承认是一种迷人的组合。

不过,我们的吉西卡粉红着一张脸,嗵嗵嗵自顾自走进我办公室,等我诧异地跟进去,她直直看着我说:"喏,领教了吧? 这个骚货从前是老林的专职秘书!"

没多久老林的这位前秘书就不经通报找上我的门。那天我正在工作时间开小差,痴想我可以画一幅大尺寸的群像(当然没时间没精力,除非我再次淡出江湖),我正自琢磨画面上的第一女主角,门口腾起一阵香味(肯定是法国香水),闪进婀娜的一个妇女。

"你是Frank吧,你来了我还没正式见过你。"杨嘉伊旋转长裙,落座在我面前,露出三十多岁妇人姣好的姿容,客客气气大大方方对我一笑,牙齿真好。若不是吉西卡当面对我揭露她的底细,我怕不要被这风韵迷倒?

她倒不急于说明来意,就那样笑眯眯看着我。我心里冷笑。

264

我站起身倒水给她，特意装得文质彬彬，其实我是想说我不是纯粹的打工职员。我必有的虚荣已作起祟来，惭愧。但我毕竟像打过了疫苗。

杨嘉伊观察我一番，笑容从她脸上消失，她叹口气："我同你的前任合作得不错。"

什么话！我针尖对麦芒："我们也可以合作愉快呀，只要是得体的要求，我个人总是全力以赴的。"

她是个精细人，沉默着琢磨我话里的意思，然后举起十根纤长手指，轮流看自己的粉色指甲："Frank，如今生意难做，大环境不友好，我难得从巴黎总部要到一笔广告费，我必须好钢用在刀刃上！"

她用钱和我有啥关系？我还以为是来要钱呢，一副烦难相！真奇怪。

我静等她往下说。

杨嘉伊或左或右深一句浅一句地绕了半天，把自己都说糊涂了，我倒真听出了她的小九九，原来她就是想犯犯规，犯规而不受处罚，需要我帮她去擦屁股。

"新品做了广告就一定要马上上市，不能等排队获批？"我问她。

"你新来，当然不像我这样子清楚。等排队等到猴年马月也不知道呢！我们不是没等过，等到批准上市，广告早被人忘了。"杨嘉伊可能说的是实话，我知道新品审批的节奏跟不上。

我想我愿意帮她争取早日通关，但我可不能答应代擦屁股。一旦答应，她这种人但凡任性出事就会把全责推给我。

我笑嘻嘻表态，说清了我愿意做的，我猜这并非她对我的奢望。果不其然，杨嘉伊噘起嘴沉吟，模样好像有男人在求她什么。等她想明白，埋怨地看我一眼："我好像话都白讲了！"

白讲？什么才是不白讲？我心里好笑。是不是又想去老林那儿告一状呢？我可不能惯着你，我能得你啥好处？

我笑道："这也不能算白讲，我正要将一将新品审批的程序，看能不能让审批人和我们的上市节奏更合作点。我正要去北边的大城拜访审批机构。"

没想到杨嘉伊不好糊弄，她撇撇嘴，白我一眼："这么多年了，我们行业跟这些人打交道还少？就你能？！"

我合上电脑，冲她一笑："说得有理。不过再怎样你也得有耐心，我刚来，你总得给我时间看明白！"

这句话说得好，杨嘉伊笑了，站起来长裙一甩，跟文工团报幕员要下台似的："好嘞，Frank，我等着你跟我合作到位！"

她消失了，我回味她的种种姿态，点头自言自语，佩服美人毕竟是美人，怎么讲就是有风韵。能不和她对着干，我也不想对着干呀。不过，想来难。她从前利用惯了我这个部门,现在像个债主似的。她在公司什么级别?

我把吉西卡找来一问,原来杨嘉伊和她一样,只是个经理,还是品牌的经理,比吉西卡还低了一级。

"她没念过大学吧? 我猜她没本科学历。"我问吉西卡。

"那还用说? "吉西卡撇嘴,"她有学历就不在这里混了。"

七

不管吉西卡她们平素加不加班,我反正一到点拎起包包就回家。我看见很多同级别的同僚们留在公司的夜色里,但我决定保持个人这一点点权益,不被公司体制吞噬。

走过报刊亭时,我看见新出的《名画》杂志,本国拥有最多读者的美术杂志之一,我已蛮久没注目美术杂志了。我不由得站下,跟小老板要一本来翻翻目录。小老板尴笑说杂志每期只来一本,不买的话请小心点翻页。我还来不及回答他,一眼看见了封面。整个封面就是我的一幅画作!

啊,我像脱下口罩嗅到新鲜的风:我原来还是个画家!

我到达北方大城开始我的走访,我将走访与公司业务相关的许多管理部门,同时我也被各品牌邀请去看店,每个品牌美轮美奂的专柜总是乐于向内外人物展示的。她们想在我心里烙印,让我多多想着她们的业务。

从前我和北边的管理部门很熟,但长长的十年过去了,我发现管理部门人员的流动性竟比公司高管的流动性更大。只有一个部门的大门口有我的老相识在等我,领我直接进去。其他地方我都得登记,甚至门卫把我的身份证扣下才放我进楼。我在楼里看见的新晋官员和从前那批相似,只是我同他们彼此不认识,重新建立关系需要时间和机缘。

这是实情,老林面试我时已指出,他赌我能奋力克服这一劣势。

我每见陌生人,自然也搬出他们的前任来试探,有时他们彼此交谊,认这老关系,有时却淡淡回避。总之,我不甚用力,点到为止,欲速不达,顺其自然。

之后半年,公司众品牌有几件事被管理环节拿捏住,以致业务上动弹不得。我按正常程序将诸事件列入部门工作,也不加急去办。

我已学乖,这方面千万别展示自己的能量。如果你展示了,没人会佩服你崇拜你,只会招人把他们满身虱子般的麻烦全搬来你面前,让你帮忙解决。如果我不是耶稣,我怎能让人家摸摸我的衣服穗子就把人的病治好呢?

如果公司里有事委派了你,而你竟不能"make it possible(使之成为可能)",就算你冤枉也死了活该。

但是，我这种老油子态度总有被人识破的一天。有人迫不及待来告密，说杰米到老林那儿说了我坏话，质疑我到底有没有资格坐现在这位子。

我想想杰米，心里倒有点抱歉。被主管部门卡住的那几件事里最严重的都属于他的品牌。杰米这人一心只要销售业绩，年年把品牌数字弄成二踢腿的飞升轨迹，其实大家都明白，无非寅吃卯粮，把今后的需求现在就吃了青苗。他想赚一笔花红，然后在业绩线的尖端跳槽，只想自己花红柳绿，哪管他的后任将来如何收拾烂摊子！

我的唯一敌人是老林，我提醒自己。

我重出江湖，不是个嫩头，我最好从老林的角度考评一下我自己。只要老林对我不动声色，那么我的"无为而治"还是有生命力的。

其实，每个人仔细想想，职场当中没对错，大家在乎的就是存续。

如果你在意目前的工作，尚无跳槽的野心，那么，只要不付出太大的代价能在自己的职位上存续，就是所有的目的，不谈其他的虚浮。

如果我对杰米殷勤，那将是没有底的，他这人得陇望蜀，年业务增长率达到百分之三十三，他就做下一年度百分之四十四的规划，直到顶在杠头上爆裂为止。

何况杰奎琳她们几个品牌女魔头也不吃素，你给杰米特别优待而不同样为她们效劳，那就等着出门踩到屎吧。

我部门的任何人都没做好再添工作量的准备，而且我只自行招聘了一个"自己人"，其他人头被卡得紧紧的。如果老林肯来找我碴儿，我当然要表态"改进"，同时就必须同他谈生意，给我增加人头或多给预算都行。

你以为我们和管理部门打交道是那么省心的事？

或许杰米的担忧自有逻辑，不能说一百个要处置违规行为的人一百个心里都是为规范，总有那么几个等着你找上门去，按他们的喜好筹谋勾兑。

我冷处理杰米品牌的那几件事，其中沈阳的一件事叫杰米坐不住了。他腾地跳进我办公室，不知是要关门还是怎的，反正原地竟打了一个转，如同企鹅耍宝。

他厚厚的嘴唇发黑，嘴角是脏兮兮一堆热气丸子。他摊开双手，夸张地说："Frank，如果我沈阳的业务泡了汤，我就整个完蛋了！你猜猜如今全国奢侈品消费最旺的是哪个城市，猜！不，不是北京，不，不是上海，更不会是杭州。我告诉你，就是这个沈阳！别瞧不起东北，那里有很多矿主，而且，那里的女人消费起来不是上海女人的一瓶一盒，人家说'都挺不错，每样都给我包起来'，懂吗？！我们能离开这么大气派的东北老娘儿们独自红火吗？"

我微笑说："杰米，你他妈的每次都到我房间演话剧，是不是当初没考进中戏、上戏呀？"

也没等他再啰唆，他这个人我看懂了，我多说什么都可能被他录音下来转放给老林听。我就看着他两只黑多白少的眼睛："我明天就飞过去处理，行了吧？"

杰米拱拱手，眼翻白："拜托拜托，Frank！为了生活，请你关照。"

我飞机落地，才到等候区，就见一面招展的红旗，上面写一行白字：沈阳团队欢迎你，Frank！

扑上来的是两个浓妆少妇，自称是杰米手下的当地经理，绑架一样抢过我行李，挽起我胳膊，把我推上了她们安排的黑车（全车带玻璃全黑，不知道是否防弹）。

"Frank，可把你盼来了。咱们这就去吃午饭，下午是不是就去临监那儿呀，那老太太可疯了，要罚我们五千万！"一个没介绍自己名字的女经理对着我耳朵大声唠叨。

我想这儿不过是东北，如果我听糊涂了，还以为是意大利呢，五千万里拉似乎还能承担。

我忽然想幽默一下："还吃啥午饭呢？买个春饼夹俩小葱啃啃就得了，得赶紧去呀，要不那老太太又得信口开河涨价了。"

两个少妇互相看，让司机停车，一个年轻些的推开车门，嗖地蹿了出去。

我们留在车上的继续说那罚款的糟心事。女经理反过来安慰我："您也别太担心，老太太跟我们熟着呢。从前她也要罚你前任来着，后来也协调了。"

"要罚我前任多少？"我问完竖起耳朵。

"一个亿。"她回答。

哈哈哈哈，我大笑，她也笑。

车门拉开，出去的少妇坐回副驾驶座，转身递给我一个纸包，里头是一套热腾腾的春饼！

"Frank，到饭店还有一会儿呢，您先垫着。"

下午三点我们一男二女到达了临监执法大队副队长的办公室，当然，副队长就是那位著名的老太太。老太太一把搂住带我去的女经理之一，发出奇特的叹音，要好得像姐妹久别。我清清嗓子，招呼她一声，她只当没听见。

女经理亲热了好一会儿才放开老太太副队长的脖子，还手拉着手，介绍我，说我是某某的后任，这次专门飞来解决事情。

"某某的后任？"老太太狐疑地看我，刚才和女经理是盟国关系，同我就似乎是交战国外交，"是某某的话他早来了，您可真难请。"

我笑笑，温和地回答："这不是来了吗？咱们就此商量商量。"

老太太脸上露出更大的疑惑，她看看两个女经理，再看我："还商量啥？照着你前任的做法,谈个尺寸呗。要不是我和这几个闺女都成了一家人,我才不管这闲事呢!"

大概是看火候到了,女经理放开老太太的手,把我袖子一拉:"Frank,外头说几句。"

其实她哪用得着跟我分说,我从前又不是没见过世面。老太太开口要五十套公司产品套装,另象征性罚款五万元。不许还价。

我听着还是笑笑。回到老太太办公室,我们终于坐下。

大家扯皮半会儿,就都盯着我,等我表态,或是等我点头说OK。

我用最温柔的语气说:"谢谢队长接见,事情我清楚了。我还没自我介绍,现在补。我是欧洲商学院的硕士毕业生,我的前任据说连本科生都不是。因此,用他的法子让我照搬是不太可行的。这次事件的处置细节您和我们品牌直接接洽就好,我能说的是,今后这摊子事归我负责,我保证督促我们的品牌不再让您有机会逮住,我会要求她们严格遵守市场规章。"

我看见三张目瞪口呆的女人的脸,我也看出她们心里恼怒,我担心我再逗留可能有人对我不客气,即便不是动拳,至少要出言相讥。于是我礼貌地道谢并告辞,出了临监大队的门。

女经理们哭丧着脸追我,问我这可怎么好。老太太那人不是个善茬,得罪了她,品牌自讨苦吃。

"不就是五千万吗?"我微笑,"我看你们杰米一个人就负担得起。"

我等她俩上了车,我指挥司机:"别的地方先不去,给我直放市纪委。"

啊?女经理们花容失色,这下是不是惹了大猩猩?这Frank明明是个上海男人,准他妈的疯了!

到了市纪委大门口,她俩才整明白,我大学同班同学、四年里宿舍睡我下铺的洪书记站在大院门口,等着我喝接风酒。

我相信女经理们会第一时间报告老太太副队长这个突发新闻,如果之后会产生一分钱的罚款,就是咄咄怪事。

事情就这么风平浪静地过去了,不过我也得意不了多久。

回公司总部没几天,老林突然往我门口一站,居高临下生硬地看着我:"Frank,有件事我不明白,请你给我说说。你在沈阳,为何要和人家显摆你是欧洲商学院的硕士?这和公司业务有关吗?"

狗日的女经理们和狗日的杰米,竟然恩将仇报!可见人和人不同悲喜,各有各的小九九。我猜杰米认为同那老太太勾兑才是最经济的脱身术。前提自然是万一出事法律责任归我。

画画的人之间倒不会有这种计较呢!我终于想起了前十年专心当个画家的

好处。

八

日子四平八稳地过了一阵子，即便是桀骜不驯的人，总也有松弛休息的时候，哪怕环境再恶劣，苟活的人们也有片刻快活甚至幸福的时刻。

我们公司业务蒸蒸日上，市场上有批肯花钱的女子对我司产品迷而恋之，每天都热烈地等待着巴黎设计的新品上市。当然，她们耿耿于怀的是不能同步上市，虽说我们这城市远在东亚，但巴黎哪怕晚上售新，她们算上时差，凌晨就等在门店外。万一没她们守候的新品，一场"暴动"在所难免……每次公司开经理层会议，老林都西装革履头发抹得锃亮，口袋里掏出金色计算器，指动如扶乱，只演算各品牌的动态ROE（净资产收益率），神色稳如山，国内市场太旺了！

我不是品牌人员，从表面看，我不创造利润反而增加成本。所以我亦感释然，生意增长畅旺，品牌对我们这类部门的埋怨就减少，甚至觉得我们不再那么面目可憎。

我的资源少，老林却能在一点上放任，就是如果我请自己团队吃吃喝喝，只要别去著名的豪奢场馆，他就睁只眼闭只眼。我抽时间请部下一起（从不忘记从浦东带上成玲）聚餐，常去海底捞之类大众化的热门场所，让这些年轻人开心片刻。公司按法国人的习惯，让员工每季度得到一堆免费的本公司产品，这对女员工有着莫大吸引力，有时确能缓解她们同闺密们比较收入后产生的沮丧。

恰当此阶段，我慢慢生出点"雄心"，想把自己的团队带好，让团队的面目呈现出管理得当的神气。

我的办法简单直接，我把手下旧的新的经理们召集在一起，说明我想短期看到什么改善、中期发生什么变化，几个经理各领一样任务去，到时候跟我up to date（汇报进展）。

没想到当时气候还真合宜，没过多久，各品牌都给我们发来感谢邮件（不知道是否老资格的吉西卡给予了暗示），表扬我们的服务符合甚至高于了品牌的期待，希望我们保持。

人事部总监找我喝咖啡时，我预期她会给我们正面评价，我甚至就此可提议增加人头。不过，我想错了，她谈的是其他事，一件匪夷所思的事：
公司空缺一位"法务部总监"，她说老林的意思是"让Frank兼任"。

我希望本部门争得更多中高级人头既有公心也有私心。
公心自然是要招聘能人来。目前部门的新品注册工作由吉西卡带着可放心，但让吉西卡担纲维持与行业协会或主管部门关系,连她自己也觉得错配。若找到合适人选,我可轻松很多,不过得给人家中级以上的职位。

私心呢,就是我不想太投入在公司事务上。

这不是我初入江湖,我是尝过滋味也离开过江湖的人。如今环顾公司上下,心里只有那几句:他强由他强,清风拂山冈。他横由他横,明月照大江……

我岂可同他人一样自甘沦落于事务堆?我得被"架空",而后方可专注于管理。

说实话,这方面我绝不会为成玲去争取一个人头,低端人头虽要起来容易,但本公司一个萝卜一个坑,给了低端人头也算一个人头,势必就影响了我部门的大计。

我实在不能居妇人之仁。

我揣度老林是反对给我任何人头的,低端高端的他都吝啬。人头就是成本,他嫌我们每个进了公司的人全没充分发挥潜能,或者说,他认定我们狡猾自保,个个尚是肥肉,并不是榨油后的猪油渣。我们配得的,恐怕是一把钢铲,按在我们身上碾压。

一套纵横之术他玩得很老到,品牌经理们不是他招聘而是法国人通过猎头聘来的,虽非他嫡系,他们却还服他管。

我早已不是进取型的人,愿意凡事等等,但假如老林提什么出格的要求,我就开口跟他要人头。

他要求夸张的话,我就多要几个。

让我兼任法务部总监?嘿嘿,听上去我变得更重要了,名片递出去,人家刮目相看至少要刮两次。

可我那狐疑的习惯抑制了虚荣的本性。

老林干吗要让我兼任,准备赏我两份工资?我猜,他还是老思路,拿我这职位上的人当他的挡箭牌,顺便再榨榨我的油。

如果品牌做了什么出格事,法务总监不知情还好些,知情的话就是最好的替罪羊。

哼,别说我不长心眼儿!

我问面色阴晴不定、不像送喜报的人事部总监,干两个总监的活儿是否收入翻倍,她扑哧一笑,说她没听说过。

"那我干吗要兼任呢,你以为我这人很闲的吗?我又不是法律系毕业的。"

法律系不法律系的不要紧,人事部总监立马回答清楚:"老林说可以外聘律师挂在你下面,归你领导。"

"你以为我虚荣还是以为我脑子不好？"我笑问人事部总监。"给我工资花红翻倍吧，我考虑考虑。"

这么说我是为钱？当然不至于。不是我不爱钱，老林这种人怎可能做这种生意，他的特长是压榨。

如果他想试试我，我就好好让他见识一下我如今的格局。闹不好，我晚上就约猎头公司的人看看外面正有啥好空缺。当然，这想法气壮山河，可我哪能跟老林掰腕子，总是我要服从，这是企业伦理。

但还有商榷余地，记得至少这可换不少人头回来（律师不算，公司本来就用这些律师）。

老林这人的刁滑在于他避免同下属直接碰撞，他很懂留余地。

他不设副总裁，常年和品牌总经理们及总监们之间设有两个也号为总监的奇怪女人：财务部总监和人事部总监。

简明讲，这两个中年上海妇女卡住了我们两个主要的输油管：预算和人头。这两个女人实在就是老林的左手腕和右手腕。

她俩同总监们之间的亲疏不是她们自己能定的，她俩就是老林的代言。不过如果我们和这两个或其中的一个急了，那倒也不怕，你急了她们才会把你的意见汇报上去。老林还是表面装亲善的，他顶多奇奇怪怪说你几句，但绝不至于跟你干架或翻脸。

人事部总监女士隔天又找我。她进我办公室，反手就关紧我的门。

我琢磨着这违反了我的规矩，但我还得给她面子，不便当场又把门打开。

我想，我拒当法务部总监总不至于叫她当场闹出假骚扰事件污损我名声吧！不会的，且听她言，争取五分钟内把门打开并拉直。

她倒也不磨蹭，她说："老林给你两个律师，任何工作量都是他们的，你只管指挥他们干活。我们公司这些外聘的律师呀，他们可能干、可肯干了。"

我双手手掌罩着鼻子想想，这事还真难推托。不过，有律师在，倒还有安全屏障。律师一般也和我一样，是不粘锅。我还不如跟老林提条件呢：

"我要增加三个人头，就如我们一直沟通的。你给我人头我就干，不给我不干。你逼我，我就辞职。"我笑说。

"你可真会谈生意，胃口还这么大。"她笑了，态度和蔼，"不过，谈生意是好事。"

"但从人事的角度出发，法务部不合适长期由我这种人担纲，我不是科班出身，是不懂法务的。所以名片上就不印这头衔了，可以吗？"我想保证自己安全。

"不印等于你没干。"她快刀斩乱麻，"为什么这么多顾虑？"

"我没顾虑，但有个大前提，"我说，"兼了这总监，我必须知法守法，我要是进一步限制品牌的违规行为，老林不要怪我！"

看着就满五分钟了，她像知道我心思，腾地站起，伸手拉开了门。同时她又回头朝我一笑，虽不妖媚，还显得聪慧："你呀！你知道品牌可不是老林的。"

她走了，最后这句话可真意味深长！我反复掂量了半天，觉得自己还是跳进了老林的陷阱。

算了，咬住人头不放，少给我一个都不行！

就当这是弱者的固执吧。

在画界低头耕耘了蛮多年，我多少有点心得。

首先我这年纪和阅历，若诚实于自己，便很难放下身段去拜师傅。不混师傅的圈子就得把所有希望寄托在画作本身。可这个时代，没点因缘，人们是很难花时间精力去品研油画的。如此，这就成了悖论。

可我还是没混圈，我混圈的能力早已在时光中磨蚀殆尽。我也没想过开画展，因为不会有人捧场。遇人有贤必有俗，美术圈子也是人类的圈子，这倒没什么可大惊小怪。

我能在脱离十年之久后再次进入商界是个特例，我该感谢公司，该感谢老林，哪怕公司招聘我的动机是想以种种方式利用我。在商业的天平上，很多砝码本不体面。商业常常就是不体面的，正如人性。

我拿到人事部送来的新名片，看看自己的双头衔，毕竟有些新意。我不由得揣摩公司里上上下下那些人将如何评论这件事。我忽然有种表现欲，想干点事出来，让那个起意要我兼任法务部总监的人尝尝滋味。

我把吉西卡和恩佐约到写字楼附近的酒吧喝一杯，我对他俩吩咐，从今天起要一起板起脸，整肃各品牌的违规行为。不但要从备案凭证这一乱象丛生的领域入手（吉西卡掌握所有情况），而且，恩佐负责收集行业中竞争对手们的种种违规方式，替我对照察看本公司品牌是否有同样情形。

"既然让我们和法务搅在一起，"我对这两位经理说，"那我们只好睁开那只故意闭着的眼睛，甚至要像二郎神那样张开额头上的眼睛，严管。否则，岂非本部门失职？"

我看看吉西卡，吉西卡不说话，大眼睛眨巴眨巴地瞧我，我笑道："我晓得你心里想什么，你在想品牌都不好得罪。我们后患无穷。"

吉西卡点点头："是的，老林和品牌之间不像老林和我们这些支持部门，他们彼此的关系中夹着法国人呢！"

我点点头，让恩佐就此拜吉西卡为师，吉西卡的眼神恩佐必须学着有。然而，我的命令就是命令，从今天起，严格整肃所有品牌，把违规事件有一件报一件给我。

法务部不是擦屁股部,更不能是稀里糊涂替人背锅的部门。先让各品牌尝尝"伏法"的滋味。

我们三个笑了,有点兴奋,但更多的是紧张。备案凭证方面,为和巴黎同步上新品,品牌几乎成天拿旧凭证跨品种地套来套去使用。一旦被逮住,就是大额罚单送来。今天我们部门卡住品牌,倒是不违规了,但销售必定稀里哗啦。要晓得,不和欧洲同步上新品,我们公司这种生意肯定是没法做的。

"我的姑娘们可以喘口气休息休息了,"吉西卡说,"为了赶备案凭证,我们可是一星期加五个夜班。"

九

金盆洗手那种事不是开玩笑的,用现代语言讲就是结束职业生命,等于某个重要领域中的自杀行为。别以为我如今玩火还不自知,生意是真金白银的事,不让品牌按他们玩惯了的方式饮鸩止渴,他们即便明白自己一直食毒,也会同你拼命。这不是理智的疆域,这属于高度内卷、不可理喻的高强度竞争市场。

所以,我首先苦思一件事:老林究竟为何要害我?

老林其实比谁都清楚整个游戏的玩法,不过你说他让我当法务部总监是为找个替罪羊,也不会那样简单,况且他明白我也有方法规避任何义务及责任,结果反而于他更不利。

我猜他针对的不是我,而是某些或某个其他人。这有待我慢慢去廓清真相。我不能把事做死,但演戏要逼真。

仅仅一个月,品牌就会明白发生了什么事。我要利用好这一个月时间。

我亲自和恩佐一起跑,他留上海,我出差首都。我俩好比开了一家马力十足的侦探社。我把网络这大海交给了恩佐,他负责把海域里各种渔获都捞起来分类,我则遍访从前的老友和新关系,尤其是我通过自己的关系见到了主管部门那几个真抓实干的副司长们。

一张崭新的情报图表由吉西卡帮着建立起来。我们差不多摸清了行业内目前的各种擦边球和犯规球,特别重要的是将我司各品牌走捷径的强度力度安放到行业坐标系里厘清。

我清晰地看到了杰米和杰奎琳主管的两大品牌在行业坐标系中截然不同的位置。实际上,外行看的全是热闹,内行看见的也不是门道,是这种量化的比较。

杰奎琳虽然每年年会上主动出卖色相跳钢管舞娱乐大众,其实她并没太大必要转移视线。她的品牌是绝佳品牌,她的操作也稳当,既靠新品也不靠新品,她手里有强有力的传统产品系列,哪怕一年没新品上市,生意还是能盈利。

杰米就是反例了。杰米的品牌本身比不上杰奎琳的品牌拥有稳定的消费群,他又着急,想一年当两年三年榨取,所以杰米无限依靠新品的拉动,他把所有资源都扑在新品促销上,好像抽搐似的,一阵紧似一阵地榨出不可能再榨的油水。

他们的产品在这个市场的拥趸虽都富得流油且不太讲老贵族那套派头,花钱凭冲动,从众心又强,但也不是可无限榨取的肥肉,也会在某种腻味心理驱使下成为猪油渣。

总而言之一句话,如果我们以法务的出发点规避风险,减少套证以规避主管部门的处罚,那么,杰奎琳会有点不舒服,但生意照做,而杰米则会感到被我们勒紧了脖子,有窒息感。

我有点明白了,老林针对的八成是杰米,老林想把我当成打杰米的那杆枪。

不过,尽管我在江湖上出出进进,自以为智商增长,但一旦碰到女人因素,我照样还是看不太懂。

偶然事件是如此发生的,我完全没心理准备。

我胸有成竹地走进办公室,吉西卡和恩佐分别同我汇报完工作进程,我们成功地暂停了配合品牌套证的本部门程序,换句话讲,由于我们在程序上不再配合,所有品牌两星期来没套到一个证,相应的新品全部没法上市。据说品牌的粉丝们已在门店"暴动"了不少次,形成了完美的情绪风暴。

我坐下打开电脑,又出去到茶水间打咖啡,我喝着咖啡忽然想起最近接到的一封信,一家颇有名的巴黎画廊想要我的新作。那么,我的油画事业是中断了还是尚未中断呢?

至少此刻我已退出了画界江湖。按人类趋向舒适和利益的天性看,我大概也不会重入这混沌不清的江湖了。

"哐当"一声,虚掩的门被用力推开,打在门吸上又弹回去。

我抬头看见白色粉点连衣裙一闪,一个高大威猛的长发女人冲进来,气势盛大。那白色衣裙由坐着的人看去,如战旗迎风展开。

"Frank,你到底怎么回事?你玩的是什么把戏?你把我们品牌当成什么了?"她的普通话有口音,像是宝岛来的。

我抬起头,多少有点儿心虚,我看见这个颇为陌生的女子,大概是杰米手下市场部的某个经理。

女人三十来岁,不算丑。她正在发癫,情绪失控。她居高临下瞪我,手指竟敢伸出来指我的脸:"你们卡住了我们的新品备案凭证,是何居心?"

我无奈笑笑:"我们没卡,你搞错了。你们的新品没拿到过备案凭证。"

"别跟我来这一套！我懂！"这女人一听我回话，脸涨得更红，以英文骂了句粗话，"我说的就是套证。以前可以套证，现在为什么不能套？我们的业绩没有了，你负责吗？"

我挺起身子，但没站起来，我心里琢磨她的级别，在公司里她级别应该比我低，但她敢如此上门寻衅挑战，摆明了看不起我。那么，到底是看不起我什么呢？当然，我不会像她那样以纽约口音破口骂人。

她见我走神，又大叫大嚷："算了，老娘准备好不干了，真是倒了霉，这么个××的市场。"

这又是针对非我的因素了，看来她也借机在发泄与我无关的怨气。

我尴尬地看着我的电脑屏幕，我没想到品牌会以这种粗鲁的方式对待这阵子的变化，或更准确地说，这阵子的尝试。

吉西卡走到我门边，很温柔地低声招呼这女人："你出来喝口水，不要激动。我们又不是老板。Frank难道不是奉命行事的？"

吉西卡现在很懂得帮衬我，她把以英文骂骂咧咧的女人劝出去了。我立马给老林发了个邮件，告诉他品牌女经理有强烈的情绪反应，那么，我们部门整顿套证的工作还要不要进行下去。

我如此写邮件只为留下一份记录并尽到我汇报情况的责任，可出乎我意料，老林竟然立马给我一个回邮，简明说：谢谢，Frank，请按你专业精神继续妥善推进部门工作。

这可不寻常，老林竟然不惜留下文字记录。

杰米没出现在本部门办公区域，他每天上午中午下午都从本区域边路过，吉西卡每次都敏锐意识到他的出现，但杰米都"眼睛看着自己鼻尖目不旁视"地走过去，他不来找我们任何麻烦，不亲自来。

倒是杰奎琳嗲嗲地走过吉西卡的席位，向她柔柔挥挥手。

杰奎琳往我办公室门口一站，我正全神贯注看着行业协会负责人发给我的邮件，只隐约嗅到一股芳香，杰奎琳伸手打开我办公室的照明灯，我倏然抬头，见她妩媚一笑："Frank，要注意保护眼睛哟，没必要为公司省这点儿小钱。"

我扑哧笑了，她也扑哧笑了，扭着水蛇腰走远了。

是的，她是特意来跟我讲"没必要给公司省小钱"，从前，一切套证的麻烦都是用小钱去解决的。我的前任是那样一个社会大学毕业的人，他知道一切在于定出适当的尺寸，并不以为耻。

我决定踩一下刹车，把过大的压力放掉些。从前我不会这么做，但现在觉得可以这么做。重出江湖就是会有所不同。我是大丈夫。

吉西卡听见我的私下指令长舒一口气,对我跷跷大拇指:"好的,我已经准备好了,每个品牌放给他们要求量的二分之一,挑重点新品放。"

我暂且结束这次冒险,希望品牌总经理们接收到我的信息并看见我的合作姿态。

过了一周,我故意站在走道里等杰米。杰米这黑胖子穿着紧身迪奥西服摇滚而来,我大喊一声:"杰米,请客!"

杰米悚然一惊,下意识向后仰身,对我做一个OK的应急手势。

还没等杰米搞清楚我意思并做出反应,他已被新情况吓得跳将起来,赶紧带着他品牌的第二号人物跑来找我。

"Frank,有情况,有情况!"杰米一边宣布一边点头。他点头可不像鸡啄米,他本相如河马,那颗头很大很沉,点头就像要和同类决斗。

我朝那恰巧是我中学校友的第二号人物笑笑,指指椅子。他俩一屁股坐下,吉西卡乖巧地送来两杯热咖啡。

"好像东南西北同时在查我们。"杰米有点惊慌,"是不是你前任又在作怪?那些地方过去同他关系很铁,现在忽然一起来查柜台,而且一个个熟门熟路。"

"什么叫熟门熟路呀,杰米?"我问。

"他们知道套证的产品放在哪里。"杰米答。

那么杰米这样做下去是不是有意思呢?退一步海阔天空嘛。整个行业都碰到同样问题,其他大品牌并不一定像杰米那样拼命盯着上新。主管部门就是想管住,想慢,这是他们的监管思路。

我说了。

"现在我骑在老虎背上,"杰米瞪我,"你说得轻巧!你不懂营销。我们烧了这么多钱下去,没退路了。Frank,你是我们的救星,你总不能不如你的前任吧?"

"你要我怎么做?"我摊开手,看见我校友神色痛苦。

"你去帮我们斡旋,找到那些愿意放水的人,满足他们的要求。"杰米低吼。

"如果过去总如此,难道准备长此以往?"我看着杰米的眼睛,"我来了,你不如重新走走安稳路吧。"

我把我们调查的表格递给杰米,他是全行业最肆无忌惮的。

杰米一看就懂了,他淡黑的面色一点点变得更亮堂,好像有个看不见的画家在往他脸上涂清漆。杰米把表格递给他副手,喉咙里挤出压低的硬装的柔和声音:"听好了,朋友,Frank,我们是要长期合作的伙伴。法国人才不管我们到底怎么回事呢。保持增长曲线,万事大吉,只要增长率放缓,他们就炒我鱿鱼。市场上干销售的多如牛毛,他们随时可以换上一个。你必须帮我,否则就是看我们当loser

（废物）！”

我的中学校友对我点头，补充说杰米说得对，其实是法国人当的导演。

“你的前任走了，你来了。你帮我们对付过去，一起成功。否则，我们输了，你也得走人。”杰米眯缝眼睛，声音低得像蚊子叫，好像葛朗台终于说出自己吝啬的原因，并且不肯让欧也妮自行其是。

看看，我重出江湖，江湖依旧是江湖，何其无奈又何其凶险。杰米这种人居然是我同舟共济的“伙伴”。

我点点头，让他俩明白我的态度。“不过，”我说，“杰米，你也太没有礼貌，派个娘儿们到我办公室撒泼。”

杰米猛地站起来，朝我伸手：“握个手吧，我道歉。我炒这娘儿们鱿鱼，算是我对你的敬意。”

他俩扬长而去，我将信将疑。心里阴晴不定。

十

浦东传来叫人心碎的消息：成玲发着高烧在仓库彻夜加班，倒了。到医院检查，她患上了严重的肺炎，同时胃溃疡的程度也很惊人。她不是我们公司编制，是借调来的，据说她的医疗费用也很难由派遣方全额报销。

我带着吉西卡赶到浦东医院，看到这个可怜的女人躺在急诊输液室。她一厢情愿地拼命。

看见我，成玲的眼泪夺眶而出，这是她最多最廉价的东西。她无法谴责我，更无法谴责我们公司。她就像发狠跳离自己独木舟的土著人拼死游向我们的船，认定我们会搭救她。但是，她不了解商业社会。

我让吉西卡上前关心成玲，我站在恰当距离之外，看着这人间活剧。出来时，我匆匆和人事部总监见面交换了一下意见。她再次重申成玲不是本公司职员，她的任何反常行为和意向与我们无关，我们概不负担。但是，基于“可以负担的人道主义”，她认可我送给成玲三千元以下的营养慰问品，由人事部埋单。

不过，我站在医院输液间时并没想着成玲的事，我忽然意识到自己曾是一个画家，而且我有能力描绘出人间种种虚妄。不过，我还是重返了商业世界，因为我重新需要商业世界这种虽冷酷却叫人感到确切、感到脚踏实地的氛围。在自欺欺人的世界里像蚕儿般吐丝，偏要认定画界和残酷人间有所不同，那我和躺在病榻上呻吟的成玲又有何区别呢？

成玲，我想对她讲，站起来勇敢面对你的棋局。上帝把你放到这里，你要么继续赌，不计成本、不计后果，期待奇迹，要么偃旗息鼓，放低自己的期待，当个认命的女子。

我把慰问品放在她身边，什么也没说出口，低头走出了输液室。

第二天吉西卡给我看一个年轻姑娘的照片，姑娘身材窈窕、面容单纯，给人挺清新的感觉，我不认识这女生。吉西卡说这就是刚来时的成玲呀，她那不是胖，是积劳而肥，病态的……

我要出发前，杰米带着杨嘉伊走进我办公室，杰米慢悠悠从门吸上拔开我的门，慢悠悠把门合上，对我说："Frank，我让杨嘉伊陪你一起去，把东南西北的事情都搞定。"

我摇手拒绝："不用，我能把事情办了，不劳杨小姐。"

杨嘉伊打扮得像品牌在柜台上包装好的法国货，她媚笑，不讲话。

我忽然意识到除了他们不相信我，可能还有别的企图。

"老林让我跟你去学习学习怎么同人打交道。"杨嘉伊说。

老林？

一个回削的旋转球朝我飞来。

高铁站上我没等杨嘉伊，我自顾自走进商务座车厢，希望她赶不上车。不过，发车前五分钟她冲进了车厢，满身法国香水的柑橘味，竟然穿着仿学生装的昂贵女服，清新得像只国产柠檬。

杨嘉伊笑着朝我身边落座，像我是她陈年的密友，她发嗲道："也不来帮人家提提行李，你这人真是一副高管的样子！"

我觉得话说不出口，感觉也别扭。明明我提防着这个女人，同时又觉得她是尤物，对大多数凡夫俗子的男人都有致命诱惑力。实不相瞒，我感受的全是她肉体的那种力量。

我调低椅背，想假寐一会儿，以此隔离我和她，拒绝她施展她那种久经考验的力量。

可是，我一下子尴尬得要命：杨嘉伊完全随我的模样调低了她的椅背，并且仰躺下来。我俩好像一起度假，并排躺在沙滩椅上晒日光浴。这副模样实在令我不安，我嗖地坐直了。

话又说回来，到了我们前去打交道的那些地方，杨嘉伊简直令我的工作顺畅到可享受的地步。我只在那里赔笑，看白戏，她就把我们的目的达到了。

其实，假如杰米甩开我这部门，直接让杨嘉伊出面去公关，我敢保证她一定不会比我或我的前任能力差，甚至能力强得多。

她有魅力我没有，我只有一种悲情的原则性和常常引发人家同情的真诚，恰如不发声乞讨、自愿默默凋零的那种乞丐。总也有人会自愿帮助这种乞丐的。

我们解决了东面的问题，也解决了北面和西面的问题，我必须诚实地说，这是杨嘉伊的个人成就，不是我的。我俩从西安飞深圳，只剩下南面的问题了。

深圳人不同，深圳人不喜欢和杨嘉伊协调。我终于找回了一个场子，当着杨嘉伊的面，我和那个五十多岁的副大队长讨论了套证的性质问题。他认为那并不违法，仍处在违规的范围，因此按规定以罚款了结案子是合理的，但金额需要商榷。

我坦言金额不需要商榷，因为我们没有金额。不是说公司没钱，而是法国总部不认可这市场独特的规则，在任何其他市场（国际市场），商品自由流通，质量和安全性由生产厂商负责，品牌受监督而不是受管制。所以，在国际律师介入并认可之前，我司不愿付任何金额的罚款。换言之，即便认罚，也要先经法律流程，到罚金真正缴纳，可能做处罚决定的人早已经高升到别处去了。

对方不但听懂了这件事在现实上的荒谬性，也接受了我祝他升官的好意，他笑笑，老到地说：“我知道两位都是高层次人士，我倒愿意听听贵司准备以何种方式解决问题。”

我和杨嘉伊离开会面地点，我到宾馆入住，她到公司由深圳的主力柜台安排。下午我接到刚才会商那位仁兄打来的电话，说：“你们的安排我们表示感谢，但手续还不能马虎，请抽时间再来一趟，填写一份保证书。”我对着手机热情感谢了他，告诉他第二天我们的杨小姐将代表品牌来办理。

杨嘉伊在天色落黑前回到宾馆，她打通我房间电话，声音虽疲惫，却还舒畅愉快：“Frank，托你的福，一切顺利。我去休息一会儿，你总得请我吃晚饭庆祝一下吧？”

我说：“这趟全是你的功劳，我学习了。请客是必须的，而且绝不用公费，我个人请客以示真诚。我订座，我们去最好的海鲜餐厅。”

杨嘉伊笑了，说：“你这人还行，自己掏腰包有诚意。我不要吃海鲜，海鲜吃了发痘痘。我们去吃西餐。”

等我自觉梳洗换衣，白衬衫黑长裤下去大堂，才发觉气氛有点暧昧。杨嘉伊换了一身素色吊带裙，完全不是公事打扮，倒像赴约会。她洗过澡，还洗了长发，洒着一种迷惑人的暖香水，意大利香水。

我们在靠海的俱乐部餐厅坐下，开始天南海北聊天，我不问她任何问题，我保持着足够的警惕。不过杨嘉伊像比我自由得多，也潇洒得多。她基本上保持礼仪，但时有让我尴尬的小动作，譬如她用她的叉子叉住一块水果朝我送来，我伸手去接，她摇摇头，意思要我张开嘴，她直接喂到我嘴里。

我尽量不看她的身体，只看她的眼睛，我发现了她的秘密——她的眼睛是她最冷静的部位。

"Frank,你忘了点酒,西餐没红酒不行。"她拿起酒单,要了法国酒,顺便批评新世界的红酒不够干。

"我就不喝了。"我宣布。

杨嘉伊眼神忽然活跃了一下,故作调皮:"酒很重要,不喝酒就不会有故事。"

"喝了也不会有故事。"我笑道,"我的酒量比较大,红酒只当石榴汁。"

杨嘉伊点点头,叹了口气:"我知道你是留学生,也知道你这种人眼睛长在额头上的。你只是运气不太好,只混个总监。"

我品着她的话,感到职场气息忽然涌了回来,给我们飘离到体系之外的晚餐带来了现实感。

"生意还是靠老林和杰米这种人来做,我倒觉得你适合代表公司同法国人打交道。"杨嘉伊说话像是当上了管理人事部的副总裁,她接过服务生递上的红酒深深喝了一口,"有机会我和大老板说说。"

我笑了,觉得万事不可臆测,我只要做好眼前一件事——对这位来路颇为神秘的女子保持好完美的礼仪。

我接过服务生递来的酒杯,和杨嘉伊干了杯,说了声中规中矩的法语祝词"A votre sante(祝您健康)"。

月亮从云层里猛然跃出,照得海面熠熠生辉。

回到上海不久,有一天下午,前台小姐慌慌忙忙跑来我部门。吉西卡带她进来,对我说有个警察在门口,要法务部负责人接待一下。

我不端什么架子,警察上门总不会是啥好事,我其实不是什么法务部负责人,我琢磨着该打电话让齐律师或者毛律师来。

是个便衣警察,年纪三十来岁,模样还算文雅。我把他请进会议室,让前台小姐拿来矿泉水,等他分说来意。

警察喝了口水,掏出一个文件夹,从中抽出一张打印的、类似发票的纸张,指指上头一个名字:"此人是你们公司的吗?"

我接过一看,竟然是老林的名字。

"什么事呀?他是我们的总裁,是外籍人士。"

警察听懂了我的暗示,鼻子里轻轻哼一声:"外籍不外籍我不管,我负责处理具体案子。"

"不是什么杀人放火的事,"警察轻轻敲桌子,"我们怀疑这是假发票。不是说发票本身有假,而是合同是假合同。你们这位员工租了对方的别墅,由你们公司付钱,但他并没有真去住。"

也许对别人还需要继续解释，不过对我就不必。我早就听懂了。

这种事怎么说呢，在外企岂不是司空见惯？公司给老林待遇，他可住别墅。不过他选择不享受这待遇，把公司愿出的这笔钱转为个人收入……

我不需要知道老林的这种私事，我也不想和警察讨论这种事。我忽然记起了老林有左膀右臂，她们才是他心腹。

我举手打断了警察的陈述，我说："我听懂了，但我不是适合处理这事的人，我马上给你去把我们公司职位更高的人请来。"

我直接去了人事部总监办公室，对她说了几句，然后说这事该你去处理。她匆匆去了。

我回自己办公室，关上了门。打开电脑，浏览我进公司之后所有的来往邮件。我告诉自己，跟从前涉足商界的我相比，如今我确实有了成熟的态度。其实我能在一个个坑边准确地踩着实地绕过去，并不是变得比从前聪明，而是我的欲望得到了管理。

而欲望得到管理，和我当了十年画家，画了上千幅画也有逻辑关系。我怀念安静构图的时光。把人生画下来，画成立体透视画面，其实是对自己的教养。

当断则断，拖泥带水没有好结果。

十一

杰米服务的品牌是集团在全球范围内最大的品牌，听说杰米的顶头上司要从巴黎飞来视察，这成了公司内部的兴奋点。老林等于是这个市场的大总管，不过杰米的上司可以不买老林的账。他每年付钱给老林在巴黎的顶头上司，商务上看，仅是购买老林的服务而已。

杰米有一阵子对我不同以往了，好像我和杨嘉伊一道出了一趟差，我们之间就建立了什么关系似的，他用一种自己人的腔调对我说话。但我总冷冷提醒他少依赖违规操作，至少不要做行业里最不尊重规则的那个人。

杰米兴冲冲从走道里跑过来，一把逮住我胳膊，把我捏得生疼："Frank，好小子，我又逮到你了。我们大老板要来，我给你找了个好机会，你到业务说明会上讲半小时，跟他解释这个市场独特的法规体系！"

啥？这人真是没安好心，有些事跟外国人哪能讲得清？越解释越糊涂，越糊涂越丢分，杰米刻意给我挖坑。

"我不说。拒绝。"我回答他，"我又不是你们品牌的人。少给我惹事。"

"咦，你这家伙！"杰米打个哈哈，"你说也得说，不说也得说，我们已经报上去了，我们大老板还对你讲的主题非常感兴趣。你怕啥？你是留学生，跟他讲法语都行。"

其实我坐在办公室面对电脑，很多时候是在发呆。

手机响了，是行业协会负责人给我的电话。他说你托我办的事安排了，司长可以在办公室接见你，不要超过一小时。

我并非刻意要求这次会见，不过，作为一个画了十年画的人，我认为只有面对面的谈话才能领会很多表面文章的含意，并了解本行业的主管人对行业的看法。正巧杰米的大老板要来，要听取我的报告，这安排在时序上完美。

我飞到北方大城，按照对方指定的时间，出现在司长办公室。

司长面白无须，戴一副黑框眼镜，脸上似笑非笑。他的穿着打扮与其他官员无异，短袖白衬衣，黑色长裤。我们寒暄过后，面对面在沙发上坐下。我向他赠送本公司最新的产品画册，作为公务上允许的小礼物。

我急不可待提出我的疑问。通俗地讲，这也是所有顾客的疑问：为什么巴黎上市的新品到了我们这儿需要长时间进行质量检验和过敏反应检验呢？难道欧盟标准还不够可信？难道我们顾客的消费要求比欧洲顾客还要高？

司长脸上闪过一丝嘲弄的笑纹，他看着我，一字一顿说："我们要为人民把关，欧洲产品也要经过严格检验，用在欧洲人身上没问题，不代表用在亚洲人身上也没问题。这有个原则性。"

"那么，司长，这么多年的严格检验，有没有案例证明用在他们身上行，而用在我们身上不行？"我问。

"由于我们多年认真负责的检验，把好了进口商品关，目前为止没有发现有害消费者身体健康的案例。"他答。

我们相视而笑，我诉苦说行业负担太重，销售受到规定的影响，我们竭尽全力遵守规定，但越尽力亏得越多，好像负重攀岩。

司长点点头，那身体语言在我看来是表示理解。他说："我给你支个招吧。让你们公司到国内来投资建厂，同样的配方在国内生产就不是进口货，按照宽松的标准检验。"

我问他知不知道行业上有政策下有对策，您卡着百分之九十的新品，而市场上天天在上新品，好像事实上没关卡一样。

司长笑了笑，皱紧了眉峰，他看看手掌，又翻手看看手背："我负责制定规则，但实行和监督另有部门。我不便关涉。今天我们之间属于私人沟通，协会的朋友知道你新上任，而贵司也是行业翘楚。"

我告诉司长我明白，非常感谢他的接见并且解释状况，这对我的工作将非常有帮助，所有信息都限于我个人理解，不会外传。

司长送客,忽然抱歉地说:"看我,都忘了给您倒茶。"

回到上海,座位还没坐热,老林现任秘书便来敲门:"Frank,有空吗?老板想跟你谈谈。"

我跟着老林秘书去见老林,她忽然热烈地说:"Frank,原来你也读过外国语学校,对,有人告诉我的,那我们是校友哦!"

我说:"那好,老林那儿你得帮你师兄当眼线呀。有好事别忘记我,有坏事早早报信。"

我们嘻嘻哈哈走向老林房间,我不觉得老林找我有什么负面原因。

果不其然,老林难得给我一个笑脸,招手说:"辛苦了,Frank。现在兼任法务部总监,能者多劳。最近品牌对你工作评价不错,你和杨嘉伊一起灭了很多火。"

"那是杨嘉伊能干,我只是跟着去。"我实话实说。

老林挥挥手,转头说:"你晓得路易要来上海,路易是集团最重要的品牌负责人,我提醒你在他面前说话一定要谨慎。"

我知道路易就是杰米的大老板,我想起老林前不久还鼓动我敲打杰米,就问:"要让路易知道主管部门的态度吗,还是就跟他聊聊家常?"

老林笑笑,我明白问到点子上了,但老狐狸毕竟是老狐狸。老林说:"你自己拿捏。"

我拿捏?我拿捏好了平安无事,拿捏不好或惹得路易回巴黎说我是庸才,甚至说我是危险人物怎么办?老林不肯指路,我想他怕落下把柄。

我转移话题跟老林要人头:"一个人管理两个部门,两个部门都缺人,尤其法务部除了不坐班的律师,连一个行政人员也没有。"我忽然想说说成玲,但我忍住了,那是公司轨道外的事,我必须拎得清。

老林点点头:"知道了,人事那边已在推敲,会增派人头的。"

我想老林这时候放松对我部门的控制,多给人头,必定还和我转交他个人的事给他的心腹总监有关。但他不会提及,我也不会蠢到去提。

吉西卡敲敲我大敞着的门,大眼睛又湿乎乎瞧着我,我已习惯了她这副模样,她年纪已经不小,听说准备要生二胎,可还常常对着我掉眼泪。女人是直觉的动物,哪怕我递纸巾说"莫斯科不相信眼泪",哪怕我板着脸一言不发,她们都能准确探知我这人心软。

"Frank,我怕是做不下去了。你成天在外面跑,不晓得这些日子我们所有人天天加班到晚上九点,人事部那个'拿摩温'不回家盯着我们,让我们赶新品的备案申请表。那么多新品,我们哪里备案得完?"吉西卡确实看着很憔悴,"你去看看我们部门的人——结了婚的,做不了家务,顾不上小孩;没结婚的,连相亲的时间也没有,更别提谈恋爱了。我们也是人,是女人。"

谁给的压力呢?简直不用问,当然是杰米,一则前阵子积压了新品申请量,二来路易就要来。他当然鸡飞狗跳,殃及池鱼。

"Frank,我先生同我大吵了一场,看来我只好辞职了。"吉西卡可怜兮兮,说着就红了眼圈。不过我看一眼她手里并没什么东西。说辞职而不准备辞职信,问题并不严重。

我说:"少安毋躁,待我想想办法。辞职就是某种形式的自我了断,不到万不得已,只是伤害你自己。"

吉西卡还不离开,她脸色变一变,说:"你还不知道吧,成玲出院了,可她又回到仓库干活,住在仓库里不回家。其他部门的同事现在议论纷纷。"

我走出摩天楼前往附近小公园,齐律师平素同我在线上沟通得不错,感觉我俩可以很默契地一起工作,今天我第一次跟他见面,有些事其实可以听听他的意见。

他已在公园门口等我,是个三十多岁的年轻人,瘦得像根绿豆芽,有点像七喜广告上的动画人物,很有喜感。我们握了手,就到公园的咖啡馆大树下,要了两杯卡布奇诺坐下。七七八八聊了些鸡毛蒜皮,齐律师的谈吐越发让我有相见恨晚之感。他的想法岂不都是我的想法?连法务观点也同我大同小异。

我忽然感到需要做非公务的倾诉,我举手让侍者再给我们来两份巴黎水润喉,我问齐律师:"我前十年专注画画,现重回商界再入江湖,虽感到自己适应性强了,但何尝不是妥协性强了呢?你说说凡是人性中好的一面,在公司环境是不是全得抛开?"

齐律师点头而笑:"人性中恶的一面,则大有施展的余地。"

是啊,我对齐律师颇为佩服,我告诉齐律师商界其实反映了生存竞争,我司恰好处在竞争强度最高的领域。

我告诉齐律师成玲的故事,一个现代仓库寄宿女郎。我告诉齐律师吉西卡的故事,她想保住工作的同时保住业余生活,也许还想保住第二胎。我告诉齐律师杰米的事,他在发疯,为了一个疯子的存在感和合理性。当然,还有老林,还有我自己,种种问题其实只说明一个真相:财富在生意场上,但数量有限,我们在这个卷得匪夷所思的江湖,无利不起早,但十分劳累和被动。难道为了赚钱我们可以放弃一切代表美好人生的东西?

齐律师点头,说杰米和老林的事他知道得比我还多,出于职业要求不能同我分享,"不过,"他说,"不是所有人都在拼搏眼前瞬间吗?很多公司不追求长久,大家心心念念想要的,是分得眼前的一杯羹。"

十二

路易带着一大群法国俊男靓女来到上海,首先他们去了夏季新品发布秀,法国女郎们在那里走猫步,手里拿着我司家喻户晓的奢侈产品。

来到公司总部,路易的女孩们引发了大家一阵骚动,这些金发和褐发的尤物举止十分优雅。我们看见老林穿着极其昂贵,皮鞋擦得锃亮。他给我们争得了面子:他礼仪周到,很自然地和法国女人行吻面礼,绝对没有其他本地员工哆哆嗦嗦的羞涩和尴尬。路易来了公司倒换了一身休闲行头,穿上了牛仔裤,这样一来人事部就通知大家出席经理层会议可以穿休闲服。

我在想一个重要问题,当轮到我跟路易汇报时,我说汉语、英语还是法语?如选择错误是非常危险的。前思后想,我决定说英语,偶尔插入法语和汉语,以应对现场的需要。

我们走入会场后发现不大的会议室挤满了人,来宾阵容较大,令我们难以安排。路易叽里咕噜说了一番之后,大家先举香槟庆祝今年业务的腾飞,然后法国人一半退了场,让真正需要与会的经理们留下。

我细看路易,他不是俊男,面貌特征在法国人里显得有点东方,或可说是相貌平平,无甚特征,年纪四五十岁。他们传说他很凶,但我一时间看不出。

上来就是老林的左膀财务部女总监讲公司财务现状,来宾一看她那PPT,都瞪圆了眼睛。她展示的是不可能完成的任务,她做到了"剪刀曲线",即公司利润连年上升,成本却连年下降,成就一把所有资本家朝思暮想的曲线剪刀。

"不可思议,你是怎么做到的呢?"路易鼓掌,装作倾慕地看我们的财务女总监,她脸红了。

我倒吸一口冷气,立马想到了成玲,也想到了我部门成天加班不拿加班费的姑娘们,她们还年轻,却没有了谈情说爱的时间,她们很可能成为将来的剩女。而路易可是喊着自由平等和兄弟之爱长大的巴黎郎。

当然,我可能偏激了,我的骨子里有画者的基因。我面前是商界,我正身处它的纵深。

接下来财务女总监、人事女总监的报告相对平庸,不过,厉害之处还是有的,杰米品牌的产品顾问(也就是一线门店员工)的turn over rate(年度更新率)达到了惊人的百分之六十。

我暗暗打量路易,尽管他带来的幕僚们低低议论,他却无动于衷。

杰米打开面前话筒,开始长篇大论,他的汇报时间有整整一个小时的预留,我想，如果不感兴趣的人，现在可开始进入白日梦。

杰米报出一串又一串数字，数字像是闪亮的晶体堆砌在他身周。

路易忍不住打断他："杰米，我们知道你是明星推销员，不过，跟我们说说问题吧。"法国人全笑了起来，其他人也跟着笑。

杰米黝黑的脸膛竟然泛起深色的红晕，他继续报告了一连串数据，然后他说："我暂时打住。今天我们请到Frank，他是危机管理专家兼理法务，他比我更能向法国管理层描述我们的市场困境及其来源。"

人们开始四顾，想知道谁是可爱的Frank先生，我盯着路易看，路易不认识我，不知道哪个是我，但他也放下了记录的水笔，茫然四顾。

我索性走到讲台上，我的PPT已经交给会议秘书，她打开了首页：监管问题回顾。

我用工具性语言——英文陈述我们目前遇到的监管难题，尤其是让法国人觉得困惑的"非药品当成药品管理"的措施。为让路易对我这个陌生人有点信心，我告知大家前不久我拜访了主要的监管官员，并且听取了他们对现行措施的解读。

"我的前任处置相关监管事务整整十年，平均每年公司付出的相关罚款额大约是四百五十万元人民币，更大的风险是处罚尺度的加大，如果触及临界点，可能会被罚停止销售新品。我们的美国竞争对手曾经体验过这个处罚……"我竭力以安静和平淡的口吻陈述。

路易打开刚才关闭的话筒，对我直截了当提问："Frank，听说你试验了让品牌停止违规，请问试验结果如何？"

我说："我上任至今没领到任何罚款通知，我前任遗留下来在东北的罚款也被我解除了。"

"可是这场为期两个月的试验让我们失去了推广五个批次新品的重要机会，并且我们预付的巨额广告费也打了水漂。"只听见杰米厉声控诉。

路易点点头，对我凝视片刻，说："请继续介绍。"

我感到自己像一头大象被鬣狗围住了，我感到身体发热，头脑里是被围猎的倒霉感。我继续介绍主管部门对许多同行采取的措施。并且，新的更严苛的管理条例盛传将要出台。

"也许你是专家，所以你对这种特殊情况有洞见？"路易发问，"请问你建议品牌如何做，以便规避上述风险？"

忽然我心里迸发出一股蛮勇，我环视会议室，老林不动声色正襟危坐，其他人有点交头接耳，空气很沉闷，空调运转不畅。

我改用法语发言，我的法语没英语流畅，但足够表情达意。我说："同美国公司相比，我们既想得到监管部门的尊重和宽松对待，又不愿在这方面留出足够预算。只有加大斡旋方面的投入，我们才能代表业界，与同行一起进行有效游说。"

路易仿佛吃了一惊，然后他认真听我讲。我进一步要求路易对照集团其他品牌，收敛在行业内过于醒目的风险敞口。我说："这个品牌目前违规的规模和程度名列业界第一，一旦竞争对手和敌视者掌握情况后下手，不能预测品牌被损害的程度。"

我告诉路易："目前在主管部门游说对您的品牌进行惩罚的人士中很可能有我的前任。"

老林打断我，简明介绍了他掌握的情况，证实这个传闻可能是真的。

路易烦躁不安地和带来的幕僚交头接耳了几句，宣布进入茶歇时间。杰米走过来，告诉我路易想私下聊几句。

我们进入杰米的办公室，路易、杰米和我，老林没参加。

路易伸手同我相握，说："很高兴认识你，你会说法语，我们现在被当成典型打击的概率高不高？"

我实话实说："我认为暂时没有这种可能。因为正如级别最高的制定规则的官员指出的那样，负责监管规则落实的官员属于完全不同的部门，且散布在地方上，两者不互联互通。"

路易说："那么我们为何不继续我行我素，有问题发生，你像你的前任一样去斡旋？"

我沉默。

杰米想说话，路易阻止了他。路易对我说："我知道从前都是你的前任去谈了妥协方案。或许这种方式才是更可行的。"

我感到有种发自内心的恶心要浮到胸口，我不管不顾地对路易大老板说："先生，在法国如何？行贿和受贿同罪吗？"

"嘿嘿。"杰米大笑。

路易沉思，过了一会儿他抬起头，看着我说："Frank，我知道跨部门、跨专业有些事难以沟通。但是，我想告诉你的是我们在国际市场的普遍经验，并不只是在亚洲市场。类似的事情哪里都有，甚至在法国、在美国，商业难以避免这些。更重要的是，你也许看见这几年的快速增长，但没一个市场能长期保持快速增长。我向你坦白，在今天这个市场，我的任务只有一个，就是全力以赴地收割！其他任何障碍，我没能力也没理由去研究，我们愿意付出代价，你的任务是让我们少付代价。"

我瞬间就明了他的意思，他是一个大号的杰米。法国杰米。

"我们会酬答你的努力的，Frank，不过请你要和我们合作。"路易转身走出了杰米的办公室。

杰米饶有兴趣地瞅着我说:"理解我了? 并不是我疯狂。商业要求如此。"

会议继续,不需要我再做报告,也不要求我再与会,于是我退场了。

我回到自己办公室,心潮起伏。这很明显,如果是一幅油画,画者就会努力表现这是一场亮出底牌的短兵相接。

我内心充满了对路易的同情,他是个商人,他只想做好他的买卖。他的品牌在全世界所有市场都受到空前欢迎,他没理由在这个市场搞特殊化,做出他不理解的额外努力。他甚至认为某些卡他的规则仅仅是为了讹诈。至少他端起酒杯闲聊就会用这个词来形容他所遇到的情况。

没办法同他们深入探讨。我知道没人会承认的,但确确实实我如同收到了路易给我的最后通牒:要么,像你前任一样去摆平,去谈谈彼此间的交易;要么,说明你不想和品牌合作……

杨嘉伊翻卷香风忽然跑进我办公室,手指在门上一溜轻叩,笑嘻嘻坐到我面前的椅子上:"我们大老板对你印象不错嘛!"

"何以见得?"我冷冷应答。

"刚才他出来问我上次我俩同行的情况,他说觉得你很有潜力,要为你争取更高的待遇呢! "杨嘉伊水灵灵的眸子对我飞飞,"好好干,争取我们再一起出差! "

她走出去没多久,杰米这黑胖子拉松了领带结跑进我房间,往我眼前一坐:"怎么样,我安排得到位吧? 大老板认可你了,让我下回去巴黎带上你。你本就是法国留学生,以后前途无量。"

都不等我回答,他跳起身:"回见,我还要进去开会呢! "

没想到更热闹的戏份还在后头,老林昂首阔步走了进来,我站起身。

"Frank,部门加人头的事我已吩咐过人事部,具体你和她们谈。人头多了,明年的预算也可谈,你直接找财务总监。"他冲我笑笑,走了。

原来是这么个戏法,我明白了。大家都觉得就此搞定了我,从此我就和我的前任一样成为大家需要的那个人了。

我何尝不想就此融入这了不起的集团呢,人生能有多少个十年? 假使能保证自己在这里跟着美妙的业务上升曲线狠狠吸金十来年,岂不是人生得意?

我走出办公室,喊上吉西卡和恩佐(恩佐有车),一起去浦东仓库找成玲。

尾声

我此刻调亮了台灯,窗外飞进一只白翅黑点、身体有黄色横纹的蛾子,绕着我的手提电脑飞。它是很久以来唯一一个与我嬉戏的生命体。

我的生活确实寂寞。

我试图回忆那年的后几个月，几张生动的脸从我记忆里浮现，对我眨巴眼睛。

我想起了那个老头，本来我没见过他，一直猜想他是什么样子。后来有一天，前台带进一个着装非常不像样的老家伙，说他就是我的前任。我吃了一惊，不为别的，只为他身上那有蛀虫洞的老头衫……

我想起了吉西卡，吉西卡听了我的劝，没辞职。我利用我的权限，尽量让她少加班。但我对她有个要求，我要求她对杰米的主要新品加急办理，真的别因为我们的松懈耽误品牌的好事。按路易的说法，这些争得的"收成"将是未来荒年的口粮。

记得人事部女总监找我聊人头，她说："三个人头，老林批准了，但大家能理解，杰米的品牌分担公司最大的开销，所以人头必须向杰米品牌倾斜。老林的意思是增加两个注册申请的熟手，就从竞争对手的公司挖，放到吉西卡团队里。至于吉西卡，不太稳定哟，预防起见，招聘的两位里要有个能替代吉西卡的。还有一个人头嘛，照顾你Frank，你可不是还需要帮手嘛！"

我对她道谢，然后说："老林的吩咐我们照办，但我个人的主意有变化，我暂时不需要增添帮手了，这个人头给成玲吧。"

"成玲，岂可？"人事部女总监气愤地说："成玲是自说自话的疯子，如果让她转正，岂不要惹来一百个学她样的？公司百分之百拥有选择员工的权力，不允许任何人以任何方式向公司施压或提要求。"

我说："我懂，这不是跟你换吗？公司要了成玲也有个好处。大家会觉得人事部和老林心地还是柔软的。人心都是肉长的，这是大家长期合作的前提呀。"

"你可别后悔，给了你人头不要，今后你可能就没助手了。"她警示我。我表示我明白。

晚秋时，新的人头都到位了，吉西卡添了两个人手，整个部门把加班时间缩短到晚八点。成玲这人真是不适合外企文化，她也不晓得哪里打听了个大概，情绪激动地跑到市中心我们办公区来，第一次找到我办公室。她把我的门一关，扑通跪在地上要给我磕几个响头。吓得我一边拉她起来一边喊吉西卡，说："成玲绊倒了，快来帮忙……"

那些日子我们全公司仿佛合作得都挺愉快，找我们麻烦的事是有的，我让恩佐积累起来放着不理，有些地方着急的部门就威胁我们要如何如何，我对恩佐说："不急，不该做的事，哪怕我的前任做了，哪怕他年年做月月做天天做，我们也不能学。"我给恩佐的课题是如何发动行业一起游说主管部门改变游戏规则。他玩转互联网，他该给我带来新点子。

年终时杰米给我们部门送了一份可观的大礼，每人都能分到他们的不少新产品。女生当场狂喜，男人们可带回家让太太或女友狂喜。我专门去杰米办公室道了谢，并且给他看我们如何用危机管理的专业方式解决了某些地方对他品牌的新处罚。不过，确实拖了很长时间，这个他仍旧不能接受。他提醒我，市场不会等待，还是谈交易更快更省。

　　发年终奖时，人事部总监先来请我喝茶，我们到摩天楼外英式茶馆要了下午茶套餐，我记得精美的瓷器和温润的大吉岭茶。

　　她说必须跟我解释清楚，首先本年度我的奖金和花红都打了八折，这是因为我们部门年中影响了品牌的新品销售，导致颇可观的损失；其次请我不要当回事，连她自己的工资都曾被打六折。等今年过去，有机会公司会补偿回来的。这只是游戏的方式。

　　我有说有笑，没当面生气。其实我暗暗松了口气，我等来了合适的借口。

　　我写了一份简明的辞职信，说明不能接受尽心工作后年终奖竟然打八折，故辞去目前公司给予的职位。

　　我不是我的前任那号人。

　　所以，这事如此了局对大家都体面。

　　至于我的前途和未来，我也有了新的决定。这不是翻来覆去，而是经过了重返公司后的补充教育。

　　我给一位始终对我寄予热望的美术杂志主编写信，我说劳兄费心一直惦记我，你说得对，画界不是净土，但毕竟大部分人还多少有点洁癖。

　　我准备离开现在的公司重出江湖，在油画界的江湖里自己做自己的主，干干净净地过完余下的人生。

　　如同回到商业世界打了一次工，好比人家没钱了就暂去当骑手挣点零花。

　　我向太太上交了所有在奢侈品公司领到的报酬，抱歉说今后又要靠卖画了，我们从此吃得清淡点吧。

　　我太太点点头，脸上没笑容。

　　她淡淡地说，她不确定自己会始终嫁鸡随鸡嫁狗随狗……

【作者简介】禹风，上海人，巴黎高等商学院硕士。著有长篇小说《静安1976》《蜀葵1987》《潜》《大裁缝》等。

天上的老虎

◎ 陈 鹏

我来过，战斗过，信靠过。

——题记

A

失业第一百二十一天，我想联系苏粒。我知道这时候联系她不太合适。什么时候才算合适？还要等多久？一辈子？不。不等了。不能再等了。如果还忌惮历史，当下的无足轻重只会离死亡更近一步。我果断发了短信（注意是短信不是微信）：正路过金马碧鸡坊。之后我下楼吃了一碗米线，回到家，她的短信来了（整整二十年后，她的信息，来了）：吃个饭吧，明晚七点。没说废话的意思是让我定地方，或者，是我们都知道的地方。我回过去：好的。她答：不见不散。

二十年前的昆明野心勃勃，成为南亚东南亚窗口的呼声一浪高过一浪，至今没有停歇。二十年来地铁修通，高楼林立，无数异乡人如过江之鲫涌进这个四季如春的城市，但其内在节奏还是"慢"——从前的慢是真正的缓慢，是不慌不忙，眼下的慢则是追在"国际化"屁股后面的歇斯底里，想快快不了了，慢也慢不下来。具体到我和苏粒，我遭此变故终于找到联系她的契机，似乎分别二十年只是一次走神，是打了个盹儿，时间到了我自会拿起电话。这种迟缓，用老昆明人骨子里的"慢"已很难解释。二十年前，苏粒短头发、运动衫、白色阿迪达斯球鞋，手背合谷位置的刺青蝴蝶分外显眼（为遮盖一块小小的胎记），像随时会展翅飞走；乳房柔韧、小腹平坦、身材不高，走路时轻微的外八更显女人味儿；重要的是，我忘不掉的鲜嫩的古驰香水味。哦，小苏粒。只有苏粒才使用这款独一无二的香水。当年我们每周五去金马碧鸡坊的"驼峰"吃饭，菜品不贵且精致，老板姓朱名维，做工程设计发家，携女友开了三家连锁咖啡馆，没赚什么钱，后来转行凭驼峰名满全城。二十年前他们还没结婚，不知二十年后结了还是分了。二十年间我换了三次工作，先从报社去某职业学校教书，一年半后离开，最终在某文化公司干满十年下课，理由很简单：裁员。我在名单上。我这个高管在名单上。这天我从西市区乘地铁赶往市中心，五一路出站步行一公里即到。沿途五花八门的店面生意惨淡，大约一半以上关门了，玻璃墙上贴满转让信息和招租电话。我走向金马坊，苏粒必然会来此会合的。几分钟后我掉头走向碧鸡坊——两座仿古建筑矗立在一千平方米的小广场上，相距六十米，东金马西碧鸡。我知道北去一公里有正义坊，沿正义路下行至南屏街口是忠爱坊。两坊像发簪似的插在昆明中轴线上，金马、碧鸡二坊则如峭拔的两翼。不过，四坊路线图是L形的，不是十字形。它们构成昆明的心脏。一只硕大犀利的钩子，深深楔入历史之中。奇怪的是我刚才沿正义路走来没太注意正义、忠爱二坊，只惦记着几百米外的两个仿古建筑（金马碧鸡坊）。我斜睨两坊，似要找出某种根深蒂固的默契或执拗，赫然发现它们长得太像了，都是品字斗拱造型，都是花岗岩基座，高十二米，宽十八米，四柱三门，金光四射。我在两坊间来回走，六月的昆明尚未进入雨季，新铺的青金色地砖严实平整像刷过一层新漆。我从碧鸡坊转身时一眼看见了她。整整二十年。光线洒下来，她像水晶打造的小提琴一样闪闪发亮。

B

这个小说的重点也许是"金马碧鸡"。也许。

西汉五凤三年（公元前五十五年），汉宣帝遣谏议大夫王褒持节前往益州访金马、碧鸡。时有方士言：云岭之南益州，有金马、碧鸡二神，可磔祭而至。碧鸡毛羽清脆，迅疾如箭，光彩夺目；滇池有龙马，龙马交配所产骏马日行五百里。王褒来到云南，不见金马、碧鸡，只能建祠而祭。金马、碧鸡从此成了滇中地区的祥瑞和象征。

还有稍微复杂的：上古昆明是荒寒之地，一天，太阳升起，飞出一匹高大的骏马，它跑过的地方生出金草，长出金树，开满金花，结满金果；晚上月亮升起，飞出一只碧玉雕成的雄鸡，翅膀一抖，空中落下玉石和珍珠，积成无边的玉海。金马和碧鸡将昆明变成世上最美的地方，它们也成了一对好友，每天唱歌跳舞，自由自在。但好景不长,金马辞别碧鸡,想看看世上哪里比得上昆明。某日国王遭遇金马,被它的俊美所慑,遂命宰相挑出三百精兵手持金链将其擒住。被带入王宫的金马不吃不喝,日夜悲鸣,三天后奄奄一息。宰相忙拿出一块鱼骨,念一阵咒,幻化出一团烈火,火里出现一座高山,山顶上站着一只碧玉雄鸡,高声道:"金马啊金马,你在哪里?金马啊金马,你为什么还不回家?"宰相献计,说不如放了金马,再诱出碧鸡,一起捉住。国王从之,放了金马,派出三个王子各带一千御林军紧紧尾随。国王对儿子们道:获金马碧鸡的,回来接我王位。三个王子中,国王最爱小王子,他私下把金笼头交给他,又命宰相给他一块鱼骨头,教他一套咒语。金马闪电般跑回昆明,与碧鸡团聚,脚下的金草金树活了,孔雀马鹿也来了,昆明恢复了昔日的美丽。

故事还没完。三个王子的兵马将金马碧鸡扰得无影无踪。大王子想,它们饿了一定会吃金草金果,遂将一千御林军埋伏在壕子里。次日,金马、碧鸡来了,刚要吃金草,碧鸡忽见大王子的帽尖,高喊:快跑! 两个一起溜了。大王子不知它们来过,等啊等啊,最终变成一块大石;二王子料定金马、碧鸡口渴一定会到海边喝水,一千御林军便埋伏在海边,也被碧鸡识破,二王子等啊等啊,也变成一块大石;三王子取出宰相给的鱼骨,念了咒语丢进火中。宰相现身,让三王子穿上最破的衣裳,一千御林军伏于路旁。金马和碧鸡来了,问他:可怜的人,你从哪里来?肚子饿了吧?三王子点头,金马踏地,踏出一块金子,碧鸡叫了两声,吐出一块碧玉,让他买衣穿买饭吃。三王子突然下令,埋伏好的御林军将金链子、银网向金马碧鸡抛去。碧鸡眼尖,不等银网落下就飞上天空。金马被金链子、金笼头套住,撒蹄狂奔;士兵追行三百里后飞下一座高山,山形酷似金马,将三王子和一千御林军压在下面。从此,昆明东边出现一座高山,金马山。碧鸡见金马死了,想飞上金马山,但壕子里有大王子把守,飞不过去,海边有二王子把守,也飞不过去。它在西边盘旋七天七夜,化为一座高山,碧鸡山。

为纪念它们,昆明人建起两座大坊,描龙画凤,端美庄严,是为金马碧鸡坊。每六十年中秋之暮,阳光、月光从东西两侧将二坊的影子投于中间,渐渐交叠,成就"金碧交辉"的奇景。

C

二十年了,苏粒还那么年轻,白衬衫牛仔裤阿迪鞋几无变化(色系、搭配还是从前的样子,变的只是款式),唯一大的改变是头发比二十年前长了,刚好垂耳。

当年她一直是干净利落的短发，像个男孩。她微笑着，大步走向我，脸上、肩上、头发上毛茸茸的微光及二十年前的香水味迎风四散。她挽住我，似乎我仍然是她的老杜，她的新婚丈夫。我喉头发紧，想好好看她又无法看着她。嘿。我说。嘿。她说。短暂的对视压得我喘不上气。我想起二十多年前我们头一次约会，头一次接吻，头一次心惊胆战地做爱。你瘦了老杜；是，老了，我很老了，你一点没变；哈哈，我是没怎么变；走吧，我们走。古驰香水味如影随形。二十年来我无数次寻找它，回忆它。现在，它回来了。她们回来了。我已经分辨不出是梦境还是现实，或者，过度的想象让重逢更像是虚构的。驼峰也还是那个驼峰，朱漆大窗茶色玻璃门。我们站下来，认真打量彼此。她笑了，我也笑了。笑声不高，把路过的两男一女吓得转身逃窜。他们做梦也想不到，这两个老家伙，突然发出笑声的男人女人，已经二十年没见。

　　驼峰内部没什么变化，还是朱红色内饰，挂有书法条幅；桌布深绿，椅子也许从绿色换成了黑色。我不太确定，但这就是记忆中的餐馆。我问服务员，老朱还是你们老板？她答，对。朱维？是的，没错。我感叹说，他快六十岁了吧？服务员反问我，你很久没来了吧？我说，是啊太久了，差不多忘了。姑娘笑着将菜单递给苏粒。她点了我闭着眼睛也能猜到的四样小菜：青豆米炒火腿、油淋干巴、干焙土豆丝、豆尖豆腐汤。姑娘离开后，苏粒微笑不语，似乎告诉我这二十年间她并非没来过驼峰。只有我，只有我拒绝金马碧鸡坊，拒绝这家当年我们差不多每周都来的小餐厅，当时朱维偶尔露面，每次赠我们一瓶啤酒。我很难想象他六十岁的样子，我连他的长相都模糊了。你真的一次也没来过？她问。我点头。她轻声叹息，你真是倔啊，杜上，你太倔啦。我没说话。不想破坏这亲密愉快的氛围——二十年后近乎完美的开端。我们马上五十岁了。我问她迈克呢？她说你会不会聊天哪，老杜。好吧好吧。我讪笑。这时走进几个客人，大声说着地道的昆明话，找桌子落座。还好，属于我们的角落总是相对安静。那时的苏粒就很出挑，你很难不在人堆里一眼发现她——个子不高却时髦优雅，带有蜜香的古驰香水味，非常独特，一种清洌的超现实气息，你几乎二十米开外就能闻到。彼时我们倨傲轻狂，常从此地跋涉三公里前往拓东路骆驼酒吧参加周末派对，凌晨三点回天君巷九号大杂院二楼房间大床上做爱。那时候我们年近三十岁，一点不像居家过日子的小两口。每天闲逛、喝酒、聚会，看不完的艺术电影，对各路新鲜玩场马不停蹄。也不太在乎钱——你哪会在乎你没有的东西呢？有一点是确定的，我必将和苏粒结婚成家，不会有别的选项，反之亦然，我这个老杜早就是苏粒砧板上的鱼肉了。直到，那个叫迈克的美国佬突然出现。

二十年了,杜上,她道,你从没想过来个电话?我沉默。她说她无数次想拨通我的电话约我见面。她知道我从未离开昆明(直觉而已。可她的直觉向来百分之百精准),自然,她也一定知道我知道她也是这个城市七百万常住人口的一份子。但你很难说清二十年间为什么不联络。我们善于活在仇恨和谎言之中,似乎不这么活着就不算活着。尤其对我来说,严重的挫败感挥之不去,决不愿意主动联系她。可终究还是主动联系了她。为什么?因为失业?还是别的什么?金马碧鸡的传说?焦不离孟孟不离焦,金马碧鸡也如此。昆明人根深蒂固的憨傻多要命哪,否则,你见过哪个城市为两种动物立坊的?你哪见过城市偶像是两个,不是一个?总之冥冥中我们会重逢的,就像被金马碧鸡坊施了魔咒。第一道菜上来了,豆尖豆腐汤。我给她盛了半碗。姑娘离开时我问她,老朱今天来吗?来的。几点?这就不清楚了。好的,谢谢。苏粒啜一口汤,放下白瓷小勺,说她每次到这儿来吃饭,每次走进来,都会想起天君巷九号大院。我没吭声。当年她是大院房东之一,祖上留下的三间房每月给她带来两千块收入,所以我们压力很小,所以她宁愿窝在二楼大屋里睡大觉也不出门工作。美国人迈克二十年前就出现在大院门外六十米处的南屏电影院弧形墙下,出现在历史和现实交会的阴影之中。那可是我们的新婚之夜啊。那天夜里我们潜回天君巷九号院的举动纯属恶作剧,半夜一点多准备打车返回酒店KTV和亲友们会合(细节我留到后面再讲),出门不远就发现了他,一个高大帅气的老外,深褐色夹克、蓝色牛仔裤、白球鞋,活脱脱好莱坞大片里冒出来的男主角。我们经过时他忽然靠近,操着蹩脚的普通话道,你们好。我答,你好。之后是英语,他说得很慢。我大概能听懂,自然难不住科班出身的苏粒,她在南京大学主修四年英语绝不是吹的,娴熟流畅的对话让她不像我的新娘,也不像我的爱人和朋友,更像一个掌握秘密又应付裕如的超级女特工。她一面滔滔不绝一面辅以潇洒的手势,指向老外身后南屏电影院的椭圆形屋顶,又指向天君巷九号大院——我们同居两年的、苏粒的地盘。总之现在回想起来她当晚的表现像一个谜,一个被上帝提前安排的无解之谜,从此,我们的历史被彻底改写。也许我就不该答应她从婚宴上偷偷溜回天君巷九号院,就不该那么早或那么晚从大床上爬起来——如果早几分钟,晚几分钟,历史还会是现在的历史吗?哪有如果。历史是不可解的一系列阴差阳错,是无法预测的数不清的因和果;我只是一个被抛下的局外人,或者,一个无法撼动其执念的前夫。是的,她当晚短短几分钟的表现堪称史诗级别,远比在大床上做爱的她性感百倍;谁又能料到,这个挥洒自如的美女还穿着婚礼上的敬酒礼服呢(一件漂亮的中式墨绿色旗袍)。我大致听懂的内容多与南屏电影院、大杂院有关。几个词非常清晰,如钻石般耀眼。Flying Tigers。飞虎。飞在天上的老虎。天空中的老虎。

D

我们的故事或苏粒的故事和老许关系密切，那个孤老头儿住四合院一层东侧的小厢房，极少露面，有人说他靠亲友接济维生，也有人说他是某厂退休工人，无儿无女，早年好过的女人死于"文革"，具体怎么死的没人清楚，除非他自己说出来。他总是沉默，石头一样沉默，见人绕道走，每月两百元的房租却从不拖欠。他也许酗酒——从他屋里散出的酒味经常弥漫大院，懂行的老昆明会叫出酒的名字：玫瑰老卤，昆明濒临失传的名酒，玫瑰花酿造。难道，你们没闻出酒味里面的玫瑰香？闻出来了，不绝如缕。我一度怀疑他在玫瑰老卤酒厂干过，可另一位房东黄药师摇头说，老许哪有那么好命，他要是懂整活就不会住这里了，就不会这副样子了。黄药师当然不叫黄药师，但我莫名联想到金庸笔下著名的东邪。大杂院其余五间房是他的，每天感叹院子就要拆了，终于要拆了，苦熬一百多年，遍布垃圾、蜘蛛、老鼠，早该废了，莫再让这些臭烘烘的老东西给昆明丢脸；暗地里他到处打听补偿标准，等着大捞一笔。他祖辈和苏粒祖辈什么关系，众说纷纭，苏粒自己说曾祖母是黄药师老爹的主子，每月给他三块大洋，黄药师说不是主子是合作伙伴——当年苏黄两家一起干了南屏电影院和昆陆慈幼院，都是大人物不用厚此薄彼。但苏粒说，干电影院、慈幼院的叫赵书琴、谢怀礼，曾祖母只是赵书琴的贴身内侍兼总管，老黄家人和谢家更是八竿子打不着。九号大院是赵书琴的，后来赠给苏粒曾祖，黄家在中华人民共和国成立初期告发斡旋使之充公，三转两绕成了大院看门人兼大房主。历史向来吊诡。苏粒的话得到老许佐证，我尤其记得那天，正是那天，她让左手合谷的一枚葡萄大小的暗红色胎记化身艳丽的蝴蝶，全赖巷口老白的刺青手艺。老白说他能让她手上长出一只尤物。它真长出来的时候我们惊呆了——翩翩欲飞，剪刀般的巨翅拖曳在糯白色的手背上。胎记从此作古，变成翅膀下面的楔形腰身。我和苏粒激动地跑去金马碧鸡坊的驼峰要了四个小炒，喝光一瓶铜锅白，上床前又吃了一碗安徽人的担担饺，去"洞"酒吧灌下一瓶啤酒才跨进四合院门。当时它正被列为拆迁对象，工程至少拖到年底。苏粒的计划是拿到补偿款就买一套三居室，明年要一个宝宝，最好是女孩，她喜欢女孩，如果还剩点钱我们就去旅行，去欧洲、去非洲、去南美，否则英语白学了——当年苏粒凡事跟着感觉走，很少提前计划，这算是唯一例外，她也从未想过离开昆明或返回南京。我就喜欢她的随遇而安（哪个男人不喜欢这样的姑娘呢）。当夜，苏粒手背火辣辣的，刺青蝴蝶似乎烧起来了，要把她焚毁，然后飞走。就是那天夜里，我记得非常清楚，我们一点多上床却迟迟无法入睡，老旧的土木房子太热，墙壁也太薄，凡有响动总能听得清清楚楚。楼下传来老男人嘶哑的嗓门儿，一听就知道喝大了——老许喝的一定是玫瑰老卤，否则哪来如此浓烈的酒香?小刀子一样扎进来。苏粒拽起我直奔楼下，非要让老许看她手腕上的蝴蝶。漂亮吧？老许歪三斜四站在小屋中央，探头看她的右手。牛×！老许竖起大拇指。我好像见过，这只蝴蝶，我好像——苏粒说我们接着喝？老许从床底下摸出一瓶玫瑰老卤，说你们先坐，我去，我去弄点烧烤。我说，不用不用，我去。我在巷口买了烧豆腐、烤洋芋、烤肉串，回来的时候苏粒端坐在老许的小桌板前，老许的话匣子打开了——这应该是头一次。肯定是头一次。老许说他是豆腐厂一九五一年的老工人，一九九一年退休；没在玫瑰老卤酒厂干过，但是经常跑去甬道街酒坊喝老高家的玫瑰老卤。后来，这款酒品质越来越差，渐渐没人喝了。现在的，都喝不成。我藏的都是正宗玫瑰老卤，一九八〇年一气买了四打，整整四十八瓶。慢慢喝呗，要不是你们，我才不拿出来。我哪个也不让喝。给多少钱也不让。他当年工伤内退，腰不行了。老许伸出五根手指。五百块，他说，内退工资每个月五百块。够了，足够了。一个人花不了几个钱。他问我们是否晓得他在小厨房做饭做菜，我们自然晓得，那地方一楼租客都可以动手开火，只要时间错开。当然，很多人，大多数房客都没工夫自己动手，都在外面将就，唯有一两个老许这样的老家伙才天天跑菜场，似乎乐于找到其中的意义：生命在于庖厨，否则你让他们怎么打发没完没了的时间？

他使劲吃肉，夸赞苏粒的蝴蝶漂亮。蝴蝶，嘿嘿，你们晓不晓得当年都说赵书琴是花蝴蝶，美得很，周旋在军界、商界、政界，能量大得吓人。当年赵书琴嫁给滇军旅长张柏君，夫妻两个在昆明创办大同交益社，说白了就是舞厅，是喝茶、聊天、打麻将的一等一的好地方，离南屏街一箭之遥。当时他们在昆明的地位相当于，相当于张曼玉、郭富城（我们哈哈大笑）。你们莫笑，我讲真的。可惜张柏君后来回昭通老家省亲被杀，赵书琴忍辱负重，带着娃娃奔回昆明，创办南屏电影院和慈幼院，总之她一个奇女子的人生从此开始，当年赵书琴要是站在五华山顶跺跺脚，龙省长也要抖三抖的。这些，你们总该听说过吧（略有耳闻，赵书琴是当年昆明数一数二的大人物啊，一手打造南屏电影院，好莱坞几大片场直接排片，和美国同步）。对喽，牛×啊，南屏电影院。但我要讲的不是赵书琴，也不想讲我死在"文革"的女人——死都死了有哪样好讲？反正我再也没娶，再也没有女人。没有就没有嘛，一个人快活自在，没有比一个人的日子更好的日子了。算了，跟你们小两口不能宣扬这个，你们就当我喝多了满嘴跑火车。反正这些我一概不讲。我要讲的是你老祖，小苏粒啊，你老祖姓佟，单字一个云，都叫她小佟或者小金桶，对，小金桶，昆明话小金桶非常好听。你老祖小金桶也是个大人物，也是只牛×的花蝴蝶，艳而不妖，媚而不俗，是死了丈夫的赵书琴路过曲靖带回昆明的，一直跟着她，据说十一岁就跟着了，赵书琴把小金桶送进教会学校学英语，后来小金桶的英语派上了大用场。小金桶毕业没几年长成大姑娘，里里外外一把好手，凡事细致周到、板板扎扎，不让赵书琴操半点心。当时你想，那么大家业，电影院、交益社、慈幼院，能活活累死二十四匹马、十二头牛，生生是你老祖小金桶扛过来的，最多再加上一个电影院干内务的伙计丁阮。那时候他老黄家最多是拐弯抹角边都挨不上的下人，嗯，下人的下人，差十万八千里呢。丁阮和丁雨农是堂兄弟，哥哥丁雨农负责卖票、看座、扫场子，丁阮就负责收款、扎帐、写稿子、做小报，总之一把好手。奇特的不是丁阮和你老祖小金桶慢慢看上眼走到一起，奇特的是开放、包容，对下人体贴照顾的赵书琴从一开始就反对他们在一起。那时候时兴自由恋爱，再说她赵书琴不也是自由恋爱才和张柏君好上，才有后面的伟业嘛？人和事嘛，你咋个说得清？小金桶找赵书琴谈过，说她非丁阮不嫁。赵书琴说，你给我听好了，哪个都行，就不能是丁阮。为哪样？不为哪样。但是架不住小金桶三番五次找她，赵书琴摊牌说，我们怀疑，丁家兄弟可能为日本人做事。小金桶蒙了。间谍？他差不多天天和我在一起，咋可能是日本间谍？赵书琴冷笑，说，他是间谍他会告诉你啊？把你迷得七荤八素，目的还是我，是我赵书琴不是你小金桶。为什么？明知故问，他晓得我和五华山的关系、和飞虎队的关系，当然要通过你接近我。你老祖小金桶就是犟脾气一根筋，话挑到明处还是不管不顾非要和丁阮好下去。她自己想出个办法——她英语多牛啊，这回派上用场了，连续半个多月把丁阮撂一边，见着飞虎队军医迈克就像蜜蜂采花一样扑上去，带他到处乱转，吃香的喝辣的。丁阮急得跳脚。一天下午场结束，他约小金桶小东门外消夜。小金桶说她有事。他问哪样事？她说，有约了。丁阮说行，我送你样东西，你等着，等我回来你再去找你的美国佬。故事讲到此处老许卖个关子不讲了，把塞牙缝里的烤牛肉抠出来。我为他斟满酒杯，玫瑰老卤真是香，喝到嗓子眼儿里更香，像一朵大红玫瑰在嘴巴里迸裂。苏粒仔细打量他，目光复杂，似乎不相信他说的话，又渴望他说下去。你说书呢，老许，苏粒说，你电视剧看多啦，胆大包天敢这么编排我老祖。我没编，至少没乱编，这个大院我住一辈子了，从小见识过你老祖，见识过赵书琴，见识过迈克，当然也见识过丁家兄弟，我许陶然不是吃素的，我是这个大院的活化石我告诉你，资格比他黄药师还老。你爹妈当年从"五七干校"回来的时候我都在大院生根了。所以，小苏粒，我跟你讲的每一句话，每一个字，你最好认真听着，莫怀疑，用不着怀疑，因为除了我没哪个晓得，你也莫担心我会讲出去，我不会乱讲，因为除了我也没哪个晓得嘛。

南屏电影院被誉为亚洲第一影院，赵书琴携英语奇才小金桶前往好莱坞一个月就搞定派拉蒙、狮门、哥伦比亚等十大公司。那是一九三九年，赵书琴在电影院开业典礼上抵达人生巅峰。一张老照片展露了"大内总管"小金桶的分量：

笔直站在赵书琴身后，即首排各界要人身后，紧贴赵书琴，又适当保持距离。我见过那张老迈克拍摄的黑白照片，如果不交代是昆明或你不知道是昆明，你会误以为三排男女后面富丽堂皇的南屏电影院的所在地是大上海、是香港；一群西装革履的绅士留三七开发型，刚上过红叶牌头油，脚踩锃亮的老K牌皮鞋；他们围住的、前排显要位置落座的，除赵书琴外另有三四美妇，都是军政商各界要员的夫人太太，他们众星捧月般将赵书琴围在中间。她神情严肃，眉宇间似有郁结之气（抗战全面爆发，我们不难理解她的心情）。不，她还不算严格意义上的大美人，气质也不是最出众的，和龙云夫人打个平手吧。但你无法忽略她身后的苏粒的曾祖，佟云，小金桶。这个身材娇小的女子昂首挺胸，直面镜头的瓜子脸上绽出所有人，特别是夫人、姨太太们普遍缺乏的松弛自信。是啊，不怯场、不拘束，一抹微笑显露的乐观昂扬正是她的女主人小心掩藏的，或者说，后者心情沉重已很难乐观昂扬，又拘于省长夫人在侧必然敛声屏气。我认为是底层苦出身塑造了小金桶，让她在赵书琴的呵护下不断蜕变，渐渐长成大人物身后的大人物，大美女身后的大美女，神似老许口中妖娆的蝴蝶。我相信她深知南屏电影院之于赵书琴和昆明的意义，就像，她也很清楚丁阮之于她的意义。她矜持又自然的目光似在向观者强调，她也是掌控全局的人，潜台词是，大人物能及之事，她做起来也不费力，更有甚者，正是她出众的能力才将大人物推上前排位置的，才让她领受万千追捧，哪怕身边还有更显赫的朋友。准确说，当年亚洲第一影院就是在她（不是赵书琴）操持下才风光无限的，除与好莱坞同步排片，最牛的还有它放在今天也足够震撼的巨幕以及将无声电影字幕投射到墙上的妙招——点子就是小金桶的，翻译也几乎是她手笔。她做这些工作驾轻就熟，乐在其中，自然，得力助手正是丁阮。当年，电影院每月营业额直逼三百大洋，相当于现在的十四五万元。

E

我审视苏粒，发现时间还是在她脸上留下了极细的划痕。没办法，时间对我犯下的暴行更多。我一直认为苏粒远走美国是她这辈子干过的轰轰烈烈的大事，从此再无遗憾。我也一直相信我们会见面的，会高高兴兴重逢的。二十年来我像狗一样追踪她的气息却总是徒劳，就像你很难从一种纯然的虚构或历史中领悟男女关系的本质；我们共有一部分经验，可它们消散了，隐藏了，直到此刻才重新回来。是啊，二十年来她一直使用这款香水。我记得昆明地铁开通不久我曾在一号线上遭遇过它，我循着香味找到的只是一个身材高大的姑娘。我没到站就下车了，呆立在自动扶梯上缓慢上升，上升，直到阳光扑面。我再次意识到只有我一个人,孤零零一个人。不知道苏粒是否就在昆明,是否也乘坐地铁,或多长时间坐一次地铁,是否讨厌这只地下怪兽,因为它时髦、快速、狰狞或格式化的冰冷?

　　昆明地铁一号线二号线整整修了十年,二○一七年这些钢铁巨蟒终于扎入地底,将人群从甲地飞速运往乙地,让所谓"昆明慢生活"像个笑话。速度暴击历史,对它垂死的身躯拳打脚踢。在速度面前我们不免陷入道德上的两难:一面选择它,一面谴责它毁了你对诗和远方的傻X想象,这种人格撕裂不就是后现代人格之一种吗?对我来说,在那天上午丝丝缕缕的古驰香水气息钻入鼻孔的离奇时刻,我对速度,对摧枯拉朽的冲刺和嘶吼心怀深深的谢意。如果不是速度,不是它横冲直撞的超能力,我们如何获得对过往(历史)的缅怀?如何产生短暂的、不合时宜的激情?如何抓住混乱琐碎之物的一鳞半爪?对,那就是意义所在。意义产生于速度和缅怀之间,产生于矫情和享用之间,产生于我们对一丝气息的追踪和遗忘之间。否则,我该如何唤醒差点让我破防的记忆呢?关于苏粒的记忆?历史故意将这个高大的女孩扔进车厢,送到我面前,故意让我面对一个截然不同却与当年苏粒年纪相仿的姑娘。她冰冷的目光是速度对慢的训斥,是对一个老男人色迷迷瞪视(所有老男人的瞪视都是色迷迷的)的谴责,两秒钟后立即扭身避开,避开我的打量,避开我带有挑衅性的兴奋又哀伤的目光。我想,我当时一定像狼一样凶恶,恨不能将她皮囊下的另一副面孔,释放着同款香味的苏粒撕咬出来。是的,我多么希望这个姑娘正是苏粒本人,正是那个一直使用古驰一九七九年经典款容量一百毫升香水的小苏粒啊。我从前的妻子。姑娘的躲避像恶狠狠的诅咒。我狼狈地下车重返地面,身边充满无数年轻人。我奇怪无论地铁上还是街上,中老年人都如此之少,后来才明白,正是速度将他们抛下,将他们扔进迟缓的、看得见风景的公共汽车。是的,被速度定义的车厢拒绝风景,也拒绝老家伙们熟悉又陌生的新昆明,拒绝剪不断理还乱的复杂关系。不,它要的就是冷冰冰的一个字,不。速度是超然的,是拒绝阐释的。速度绝不浪漫,否则每年就不会出现那么多因追求速度而发生的惨烈事故了。但我感谢速度,感谢地下铁。不是我不再浪漫,而是唯有浪漫越来越稀缺才可能从速度的魔爪下逃脱。

F

　　菜上齐了。二十年前我们最喜欢的四道驼峰家常菜,我迫不及待尝了一圈,不太对,又说不上哪里不对,似乎比二十年前寡淡多了。是我们的问题,不是菜的问题,我们的味蕾早就被无数种快餐碾轧败坏,时间篡改一些东西又保留一些东西,让你认同它们又模棱两可。我问苏粒,还行?苏粒没回答,她吃得很慢也很少。我知道我们今天不是冲着饭菜来的,不过为吃而吃。她举手投足还像从前一样保持某种距离感,优雅而迷人。我记忆中的苏粒一直优雅迷人,这是我忘不掉她的原因之一吧。当然,我也见识过她被很小的事情激怒,颐指气使破口大骂,我只好远远躲开,甚至想发一个分手信息然后消失。所幸没那么做。所幸结婚前一切如常。如常的意思不就是对彼此的缺点足够了解,并能心平气和吗?她终于开口道,淡了,这些菜,真淡了。是啊,我说,二十年,驼峰一定换了三百个厨师。老朱太不负责任了。我们笑了。外面的金马坊大得离谱,从我们坐的位置看过去就像古代走来的天神,脚踩花岗岩石,身披琉璃金甲。我问她这些年在做什么,她反问我,先说说你啊老杜,出什么问题了?苏粒就是苏粒,总能一眼洞穿我。下课啦,我说,裁员,之前疫情嘛,公司一塌糊涂,现在——我说不下去了,突然有哈哈大笑的冲动。没事,她说,这是你的幸运哪,你就明白每天跟自己相处多不容易又多么简单了。我轻轻点头。对,你是对的。苏粒总是对的。

G

金马碧鸡传说还有一例:勇武的滇王同美丽的哀牢公主联姻,后有两个王子,彼此谦让王位。老滇王纳宰相谏,令王子前去寻找大山中的神物,金马、碧鸡,结果一去不返,于是民间不断传颂纪念,修建金马、碧鸡二坊。实际上,金马,是昆明产的马,碧鸡,则是孔雀,二者是昆明地方两大祥瑞的圣兽名禽。这种感情,这种地方性崇拜的投射,在中国各地不算新鲜。

重要的是金马、碧鸡二坊的奇迹,逢六十年中秋之夜的金碧交辉。我前面说过,见识过此奇观的昆明人,你一个也找不出来。

H

老许口中的赵书琴在昆明黑白通吃,商界、政界通吃,很像《最后一班地铁》里的剧院老板娘,大时代的非凡女性,周旋于各派势力之间。在老许幼年的记忆中,赵书琴算不上大美人,但蛾眉上挑,一双凤目,周身散发着沉静的领袖之气。电影院附近人声鼎沸,各路人马除了卖烟、卖酒、卖花、卖小吃还倒腾一些军用物资,比如汽油、压缩干粮、弹夹和子弹。还有人倒卖美国大兵的高筒军靴。它们来自驻扎在巫家坝基地的飞虎队员,后者经常涌入南屏电影院看一场大洋彼岸的好莱坞最新电影,某种同步感让他们暂时忘了战争,忘了他们即将飞越高黎贡山协助远征军击垮缅甸的日本军队。一九四一年冬天,大院里,就在天君巷九号大院捕获一名日本间谍,他就住我隔壁,老许说,我×,对,就隔壁,现在是老曹住的小间,你们晓得吧?我说晓得,太小了,刚够一个人住。对对,当年,住着一个日本间谍,满口昆明话,自称官渡人,哪里会晓得是个日本间谍?你呢,你和你妈当时住在?老许咧嘴笑了,看不清牙齿和舌头,只见一片空洞。嗯,就在楼上,你们那间,当年我妈带着我,就住楼上。他继续咧着嘴巴。放心,小子,当年的家具床板柜子凳子扔了,拉走了,整整拉了两车——哦,三轮车,骑的三轮车,拉煤那种。我们家东西不多,可扔的就更少。但你总要搬出你住过的地方嘛,总有些东西是再也用不上的。你会换一个小地方躲着,像只耗子一样。我觉得我就是只耗子,你们认为呢小子,你们一定认为我老许就是只耗子,对吧,不晓得吃哪样、用哪样、干哪样活儿,我说了我有退休金,我不是耗子,我只是,充其量,也只是一个坐吃等死的土老倌罢啦。我这种老倌满大街都是,哪条街、哪条巷都是,死了也就死了,死也没哪样可怕,一把火就烧了。赵书琴一家,哪个还活着?不都一个一个死了,一个一个消失了?小日本间谍被绑起来送往五华山的时候,这条小街,就是前面南屏电影院到天君巷,六十米长一条小街半条正义路被堵个水泄不通,×他妈的,大家往他身上扔煤渣、烂菜叶、萝卜、废砖头、沙灰,手边抄起哪样扔哪样。反倒是我们九号院的人没扔东西,为哪样?你想啊,好不生生天天跟你厮混、跟你一个厨房一口锅里面吃饭的,咋就成了日本奸细?我们半信半疑也就不往他身上扔东西,你连气愤还来不及呢,你整个人是蒙的,还在怀疑是真是假。我记得他被带出大院的时候没抬头,不吵不闹垂着脑袋就走了,身后两臂上捆一根粗麻绳就出去了,我们紧跟几步他才回望我们,模样平静,就好像是被带去电影院里面坐下来看一场电影。当天晚上传来消息说,毙了。千真万确,龙省长咋可能放过一个日本奸细?我们还是不太相信。晚上警察来了,把他房间翻个底朝天,我们一个个守在外面。后来又上来一拨人帮他们一起搜一起翻一起找。东西翻出来了,一个小盒子,像他妈一个骨灰盒,晓不得哪样东西,再细看像个针线盒,白花花的,警察戴上白手套捧着出来,其他人一路护送到前面路口上了小汽车。两个美国人跟在后面也上了小汽车。都穿制服,黑警服、蓝帽徽、黄军装、大皮靴。小汽车嘟嘟叫两声开走了。我问倒卖汽油的小铜号,问他晓不晓得盒子里面哪样东西,他讲,咋个晓得,电台?炸弹?一种威力相当猛的微型炸弹?两三颗就能把整个昆明轰上天。要么名单,或者,地图?又或者,埋炸弹的地图?没有哪个讲得清楚。再然后,就没有消息了,反正人都毙了。三天后贴出安民告示,说奸细毙了,此人地道昆明人,姓丁叫丁雨农,南屏电影院售票员。这下赵家难挨了,赵书琴一趟趟往警局跑,估计也去了五华山拜见龙省长,一次次在电影院二楼办舞会、开宴席招待各路神仙。这种事情你必须解释清楚,好在是可以解释清楚的,赵书琴早有准备。这里面最重要的是美国中士迈克的证词。我们都叫他老麦。我不晓得我们最后见过的那个上了小汽车的美国大兵是不是迈克。应该是他,不太可能是别人。

I

迈克·迪克斯特于新冠第一年病逝于洛杉矶,时年五十七岁。二十年前他头一次出现在昆明南屏电影院斗兽场般的穹隆阴影之下的时候刚满三十五岁。按他后来的说法(给我的一封不长的信),他第一眼就爱上了苏粒。是的,一见钟情。firstsight in love. 我们都不清楚他在电影院下面待了多久:一个小时四十分钟,没有一个人能用英语和他搭话,更无人晓得一个老外站在冷飕飕的大街上搞什么名堂。昆明人对老外从不惊奇,通常装作没看见远远走开。他不晓得父亲迈克·拉莫尔反复提及的南屏电影院和楼下小广场如今只是巴掌大个地方,一个连电影也不再放映的破地方,一个濒临倒闭、充斥着录像厅和电子游戏的诡异之境。他绝没料到曾经见证历史的亚洲第一电影院已经是面目全非。他差点落泪——不可能不难过。他带着父亲遗志而来,没料到昆明早就不是当年的昆明了。他更没料到的是,金马碧鸡坊就立于南屏电影院下行一公里的穿金路东侧,是两年前(一九九九年)重修的冒牌货。

尊敬的杜上,您好!

非常遗憾,您的妻子,现在已经来到洛杉矶的圣莫妮卡小镇,我们的小屋外面是漂亮的玫瑰花园,更远处,大概五百英尺外就是海滩。现在,当我给您写信的时候,就能听到海浪呼啸拍击的声音,清晰悦耳,如大提琴的奏鸣。苏粒爱我,这一点我必须说清楚。否则她就不会远涉重洋来到我的身边。我也爱她,从第一次,第一眼在南屏电影院下面见到她时,我就知道我遇上了我的真爱。我不可能放弃她,不可能忘掉她,虽然那时候,她刚刚成为您的妻子,但我想,如果我们彼此出于真爱,就没有任何事物能阻拦我们,包括您,对吗?对不起。这不是我想说的,我想说的是,苏粒非常勇敢,我敬佩她。在昆明的短短数日已经让我见识了她非凡的勇气,也让我见证了你们之间情感的深度,然而,相比真正的爱情,我想,她不得不暂时放下您这样一位永恒的朋友和爱人。是的,如果没有您忠诚的陪伴,就不会有现在的苏粒。我只能对她的选择向您道歉,更要感激您在昆明期间为我所做的一切,谢谢您。请务必相信,我怀着无限的忠诚和敬意给您写这封信,希望得到您的谅解,也希望继续得到您无私的友谊,虽然,我知道,在你们中国人眼里这样的事情绝对无法容忍,也不可能宽恕。但我的父亲已经在伟大的中国昆明向我们做出了表率,我就不得不寄希望于我刚认识不久的昆明朋友能延续我们之间的友谊,能给予您从前的妻子足够的理解和爱。是的,爱不就意味着原谅吗?不是吗?再次感谢您。如果您愿意回信,请按以下邮箱寄来您给我的信件。

Sata Monica 899#　LA,California.

　　您永远的

　　迈克·迪克斯特

二〇〇一年六月三日

J

　　二十年前我和苏粒还没认真考虑结婚,或者说,我们不觉得婚姻是必需的;我们偏激地认为大多数良好的夫妻关系都是演出来的, 要么一方因内疚或厌倦配合对方,要么一方太强势完全压倒另一方。换言之,较好的夫妻关系是对恶的掩饰,不是剔除恶,更不可能解决恶。众多文艺电影都在揭示虚伪的夫妻关系,尤其伯格曼的电影,其拿手好戏就是展现男人女人如何一步步走向崩溃。隐居法罗岛的伯格曼本尊也如此,他是给女友戴上枷锁的浑蛋,也是给自己套上笼头的懦夫。婚姻最可怕的还不是表演,而是对两个健全者的摧残,是长时间的压抑、忍耐、无聊、琐碎的残余对活生生的人的反复伤害。悲剧还少吗?我一个三十二三岁的朋友,因为老婆给自己戴了绿帽自杀了。死得相当无聊,没什么尊严。人死了还谈什么尊严。他没想明白,夫妻间的绝对忠贞是反人性的,他要求妻子违背人性,他也必然死于违背人性。他老婆绝不会可怜他,丝毫触动也不会有,所以他的死到底有什么价值? 以死证明纯洁? 难道纯洁是死亡能证明的? 又或者,纯洁高于一切,包括生命? 不过,道理终究是道理,就像我们都晓得终有一死,仍不知廉耻、不计代价地活着。后来我们还是选择了婚姻。苏粒如期拿到补偿款,火速买了一套白马小区的三居室,即刻搬离了天君巷九号院,像是急于和那帮老家伙、那些陈芝麻烂谷子挥手道别。就在搬家那天,我们认真讨论了结婚的好处与必要(比如节省开支、心绪平和、身体健康、改善人际关系,等等),也不能再让我父母牵肠挂肚了,不该让对方提心吊胆了——生怕被人横刀夺走。必须承认嫉妒会解决所有问题,会让我们勇敢地向世俗妥协。那就妥协吧,反正我们不是超人、不是圣人,是人就不可免俗。我和苏粒是二〇〇一年三月十八日结婚的,我记得很清楚,整整一个月前,也就是二月十八日,老许死了。我们三五个人坚持在楼下待了很久,直到殡仪馆的人和车两小时后赶来。

　　老许走前两个月,我们在南屏电影院围墙下吃了最后一次烧烤。那天他的故事匪夷所思,但他一再保证是真的,不信我们可以问飞虎队老迈克——他明明晓得我们没法追问。整整六十年了,谁知道老迈克是死是活,即便活着,上哪儿找他?老许的口气就好像老迈克住我们隔壁,也住天君巷九号院一样。他说,生于一九一七年的迈克·拉莫尔一九四一年十一月末飞赴昆明,也就是人人皆知的飞虎队,他们在此后四年间协助中国空军在昆明与日军激战,击落敌机上百架,接受昆明人山崩海啸般的欢呼。除偶尔直接参战,老迈克主要身份是军医。仅一九四二年年初,他在巫家坝基地就收治了一百余人,一半以上是当地居民——你很难拒绝他们,这些人或患褥疮、风疹,或发着高热,被人打伤,被牲口踢断骨头。迈克尽职尽责,昆明人亲切地称他老麦。工作之余,迈克对付恐惧的方式是他唯一的爱好:摄影。一台柯达35相机、几十卷胶卷都是从洛杉矶带来的,每个礼拜六、礼拜天他背上它们游走于昆明的大街小巷,随手拍下五华山、武成路、巡津街;老昆明人是他关注的焦点:卖叮叮糖的裹脚老太、瘦骨嶙峋的人力车夫、开门问诊的中医同行、美国大兵们最常光顾的南屏电影院及周边的旮旯角落。总之,他拍下的昆明老照片堪称二十世纪四十年代抗战初期的昆明上河图。但老迈克的故事不会这么简单。一九四一年二月四日夜,他在南屏电影院看了一部刚上映的好莱坞新片《西部大盗》,小金桶将他送至大厅。伙计王田从存取处将相机递给他,他用熟稔的昆明话道,谢谢,晚上好。王田满脸堆笑,晚上好,晚上好,迈克医生。迈克挎上相机,辞别小金桶,走出电影院——直到此刻也没觉得小金桶有任何异样,或者说,那么熟的朋友何必还要送他出来?下礼拜,说好了啊,大观楼。他说。没问题。小金桶伸出手,迈克使劲握了握,像签下君子约定。她的手纤细滚烫。街边拉黄包车的董三奔过来,殷勤招呼道,佟小姐,迈克医生,去哪里?迈克说去五华山取他的军用吉普车。董三弯腰请他上车。他经常在电影院门口接活儿,尤其喜欢多给铜板或额外给一整包哈德门的美国大兵。迈克上车后向小金桶低声道,晚安。晚安。她答。两人的英语在暗夜中清脆悦耳,如两只银器轻轻撞击。她略施粉黛的脸很快被黄包车甩下。他发现她还擦了口红,在暗夜中一闪即逝。董三跑得飞快,刚过天君巷口突然被电影院伙计丁雨农拦下,说他堂弟丁阮病倒了,迈克大夫能否去看看他?迈克隐约猜到他说的意思,也猜到了丁阮其人,于是摸了摸脸上的瘀青说,我认识他,我们很熟,他也是南屏电影院的人对吧?丁雨农、董三都听不懂,迈克咬咬牙,随丁雨农直奔天君巷九号院一楼东北角小间(对,也就是老许现在的房间),丁阮正痛苦地蜷缩在小床上,屋内醋味扑鼻,丁雨农连连比画,称丁阮被鱼刺卡了。愚蠢!迈克初步判断是胃穿孔,让立即送往两公里外的红十字会医院。丁阮不同意,额头上冒出豆大的汗珠仍使劲摆手,丁雨农翻出空荡荡的上衣口袋表示他们没钱。迈克表示钱他来解决,快,不能再拖了。彼时飞虎队员月薪高达六百美元,是中国最高工资的二十倍以上,况且教会医院通常象征性收费甚至免费。总之他绝不会扔下一个危重病人不管。之后他将丁阮送上一辆军用轿车直奔红十字会医院手术，救了丁阮一命。重要的是，手术期间，等在病房外面的迈克发现柯达35落在丁阮屋里，他让丁雨农原地待着哪儿也别去，他马上回来。迈克出门叫了黄包车直奔天君巷九号。丁阮的门一推即开，相机就摞在床脚。他抓在手里，立即发现不对劲：胶卷卡槽被动过。胶卷还在。不对，是一模一样的胶卷，但自己那一卷不是这一卷。究竟哪里不对，他说不清楚，只是感觉。感觉哪里出错了，总之对不上号，不是自己塞进相机的、可拍三十六张的黑白柯达胶卷，也许是一卷废弃的，也可能是一卷新的。他全屋翻找，没发现任何端倪。他背上相机回医院，为丁阮交了手术费。当夜在巫家坝驻地的暗房他的感觉得到证实：空的，没拍过一张照片。他记得今天拍下的老昆明不下十张，全部曝光的概率极低。只有一种解释：他奔出大院寻找军用汽车的时候，丁阮、丁雨农动过胶卷。问题来了，为什么？迈克立即被巨大的恐惧攫住——如此明目张胆揍他，又探究他拍摄的老昆明，除了故意暴露身份之外，一定迫于某个重要行动：或为之掩护，或声东击西。否则，偷换胶卷的手法太拙劣了，难道不清楚被戳穿的概率极高？不，他们肯定清楚。

K

我说过，二〇〇一年三月十八日遭遇迈克·迪克斯特之夜是我和苏粒大喜之日，我们刚在老昆百大前面的新世纪大酒店三楼举办了婚礼，苏粒全程端庄稳重，没被伶牙俐齿的主持人调戏至崩溃。终于完成一整套烦琐礼仪之后，我们躲在后台傻笑着，彼此安慰，轻轻拥抱。酒宴间隙，也就是苏粒换装敬酒之前，我们在酒店平台上偷偷抽了一支烟。是一个酒店小哥递给我们的，他也偷偷跑出来透气，冲我们友好地笑着，从上衣口袋里掏出香烟，问我们来一支吗？苏粒说，好啊。他凑近为苏粒点上，祝我们新婚快乐。苏粒吸了三口递给我，我抽一半就扔了。我们站在平台上，三月的寒风将苏粒的头发吹乱，我上前抱住她才发现她裸露的两臂满是鸡皮疙瘩，我们返回酒宴大厅。她倚在我肩头说，还有下半场呢，还有下半场闹洞房大戏呢，我说太他妈累了。她突然说，让他们去K歌，我们消失吧。我们的确消失了，我们的确从自己的婚礼现场溜走了。没去刚装修好的白马新居而是直奔天君巷九号大院，我们忽然想回去看看它，看看已经离开却仍然属于苏粒的老地方。我们是打车去的，从新世纪大酒店去往南屏街近得不能再近，最多两公里。我们在门前站了站才迈入院门，院里三五人家还亮着灯，热烘烘的汗味、黏味、霉味、灰味让我们兴奋不已，似乎这里才是新居，我们差点把它抛弃了。我们直奔二楼。门上了锁，我拽了拽锁头用力推门，古老的红漆木门嘎吱嘎吱抖落尘埃。太熟悉了。熟悉的、我们亲手炮制的气息从门后扑上来,我激动得发抖。住了两年零三个月的家啊,我对它的感情深沉又复杂。苏粒问我,没带钥匙?我摸着自己的新郎西服说,当然没带。苏粒建议撬门,反正,被人发现也无所谓,难道它的主人无权闯进去吗?

一根二楼厨房找来的撬棍轻松解决问题。我们进去,闩好门,激烈做爱。大床、沙发、茶几、小桌、棉麻桌布和薄地毯温柔地接纳我们。干冰夹杂粉底的气息从苏粒耳畔散出来,像清晨一样新鲜。之后我们躺在黑暗中,躺在开着窗的微寒之中,想象宾客们找不到新人的尴尬就哈哈大笑,特别是那些跑去K歌准备大闹一场的家伙更糗大了,玩了半天发现主角始终没有出现,没点过一首歌;然而,他们喝得大醉,已经分不清谁是伴郎谁是新郎了。我们笑得停不下来,直到黄药师上楼大声问哪个在里面,我们才开了灯,缩在被窝里回答,我们,是我们。杜上、苏粒。哦,哦,回来啦?回来也不开灯?我说,是啊老黄,我们睡下啦。黄药师急忙告退说,你们睡吧,晚了,太晚了,我撤了。我们没告诉他今天大婚,没告诉他我们从婚礼现场溜了。在我看来,我和苏粒的婚事不必让大院的老家伙们知道,不必为难他们备上一份薄礼。现在回想起来,当夜是兴之所至也是我难逃的宿命。我们不想留下,也不可能留下,必须回到白马小区的婚房。

半小时后,我们在南屏电影院楼下遭遇美国佬迈克·迪克斯特。二十年前,昆明大街小巷的老外比现在多得多。也许,建在地铁上的城市和他们国家绝大多数后现代城市再无区别,让他们失望透顶。老外们要的是昆明的慢,不是速度,不是将他们远远甩下的速度。被速度改变的城市酷似一种空心化表演:高楼大厦遍布却很难看到人迹,看到一个个鲜活的人,虽然冰冷的商业中心历来不乏手握星巴克的年轻人,从来不缺少他们扎堆刷手机的酷劲儿,但商超的目的仅仅是聚集一群爱喝咖啡的小家伙继续刷手机?是啊,手机,这个×蛋的高科技收发装置消灭了电视、HIFI(高保真)音响、蓝光影碟,消灭了阅读、互访和家庭聚会,但是,谁敢断言,我们已经置身一个值得拥抱的新世界?我们的生活就应该是被手机绑架和奴役的碎片化生活?我们的城市就应该是无数个商超堆出来的傻×集群?我们废掉老院子、老街区就是为了让一模一样的后现代建筑的某个楼层冒出一两个星巴克,再让我们跑出去集体喝咖啡、玩手机?是这样吗?

那晚,我们离开后老外也撤了。我回头张望,南屏电影院弧形墙下没有一个人。小广场空荡荡的,似乎整夜无人经过,更不可能冒出个美国佬与我的新婚妻子就一个城市六十年前的"飞虎"聊了十分钟之久。

L

　　小金桶不太相信赵书琴,或者说,她对赵书琴太熟悉了,非常善于捕捉她的话哪句是真哪句是假,又或者,她被爱情冲昏了头,天不怕地不怕。那天,她立在南屏电影院门前,周围是卖瓜子花生的马三、卖报纸的何小五、卖鲜花的罗老太、烤红薯的刘永、烧豆腐的老唐。他们冲她讨好地笑着,罗老太送来一束马蹄莲,散发出昆明菱角塘的泥巴清香。她给罗老太两个铜板,对方转身就逃,矮胖的身形让小金桶百思不得其解:她一把年纪又那么辛苦,怎么还那么胖呢? 佟小姐等人? 黄包车董三说。要用车吗? 免费,去哪里你只管开口。不等哪个,不等,我不等。谢谢啦。她笑着走开,移步到马路对过,街角向东就是华山西路了。她不想让他们看见她在等人,又担心走太远丁阮找不见她。她立在一棵梧桐树下,树干挡住电影院门前七八个家伙;几个少年一路追打,准备进电影院的西南联大女生的短发和布鞋黑得像炭;两名美国飞虎队大兵正穿过路口直奔南莱盛咖啡馆,据说那儿的白兰地好极了。丁阮远远跑来,手里捧着一大束红玫瑰。她赶紧将罗老太的马蹄莲转送给联大女孩。对方惊讶地张大嘴巴。丁阮来到面前,献上红玫瑰。她问他跑哪儿去了。丁阮没吭声,另一只手里的小盒子递过来,她打开,一枚椭圆镂空银簪,当间一只蝴蝶展开双翅。好看吧? 丁阮问。好看。她说。吉庆号的呢,死贵。来,戴上。不戴,不能戴,大街上! 她急忙喝止,发现他右手指关节有血。逼问之下他才说他把迈克医生教训了一顿——就在华山南路,迈克只顾着拍照。可他如何对付得了牛高马大的迈克? 他几拳就将迈克打倒在地,把他的近视眼镜也踩个粉碎。小金桶没吭声,埋头盯着娇艳的玫瑰。丁阮说他晓得他有麻烦了,老麦认识他。他们互相认识。你能帮我摆平,对吧? 小金桶问他,没人帮你的忙? 没有。就你自己? 是。好汉做事好汉当。哪里买的花? 翠湖北门,你知道那个卖玫瑰的老贾——来去多长时间? 二十分钟吧。你怎么了? 丁阮忽然面色惨白。实际上他们都清楚他犯下了一个致命错误:那么短的时间独自一人将一个美国大兵撂倒且飞快买回一束鲜花,支撑他的仅仅是嫉妒? 不过,小金桶的确利用了他的嫉妒,就像依阿古怂恿奥赛罗扼死苔斯蒂梦娜。现在,丁阮的结局已经注定。小金桶转身走向南屏电影院,脚步坚定决绝,将红玫瑰扔进垃圾桶,罗老太大喊道,啊呀呀我的佟大小姐,那么好的红玫瑰你让给我啊。她没回头。银簪盒子差点扔掉,最终死死攥住,攥得指关节生疼。她以为丁阮会杀了自己。但什么也没发生。走入电影院大门,被熟悉的木头味、地毯味、香槟味紧紧拥抱,她泪流满面。她意识到个人无足轻重,像尘土一样无足轻重。重要的是赵书琴是否有把柄握在他们手里。问题来了,赵书琴已经怀疑丁阮的身份,干吗还要放在身边? 将计就计? 没有别的解释。她来到三楼,走进赵书琴的办公室,冷静地说,夫人是不是该暂避一下?

M

城市发展有时会违背原住民初衷,昆明,一九九九年肇始的旧城改造运动中许多老城区、老建筑都不复存在了,好在南屏电影院还在。这个奇迹之外的奇迹是驼峰餐厅,它在混乱的城市进程中顽强存活下来,让我面对二十年不见的苏粒才重新找到"旧"的意义——心灵史的捍卫者或见证人,就像巴黎让老海明威、老普鲁斯特、老左拉、老巴尔扎克活在同一个时间维度上,同一个咖啡馆中;谁会希望巴黎现代些,再现代些;你会发现人与人的关系可以用老派的城市空间维护改善,越是新楼房、新街区就越排斥温情,它们像孤岛一样冰冷,代表一种向上的蛮力,代表人类重修巴别塔的野心,此外你很难说清它们还代表了什么,提供了什么。便利?也许吧,直达几十层楼顶的电梯速度惊人,是垂直意义上的地下铁,每天运送数十万甚至上百万的各色人等却从来不屑于他们之间是否有故事、理想和历史。而"旧"或"慢"不一样,它们让"活着"不断涌出井水,涌出超额的边边角角,像玫瑰老卤一样芬芳四溢,让你在无以名状的历史面前激动得发抖。也许存在的本质就是恋旧,或人人都是恋旧的;是历史决定当下,不是相反;是历史让情感的种子在城市里面生根发芽,但要让它长大长好,老城区才是沃土,新的、散发着水泥臭气的泥巴只会让种子窒息,让幼芽死掉。如今,我已经很难描述当年苏粒决定飞往洛杉矶前夜的心情了,我躲避它,不想谈论它,因为实在无话可说。你总不能强装自己无动于衷,因为爱她所以成全她。在中国文化中,男人没有"让渡"一说,妻不可欺也,否则如杀父之仇;中国男人最不能容忍的就是老婆给自己戴了绿帽,更不用说公然地、面不改色地给自己戴了绿帽。施耐庵《水浒传》对此有可怕描写:潘巧云偷情和尚被丈夫杨雄及其义弟石秀挂在树上切得粉碎。读到此处我毛骨悚然,不得不把它扔进垃圾桶。可见中国男人对夺妻之恨多么在乎,非杀戮之方可解恨,而且是以最残暴的方式杀戮之。但我承认,这种方式我无法想象也驾驭不了,遑论选择它。我深知自己孱弱——好吧,我就是个孱头,我放走了苏粒也无从报复,让她远赴大洋彼岸似乎就能浇灭我心头之恨。不,其实没多少恨,只有困惑不解。我不太相信它发生了。我不相信苏粒的计划付诸行动了,真的说走就走直奔美利坚合众国。真他妈不可思议。我们明明爱着对方啊。我们明明按照昆明人的套路结了婚、摆了宴席、收了红包。最后的晚餐地点就在驼峰。那天她电话里说她后天就飞上海,从上海飞美国。我答应她下班就过去。但我故意迟到半小时,她早就坐在现在我们对坐的桌前,点了一模一样的四菜一汤,我和她几乎一口没吃。气氛比我想象得还凝重。半小时后我起身离开。同意和她吃最后的晚餐本身就很愚蠢。就算没那么愤怒也该难过才对啊，奇特的是我牢牢控制了情绪，或者说，在巨大的浩劫面前我麻木了，什么也不在乎了。那段时间我们已经分居，我暂住白马，她也许去了天君巷九号，也许没有。我不再关心也不再过问。我忙于工作，东奔西跑，四处采访，绝不让自己歇下来胡思乱想。我记得我走出驼峰之后像被重物狠狠砸进地面，实际上正在施工的金碧路打桩机的轰鸣恰好合拍，我身体滚烫，四肢像碎了一样没有知觉。直到返回白马，直到我意识到苏粒明天就要离开，我才哭出来。我站在漆黑的过道里，连鞋都没来得及脱下，就被排山倒海的悲伤摧毁了。我这才发现摧毁一个人远比摧毁一座城市直接得多，短短几小时，几分钟就够了。一座城市也许要百年，几十年至少数年才轰然倒下。那么，没倒下的是什么？是她终于为他办成的摄影展？是修旧如旧的金马碧鸡，还是天君巷那些仍在游荡的古老灵魂？

她说迈克临终前非常痛苦：在ICU煎熬了二十八天，身上插满管子，最终还是走了。二○二一年，美国死于新冠的老年人众多，一波又一波疫情差不多摧毁了半座洛杉矶城，好在，美国佬天性乐观，不太把死亡放在眼里。可惜迈克没留下遗言。她渴望理解他生命尽头的感受，肉体痛苦不堪，灵魂却是平静的——完成父亲遗愿，将三百多张黑白照片挂到了昆明博物馆，还娶了昆明女子，此生再无遗憾。非要找出遗憾的话，也许是孩子。他们一直没有孩子。苏粒说是她的问题。我有些惊讶，说过去你从来——那时候我们从没想过什么孩子嘛。她道，其实迈克非常想要个孩子，产检发现我卵巢萎缩，先天的。我沉默。苏粒举手招呼姑娘为我们加一壶茶水。那一瞬间，在她转身的一瞬间，身体稍稍后倾与地面呈三十度角凝定十秒或更久，二十年时间消散了，她仍然是我的新娘，肤色、气息宛如二十年前，身材、举止也没变化。似乎只是去洛杉矶度了个假就回来了，只是去海边小城圣莫妮卡小住了几天。我们仍然是新婚燕尔的小夫妻。当年真是年轻啊，年轻得藐视一切。然后她垂下手臂，说她非常遗憾没有孩子，如果真为迈克生个孩子，你想象一下，老杜（哦，苏粒，我的小苏粒），就是一个漂亮的混血啦。你能想象吗？我说我能想象，我知道混血儿很美，费翔不就是混血？对对对，还有Maggie Q，她问我还记不记得Maggie Q，我说当然，美越混血的大美人，火爆中国的大明星。我们相视而笑。她安慰我别把失业放在心上，没什么大不了，失业是后疫情时代的普遍问题，甚至连问题都算不上。我没吭声。她问我积蓄还够不够用？我说够用，反正饿不死。她问我还记不记得当年我们就从来不把钱放在眼里，我说何止是钱，全世界都不放在眼里。是啊，她笑道，我很早就不工作了，从美国回来就不工作了。差不多快十八年啦。迈克留给我的钱足够我在昆明过得不错，你需要用钱就告诉我。我连忙摇头，说我积蓄足够撑七八年的，七八年之后，再说吧。那好，总之没钱了务必找我。我笑了，问她平时如何打发时间，她说瑜伽啦，阅读啦，茶艺啦，一个无所事事的中年妇女常做的无非这些。当然，你肯定猜到了，她道，展览就是为老迈克和小迈克父子办的，离我小区两站路，我差不多每天走过去，从下午两点待到六点，再步行回来。我心里一颤，让我想起她离开之后汹涌的悲痛中间竟然没有恨。没有。甚至有一丝莫名的感激。迈克的老昆明摄影展？对，每天有不少观众。十个，几十，上百？差不多。凡看过的人都很震撼，说从没想过老昆明这么牛。不收门票？不收。我沉默。她说他们父子的心愿就是把老昆明回馈昆明后人，回馈几十万平凡英雄的后代，今天的昆明人都该了解祖辈父辈的历史——他们挺过了日军轮番大轰炸，也亲眼见证了飞虎队把日军飞机打下来。一九四五年日本宣布投降当天，老杜，你知道昆明人干了什么？我摇头。他们，所有昆明市民，所有的，在自家门前燃放鞭炮，整整一天一夜。苏粒激动起来。这么多年了，我就在一个小小的、不足一百平方米的展室里展出两千多张老照片，让今天的人看见历史。我非常自豪为昆明做了这些，为我的曾祖母佟云做了这些，当然也为老迈克、小迈克做了这些。其实要感谢的是他们对吧？尤其老迈克，没有他就不会有老昆明的这段记忆。我看向外面，金碧广场上游人如织，殊不知当年此地对于昆明意义重大，很多政府典礼和巡游都在坊下举行。这时姑娘走过来，为我们续了一壶茶。苏粒问我有没有再结婚？我说结了，十五年前吧，三年后离了。儿子跟他妈。现在我一人吃饱全家不饿。苏粒说你行啊，梅开二度啊。我笑了。短暂的沉默。我想去你展厅看看，我说，见识一下你的老昆明。不是我的，是老迈克的，是所有昆明人的。随时欢迎你，老杜。

N

就在婚礼后第三天，美国人迈克给苏粒发来短信，说有急事，问她能否帮忙。他在昆明没什么朋友——唯一一个朋友借口有事把他抛下了，他心急如焚，必须尽快完成使命。使命？我无法想象一个美国佬跑来昆明还肩负什么使命。苏粒在我下巴上轻轻一啄，唇齿间有牙膏的气息。她说，他约我在金马碧鸡坊见面，下午五点。我说，你回他了？回了，她轻松一笑，放心吧，我问他能否带上我丈夫，他说当然，必须的。你陪我去吗？老杜。我说我对他非常好奇，尤其对他的使命更好奇，再者，我哪放心苏粒一个人去见一个刚到昆明的老外？小夫妻嘛，蜜月就该形影不离，即便我们已经熟稔得像兄妹了。实际上婚礼之前我们就策划了欧洲之行，准备每人交三万元团费游览八个国家，这一趟差不多要花光所有积蓄，我们却急不可待。什么工作、未来、钱，去他妈的。那天是万里无云的好天，我意识到后天就要到旅行社面谈了，我们需要提供一大堆材料，准备四月末直飞阿姆斯特丹。正好，我建议和美国佬迈克见面之前回一趟天君巷九号取几样东西，苏粒自然答应。我好奇的是，那天夜里他没告诉她来昆明做什么？苏粒说，他问我听没听说过飞虎队，我说当然听说过，每个昆明人都听说过。那太好了，迈克说，他这一趟就是为飞虎队而来。苏粒更好奇了，他为飞虎队的什么而来？而且赤手空拳一个人就来了，为什么？他没多说，没解释，似乎不便站在南屏电影院外面谈论历史，又或者，因为这个神圣之地远非想象的样子而难过，再没心情多说。为什么是金马碧鸡坊？苏粒摇头，说大概这地方太出名了。对，我想不出更合理的解释。一个老外选择昆明地标约见昆明人再正常不过。中饭后我们出发，先去了天君巷九号院取了些零碎，刚出门又碰见黄药师，他笑着说，你们两个家伙，悠着点。我笑而不答，没走几步他在身后高喊，还回来？我答，暂时不回，我们出去玩几天。好好好，凡事小心，回来请你们吃饭，给你们炒几个拿手菜。我们谢了他，沿五一路走到正义路，远远看见簇新的忠爱坊站在昆百大楼下，穿过去就是金碧路，之后是金碧广场，两座新建的著名牌坊就在那里，就立于昆明的中轴线上。

　　我猜他比我们早到至少二十分钟，从身影上看略显疲惫。他也不找个地方坐下来，至少应该在碧鸡坊花岗岩基座上靠一靠。广场上人不多，一个标枪似的老外戳在空地上格外扎眼。他看见我们了，用力挥手，大步走来。我似乎看见雪白的莫比·迪克破浪而出，带着一股蛮勇之气扑上来。嘿，你们好！他热络地冲我伸出大手，用力握紧，又转向苏粒，两人开始用熟练的英语开聊，苏粒建议找个地方小坐，我们第一时间选了驼峰——餐厅兼酒吧，名字竟然与迈克此行完美契合，不能不说是上帝的安排。驼峰空荡荡的，老板朱维过来打了招呼，赠送三杯果汁。吧台小哥播放的音乐是老鹰乐队的《加州旅馆》，迈克说他正好来自加州，真巧。说罢哈哈大笑（自然，现在他说的每一句话都要通过苏粒翻译）。他首先感谢我们赴约，之后认真地说，他此行是为金马碧鸡坊来的，只不过，没想到这两个庞然大物不是六十年前的旧物。我说老昆明早就拆啦。他用长长的沉默回应我。几分钟后，迈克感叹，全新的美国式速度反而在美国少见，也许只有东部城市才追求速度吧，在圣莫妮卡小城，在洛杉矶大多数地方，你会发现美国人的生活节奏其实很慢，一些天然的东西被保留下来，比如宗教、邻里关系、社区氛围，还有——他忽然发现自己可能说得太多，离题太远，以一声叹息及时打住，却也称赞"重修"也算亡羊补牢。我问他为什么对两坊这么感兴趣，他摸了摸脸说，我先讲一个故事，关于我父亲老迈克的故事。此时《加州旅馆》停了，我发现吧台小哥颇善解人意，猜到我们在进行一场重要谈话，于是暂停音乐。驼峰一片寂静，无人进来，也没人出去。

O

老许的故事让我大吃一惊，很难相信他讲述的故事就发生在天君巷九号院——当年这类大院不少，每个大院都在上演惊心动魄的传奇，非我辈所能想象，这些故事揭示的老昆明人的坚韧才是最牛的东西。只要路过南屏电影院，路过正义坊路口，你仍会感受到某种力量自天空而来，自沉默而来。它重如大山，金马山和碧鸡山，它不会消失，不会像一九六六年的两坊一样消失。它酣睡如虎，暂时小憩而已。它不在地面，也不在地下，它在天上，在海拔一千八百米的高原之上。

我妈不是妓女，不是窑子里面出来的。很多人说她就是从巡津街十八号院跑到天君巷的。不是。我可以负责任地告诉你们，不是。她跑过来更不是为了哄骗引诱南屏电影院门口的美国大兵。都不是。她就是住在大院里面的下人，下人的下人，服侍你的曾祖小金桶。我多希望她是派到院子里面秘密监控日本间谍的军情处的人，多希望她就是龙云直管总部设在五华山的高手中的高手，可惜她不是，哪个是？你们说还能是哪个？除了赵书琴、谢怀礼、小金桶，我看全昆明没几个高手。我妈命苦，就是个帮佟家洗衣服、擦地扫地的用人，老家碧鸡镇，一九三八年来昆明南屏电影院打工。赵书琴受伤那晚是我妈救的她。不是在翠湖边赵家公馆，是在天君巷九号大院。赵书琴敲开大门，老黄，也就是黄药师他爹，哪敢啰唆，她说我上楼找小鹤你不用管。老黄战战兢兢退回房里不敢作声。赵书琴敲开房门，我妈点了灯，叫她，哟，夫人——赵书琴扑在我妈身上。她受伤了，腰上，一件玫瑰红旗袍被血染成酱紫。她担心楼梯上也有血迹，让我妈赶紧收拾一下。我妈扶她上床，问她出什么事了？她说你莫问，赶紧，收拾一下，不要见血。我缩在蚊帐里大气不敢出。我才六岁多七岁不到。我蒙头蒙脑，害怕又好奇。我不晓得昆明为哪样到处是鲜血和死亡——小金桶刚死不久呢，你曾祖刚死不久。我见过她的尸体，也见识过不少死人。我妈带我去交三桥买菜，日本军机突然来了，几个炸弹扔下来差点把桥头夷为平地。很多人炸死了，血流一地啊。我妈带我缩在桥洞下面把我捂在身下。飞机过去了，我们才出来往家飞跑。×他妈的日本杂种。那晚上我妈先给赵书琴敷上云南白药，又仔细擦了楼梯和过道，大门外面也擦了，没留下一丝血迹，还找了药让赵书琴服下。天快亮的时候她要走，叮嘱我妈不要跟任何人讲，不要走漏半点消息。后来我妈才告诉我赵书琴怎么受的伤——她被一路跟踪，下了黄包车连挨两刀。后来我才晓得伤她的人是卖蚕豆的东北人刘三，一九三八年逃难来到昆明，后来在电影院门口扎下根，一个铜板一青瓷茶杯炒蚕豆，还别说，生意一直不错，那时候南屏电影院还没有爆米花嘛，一杯蚕豆差不多就是每个看电影的最喜欢塞嘴巴里嚼来嚼去香喷喷的小东西啦，你在电影院里绷不住放两个响屁也没人笑你。是他捅了赵书琴。她那天居然没带保镖、没坐小车，从耿处长家打完麻将叫个黄包车就直奔翠湖。东北人刘三连捅两刀掉头就跑，以为赵书琴必死无疑。赵书琴一拐弯进了九号院。哪个料到她活着，活得好好的。我妈被盯上了，她以为没人在乎，没人会晓得一个洗衣服擦地板的下人有胆子把人藏起来。后来说她跳楼自杀，因为受不了有人说她妓女出身，我是个杂种。其实她是被人从南屏电影院楼顶推下来的，摔得脑浆迸裂。东北人刘三从上面奔下来冲出大门刚好和迈克撞个正着，差点把他的相机撞飞了。迈克操着英语喝骂，这时候全部人拥向我妈。刘三逆着人群疯跑。迈克大喊一声站住。刘三哪里会站，疯狗一样猛冲猛打。迈克掏枪，砰一枪就毙了他。昆明人傻眼啦。刘三，狗日的就趴倒在人行道上，就在眼下我们烧烤摊前面十米，喏，就是那里，那棵梧桐树底下。我能猜到刘三怎么把我妈骗上楼顶的，他一定说，夫人在上面等你。他一定这么说的。他一定是通过这种办法把我妈骗上去的，一旦我妈上去就证明是我妈救了赵书琴的命，非杀不可。我妈死得冤哪。那天她穿一件普普通通的灰麻布旗袍，脚上一双官渡产的旧黑布鞋，都快磨破了。小金桶给过她很多新衣服，都是款式独特的新式绸缎衣服，她从来舍不得穿，从来压箱底，好像穿了就不符合下人身份，更不符合独自带个娃娃的小寡妇的身份，就好像穿得好一点会给我这个儿子带来霉运，会让我在大院里面抬不起头。她想多了。我没办法面对这件事情。我还那么小。我晓得我妈死了我也不想活啦。赵家让老黄为我找了一房亲戚才躲到金马山附近住下来，那个人说，她是我二姨。当然啦，我有一个对我不错的二姨父。再后来我是要回大院的，我咋个也要回去。就好像，我妈根本没死。

迈克拍到了许小鹤坠楼的瞬间。是无意拍到的，暗房里洗出的照片让刘三清晰显形。随后发生的事情至关重要——这是小迈克告诉苏粒的史实，我当然相信它是史实，不可能杜撰，因为小迈克能拿出父亲遭飞虎队处分的证明，以惩戒他在昆明闹市区拔枪杀人。军方认为至少可以活捉、跟踪、报警，他们会及时缉捕一个间谍，一名凶手。但迈克的选择是下意识的。不是吗？难道举枪毙掉一个慌不择路的凶犯还需要理由？就算当时拿不出理由可照片记录了此人样貌。无论如何，就是刘三。不会错。受处分的迈克请求面见来昆明与龙云商谈飞虎队作战事宜的上尉陈纳德，后者拒绝了他的请求。迈克被关押，四天后被释放。也就是说，四天后他才洗出照片证明自己说的是对的。他将证据提交五华山，又即刻赶去红十字会医院。六天前做了手术的丁阮还躺在病床上。认识这个人吗？不认识。你们不是一伙的？不是。你哪里人？昆明人，官渡区小板桥人。叫什么？你知道我叫什么。你回答我。丁阮。你跟谁学的英语？佟云，她是我上司；等一下，你凭什么审问我？因为是我救了你。是我把你送进医院。谢谢你，老麦。我可以像干掉

315

你同伴一样干掉你,除非你回答我的问题。我没什么同伙,我们不认识。我不相信你。你把我的胶卷送给日本人了? 为什么? 都是拍摄昆明的照片,你们需要这些照片? 你在收集情报,否则你的行为很难解释。说了我只是南屏电影院伙计,不是奸细。但是,你为什么要让我发现你动过我的胶卷? 太拙劣了。为什么让我对你产生怀疑? 是的我已经怀疑你了;还有,你急不可待制造摩擦到底为什么? 我听不懂你的意思老麦。你懂,你当然懂。为什么明目张胆? 为什么? 我听不懂,我只是南屏电影院的伙计啊。你确定不说实话? 我说的全是实话,我的老板是赵书琴,我每个月拿一块大洋。迈克转身走出病房,以飞虎队中士身份拨打五华山特情局电话,对方答,有答案了。答案? 佟云死了,被狙击手射杀在南屏电影院门前。迈克请对方重复一遍。对方一字不差又说一遍。这么说,迈克道,当晚,目标是赵书琴,不是佟云? 对方答,也许。为什么是佟云? 还在查。快了,快抓到人了。迈克沉默了足足三分钟。佟云死了? 死了。一枪毙命。迈克举着电话,几分钟后才挂断。没听清楚对方让他严防丁阮逃跑或自杀。迈克回到病房,告诉丁阮,小金桶死了。丁阮看着他,眼神如一块废弃的破木料。说吧,都说出来。你知道你的同伙要杀佟云? 不知道,我不知道你在说什么。你知道,而且只有你知道。为什么? 你知道佟云马上要死,要代替另一个人去死,你——迈克觉得自己的一部分也在死去。他没法想象小金桶倒在冰冷的水泥地板上,就在她一手操办的电影院门前。谁干的? 谁? 除了让即将伤愈的腹部重新撕裂没有别的办法。丁阮生不如死。随后的深夜长谈只有他和丁阮两人的长谈进行了三个小时,次日凌晨,丁阮失踪了。

P

二〇〇八年,苏粒在美国待了七年后返回昆明。二〇一九至二〇二一年又回洛杉矶。迈克·迪克斯特于新冠大流行期间病逝。二〇二二年年初,苏粒回到昆明。我问她,为什么回来? 此刻四道菜腻在盘子里,我们不再碰一下。她想了半天说,使命吧。大概,使命。你还相信这个,使命? 信也罢不信也罢,它是事实。你的展览? 对。我沉默。几分钟后又说,你的意思是,你守着那些逝去的东西,那些老照片,那些历史,拒绝现在? 苏粒没说话。你心甘情愿把自己交给那一堆,怎么说呢? 过时的东西? 过时? 她的目光渐渐凛冽。你觉得它们过时了吗老杜? 不不,我表达的重点是,你的当下,你十多年的时间,你认为……它们就是我的使命。苏粒坚决地说。人人都是要死的,比如迈克,那么快就死了。你哪会料到他被新冠杀死? 那么,你只能尽力捍卫什么,守住什么。老昆明就是他们父子想捍卫想守住的东西,一点也不迂腐,非常理想主义对吧? 我一个昆明人,一个老昆明,付出时间精力,不应该吗? 难道不是我的使命? 沉默。这一次延续的时间很长。姑娘又来了一趟,想为我们再加点茶水,可我拒绝了。苏粒说到她现在小区的状况:被一圈商业街包围,晚上常有嘈杂的音乐声、吆喝声,烧烤的烟火也会飘进来。她苦笑着说,老小区了,只能接受,也无力搬家。它们是你必然接受的东西,是活生生的现实,除非留在美国。我眼前出现她所在的小区——她不用说我也能猜到是我住过又搬离的白马,从前她很喜欢它的僻静,现在看来,不断改造的昆明给她开了一个天大的玩笑。你哪里赶得上城市飞奔的速度? 不过,我认为她骨子里根本不在乎,我们曾在天君巷九号大院住了两年之久,领教过各式各样的嘈杂,它们从来是大杂院本色,围墙外面这点动静算什么呢? 她说,(终于聊到美国了)她住洛杉矶海边小城圣莫妮卡期间非常喜欢它的宁静,喜欢人和人之间拉开距离以及为了弥补距离的亲密举动,比如教堂礼拜、社区活动、烧烤派对、邻居互访,等等。当地人对华人也很友好。不过,宁静有时候会变成障碍——太宁静了,像一种寂灭,你很难见到某个热气腾腾的家伙冲你大喊大叫哀号流泪;你极其自由,凡事全靠自己,对自我渐渐有悲凉的体察,时间长了不免寂寥,也会怀念昆明。不过,眼下中国式鸽子笼有质的变化,其后现代冰冷是彻底物化的冰冷,是人和人的纯然隔绝。我们似乎和他人再也不发生关系。相比之下,洛杉矶小城更有人情味,也更温暖。不过,她还是选择回来。不是不堪忍受,她纠正道,也不是不喜欢洛杉矶,还是因为使命,因为迈克留给她的那一大堆超过半个世纪的昆明历史。不过,比起陌生的历史,她说,现在的人不就喜欢模仿的、伪造的、轻飘飘的东西吗? 比如金马碧鸡坊。我说也许历史无所谓真实和虚构,金马碧鸡也就只是两座小山而已。那你告诉我,她道,昆明人为什么要造两坊? 纪念呗。我说。纪念什么呢? 如果是假的,是传说,干吗要纪念? 偶像崇拜嘛,你知道,中国人的祭祀传统衍生出很多东西。苏粒皱了皱眉,这一瞬间,短暂的一瞥之间,她又做了一个熟悉的小动作:头颈偏转,眉毛向中间收缩,额头的细纹像波浪一样漾出来。我又混淆了现在和过去的苏粒,不知道我们之间发生了什么,什么才是我和她的历史。重要的是,看你给出什么样的历史,她接着说,迈克的老照片之所以震撼,就因为太真实、太稀缺了,他抓住了历史。我没吭声,忽然对失去的二十年非常不甘——她走得太简单了,时间流逝太快了。她说,就算是仿造的,比如金马碧鸡坊,也总得有重建的理由。为什么偏偏是它们? 我答不上来。她笑了,笑容温婉动人。

Q

　　一九六六年十一月,"文革"开始。金马碧鸡坊遭到一伙年轻人打砸,不到半天工夫轰然倒下。带头的人没想到,他们区区二十余号人,十来号红卫兵加当地农民就把金马碧鸡坊干掉了,使用的工具是锄头、铁锤、凿子,一匹马和一头驴。

两头牲口的加入将绳索绷得越来越紧，一伙人追在它们屁股后面疯狂叫喊，拍打；那匹瘦马累惨了，有人操起手腕粗的铁棍猛击其胯部，打得它浑身战栗，嘶嘶低吼着，嘴角喷出白沫，用尽全身力气绷直脖颈，终于在众声呼号中，将金马坊一拽倒地。轰隆一声巨响追在它屁股后面，烟尘遮天蔽日。众人笑得拍手跺脚，老马被惯性推出数米才站住。它回过头，眼里饱含热泪。它看见十几张年轻的面孔因激动而扭曲，它发现他们，这些昆明人，竟然如此渴望干掉历史，干掉他们从来没见识过的传说和神话。新时代属于他们，不属于它，不属于一匹快累死的老马。

R

迈克问我要不要来一支香烟。他说他很少抽烟，但进来后发现吧台有哈德门，刚开始以为是个玩笑，忽然明白这是某烟厂精心打造的，顿生抽烟的冲动——既是对飞虎队队员的模仿，也是一次小小的致敬。他说他这次是来为父亲当年拍下来的老昆明举办一次六十年展览，让几百万市民重温历史。来之前咨询过朋友的朋友，也和有关部门接触过，到了昆明才发现自己还是太天真了，事情远比想象的复杂，他像掉进烂泥一样动弹不得。原以为很多人会为他的到来列队欢呼的——这是父亲日夜不忘的大城啊，三面环山一面临水，形似神龟的卯城，一颗金印之城。现在谁还记得老麦？谁又在乎老麦的儿子回来了？愤怒和绝望让他想立即返回洛杉矶，一分钟也不愿多待，冥冥中又期待奇迹出现。上帝会帮他吗？于是，他自然而然视苏粒为救命稻草，绝没料到她的曾祖母小金桶和父亲老迈克熟得不能再熟。多么惊人的巧合，不是奇迹是什么？他说父亲当年拍摄的昆明老照片不下五百张，足足两大军用箱子，办一次大展绰绰有余。为什么拍那么多？因为飞虎队队员每次升空生死未卜，你只能全力活着。老麦在他无数次按动快门的瞬间一再和老昆明发生关系，每一次都像押上性命的最后一搏，不可能不投入感情，不可能不和这座大城休戚与共。一九四二年赴滇西前夜，老迈克哭了，面对漫漶的大城，面对一批黑白照片，内心的波澜难以言表。在小迈克看来，父亲既是为战争中牺牲的飞虎队队员哭泣，也在为视死如归的中国士兵和昆明市民哭泣。他想起小金桶、丁阮、刘三，想起赵书琴、谢怀礼，以及天君巷九号院的许小鹤——死时不足三十岁，只是小金桶手下最普通的帮佣，一个算不上美丽的女人，无数游走在昆明大街上充满恐惧和希望的一份子。她坠楼身亡那天，她的儿子刚满七岁。

飞虎队驻地在巫家坝，离这儿不远对吗？他问。不远。苏粒答。现在是民用机场。我知道。他腼腆一笑，我就是在巫家坝降落的，从洛杉矶飞上海，又飞昆明。飞机降下来的时候我非常激动，非常非常激动，这座城市对于父亲意义非凡。如今我也来了,太奇妙了,似乎历史还在延续。你们想想看,他愿意为这片土地上的陌生人流血牺牲,还不够疯狂?他是得克萨斯人,后来搬到洛杉矶,他飞到中国的时候我在什么地方还不清楚,哈哈,他和我的妈妈二十多年后才会遇上,也就是说,他差不多四十八岁和我妈妈结婚,四十九岁才生下我。嗯,迈克·拉莫尔回到美国靠开出租车维生,后来开了一家运务公司,在洛杉矶和圣莫妮卡之间来回跑,生活平静单调。四十八岁那年,他对麦当劳服务员克里斯汀一见钟情,半年后结婚,从此定居圣莫妮卡——一个美丽的海边小城;迈克的运务公司没什么发展,但是对付一九六〇到一九九〇整整三十年的美国黄金期并无困难,再说,父亲从来不是一个野心勃勃的人,对未来从无奢求。他认为从中缅战场,从昆明,从驼峰航线完好地回来已经是上帝眷顾,一九四二年之后很多兄弟就把生命留在了高黎贡山。更何况,他还奇迹般地在他近五十岁高龄遇见克里斯汀,也就是我的妈妈——此前他非常享受往返于洛杉矶市区和圣莫妮卡居住地的自由自在。像另一种飞行,在七十七号公路上以九十迈至一百二十迈速度前进。他不再拍照。也许眼前事物太过平淡,远不及昆明,不及疮痍的西南大城,不及潮水般涌来又退去的面黄肌瘦的面孔上的坚韧——他们眼里的希望被他和战友们画在机身上的鲨鱼点燃。他们误把鲨鱼认作老虎,刀子般的尖牙,眼睛巨大如斗,在天空中穿行如箭,一鼓作气歼灭数十日军战机。父亲说,他随战友飞越昆明的时候,云朵像银色峰峦,他们穿行其间,一簇簇雪白的气流从驾驶舱前和机翼上拂过,像在为空中的老虎擦洗伤口。飞机降低高度,密密麻麻的青灰色屋脊和残垣断壁骤然升高,像大海一样席卷而来,让他有想流泪的冲动。这种冲动如果不是飞虎队队员恐怕很难体会。他最大的遗憾是,虽尽力将昆明留在胶片上,相比它遭受的轰炸和死亡,他做的还是太少太少了。

S

围绕丁阮有多种传闻。一、没出医院就被处决了;二、手术后感染身亡;三、潜回官渡老家,从此销声匿迹。一九四一年二月四日夜,美国飞虎队队员迈克·拉莫尔与丁阮的病房对话千真万确。除了迈克本人,没人知道他们说了什么。丁雨农落网后即被枪决,这让丁阮的身份和下落更加扑朔迷离。

T

我们很难说清对城市的感情由哪些要素构成。人、气味、小吃、街道、天气、文化、方言、一棵树、一片草坪,或别的什么细微之物。总之我年近五旬,经历了这个城市经历的一切。我和它水乳交融再也不可分割。高速发展让昆明和任何一座内地城市如出一辙，就连苏粒也感叹昆明之新之快远甚洛杉矶，远胜圣莫妮卡。如今你走在正义路步行街一带，绝不相信它和当年，和三十年前甚至八十年前的抗战之城的关系竟如此密切；它需要被改变吗？变得和所有城市一样？现在你去往任何一座城市、任何一条步行街都充满相似的东西，某种从纽约下城区移植过来的后现代风景：包豪斯的、芝加哥的、前现代工业的、后现代拼贴的，它们融汇于商业广告和时尚电子大屏，反复轰炸的十字路口，混搭为一种野蛮粗暴的视觉霸权。我们一度以为赶上了全球后现代浪潮且有过之而无不及，不料很快遭到数字信息时代的耻笑：店铺、商超被习惯手机消费的城市青年抛弃了，泛滥的摩天大楼严重缺乏人气，那么，打造它们，堆砌它们还有什么意义？商超如果只是展览，是占据街区的巨幅广告，作为消费者的人，作为店铺前景的人，昆明人，还有什么意义？你总不能说置身一条后现代大街上的人才显出意义，总不能说人只是它们的附庸；你更不能断言，人如果不消费就无法和另一个人发生连接，人如果不投身一个新的昆明就不配住在昆明。在某种后现代逻辑之下，慢生活被干掉了，人和人之间的温柔、宽容、爱和神秘也消失了。只有空荡荡的嘴巴一样洞开的死亡店铺，那些孩子在店铺深处使劲打哈欠，不知道明天在哪里，昆明和上海和纽约和北京和深圳到底有什么区别，更不用说，当年，这个城市才是距离中国首个将日本侵略者赶出国门的滇西腾冲最近的省会大城。从绝对意义上，昆明不仅是接纳西南联大的光辉之城，也是见证美国飞虎队大捷的英雄之城，那些尖牙利齿的大鲨鱼从云层中蹿出，扑向日本敌机，撕咬它，射击它，消灭它，有的飞虎战机从此陨落再也回不了巫家坝驻地。数百个年轻的生命消失了。这些孩子，这些生活在后现代昆明的孩子们不再了解这些，不再关心这些，甚至不知道昆明差点被日军大轰炸摧毁。老昆明不剩什么了，虽然一毛钱一杯的炒蚕豆还能在郊区街子上发现，凉米线、凉卷粉口味宛然依旧，南屏电影院以中国最早电影院之殊荣幸存，很多旧物却接二连三地消亡了，零碎的、方圆不到一公里的老街区相比后现代景观再也没有吸引力，像尸体的一小部分，散碎、破败、惨不忍睹，到处充斥着赝品，旅游商业街区的低劣货色塞满昆明的大街小巷。就连你的朋友也像个假的，说着言不由衷的废话，扮演莫名其妙的傻×；他们告诉你哪个还记得飞虎队啊，哪个还记得那些东西，或者，干脆质疑你谈论一支美国空军的出发点是什么，是何居心，用意何在。

U

苏粒说，她的祖父辈对半个多世纪前的历史一直讳莫如深，但要她相信老许编排的东西就太幼稚了。我从来不相信伟大的昆明女一号赵书琴身边那个大管家，也就是我的曾祖母外号小金桶的佟云的爱情是这样的。她怎么可能和一个下人谈恋爱？怎么可能跟一个日本间谍谈恋爱？这玩笑开大了，太离谱了。老许满嘴跑火车。还有，你相信他妈妈，那个叫许小鹤的下人救过赵书琴？你信吗？而且被奸细从楼上推下来？我说没准，毕竟，那时候的昆明相当复杂——没什么毕竟，历史有那么玄乎吗？可绝不简单，否则赵书琴就不会是一代豪杰，至于小金桶——苏粒打断我，这不是我曾祖母的故事，我从没听人说起过。要这么编，我们苏家和佟家的故事足够写一部电视剧啦。我问她祖上有没有留下什么东西，只言片语啦，票据存根、日记账册什么的。苏粒似乎想起什么，走到那只花梨木大衣柜前，打开抽屉，端出一只红木匣子——酸枣木做的，四面雕了喜鹊梅花，雕工尚可，我猜当年南屏电影院楼下小街或甬道街、华山西路一带都能买到它，典型的老昆明风格。她打开，下面红锦衬底，上托一块镂空银饰，是老民国范儿的椭圆形发簪，让我惊讶的是居中那只非常眼熟的、翩翩欲飞的蝴蝶。苏粒冲我眨了眨眼。我明白了，原来她手背的蝴蝶不是老白原创。她说之前没跟我说是觉得毫无说的必要，首先这银饰不算值钱，拿到花鸟市场最多卖七八百块吧；再就是，这种老东西家家户户都有，不稀罕；至于模仿它刺在手上就更没必要告诉我了。她哪能事无巨细都跟我汇报。我说，你现在让我看的意思是？我确信，她说，它就是我曾祖佟云的东西，你还记得老许说赵书琴是花蝴蝶，小金桶也是花蝴蝶吗？如果它的确是小金桶的，我认为，她很可能没怎么戴过它。你觉得呢？太新了，也太普通了。她是赵书琴的大内总管，指不定金山银山呢，咋看得上这个？我没说话，对她的隐瞒稍感不快。这件事情她完全没必要瞒着。她真是无意的？

　　小金桶的传奇有一个不可撼动的关键：赵书琴。迈克·拉莫尔永远记得一九四一年十二月二十二日下午，昆明暖冬。这个城市的冬天实在舒服得不像冬天。他在南屏电影院一楼大厅等了半个多小时，小金桶终于袅袅婷婷从二楼台阶上下来了，墨绿色旗袍包裹的身体略显单薄却挺拔优美，像展翅的蝴蝶。他们走街串巷的片段更像一个个模糊的电影镜头，似曾发生又很难确定——他最早认识的本地姑娘就是小金桶，刚来昆明就随她去了圆通寺烧香拜佛，她也需要透透气啊，顺便练练口语。她英语极佳，要是没她恐怕赵书琴、谢怀礼的南屏电影院很难开下去，遑论亚洲第一了；赵书琴深居简出，全靠小金桶前前后后操持才稳住这块金字招牌。迈克和她差不多每月一见，都是他跑到南屏电影院找她，她呢，从未主动给老麦来个电话捎个口信，却也带他尝遍长春街烤鸭、武成路饵块；他不时给她捎点小礼物，一束鲜花、半斤麦芽糖、一只青花瓷盏。小金桶高高兴兴地接受，回报他最新电影票或交益社舞会入场券。但这次是小金桶主动来的电话，也是她头一次给他来电话，巫家坝驻地接线员转过来的时候迈克差点不相信自己的耳朵。她让他带上柯达来一趟，他立即驱车赶往南屏街。此刻,当迈克抬头仰望从高处款款而来的小金桶,涌到嘴边的是两个英语单词:Absolute beauty(风华绝代)。她道歉说,楼上开会呢,久等啦。迈克说,我的荣幸,等二十四小时也无妨。小金桶笑了,说,我有事找你帮忙。迈克道,你吩咐就是。小金桶把他带到一楼影厅,直面巨大雪白的银幕,刚从好莱坞进口的,她解释说,今晚要放《大独裁者》,票我给你备好啦。迈克谢了她。她让伙计端来一盘橙子,两人坐在首排吃得汁液淋漓。真甜。这可能是他这辈子尝过的最甜的橙子,小金桶说是产自玉溪的冰糖橙,在昆明卖得极好。少顷,小金桶问他,圣诞节怎么安排? 迈克说,暂时没有安排,不过,随军牧师也许会带领大家团契。那我们去穿金路圣约翰堂? 那当然更好。小金桶沉默片刻,说,十天前,你们在天上痛击鬼子,真解气啊! 迈克微笑。是,一场大捷。昆明人憋坏了,看他们还敢不敢来。唉,他们是老鼠,是蝗虫,但凡有一点点机会,还会窜出来制造麻烦。小金桶深呼吸,问他有没有听说昆明混进了日本奸细? 没有。你消息滞后啊。是,飞虎队不操心奸细和间谍,这是五华山的事儿啊。她沉默。迈克莫名紧张——她发现了日本奸细? 藏在南屏电影院? 又或者,赵书琴、小金桶已经被日本人拉下水? 不,荒唐! 如果他们都为日本人卖命,全中国的抗战就是个荒谬的笑话。这个民族谦逊善良,却从来不乏狠角色,否则就不可能徒手凿出滇缅公路,也不可能出现那么多宁死不屈的英雄。小金桶将籽粒轻轻吐出,攒在一方雪白的手帕里,手帕绣有夏荷。她举止轻盈,他恍惚觉得她吃下去的是田田荷叶,吐出来的是粉色荷花。我想请老麦帮我拍张照片。照片? 单身照。好的,我还以为你又要带我见识一个好地方。西山龙门? 我们下礼拜去。好的,大观楼也想去,我想见识一下天下第一长联。日本人差点把大观楼炸了。幸好;不好说,只要鬼子一天不滚出去,一切都未可知。上帝保佑昆明。上帝保佑昆明。德胜桥的豆花米线极好,下次带你尝尝,你埋单啊。悉听尊便。哈哈,说定啦。一言为定。两人又东拉西扯聊了纽约新闻、德国西线战况、太平洋战争、赵书琴最近的牌局——很难从官太太手里赢钱。谢怀礼打算跑一趟香港,购入一台最新款电影放映机。迈克问她,如果赵书琴发现身边有日本间谍,怎么处理? 小金桶做了一个斩首的动作。零容忍,不必通知五华山。她眼里的狠劲儿让迈克惊讶。他问她想好拍照地点了吗? 想好了,就在这里。这里? 小金桶笑着起身,背景是一片辽阔的空白,大而浩瀚,也许象征着死拼到底的决心。她立于镜头前,两手交叠在小腹上,身姿端庄挺拔,墨绿色旗袍犹如璞玉。镜头后面的迈克感到心脏微微颤动,像乘坐战机时遭遇一阵强对流颠簸。一天后洗出来的照片再次印证了他的直觉:这是一个完美的女性,一个昂然立于乱世的本地姑娘。他觉得她才是南屏电影院的幕后老板,是赵书琴本人,不是赵身后的女一号。

半个月后，刺杀赵书琴的狙击手，日本十五军五十六师军曹吉田有介落网；诡异的是他拿到的赵书琴本人唯一一张单人照片是迈克所拍的小金桶。一九四二年二月四日凌晨，小金桶像往常一样送别连看两场的物资局局长及其夫人，他们回味着好莱坞大片《关山飞渡》的余温登上专车。她往回走的时候街边只剩下卖炒栗子的老钱，灯光洒下来，她不忘和老钱打声招呼，说，还不收摊哪。老钱说，快了，一点就收，佟小姐今晚通宵？三点，她道，还有两个厅放到三点。老钱满脸堆笑。枪声从远处传来，低得像一枚绷断的纽扣。小金桶倒地，左胸心脏位置中枪，鲜血很快将她那件漂亮的墨绿旗袍染成暗红。

V

老许就死在天君巷九号大院，三天后才被隔壁蹬三轮的小江发现报告黄药师，后者破门而入，见他直挺挺躺在地上，再晚两天肯定臭了。两三租客觉得不吉利决定搬走。黄药师说你们想搬就搬，房租我一分不退。几人想了想作罢。我和苏粒从来没觉得老许晦气，反倒替他松一口气。他背负的历史太重了，死亡才能帮他解脱。再说，我们多少感到愧疚，毕竟他母亲当年和赵书琴、小金桶差不多像一家人，我们为他做得太少了。我们下楼看他，直到殡仪馆的人来了将他塞进一只蓝色袋子装车拉走。我们在他床下发现一箱半玫瑰老卤，一共十八瓶，瓶口都封着。黄药师问我们如何处理，我们给他十瓶，余下八瓶我们留着，黄药师没有意见。其实这种处理毫无意义，到了晚间我们挨家挨户把十八瓶玫瑰老卤分了，一楼二楼厨房添煤架锅，叮叮当当的炒菜声和浓浓肉香飘满大院，大伙像过年过节一般在两层楼上来回窜，来回敬酒、喝酒、劝酒，玫瑰老卤的浓香很快就从黄药师屋里、从我们屋里、从所有人屋里钻出来，混合木床、地板、土墙、瓦片上的泥巴味、苦味、霉味、炊烟味，上百年的气味迎风散落。九号大院的二十几号人都没料到，一个孤零零的老家伙，一个唯唯诺诺被时间抛弃的老家伙，他的死亡竟让我们亲近多了，让我们有说有笑热气腾腾，让一个快拆掉的老地方重新活过来，就算是一次性的，就算三五个小时，也总比没有强啊。某种意义上，这也是天君巷九号大院的回光返照？

W

迈克的帅气会让绝大部分女性招架不住——湖蓝色眼睛，金发浓得发暗，肤色白如奶油；他一定清楚自己与生俱来的明星范儿，却漠然处之，魅力反而有增无减；尤其在你说话的时候，他专注地看着你，钻石般的目光不免让人羞涩。那天傍晚我们在驼峰酒吧喝了半打啤酒，后来他又请我们喝了威士忌。他某些时刻的欲言又止像推敲，也像试探，让我相信他此行应该还有一个不大不小的秘密，而他，一个刚刚抵达昆明不久的美国人，还没想好该怎么谈论它。

是的，父亲放走了丁阮。为什么放走他？我没有答案。父亲也从不提及。但我知道父亲听到佟云死讯的一个礼拜几乎不吃不喝。他觉得昆明的中心，他身体里最重要的一部分，垮掉了。他不明白是战争之祸，还是大多数优秀女性的命运都是无解的悲剧？

迈克建议我们上金碧广场溜达，吃得太饱也喝得太多了。我们走出驼峰，我向他解释了这家餐厅的由来。苏粒的翻译干净利落。广场温柔地接纳我们，它早就是看管昆明人情感的地标性存在；此时两坊相向而立，高大又傲然，品字斗拱造型酷似科幻大片中的赛博坦巨兽。天黑透了，彩色灯光从高处洒下来，两坊璀璨剔透宛如冰雕，一种夸张的绚丽让人很难相信它们曾经见证昆明的历史——它们自然没见识过历史，它们只是一九九九年新建的啊。但我惊异地发现两坊振臂欲飞的样子多像P-40战斗机——迈克的讲述让我们回到六十年前那些伟大的空战。如果没有飞虎队，昆明能扛过去吗？滇西呢？广场上，一群游客涌过来，导游手里的三角旗红彤彤的。迈克问我们今天什么日子，苏粒答，三月二十三号。他抬头看向月亮。一轮盈月将金马碧鸡坊笼罩在银辉之中。传说是真的吗？他问。什么传说？六十年一甲子，两个牌坊的影子会重叠，你们叫它金碧交辉，是真的吗？苏粒答不上来，我也答不上来。我突然意识到二〇〇一年的今天，正好是一九四一年飞虎队参战六十年。整整六十年。这么说，迈克是为金碧交辉而来？不，这想法不免幼稚。我们和迈克都知道今天的金马碧鸡坊早就不是当年的金马碧鸡坊了，它们是重建的，不可能容纳奇迹。重建它们的时候，没发现什么？迈克问。此时我们站在金马坊下，和碧鸡坊相距约六十米。不是约，是正好。一定精确到米。青金色地砖象征昆明坚实的大地。两坊的气魄（即便是仿造的）只有当你置身其下才能感受到。发现什么？苏粒不解。迈克抚摸它的花岗岩基座。比如，下面有没有藏着什么东西？宝藏？炸弹？还是别的什么？我们很明确地答复，没有，肯定没有。迈克轻轻摇头。我相信金马碧鸡交辉是真的，不是传说，对吗？他蓝宝石般的眼睛看看苏粒，又看看我。是的，苏粒答，我们相信是真的。迈克不再说话。一群游客踩住彼此的影子，几个男孩从驼峰里冲出来趴在广场边上大笑；有人待在仿古建筑房檐下敲打手鼓，节拍绵软无力。晚风吹过来，还带着初春的微寒。金碧路车流汹涌，再往前百米是街心工地。为修地铁或别的缘由，正处于堵塞状态。当年呢,拆掉它们的时候呢? 迈克来回打量我们。我答不上来,苏粒也答不上来。这是无解之问哪,一九六六年或有成百上千的参与者,但仅凭我和苏粒显然没办法找到答案。有一点可以肯定,当年没有任何意外。漫天尘埃升起又落下时亮出的空空荡荡的金碧路就是最大的意外。没有两坊的昆明城多么丑陋啊。迈克耸耸肩,神情有些落寞。我们在广场上溜达了两三个来回,渐渐感到冷了。迈克建议我们去他下榻的酒店看看他带来的东西,可以吗? 我们答应了——是苏粒即刻答应了。我发现我们对这个老外的一切充满好奇,更不用说,他居然是飞虎队军医老麦的儿子。他走向书林街,熟稔程度就像一个地地道道的老昆明。没错,短短几天他就把这个不大的地盘摸得门儿清了,像急于赶上老麦当年的步伐。我们稍稍落在他身后, 他一米八五的个子不时挡住灯光,我觉得那个也叫迈克的军医回来了,回到了昆明。此时街上除了寥落的行人、低矮的梧桐之外再没别的。这些匆匆擦肩的人,这些本地人,这些昆明老乡,他们是否知道,这位高大威猛的老外的父亲曾经是这座城市的英雄? 这座城市,何尝不是他的城市?

我一直没弄明白苏粒什么时候爱上迈克·迪克斯特的。就是那天夜里? 后来发生了什么? 我从未追问,也从未逼她说清楚不可。没必要,由她去吧。苏粒一向敢说敢做,决定的事情八匹马拉不回来。我不可能阻止她,更不可能报复她。你没办法报复你的深爱之人哪。二十二年后,当我们重回寂静的驼峰,待在漫长的昆明傍晚,待在和二十二年前几无变化的金马碧鸡坊,我似乎找到了答案又似乎再也没有答案;我更深刻地理解了苏粒,也对她的不管不顾倍感凄凉。是的,凄凉。你爱着的人重新回到你们的城市却没有音讯,而你明明感觉到她回来了,她在,而且离你不远。不是恨,我说过了,我们之间没有恨的位置。尤其现在,我怎么可能仇恨苏粒? 我看着她,回想二十年前这个女人完完整整地属于我。她是我的。一直是我的。现在似乎还是我的,从未离开也从没改变。二十年来她像被关进水晶城堡的公主或山巅海边的岩石,二十年后原封不动地复活了。我想牵她的手,像二十年前一样询问她的意见:我们回家吧。但我只是看着,凝望着。二十年时间最可怕之处莫过于此,不是消解愤懑,是干掉了激情,让你们重逢的时候不知道做点什么才是对的(比如,一个拥抱)。我小心问她,我老多了? 哈哈,老杜,怎么突然问我这个。我就想知道,那么多年了——不老,男人是很能扛老的,没有大肚腩、没有驼背就不会有太大变化。胖了,五公斤吧。挺好的,反正我没看出来,你还是那么精神,像当年一样精神,当年打了鸡血一样到处乱窜,到处搜罗值得登上报纸的鸡毛蒜皮。我苦笑,说我当年是真热爱新闻哪。她笑了,仔细打量我。抬头纹深了,老杜,还有法令纹,嗯,其他都挺好。在我眼里你从来没有变化,从来没有。这句话让我差点落泪。我说你也没什么变化呀苏粒。小苏粒。我脱口而出。我真害怕我忽然哭出来。还好，我及时控制了情绪。她看着我。你一定难以释怀，当年我为什么忽然就——我没吭声。她说她也不太明白。直接推动她离开我奔向美国的是迈克当晚在酒店房间向我们展示的东西。对，正是那些东西。那天夜里我们一路走到巡津街一个名为"今天"的小酒店，风格端庄简朴，小小的天井通向后院——明显是改建过的老派旅馆，典型的昆明四合院，让我即刻想起天君巷九号。从天井西南角上到二楼，木地板吱吱呀呀。二楼居中，二〇六，酷似九号院我和苏粒那个三十多平方米的窝。我在黑暗中看看苏粒，她也看了看我。四处飘荡着木头味、家具味、老院落的灰尘味。迈克按亮电灯，屋里一张大床，床单洁白。床头柜、落地灯、小沙发一应俱全，提醒我们这里不是九号院，是标准化的单间，和千篇一律的酒店房间没有区别。迈克问我们还喝什么吗？我们摇头。他开玩笑说，也是，再喝下去就成大肚罗汉了（他显然知道一些佛教里的角色和人物）。我们坐下，房间立刻显得拥挤。他从床头柜上方拎起箱子——一只很大的黑色牛皮手提箱，打开。掏出几只硕大厚实的硬塑料信封，再小心翼翼地将其中的牛皮纸信封抽出，拿出一双白色丝绸手套戴上，之后才将信封里的东西非常小心地一一取出来，铺在床上。我被镇住了：昆明老照片，大约半张A4纸大小的、黑白的老昆明。老街区、老青石板路、老城墙……它们漫漶、耸峙、拥塞，金碧路一带屋檐鳞次栉比，像海浪一样翻卷伸展，很多房头墙上爬满蒿草，却总有几个飞檐斗拱出现在画面上并占据重要位置。拍摄者一定是故意的，一定是用心的，他要抓住这座城市的精神，这座城市的内在气质。镜头下的人群绝不麻木悲凉，相反，他们高谈阔论、健步如飞，或贩卖鲜花、烟草、草鞋、米线，或悠闲地踱步、转悠、看热闹、斗蛐蛐、讨价还价；他们在金碧路两侧摩肩接踵，就算远处楼房被日军炸飞半拉；他们在南屏电影院下面交头接耳，门前张贴的巨幅好莱坞海报和他们瘦小的身形极不合拍。迈克将照片一张一张整整齐齐排列在他雪白的2米×1.5米的大床上，直到铺满，再也放不下了。这张大床赫然变成一幅巨画，一幅充满人声和细节的、陌生的老昆明，只有黑白两色的昆明。我无法形容内心的震撼。苏粒已泪流满面，一一指认着她能看出来的地方：金马碧鸡坊、大观河、武成路、南屏电影院、五华山、华山西路……最后是立于雪白银幕前面的女子，一个年方二十岁的、消瘦挺拔的、穿旗袍的姑娘。佟云，外号小金桶。她多美啊，淡淡的微笑平静从容又惊心动魄；两手交叠，放在小腹前面，手腕处有翡翠镯子，高高绾起的发髻乌黑浓密。显然，脑后绾住长发的，就是那枚银簪，刻有翩翩欲飞的蝴蝶，和苏粒手背上这只一模一样。

X

迈克·拉莫尔险些被送上军事法庭，但半月后一部分飞虎队队员或撤回菲律宾驻地或直奔滇西,此案不了了之。一九四五年抗战胜利,南屏电影院地下掘出一枚废弃的U880轻型炸弹,它制造于一九四〇年德国慕尼黑,据说能轻轻松松毁掉方圆三公里的城区,相当于六百当量的TNT炸药。迈克·拉莫尔从洛杉矶快报上读到此消息,泪流满面。

　　赵书琴一九四九年与谢怀礼赴香港,一九五一年又赴美国。佟云呢,我的曾祖母呢?谁真正关心过她?他们,每一个赵书琴的粉丝,每一个走进南屏电影院的人是否知道是她救了赵书琴?是她用自己的死换来赵书琴的活?苏粒说,这才是我的曾祖母小金桶。这才是真实的佟云。我说你怎么知道是史实?她说她在美国两年间,一切都对上了,尤其那张黑白照片——曾祖母小金桶风华绝代。老迈克将其放大至十六时,一直悬挂在洛杉矶家中。你可想而知啊,老杜,老迈克多么耿耿于怀。战争期间的死亡再正常不过,我指的是各种各样的死亡,终极目的是为了胜利,为了打败侵略者。那么,我想问的是,老迈克对苏粒说,谁的死亡是值得的?佟云必须这么做?必须捍卫赵夫人的生命?赵的生命就一定高于她的?为什么?就因为她爱上了一个绝不该爱上的日本奸细?

Y

　　你会去看我的展览吗?会,一定。太好了,我等你。沉默。四菜一汤凉透了。驼峰原址也许正是当年被掘地三尺的川记饭店,后来南屏电影院掘出废弃炸弹的消息轰动一时,登上《滇云日报》头版头条,电台也做了广播。老迈克一九四二年八月离开昆明飞赴滇西,一九四四年春天平安返回美国。一九四五年,他在广播里听到日军投降的消息。一九五一年,又听说赵书琴自香港赴旧金山。是年秋天,老迈克启程去往旧金山找到赵书琴。此后差不多十年,他们像家人一样生活在旧金山索萨立托小镇,这一点出乎很多人意料。是的,老迈克的新家在旧金山,不是洛杉矶,不是圣莫妮卡。一九五六年,赵书琴因子宫癌病逝,年仅五十三岁。老迈克搬回洛杉矶。一段辉煌的历史自此消散——他从赵书琴身上不时看到小金桶的影子。他承认自己第一眼看见小金桶的时候就不可救药地爱上了她。而赵书琴的活着似在时刻提醒小金桶的"在场";后来遇见小迈克的母亲克里斯汀并且娶了她,但任何人也无法取代小金桶在他心中的位置。这并不妨碍他对克里斯汀持久深沉的爱。(我终于相信夫妻间是有爱情的了。有。一定有。否则我和苏粒又该如何解释?)我突然问苏粒,能不能现在就去看你的展览?现在?对,现在。你确定?这么晚了,我怕——怕什么呢,总有灯吧,你打开灯,我就能看得清清楚楚。好吧,我们走。苏粒爽快拍了拍手。我起身结账,我们穿出静默的金马碧鸡坊,二者虽是仿造的，仍不妨碍我怀着复杂的心情仰视它。经过广场中间地带时，我似乎看到了传说中的金碧交辉——两条狭长的影子俯冲下来，没有重叠但相向交错，像两把长长的矛。我不知道如果此刻老迈克或小迈克见到它作何感想。我们在广场边打了一辆车，车上聊起金马碧鸡的传说，它们实在太乏味也太简单了，需要新的故事延续它。是啊，为什么不能植入新的？为什么不能虚构另一个故事？而我写在此处的这一个，显然不属于金马碧鸡坊。我说过也许与之有关。也许。没说肯定，更没说绝对。半小时后，我们抵达丹霞路棕树营小区，进大门后沿一条林荫道笔直向前，外面的喧嚣似有似无，零星灯光从法国梧桐高处洒下来。空气中萦绕着缅桂的香气。快了，就在前面。苏粒说。我又发现了二十年时间对她犯下的另一桩罪行：步伐固然轻快，却沉稳、迟缓了许多（当年她可是小鹿一般迅捷啊）。每天都开放吗？对，雷打不动。周末呢？也开，周六周日都开。苏粒，你这里离我的小区不远哪。是吗？我说出小区名字，就在城南和城西之间一个老小区。我一直喜欢老小区。每天散步，给自己做吃的，感受每分每秒的、沉重的流逝。我心情复杂，或心安理得，或莫名焦虑。但总体上，我知道随着时间的推移，我会越来越平和，会坦然接受一切。我站下来，似乎担心离她展馆越近越容易失去某种东西，可能是最重要的东西。我明明已经失去过了。苏粒扭头看我，说就在前面那栋平顶房子里，看见了？她指给我看——一栋小巧的水泥平房，两侧竹林掩映，繁茂清幽。她说房子是小区物管无偿提供的，算是对公益的支持。不过，还是太小，老迈克的四五百张照片只能展出一半，她必须半年换一次展览。即便如此，即便半年一换也还是太受限，不能让更多的照片遇见更多的人。我深深呼吸苏粒的古驰香水味，恍惚看见她手背上的蝴蝶一闪而过——硕大的翅膀张开着，想飞走，想停下来。一直办下去？我问。苏粒回头看我，几点灯光洒在她平静的唇边。你说呢？我没回答。我不知道该怎么回答。我还记得小迈克向我们展示这批照片的夜晚，那座巡津街老宅院竟是当年红透昆明的妓院翠苑楼，同样，它也是美国大兵常去的地方。小迈克不在乎它的历史，更不在乎老迈克是否来过这里，他在乎的是它属于昆明，是历史的一部分。我知道我们当晚所受的震撼尚不足以解释苏粒的选择，但还要怎么解释呢？还要怎么解释才算合理？历史之为历史从不需要解释。历史已经凝固在巨大沉默的时间之中。现在呢？将来呢？是布满两百多幅遗迹的展馆，还是展馆门前数十米的幽暗小径？没有答案。我伸出手，想握住她的。哦，苏粒，我的小苏粒。我仰望她，像二十年前一样认真地仰望她。

【作者简介】陈鹏，国家二级足球运动员、昆明市作协主席、小说家，曾获十月文学奖等多种奖项。出版有中篇小说选《绝杀》《去年冬天》《向死之先》，长篇小说《刀》等。

无事之城

◎ 尹学芸

一

百合问紫薇:"西番莲说自己是处女,你信吗?"

紫薇说:"我信。为什么不信呢?"

百合问:"你为什么信?"

紫薇笑了笑,说:"没有理由不信。第一我不是大夫,第二我不是男人。"

百合说:"芙蓉就不信,你信不信芙蓉不信?"

紫薇又笑,说:"我不信芙蓉不信。芙蓉如果不信,就是吃饱了撑的。"

她们四个,芙蓉与西番莲关系好,她们先认识。然后,西番莲认识了紫薇,芙蓉认识了百合。世界上的事情就是这样怪,谁遇见谁都是说不清的事。就因为芙蓉与西番莲好,百合觉得她们四人中,自己同紫薇好就是顺理成章的事。第一次约齐了吃饭,她们自觉选边,百合与紫薇坐一起,芙蓉与西番莲坐一起,然后给群起名。芙蓉说叫四朵金花。西番莲说叫闺密。"都太俗了,要我说就叫四小天鹅。"百合捏起裙边做了个造型,她舞姿曼妙。西番莲说好,她善于同意别人。刚要鼓掌,看紫薇别过脸去,她合起来的手掌就没有拍出声响。"就叫四不像。"紫薇看向空中,不屑地说。她的脖颈显见地抻长,一点也不输天鹅颈。她说出来就没人反驳,那时她们都叫她丁科长。西番莲连忙说好,然后百合与芙蓉都点头。紫薇却不管她们,先把群名固定在门楣上。紫薇点子多,乘兴说:"我们都给自己起个花儿的名字做昵称吧,这样好称呼。我叫紫薇,眼下正是紫薇开花的季节。"百合说:"妙,我喜欢穿白裙子,也喜欢百合花。"芙蓉说:"我有张芙蓉面,大家都说我面似芙蓉。"几个人一起看她的脸,芙蓉若无其事。西番莲急了,说:"我想叫芍药或牡丹,你们觉得哪个好?"大家看她一眼,都觉得怪怪的。百合说:"你脸挺大的。"百合这样一说,大家就都点头。之前没觉得她脸大,此刻觉得她的脸是有些大。"我叫西番莲吧。"她主动给自己降级。紫薇轻声说,还是挺配的。百合与芙蓉都点头,说这名字的确配她。西番莲却又反悔,高声说:"牡丹也是圆团大脸,我为什么不能叫?"紫薇说:"牡丹虽好,花期却短,是个短寿的命。"一阵风呼啦吹了过来,几个人的头发都应声飘舞。她们同时用手去拢头发,都用右手,整齐划一。有个路过的小男孩好奇地看她们,这些人的衣袂飘飘,美丽得超出他的认知。他扭着身子朝前走,嘴里说:"你们是演员吗?"百合回答说:"对,我们正在拍戏!"

西番莲忽然醒悟,说:"西番莲不就是白薯花吗?"

大家都笑弯了腰,觉得西番莲好有趣。丁科长端着的架子自动放下了。"白薯花好,又开花又结果,让人喜欢。"她抢着表态。这顿饭她一直纠结,西番莲一再约,她有个死乞白赖劲儿。越这样紫薇越不想来,理智上她觉得这几个人不入流,可又管不住那颗蠢蠢欲动的心。她在单位没朋友,潜意识里,时常觉得孤单。及至见了百合与芙蓉,妆容和衣品都不输自己,紫薇才略略宽了心。西番莲说:"好吧。只要你们高兴,我叫臭狗屎都行。"跟着,她翘着兰花指唱道:"俺那朵白薯花真是奇葩,不怕风吹来不怕霜打……"

"屁。"芙蓉说,"下了霜白薯秧子就死翘翘了。"

百合说:"野火烧不尽,春风吹又生。来年就又开花了。"

西番莲嘚瑟一样地挺起脖颈,高傲得像只兔子。

又一次聚会,紫薇避开人问芙蓉:"西番莲真的认为自己是处女?"

芙蓉翻了紫薇一眼:"什么叫'认为'?"

"好吧。"紫薇表情无奈,也发现"认为"两个字没用好,"是处女好呀,那就是还没开垦的白薯地。"她开玩笑,是在给自己找台阶下。

芙蓉说:"她如果真是处女,这世界就彻底没救了。"

"啥?"紫薇没听清楚,奇怪地看芙蓉一眼。紫薇在这几个人中学历最高,是文学硕士,但刚才思维开小差,没能听懂芙蓉的话:"你到底是信还是不信?"

"我没说不信啊紫薇,她是不是处女都跟我没关系。"

芙蓉懒散地打了个长长的哈欠,猩红的嘴巴咧到最大,露出了至少八颗牙齿。紫薇甚至能看到她的后槽牙和口腔深处的小喉豆,都是粉丹丹的颜色。芙蓉是会计,说话做事像算账一样清晰。紫薇既看不上这个职业,又心生抵触。三个人中,也只有芙蓉敢对紫薇戗着说话。"要是有只臭袜子就好了。"紫薇内心思忖,情不自禁看了下自己的脚,她穿着连裤袜。她总穿连裤袜。"团成一团塞进去,能堵得严严实实。"紫薇有些快乐地想,就像已经践行了,脸上露出迷人的笑意。

"你们在说什么悄悄话?"百合端着酒杯走了过来,她婀娜的样子就像春风摆柳。她是知道自己娇俏的,所以总穿白衣裙,冬天的羽绒服也是白色的,走动时就像雪人长了腿。"你们的样子好过分哦,不许有什么事瞒我。"她把两只手臂分别搭在紫薇和芙蓉的肩上,稍微一用力,身体就悬空了。芙蓉趔趄了一下。

西番莲在桌子对面看她们,眼神有一丝嘲讽。

二

她们已经认识很多年了,彼此之间称"闺密"。三年五年,或十年八年,谁也说不清。再早只是认识,紫薇和西番莲认识,百合与芙蓉认识,一年难得见一次面。就像前面有漫长的路要走,要再过几年,这四个人才像水流会聚一处。任何群体都有始创者,她们之间也不例外。最早是西番莲,细胞过分活跃,经常把人往一块儿牵扯。会聚一处才发现,虽然都是朋友,彼此之间还是有细微的差别。源于气味,或源于谈吐。或什么也不源于,就是简单的王八看绿豆。没有芙蓉跟百合的时候,西番莲觉得自己跟紫薇好。她经常去行政局找丁蔓帧,那时还没有紫薇这个名字。西番莲的好有些单向,紫薇从来都是淡淡的,倒杯茶,眼神祥和地看着她说东道西。眼神祥和,但不亲近。后来四个人会齐了,西番莲发现跟芙蓉更合拍些。芙蓉跟她说私房话。她们开始议论百合,说她倚小卖小,嗲声嗲气,就像紫薇的跟班。后来也说紫薇,酸、装,还摆谱,仿佛在行政局工作,行政局就是她的。当然这都是说笑话,见了面,她们就把这套话语收了,跟紫薇就像亲姐妹。她们谁跟谁都像亲姐妹。局面就这样慢慢形成了,几个人的亲缘越来越深厚。看上去她们是一个整体,彼此之间细微的差别破坏不了整体性,她们甚至会谈到抱团养老,仿佛友情可以一生一世。紫薇冷艳,西番莲俗丽。在这两种极端特质下,芙蓉和百合有被湮没之嫌。但她们情愿没有存在感,百合出于礼让,芙蓉则是不在乎。她只是出来玩,不怎么在乎其他。

彼此成了彼此的影子,这样的光景有两三年,或者更短,没人能说清。是没人想弄清楚。今朝有酒今朝醉,弄清那些有什么意思?又当不得酒喝。眼下的情景是,她们好像生来就是这个样子,不是一个人,而是一个团伙。她们管自己叫"吃货"。埙城有些名的馆子几乎都被她们吃遍了。她们吃得深入浅出:去过西餐厅,用银质刀叉;也去过大排档,喝小啤。四个人坐哪里都是风景,从不衣着随便,个个儿浓妆艳抹。吃喝不重要,聚会才重要。她们都这样认为。她们是彼此的万能胶,几天不见面会想,打电话、发微信或视频聊天。用西番莲的话说,有些像搞对象。"搞对象都没这么黏过人。"她们吃到哪里打到哪里。打架的打。比如,菜没洗净,桌子上飞过苍蝇,肉不烂汤不鲜,都是她们找碴儿的理由。她们最好的成绩是一餐饭全部免单。她们不是想吃白食,就是图个乐子。每逢关键时刻,西番莲是主力,她沉下圆盘大脸,用浑厚的女中音冷冷地说:"把你们店长找来!"有的结了梁子,从此再不去;也有的结下情谊,隔段时间会打电话:"我这里推出了新菜品,姐儿几个过来挑挑毛病?"

店与店不同,店长与店长也不同。如果年轻又模样英俊,四大美女一起放电,他谄媚的笑脸毫无招架之功,加个菜或送个鲜榨汁是常有的事。这一般是四川人或山西人,操着并不标准的外地口音,小小的个子,仰着细瘦的脖子,跟财大气粗毫不相干。有一次遇到个东北糙老爷们儿,像杀猪菜一样浑不惇。他晃着两只膀子过来,眼睛横着扫:"怎么啦姐们儿,没钱跟哥说一声。过来一个,先跟我上楼。"说完,挥了一下手,肩胛骨上文了好大一只龙头。几个人悄没声地递了个眼色,谁也没敢动。几张纸币扔在桌子上,连零头都没让找,开溜。以后吃饭绕着这家店走。这个事儿成了话题,谁先溜,谁后溜,调笑过后争得脸红脖子粗。西番莲换了思路:"如果有个人必须跟他上楼,谁合适?"

那三个人同声说:"你!"

吵架这种东西,只要开了头,就挡不住。可她们就像小孩子过家家,吵一次,和美几天。再吵一次,谁都不理谁,群里一天到晚静悄悄。这样的情景从三五天过渡到七八天,最多时有两个月,总有憋不住的。一般是西番莲先在群里冒泡:"有谁想我吗?"先回答的一准儿是百合:"有。"然后是芙蓉。总是这样的顺序。紫薇是公认的最有涵养,她总是姗姗来迟,写两句诗发上来,或画幅小画。她的诗和她的画都还入眼,当然还有她们都懂的寓意。比如有一次,她们生了很大的气,彼此都说了绝情的话。紫薇便画了一棵树,上边落了四只穿着五彩羽衣的鸟,神态各异,取名同林鸟。紫薇相信,那三个一准儿都端着手机趴被窝里看,个个儿泪眼婆娑。当然这是紫薇想出来的,事实也确实如此。只不过,紫薇耽于自己的幻想,她也需要这一刻,有上帝的全能视角,洞悉她们所有隐秘。"我将来会写一本书,留作我们老了时的回忆。"她们都高调支持紫薇这个想法,并要求把自己写得美好些。

四个人中,百合酒量是最差的,但又是最贪杯的。她喜欢醉眼蒙眬那个情致,能把腹腔里的话当金子吐。"你们从现在开始听,我要讲真话了!"她虚张声势的样子特别搞笑。西番莲会捧臭脚,说:"你哪句是假话?我们听你说的都像真话。"芙蓉用长着长指甲的手指戳百合的脸。那是一张有着精致妆容的脸,因为年轻几岁,皮肤吹弹可破。芙蓉的意思是,有妆遮着脸,想说真话也难。她们谁都没见过谁的素颜。偏是紫薇来了灵感,夏天来了,紫薇号召逛夜市。"谁都别化妆,我们素颜过闹市。"没有人在乎她们什么样,她们自己在乎。大家都在群里应了。西番莲特意问了句:"白天的妆怎么办?""洗去铅华。"紫薇这样表述,害得西番莲赶紧去百度"铅华"这两个字。这天是休息日,紫薇在家懒散了一整天,有些蓬头垢面。临出发前再三琢磨,还是打开了化妆盒。"就让她们素颜吧。"紫薇在镜子面前自己扮鬼脸,做出一脸淘气的神情。孩子上学住校,两三周才回来一次。老公跑远洋货轮,出去就一年半载。她的时间经常难以打发。她刻意多扑了些粉,有面若桃花之相。想这样一张脸出现在三个素颜人面前,得把她们的鼻子气歪。及至见了面,紫薇险些背过气去。都以为自己是唯一不素颜的那一个,没想到人人都这样想。西番莲甚至化了一个烟熏妆,稍微潦草了些,两只熊猫眼一大一小,睫毛和眉毛都做不知去向状。几个人笑翻了整个广场,路过的人都好奇地看她们。有个拾荒人肩背蛇皮袋子从这里过,狐疑地说:"你们是从天上下来的吧?"

西番莲说:"是从天上下来的,我们是七仙女的表姐妹。"

拾荒人眼睛黏着她们不肯离去。芙蓉把手里的饮料瓶子塞给他,让他快走。瓶子里还有少半瓶饮料,拾荒人拧开盖子,一口喝了。

西番莲说:"大家如果都没化妆,会不会擦肩而过,谁也不认识谁?"

紫薇说:"扒了皮我也认识你们的骨头。"

芙蓉说:"小尖嘴儿……就不会说句好听的?"

百合说:"反正我认识。这么熟的朋友,咋可能不认识?"

几个人嘴里嘎嘣着一起往前走。这里是城市中心,从文景街往前进入步行街,天空就成了一条狭长的走廊,飘动着墨色的云朵。夕阳收走了最后的余晖,空气中留下热烘烘的气息。两边仿明清建筑的彩绘有些斑驳,增添了些许古意。有摄影爱好者歪戴着帽子举着相机拍摄,镜头里是仿古建筑的檐角,上面落了只俊逸的鸟。街中心有一棵古槐,是整个步行街唯一的一棵树。四周围了铁栅栏,粗壮的树体朝东南方向倾斜,树身上的红布条在风中舞动,宛若美人的衣饰。日影落下,街上的人骤然多了起来。色彩斑斓的人群无序流动,像潮水中的沙子。有的手持鲜花,有的举着鸡排,有的端着奶茶,有的抱着宠物。几个人开始是横着走,彼此牵着手。她们都穿了长裙,恰好是反差的颜色,个个儿巧笑倩兮,美目盼兮,赢得来往的人注目。后来就彼此松了手,散落到各处,像草丛中点缀的花朵。街上弥漫着各色烧烤或蒸煮食物的气味,氤氲的热气中,一个胖大女孩举着大个烤玉米一跩一跩地走。西番莲斜了她一眼,看见了棕色的玉米须子从她的下巴尖垂下来,被风吹得在脖子跟前晃动。她的嘴巴是黑的,就像男人长了胡须。

"我都恨不得给她擦一把,太不爱惜自己了。"西番莲追上了百合,手里快频率地抖动着一张面巾纸,话说得气喘吁吁。她爱管闲事的毛病到啥时也改不了。百合也看到了胖大女孩的样子,会心地朝西番莲笑了笑,没说什么。西番莲说自己是直筒子脾气,嘴跟心是一根管子连着。她干过导游,心性就像导游词,能把所有的话都说到底,否则会憋死。"这里是古寺庙的灰色院墙,青砖表面凹陷,风化的迹象明显,但内里别有洞天……"她说得抑扬顿挫,煞有介事。

"这是导游词?"百合问。

"这是我临场发挥。"西番莲说。

"讲真，我羡慕干导游的，能走遍山山水水……你后来怎么不干了？"

"讲真，我羡慕会跳舞的，能在聚光灯下展现自我……你后来怎么不跳了？"

两人都笑了。事实是，百合只在少年宫当过很短一段舞蹈老师，在重大节日的舞台上出现过那么一两次。那都是她们认识以前的事，在聊天中不经意间说出来的。她们其实对彼此并不了解。比如，在哪里上的幼儿园，在哪里上的小学和初中。她们更像萍水相逢的人，从不讨论过往。这里相对安静，对面是一块巨大的影壁墙。脚下的花岗岩石板路仿佛是一条河，隔开了俗世烟火。"你可以在外边吃东西，但要找个消停地方停下脚步慢慢吃，边走边吃对胃不好。"看见女孩走过来，西番莲瞥了她一眼，然后自说自话。

"关你屁事。"芙蓉跟在她身后也过来了。"人家爱怎么吃怎么吃……那玉米肯定很香，是烤羊肉串的炉子烤出来的，我也想吃一个——我们今天落哪儿？"芙蓉问。

西番莲说不知道，百合也说不知道。

"那个人呢？"芙蓉问。

几只眼睛顺街道往远处寻找，这边，那边，都没看到紫薇。西番莲往路中央迈了两步，这回看见了，她努了一下嘴，说紫薇又寻到宝物了。

在古树对面，紫薇正用手机拍窗格子上挂的各种饰物，那些彩线和金属沿边构成的锦绣图案琳琅满目。紫薇的审美总是有自己的趋向，在寻常中发现特别。"嗨，紫薇——"西番莲喊。隔了十几米，紫薇听到也难，周围是各种吆喝，小商店的音响也传播着噪声。"让她拍。"百合说，"她画画也许用得着。"西番莲说："百合总是善解人意——你咋也没听紫薇的话？"百合愣了一下，才想起她说的是化妆。百合解释说，今天上午有客人，她是从店里直接过来的。芙蓉说："生意挺好？"百合说："一家企业给女职工定制内衣，三八节发福利。挣不了几个钱，现在生意越来越难做了。"西番莲说："你这还算生意难做？我三天没开张了好不好。"百合说："你一年不开张，开张吃一年。"西番莲不反驳，笑得很得意。她的小店里卖玉器，店不如她的人有名。她的交游范围很广，有人专门照顾她的生意。芙蓉说："我今天差一点素颜出门，多亏没听那个鬼的话。"芙蓉有时就管紫薇叫鬼，意思是心眼儿多。西番莲嘿嘿地乐，说："紫薇不化妆就出来，打死我都不信——难道你们信？"

有个男人直直地朝这边走来，边走边躲闪着旁人的冲撞朝她们招手。芙蓉以为他认识西番莲，西番莲以为他认识百合。百合刚要扭过脸去，那人喊了声"夏老师"。

"夏——安——安——老师。"他抑扬顿挫着在她们面前停下了，笑容可掬，

"您还记得我吗？"

三

紫薇走过来时，叶千千已经和那三个有说有笑了。

叶千千穿一身浅驼色休闲衣裤，一双明显是大牌的运动鞋，很有些品相。他开心的时候眉毛也拧着，那两道眉毛不均衡，左眉梢下沉得厉害，就像他有些歪斜的肩膀，突显出一种忧郁气质。这种气质二十世纪的八九十年代常见，那时遍地是诗人。他们对土地以及土地上的人和作物都有着别样深情。现在没了市场，也绝了有这种气质的人。人们的眼睛亮闪闪，大多与各种欲望相关。时代向前发展，时下人们更多的不是忧郁，而是抑郁。脸色越发晦暗阴沉，行为越发古怪乖张，且年龄层不断下移，最小的抑郁症患者只有六岁。西番莲见过这个小病人，手腕上有明显的玻璃划痕。她们刚才就在说这件事——埙城犄角旮旯的事，没有西番莲不知道的。叶千千背对着没落的晚阳朝这边走，这才吸引了她们的注意力。他有些拘谨地站在三个女人面前，忧郁的神情有种无法言说的气质。他一只手撸抹另一只手臂，说他被美丽震慑到了。"你们是这条街上亮丽的风景，气场太强大了。"他说。

"我就是从这里过，老远就看见你们几个。心想，人世间还有这么好看的人，是天上下来的仙女吗？"叶千千接着说。

几个人嘻嘻哈哈地笑，西番莲说，刚才也有人这样说。

叶千千继续说："走近才发现还有夏老师，原来夏老师也是仙女，原先没想到……我孩子跟您学过舞蹈，叫叶子。是很多年前的事了，不知您还记不记得。"话说出来就像米花糖，有一点小小的冒犯，但甜暖香糯，不足以让人警惕。

"我们夏老师过去就是仙女。"西番莲纠正说。

叶千千赶忙说："是是是，夏老师年轻的时候比许晴还美。"

女人活到老，也还是需要有人恭维。这些话西番莲和芙蓉都受用。百合有点局促，其实她早认出了他。

他胖了些，戴着金丝眼镜。拿捏住了一种状态，叫人不可小觑。如果他腋下再夹本书，就不是可笑，而是……有学问。

"班里的孩子太多，经常记不住谁是谁。"百合歉意地笑了下，嘴边旋出酒窝。她不照镜子也知道，那个酒窝只有黄豆粒大小。

当年叶千千拿来影星许晴的一张照片，说："夏老师，你知道自己像许晴吗？不，你比许晴年轻，酒窝比她圆。"说完，把照片递了过来。拿照片专为比对酒窝，百合心想，这男人真是有病。那时舞蹈班才开课，百合新入职，是合同工，工资只有正式工的一半。有个孩子从郊区来，身上经常沾着青菜叶子。第一次来上课，百合就给她择菜叶子。她的名字就叫叶子，是叶千千的女儿。百合择菜叶子的时候，叶千千就在不远处看着。他家里经营着大片菜地，孩子是从菜地里被直接提拎来的，有时手还是绿的。叶千千那时又黑又瘦，远不及现在有品相。他自豪地说，无论谁家餐桌，总有一款蔬菜是他家种的，他家的蔬菜大棚在城西一眼望不到边，他父母被称作"蔬菜大王"。他说这些的时候，没人注意听，大家各忙各的。虽然蔬菜在生活中不可或缺，但在练舞场上，谁能把种蔬菜的人当回事呢。叶千千细瘦干枯，头发像女人那样长。若不是喉结太过突出，百合真以为他是女的。照片放百合眼前，百合伸手一挡，看也没看。她当然看过许晴演的戏，不劳他多此一举。家长讨好老师无所不用其极，百合领教过。叶千千有时会留下来看孩子跳舞，老师当然乐意，每一个关心孩子的家长都受老师欢迎。可这位家长特别，他不看孩子，盯着老师看。严格地说，是盯着百合看。百合上厕所，他假装吸烟，在不远处候着。走对面也不多说话，只是眼神像牵着线，黏着百合走。他女儿叶子身体条件不错，但协调性差，更重要的是，她注意力不集中。有一次，百合找到叶千千，说他女儿不适合跳舞，别瞎耽误工夫了。叶千千认真地说："孩子活动一下筋骨，既锻炼身体，又增加娱乐，怎么叫瞎耽误工夫？夏老师放心吧，她当不了舞蹈家我们也不怪你。"这见识倒让人无话。偶有大型演出，为了孩子的站位很多家长溜须拍马。叶千千却躲远远的，对这一切嗤之以鼻。

大家都觉得他不称职。只有百合有那么一点点，嗯……觉得他特别。

百合问叶子："你爸爸是干啥的？"

孩子回答："我爸爸啥也不干。"顿了顿，孩子说："我爸爸会写诗。"

叶子的话引来了其他老师的笑声，百合也笑了。这符合百合对他的认知：特游手好闲。但与别人不同的是，百合的嘲讽意味要清浅些。

他有时腋下夹本书，是泰戈尔的诗集；有时夹本小册子，是他自己的诗集，主动拿给人看。他的别具一格赢不来尊重，老师们都不咋正眼看他。百合对他有同情，但从不显露。后来百合离开了少年宫，就再没见过这对父女。若不是这次街头偶遇，一辈子想不起他们也是可能的。

"我们在这里等人，你去忙吧。"百合急于让他走。

"我没事儿。"他说，"你们有事？"他狐疑地看了眼芙蓉和西番莲，两人都说没事儿。叶千千搓着手说："今天是芒种，老话说，过了芒种不可强种。赶巧今天家里没事儿，就想出来转转，没想到遇见你们，真是天大的缘分——如果肯赏光，我想请你们喝一杯，姐儿几个意下如何？"

此刻，世界上的所有语言加在一起，也不如这句让人动心。叶千千在女人的脸上看出了某种细微的变化，这让他自信心提高了些。"答应我吧，就当交个朋友。"他恳切地说。

西番莲险些表态，关键时刻稳住了阵脚。百合心里动了一下，但觉得这份心动有些突兀。这是大事，她不能擅自做主。他不像以往认识的那个他了，似乎哪里不一样了，这也许是一种令人不安的特质。芙蓉悠悠地说："叶千千，你来大厅办过证，你不记得我了，我记得你。"谈话对象瞬间偏移，是因为数额惊人，几年过去了，芙蓉还能叫出他的名字。几个人都愣住了。芙蓉解释说，当年她亲自把这个客户从楼下请到了楼上，端来了一杯咖啡。她只给这一个客户端过咖啡。

"你家还种菜吗？"百合这话问得像是别有用心，其实真不是。她只是想到了孩子身上的菜叶子，心里有疑惑。

"早不种了。"叶千千匆匆答，他对芙蓉的话题更感兴趣。

叶千千用塑料袋提拎着十二个房本和相关材料跟芙蓉上楼。芙蓉说："这都是你家分的房？好过分哦。"

叶千千自嘲地说："屁本事没有，我就是个'拆二代'，专门啃祖宗。"

此刻，叶千千也想起了芙蓉："你是段会计，难怪看着面熟。我记得你那天端来的咖啡加了很多糖。"

以后熟悉了，芙蓉自己爆料，那天加多了糖是故意的，她看不惯拆二代那副嘴脸，用红塑料袋提着房本，像提着棵烂白菜，在大厅里吊儿郎当晃悠。办证中心学银行搞VIP，其实是帮助商家推销咖啡。能喝上咖啡的只有寥寥几个，因为很快，咖啡被茶顶替了，后来只供应白开水，再后来连白开水也没了。芙蓉舀了一大勺子白砂糖，放进小瓷杯里，这咖啡就成了浓糖水。说起办证中心的很多事，芙蓉讲得声情并茂，像个段子手。新来的领导是个如夫人，别人假装不知道。她知道别人假装不知道，自己也假装不知道别人假装不知道。其实屁股大的城市，没有什么秘密能永久瞒住。她不懂业务，大家约好了，都不告诉她事情该怎样做。她撞了几个月的墙，大致明白了些，VIP室也取消了。"这么说我今天与夏老师和段会计见面是老天的安排，我们有缘分哪。"叶千千的兴奋溢于言表。回头看了一眼，他们站在佛寺的高墙底下说话，那墙斑驳古旧，更凸显这缘分的本质，就像古时候的有媒为凭一般。叶千千头上冒出细密的汗珠，有种激动被他隐忍着。他用右手去拧左胳膊，像在给机器拧螺丝。他窘迫的害羞样，加深了"拆二代"名声不好的印象，他自己这样想，也把信息传导给了他人。作为不相干的人，西番莲首先觉得不忍，既然他是真心的，既然他是百合和芙蓉两个人的朋友，那还犹豫什么？喝一杯，那就喝一杯，没什么大不了的。百合和芙蓉都矜持，她觉得自己应该爽快些。西番莲喜欢扮黑脸，她乐意把扮红脸的机会留给其他人。"我们正发愁去哪里呢，好巧不巧，就遇到了你。"西番莲笑呵呵地交代，"百合和芙蓉的朋友就是我和紫薇的朋友。朋友的朋友一定可以做朋友。"这话说出，大家都神情一松。叶千千马上转换了身份,说这条街除了小吃就是小门店,到处油腻腻、脏兮兮,没有哪里能配你们的天香国色。他拧着眉毛朝远处打量,烈焰蒸腾过的街道烟雾迷蒙,像余烬的炭灰又被泼了水,空气都要堵塞毛孔。所有的商家尽收眼底,它们只配用余光打量。三个人面面相觑,都眼神复杂。她们看得出,叶千千是嫌这条街太过低端。这让她们有些窘。瞬间感觉窘迫的是她们,角色转换简直是在刹那间完成的。叶千千如果不说,她们没这感觉,她们喜欢这里的烟火气——这是说得出的理由;还有说不出的——这里省钱。

　　紫薇很抵触,不想跟陌生人走。她冷着脸子说:"说好的我们四个人聚,怎么平白多出来一个?"她不喜欢往女人堆里凑的男人,尤其是,他们都认识了她却不认识,这让她觉得自己多余。在她们面前,紫薇从不是多余的一个。她一眼也没看叶千千,不屑看。但能感觉到叶千千的眼睛在打量她,这让她觉得被冒犯。西番莲一再强调叶千千不是外人,紫薇还是摇头。"不如我们两便吧,我刚才接了个电话,正好有点事。"紫薇说完扭头就要走,被百合一下挎住了胳膊。百合知道紫薇的心性。她们全知道。她好面子,喜欢拈小酸,心里想的跟脸上挂的不是一回事。所以百合箍紧了她,那力道刚刚好。紫薇挣了两下,不动了。叶千千站在薄暮里,有些为难。他诚恳地道歉,说如果是他破坏了她们闺密之间的邀约,他走就是了。"丁科长,一看你就是琴棋书画样样精通的人,我非常想向你学习。既然今天不方便,我改天再郑重约请,今天实在太冒昧了。"

　　"可是……"芙蓉隔开叶千千的视线朝紫薇挤眼睛,"叶先生一片诚心,我们不能不给面子。紫薇,你把那边推掉,好不好?"

　　"好不好?"另两个人也一起帮腔。

　　第一餐饭是在翡翠山庄。城北半山腰上有几家私人别墅,叶千千的商务车稳稳停在一棵老杏树下。这里是一个大平台,前方两山夹一涧,空气都是染绿了的颜色,从谷底氤氲着飘上来。远可俯瞰埧城,近前草木繁茂,自成气象。叶千千解释说,这家会馆平时根本订不上座位,要提前几天预约。今天怎么那么巧,就像特意给他们预留的一样。缘分这东西,真是讲不清的奇妙。路上百合问他为啥买商务车,他说家里人口多。除了父母,还有三个女儿,出去旅行可以坐得宽松些。"大女儿叶子你见过,在少年宫学过舞蹈,现在读大学了。后来又生了一对双胞胎,已经五岁了。"这话题没有往下进行,车里静悄悄的。过了一刻,西番莲问他做哪行,叶千千一手握方向盘,闪过半个身子说:"看孩子,收租子。"

　　这话说得气壮,本意是想开玩笑,但没起到玩笑作用。谁都不搭腔,甚至不搭眼神。西番莲放出了半声笑,又很快收回了。

　　叶千千等了一会儿,坐端了身子。

这餐饭，叶千千知道是瞎请。城里的这些女人，都目中无人，他从小到大一直都有所领教。那时她们叫非农业，同在一个班级，就像生活在两个世界。他邻桌的一个小女孩，每天用水壶装糖水，那糖居然是她妈妈单位发的。一个单位上班还发白糖，让他很多年想不通。他们凭什么能发白糖呢！类似的刺激每天都在发生。比如上体育课需要结对子，村里的孩子自觉找村里的孩子，非农业的孩子自觉找非农业的孩子。老师也这样搭配。座位都划出片来，那叫泾渭分明。那时他们住塔西胡同的平房，要去公用卫生间，厨房没有下水道，要一桶一桶往外拎水。冬天整条胡同里都结冰，能从这头溜到那头。那些公职人家的孩子都住楼房，四层六层到顶，薄薄的楼板踏上去咚咚响，那也叫高楼大厦。房间里有厕所和暖气。叶千千还搞不明白另一件事，厕所放在屋里，不臭吗？那些小时候的烙印特别深刻，现在偶尔还能翻涌上来滋味。但一餐饭对他实在不算个问题。他除了想证明这一点，还想反证一些什么，他也没想得很清楚。他随意到街上逛，撞上了她们。走过来和请吃饭，都有点下意识。如果她们一口回绝，那也就算了。他实在没有非请不可的理由。只是……一点一点走进了这种情境，似乎都是顺理成章的。在他有些局促和漫漶的思维里，是想跟这些人打上交道的，哪怕什么也不为。他读高中时严重偏科，高考成绩可怜。但他成功带回来一个同样可怜的女同学，这让他们的悲剧有了喜剧色彩。他们很快结了婚，因为女同学怀孕了。叶千千的父母从不对儿子有期待，所以也从不对他失望。他喜欢诗文，喜欢画画，就由他去。村里同样大的孩子做各种苦力，甚至偷井盖和自行车，三天两头进局子。与他们相比，儿子是好的。叶千千在宽容的家庭环境中长大，洒脱不羁但没有变坏，这是父母对他满意的地方。

他过去住的地方是城中村，现在盖了楼，但仍是住高楼的村里人，房前屋后抠出巴掌大的地块种葱蒜。其实他们都非常有钱，对最早拆迁的一批，国家扔出去上百个亿，几乎没有什么条件不能满足。后来不行了，越来越不行。他在那样的氛围里觉得压抑，却又离不开。说到底，他们属同一个阶层，他看外面总是用觊觎的眼光，这让他不甘心。他上车之前打了一个电话，给翡翠山庄的主人。"今天请几位城里的朋友，弄好点。"他说。车子走得很慢，是因为路途实在是太近。车从西外环行至北外环，路过一大片还迁房。叶千千说，他家就住这里。芙蓉问，十二套房都在这里？叶千千说，这里有八套，另四套在别的小区。话题切进来，就绕不过叶家的历史。寺庙前的胡同叫塔西胡同，两边都有叶家的房产。最早，叶家开学馆，院落像球场那样大。改革开放初期，要打通寺庙与佛塔之间的路，中间建停车场，叶家搬到了西关，作为补偿，划给了他家大片土地用作经营。没想到城市扩张，又赶上了一拨发展机遇，第二次被拆迁了。

这棵老杏树有八十年的历史，叫香白杏。杏子有青有黄，地下密密麻麻落了一层果实。因为不打药,这些都是虫子吃过的。西番莲嘴紧,想捡地上落下的果子;叶千千说,摘树上的,反正也没人吃。"这是我朋友开的会馆。"叶千千说,"在这里就像到家里一样,都别客气。"

紫薇一直绷着脸,她觉得,自己有被胁迫之嫌,被逼着成人之美。否则,那几个人怎么办?她不能坏了她们的情致。路上她一直扭脸看车窗外,一脸的傲娇和不屑。香花槐鹅黄的叶子在眼前掠过,比花都美。"看在风景的面子上,别生气了。"紫薇劝自己。她知道自己爱生气,有些气生得纯属无厘头。当然,此刻,紫薇只是做出了生气的样子。叶千千指挥西番莲和百合往后坐,前边的座位留给芙蓉和紫薇。紫薇最后一个上车,叶千千像对待贵宾一样给她挡车门,还顺手搀扶了一下,尽显绅士气派。

上车后的紫薇狠狠朝后瞪了一眼,不解气,摘下眼镜又瞪了一圈,眼白像剥了皮的蛋白一样清纯。西番莲咯咯地笑,说丁科长的礼物我们收到了,以后再不随便答应人吃饭了。

这话说得意味多重,大家都能领会,是说给叶千千听的。

"行了,行了。"芙蓉对这些把戏不耐烦,"差不多得了。"

因为芙蓉这句话,紫薇心里又添阴影,不过很快就消散了。

叶千千解风情,上下台阶都不离紫薇左右,这让丁科长坐到餐桌前,心里有几分惬意。她们介绍时叫她丁科长,其实她只是副主任科员,离科长还有距离。只有坐机关的人才知道这一步有多远。她的职务是时间换来的。她的眼神偶尔从叶千千的脸上划过,感觉这是一张干净的面孔,不油腻,也不市侩。餐桌上的杯盘赏心悦目,食物也赏心悦目。倒不是怎样高档,而是每一样都精心,就像专门的一种设计,满足了她们在味蕾之外精神层面的追求。百合和西番莲拍了很多照片在朋友圈炫,比谁的点赞数多。一瓶红酒喝下,之前的拘谨就都去了爪哇国。叶千千大部分时间是对着紫薇说话,谈他经历中一些有趣的事,都与绘画和诗歌有关。他临摹一朵蒲公英,从它初始抽出一根细细的茎,到天女散花般随风飘去,有趣味,也有忧伤。一帧一帧画面在手机屏幕上闪过,像是摄影作品。这是见了功力了。紫薇的眼神由轻慢变得郑重,这之前她叫了他好几次"小拆","拆二代"的"拆"。另外三个嘻嘻哈哈跟着叫。他脸色一暗,特别不愉快。"我们看轻叶先生是不对的。"紫薇忽然坐正了身子,郑重其事说,"我们都端起杯来,敬一下叶先生。"说完,她先干了。杯子倒扣下来,喝得一滴不剩。叶千千激动了,把自己的杯子倒满,仰脖一口喝了。喝完开始论大小。紫薇最大,百合最小。叶千千和西番莲居然同月同日生。西番莲不信,要看叶千千的身份证。叶千千笑眯眯,变戏法一样用两根指头把身份证夹了出来。这样的稀有结果简直是催化剂,让结识不久的群体漾出了亲情一样的暖意,比过去四个人时更浓稠。叶千千乘兴朗诵了自己的一首诗,带动起了大家的诗情。她们手机里都存了一些篇目,有自己写的,也有别人写的。本质上,她们都是追求浪漫的诗人,但整体水平不高。叶千千看着她们欢闹,偶尔咧一下嘴。诗的水准不及衣品,而衣品不及长相。这让他的微笑里含了戏谑。紫薇意识到了,所以她死活不开口。她过去喜欢给她们炫技,每有新作,都会第一时间读给她们听,被她们捧为天人。听了叶千千的吟诵,她缄默了。

"还是你有生活。"她这样总结。

四

第二次聚会叶千千带来了自己的诗集,薄薄的小册子,装帧却很精美。

这组诗写二十四节气中的风物,颇有些别开生面。叶千千不爱干农活儿,却把自己打扮成老农的模样,戴草帽,脖子上挂条白毛巾,肩上扛一把锄头,走在村路上,隐晦而意味深长地笑。这照片登在了封面上,有些不凡气度。她们都不事农业,却对农事和民俗怀有一种莫名的景仰。这些节气她们都说不全,人家却可以写诗。这让叶千千得到了许多赞誉,大家当场朗诵了自己心仪的诗篇。惊蛰、谷雨、清明、芒种……平日不觉得有什么,此刻含在嘴里,感觉心都要化了,最起码表面上是这样。芙蓉问:"这册子是新印的吧?"叶千千脸有些红。他不想告诉她们是为这次聚会精心做的准备,花了不少财力和精力。他喜欢跟她们在一起,愿意为这些姐姐付出。

他在扉页上写她们所起的花儿的名字,统一称她们姐姐。

这是一个清凉的晚上,距上次去那家会馆过去了两个多月。她们在渐渐淡忘了约定以后,叶千千送来了惊喜——最起码表面上是这样。上次分别时加上了微信,他说要送给她们诗集,可一直没动静。在她们的意识中,诗集是一部分,还有一部分,当然是团聚。就像他们之间已经有了情分,他既然说了就没有不聚的道理——最起码表面上是这样。在这期间,她们四个一次也没聚。这在过去从没有过。她们都有些心痒,有意无意间,都在等待召唤。果然,他没有让她们失望,去山里定了烤全羊。他把这消息分别发给了她们四个,她们在群里同时问,知道了吗?知道了吗?谁都不提烤全羊,但谁都知道是为了烤全羊。

他想进"四不像"群,被紫薇挡了。紫薇做事有原则,不会因为彼此有情分就妥协和通融。她说:"你没有花儿的名字,怎么能进群呢?""我叫狗尾巴草,总行了吧?"他涎着脸说。"那更不行。"紫薇说,"跟我们不在一个序列。"这件事另三个都有意见,觉得紫薇武断。她们说,多进来一个人怕什么?但紫薇吐唾沫是个钉儿,这是没办法的事。这事吵一吵就过去了,毕竟没有什么要紧。

"我们有些话不能被他听了去,他毕竟是外人。"紫薇私下里说。

叶千千开启了新生活模式。他觉得,过去的生活里没有光。每天睁开眼,就是盘算收租子和那些租子的用项。他没有什么不满意,就是觉得生活太过沉闷。他有过许多打算,出去旅行,或卖套房子做生意。可哪一个都难行得通。他的想法跟家里人总是天差地别。他就是命好。母亲说,要让他自己找食吃,三天就得饿死。自从高考落榜,就注定了他一事无成的人生。小满是他从高中班里带回来的同学,同时还带回来肚子里的孩子。这样的媳妇,都是逆来顺受型,小满也不例外。那年他十九岁,父母在蔬菜大棚有忙不完的活计。小满第一次来家就下到地里干活儿。他也钻进了棚里,不一会儿,又钻了出来。那种热带雨林样的气候他根本受不了。"我属狗,身上没有汗腺。时间长了容易中暑,你们去干吧。"他晃了一下手,从此再没进去过。

他的生活每天就是简单地重复,连波澜也没有。他经常想以后自己的墓志铭怎么写。"这是一个庸常的人,一辈子游手好闲。"他甚至想,若女儿不是亲生的,人生也算有意外啊!但小满跟他死心塌地,这样的意外也没有。二次拆迁那年夫妻二人生了双胞胎。地里没了活计,母亲就鼓动他生儿子。"不生儿子人活着干啥?"母亲气哼哼地说。一下多了两个孙女,母亲气鼓鼓地说他又馋又懒,儿子见了他都绕着走。"闺女喜欢来就行呗。"他吊儿郎当的样,让母亲无话。母亲从来拿他没奈何。小时候宠着,长大了想不宠也不行,高不成低不就。他问小满想不想生儿子,小满说:"我咋都行,关键是看你妈。"

"也是你妈。"他说。

"生了谁就是谁妈。"小满一点也不领情。

双胞胎女儿由母亲带,一天也不舍得撒手。小满在小区里开了个代销店,每天忙得四脚朝天。光晚上数钱这一项,就能忙到大半夜。开始他还帮忙进货收钱,后来都是送货上门和网上支付,一下就把他解放了。他每天这里转转,那里晃晃,不虚无的时候觉得很幸福,虚无起来就不行了。有一次,他站到了十三层的楼顶,想尝尝跳下去是什么滋味。当然他不是真想跳,但围观的人不这样想。物业通知了110、119、120,一时间喇叭轰鸣,鸡飞狗跳。

在认识他之前,她们都是AA制。不管去哪里,做什么,可以精确到角和分。网上支付就是这样好,她们可以刻意把一块钱掰成两半。他加入进来,就自觉成了埋单的人。她们叫他小五,就像叫亲弟弟。每天早晨醒来,他都为这个称呼感动。双手叠在脑后,看着屋顶兀自笑。"你是不是有好事了?"小满坐马桶的时候也不关门,蓬头垢面的样子让人一眼都不想多看。"你做梦都在笑,就像捡了金元宝。"他闭上眼,侧卧过身。有一段时间,芙蓉的父亲在市里住院,他的车简直成了专车,隔三岔五往市里跑。西番莲悄悄问:"她给你过桥费吗?"他诧异地看了眼西番莲,奇怪她怎么想起问这个。可西番莲有爱管闲事的毛病,她怕芙蓉忘了给钱。又一次聚会时，西番莲大大咧咧地说："小五你既没工作又没收入，开这样好的车纯属浪费。干脆拉私活吧。哪天我跑市里就用你的车，一天多少钱？"

这样的伎俩根本逃不过芙蓉的眼。芙蓉当即一摔筷子，炸了。她说自己不是不给钱，是小五不要。"不信你问问他。小五大仁大义，不愿意一手桃一手杏。哪像你做小买卖的，见钱眼开！"西番莲憋屈得眼泪围着眼圈转。四个人中，她是付出最多的，也是最受委屈的一个。百合劝了这边劝那边，说西番莲不是这个意思，芙蓉也不是那个意思。到底是啥意思，她也说不清楚。紫薇端着茶杯喝茶，脸仰得高高的，目不斜视。她向来不多话。叶千千一直很沉稳，皱着眉头听着她们吵。关键时刻摸出几张银行卡放桌子上，幽幽地说："你们谁也别小瞧我，五弟不是穷人……别因为钱伤了感情，不值得。"

这话就像定海神针，场面瞬间安静了。几分钟以后，西番莲走过去与芙蓉拥抱，她们和好了。

他们开始往外拓展。去山里看花，或寻访古迹遗址，在梨树下朗诵紫薇和叶千千的诗作。紫薇的诗有几首好的。她憎恶顶头上司，便写诗嘲讽。她的生活远不像表面那样云淡风轻。她的诗过去不给叶千千看，现在拿出来，是忍无可忍。顶头上司叫张曼丽，她诗的篇目就叫《张曼丽》，生一张马脸，却假装妖娆动人。见到领导笑得谄媚，回过脸来就冷若冰霜，这是典型的劣根性。叶千千说她有鲁迅遗风，鲁迅的杂文分行排列也是诗，他当年就是这样骂人。"你们都学过关于'乏走狗'的课文吧？跟紫薇姑娘的诗不相上下。"紫薇有些窘，她知道他是在高看她，但心底还是快乐。他的赞誉，比她们的赞誉更让人快乐。

她们从姐姐，变成了姑娘。叶千千更像哥哥，照管着她们所有的需求。"紫薇姑娘、芙蓉姑娘、百合姑娘。"他看了眼西番莲，说，"你不好称呼，就叫本名静雯吧，于静雯。这是个好名字，你干啥叫白薯花？"叶千千想给她改一下，遭到了她们的一致反对。她们说，她就应该叫白薯花。西番莲赔着笑，但那笑有些冷。"名字就是代号，叫什么无所谓。如果叫宝石，就真的是宝石？"西番莲对事情有自己的理解，她不钻牛角尖。叶千千只得作罢。他们玩在一起很快乐，像是回到了更年轻的时候，彼此心无芥蒂，高端、随性、雅致、浪漫。这样的生活，就像梦境一样。她们也不怎么把他当男人。有一次，西番莲一本正经地问："小五，你到底是男生还是女生？"

"我怎么才能证明给你们看呢？"他假装抻了下皮带，皱着眉头说，"要不，摸摸？"

她们都笑抽了。

她们在一起会议论叶千千。叶千千是男的。这一点，毋庸置疑。紫薇说，他虽然娘，可他的胸是平的。百合说，他有喉结。芙蓉说，他的脚掌横宽，一看就是公子脚。西番莲扬着下颏儿努嘴:"那儿,那儿,你们注意到没有?"百合问那儿是哪儿。西番莲说拉链那儿。芙蓉胡噜一下她的脑袋,说她"那儿"了半天,咋了? 西番莲说:"有一次,支了帐篷……"把几个人笑翻了。西番莲脸都红了,说:"你们不是在探讨叶千千的性别吗,喝酒的时候我猫腰捡钥匙,随便往那儿看一眼,就发现他在支帐篷……我又没给你们吃笑药,这有什么好笑的!"西番莲虎起了脸。

"他为什么……又为什么正好让你看见?"百合笑疯了,身子滚在了紫薇的怀里,她的排骨硌痛了紫薇,紫薇咧了一下嘴,把她推开了。"酒桌上……支帐篷……"她陡然站了起来,"在哪儿喝酒? 都有谁? 他挨谁坐? "

场面一下就僵了,都意识到了问题的严重性。大家看向西番莲,眼神犀利到令她不敢承接。西番莲就像个内心有鬼的人,嗫嚅说:"那次在马露莎喝啤酒……"

紫薇说:"哪次? 都有谁?"

西番莲说:"还能有谁? 就我们五个嘛。"

紫薇说:"你说完整些。什么季节,具体时间,谁坐在哪儿,当时正在说什么。"

芙蓉说:"肯定不是冬天。"

芙蓉的意思是,冬天支不起帐篷。

百合说:"难道是看电影那次? "

从马露莎出来看电影,是科幻片,关于拯救未来世界的。空间狭小,声光电震得耳朵疼,她们发誓以后再不进这家电影院。

"哎呀,逗你们玩的,瞧你们认真的样子。"西番莲那天喝多了,她有些疑心自己看花了眼。这样的事确实不应该说出来,即便情况真实,也不应该。西番莲恨不得掌自己的嘴,她知道这件事有玷污紫薇之嫌,因为他总挨着紫薇坐。她搂着紫薇说:"我胡说的,开个玩笑,你不要怪小五。"

紫薇冷冷地看着她说:"你没结过婚啊!"

西番莲愣了一下,拿不准紫薇这话是啥意思,但她小瞧自己是一定的。紫薇经常这样居高临下。

"没结婚就低人一等吗!"借着酒劲,西番莲决定撒泼,把不是当理说,是她的强项,"你们懂的我全懂,我懂的你们未必懂。男女那点破事有啥好神秘的,支帐篷就支帐篷,他是正常人,这有啥不可理解的?"

西番莲这样吵闹,是想把路堵死。已经过去的事,还纠结干什么? 以往她撒泼会让大家嘻嘻哈哈。那是她受委屈的时候,她就应该受委屈。她受了委屈然后原谅别人,一直是这样的路数。今天几个人都是木头,半天没人应声。百合与芙蓉都等紫薇表态,个个儿心照不宣。小五每次爱挨着紫薇坐,可以方便照顾她。照顾了她,就等于照顾了所有的人。

紫薇掀桌子走人,一刻也没犹豫。

五

这一条街从东到西两千米长,这还是西番莲发现的,像她这种闲得蛋疼的人才会留意这些事。她不是真的闲,而是爱关注闲事。四个人中,最具黏合性质的就是她,隔三岔五把大家团在一起,就因为她得了包上好的龙井。西番莲年轻的时候做过导游,后来开了一家玉器店,雇了一个表妹当店员。这跨度有点大,玉器店是怎么开起来的,她不说,没人知道。几个人交往过密,但对身后的背景都一无所知。她的口音跟她们有些不一样,至于是隔了省还是隔了山的缘故,也没人计较。有时候,百合跟芙蓉找上门来喝茶,或来买个玉器挂件,西番莲给打八五折。即便是这点折扣,西番莲也要打电话,避开所有的人去里间。百合跟芙蓉大眼瞪小眼。百合说,看来价格实在,她想给折扣也难。芙蓉哼了声,说她煞有介事。"她就爱煞有介事。"芙蓉不屑。

这家玉器店夹在金铺与珠宝店的缝隙里,不起眼。

西番莲从里间出来,一脸的阳光灿烂。"经过我的三寸不烂之舌,总部的折扣终于下来了。"她兴高采烈地说。

"总部在哪儿?"芙蓉嘲讽地问。

"我就是总部。"

话说得半真半假。

百合开了一家优品内衣店,这些年也积累了不少客户和资源。年轻的时候在少年宫教跳舞,面子好看,却没里子。比扫地的大爷多不了几文工资。她到院校进修了两年,仍没解决编制问题,索性出来单干。照现在的情形看,她在少年宫最大的收获就是结识了叶千千,他成了她们闺密一样的人物,都是百合的功劳。百合谦虚地说,芙蓉也有份儿。芙蓉赶忙摆手。她有自知之明。也许这就是缘分,他与她们之间的缘分。经过很多年的曲里拐弯,终于在寺院的高墙底下会合。他们特意去庙里烧了香,每人请自己的一份。菩萨面前要心诚,不能代劳代付。叶千千本来全付了账,她们又分别转给了他。

只是许了什么愿,都秘而不宣。

过去小的矛盾都发生在女人之间,总能有办法原宥。如今发生在小五身上,这就有点麻烦了。关键是,没有人能向他求证,来跟紫薇解释。谁去?谁也不能。但这样的哑巴亏你让紫薇吃,你想什么呢!西番莲的做法是耍肉头阵,就当这件事情从没发生过。叶千千感受到了大家对他的冷淡,他连着操持了三次聚会,都被紫薇断然拒绝。紫薇冷起脸子来,上帝来了也不通融。叶千千果然消停了,好久都没出现。他知道这里有问题。但他不愿意深究。他觉得女人就好耍小孩子脾气,高兴是一阵子,不高兴也是一阵子。这段时间,他的岳父住院了,叶千千自告奋勇去医院陪护。陪了一个月,给小护士写了三首诗,也没能让人家正眼瞧一下,这让他产生了深深的挫败感。一个对诗歌毫无感受的人,让他觉得愚蠢,出了院他就把她忘了。他单独请西番莲去吃西餐,是因为那晚实在无聊,也就西番莲这样的"单身狗"约着方便。他们在西餐店坐到十点多,聊了许多小团体的话题,彼此都觉得醋畅。叶千千说:"紫薇这段好像生气了,她为啥生气?"西番莲原想打马虎眼,可到底藏不住话,说了。西番莲低头喝咖啡,半天不好意思看叶千千。"这正常啊。"叶千千毫不在乎,"你们放松时各种调笑,还怪我勃起,好没道理。"西番莲耳朵都红了,她说:"紫薇神圣不可侵犯。"叶千千不屑,说:"我又没侵犯她。"顿了顿,又说:"我侵犯你也不会侵犯她。"还说:"她有什么好侵犯的?瘦得像干柴棒子。"西番莲假意捶打他,把老板招了来,还以为他们真要打架。

这问题就像蜻蜓点水,西番莲觉得这不值得讨论。紫薇一贯小题大做,她早习惯了。从西餐店出来,刚拐过街角,迎面碰上了百合,骑一辆白色电动车,在空旷的马路上,像夜游魂一样晃荡。

"怎么会是你们?"她差点刹不住车,摘下安全帽时惊讶地问。

就像是偷了人,西番莲的伶牙俐齿忽然派不上用场了。她想藏躲到叶千千身后去。最想说的一句话是"你别告诉别人"。但又知道这话不能说,说了也白说。百合回家给西番莲发私信:"你深夜跟男人约会不好,真的。"

紫薇和芙蓉差不多同时给她发私信,她们告诫西番莲:"他是有妇之夫,你要小心了。"

西番莲惶恐的心终于安下了。她觉得,事情没有像自己想象的那么糟。她怕她们觉得她背叛。在所有的情绪中,西番莲最怕她们这样想。她们主动关心她,证明她多虑。

秋凉了,身上添加了秋衣秋裤,便总觉得被捆绑住。风把脸上的皮肤吹得起皱,便怀疑是否添了皱纹。秋风也剪乱了心情,一向从容的紫薇变得七荤八素。办公室一共八个人,紫薇是学历最高的一个,但每次提职都难找上她,当然她不屑,但不表示她没想法。她的副主任科员已经当了五年,看样子还要当下去。有人叫她丁科长,她一方面受用,一方面心虚。她一贯看不上顶头上司张曼丽,说她没文化、水平低。但领导偏就喜欢这样的人,张曼丽升职了,又提了自己喜欢的人。这让紫薇对处境很绝望。刚开完评议会,紫薇便从机关溜了出来。海棠大街上的果子散发着酸涩的气味,天空蓝得虚无。紫薇漫无目的地走,似乎还没有觉得累,就已经走出了两千米。一抬头,发现走到了玉器店的廊下,稍一思忖,她决定找西番莲谈谈。

她必须找西番莲谈谈。

紫薇的悲伤西番莲永远不懂。西番莲只知道紫薇在大机关,进出的人都人五人六的。只有紫薇知道这样的单位人活得有多没价值,当然是从她自己的角度看。人浮于事,工作重叠,干与不干、干多干少都那样。人人都戴着面具活着,很辛苦。有一天,西番莲来单位找人,那人却不在。紫薇给她倒了一杯茶,西番莲大受感动。她是个自来熟。喝口茶,就乜斜着眼说:"姐的茶好迷人,人像茶一样。"

　　紫薇不搭腔,她没那么好被拿下。空气中飘浮着炒熟大麦的香气。那阵办公室习惯喝这个。紫薇给她泡茶是出于礼貌,即便是扫街的上门,紫薇也会这样做。她与众不同,而且乐于呈现。紫薇身上的气息让西番莲收敛了些,觉得她孤傲。西番莲又搭讪说:"能在这座大楼里办公,是几世的造化呀。"

　　"一个饭碗而已。"紫薇轻描淡写,言不由衷。那种隐匿的优越感西番莲哪里听不出?她迷上了紫薇,觉得她就像《红楼梦》里的妙玉,身上有高洁的东西。事后西番莲就是这样表述的:紫薇穿高跟皮拖,长发及腰,小腿像玉一样紧实晶莹。"女人也好色。"西番莲笑眯眯地说。紫薇刚要烦,她不喜欢这样的话术。西番莲掏出一个首饰盒,里面是粒玛瑙珠子,像鸡血那样红。

　　紫薇从没来过玉器店,先在角落的茶几旁坐下。西番莲一直在忙。有一对璧人买手镯,一看就是正经客户。店员小妹端着丝绒托盘推荐产品,西番莲礼数周全地贴身服务,不时添上三言两语。直到拿下这单,把客人送走。"他们有眼力,那是本店最好的和田玉。"西番莲招呼紫薇上楼,说她的闺房从不对人开放,但紫薇例外。

　　"你还挺忙的。"紫薇踏上楼梯时说,"就是店太小了。"

　　"山不在高,"西番莲说,"我们有镇店之宝。"

　　坐在狭小的房间里,她们喝了几款咖啡,紫薇却一无所获。西番莲边摇咖啡机的手柄边闲扯,讲的都与紫薇想知道的无关。紫薇此次来就是想弄清楚叶千千"支帐篷"是怎么回事,当时到底发生了什么。这道坎不过去,所有的情绪和情感就都过不去。西番莲不像表面那样蠢,她咬定了自己当时是句玩笑话,因为喝多了。小五没有那样污糟,姐妹们也没有那么倒运。"小五是多好的孩子啊!咱千万别伤了他的心……说谎让我出门就被车撞死。"西番莲信誓旦旦,让紫薇无可奈何。她终于缓和了心情。她的坏心情其实无关这件事,是想找坡下驴。果然找到了。西番莲用眼角乜斜她,那样熟的姐妹,彼此都是对方肚里的蛔虫。

　　"就让这件事过去吧,紫薇。我们那么好的情谊,就这样破坏掉多不值得啊!"西番莲推心置腹。

　　"你和小五单独约,你们谈了些什么?"紫薇有些眼巴巴地问。

　　西番莲知道早晚都得对这件事做解释,所以她一直在想怎么回答。她知道紫薇想了解什么,所以把那晚的谈话内容说得详细,但没提"支帐篷"。西番莲的意思是,小五对这个问题一无所知,她知道紫薇担心这个。

"你没事就好。"紫薇说。

"我能有什么事?"西番莲笑了,"你就放心吧,我什么事也不会有。"

见紫薇开始和风细雨,西番莲很有成就感,她内心有些得意。想起机关的事紫薇就心情恶劣,她突然说:"我该休年假了。"

"太好了,我们一直都想去C市放松一下心情。过去提过多少回了,你总是没有时间。那时还不认识小五。这次大家陪你休年假,如何?"西番莲热切地说,她眼睛盯向咖啡壶,故意放慢了语速,"我问问小五有空没有,咱坐他的车跑跑高速,如何?"

"那么多'如何'。"紫薇终于笑了笑,有些不安,问,"他这段有没有生气?"

"敢!"西番莲用霸蛮的语气说,顺便给紫薇的咖啡放了块糖,她知道她喜欢甜品。紫薇示弱的样子让她觉得不忍,她从没见过紫薇如此可怜巴巴。"咱们讨论的事他不知情,没人告诉他。你不让他入群简直太高明了,我们说他什么,他一辈子也不知道。"

几百公里杀到C城已是薄暮时分。C城是旅游城市,一座山城。一路说笑得热闹,原先那种亲密无间轻易就回来了。高速刚落成不久,连导航都还陌生。路旁风景如画,她们居然看到了成群的白鹳,张着雪白的翅膀在天上飞。"这是好运兆呀!"她们一惊一乍。"千年等一回,就为在这里与你相见。"大家都凑到窗前拍照片。叶千千把车速降下来,问要不要停一下。那群白鹳已经飞远了。叶千千在停车场停好车,她们拎着行李往酒店大厅跑。山城寒凉,她们衣衫单薄。为了拍照好看,她们不约而同少穿了。风撩起裙裾,似在攘着她们跑。只有叶千千从容。他穿细格子衬衫,下面是条白裤子,突兀得亮眼。陌生的地方容易使人快乐,她们敲着牙齿给笑声打节拍。他看着也笑了。

叶千千没有行李。他锁上车,习惯性地抻了下车把手,甩着钥匙往酒店方向走。他这次出来得多少有点勉强,小满说,她已经很久没有回娘家了,让他照看代销点,自己要回家待两天。"商品都有价签,你让买东西的扫码就行。"小满叮嘱,"一定要守在店里啊,有些熟食会过保质期。"西番莲给他打电话,问他有没有空闲。他沉吟着想拒绝,可拒绝的话还没说出口,西番莲说:"紫薇好不容易才休假,我们都去陪陪她。"

"这次AA制。你出车,我们出食宿费用。你再有钱也不能啥都包揽,我们坚决不答应!"这是行前的口头协议,由西番莲说出来,是因为她们实在不好意思。叶千千孩子样地频频点头。他心里其实有分寸,不像开始认识时有逞强的因素。他依次接了她们上车,照老规矩,百合和西番莲坐后面,紫薇和芙蓉坐前排。她们欢笑热闹,叶千千开始也参与,见了白鹳以后,他突然沉默了。坝城北边有座小燕山，长着稠密古老的植物。有一次他跟小满逃课撞到了那里，看到松林间停了许多大鸟。后来才知道，那就是白鹳。小满生在洼地里的村庄，考到城里上学也是百里挑一。自从跟他学会逃课，成绩直线下降。小满一直很安心，只要他不抛弃她，她就安心。她的目标就是在城里谋一份生活，现在通过他实现了。他们就在那片森林间有了第一次，后来在北操场上又有过一次。他主动扒下小满的裤子，小满一声都不吭。但事后他问小满在想什么，小满害羞地说，什么也没想。他说他想的是那些白色的大鸟，张开翅膀在天上飞，像是给他们做媒、见证。

这些意象他也写进了诗里，把小满感动得稀里哗啦。

他有些不安。他从不关心小满和她的代销点，但车行在路上，他会偶尔想起，货物一层一层被摆放在木格子上，有时蹬马扎也难够到。小满是小个子。她晚上回家数钱的时候特别专注。他从后边把她扳倒，钱在手指间夹得紧紧的，两只手仍在重复动作。钱的两端翘起来，把她的手指埋没了。唾沫沾在她右手的食指尖上，数一阵往上吐一口。

"你为啥那么喜欢钱？"他问，"我从小对钱就没概念。"

"那是有人养着你。"她说，"又没人养着我。"

她说这话不带一点情绪。他们结婚二十年从没吵过嘴，婆婆说她就像根木头桩子。"你配不上我儿子。"婆婆公开说。

他们已经很久没有在一起了，没兴致。一点兴趣也没有。这样想，内心隐隐荒凉。当年在学校追她，是因为她数学好，而不是多喜欢她这个人，没想到一追就上手。小满也从不抱怨这样早就步入婚姻，她觉得叶千千对得起自己小小的个子和满脸雀斑。那个时候她觉得县城就是很大的城市。小满不黏他，就像丢惯了的孩子，啥事都不指望他。潜意识里，小满也觉得他靠不住。十二套房子都在他名下。当初小满也想落个名字，怎么可能呢？他父母那一关就过不了。打她进叶家，似乎就注定了这样的身份和地位。他内心寥落的时候她们的笑闹声显得刺耳。想象中，她们至少应该谈论一下他的诗集。但自从给到她们手里，就一次没被谈论过。那诗集倾注了他很大心血和财力。一共印刷了十几册。他被印刷费吓了一跳，比预算高出太多。可人家说，他用纸好，又印得少，才会显得贵。他再没有朋友值得送。他在小城有酒肉朋友，却少有君子之交。倒是小满临睡之前会翻一翻："你这张照片好看，像哪个明星来着。谁拍的？"

他没好意思说请了专业的摄影师。

六

酒店的餐厅在一楼。她们办入住手续的时候他踱到了另一端，看挂在墙上的菜谱。他打定主意这一餐饭他请。他是男人，怎么可能看着她们AA制？他点了烤鱼、熏肠、榴莲酥、小豆炸糕，总之都是她们爱吃的。他们认识一年多，他感觉比家里人还熟悉和熟知。家里人不用这样用心对待。山城以豆腐宴著称，他点了一款西施豆腐，宝塔一样的尖顶上撒着细细的花生碎和黑芝麻，像女人的罗裙。她们进到餐厅时，热腾腾的土鸡汤刚好端上桌，氤氲的香气飘起来，看得见的立体。她们佝偻着腰抱着肩膀从他身边过，个个儿行为鬼祟。"亲爱的小五……"她们一个跟着一个说。

"搞什么名堂？"他给她们盛好汤，把圆桌转动起来，让她们把汤捧到手里，"快点喝，驱驱寒。"

一只一只笋尖一样的玉手捧住碗，只有紫薇没有做指甲。她们喝了一口，彼此对了一下眼，"哗——"笑得前仰后合。百合与西番莲都用餐巾纸抹眼睛，她们笑出了眼泪。

他以为是汤有问题，赶忙看那汤，小心地喝了一口，有点咸。"需要兑点水吗？"他惶惑地问。

她们又笑。他丈二和尚摸不着头脑。

芙蓉说："你要是个女的多好。"

不是汤的问题，他放了心。"我不是？我以为我是。"他耷拉下眼皮说。

西番莲说："没人说你不是。"

百合说："我们一直拿你当姐妹。"

叶千千眨眼间就把汤喝完了。"我也是。"他觉得又饿又累。

紫薇正襟危坐的样，绷起脸来说："没给你订单独的房间……"

他很快地接话："好呀，我跟你们住。咱们正好玩敲三家儿。"

百合说："那怎么行？今天必须好好睡，明天还得出去拍照呢，我可不想拍出的照片是熊猫眼。"

叶千千想了一下，说那他自己去订房，说着就要起身离座，紫薇赶紧把他摁下了。

她们又都坏笑起来，个个讳莫如深。他困惑而又狐疑，断定她们在耍什么鬼把戏。她们喜欢捉弄他。有时配合她们玩一下，开始不习惯，后来也享受。跟她们在一起，他时常忘了自己是谁，就像大观园里的贾宝玉，有一种姐姐妹妹的单纯。好像他生来就是她们的小五，凡事都不用避讳。当然，这是表面。她们在他无法企及的精神高度。这才是根本。骨子里，他仍是自卑的那一个。但他有自己对事物的理解。他对她们说："贾宝玉可以爱黛玉，爱宝钗，但不会爱探春，爱迎春。对家人不会有欲念。"他这样说，她们都听进去了。紫薇觉得他是在变相解释他自己，不由得看了眼西番莲。但别人不这样想，芙蓉说："我就知道小五是最好的，现在如果有皇上,我就让他封你当圣人。"百合拍手说:"这话真有趣。我都要被你们感动死了。你们今天出来,就为了要说些感动我的话吗?"

西番莲敲了一下桌子,让大家安静,复述订房时的窘况,其实主要是说给他一个人的。听说她们有五个人,服务员推荐,如果想性价比高,定两间房也可以。因为酒店有一家三口的卧房,小床加一张母子床,床都不算小,各是一米二和一米五。山城人淳朴得可爱。几个人面面相觑,哄然大笑。服务员明白了,不好意思地问:"不都是女的吧?"西番莲赶忙说:"都是,都是。另外一个是二尾子,男不男,女不女。"西番莲的话又让大家笑个不停。芙蓉说:"我在家都是分床睡。""你睡母子床?"西番莲满不在乎地说:"好歹忍一宿,说说话就过去了。"

"百年修得同船渡。"叶千千话音未落,芙蓉说:"千年修得……"

西番莲说:"不许说共枕眠。我跟小五颠倒头脚睡。"

"这样的夜晚不能没酒。"叶千千起身去了吧台,拿了瓶当地产的白酒,52度,一斤半的容量。古瓷瓶身上盘着龙凤,就像花里胡哨的榴弹炮,看着吓人。大家都说喝不了这么多,让他去换小瓶。叶千千不依,说既然出来了,就该一醉方休,小瓶哪里能尽兴?他给每个人都斟满了杯。她们都没喝过这样高度数的酒,下到胃里就像点燃了小火苗。但这才是酒应该有的品质,与身上的寒气对冲,对身体有好处。

人生难得几回醉!

百合喝了一口说:"心好热啊!"

西番莲说:"掏出来让我们瞧瞧。"

紫薇有点想麻醉自己,一连喝了三杯。她过去从不这样勇敢,胃里的烧灼让她有痛感,但痛得爽气。她总觉得自己活得窝囊。那样大的行政局,似是没有立锥之地。该得的得不到,不想来的一直来。评最差公务员,一连三年都是她。开始她不在意。最差就最差,还能少块肉?后来不这样想了。她找领导吵,领导说,那就投票吧。还是她。这毫无疑义。人家都是一伙,看领导的脸色行事。她一个朋友也没有。有时候,她甚至想从行政局的楼顶跳下去,就为惊扰他们一下。可一想到人家无动于衷,该聊天聊天,该喝茶喝茶,就泄了气。也想辞职,可辞职去干啥?紫薇名校毕业,学历最高,却让母校蒙羞。就是让母校蒙羞啊。可这些能跟谁说?只想大醉一场,一直都想。她喝,别人也跟着喝,气氛越来越活跃。他们说起这次来C城,每个人其实都有不来的理由。百合母亲有病。芙蓉单位值班。但为了情谊,都来了。火热的语言带来火热的激情,这一瞬,他们就像连体五胞胎,每个人的心中都涌动着化不开的情愫,假如此刻一起上刀山下火海,也都没二话。紫薇激动了,有这样的情谊在,行政局算什么,局长、科长算什么。最差公务员算什么!她要敬大家一杯酒,倒满,一口闷,都不许拖泥带水!紫薇的脸红得透彻,就像被火苗舔了。其他人面面相觑,百合说,这杯喝下就死定了。西番莲说,死了也喝。叶千千提早完成了任务。芙蓉小心地咽了三口。紫薇瞪着猩红的眼睛看每个人,直到百合喝下一口酒就像死了,双臂搭椅子扶手上,像面条那样软。

紫薇摇晃着指头问:"埸城最近有新闻吗?"

百合说:"我们在这里喝酒,就是新闻。"

芙蓉说:"喝多了估计算。"

西番莲说:"喝多了也不算。如果我们集体失踪,大概率才是新闻。"

百合说:"一个男人和四个女人?"

叶千千接口说:"……的香艳故事瞬间传遍埸城。"

"住口!"紫薇受辱般喝了一声,吓了自己一跳,"罚酒。"她自觉降了声调,不满意叶千千说浑话,但也为自己的煞风景不好意思。叶千千佯装没在意,自己斟满一杯,又干了。他的表情就像受难的耶稣,一口酒在嘴里就像是毒药。眉头像鹅的鼻基蹙成一个红疙瘩。"还罚吗,姐?"他看向紫薇。

"她逗你玩呢。"西番莲说。

大家也都这样说。

叶千千举杯站了起来,说:"你们以为我不知道紫薇逗我?漫说是罚酒,就是罚毒药,兄弟也在所不辞。"说着,又倒满了杯,想往嘴里倒。

"等等。"西番莲醉眼迷离,面颊像染了胭脂那样红,她指着紫薇说,"你们喝个交杯酒,今天小五是司机,大家陪你来度假,就该酬谢小五。紫薇姐姐给不给面子?"

百合惊讶地看看这个,又看看那个。

芙蓉拍手笑,说这才是喝酒真正的高潮。

"别闹。"叶千千挥了挥手,他不好意思。

紫薇站起身,抻了抻衣摆,端起了酒杯。"你们以为我不敢?"说着,主动环住了叶千千的胳膊。

"从今天开始,你就是我亲姐。"叶千千看着紫薇,有些局促。

"每个人都跟小五交个杯。"紫薇喝完以后紧跟着说。

山城的夜有种古怪的宁静,虫子都进入了深度睡眠。云雾在山间萦绕,行走得无声无息。西番莲在梦里变成了守城的武士。头戴金盔,身披金甲,手里提着闪亮的兵刃,威风凛凛站在台阶上。她恍惚记得酒意像大水漫上来,只倏忽一瞬,就把她淹没了……刺客轻易突破了防线,只一跃就把她扑倒。她眼睁睁地看着自己的躯体横陈在台阶上,眼前金星乱冒,却动弹不得。刺客用刀尖轻轻一划,皮肉就剥离了。墨色的天空上涌动着混浊的气体,都是他们喷出的酒气。她的血像酒精从血管里滴落,黏稠,却是种粉白的颜色。每滴一次,酒意似乎就清浅了一分……

"好舒服啊。"她在睡梦中欢快地说。

七

百合问紫薇："西番莲说自己是处女,你信吗?"

紫薇说："我信。为什么不信呢?"

百合问："你为什么信?"

紫薇笑了笑,说："没有理由不信。第一我不是大夫,第二我不是男人。"

百合说："芙蓉就不信,你信不信芙蓉不信?"

紫薇说："我不信芙蓉不信。芙蓉如果不信,就是吃饱了撑的。"

四个多月以后,冬天就剩下了尾巴,几个人仍没从那场"事故"中走出来。C城的那次未完成的旅行出了意外,上午十点醒来,太阳刺破玻璃涌进房间,像是偷儿来窥探。西番莲感觉到了下身不洁,一股怪异的气味直冲鼻孔。她愣怔着摸了摸小腹,体内似有活的生物在游走。她揉了揉,小心地放了个屁。叶千千睡在一边,像个婴儿。她有过短暂的属于母性的温柔,叶千千的睡相很可爱,嘴唇有点朱砂红,嘴角微微上翘,睡梦里似乎都是心满意足。她用手指轻轻抹了下他的唇,才发现是些口红的颜色。他好像吃她的口红了。不对呀,昨晚明明是颠倒着躺下,他啥时转过来了? 这样想,她虚指戳了一下他的脑门儿,料定他夜里蹭到了她。"喝酒的人就是没出息。"她对着他的脸说。

对面的小床空无一人,被子还是初始进来的模样,被口翻卷着折叠,只有枕头移了位,上面留下了褶皱,似乎枕它的人才刚离去。"该死的,去哪儿了,起那么早。"她嘟囔着抻了下被子,一团大红从被角处露出了头,她提起来一看,是条内裤。她眼睁得鸽子蛋大,一下把被子掀开了,那条白色的裤子被踹在脚下,叶千千光溜溜的毫无遮拦。那一团秽物竟不知死活地傲立。这一惊非同小可,西番莲发出了瘆人的一声叫。那叫声就像踩了电门,一路飘高,无法回落。夜里的情景像烟雾飘过,似乎有迹可循。她面部痉挛,头发乍起,啸叫声就像遇见了鬼,不觉高出了天花板。叶千千皱了皱眉,身子朝外扭去,不理她。警报似的声音把这一栋楼都惊动了,门外响起急促的敲门声,服务员打开房门,四五个人一同闯了进来。叶千千这才不情愿地坐起身,用被子遮住肚腹,困惑地看着闯入者:"你们要干什么?"

"是她要少订一间房。是她主动睡母子床。"

关键时刻芙蓉一点也没袒护西番莲,她附和着服务员的证词证言。他们一行从餐厅出来快十点了,服务员催促了好几次。餐厅原本营业到九点,可这几个人就是不走,让人没奈何。几个人东倒西歪,酒也不知喝了多少,撞得桌子椅子乱叫。他们勾肩搭背往回走,就像有默契,百合拿房卡开门,紫薇闪了进去。芙蓉开另一间，叶千千和西番莲都倒在了大床上。西番莲拍了他一下，说："把头掉过去。"叶千千不动。西番莲爬起身，抱起枕头睡到了床尾。这都是蒙眬间的事，西番莲一手撑空，险些从床上掉下去。芙蓉说，他们胡言乱语影响她休息，她去了隔壁房间，跟百合挤一张小床。百合连连点头，证明芙蓉说的话符合实际。叶千千一脸懵懂，说："你喝多了呀，能记住？夜里发生了什么我一点不知道。"警察嘲笑说："是成心不想知道吧？"

芙蓉当然没有说实话，她是感觉他们要出事。她不愿意做旁观者，才去拍打隔壁的房门。紫薇给她开的门，问她发生了什么事。芙蓉只说了三个字："受不了。"

百合睡得死狗一样。紫薇原本想大醉一场，没想到越喝越清醒。

他们出不出事，她也没过多思量。都是成年人，她没有为他们思量的责任。紫薇就是这样想的。

西番莲只是一味地哭。紫薇不让她报警，抢夺她的手机。西番莲嚷，你们都怕丢人，就不怕我挨欺负，算什么好姐妹！西番莲说咽不下这口气。"我把他当亲弟弟，这样信任他，他却做出禽兽不如的事！"叶千千也很委屈，说："是你先摸我，从小腿，摸到大腿。反复摩挲，喝酒的人哪忍得住？我如果无动于衷，岂不是说明你太没魅力？"警察是个小年轻，气得笑，说："你们就是生活得太安逸，太安逸了。这么一把年纪，还有精力玩这样的游戏。"想起昨晚餐桌上榴弹炮一样的古瓷瓶，西番莲说："叶千千从吃饭的时候就不怀好意，他买酒特意买了大瓶，就是想灌醉我们。叶千千，你说是不是这样？"

"他灌你了？"警察问西番莲，也问其他人。

西番莲用两手捂住脸，无地自容。

紫薇冷冷地说："你夜里都说了好舒服。怎么，翻脸不认人了？"西番莲噢一声叫，就要抓紫薇。芙蓉说："你说了，我亲耳听到的。我就是因为听到了才去跟百合挤一张床。你以为两人挤一张小床舒服？"

小警察问："知道他是男人吗？"

"知道。"

"知道还跟他睡一张床？"

"他是小兄弟。"

"有血缘关系吗？"

"没有。"

"凭什么相信他？"

"人家还是处女呢。"

声音有些小。

警察挥了一下手,那意思仿佛在说,处女有什么了不起。

西番莲眼睛红得像兔子,她报警是因为不甘心,叶千千不能这样稀里糊涂占她的便宜。可报了警又觉得不踏实。她清楚自己不是毫无过错。担心C城的警察把叶千千抓起来判两年,这不是她想要的。她想要的仅是——他跟她们三个都承认是他乘人之危,不是她犯贱,这让她以后没脸见人。但所有人的证词证言都对她不利,没有一个人帮她说话,她声势越来越小。事情被警方定为“酒后乱性”,让他们分别签了字。几个人被警察折腾了一天,个个儿一肚子怨气。这哪是出游,分明是受罪。紫薇和芙蓉还多一层忧虑,她们是公职人员,这样的事情若传回单位,被人添油加醋,简直让人没有活路。如果再让家人误会,才是跳进黄河洗不清。晚上坐叶千千的车回来,个个儿摆出臭脸,路上只有百合说了一句话:“到哪儿了?”

没人回答她。连叶千千也没了说话的欲望。他偷偷交了两千罚款,这让他气闷。他觉得,这是正常的男女之事,顺理成章。西番莲大呼小叫和报警都让他匪夷所思。他就那样无辜地看着她,觉得自己不算大逆不道。何况,紫薇一直在说服她,但没起作用,她咆哮起来就是河东狮吼。西番莲的那种拧,真是九牛拉不回。他对紫薇和芙蓉也不满意,她们简直被报警的事吓破了胆。她们一点都不在乎西番莲。西番莲被孤立的样子很可怜。这些女人只有利己的时候才成熟,这让叶千千失望。她们不似他想象的那样高,格局、眼界、意识、胸怀,都让人看不入眼。相比老婆小满,西番莲更加不懂风情。都躺在了一张床上,怎么可能不干那事?别看平时咋咋呼呼,关键时刻就是个拎不清。

他对警察什么也没有辩白,听凭人家处置。这样一种情况,能有什么好说的?

她们从哪儿上的车,他又把她们送回哪儿。停了车,也不说话。待人下了车关好车门,他就开车走人。他清楚,他们所谓的情谊到此终止。也不知小卖店里的货物怎么样了,小满对他不放心,临走时千叮咛万嘱咐。他就是个让小满不放心的人,从不打骂她,但也从来听不进她的话。此刻他有些后悔。如果留在小卖店,就没有这些麻烦了。他对她们总是有求必应,都成习惯了。跟她们交往以来,他花费不少。原想这种情谊能走到地老天荒,没想到戛然而止,成了这种局面。最后一个送西番莲,到了玉器店门口,那小房子像是被两边的建筑挤扁了,歪斜着挤在夹缝里。那样小的一个开间,能陈多少货物呢?二楼有个小阳台,晾晒着衣物,也不知是不是她的。叶千千看着西番莲提着裙角下了车,忍不住问:“你没有其他住处?”

西番莲看也没看他,默默进了店里。叶千千在这里停的时间足够长,西番莲的背影有种忧伤的意味,让他怜惜。回想夜里的滋味,居然觉得不满足,是因为她没有呼应。没有遇到阻碍,便觉得她是装睡,她没有醉得那样死,只是不好意思面对他。他是这样想的。此刻,他想她可能真是睡死了,对发生的一切是种下意识的迎合。这让他觉得有些对不起她,还有淡淡的依恋。也不知她店里的玉器品质怎么样,他想给她买件最好的首饰进行补偿。这样想着,他开车走了。

八

文景街的中间部分有个转盘,行政局就在转盘的西北角。若在春天,转盘里开着五颜六色的花,丁蔓帧打开窗户就能看见。有时候,她会掐几朵插到矿泉水瓶里。办公室一共八个人,有这闲情逸致的只有她一个。能看到远处,就能忽略身边的各种声扰,虽然转盘并不远。转盘是水泥砌的,有半米宽的平面,丁蔓帧经常在上面走,感觉自己就像拉磨的驴,怎么都走不出个所以然。四面街道上的车飞驰而过,掀起她的长发,她仰起头,任凭它吹。她喜欢闻这陌生的汽油味,这让她能够体会到旷远。看车牌,也看车标。如果看到遥远省份的车子,能让她高兴好半天。

她进到办公室的第一个动作就是开窗。有吸烟的人。有脚臭,还有狐臭。总之,气味都不对。其他季节都没什么,但冬天再这样做,就有人打喷嚏,然后感冒。她的桌子挨着窗,她不怕,但她身后的人怕。这几乎成了明战:她开,别人关;她再开,别人再关。不争吵,也不说话。另外七个人有时会凑一起讲笑话,丁蔓帧就从办公室出来,往哪里走,全凭兴致。

她在转盘上走受过批评。上班时间这叫脱岗。而且在行政局人的眼皮子底下,局长都能在窗前看见她。按说再近的距离要看清一个人样貌也难,但她的长发、她的衣裙、她穿高跟鞋走路的姿势,都出卖了她。丁蔓帧不在乎。一点都不在乎。她招摇,也展现。就像她一个人的舞台,若站在那里不动,就是座雕塑,埧城最美的雕塑。她自己也这样认为。她的报表总是制作得又快又好,她是半路出家,别人要干一个月的活儿,她三天就完成了。那她也是最差公务员。年年最差。过去丁蔓帧在乎过,离老远就给局长递笑脸,见到科长张曼丽走来会站起身,现在不会了。丁蔓帧看见谁都能横眉冷对,这让她成了一个异类。丁蔓帧成了异类的事,行政局人人都知道。她写诗骂张曼丽,大家也知道。埧城是熟人社会,没有什么事情不能传扬开,然后被添油加醋。这让她一方面成了空气,随时被人无视;一方面又成了怪物,让人避之不及。丁蔓帧越来越敏感。从C城回来,她不安了很长时间。别人交头接耳,她就怀疑是在议论她。她不在乎别人议论,但在乎议论的内容,涉及人格和品行,丁蔓帧就很难接受。从某种程度上说,她是个完美主义者,不允许在这方面有瑕疵。只是,丁蔓帧的完美主义没人理睬,行政局的人提起她,都把她说得一无是处。那些吊膀子、调情、养小三的反而都是好人。这天,办公室又有人阴阳怪气,说暖瓶里的热水没有九十度,细菌杀不死,喝了肚子都在咕咕响。这天该丁蔓帧值班,只有她值班打来的水才让人不放心。丁蔓帧也不含糊,把四只暖水瓶里的水依次倒进洗手池,然后灌了凉水提到了办公室。"那就喝凉水吧,这样肚子就不咕咕响了。"说罢,在其他人的大眼瞪小眼中,走出了办公室。她清楚这是有人故意找碴儿,专门跟她过不去。早晨在食堂打饭,张曼丽把碗里的水随手往地上倒,让瓷砖地打滑,落上各种脚印。丁蔓帧批评了她:"当领导的,咋不严格要求自己?"一食堂的人面面相觑。都知道丁蔓帧说话冲,平时没人敢招惹她。但几滴水的事这样公开批评领导,还是让人始料未及。张曼丽呵呵地笑,脸上的肌肉却在突突地抖。她是大专生,在丁蔓帧面前永远端不起领导的架子。她知道丁蔓帧瞧不起她,因为瞧不起而挑衅,这不是第一次。她阴阳怪气地说:"单位给保洁员发工资,没花你一分钱吧?"丁蔓帧挑起眉梢说:"国家的钱,每个公民都有份,也有我一份。"说完,端着碗回办公室吃饭。有人进来就嚷:"什么味,办公室是办公的地方,啥时候改成个人食堂了?"

这幢大楼像座山一样压迫着她,她时常觉得胸闷气短。为稻粱谋,仅是为稻粱谋啊!紫薇常说自己就是为五斗米折腰。出了机关的门就是另一种样子。紫薇对这世界葆有强烈的好奇心,新栽了一个灯杆都能让她看好久。沿文景街一直向东,路两边都是各种商铺。她计划走过两个红绿灯就往回转。天上是稀薄的太阳,有风淡淡地从额前掠过。但天气干冷干冷,室内室外两重天。紫薇走出好远才感受到了严寒的力量。长筒靴严严包住了膝盖,鞋窠里还是生出了凉意。身边不时有人走过,驮筐卖苹果的、沿路捡废品垃圾的,还遇见一个卖气球的,瑟缩在电线杆下,五颜六色的气球像花儿在空中开放。每天走这条街,每天都有新的发现。有些商铺换招牌了,理发店改成了包子铺,包子铺又改成美容院,这些都给紫薇荒凉感。她能感觉到自己与这世界不相容。有家叫"暖馨"的花店每次路过都看不见有顾客出入,她进去买了一束花。康乃馨里夹了两枝黄玫瑰,这是兴之所至。今天心情实在太糟糕了,她愿意让那个卖花的小姑娘高兴一下。别人高兴自己也高兴。但这束花她不想带进办公室,转送给了一个刚下公交车的大妈。大妈不肯接,上一眼下一眼打量她,问她是啥意思。她说因为临时有事,暂时回不了家,花店不给退,这花一会儿就冻坏了。大妈这才不情愿地接过来,快速揣进怀里。这样的事情一生只做一次,一次就够了。紫薇想。卖花的姑娘看见了她送花给别人。她挥挥手扭头就走的样子,真是潇洒。但芙蓉说她是自恋的人。为别人谋幸福的事,芙蓉一分钱都不会花。

从C城回来,她们三个没有联系紫薇,紫薇也没联系任何人。群里一天到晚静悄悄。紫薇很奇怪,芙蓉不说话,西番莲不说话,怎么百合也不说话?有一个人说话,这群也许就会活起来。西番莲的事,她不觉得事情有多大,她咎由自取。那个晚上酒喝到最后,叶千千醉眼迷离。紫薇让他再开一间房,他方便,别人也方便。

西番莲不让,说就让小五跟我睡,浪费钱干啥,我不嫌他。话说得豪气,别人就不当笑话听。所以西番莲哭的时候,紫薇没说一句抚慰的话。时过境迁,淡淡的牵挂会让她去翻聊天记录,当然主要是看自己,在某个时段说了些什么。贴过的那些诗文,再看都恍若隔世。那些快乐真实,依附在生命的缝隙里,在幽暗处冒着亮光。有些言论是关于叶千千的,这样一个人,很难说你喜欢他什么,可就是能黏上你,让自己成为话题。她们经常在群里议论他,赞美他,也为他争吵。他到底是一个什么样的人,最终也没定论。现在回过头来看,有关"支帐篷"的话未必是空穴来风,是西番莲说走了嘴,然后又极力掩饰。这样想,紫薇就觉得恶心。他们之间有默契,只不过是在演双簧。C城的那一幕简直是蓄谋已久,她们都被他骗了。

所幸这一切没造成大的波澜,像海浪或乌云不知所终。岁月就在屋脊上行走,搜刮和裹挟一切它能席卷的东西,沉淀到历史深处。人生晦暗而荒凉。生活似乎恢复到初始状态,紫薇初到行政局,一个人也不认识。

"看,这是个文学硕士,长了四只眼睛、两张嘴——文学是干什么的?"

"喂猪的。"张曼丽说。她的话引起了哄堂大笑。

一条街两千米长,宽阔平坦。偶尔滑过几辆车,似乎也被严寒冻得紧绷。紫薇淌了清鼻涕,摸了摸兜,才发现没带纸。索性就用戴的口罩擦了擦鼻子,然后丢进了垃圾箱。

百合的店就在这条街上。认识这么多年,紫薇从没主动找过她。她感觉,百合淡而无味,构不成搭子,芙蓉也不行,西番莲有点勉强,她自来熟。紫薇就是这样奇怪而挑剔。只有她们四个在一起,才对她构成吸引力,任何个体都形不成分量。她从没跟她们哪一个单独逛过街。这天偶一抬头,看见了"百合内衣"几个红底金字。字有些丑,与内衣不搭,但心里跳了一下,百合?百合曾经说过她用这个名字注册了店铺商标。

紫薇果断推开了两扇门。

一团热气扑面,把脸熨帖得很舒服。店员迎了过来,说姐姐到里面看看,有什么需要的。各种文胸内裤挤挤挨挨,但都很光鲜。置身它们之中,有一种肉嘟嘟的质感。"你们老板叫百合?"紫薇问。店员小妹说,我们的店叫百合。紫薇才想起"百合"这样的名字只在内部流通,属于她们小圈子。而她们的小圈子也许永久消亡了,这让她心里有缺失感。百合迎了过来,亲昵地挽起紫薇的手臂。"想死我了。"她说,"今天你们都来了,难怪我昨晚做好梦了。"

紫薇往里走,心跳有些快,嘴里问:"谁,都谁来了?"

"你自己看。"百合简直是在撒娇了。

紫薇停了下脚步,让自己内心安稳。她觉得是西番莲,一定是西番莲。只有这个家伙会四处乱窜。她报警的事伤害了紫薇,紫薇说她没有大局观。"大局个屁!"

西番莲这样粗俗的表达,把紫薇气得浑身哆嗦。紫薇说:"你一个个体户当然不在乎,我们是公职人员。""公职人员有什么特殊吗?"西番莲双手叉腰,大口喘着粗气。紫薇从没见过她这一面。"我被欺负了就活该忍气吞声吗!是你以为自己特殊吧?那就别来管我,就当我们从来不认识!"西番莲霸蛮的样子就像个泼妇,紫薇恨不得扇她一巴掌。过去她多恭敬啊!可是……她们还是有彼此支撑相互关联的成分,就像打断了的骨头,总还能长上……百合松开挽着她的手,给紫薇让出通道,让她走到了前边。紫薇内心还是有起伏,羞惭不是因为自己,而是因为她。她怎么解释呢?"生意不好吧?"不急于朝前走,紫薇环顾着四周问。百合说,生意越来越难了。过去年关时节是消费旺季,今年特殊,各行各业生意都不好做。"世界越来越不安定了。"紫薇说,"武汉的同学说那里乱糟糟,很多人都得同一种病。"百合没回应,她只是从新闻里知道些情况,没波及埙城,百合没有体会。"我们已经四个半月没见了。每次从行政局门前过我就想,紫薇姐姐在这里办公。""可你一次也没上去过。"紫薇轻声抱怨。"不好意思去,怕打扰你。"百合笑了下。

靠落地窗边是个小吧台,沙发仅供两个人坐。有个人背朝紫薇,像熊一样裹着羽绒服朝窗外看。紫薇站住了,叹了一口气,这是芙蓉,紫薇更希望在这里的是西番莲。芙蓉转过身来摇了摇手,"嗨"了一声,好像她们只是一般的熟人。若是西番莲,会大呼小叫扑过来。还是这样的风格能让人温暖。"怎么这样巧?"紫薇故作语气清淡。芙蓉说,她去行政局送了份文件。这些活儿原本是单位里的小孩干,可他们家在外地,提前放假回家了。"本来想去看看你,又怕你忙。"

"我不忙。"紫薇脱外套,心里有些寥落。

百合拖了椅子坐她俩对面,一壶红茶氤氲着冒热气,三个人都盯着看,一时都不知话该从何说起。少了一个人,就像少了半壁江山。西番莲的聒噪是最好的黏合剂。

"你怎么到这里来了?"芙蓉问。

紫薇这才想起四个暖瓶被她灌了凉水,他们指不定怎样骂她。难为她从出来到现在也没打喷嚏。紫薇打水从不将就,总是要等烧够一百度。可他们仍不信任她,总怀疑她故意不等水烧开。有一次,她看见有人递眼色,她用哪壶的水,大家都用哪壶的水。这让她觉得受辱。她故意每次少倒一些,四个壶轮番倒,让他们乱方寸。但他们总有新的说法编排她,个个儿都像写小说的人。紫薇无声地叹了口气,接过百合递过来的茶,用力喝了一口。芙蓉说:"你好像瘦了。"又说:"瘦得有点多。"紫薇说:"你不就想说我憔悴吗?没事儿,直说,姐禁得住。"芙蓉这才笑了笑,说:"瞧你进来时一张臭脸,给谁看呢?""给你看。"紫薇说,"从我办公室门前过而不入,你以为自己是大禹啊。"两人就像小姑娘斗嘴,一来一往尽是歪理。在红脸之前终于找到了舒适区,她们重新变得亲密且推心置腹。

"前几天去医院拿药,顺便去产科看同学,你们猜我遇到了谁?"

百合问了声谁,紫薇只是看了芙蓉一眼。

"估计你们也猜不出。"芙蓉神秘地说,"我在那里遇见了西番莲。她来做孕检。我进来,她正好出去。我怀疑她看见了我,却假装看不见。她走路时撇着两条腿,已经有点像孕妇了。"

"没听说她结婚啊!"紫薇和百合都很吃惊。

百合迅速拨西番莲的手机,是空号。微信上想给她留言,发现已经被拉黑。芙蓉和紫薇也各自查了下,结果都一样。芙蓉说,她产检做得勤,引起了医生同学的注意。她说原本不想要这孩子,那段丈夫没戒酒,怕孩子有问题。可考虑自己年龄大了,觉得这也许是最后的机会。四个多月已经能看出性别了。她问医生是男是女,医生告诉她,婴儿非常健康,而且有活力。

"你肯定看错了。"紫薇不是不相信,而是不敢相信。

"我又看了她的登记资料——于静雯。没错,就是她。"

"她原来叫于静雯。"百合说,"我怎么一点印象也没有?"

九

正月初三,风声开始紧。丁蔓帧在风雪中带领两个小年轻把守小区路口,排查所有进出的行人和车辆。只要是从湖北务工上学回来的,不管三七二十一,先送去隔离。空气里除了寒冷,似乎到处都隐藏着毒素,丁蔓帧把自己包裹得严严实实,N95口罩外面又套了层医用外科口罩,唯恐病毒从哪里乘虚而入。羊羔毛的皮鞋还是在东北上学时买的,很多年没穿了。她又翻出丈夫的一件加厚羽绒服套身上,深夜的寒冷还是难以抵御,心都冻成冰坨了。行政局是大局,担负的责任很重,但年轻人并不多。五十岁以上的白天值守,四十岁至五十岁晚上接班,更年轻一点的则值守后半夜。丁蔓帧在不上不下的范畴。她清楚,只要是艰苦的岗位,从来也不会让她缺席。她不怕。丁蔓帧不怕吃苦,她看上去娇弱,内心却强大。丈夫远在国外指望不上,儿子十三岁,在国际学校养成了独立能力,该吃吃,该睡睡,她没啥不放心。把家安顿好,她第一时间到岗。丁蔓帧把车发动着,让两个年轻人去车里避寒。年轻人不好意思,说:"丁科长,还是我们在外边值守吧。"丁蔓帧说:"有检查的过来我喊你们,放心吧。"她站在风雪里,路灯的光晕让雪花变得透明,就像舞台的布景,有一只看不见的手在播撒。眼前一片空茫。这世界忽然沉默到静止,时针不再摆动,心脏不再跳动。生命蛰伏在宇宙间,还没有被神唤醒。路灯的光晕遥远而迷离,像来自另一个世界。北方的雪天不少见,但在这样深的夜晚感受雪花飘落还是第一次。此刻,紫薇觉得那些精灵在跳舞,为她一个人跳舞;它们趁暗夜从遥远的天外而来，是为陪伴；它们擦过她的面颊，似在耳语。她倾听着，在天地无垠中不忍移动脚步。眼前平展展。世界是初始时的模样。女娲还睡着。黄泥委身在坑塘。古老的生命未曾被命名，都在等鱼肚破晓。她仰起头，感受雪花落在肩上的重量。雪花也滑落在唇际，冻麻的双唇感受到的是丝滑的甜，就像在吮吸糖稀制成的画，或者糖瓜。脑子里涌出这样的诗句：天使之吻让我的心滚烫。

她忽然记起了自己还叫紫薇。她们都这样叫她，已经叫了很多年。她拿出手机，拨西番莲的号码。明知道那端没人接还是拨。后来，拨那个号码就成了习惯。

两个年轻人都是其他科室调配过来的，紫薇与他们并不熟。他们年龄小，紫薇愿意用母性的温柔呵护他们。马达突突地响，他们各自倚在车窗上看手机。紫薇僵硬的身影就在不远处，像堵墙一样遮住了他们的视线。

"她为什么要这样对我们？"一个乜斜着眼睛问。

另一个用鼻子"哼"了声，眼睛并没有离开手机。"有什么企图吧。"他说，"她在单位名声不好。"

十

云天与水月两个小区隔了一座大湖。从湖面的栈桥上过去，并没有多远。如果开车走外边的环线，要绕好大一个弯子。还有就是，作为还迁房，水月入住了七成，云天连三成也不到。何桂珍搬进来不久，便知晓了云天小区的很多秘密。这里是老城厢的班底，一家分几套房子。因为水月离学校和幼儿园近，大部分人家都选择在那里居住。云天在远离城市的边缘地带，就像一枚被遗弃的棋子，所以居住在这里的大多是租客，谁都不认识谁。周围没有商铺，买包卫生纸要跑很远的路。

这里离高速公路近，到了晚上，车辆像是疾驰的飞火流星。

何桂珍就住在云天几幢高层中一个顶层，一百二十平方米。往远处看，似乎能看到大海或云端的深处。北部的山峦就像一幅画，自己就像站在画框外，只一脚，就能迈进风景里。她经常倚在窗前，一站就是几个小时。有一次，把腿站肿了，叶千千进来她甚至没听到门响，走到近前吓了她一跳。"不怕你儿子惊着。"她摸着微微隆起的腹部，用抱怨的语气说。"你在想什么？"他问。拥她入怀往起掂了掂，这是他们见面的规定动作。"儿子又长个儿了。"叶千千说，"还有，你是哪儿的人，怎么不见你跟娘家人来往？"何桂珍背过脸去，叶千千就知道她生气了。怀孕的人可不敢生气。"算了算了，就算我没说。"叶千千举手投降，"西番莲……"何桂珍举起手来说："找打。"

和过去的生活决裂。西番莲就是这样跟叶千千解释的。她决裂，他也要决裂。她让叶千千对天发誓。她原名叫何桂珍，后来改名于静雯，是因为母亲姓于，母亲年轻的时候就跟父亲离婚了。她找到母亲时，发现在这里自己还有个户口。"那我该叫你哪个名字呢？"叶千千问。"就叫何桂珍吧。"她说，"这个名字土了吧唧，可人就是泥土捏的呀。"

她怀孕四个月时来找他，他正在小卖部卖货。岳父去世了，他奔完丧就回来了，把小满留在了那里陪岳母。她掀开棉门帘闪进来，委实吓了叶千千一跳。她说过去不知道自己怀孕，只当是身体有问题。一日一日地拖，没想到已经能看出是儿子了。她把检查单化验单悉数拍到柜台上，是赌气的样，却也让叶千千看得明明白白。这样猝不及防的事，叶千千难以承受，他从没经过这样大的事。他把西番莲留在小卖部，自己一溜烟跑回家跟父母商量。没想到父母都很高兴。他们说，她只要生的是孙子，要啥条件给啥条件。就像得了尚方宝剑，叶千千匆匆回来了。西番莲居然给他卖了一百块钱的货物，两人见面就笑了。这个中午，他们一起吃了饭。临街有家餐馆卖臭鳜鱼，他点了大大的一条。"我很长时间没好好吃饭了，吃不下。"西番莲说起这几个月所受的委屈，说着说着眼泪就下来了。她的眼泪是黑色的，餐巾纸也像被染了煤灰。叶千千试探地握住她的手，两只手就再没分开。

"只要生下孩子，她愿意走就走，愿意留就留。"叶千千母亲隔空喊话。怎样走怎样留，他们早研究出了预案。"她凭啥把孩子留到现在，不就因为你手里有几套房子嘛。"虽然叶千千极力否认，说她不是为了房子才留下孩子，七十岁的母亲是老狐狸，根本不信。叶千千无论说什么，她统统不信。其实，她是信不过自己的儿子。她生叶千千时宫腔里没有羊水，是老娘婆死鸡拉活雁样掏出来的。她总说，是她把儿子耽搁了，否则叶千千会比现在聪明。他跟西番莲谈得相对顺利，这样大的月份，手术会有风险，对谁都没好处。作为补偿，叶家答应过户给她一套房子，前提是，她不能招别的男人进来。西番莲提出，这房子是给儿子的，自己应该也有一套。叶千千瞒了父母，又过户了一套。叶千千游魂一样在水月和云天之间来回跑，不是送吃的就是送用的，餐桌上经常小山样的一堆。有些食品就是从小卖店里直接倒腾过来的。对小满就说外边有人买，他顺路捎过去。他总是给小满最低折扣的钱，简直没有利润。小满往好处想，能把货物销到小区外边去，就当是打广告，她做好了暂时不挣钱的准备。他的兴奋和紧张都在一张脸上，既觉得幸福，又觉得刺激。有一次，小满看出了端倪，说："你最近咋魂不守舍的？"叶千千说："出大事了，我买的基金全赔了。""早赔晚不赔，早晚都得赔。"不是自己的钱，小满不以为意。

这小区就像鬼城，风号声都比别处猛烈，何桂珍经常说害怕。这是他们之间的专属语言，叶千千马不停蹄往这里跑。把车停在背人处，从楼房后身的荒草丛中绕过来,贼一样钻进楼洞口。电梯哐当哐当升到二十楼,到处都是一股子生石灰味。西番莲,不,何桂珍早早把门打开,房门里是一个温馨的世界,一杯香茶在桌子上氤氲冒着热气。她不是害怕,她是想他了。她说就这样一直等他到老。她从不让他敲门,总能感知他走出电梯的那一刻。

小满回娘家看望父亲,原想只去三五天,后来父亲病情加重去世了,母亲又病倒了。她只得待在娘家。每天晚上跟叶千千通一个电话。"今天卖了多少钱?"大部分顾客都扫二维码,但总有一小部分人付现金。叶千千开始不耐烦,后来非常乐意回答她的话,并嘱咐她安心待在娘家,甭惦记小卖店的事。小满每次都说:"你把钱留好,等回去交给我。"

叶千千有时想问小满"我在你心里到底算什么"。

想了想,到底没问。

十一

埧城是一座没有新闻的城市,大家都这样说。疫情三年,做了几十次全员核酸,没有几个人感染。行政局局长退休了,新局长是从外地调来的,有一次在走廊遇到了紫薇,突然问:"你就是丁蔓帧吧?"

紫薇有些紧张,不知道新局长是啥意思。

新局长得到确认,长长地"哦"了声,转身走了。

办公室的人都在议论最近发生的事。埧城一个小三给这家生了个孙子,是这家唯一的孙子。这是疫情防控期间的事。疫情后,她卖了两套房子跟孩子一起人间蒸发了。这家奶奶一下就疯了,每天的任务就是要房子、找孙子。腰里别着菜刀,见人就问你认识紫薇吗?她就是要找紫薇,说只有紫薇能帮她找到孙子。她见人就是要下手的样,还跑去人家家里要房子,手里举着打火机,说这房子是她的,不还回来她就烧了它。结果,她真下手了。那是个中午,大人出去买东西,孩子在屋里睡觉。就像是该着,那家大人忘了锁门,她轻而易举进去了。结果,大火着起来前,她先跑出来了。也不知她是否知道屋里有孩子,或者,她仇视别人的小孩故意纵火……大伙议论说,这个老太太是为房子疯的,还是为孙子疯的?

有人说是为房子疯的,有人说是为孙子疯的。

"据说背后是一个诈骗团伙在策划,已经准备好几年了。如果不是因为疫情,办各种手续不方便,这一幕早就发生了。骗子也不容易,隐藏得这么深。"

"就是几个女魔头,平时欺行霸市。"

丁蔓帧耳朵听着这些八卦,心里无动于衷。他们说些什么,她向来不上心。只是"紫薇"这个名字让她的心跳荡了一下,又安稳了。叫这个名字的人多着呢,她不觉得与自己有牵连。又过了几天,张曼丽推开办公室的门喊她去会议室,她才发现,有警察等在那里。

"你认识何桂珍?"

"不认识。"

"想一想再回答。"

"想一想也不认识。"丁蔓帧有些不耐烦。

"她还有个名字叫于静雯。"一个长着满脸络腮胡子的警察说。

丁蔓帧脑子过了一下,这名字仿佛在哪里听说过。但她平板着脸,表达着不配合。她对警察找她非常有意见。

"知道我们为什么要找你吗?"

"不知道。"

"想一想再回答。"

"想一想也不知道。"丁蔓帧神情傲慢。

"西番莲。这名字知道吧?"警察不慌不忙地问。

丁蔓帧激灵一下,愣在那里好一会儿,说:"她跟我有什么关系?"

"紫薇。""络腮胡子"突然叫了这个名字,两只眼睛盯紧了看她,"你们共同去了C城,在那里发生了什么,你总还记得吧?"

丁蔓帧倒吸一口冷气,眼前一片迷蒙。C城发生的事,她一向觉得只有他们五个人知道,因为不光彩,大家都没有往外传播的理由。

没想到警察知道了。

警察其实不光知道这些,还知道叫丁蔓帧的这个文学硕士,不好打交道。学历高的人通常容易自以为是和目中无人,丁蔓帧更极端些。"跟局长走碰头她连眼眉都不挑。"张曼丽形象而夸张地跟警察模仿丁蔓帧走路时的姿势,让他们有个准备,"她喜欢口不择言和恶语伤人。"

利用有限的时间,两个警察研究了对策,决定要杀杀她的气焰。

警察让她实话实说,他们已经调查很久了,掌握了大量的情况。但还有一些问题需要澄清和确认。"你是这个团伙的灵魂人物,对吧?"丁蔓帧噌地站了起来:"团伙!什么团伙?"警察赶紧摆手,说你别激动,那么激动干什么。"你们这个群体……这样说总可以吧?有些事情别人知道的,你肯定知道;别人不知道的,你也一定知道……是不是这样?百合和芙蓉都很配合,什么都愿意跟警方坦白……"

"坦白?她们坦白什么?"丁蔓帧又要激动。

"你别抠字眼。"络腮胡子乜斜着看了她一眼,"知道你学历高,能不能领会精神?坦白的意思就是……她们非常坦诚而明白地配合警方工作。不论你职位多高,成就多大,这是每个公民的责任和义务。这些道理应该懂吧?不要试图跟警察打哑谜,没有什么事情能瞒得了我们。"

"那还找我干什么?"丁蔓帧嘲讽地说。

"找还是要找的,这是我们的责任。"络腮胡子皱起眉头,语气凝重地说,"不放过任何一条线索,不放过任何一个疑点……纵火案重要,诈骗案也重要……这原本是两个案件,可一个为因,一个为果。你听明白我的意思了吧?那个孩子还不到三岁,是个男孩子。据说,跟于静雯的孩子差不多大。火灾现场的惨状你根本想象不到,喏,都在我的手机里。"他打开手机划拉照片,屏幕闪来闪去,却没有让人看清楚的打算。"人都有恻隐之心,那对父母是打工人,年龄比你还小。他们遭受这样大的不幸,你一个文学硕士一点触动也没有?"

丁蔓帧慢慢睁大了眼睛,警察说的这些让她难以消化。她摊开两只手说:"这一切跟我有什么关系?"

"跟你们的C城之行有关系。"络腮胡子端起水杯喝水,眼睛却斜视着丁蔓帧,"严格地说,跟你们每一个人都有关系。就是为了甄别这些关系,我们才来找你。于静雯失踪了,你是她最好的朋友。我们来找你了解情况,没错吧?"

"你们应该找叶千千,他是当事人。"丁蔓帧扯了扯嘴角。

"那是个傻×,就会哭晕厥。"在本子上记录的警察说了句粗话。

"我跟她不是朋友。"

"我们有很多证据能证明这一点,你否认不了。"

丁蔓帧气咻咻地看着墙上贴着的学习专栏,意识到自己掉进了旋涡里。世界坍塌了一角,眼前乌蒙蒙的什么也看不清。那些字慢慢从墙体上凸显,像是蘑菇从木头里钻出。"我以人格担保……"

"你实话实说就行。"络腮胡子打断了她的话,"不是我们愿意找你,是你给自己创造了机会……你们最后一次见面就在C城,后来怎么不来往了?"

丁蔓帧冷冷地看着警察,这些信息都让她无从回答。脑子里映出西番莲那张圆团大脸,却只是一个轮廓,她突然发觉记忆开始模糊,她记不起西番莲的模样了。

"她是内蒙古人。"络腮胡子长舒了一口气,用怜悯的眼神看丁蔓帧,"当年旅游局的范局长去旅游认识了她,她说自己是孤儿,范局长带她回来在景区做了导游员。那时她叫何桂珍。但这也是个假名。几年以后范局长去世,她被当作编外人员清理了。她卖过服装,在宾馆做过服务员,后来卖假玉器。疫情一开始,她就把玉器店关了,用一个小提包把东西装走了。据房东说,她不是真做买卖,做买卖就是个幌子。到底干些什么,谁也说不清楚。疫情防控期间那么严格,她居然没做过一次核酸,没打过一次疫苗。叶千千说她怀孕是一个意外。真的是意外吗?从前后的结果看,用'意外'两个字解释未免太轻巧了。你们到底是谁提出的去C城,在C城发生的一切由谁主导？叶千千说他完全是被动的。一个人能隐藏得这样深，说明她功夫了得，也说明她周围的人在有意或无意帮她完成操作。你说对吗？"

　　这些话没毛病，却让丁蔓帧惊掉了下巴。她想起西番莲送的那颗玛瑙珠子，也不知被丢到了哪里。从拿到手里，丁蔓帧也没重视过。可因为这颗珠子，西番莲拉近了与紫薇的距离，继而有了这个团体。当初去C城确实是西番莲提出来的，让大家陪紫薇度年假。但如果说她从那时就开始处心积虑和别有用心，紫薇打死也不相信。她不相信西番莲的演技好，也不相信自己能够被人骗。许多次紫薇拨西番莲的电话，其实是想问清楚这些。"你是处女吗？你怎么那么容易怀孕？"紫薇怀疑，这孩子与那个醉酒之夜也许并无牵连。一切都是……虚与委蛇。对，虚与委蛇。那些个寒冷的夜晚，紫薇在小区的外边值守，心里鼓荡着许多情绪，西番莲成了她心里的悬而未决。"你一直企图找到她。你找到她想干什么？"

　　紫薇打定主意不回答，她不想回答。她们只是玩玩闹闹的关系，不意味着别的，是警察误以为她们是朋友。

　　她们不是朋友。最起码，丁蔓帧不当她们是朋友。

　　"你还有什么要说的？"

　　紫薇无力地摇摇头，身上似乎没了筋骨。警察问什么紫薇都摇头，络腮胡子终于没了耐心。"那就等着叶家那个疯老太太来找你吧。"他说。

　　他们站起身，一起往身后撤椅子，地板发出了尖锐的摩擦声，似乎表达着骄矜、不屑、厌弃等多种情绪，紫薇都听得出。他们一同往外走，彼此说着闲话，仿佛眨眼之间就把紫薇忘记了。

　　丁蔓帧缓缓趴在桌子上。她觉得，她应该为自己的命运哭一场。

【作者简介】尹学芸，天津市蓟州区人。天津市作家协会主席。已出版散文集《慢慢消失的乡村词语》，长篇小说《菜根谣》《岁月风尘》，中篇小说集《我的叔叔李海》《士别十年》《天堂向左》《分驴计》及《青霉素》等。作品被翻译成英、俄、日、韩等多种文字。多部作品入选年度排行榜和各类年选。曾荣获首届梁斌文学奖、孙犁散文奖、林语堂文学奖、北京文学优秀作品奖、当代文学奖、百花文学奖和第七届鲁迅文学奖。

微不足道的一切
——献给我的父亲

◎　哲　贵

壹

丁小武碰到难题了。其实,不是他的难题,是父亲丁铁山痴呆了。不过,反过来讲,这也是他的难题。

丁铁山的病,是半年前出现征兆的,走着走着,迷路了。他是个四海为家的人,是个探路和开路的人,迷路,对他来讲就是耻辱。他出现的另一个症状是遗忘,迎面碰到一个人,记忆中似曾相识,却想不起"来者何人"。

刚开始,丁铁山并没有认真对待,他对身体很自信。他年轻时练南拳的刚柔法,一身硬功夫,两三个人近不了他的身。他了解自己的身体,也充分信赖,觉得只要休息两天,就能调整过来。

丁铁山的病来得猛烈,像夏天的雷阵雨,一声霹雷炸响,雨点迫不及待地砸下来,好像是蓄谋已久,更好像是不由分说。不到半年时间,他就完全失去了记忆。有人叫他:"丁铁山。"他认真地问:"丁铁山是谁?"

痴呆后,丁铁山还是喜欢到处走,这个职业习惯他依然保持着。可他找不到回家的路了,更找不到家门,只能站在路边发呆,直到有人问他:"你是谁?"

他说:"丁小武。"

"在这里等谁?"

"丁小武。"

"你家住哪里?"

"丁小武。"

"你家里还有什么人?"

"丁小武。"

警察每一次都将电话打到丁小武手机上。丁小武就得放下手头的活,开着富康车,急匆匆赶往派出所。隔两天,丁小武又得去一趟派出所。

丁小武带他去信河街人民医院做检查,身体各个器官都没问题,也都有点问题。没有查出病因,医生没办法对症下药。换一家医院,也一样。

丁小武思来想去,最后将他送入养老院。

丁铁山在养老院住了不到一个月,就被送回来了,因为他在里面演绎"武打片"。他功夫还在,出手更是没轻没重。话说回来,打养老院里的老头老太太也不太需要功夫,丁铁山一伸手,撂倒一个,一抬腿,又一个躺下了,相当轻松,相当好玩。他上了瘾了,乐此不疲。

养老院只好将他送回来。再不送他回来,肯定出人命。

丁小武将他送回石坦巷的单身宿舍,请了一个保姆照顾他。丁铁山这一次倒没有对保姆动手,他知道这是在自己家,要斯文。

但是,一个月后,保姆跑了,因为丁铁山在床上拉屎撒尿,不管不顾了。丁小武一连请了三个保姆,每一个都做不到一个月,最后一个只做了一天,便不辞而别了。

丁小武每一次去石坦巷,丁铁山都会面无表情地高喊一声"丁——小——武——"。每一个字都有一个后音,"武"字拉得更长,像唱歌。丁铁山每喊一声,丁小武心里就被刺一下,莫名其妙地想大哭一场。

在丁小武看来,父亲是决绝性格,从不拖泥带水,从不儿女情长,说话从来是斩钉截铁的。当然,这只是丁小武的看法,他和父亲没有沟通过。他对父亲的认识,从来是站在外围观看。而父亲呢,在丁小武的记忆中,也从来没有主动跟自己谈过心。在丁小武心里,父亲像个战士,他在销售科工作,东征西战,周游全国。而丁小武只是一个工人,一个模具工人,他的世界只是一个车间。他们是两个世界的人,相貌也不同。父亲是瘦高个儿,手长脚长,像只鹭鸶。丁小武的个子接近一米七,但他骨骼粗壮,像只猩猩。还有,他有两颗明显的虎牙,父亲没有。最主要的是,两个人不亲。父子之间亲不亲,不是指两个人之间有没有话,能不能聊得来,而是指两个人见面,什么话也不用说,甚至都不用看对方一眼,那股血脉关系的亲情就会流淌起来,就会荡漾起来。丁小武和丁铁山没有这种感觉,不亲。

丁小武自认不是一个冷漠的人,用妻子柯又红的话说,他是"拖拉机"。丁小武承认,很多时候,他是犹豫不决的,是能拖就拖的。他是个软性子。相比之下,丁铁山立场坚定,处事果断。

有一件事,丁小武印象深刻。他和柯又红属于"无证驾驶",结婚前就住在一起——柯又红的宿舍,很小,只有二十三平方米。丁铁山住在石坦巷,他的宿舍有二十六平方米,多出来的三平方米,是一个卫生间。结婚前,柯又红让丁小武去跟丁铁山商量:"我们结婚,你爸一分钱没拿,对换一下宿舍总可以吧?"

柯又红这么说是有道理的。信河街的风俗,子女结婚,男方父母是要准备一间婚房的。而他父亲"屁也没放一个"。其实,丁小武并没有对丁铁山说过结婚的事,丁铁山并不知道有柯又红这个人。柯又红想跟丁铁山对调房子,让丁小武为难了。他开不了口。柯又红干脆将话挑明了:"如果你开不了口,这个坏人让我做。我去讲。"

"还是我去吧。"说出这句话,是丁小武的本能反应。他知道柯又红说到做到,而她和丁铁山根本没有见过面,一见面就说调换房子的事,想想都难为情。但是,话一出口,丁小武就后悔了,后悔死了。柯又红想去,让她去好了,是她想调房子的。

丁小武一直拖着没去见丁铁山,拖一天是一天。直到结婚前一个月,柯又红再一次问丁小武:"调换房子的事,你爸怎么说?"

丁小武这次老实了:"我还没说。"

柯又红早就猜到丁小武会这么说了,不抱希望了:"你是不是不想问了?"

丁小武觉得还是要实事求是:"我实在开不了口。"

柯又红生气了,应该说是很生气。跟自己父亲有什么开不了口的?又不是抢他的房子,是调换,只差三平方米而已。但柯又红没有发作,她很清楚,对丁小武发作没什么用,解决不了问题的。她说:"我知道你脸皮薄,我脸皮厚,我去总行吧?"

这一次,丁小武没有说行,也没有说不行。他本来想说,"要不要我跟你一起去",话到嘴边,又吞了下去。

柯又红去石坦巷12号201室找丁铁山。

进门之后,柯又红先环顾了一下房子。其实,也不需要"环顾",单身宿舍的结构都差不多。柯又红关注的重点是卫生间。她只关注卫生间。就在靠近阳台的角落里,卫生间的门开着,一览无余——很小,小得刚刚容得下一个人,如果是个胖子,转身都困难。可是,够了,足够了。这不是大与小的问题,而是有与无的问题。其实,也不是有与无的问题,这是先进与落后的问题。更进一步讲,这是生活质量的问题。有卫生间的生活是完满的,没卫生间的生活是不完满的,差别就在那三平方米,就这么简单。对于柯又红来讲,她马上要跟丁小武结婚了,跟丁小武父亲调换一下有卫生间的宿舍,过分吗? 当然不过分,名正言顺,理所当然。

柯又红先做了简单的自我介绍,然后说了调换宿舍的事,言简意赅,直奔主题。不是商量,不是要求,不是请求,而是宣布。丁铁山直直地看了她好长一段时间,他觉得这个女人的脑子肯定进水了,肯定塌掉了,丁小武的眼睛肯定也瞎掉了,找了这么个"条直"的女人,这种事轮得到她来讲吗? 要来也是丁小武呀,她还没过门呢,算个屁? 丁铁山斩钉截铁地说:"想要我的宿舍,门都没有。"

柯又红纠正说:"不是要,是调换。"

丁铁山更坚定地说:"调换也不行。"

一开始就僵住了,也不是僵住,而是一开口就谈崩了,不可调和,不留余地。双方各踞一边,互不相让。也不存在让的问题,没有沟通,没有商量,事情从一开始就变成水火不容。两个人都是气势汹汹,都是杀气腾腾。

柯又红生气了。她的生气是理直气壮的,是义正词严的,她质问丁铁山:"丁小武是不是你的儿子?"

这个问题火上浇油了。这不是质问,而是侮辱,丁铁山的态度已经很不好了:"是又怎样? 不是又怎样?"

柯又红听出了挑衅,听出了无可无不可,听出了逃避。哪有这样做父亲的? 一个父亲怎么能说出这种混账话? 柯又红不是生气了,而是可怜;不是可怜自己,而是可怜丁小武。他有父亲,又没有父亲。她为丁小武感到不值,也感到羞辱,她对丁铁山说:"如果是,你就承担责任;如果不是,以后丁小武就没你这个父亲。"

这就是威胁了。丁铁山原本是冷静的,这时更加冷静了,跟一个脑子不灵清的人,有什么好讲的? 他准备速战速决:"那是我和丁小武的事,轮不到你来指手画脚。"

柯又红很伤心,但她没有表现出来。那就铁了心吧,不就是三平方米的卫生间嘛,不要了。她突然对丁铁山笑了一下,说:"是的,确实轮不到,再见。"

柯又红说的"再见",其实就是不见。从转身离开201室的那一刻开始,她就迅速删除了调换的念头,同时,也删除了丁铁山这个人。他不是丁小武的父亲,丁小武没有这个父亲。退一步说,即使他是丁小武的父亲,跟她也没有关系,没有任何关系。她割断了这层关系。本来就没有连在一起,一割就断。此生不再相见。

所以,他们结婚时,丁铁山没有出现,是柯又红不让丁小武通知他的,柯又红对丁小武说"有他没我"。但丁小武还是偷偷告诉丁铁山了,结婚这么大的事,于情于理都应该说一声,但他没有说结婚日期。丁铁山问他有什么需要,他说没有。丁铁山又问:"确实没有"? 他说:"确实没有"。丁铁山就不再问了。摆结婚酒席时,只有女方家长出席,有人问起来,丁小武说他父亲出差了。酒席地点是柯又红定的,在华侨饭店,四星级,当时信河街只有这一家四星级饭店。柯又红不是一个铺张浪费的人,但是,她说了:"丁小武,结婚就一次,铺张浪费怎么啦?"

丁小武连连点头。

柯又红说到做到,从那之后,再也没有提过丁铁山的名字。在她的生活里,丁铁山是一个不存在的人,包括他们的女儿丁点点出世,包括他们搬迁到公爵山庄新居,丁铁山都是缺席的。但她知道,丁小武跟丁铁山有来往,包括派出所给丁小武打电话,让他去领丁铁山,她每一回都听得明明白白的,但从不过问。她只有一个要求,是在他们结婚之前提出来的:丁小武不能在家里提丁铁山的名字。当然,丁小武也不会提。在家里提丁铁山的名字,不是没事找事吗?

丁小武没觉得这种关系有什么不对,不来往就不来往,双方都清净。眼不见,心不烦,挺好。可是,现在的问题是,丁铁山成了一个生活不能自理的傻子,柯又红可以不管,他能不管吗?丁小武觉得不能。也不是内疚,不是,只是每一次看着已经不认识自己的丁铁山,他会心酸,也不是心酸,而是无端地悲从中来。

他当然没有哭。一次也没有。又过了半年,就在除夕的那一天,丁小武突然跳出一个念头——将丁铁山接到公爵山庄。

这个念头太疯狂了。无法通过柯又红那一关。过不了的。柯又红不可能接受丁铁山住进公爵山庄,她会毫不犹豫地捍卫自己的主权和领土的完整。公爵山庄是她的家,是她的城堡,是她的王国,她绝不会让别人踏入一步。丁铁山更别想。是的,即使他变成了傻子也不行。

但是,作为丁小武来讲,明知柯又红不会答应,却还是要将这话讲出来。果然,柯又红听了之后,没有任何犹豫地说了两个字:"不行。"

停了一下,她又补充一句:"你如果一定要他住进来,我搬出去。"

这就是断了退路了。她没有理由搬出去的,也不会搬出去。这是"没有商量"的意思了。丁小武当然明白她的意思,也早就料到她会这么说。可他还是想从柯又红嘴里得到证实。他满意了?当然不满意。他站在满意和不满意之间,一头是父亲,另一头是妻子。他想平衡两头,可是,做不到。不过,当他听到柯又红的答复时,居然有一种如释重负的感觉,居然有一种身轻如燕的感觉,他用犹豫却又坚决的口吻说:"你不用搬出去嘛,我搬出去。"

出乎意料了。柯又红不能理解丁小武的话,更不能理解丁小武的行为,她跟这个男人睡了几十年,却一点也不了解他。她的心突然冷下来了,是绝望的冷,她面无表情地说:"随便。"

贰

这一年,丁点点大学毕业了。

四年大学,她做了五件事:家教、支教、旅游、当学生会副主席和谈恋爱。当学生会副主席是在"大二",当上之后,发现还要到社会上拉赞助,立即谈恋爱去了。

丁点点在大学谈了两次恋爱。第一次是和学生会里的师兄,是师兄主动追她,说"你是我梦寐以求的人"。毕业时,他的"梦"醒了,双方很客气地说"拜拜"。

第二个是学生会里的师弟,名字叫季增石,比她低一届,是她主动的,属于"老牛吃嫩草"。她追季增石只有一个原因,他笑起来时,会露出两颗小兔牙,相当地讨她欢心。丁点点毕竟谈过一次恋爱,是"过来人",不再矜持,几乎没有征求季增石的意见,直接将他收归"麾下"。

季增石读的专业是营销。这个专业相当"开阔",什么都学,却又什么都没学,很神奇的。季增石是个沉默的人,一天说话不超过三句。他觉得这样很酷,很有个性,更主要的是,他觉得自在,有什么话可以在脑子里和自己说,自得其乐。丁点点和他谈恋爱后,他对丁点点也是"惜话如金",丁点点威胁他:"你是不是不喜欢我,为什么半天没跟我说一句话?"

他立即用眼睛无辜地看着丁点点,露出两颗小兔牙。丁点点继续威胁他:"你再不说话,我真的生气了。"

这话一出口,丁点点都觉得自己有点"为老不尊"了,忍不住笑起来。季增石见她笑个不停,摸着脑袋,一脸惶恐地看着她,喃喃地说:"我说我说。"

他还是什么也没有说。

季增石在学生会负责电脑维护,没有他解决不了的电脑问题。丁点点发现,他看电脑的眼神比看她的眼神明亮得多,完全是要一口将电脑吃掉的架势。这让她嫉妒,丁点点希望他能用这种眼神看自己。好多次,丁点点故意弄坏学生会的电脑,以泄心头之愤。后来她发现,这一招正中他下怀,让他有更多时间和电脑待在一起。丁点点立即改变策略,学生会的电脑谁也不能动,她让季增石加了锁,只有她才能打开。

毕业了,丁点点也和季增石"拜拜"了,没有举行任何"仪式",甚至连招呼也没有正经打一个。根本不需要嘛,潮涨潮落,缘聚缘散,随便了。本来就算不上有很深厚的感情,也就不存在离散的痛苦。毕业之前,丁点点已经被一所中学聘为语文老师,实习啊,毕业论文啊,答辩啊,各种聚会啊,忙得晕头转向,到了上班的学校,新手上路,手忙脚乱,根本顾不上"痛苦"。

丁点点算是走向社会了,有了一份正式工作。学校离家只有十五分钟路程,丁点点也没想在外面租房子单住。她知道,如果提出来,柯又红肯定会同意的。丁小武心里估计舍不得,但他肯定不会说出来。丁点点觉得住家里挺好,空间够大,最主要的是,他们不管,晚上多迟回去他们也不管,夜不归宿也不会问。柯又红是不愿意问。丁小武是想问又不好意思问。丁点点知道他们是"故意"的,都这么多年了,成自然了。这很好。这地方免费吃住,又不干涉个人自由,当然得住。再说了,这是丁小武和柯又红的家,同时也是她的家。

丁点点指的家,已经不是校场巷的宿舍了,而是公爵山庄的套房。

丁点点成长的二十年,是信河街翻天覆地的二十年,丁小武的经历没有大风大浪,却也算随波逐流。丁小武原来是信河街模具厂工人,喜欢写点小文章,后来招聘进文化局下属的杂志社。再后来,杂志封面登了一张大屁股女人照,他这个编辑就当到头啦,只好下海和朋友李其龙办打火机厂。

李其龙和丁小武是朋友,和柯又红是工友。柯又红是信河街火柴厂仓库保管员,李其龙是车间主任。丁小武和柯又红的认识,就是他牵线的。

李其龙做的是整机,分两大类:一类是一次性打火机,另一类是充气式打火机。李其龙胸怀大志,目标是做出世界上最好的打火机,比"都彭""登喜路"还要高级的打火机。为此,他专门去上海恒隆广场,花两万四千四百四十元,买来五只都彭打火机,将机身拆解,研究各个零部件和构成。他要做到知己知彼。

丁小武先跟李其龙合伙做了一年整机。他们是好朋友,却有本质区别。区别最先体现在世界观上。李其龙要的是"大",工厂名字也体现了他的追求——大世界打火机厂。工人和老板加起来不到二十人,厂房也是租来的,哪来的"大世界"?李其龙不管,这是他的气势,是他的格局,更是他的人生追求。"大"是李其龙的特点。丁小武有自知之明,他把握不了"大",他的选择都是从"我"出发的,他对世界的认识是"小",他只能想象看到的东西,只对看到的东西有把握。

工厂的生意"还可以"。什么概念呢? 一年生意做下来,纳完税,还清货款,付清房租,发完工人工资,一结算,两个老板寒碜了,除了每月预支的两千元工资,年终分红也是两千元。

这种状况可以理解,两个老板的心思不在一块儿,力量也使不到一起。

那年春节过后,丁小武主动和李其龙谈了"分家"的事。丁小武对李其龙说:"你做整机,我做配件。我还是归你管。"

丁小武又对李其龙说:"我不是不想做世界上最好的打火机,而是不敢想。我要赚钱,要尽快买一套带卫生间的房子。"紧接着,丁小武又补充一句:"这也是柯又红的想法。"

话说到这个份儿上,李其龙还能说什么? 放行。

丁小武独立出来后,办了一家小工厂,做的配件是镍片,信河街人叫银片、限流片。限流片是打火机里的一个出火装置,出火口只有六微米,比头发丝还细,是真正的小本生意,赚的是辛苦钱。丁小武是做模具出身的,只要有一台冲床,火箭都能做出来,限流片不在话下。对于丁小武来讲,只要能赚到钱,累和苦,他不怕。

限流片做了十年后,丁小武终于实现愿望,购买了公爵山庄的房子。房子是柯又红看中的,顶楼、跃层、九跃十,最主要的是大,二百三十平方米,楼上楼下加起来,有三个卫生间,也就是说,他们一家三口,每个人都有一个卫生间,怎么用都行。为了奖励丁小武,柯又红给他买了一辆富康轿车。

又过了十年,信河街的限流片泛滥成灾了,从最开始只有丁小武一家,变成了几百家。价格从一片一元,压到一片一毛——这生意没法做了。

刚好,丁小武将工厂关闭了,一门心思去石坦巷照顾丁铁山。

自从丁小武搬进宿舍后,丁铁山再也没有在床上拉屎撒尿过。他会突然高喊一声"丁——小——武——",丁小武会像屁股被人捅了一刀,一跃而起,一把将他抱起来,冲入三平方米的卫生间。丁铁山的喊声一天最少要响十次,没有任何规律,没有任何征兆,完全是突发性的,有时是午夜零点,有时是凌晨两点,中气十足,声音凌厉。

没有人理解丁小武为什么要这么做。从外人的眼光看,他是丁铁山的儿子,他在尽一个儿子的责任。但丁小武知道,这不是主要原因,主要原因是,他没想到,自己会以这种方式找回父亲,并以这种方式找回自己。很多时候,丁小武觉得,自己并不是在照顾父亲丁铁山,而是在照顾另一个自己。

还有一个更隐秘的原因,这个原因,连丁小武自己也否认,但肯定存在:父亲丁铁山曾经是那么强壮和强大的人,现在却变成一个需要他照顾的傻子,孱弱、无知、浑浑噩噩、生不如死。他心里似有所得,却又怅然若失,实在是五味杂陈。

这种结果也是柯又红没有料到的。对于她来讲,她不能接受丁铁山来公爵山庄,也不能接受丁小武住到石坦巷宿舍。丁小武是"她的人",她不会和任何人"分享",即使丁铁山也不行。所以,丁小武搬到石坦巷,柯又红是有意见的,而且相当大。可是,如果必须在"搬进来"和"搬出去"之间做选择,她选择后者。这是她的态度。但是,更大的问题来了,她没想到,丁小武居然连家也不回了,对这个家完全不闻不问了,他的眼里只有父亲,父亲成了他的命,成了他的唯一。

对于丁小武,柯又红是不满意的,几乎心灰意冷了。什么叫家庭?什么叫夫妻?只有同心同德才叫家庭,才叫夫妻。丁小武的行为极大地伤害了她,他居然为了那个无情无义的父亲抛弃了这个家,抛弃了她。她不能原谅丁小武这种行为,这辈子都不会原谅。柯又红做好了一切准备,她不会低头的,绝对不会。她要有力地证明给丁小武看:没有他,这个家照样是个家;没有了他,她也依然是她,而且,活得更逍遥更自在。

柯又红对丁小武的不满另有隐情,丁小武一身肌肉,看起来"凶猛",可是,在"那个事"上表现欠佳,最大问题是毫无章法。每一次都是横冲直撞,好像牛入羊群。可是,每当他找到出口,马上就全力以赴了,救火似的。每一次,柯又红的兴致刚刚上来,丁小武就兀自鸣金收兵了。柯又红不满意,不满意极了。她每一次都让丁小武慢一点,柯又红说:"你是做模具出身的,就当我是你手中一个模具,你要有耐心,要循序渐进,要精益求精,要把我当成一件艺术品来打磨。什么叫打磨?就是要有'打'有'磨',要双管齐下,比翼双飞,而不是急吼吼地独自赶路。"可是,丁小武屡教不改,不开窍,很不开窍。柯又红兴致索然了。而丁小武也知道自己没有做好,他每一次都想努力表现,可是,越是努力,表现越差,几乎"无功而返"了,都自卑了。愧疚成了阴影,压力相当大。日子一长,"那个事"成了两个人刻意避开的禁地。身体的荒芜慢慢演变成内心的荒凉,疏远了,很疏远了。"那个事"似乎变得可有可无了,可内心的渴望却越发激烈。急死人了。从柯又红的角度来讲,这样的丁小武在不在身边有什么区别? 根本无所谓嘛。有点赌气吗? 有点。赌气的点在于,丁小武是个"有能力"的男人,他却"故意"把事办砸。这就不可原谅了。这些话不能摆到桌面上来讲,羞于启齿啊。那么好吧,眼不见为净。这样的人有什么好留恋的?

柯又红对丁小武的不满,还跟一个叫董南妮的女人有关。

董南妮曾经是丁小武的"正牌女友",或者说是"绯闻女友"。丁小武去兰州给董南妮送过毛衣。从信河街到兰州何止千里,就为了送一件毛衣。这是什么情况嘛,明摆着的,这不是送一件毛衣那么简单。丁小武的解释是,他们是同事,同事间应该互相帮忙。那时,丁小武在文化局当编辑,董南妮也是。有半年时间,她在兰州大学培训。她到了兰州后,给丁小武打电话,说没想到兰州这么冷,冷得骨头都麻了。最要命的是,她忘带最喜欢的红色高领毛衣了。丁小武接到电话后,立即联想到西北的冰天雪地,仿佛看见瘦弱的董南妮被冻得瑟瑟发抖,甚至奄奄一息了。他立即决定千里送毛衣。他说这完全是自告奋勇,是本能反应,跟一个人掉进江里他伸手去救是一个道理。而且,毛衣送到之后,他就赶当天的火车回来了,这就是一趟纯粹的送毛衣之旅,纯粹的好人好事。但是,在柯又红看来,这个解释根本站不住脚,漏洞百出啊。第一,董南妮去兰州不可能忘记带毛衣,而且是她最喜欢的毛衣。女人出门,可以忘记回家的路,甚至可以忘记自己的姓名,但绝对不会忘记带最喜欢的衣服。这是女人的天性。也就是说,董南妮忘记带毛衣是故意的。第二,董南妮忘记带毛衣,为什么选择给你丁小武打电话? 她怎么可能让一个非亲非故的男人千里送一件毛衣? 于情于理都说不通。事情是明摆着的,她有想法。很明确了。第三,你去哪里拿董南妮的毛衣? 当然是董南妮家。也就是说,这件事,董南妮爸妈是知道的,也是首肯的。他们如果不认可,不会让你进他们家门,更不会让你拿走毛衣,没有毛衣,你去兰州送什么? 第四,也是最重要的,董南妮一个电话,就将你招到了兰州。你奋不顾身地去了,是心甘情愿的。好了,你情我愿了,还有什么好讲的? 嗯?

柯又红无法接受自己和丁小武之间藏匿着另一段故事,无论丁小武如何辩解都不行。柯又红拥有一个女人最敏锐、最准确的直觉,丁小武不可能对董南妮没有"意思",否则,他不可能送毛衣去兰州。除了爱情的力量,男人不可能有这么大的动力。

柯又红去过一趟文化局,也是唯一一次。以柯又红的性格,是不愿去丁小武单位的。她是自尊的。她是工人编制,进了机关,有无形压力,有巨大自卑。但柯又红决定去一趟。这一趟不一样了,她是以胜利者的姿态进入文化局的,她是以视察封地的姿态进入丁小武单位的。她必须走一趟。在丁小武还没有介绍之前,她越过所有障碍,一眼就看到了娇小玲珑的董南妮。就是这么精准,就是这么神奇。她以为董南妮会慌张,会落荒而逃,甚至当场落泪。出妖怪了,董南妮居然同时盯上了她,四目相对,剑拔弩张。谁也没有开口,谁也不愿退缩。"战争"一开始就进入胶着状态,气氛相当激烈,相当焦灼。柯又红这次来文化局,属于"突袭",她完全打了丁小武一个措手不及,丁小武完全乱了阵脚。一看见柯又红和董南妮对峙的架势,他腿都软了。他预感到,此时自己无论说什么,都会变成一条导火线,一场"战争"难以避免,而他肯定是要引火烧身的。可是,这种情况之下,如果他不开口,这种无声的"战争"更加可怕,更有杀伤力,后果不堪设想。所以,丁小武只能"牺牲"自己,只能将笑容堆到脸上,拉着柯又红对大家说:"这是我的女朋友柯又红,大家也可以叫她阿红。"

正是这句话挽救了一场一触即发的"战争",或者,换一句话说,是这句话让这场"战争"分出胜负——柯又红完胜。她和董南妮在"僵持"、在"角力"。两人都没有挑明,但都心知肚明,完全是一场精神上的"争夺战",谁也不让。谁也不会让,谁让谁输。可是,丁小武一开口,胜负立判了。柯又红要的就是这句话,她很满意,丁小武通过了她的考验。她更满意的是,这次彻底击垮了董南妮,从精神上击垮了她。但她没有轻易放过丁小武,她不会的,这辈子都不会。在出了文化局大门后,她向丁小武宣了一道"圣旨":"从今往后,你不能和那个女人讲一句话,一个字都不能。"

董南妮后来嫁给一个文化局科员,嫁得相当潦草。没想到的是,她父亲作为文化局领导,放出话来,"在我退休之前不能提拔我的女婿"。这是什么混账逻辑?不提拔也就罢了,为什么要说出来,不说出来会死人吗?科员生气了,绝望了,更主要的是赌气,辞职下海去了。丁小武听文化局老同事讲,董南妮和科员婚后的生活并不顺,应该说是相当的不顺,据说科员办了一家外贸公司,生意做得一般,私生活却相当出彩。董南妮提出离婚,他不肯,他说:"你爸为了标榜自己清廉和正派,要将我耗死,他妈的,老子现在跟你死耗。"

就这么耗着。一直到科员查出结肠癌,才终于同意和她去民政局办离婚手续。出人意料的是,董南妮反而不离了。科员骂她:"他妈的,你跟你爸一个德行,又臭又硬。"董南妮不还嘴。科员动手打她,她也不还手。她带科员去各地找医生,带他去上海做手术。去上海之前,她找到丁小武,向他借了十万元。工厂的钱由柯又红掌控,丁小武不敢动,也动不了。他是从客户那里直接提走货款,借给董南妮的。

柯又红知道这件事后不干了,她没有跟丁小武哭闹,她只有一个要求——必须将十万元追回来。丁小武可以将钱借给任何人,但"那个女人"不行。丁小武后来将十万元交还给她,至于是不是从"那个女人"处追回来的,柯又红没问,她已经伤透了心。

有了这两个"污点",丁小武还值得珍惜吗?还值得挽留吗?随他去好了。她不需要这样的男人。不需要。

半年之后,考验柯又红的时候到了,她必须面对一个问题,这问题是她之前没有想过的:她的生活将如何"维持"?从表面上看,这个问题不堪一击,因为柯又红未来的生活根本不需要"维持"。这些年,丁小武赚了一些钱,不出意外的话,这些钱足够柯又红用一辈子。再说,她有工资,退休之后会有退休金,她无须为未来的生活担忧。但是,面对未来,柯又红第一次乱了方寸,产生了深深的恐惧。她的恐惧来源于即使安坐在二百三十平方米的套房里,她的眼前依然是一片虚无。此时,她才发现,丁小武对于她是多么重要,对于这个家是多么重要。丁小武在时,他的意义和作用被日常生活屏蔽了;一旦离开,他的重要性便凸显出来了,他的作用不只是在现实层面,更具精神意义。也是在这时,柯又红才猛然明白过来,她这辈子,不管愿意不愿意,也不管满意不满意,已经和丁小武捆绑在一起了,离不开了。

叁

柯又红对丁点点说:"你去叫你爸搬回来。"

柯又红跟丁点点讲这句话时是一个周末,虽然住在一起,两人平时却很少交流。丁点点一日三餐基本在学校食堂吃,不是食堂的菜好,而是她不愿面对柯又红。丁小武搬出去后,柯又红的面容再也没有舒展过,好像丁点点欠她五千元似的,让她有种压迫感。丁小武在家时,他的虎牙能部分消解柯又红的"凝重",丁小武一走,丁点点觉得家里的空气凝固了,好像空气也欠她五千元似的,喘气都吃力,何况吃饭。丁点点看了看她,故意说:"他要服侍爷爷的。"

柯又红脸上没有表情:"叫你爸带他回来。"

丁点点坚决地摇了摇头说:"我不去。要去你自己去。"

柯又红撇了撇嘴,骂了一句:"你这个死丫头,什么事都不干,养你有什么用?"

丁点点不会去的。这是母亲和父亲的事,是母亲和爷爷的事,是父亲和爷爷的事。他们的事他们自己处理,她不干涉。也不是不干涉,而是无法干涉,不能干涉。母亲既然要让父亲搬回来,她必须自己去面对。更重要的是,母亲还要面对爷爷。这是最重要的。这不是小事情,更不是一天两天的事情。母亲肯定知道,如果将爷爷接进家门,他将会在此生活到死,而谁也不知道爷爷什么时候会死。毫无疑问,这将是一个漫长的对峙过程。没错,对于母亲来讲,就是对峙。母亲每天得面对爷爷,这将是她此后每一天的重要课题。

柯又红亲自出马了。这是她这些年来第一次来石坦巷。自从上次离开这里,她再也没有来过,路过这里也是绕开走的。这一次,她豁出去了。

她对丁小武说明来意后,提了两个条件:第一,她不负责照看病人,不会给病人煮饭烧菜,不会洗一件衣服,不会烧一杯开水。摔倒不扶,死活不管。她只是提供一个栖身之处,不承担赡养义务。第二,丁小武必须重新办一家工厂,什么工厂不管,工厂大小也不管,但必须能赚钱。

丁小武接受了柯又红的条件,因为他看到了柯又红的变化:柯又红接纳了他父亲,虽然她提出什么都不管。这不重要,重要的是,柯又红松口了,同意让父亲搬进公爵山庄,而且,她亲自来石坦巷了。她的行动说明了一切。对于丁小武来讲,只要柯又红同意让父亲搬进公爵山庄,他什么条件都答应,做牛做马都行。

丁小武要感谢柯又红,是柯又红成全了他,成全了他作为一个丈夫的名义,也成全了他作为一个父亲的名义,更成全了他作为一个儿子的名义。他是在意这个名义的。他不认为名义是虚无的,于他而言,正好相反,这个世界是虚无的。世界是个巨大的实体,看得见摸得着,可是,丁小武却悲观地认为,这一切终将化为乌有,跟他没有任何关系。或者换一句话讲,这个巨大的世界终将抛弃他,将他湮灭,成为灰烬,什么痕迹也不会留下。而名义呢?虽然看不见摸不着,可它却有无比坚韧的生命力,可以穿透历史,更可以穿透人心,流传在人们的记忆和传说之中。丁小武有时也反问自己,这是不是软弱的表现?在面对坚硬的现实世界时,只能自欺欺人,抱着一个无用的名义用来寻求安慰。

看起来,丁小武接受重新办工厂的条件,直接因素是柯又红,是迫于她的压力,他是被迫的。实际上,重新办工厂更是他内心的需求。他在石坦巷照顾父亲的这段时间,是一个寻找和弥补的过程。他找到了,也得到了,他很满足。同时,他也发现了一个巨大的问题,在和父亲相处的过程中,他丧失了直接面对父亲的勇气。说到底,谁也不能接受自己老了变成一个傻子。不能。所以,也可以说,是柯又红为他提供了一个走出困境的机会。他不能一直和父亲待在一起,他必须有自己的生活,必须找到不同于父亲的人生形态。他必须给自己一个信心,他的未来,不是父亲的翻版。

搬回公爵山庄后,丁小武将父亲安置在跃层的顶楼。这当然也是柯又红的意思。父亲在顶楼,他下不来,她不上去,生死不来往,死活不相见。这样也好。但是,丁小武的问题来了,他要办工厂,虽然还没决定办什么工厂,但无论办什么工厂,他不可能将父亲带在身边,他得出去见熟人,得花时间找人办事,得去了解市场动态。这跟他以前去菜场买菜不同了,菜场是被动的,菜也是被动的,他是主动的,时间是可控的。而现在不同了,谈业务,办工厂,对象是人,有的是他找对方,有的是对方找他,时间变得不可控了。

丁小武跟父亲做了一次"谈话",很正式很认真地"谈"。

父亲躺在床上,丁小武坐在收起的折叠床上。两个人的构图是一竖一点,像个"卜"字。丁小武拉着父亲的手,看着他的眼睛,父亲的眼睛也看着他,但父亲的眼神穿过他,看向更辽阔的过去和未来。丁小武说:"我得出去办工厂。"

父亲一动不动。

"我不能带着你出去办工厂,对不对?"

父亲还是一动不动。

"可是,将你留在家里我又不放心。"

父亲依然一动不动。

"你有什么好的建议吗?如果有的话,你跟我讲讲。"丁小武停了一会儿,看着父亲,似乎在等待。又过了一会儿,丁小武说:"你不开口也没关系,点点头,眨眨眼睛,都行。"

父亲没有点头,也没有眨眼睛。

丁小武等了一会儿,继续说:"那好,既然你没有建议,我倒有一个建议,你看行不行?"

父亲依然没有点头。

"我每天早上出去,中午回来;下午出去,晚上回来。在我出去的这段时间里,你能不能憋住?"

父亲的眼睛还是没有眨。

"我相信你能憋住。我对你很有信心。"

父亲这时突然张开嘴巴,喊道:"丁——小——武——"

丁小武马上伸手将他从床里捞上来,抱着他往卫生间跑,一边跑一边说:"这就对了嘛,这就对了嘛。你这算是同意了,说话要算数的。"

跟父亲"谈"过之后,丁小武去找李其龙。当然,丁小武和李其龙的见面从没断过,只不过,他"专职"照看父亲后,去不了李其龙的"大世界",都是李其龙来石坦巷。李其龙过一段时间会找他谈一次话,都已经是一种心理需求了,不谈不行的。

都彭打火机为李其龙打开了一个新天地,他对丁小武说:"老子现在才知道什么叫作井底之蛙。"

丁小武只是笑笑,不点头也不摇头。他知道,以李其龙的性格,一般是不会讲这样的话,他从来都是蔑视一切的。李其龙马上接着说:"不过,认真研究之后,也没什么了不起,老子一定能做出更好的打火机。一定能。"

形势明朗了,丁小武拼命地点头。他相信李其龙,李其龙说能做出来就能做出来。李其龙如果说,能做出一只比上海东方明珠电视塔还高的打火机,他也相信。

李其龙将新产品命名为"麒麟"。传说中,麒麟是能吐火的神兽,他喜欢这个名字,神气、张牙舞爪、有力量感。自从准备做"麒麟",李其龙就换掉了所有设备,原来设备做出的配件精确度不行,打个比方吧,原来的配件像猪八戒的嘴巴,多一点少一点,感觉不到差别。而"麒麟"对配件的要求就不一样了,它是孙悟空的火眼金睛,那就不仅是眼睛里容不得一粒沙子的问题了,差一丝一毫就是"妖怪",就要现出原形。李其龙从德国引进一套全新的设备,他发现,德国的设备最多只能做出跟"都彭"差不多的打火机,做不出他要的"麒麟"。这当然不行,他的"麒麟"必须超过"都彭"。必须。他拿着新的参数,又高价向德国厂家定制设备。

整整用了三年时间,李其龙才做出他想要的"麒麟"。为此,他付出的代价是卖掉了房子,第二任老婆跟他离了婚,并开走了跑车。不过,对于李其龙来讲,这根本不算什么代价,"麒麟"就是他的房子,就是他的老婆,就是他的全部。

"麒麟"的零售价是五千元。这是李其龙的底线,也是他的底气。他的产品必须比"都彭"卖得贵,"麒麟"的品质一定要胜过"都彭",这一点不能商量。

"麒麟"走上了市场。"走"得相当好。他到北京、上海、广州招合作伙伴,在电视上打广告,来加盟的人络绎不绝。他去各大商场谈合作,商场也非常乐意给"麒麟"开设专柜。很了不起了。在知名商场里开专柜是一种荣耀,是市场认可的标志,是身份的象征。要知道,在这之前,只有国际大品牌才有资格开专柜,国内的打火机想都不敢想。

李其龙特意去了上海恒隆广场,他曾经对这里的都彭专柜服务员说过"再见"。他是个言而有信的人。专柜就设在"都彭"边上,"都彭"专柜的美女服务员还在。李其龙对她说"你好",她也笑着对李其龙说"你好",笑容很甜,很迷人,甚至比三年前更甜更迷人。但是,李其龙发现,她对他的笑容是职业化的,是千篇一律的,是空洞的,也就是说,她已经将李其龙忘记了,彻底忘记了。这让李其龙有点伤心,他心心念念了三年,每天想着"打回来",而在美女眼里,他只是一个普通顾客,根本没往心里去。不过,李其龙也明白,这无关紧要,要紧的是他"回来了",跟她"再见"了。他兑现了诺言。

最多的时候,李其龙在全国知名商场里开了近三百家专柜,最好的专柜一天能卖出十只"麒麟"。这是一个了不起的数字。当然不只是钱的问题,钱是重要的,没有钱,他不可能做出"麒麟"来。但是,做出"麒麟"之后,钱就退到次要位置了。

李其龙知道,时候到了。李其龙所谓的"时候",指的是将"都彭"啊,"登喜路"啊,"芝宝"啊统统压下去。李其龙不"赶"它们,"赶"是多么野蛮的手段,多么血腥。他现在要做的是蔑视它们。他眼里只有"麒麟",能做好的也只有"麒麟"。他要将"麒麟"做大。不对,"做大"显得低档,很不上台面。他要做的是"扩大"。"扩大"温和多了,有内涵多了,有文化多了,同时也有力量得多。相较于"做大"而言,"扩大"是看不见的,是循序渐进的,是潜移默化的,是滴水穿石的。但是,"扩大"的力量也正在于此,它是不知不觉的,是暗潮汹涌的。

李其龙就是想用"扩大"的方式,一点点拓展"麒麟"的版图。在他的脑子里,这个版图里有江河湖海,还有草原和戈壁,甚至还有"都彭"和"登喜路"们的老家。他不急,一点也不急。他急什么呢?"麒麟"是他研制和生产的,是他"生"的,谁也抢不去。

但是,意想不到的事情发生了,李其龙没有想到,市场上很快出现了"麒麟"的仿制品。一看就是假冒伪劣产品,做工粗糙,连抛光都不均匀呢。这样的产品,李其龙看不上。更让李其龙不能接受的是,假冒的"麒麟"卖得那么便宜,一只售价仅五十元。

他对这种情况很不满意,感到莫大的侮辱。那么多企业明目张胆地仿冒"麒麟",完全无视他的存在。假冒产品在蔓延,病毒一样扩散开来,无边无际,无法无天。而他却不能站出来讲一句话,那么多人都在仿冒"麒麟",有什么办法制止他们?没有,成千上万,无从下手。

李其龙深受打击。这种打击是精神上的,是灵魂深处的,是致命的。这种打击使他对这个世界产生了很深很深的失望,他觉得全世界都在欺负他,合起伙来欺负他。明摆着欺负人嘛。既然如此,他也不想反抗了。他妈的,既然你们要,都拿去好了,老子不玩了。

丁小武就是这个时候找到李其龙的,丁小武说:"你不能这样消沉嘛,你这么做正中了别人下怀。"

李其龙摇摇头说:"老子知道,可老子累了,真的累了。"

丁小武说:"这不是我认识的李其龙嘛,我的朋友李其龙是个打不败击不垮的大英雄,他雄心万丈,意志坚强,是个从来不认输的人。"

没等李其龙接话,丁小武接着说:"李其龙你要知道,如果一定要找一个能打败你的人,那就是你自己。"

李其龙见丁小武这么说,突然"哇"地放声哭了起来。相当意外,相当放肆。他一把抱住丁小武说:"小武,老子心里苦哇。"

这是丁小武第一次见李其龙哭,而且是抱着头,号啕大哭,泪水滂沱,山崩地裂,势不可挡,泣不成声。丁小武不知道他心里到底有多苦,但他猜想,李其龙的哭,也不完全是因为仿冒"麒麟"的事。这些年来,他的付出、他的坚持、他的勇往直前、他的坚硬如铁丁小武全看在眼里。对外,他是一个超人形象,战无不胜,无所不能,可是,丁小武知道,李其龙不是超人,他是一个人,所有人的弱点他都有,他只不过是将这些弱点和软肋包裹起来,埋藏起来,将坚强的一面呈现出来。他比普通人过得更辛苦。其实,丁小武何尝不是如此?他比李其龙做得好的只有一点,他会示弱,他会认输,这对他来讲就是放松,就是缓解。他可以脱下盔甲,暴露所有缺点,这是身体的放松,也是精神的放松,这就是调和,就是平衡。李其龙没有,他的人生一直是铜墙铁壁,一直是战车滚滚。作为朋友,丁小武能够感受到,那哭声从李其龙心底奔涌而出,那是抑制不住的哭声,是委屈和无辜的哭声,甚至是无助的哭声。丁小武深受感染,他抱着李其龙,也大声痛哭了起来。这是一次不同凡响的碰头,在丁小武和李其龙的交往史上是载入史册的,也是最释放的一次"碰撞"。两个人足足抱头哭了半个钟头,泪水几乎把对方的肩膀变成沼泽,甚至是一条河流。哭完之后,两个人互相看看对方,都朝对方羞涩地笑了笑。李其龙很快恢复了常态,将头高高抬起,用俯视的眼神打量周围的一切,好像什么事情都没有发生过,他更没有哭过。没有,李其龙怎么可能哭?不可能的。

丁小武告诉李其龙,他想重新办工厂。李其龙这次没有拉他入伙,问他要办什么工厂,丁小武说想办一家眼镜配件厂,他想征求李其龙的意见。李其龙看着丁小武,没有讲话,但他的眼神似乎在讲话。

肆

人的一生,冥冥之中,似乎有某种定数。当然,定数这种东西,信则有,不信则无。丁小武介于信与不信之间。他自己或许不信,可是,他的所作所为,包括思维方式,显示并注定了他的某种归宿。

做打火机时,丁小武选择了最不起眼的限流片。没有再小的了,微乎其微了。办眼镜配件厂,他还是做了最简单的选择。他做的配件叫中梁,就是两个镜框中的横梁。眼镜主要由四部分构成:镜脚、镜框、镜片和中梁。中梁的位置处于两个镜片中间,相对而言,作用最弱,价值最低。有意思的地方就在这里。在中国人的观念中,正中位置肯定是最重要的,最尊贵、最有价值,而在眼镜的构造中恰恰相反,中梁只是起到过渡和衔接作用,它可以无限简化,直至用一根铝钛合金来替代。但是,中梁又是无可替代的,没有中梁,眼镜就无法架到鼻子上,无法起到应有的作用。可以这么讲,没有中梁,眼镜是不成立的。

这大概是丁小武选择做中梁的最主要理由,也是他人生的必然选择。往形而上方面讲,这是他的人生观在起作用,也是他给自己的定位:他的人生无足轻重,却又必不可少。当然，这肯定不是他的初衷。他的初衷想必有更大的理想，否则不会从模具厂考到文化局。那么，他是从什么时候改变了初衷？是什么原因让他篡改了人生定位？这个原因，丁小武没有说。他不会讲。更大的可能是，他也不知道。

眼镜配件厂的名字叫小日子眼镜配件厂。

这中间有一段插曲。丁小武去工商部门登记注册时，被告知小日子限流片厂还没有注销。丁小武说，那个工厂早就停办啦。工商的人说，这是两个概念，停办是个人行为，注销是法律程序。如果没有注销，法律上认定工厂一直在生产，各项税收还得照样缴纳。丁小武大吃一惊，问道："那我岂不成了偷税漏税的人了？"工商的人看了看他，一副见怪不怪的样子，说："可不是嘛。"丁小武说："我补缴行不行？"工商的人说："这不是行不行的问题，你必须补税，注销税务登记，再注销工商登记，才能再登记注册。这是程序。"丁小武问："补缴之后，我还算偷税漏税吗？"工商的人突然呵呵笑起来，说："你这个同志很有趣，问的问题也很天真烂漫。"

丁小武补缴了税款，也缴了滞纳金，然后回到工商局注销了"小日子限流片厂"，再重新登记注册"小日子眼镜配件厂"。但是，丁小武知道，从此以后，他的人生不完美了，他有污点了。这个污点将像胎记一样，伴随他的人生，甚至铭刻上他的墓碑。这让他脸红，让他羞愧，让他沮丧。他一生的清白毁于一旦了。

丁小武的小日子眼镜配件厂做得不算好，但也不算差。他有他的原则。他的原则是所有中梁的模具都是他亲手设计的，他让厂家自己选。当然，他也可以根据厂家的要求设计模具。他有这个信心，也有这个能力。他不急，更不贪，心态好得不成样子。他有一个准则，绝不允许质量不过关的产品离开工厂，一个也不行。这为他的工厂赢得了口碑，当然，这也是他的口碑。这是声誉，是他办工厂以来一直努力的方向。他很看重这一点。反过来讲，他的追求，从某种程度上也制约了他。在一个缺少规则的混乱时期，坚守往往能成就一个人，但从更大的方面来讲，也限制了一个人。

柯又红关心的是，丁小武的眼镜配件厂能不能赚钱。当然，赚得越多越好。她的底线是不能赔钱。这一点，丁小武做到了。柯又红是言出必行的，她果然对丁铁山不闻不问，完全无视他的存在。

出人意料的是丁铁山。他居然"听"进了丁小武的话，成功地"憋住"了。自从住进公爵山庄，他没有在床上拉屎撒尿过，每天都能"憋"到中午丁小武回来。他对丁小武是有感应的，丁小武的小车刚进小区，他的身体就开始蠕动，嘴唇开始颤抖，脸色发红，小声地念着"丁小武"。随着身体蠕动得越来越激烈，叫喊声也越来越响亮，脸色越发地红亮了。当丁小武开门进来时，他的叫声已经变成嘶吼了，脸色乌青，整个身体猛烈抖动，他拉开喉咙喊"丁——小——武——"。丁小武鞋子也顾不得脱,袋鼠一样蹿上顶层,嘴里喊着"来了来了",抱起丁铁山往卫生间冲刺。

从卫生间出来,丁小武将父亲放在床上,两个人似乎都经历了一次凶险的长途跋涉,惊涛骇浪,同舟共济。船到静水区,他们耗尽了力气,像两条垂死的鱼,张着嘴巴,大口地吸气和吐气。

至于丁铁山是否每一次都能"憋住",这事只有丁小武知道。对一个失智的人来讲,是很难做到这一点的。他根本无法控制自己嘛。有这个意识的人不可能失智。不可否认,丁铁山在公爵山庄的表现,是个不大不小的奇迹。

当然,丁小武也参与了奇迹的创造。他在顶层另起炉灶,包揽了丁铁山所有生活上的事务,烧饭、煮菜、洗衣、洗碗、洗澡,都是他一手包办。他毫无怨言。他不但对丁铁山没有怨言,对柯又红也没有。她接纳了父亲。以丁小武对柯又红的了解,她很难接受这个现实,可是,她接受了,没有任何不良情绪的表露。所以,丁小武没有任何怨言,他觉得这种生活是踏实和满足的。能够和家人住在一起,又能将工厂办起来,他觉得生活又有了希望,他还能做事,还没有被生活打败。这让他觉得充实,这让他觉得幸福。

丁小武的生活基本算是走上了正轨,丁点点的生活却还在不停地"颠簸"。她在学校当了一年老师后,考到信河街晚报当记者。

丁点点离开学校,并非不喜欢当老师。如果她有什么朦朦胧胧的想法的话,或许,当一名老师曾经是她唯一动过的念头。当然算不上理想,说理想太沉重了,甚至过于美化了,最多只能算是一个美好的憧憬。丁点点进入学校才知道,自己还是过于"理想"了。她没有后悔当初的选择,也不怀疑当老师的意义,但是,她发现自己不适合。老师虽然也是个体劳动,但在整个教育体制里,却有一种深深的无力感。简单地说,就是她想在课堂上告诉学生的,却不能讲;而她平时所讲的,却不是最想讲的。更主要的是,她不知道自己想讲什么。

至于到报社当记者,这也不是丁点点的人生选择,她对人生并没有清晰的规划。从来没有人要求她怎么做,她不会硬性要求自己做成什么样。丁点点不想做父亲那样的人,更不想变得像母亲,她想过跟他们不一样的生活。问题的关键在于,她找不到自己生活的轨迹,甚至连方向也没有。但是,丁点点没有觉得这有什么不好,因为她知道一个简单的道理,这个道理是从她父母身上反照而来的,她不希望自己的生活轨迹太明显,更不要有一个明确的方向。

每个记者有一条主跑线,丁点点跑的是旅游线。这是她喜欢的,只要愿意,可以到处跑,只要跟大自然接触,只要跟山水接触,她都愿意。相对来讲,她更喜欢跟山相伴,山有一个优点,能给人自信心,特别提气。和水相遇,则要忧伤得多,有一种无端的忧愁。而丁点点却不知道,这种忧伤和忧愁从哪里来,因何而来,更不知道如何排解,或者,干脆就没想去排解。

丁点点是在海南采访时接到季增石的电话的。面对着大海,海风将椰子树吹得如泣如诉,把她的头发吹得一团糟。她很伤感,无端地想找一个人倾诉。手机一响,她看见是季增石打来的。刚开始,她有点恍惚,有那么一刹那,心里在想,季增石是谁?毕业之后,她换过一次手机,但没有将季增石的号码删掉。没有特别的意思,只是觉得删掉也没有意思。这期间,她和季增石之间,没有通过电话,连念头都没有动过,她似乎真的将他忘记了。但是,当她站在海南的海边,在忧伤弥漫之时,接到季增石的电话,突然有点茫然失措了。

从海南回来后,她和季增石见了一面。季增石毕业后,和朋友办了一家网络公司。他办网络公司,丁点点能理解,他没有理由荒废了电脑技术,那是他的强项。

从那之后,他们又恢复了来往。这一次,是季增石主动的。他约丁点点去看电影,还请她吃四川火锅,但还是话少。与以前不同的是,他更喜欢笑了,一笑就露出两颗小兔牙。一看见那两颗小兔牙,丁点点心里就充满了温暖。她有时会想,她可以不要季增石这个人,把他嘴里那两颗小兔牙拔给她就行。当然,她清楚地知道,如果那两颗小兔牙离开了季增石的口腔,也就失去了意义,她也不会要它们了。这真是个两难的选择。

丁点点去了季增石家。他父亲很早就死了。季增石一开始没有告诉她父亲是生病死的,他只说父亲在他很小时候就没了。丁点点后来才知道,他父亲是得肝癌死的。季增石的家在信河街西角,他母亲原来是信河街玩具厂的技术员,"改制"后,去私人办的儿童玩具厂当工程师,工资比以前高了十倍,但他们住的依然是老房子。房价此时已经升到每平方米两万元,可以看到瓯江的房子卖到每平方米八万元以上,依靠工资,很难买得起好楼房了。丁点点看得出,季增石母亲的眼神里有一种"讨好"的成分。她的眼神是谨慎的,带有技术员的"较真"。

丁点点也带季增石到公爵山庄,一起吃了一顿饭。丁点点还带季增石到顶层见了爷爷,季增石主动叫了"爷爷",爷爷睁着眼睛,一眨不眨,眼神辽阔而空洞,嘴巴张成"O"形,似乎想说什么,又像什么也不想说。

丁点点能够感觉出来,母亲不满意季增石。她的不满意是写在脸上的,也表现在态度上。她虽然接待了季增石,去菜场买了对虾和江蟹,可她的姿态是明显的,是高高在上的,甚至是盛气凌人的。她曾经向丁点点打听季增石的家庭情况,丁点点告诉她三个字——你别管。可丁点点知道,柯又红不可能不管。她三句两句就套出了季增石的家庭情况。来公爵山庄之前,丁点点交代过季增石,无论柯又红问他什么,他都不要回答。可是,进了家,季增石立即将丁点点的"交代"忘得一干二净,柯又红问什么,他回答什么,比在派出所接受审问还老实。丁点点感觉到,柯又红每问一句,姿态就上升一层,最后像雄鹰一样盘踞在半空中。丁点点一开始挺替季增石着急:太实在了,太不把我的话当话了。后来一想,我急个毛,柯又红想打探一件事,连玉皇大帝都阻止不了,我阻止有什么用? 退一步说,自己和季增石的事,作为母亲的柯又红问问也没有什么不对。最主要的是,她打探得水落石出有什么用? 我的事,我可以自己决定。

打发走季增石后,柯又红给丁点点下了一道"懿旨":"你不能和季增石在一起。"

丁点点早就等着她这句话了,立即回答说:"我偏要。"

柯又红见她这么说,口气突然柔和了下来:"我是为你好。"

丁点点说:"我马上和他结婚。"

"我不是嫌弃他家贫,也不是嫌弃他的公司看不到前途。"柯又红停了一下,叹了口气说,"我担心的是他的身体,他父亲得的是肝癌,他爷爷也是,这就是基因。不出意外,他的肝以后也会出问题,而且是大问题。"

柯又红这么说,大大出乎丁点点的意料。她确实没有考虑到这一层。这是个很现实的问题。但是,她不准备听从柯又红的意见,恰好相反,柯又红如果不跟她说明这个问题,自己跟季增石在不在一起真的无所谓,现在,柯又红把问题摆上桌面,她就必须跟季增石在一起了。

是不是有点怄气? 丁点点承认有一点。但她不认为全是怄气,她这么做只是想向柯又红表明:世界不是都像她看到的那样,也不是都如她所想的那样,有例外的。她要允许有例外。而我,就是一个例外,是个活生生的例外。所以,丁点点的态度相当坚决:"我决定了,他就是现在得肝癌,我也要和他在一起。"

丁小武什么话也没有说。当然,柯又红也没有征求他的意见。丁点点也没有。丁点点甚至看不出他脸部表情的变化。当然啦,她也没有细看。在这种时候,丁点点更多关注自己的内心情绪,以及做出决定后的坦然,至于别人的看法,实在不是很重要。相反,这时阻力越大,转化成的动力也越大。

第二天,丁点点就和季增石去了民政局,领了结婚证。然后,去了一趟银饰店,季增石花了一百二十八元,给她买了一枚银戒指,套在她左手的无名指上,就算正式结婚了。

柯又红很生气。她没有跟丁点点争吵,甚至都没有骂她一句,只是不理她了,看也不看一眼。柯又红的态度,促使丁点点更快地逃离这个家。丁点点太了解母亲了,她的没有态度就是明确的态度。可她又拿丁点点没有办法,她对付丁小武那一套手段对丁点点无效。在丁小武眼里,她是中心,她的一喜一怒都会掀起风暴。在丁点点这里,她只是一个家的概念,而丁点点随时随地准备离开这个家。这就是丁点点和父亲的区别。这种区别，也是这么多年来，丁点点从他们相处的关系中学到的。她不会让别人成为她的中心，她不会让别人影响她的决定。她的中心和决定必须来源于自己，虽然她也不知道自己到底需要什么。

丁点点有一点点积蓄，季增石是一点也没有。买房是不可能的，西角的老房子，她也不想住，只能租房。他们在报社旁边租下了房子。那天晚上，丁点点回了一趟公爵山庄，在房间整理自己的衣物。柯又红知道她回来干什么，不闻不问。这挺好。这才是丁点点认识的母亲，这才是柯又红。如果这时问东问西，那不是她的风格。丁小武进了她的房间。印象中，读高中后，这是父亲第一次进她的房间。他站了一会儿，见丁点点忙着收拾衣物，也没有开口。丁点点见他站了很久，就问："有事吗？"

他受惊吓的样子，连忙摇头说："没事没事。"

见丁点点没有再说什么，他停了一下，小心翼翼地问："需要钱吗？"

丁点点摇头说："不需要。"

他更加小心地说："如果买房子，我给你付首付。"

丁点点看了他一眼。她当然知道他的意思，但依然摇头说："不需要。"

他叹了一口气，像失望，又像松了口气，说："有需要就跟我说嘛。"

"嗯。"丁点点点点头，这次没敢抬头看他。丁点点担心，一看见他的眼神，会忍不住流泪。在这种时候，特别是在父亲面前，丁点点不想落泪。她不想在他面前流露真实情感，更不想给他负担。

"你保护好自己。"他走出房间前，轻轻地说。

丁点点觉得，这句话由她讲出来才对。老实讲，丁点点对他不放心，很不放心。这种不放心毫无来由，却又挥之不去。丁点点总有一个不好的预感，总觉得他会出事，却又不知道他会出什么事，更不知道会在什么时候出事。最主要的是，她帮不上忙，相当的无能为力。

伍

丁小武的眼镜配件厂办到第八个年头，丁铁山的病情出现了变化。其实，也不是病情有变化，只是晚上不睡觉了，不停地喊"丁——小——武——"。

丁铁山喊一声"丁——小——武——"，丁小武必须回一声"我在"，否则他会一直喊下去。到了这个地步，丁铁山的喊叫已经不是上卫生间了，他需要丁小武在身边。只有丁小武答应"我在"，他才会稍微安静片刻。丁小武的夜晚被撕得粉碎。丁小武晚上不能睡觉，白天却要去工厂上班，睡眠严重不足。睡眠不足带来一个后果，他总是在等红灯时睡过去，引得后面的汽车狂按喇叭，甚至跑下车来指着他的鼻子,骂他是"猪头"。丁小武被骂醒后,不停地说"对不起",赶紧开车走人。更为严重的是,他经常被交警抓住。交警怀疑他酒驾,不由分说,先是吹气,再带到医院抽血检查。验血结果出来后,交警很严肃地对他说,疲劳驾驶是最大的安全隐患,危害比酒驾还大。丁小武笑着对交警说"是是是",以后一定"整改"。有一个交警和他"特别有缘",抓了他十多次,都抓出交情了,一看见他就说:"老丁啊,做企业不要这么拼命,命没了,赚再多的钱有什么用?"丁小武很赞同他的说法,笑着说:"是是是,你说得很对。我以后不拼命了。"

无论在外面,还是在家里,丁小武从来没有叫过一声苦。无论丁铁山怎么喊,他都是带着笑意说"我在",回应及时,态度诚恳。但是,丁小武的变化是明显的,他的体重从七十五公斤降到了六十公斤。嚣张的胸肌消失了,像瘪了气的皮球。手臂上飞扬跋扈的肌肉不见了,变成有气无力的皮。特别显而易见的是他的脸,原来是"国"字形,现在瘦成了"倒三角"。用"形销骨立"来形容一点不过分。他的眼睛又大又空洞,猛地一看,相当吓人。

这样的日子,丁小武又坚持了一年多。突然有一天,丁铁山不吃东西了。他不是不吃,而是吃不进了。他胃口一直很好,每顿一大碗米饭。丁小武调羹还没将米饭打好,他的嘴巴早就张得像隧道,嗷嗷待哺。饭一送进去,几乎没有经过口腔嚼动,直接被送进了肚子。丁铁山有牛一样的反刍功能,闲着没事,他的口腔一直在蠕动,两个嘴角经常挂着几滴白色唾沫。

丁铁山的变化是突如其来的,他不会反刍了,直接将吃进去的东西吐出来,吃多少吐多少。丁小武将米饭换成稀饭,他照样吐。吐了两天,丁小武将他送到信河街人民医院。医生给他做了包括肾功能项目的全面检查,最后得出一个结论:机器老化,回天无力。也就是说,丁铁山不能反刍,不是身体里某个零件出问题了,而是所有零件的责任。

第二天,丁小武将他运回公爵山庄。

此后十天,丁铁山粒米未进。他依然会喊丁小武的名字,但声音已经很微弱了,如蚊蝇之声。如果丁小武不在,他会一直叫下去。那已经不是叫了,是哀号,是饮泣。那是肝肠寸断的寻觅,是绝望的呼唤。

第五天,丁铁山进入昏迷状态,偶尔醒来,嘴里挤出的唯一声音是"丁——小——武——"。他已经没有力气了,声音像呻吟。丁小武会立即应道:"我在我在。"

第九天中午,丁铁山像一副皮囊在漏气。丁小武知道,他大限将至。

午夜零点刚过,丁铁山突然高叫了三声"丁——小——武——",喉咙里发出一阵咕噜声,然后便归于寂静了。

这中间大约有十来分钟的停顿,仿佛时间静止了。

丁铁山去世的前一天夜里，丁点点的羊水破了。季增石紧急将她送到医院待产，比预产期提前了十天。

躺在医院的病床上，一轮阵痛过后，丁点点给柯又红发了一条微信，柯又红立即回了两个字：就来。

丁点点和柯又红的关系，是在她怀孕后修复的。本来就没有深仇大恨嘛，只是因为人生观的不同，产生了裂痕而已。于柯又红而言，大约是出于对丁点点的失望，辛苦抚养，不但不知报恩，反而一意孤行，让她伤了心，更主要的是担忧，担忧丁点点的未来。可是，这孩子太固执了，太让人寒心了。无论如何，丁点点是她肚子里掉出来的肉，她可以失望，可以生气，可以愤怒，甚至可以怨恨，但是，她没有办法不牵挂。不过，她终究是骄傲的性格，不会主动联系，而丁点点呢，虽也有过主动向母亲示好的念头，可实在不知如何表达。最主要的是，她觉得来日方长，有的是时间和机会，何必急于一时？所以，当她得知自己有了身孕后，并没有告诉柯又红，而是告诉了父亲。丁小武当然是高兴的，他们虽然只是通过微信联系，但丁点点可以想象，父亲一定露出了他的两颗虎牙。很快，父亲又给她发了一条微信，希望她将这个好消息告诉母亲，他的微信是这么写的：你妈肯定会很高兴的。丁点点想想也是，就主动加了母亲微信。半个小时后，柯又红通过了她的微信，丁点点将这个消息告诉她，她回了一句：你这个死丫头，为什么不早告诉我。

完全是冰释前嫌的口气了。

从那之后，柯又红每周来一趟出租房，每次都带来烧好的菜。刚开始是对虾、子梅鱼等海鲜，后来是炖鸡汤和炖鸭汤，再后来是燕窝、鱼胶等补品。丁点点怀孕六个月，已经胖得不像样子，体重从五十公斤飙升到六十五公斤，身体横向发展，原来的瓜子脸，变成了"国"字脸，体现尤为突出的是肚子，她觉得肚子里装着的不是一个孩子，而是一个班级的孩子。她不能好好走路了，只能依靠身体的晃动前行，左摇右摆，相当艰难，也相当霸气。

丁点点已经从报社请假在家休养。请假的原因是她心绪不稳定。身形的巨大变化，让她心情灰暗、懊恼、自卑，怀疑一切，怀恨一切，不想见人了。可是，另一方面，她又无比骄傲，因为肚子里怀着孩子。在她看来，那不仅仅是一个孩子，而是一个完整的世界，一个独一无二的世界。她是这个世界的创造者和孕育者，完全有理由为自己骄傲。怀孕期间，丁点点一直在这两种情绪之间来回跳跃：上一刻灰心丧气，下一刻斗志昂扬；上一刻泪流满面，下一刻转悲为喜。这种近似精神病的状态，弄得她身心俱疲。离预产期还有三个月，她决定请假在家，也是从那时起，柯又红每天下午都来陪她，她还是每次带菜过来，没有空过一次手。

丁点点能感受到，柯又红不喜欢他们租住的房子。也对，八十平方米的老房子，陈旧、简陋，怎么能和公爵山庄的跃层房相比？最主要的是，这是租住房，没有安全感，没有归属感。但柯又红没有说出来。丁小武顺路来过几次，提出让他们搬回去住，丁点点没同意。

丁点点是在第二天中午十二点产下女儿季笑笑的。这个名字是她和季增石商量好的，不论是男孩还是女孩，都叫季笑笑。没有特别含义，只是希望孩子将来快乐，多笑。

季笑笑跟她的太爷爷丁铁山擦肩而过了。

没有人告诉丁点点这个消息。她还处在产后的恍惚中。让她略感意外的是，丁小武没有来医院，但一想到他要照顾丁铁山，还要去工厂，她也就没往深处想了。有点反常的是柯又红，她经常走神，怅然若失的样子。那天下午，柯又红回了一趟公爵山庄，不到两个小时，就又回到医院。丁点点问她："有事吗？"柯又红只当没听见，也没回话。

丁点点在医院住了三天，第四天，丁小武开着车，将他们一家三口接回公爵山庄。柯又红还是什么话也没讲，丁点点也没问。但丁点点知道，这事肯定是母亲和父亲商量好的。她住在原来的房间，但房间已经"面目全非"，到处摆满婴儿用品，婴儿床、婴儿服、儿童玩具以及尿不湿，等等，墙上贴满了各种儿童照片，喜怒哀乐，各种表情都有。丁点点发现，居然有一张她的儿童照，上半身裸露着，下半身包着布包，张着嘴巴，挂着哈喇子。照片上的人肯定是她，可她从未见过。

一开始，丁点点只想在公爵山庄住到满月。她要搬回租住房，那里才是她的家。季增石的母亲去过医院，也来过公爵山庄，热情里夹带着客气。这种客气是距离，是生疏，是楚河汉界。她每一次来看孙女，都是坐坐就走。其实，丁点点看得出来，她想多待一会儿，甚至想一直待下来。可她是理智的，也可以说是矜持的，时间基本控制在半个小时。短了太急促，显得迫不及待；长了不得体，似乎赖着不走。她做得很有分寸。这种分寸其实就是排斥，就是对立，丁点点甚至想到了仇恨。丁点点有时会想，季增石的母亲会不会仇恨自己呢？多少会有一些吧，她的客气说明了一个问题，她对自己不亲。亲不起来。丁点点想，或许搬回租住房后，季增石的母亲可以不那么拘谨了，季增石是她的儿子，季笑笑是她的孙女，她想什么时候来都可以，想待多久都可以，她有这个权利。这样的话，她可能会和自己亲一些。丁点点觉得自己对季增石的母亲算不上好，但她的节制和自尊让她有好感，让丁点点会站在她的角度想问题。或许，这也算慢慢成长的一个标志吧。特别是她怀上季笑笑后，似乎对这个世界和人事多了一份理解和包容。

柯又红自作主张退了他们租住的房子，叫了搬家公司，将家具和衣物运回公爵山庄。她没讲任何理由，对丁点点说："如果你过意不去，每个月可以给我伙食费和保姆工资。"

她说的当然不是真话。自从有了季笑笑，丁点点发现母亲跟从前判若两人。

她从前是不会主动对人示好的,脸上是见不到笑容的。现在不一样了,她这是主动要求他们住在公爵山庄呢。要知道,这套房子是她的私人领地,她不会与任何人分享的。她现在主动要求他们留下来,主要是因为季笑笑。当然了,在接纳季笑笑的同时,也接纳了她,接纳了季增石,更接纳了季增石的母亲——她不能不让季增石的母亲来看望孙女是不是?丁点点觉得,柯又红能够接纳季增石的母亲,等于接纳了整个世界。相当开阔了。丁点点觉得柯又红最大的变化还是笑容,她现在每天笑声不断,抱起季笑笑,讨好地说:"笑一个,宝贝给外婆笑一个。"然后是做鬼脸,身体做出各种扭动的姿势。柯又红的身体一扭动,季笑笑就咧开了嘴。她大惊小怪地说:"笑了笑了,宝贝对外婆笑了。"

从语气和表情看得出来,柯又红得到了巨大的奖赏,无比满足。她是真的快乐。而且,她的快乐是"主动追求"得来的,这种快乐是"敞开的"。

父亲丁小武当然也希望他们住下来,只是他没有说出来。不会讲的。他用商量的口吻问丁点点:"住得习惯吗?"

这话问得太客气了,见外了。这是她的家啊,即使出嫁了,依然是她的家。丁点点知道父亲还有一句潜台词:习惯就一直住下来。这是他的心愿。他已经习惯了隐藏自己的心愿。

季增石的网络公司两年前就不开了,没有业务,赚不到钱。他开始在网上开商店,卖他母亲工厂生产的玩具,当然也卖其他工厂生产的玩具。

丁点点一开始没有将季增石的"转行"当一回事,更没有将他的网店当一回事,只知道他比过去忙,手机就有好几部,还叫了几个工人帮忙。丁点点还替他担心,每个月能否按时给工人发工资。担心归担心,她没有问季增石。她从来没有问过季增石网络公司的事,他也从来不说。只在公司关闭时跟她打了一个招呼,她"哦"了一声,等于没有任何反应。那个时候,她还没有怀上季笑笑,还是喜欢到处跑。她和季增石是两条各自奔跑的线,不同的是,他是画圈圈,她是画各种直线。他们唯一的结合点是租住房。那是他们的家。

他们在公爵山庄住了半年多,到了腊八那一天晚上,季笑笑已经睡下了,季增石对她说:"咱们买一套房子吧。"

丁点点故意问道:"发财了?"

他说:"我手头有两百万元,首付应该没问题。"

丁点点说:"你没做什么违法的事吧?"

他说:"没有,都是我这两年开网店赚来的。"

季增石的回答让她吃惊。太出乎意料了。丁点点没有想到,他不声不响赚了这么多钱。果然是个沉得住气的人。她更没想到的是,开网店这么赚钱。她说:"那就买。"

季增石问:"买哪里好?"

丁点点说:"无所谓,钱是你的,你想买哪里都行。"

次日,丁点点将季增石想买房的消息告诉了母亲。她觉得这事越早说越好,不需要偷偷摸摸的。母亲一听,立即说:"我昨天刚好看到小区贴了一张启事,楼下有一套房子要出售。"

这事,母亲比她和季增石积极性高,联系好后,便让她和季增石去看房子。房子就在同一幢楼的七层,是单层,面积一百一十二平方米,所有费用加起来,刚好三百万元。丁点点咨询了单位,可以用公积金贷款八十万元,加上季增石的两百万元,还差二十万元。母亲自告奋勇地说:"我借你们二十万元。"

就这么定下来了。办完过户手续后,父亲找了一个装修队,将房子重新粉刷一遍,只花了两万元。

买房子这件事,最高兴的人是父亲。当他听到这个消息后,两颗虎牙闪闪发光,说:"好嘛,好嘛,楼上楼下,你们不用开伙,就在这里吃。"

母亲白了他一眼,说:"你奴役我还不够吗?"

父亲讨好地笑了起来,说:"我负责买菜和烧菜,洗碗也包了。"

母亲说:"做好你的事,把工厂办好。"

父亲不停地点头说:"那当然,那当然。"

母亲表面上没有表现出来,可她的高兴是难以掩饰的。她主动借二十万元就是证明。她的高兴还表现在和季笑笑的对话中,她扭着身体对季笑笑说:"宝贝,买房子咯。"

季笑笑"咯咯咯"地对她笑。

母亲又说:"以后外婆每天都可以抱宝贝咯。"

季笑笑当然还不知道"买房子"的概念。她不到一周岁,话还不会讲呢。"买房子"的概念是外婆讲的。外婆终于暴露了内心的秘密,她想"每天和宝贝在一起"。

丁点点能感觉出来母亲对笑笑的爱,几乎到了依赖的地步了,去菜场买菜都是小跑着回来,进门第一件事就是叫"宝贝"。她的眼睛似乎有了特殊功能,总能第一眼抓到季笑笑所处的位置。季笑笑也没有辜负外婆,她跟外婆特别亲,无论哭得多凶,只要外婆一抱,哭声便戛然而止。外婆一扭身体,她立即破涕为笑。她自己可能不知道,她将最多的笑声给了外婆,也将最美的笑容给了外婆。外婆身心得到极大的满足。

产假结束后,丁点点回单位上班。短短半年,世界发生了巨变。首先是外部的,自媒体对传统媒体造成了巨大冲击。这种冲击是现实的、看得见的,也是摸得着的,对报纸的发行和经营都产生了很大的影响。丁点点觉得,最主要的影响还是人心。从事传统媒体的人心里慌了,乱了。一个乱了阵脚的人,还能打仗吗?还能打胜仗吗？不可能嘛。人人自危，自己把自己吓死了。其次是丁点点的变化。她以前没有中心，如果有中心的话，她就是中心。她是太阳，也是流水。可是，有了季笑笑后，丁点点发现自己完蛋了，她不是太阳了，也不是流水了。太阳还在，换成了季笑笑。季笑笑成了中心，成了她的中心。做任何事情，她的出发点都是从季笑笑那里开始的。丁点点不无悲伤地发现，自己无时无刻不在想念她、牵挂她，甚至担心她，在媒体上看到关于儿童的新闻特别敏感，特别容易伤心落泪，已经完全堕落成一个多愁善感的人了。

半年之后，丁点点从单位离职了。她想成立一家自己的旅行社，开辟几条专门针对年轻人的旅游线路。

在此之前，季增石找她商量，他扩大了网店规模，成立了公司，想让她辞职去他公司管财务。她没同意。她的理由只有一个，如果去了他公司，她将失去独立性。季增石说："你管钱，我给你打工，行不行？"

"不是这个意思。"她对季增石说，"我要的独立性是指两条各自运行的线，如果我去了你的公司，我们就成了一条线。"

季增石没有强求。他从来没有强求过她。

开旅行社的事，丁点点跟父亲说过。是"说"，不是商量。父亲想也没想就说："好嘛。"

丁点点知道，他的支持，是态度的支持，可态度有时很重要。

陆

丁铁山死后，丁小武并没有显得多么悲伤。丁点点和柯又红都为他松了一口气，为了丁铁山，丁小武累得只剩一副骨架。以前那个"铁塔"一样的壮汉消失了，丁铁山如果再拖延半年，丁小武的身体状况让人不敢想象。从这个角度来讲，丁点点和柯又红是盼望丁铁山早点"走"的。他的"走"，从某种意义上讲，"挽救"了丁小武。

李其龙专门送了两大袋海参过来，他对柯又红下命令："让他当饭吃。"

李其龙不喜欢自己是个"肌肉男"，但他希望丁小武恢复成"肌肉男"，他说，那样的丁小武，看起来很有力量，给人很有希望的感觉，有一种蓬勃茂盛的生命力。他喜欢那种状态的丁小武。

李其龙没有将"都彭"和"登喜路"赶跑。他现在知道了，世界是圆的，事物是流通的，堵是堵不住的。他不能阻止任何事情。一个人怎么可能阻止地球运转呢？这是个简单的道理。那段时间，他怨恨过，怀疑过，消沉过，甚至想到过放弃。他最终发现，能要求的只有自己，能做好的只有自己。只能如此。他不能要求别人不仿冒"麒麟",他能做的,只有将"麒麟"做得更好。

李其龙告诉丁小武,他最近接待了好几拨天使投资人,他们都想投资"麒麟",一起将"麒麟"打造成高级工艺品级别的打火机,甚至是艺术品级别的打火机。李其龙说:"活了这么多年头,老子总算有点明白了。想做成一件大事,单靠一个人的力量不行,要学会借力。别人有大把的钱,想跟老子做大事,傻瓜才会拒绝呢。"

丁小武为李其龙"活明白了"高兴,他一直担心李其龙钻牛角尖。李其龙确实一直在钻牛角尖,现在他终于不钻了,他看到了一头牛,甚至是比一头牛更宽广得多的世界。这多么好。

李其龙发出邀请,说:"来吧,小武,咱们一起干。"

丁小武很感激李其龙的邀请,但他不会接受,他说:"我争取将中梁做好。"

丁小武不担心李其龙的"麒麟",作为朋友,他担心李其龙的生活。一个人的生活总是动荡不安的,总是兵荒马乱的。丁小武劝李其龙再找一个,他说:"要一个小孩吧,有一个小孩就有了未来。"

李其龙想了一会儿,问丁小武:"你知道咱们的区别在哪里吗?"

丁小武说:"你比我勇敢。"

李其龙摇摇头说:"不对,是你比我勇敢。"

停了一下,李其龙补充说:"我有时想,会不会变成你爸那样。"

丁小武摇摇头说:"你不会的。"

李其龙说:"谁说得清楚呢?"

刚说完,他对丁小武挥挥手说:"不说了,小武,老子很高兴交了你这样的朋友。很荣幸。"

丁小武对李其龙说:"我也很高兴交了你这样的朋友。很荣幸。"

丁小武决定"好好干活"。父亲丁铁山走完了他的一生,画上了句号。外孙女季笑笑刚开始她的人生之旅,未来不可知。他的旅程还得继续。他自觉责任重大。他得根据柯又红的指示,好好赚钱,将眼镜配件厂办好,这是他的责任,他承诺过的。

那年春天,季笑笑两周岁了。丁点点的"丁点点旅行社"运作顺畅。季增石还清了柯又红的二十万元。一切似乎都很顺利,一切似乎都向着美好的方向发展。

那年清明节,一家人去给丁铁山扫墓。晚上,丁点点发现了父亲的问题。是季笑笑先发现的,吃晚餐时,丁小武用筷子去搛一只对虾,对虾没搛住,结果把筷子搛掉了。季笑笑拍着手说:"哦喔,外公害怕大虾咯。"

这是丁点点第一次注意到父亲的手在颤抖,平时她很少注意这些细节。他拿筷子的右手像钟摆一样抖动,不停地抖动,好像很冷,抑制不住地冷。见她看着他的手,父亲摇摇头说:"没事嘛,最近突然手抖,抖一阵就好了。"

父亲说完,想努力做个笑容。可丁点点发现,他的脸上像戴着一个面具,他的脸部肌肉是僵硬的,是缺少变化的。丁点点问他:"多长时间了?"

父亲说:"一个来月。"

丁点点说:"找个时间,我陪你去医院看一下。"

父亲连忙说:"不用的,我的身体我知道,没事的。"

丁点点看看母亲,她正在给季笑笑喂饭。丁点点没有再说什么。这时再看父亲的手,已经不抖了,很轻松地捡起一只对虾。但丁点点发现,父亲的手已经瘦得只剩皮包骨头了,颜色是黄褐色的,好像被烟熏过。在丁点点的记忆中,父亲的手曾经是多么粗壮有力啊,他的手就是一个饱满而生动的世界,不仅能写文章,做各种模具,还能烧出各种美味佳肴。她印象最深的是,小时候只要他抱着她,她就觉得那是世界上最安全的地方。他的手就是温暖的家,可以为她阻挡一切。看着父亲的手,她感慨的不只是父亲的老去,她有一种隐隐的担忧,有那么一天,父亲也会像爷爷那样。这担忧令丁点点不寒而栗。

父亲出事是在三个月后,丁点点接到母亲在信河街人民医院急诊室打来的电话。母亲说父亲在从工厂回家的路上,将车开出了马路。马路外是斜坡,斜坡下面是瓯江。江水正在退潮,水流湍急,如果掉进瓯江,不消片刻,人和车便会被冲进东海。幸好斜坡有一块巨石,父亲的轿车一头撞了上去,整个车头都被撞烂了,父亲被撞昏迷了。交通警察将他送到信河街人民医院他才醒来,他请求警察不要通知家人,但他全身是血,样子相当吓人。警察决定通知家人,父亲没办法,才给母亲打了电话。母亲接了电话,抱着季笑笑急忙赶到医院。见到父亲后,父亲让她不要告诉丁点点,免得女儿担心。

母亲是偷偷给丁点点打的电话,她说:"你爸的脾气你是知道的,平时让他来医院,比割肉都难。这次既然进了医院,干脆做个全面检查。"

丁点点完全同意母亲的想法,在电话里说:"我马上来。"

丁点点到了医院,季笑笑指着推床说:"哦喔,外公打败仗了,成了伤兵。"

她还伸出两根食指在自己的小脸蛋上刮几下。她觉得外公给她丢脸了。

父亲的额头被车玻璃扎了一个口子,医生给他做了处理,绑上了纱布,很像电视剧里的伤兵。他见季笑笑这么说,有点不好意思地笑了。他的笑容很不好看,很不自然,僵硬的面部肌肉挤不出生动的笑容,反倒增添了悲哀,一种日薄西山的悲凉。他肯定是不愿意将内心的情绪流露出来的,躺在推床上对丁点点说:"我没事嘛,你跟医生说,我们马上出院。"

丁点点说:"好的,我去跟医生商量。"

丁点点转身去找医生,不是办出院手续,而是缴了押金,办理了住院手续。她跟医生商量好了,给父亲做全面检查。

一周之后,检查结果出来了。一个好消息,一个不好的消息。好消息是,父亲身体状况不错,对于一个年近六十的人,没有"三高",很难得的。这大概得益于他年轻时的健身,底子好,也得益于他多年来的良好习惯,吃什么都讲究适度。不好的消息是,医生诊断他得了帕金森病。他这次出车祸,就是帕金森病惹的祸。他身体反应迟钝,甚至失去反应能力,眼看着轿车驶出马路,心里明白,身体却无能为力。

丁点点上网查了一下,结果让她一喜一忧。喜的是,这种病对父亲的生命没有直接威胁,它只是大大降低了父亲的生活质量。也就是说,从此之后,父亲要与这种疾病共存亡,两者既是朋友,也是敌人,既要和平共处,又要相互竞争。忧的是,到目前为止,只知道这是一种神经系统病变的疾病,无法对症下药,无法"集中火力打击",没有特效药,也没有针对性的手术。可以这么讲,就目前的医疗水平而言,这种病是"无解"的。

父亲知道自己得了帕金森病后,显得相当平静,平静得看不出这事是发生在他身上的。要知道,帕金森病虽然不是绝症,却是一种顽疾,极其难缠的。丁点点猜想,父亲的平静是表面的平静,是做给大家看的。丁点点想,当父亲知道自己得了帕金森病,了解了帕金森病之后,他的内心肯定是灰暗的,甚至是绝望的。这意味着,他的余生将背上一个巨大包袱,这个包袱是他的,也是这个家的。丁点点觉得,他最大的负担正在于此,他是最不愿给别人增添负担的人,对朋友如此,对家里至亲也是如此。可是,现在得了这种"无期徒刑"的疾病,肯定要给家人带来无尽的负担。一想到这一点,他必定充满愧疚。正因如此,他更要表现得平静,他笑着说:"我出院后,马上去健身馆。"

季笑笑马上接话说:"哦喔,外公说话要算数。"

父亲说:"外公说话当然算数。"

父亲在医院住了两周,强烈要求出院。丁点点和医生商量,医生同意出院,并给父亲开了药,要求他每两个月来检查一次。医生给父亲开了三种药,让他每天按量吃药,一天三次。丁点点算了一下,按照医生的治疗计划,父亲每年吃药的花费约一万五千元。这笔费用不会是很大的负担。

父亲出院后,将小日子眼镜配件厂转让给了别人。这事是母亲决定的,手续也是母亲办的。她决不恋战。消息放出去后,第二天就有人来谈判,开了三百五十万元的转让价,母亲一口就答应了。母亲有点虚张声势地告诉对方,工厂最少值五百万元,但跟父亲的身体相比,一百五十万元不在话下,卖了,连厂名一起卖了。

父亲恳求说:"让我继续办嘛。"

这一次,母亲态度坚决,她说:"不办了。"

父亲说:"轿车报废了,我以后不开车了嘛,不会再出交通事故了。"

母亲说:"我不管什么交通事故,我要的是一个放心。你这种状况,我怎么能放心?"

这是母亲第一次对父亲说这种话,表面生硬,内心温柔,坚决里有体贴,已经很接近矫情了。

父亲说:"你不是有驾照嘛,我们再买一辆轿车,你每天接送我上下班。"

母亲撇了下嘴说:"呸,你想得美。"

母亲的坚决是有原因的。父亲的病情发展得特别快,快得让人心慌。不到一年时间,他已经到了完全依赖药物的程度。吃了那三种药,半个小时后,药劲上来了,他的身体才能"活"过来。脸上的笑容也有了,手也不抖了,腿也能迈开了。这种状态最多维持两个小时,先是从后脑勺儿开始发紧发硬,慢慢扩展到全身。这种扩展和蔓延是清晰可感的,水一样流淌,"流"到哪里,身体僵硬到哪里,好像流水被冻住了,整个身体也被冻住了。只有手不可抑制地抖起来,抖动的幅度越来越大,像狂风中的一片叶子。医生告诉过丁点点,帕金森的病情是不可抑制的,得了这种病,就像一块巨石从山顶朝下滚,医生能做的,是尽量让这块巨石滚动得缓慢一些,也就是说,医生能做的,是尽量减缓病情的发展,延长患者的有效生命,因为帕金森病到了后期,患者会失去自理能力,甚至失智。

这正是丁点点最担心的。她想起了爷爷丁铁山生命最后的那些年,如果不是父亲的服侍,他完全没有"生命"可言,更谈不上"体面"和"尊严"。丁点点的隐忧正在此,父亲是否遗传了爷爷的疾病基因?他的晚年,是否将是爷爷的翻版?丁点点问过医生,爷爷和父亲得了这样的病,她得病的概率是多少?医生的答复比较含糊,只说"有可能"。她上网查,网上泥沙俱下,有一种说法最可怕,说她得病的概率有百分之八十。丁点点当时没有太大的触动,也说不上担忧,但当她联想到季增石时,便不一样了。季增石父亲是得肝癌去世的,他爷爷也是,季增石身体里是否隐藏着疾病基因?那么,季笑笑呢?一想到季笑笑,丁点点两眼一黑、双腿一软,几乎瘫坐下去。她觉得前方一片黑暗。

到了此时,丁点点才体会到母亲当年的心情,才感觉到母亲对她的提醒是多么良苦用心。而她的一意孤行,是多么让母亲伤心和失望。

柒

丁小武的病情让医生惊讶,医生说下坠速度这么快的病例,还是第一次碰到。两年不到,巨石已从山顶滚到半山腰。按照这个趋势,不到三年,巨石就可能到底。

丁小武的坚强这时显现出来了。他没有食言，从医院出来后，就去家对面的东方健身馆办了年卡，每天一大早去"撸铁"。锻炼当然是好事，丁点点和柯又红劝他吃了药再去，药劲上来后，身体灵活。他偏不。他不吃药的状况很不好，身体不能弯曲，不能正常走路，只能小步跳，是挪着脚步跳。他跳得吃力，看的人更吃力。但丁小武坚决不吃药，很是固执。是的，医生对丁点点说过，帕金森病会改变人的性格，病人会变得无比固执。当然，也可能是药物的副作用。

柯又红觉得不能让丁小武这么任性下去，在健身房一练就是四个钟头，铁打的人也受不了，更不用说一个帕金森病人。她强势出手了，规定丁小武只能健身两个小时，两个小时到了，她立即去健身馆，把他从器械上拉下来，决不手软。其次，柯又红规定丁小武每顿吃两个煮鸡蛋，必须吃。吃完煮鸡蛋后，再喝一碗高压锅打出来的老番鸭汤。这是补品，是运动的有力后盾。必须这么吃。

除了控制运动时间和增加营养，柯又红做了另一件事，到处搜寻治疗帕金森病的偏方。在柯又红眼里，没有中医西医之分，她只有一个目的，将丁小武的帕金森病治好。柯又红的想法非常简单，她不相信世界上有治不好的病，所谓"治不好"，只不过是没有遇到对的医生和对的治疗方法，当然，包括对症的药。

柯又红打听到，南京有一家医院，专门治疗帕金森病，是可以动手术的。柯又红得到这个消息时是秋天，她对丁点点说："想带你爸去江苏散散心。"

丁点点说："我可以替你们安排好江苏之行的路线，包括预订好住宿的酒店。"母亲不让丁点点预订，她说他们要"自由行"，预订好线路和酒店，就失去"自由"了。

也不是没有道理。不就是去一趟江苏嘛，又不是徒步穿越罗布泊，没什么好担心的。丁点点给他们买了去南京的动车票。买的是一等座，空间大一些，也安静一些。他们出发那天早上，丁点点开车送他们去车站。母亲带了一个巨大的行李箱，还带了一个不大不小的行李箱。丁点点当时也有疑问，问她："又不是搬家，带这么多行李干什么？"

她回答说："你爸这种情况，出门多带点东西总没错。"

丁点点想想也是，就没有深问。

他们一到南京，当晚就住进了医院。三天以后，丁小武的头顶被开了一刀。

这些情况，丁点点都是后来才知道的。父亲住院期间，母亲每天和她微信聊天，她只说父亲想在南京住几天，过几天再去苏州逛逛。这是丁点点的疏忽，她多次去过南京，如果多问几句他们去过什么地方游玩，母亲肯定会露出破绽。他们根本没有离开医院。

丁点点是在第七天上午十一点接到母亲的电话的，她在电话里严肃地说：

"跟你说实话吧,我和你爸来南京不是为了旅游,是做手术。"

丁点点的脑袋立即膨胀了——出事了。她听医生介绍过,也上网看了很多资料,知道天津有一家医院,几乎是目前国内最权威的专门做帕金森病手术的正规医院。她没有带父亲去,不是因为费用问题,更不是时间排不出来,而是手术成功率并不高。说它"不高",是指手术之后,对患者的症状并没有"革命性"的改变,也就是说,手术效果不明显。意义不大嘛。丁点点一听母亲的话,第一个念头就是他们遇到江湖骗子了,赶紧问:"还没做吧?"

母亲说:"做了。"

"怎么样?"话是这么问,心里却想,完蛋了,花点钱没关系,父亲要白白挨一刀了。白挨一刀也就罢了,丁点点担心的是,这一刀会加速病情的恶化。

"本来还不错的,没想到,伤口出现感染。"母亲犹豫了一下,接着说,"医生说,如果只是伤口外面感染还好处理,担心伤口里面也被感染了。"

"医生检查了?"丁点点问。

母亲说:"医生正在检查,我想来想去,还是给你打个电话。"

丁点点说:"给我地址,我马上赶过去。"

挂断电话,丁点点跟季增石说了父母的情况。季增石说:"你赶快去南京吧,我让奶奶过来带笑笑。"丁点点立即上网,买了最近一趟去南京的动车票。

丁点点也知道,自己去南京,起不了什么作用。她不是神仙,甚至连个医生都不是,于父亲的病情无补。但她知道自己的作用很大,非常大。父亲现在处于危险的境地,而母亲目前的处境是孤立无援。他们需要一个后援,需要精神上的支持和鼓励。此时得有一个人跟他们站在一起,他们两个人是站不稳的,是摇摇欲坠的。有了她以后,情况不一样了,三足鼎立了。这是一个牢不可破的结构。这点太重要了。

上动车之后,丁点点接到母亲的电话,她说医生已经处理好父亲的伤口了,只是外部感染,但医生要求,父亲这几天最好住到无菌病房里,对伤口的恢复有好处。丁点点说:"立即转到无菌病房,不要考虑费用。"母亲说:"我也是这么想的。"

丁点点赶到父亲的病房时,已是晚上七点多了。隔着玻璃,看见呆坐在病床上的父亲,他这次真的像伤兵了。上次出车祸时,他头上也受伤,纱布是从前到后绑一圈,有点像运动员。这次纱布是由上而下包扎,跟影视剧里伤兵的包扎方式是一样的,看起来特别悲惨,也特别悲伤。

丁点点不能进病房,只能隔着玻璃叫了一声"爸",父亲没有反应,母亲在边上,提高了声音说:"点点来了,你的宝贝女儿来了。"

病房的走廊很安静,只有母亲的声音在回荡。

父亲的脑袋朝她们这边慢慢转过来了,他直直地看着丁点点。丁点点看见他喉结上下滚动几次,张开嘴。她似乎能听见他的声音,却不真切。那声音断断续续的,从他的嘴形判断,似乎是:"你——怎——么——来——了——嘛?"

丁点点感觉得到,那声音是空洞的,是干枯的,甚至是腐朽的,好像是从地底下挤出来的。他来南京之前不是这样的,虽然讲话语速缓慢,但每个字是清晰的,是真实有力的。丁点点赶紧说:"我来接你回家。"

他的姿势没有动,眼睛还是直直地看着她,又似乎是看着她身后无尽的远方,张了张嘴,似乎在问:"笑——笑——呢?"

丁点点知道他关心外孙女,大声说:"你放心,有她奶奶和季增石陪着呢。"

丁点点本想说"笑笑等着你回去呢",又觉得这话过于哀伤,好像父亲已经不行了,回不了信河街了。再说,看他在病房里的样子,未必能听见外面的话,就将话咽了回去。

母亲这时欣喜地指给她看:"你看,你爸的手是不是不抖了?"

丁点点仔细盯着父亲的右手看了一会儿,是的,千真万确,他的右手不抖了。母亲有点得意了。这是他们这趟出行的"成果",是母亲的"战利品",她有理由得意。丁点点当然为父亲高兴,手抖是帕金森病的"特色",这个"特色"已严重影响了父亲的生活。让父亲的手恢复"平静",是母亲和父亲的梦想。现在,这个梦想实现了,她没有理由不高兴。

看完父亲,丁点点和母亲从医院出来吃饭。她们走了一段不短的路,才找到一家稍微像样一点的酒家,名字叫淮扬人家。所谓"像样一点",就是干净一点,看起来不是油腻腻、脏兮兮的。丁点点点了清炖蟹粉狮子头、烫干丝、松鼠鳜鱼和马兰头。母亲每样只搛了一两筷子,说菜有一股泥味。丁点点的肚子是饿的,但没胃口,好像这顿饭只是为了完成一个仪式,一个吃饭的仪式。母亲和她好像已经将该讲的话都讲完了,她问季笑笑的情况,丁点点拨通了季增石的电话,让她和季笑笑在电话里聊天。母亲一听到季笑笑的声音,脸上立刻焕发出了灿烂笑容,说话的声音盖过了酒家里的一切杂音。她问宝贝在幼儿园听话不听话,问宝贝吃了没有,问宝贝乖不乖,问宝贝想没想外婆……她和宝贝有讲不完的话。

半个小时不到,她们结账离开淮扬人家。她和母亲住在医院旁的一家酒店,这是家连锁酒店,酒店不大,好在干净。这是丁点点成年以后第一次和母亲共睡一室,感受相当奇特:有点陌生,却又如此亲近;有点疏远,却又如此亲密;有点忐忑,却又如此安然;有点排斥,却又充满好奇。两个人离得如此之近,却好像远隔万水千山,似乎有千言万语,却不知从何说起。

两人都没有讲话,丁点点先去卫生间冲了澡,然后是母亲去冲澡。两人躺在床上,也没有开电视。丁点点用微信交代了两件旅行社的事,时间已是晚上十点半,母亲看了她一眼说:"睡吧。"

丁点点也看她一眼,点点头说:"好。"

关了灯,各自钻进被窝。丁点点想了一会儿呆坐在无菌病房里的父亲,觉得他太孤独了,但她没有伤心,迷迷糊糊中,很快睡着了。至少她是这样的。

第二天起来,天已大亮。酒店的装修很有特色,全部以竹子为原材料,房间以黄色为主调,显得特别亮,视线特别好。丁点点睁开眼睛,第一件事是去看邻床的母亲,发现母亲也正看着她。这一看,再加上昨天晚上一夜同宿,让丁点点觉得,她和母亲的关系似乎发生了某种质的变化,仔细一想,却又没有变化。

早上,丁点点和母亲去医院找主治医生。她怀疑母亲私下给过医生"好处",至少送过信河街的虾干、虾皮什么的,医生出乎意料的客气,首先说父亲的伤口没有问题,只是外部轻微感染,已经处理好了,让她们不用担心;其次是极力描述父亲手术的成功,从他的描述来看,这种成功是历史性的,是里程碑。父亲是多么幸运。医生说得越好,丁点点越是怀疑,总觉得他是在表扬自己,非常夸张地表扬自己。丁点点对他讲话的真实性产生了极大怀疑。

后来的事实证明,至少有一点,医生讲的是事实,父亲的伤口确实被他们处理好了。三天之后,医生检查过父亲的伤口和身体指标后,表示可以出院。丁点点问:"伤口上的线还没有拆,能出院吗?"

医生说:"现在不用拆了,线可以被身体吸收;吸收不了,线头会自行脱落。"

但伤口还是明显的,刚好在脑门儿上,如一条一指长的大蜈蚣,有点触目惊心。丁点点去运动专卖店给他买了一顶品牌运动帽,一是为了遮盖伤口,二是帕金森病人是"不喜欢阳光的生物",日照直射,会加重病情的。

好了,丁点点去财务室结账,一共花了四万一千元。母亲觉得太贵了,不就是在头上挖一个洞嘛,用得了这么多钱吗?这个数额,丁点点能接受,她疑虑的是父亲以后的身体状况。丁点点认为,手抖只是细枝末节,父亲的整个身体机能和精神状态才是主干。如果这次手术是本末倒置,那就得不偿失了。

不过,值得高兴的是,终于可以回信河街了,而且是将他们两人完整带回去,还有比这更令人欣慰的事吗?

捌

在南京时,丁点点就发现了一个问题,父亲说话含糊不清了,好像他的舌头被拉直了。丁点点以为是手术之后的暂时反应,总需要一段时间恢复嘛。回到信河街后,她发现,父亲的舌头卷不起来了。

丁小武是个自尊心很强的人,当他发现别人听不懂他的话时,立即选择了闭口不言。他原来就是一个沉默寡言的人，决定闭口不言后，简直成了一尊雕塑。除了吃饭和健身，他就呆坐在卧室里。他不喜欢开灯，窗帘被拉得严严的，卧室里一片漆黑。他是黑的，沙发也是黑色的，他坐在沙发里，就像掉进黑暗里，和黑暗融为一体了，没有任何动静，好像凭空消失了。

他成了非常顽固的存在。丁点点以前每两个月带他去一趟医院，让医生做一次检查，或者调整一下药量。他现在不去了。无论怎么劝说，都不去。

他的顽固还体现在吃药上，他只听自己的，只按照自己的节奏吃药。一天两次：上午十二点一次，下午五点一次。丁点点和母亲劝他多吃一次，他坚决不吃。

丁小武不去健身馆了，开始跑步，选择去家附近的秀山公园跑步。他每天六点半起床，不吃药，"跳"着上卫生间，"跳"着去刷牙、洗脸，"跳"着去喝一杯牛奶，然后，换上跑步的衣服，戴上丁点点在南京给他买的运动帽，"跳"着去秀山公园跑步。他不是一般性的跑，而是"长跑"，从早上八点，一直跑到上午十一点，绕着秀山公园，一圈又一圈。一圈是一点六公里，他每天跑五圈，少一点都不肯。他跑得跌跌撞撞，跑得气喘吁吁，跑得身体严重倾斜，跑得面目狰狞。可他一直咬着牙在跑，谁也阻止不了他的脚步。

丁小武的跑步风雨无阻。他不管，他的目的是跑，至于天气，他不在乎，跟他没关系的。

有关系的是柯又红。她不想让丁小武跑。也不是不想让他跑，而是不想让他这么跑。这哪里是跑步，是玩命嘛。但是，柯又红阻止不了。她劝过丁小武，跑步是好事，医生也说了，"适当跑步有好处"，但丁小武已经完全超越了"适当"。柯又红对他说："咱们慢慢跑，跑一个小时就够了。"

丁小武没有回答，他已经迈开脚步了，这一迈开就是三个小时。时间不到，他是不会"踩刹车的"。柯又红能把他锁在家里不让出门吗？不能。能在他跑完一个小时后拉住不让跑吗？她当然拉过，她一拉，丁小武就停下来。但丁小武一直处于"待机状态"，她一松手，他又跑起来了，拉回家里也没用，他照样跑出去。

柯又红做了一个意想不到的决定，她上网买了一身品牌的运动服，还帮丁小武买了同品牌的运动帽。她陪他一起跑，风雨无阻。

柯又红这么做有两个原因：第一，她确实不放心丁小武一个人跑，她得跟着，反正他跑得也不快，她跟得上；第二，她发现，跑步之后，丁小武虽然还是没有开口讲话，但他脸上似乎有了若隐若现的笑容。对柯又红来讲，这笑容就是阳光，就是甘露，是世间的瑰宝。只要丁小武愿意，只要他高兴，她做什么事都愿意。

这就是柯又红最大的改变了。她的改变是从丁小武生病开始的。这个家，原来是以她为中心的，她心情的"风雨阴晴"，决定了这个家的"喜怒哀乐"。丁小武每天看她的脸色行事，小心翼翼，战战兢兢。现在反过来了，丁小武谁的脸色也不看,也不给任何人脸色。他完全活成了自己。这个时候,柯又红变成了以前的丁小武,她每天小心谨慎地观察丁小武的脸色,她知道丁小武不会生气,可总是担心丁小武不高兴。她变得絮絮叨叨了,不停地对丁小武说话,什么话都说,连去菜场买菜的见闻都说,连昨天晚上做的梦都说,甚至连小区里两只宠物狗打架也说,事无巨细,不厌其烦。她知道丁小武不会给她反应,可依然在说。她的絮絮叨叨变成了自言自语,成了一道风景。用季笑笑的话说,"哦喔,外婆是一台讲话机器"。

母亲的变化让丁点点吃惊。这不是她想象中的母亲,她应该居高临下,应该盛气凌人,应该神经质,应该让人难以捉摸。可是,现在的母亲,变得如此婆婆妈妈,如此琐碎繁杂,如此家长里短,如此普通平凡。原来那个母亲呢?

丁点点一时不能适应,难以接受。

李其龙经常来坐坐。他一来,柯又红异常热情,连忙对着卧室喊:"你的朋友李其龙来了。"

丁小武从卧室"跳"出来,坐在客厅的沙发上,面无表情地看着李其龙,连眼睛也不眨一下,都是李其龙在讲。李其龙告诉他自己的最新进展,他和一家投资公司签了合作协议,对方投资一点五亿元,共同打造"麒麟"品牌。李其龙告诉他,第一期五千万元已经打入账户了。李其龙告诉他,自己又买房了,又买跑车了。他想明白了,生意要做,而且要做好,生活上也不能亏待自己。李其龙告诉他,自己还是想和他一起做事,一起将"麒麟"打造成世界品牌,他非常有信心。现在资金有了,如果有了他的加盟,他会更加有信心。李其龙每一次都是以这样一句话结束会面:"好了,这次就聊到这里。你再想想,下次来时,你将决定告诉我。"

柯又红留李其龙吃饭,李其龙总是说:"下次,下次一定留下来吃。"

李其龙开门离去,丁小武的眼睛依然看着他离去的方向,然后,他不声不响地站起来,"跳"回卧室。

季笑笑读小学一年级了。丁小武得病已经六年。他除了每天早上三个小时的跑步,其他时间都在卧室枯坐。他已经很久没有讲一句话了,甚至连眼睛都很少眨。他成了一个"活死人"。这话是季笑笑说的,她偷偷对丁点点说:"哦喔,我觉得外公已经死了。"

丁点点问她:"你知道什么是死吗?"

她说:"就像外公那样一动不动呀。"

丁点点很认真地告诉她:"外公不是不动,是不想动。他太累了,需要休息。"

"哦喔。"小家伙似懂非懂地点点头。

那年中秋节后的一个周末,下午三点,家里门铃响了,是柯又红去开的门。门开后,两个人的眼神对了一下。虽然这么多年过去了,柯又红还是一眼就认出了她。没错,是董南妮。柯又红第一句话是脱口而出的:"你来干什么?"

柯又红的口气是生硬的,态度是鲜明的。

董南妮变化不大。她的娇小是没法变的。三十多年过去了,她还是那么瘦,还可以用清秀来形容。她的眼睛还是那么大、那么黑,皮肤还是那么白。她化了淡妆,看得出来,皮肤不如以前细腻、紧致了。这是岁月的痕迹,谁也不能幸免。发型变了,她以前扎着一个马尾辫,现在剪成了露耳短发。董南妮肯定也认出柯又红了,她朝柯又红身后看了一眼:"我来看看丁小武,听说他病了?"

董南妮声音很轻,但她吐字清晰,每一个字都说得明明白白。她的声音是有力量的,不是从嘴里飘出来,好像是从胸腔里钻出来的。她的表情有点腼腆,但声音似乎更能代表她的内心。她是坦然的。

"小病,问题不大。"柯又红依然站在门口,一手抓着门的把手。她的姿态很明确,她不想让董南妮进门。这不是待客之道。但是,对于柯又红来讲,她从来没有将董南妮当作客人。她可以接受世界上的任何人,但董南妮除外。她没有下逐客令,是看在丁小武的面子上。

"我想见一见他。"董南妮讲这句话时,态度是坚决的,她的口气里没有恳求,更不是商量。

"他在休息。"柯又红的回答坚定而决绝,是没有商量的。

"我要见他一面。"董南妮毫不气馁,更是毫不退缩,"我欠他一笔钱,我来还债。"

柯又红想起来了。她其实早就应该想起来,那笔十万元的债,她怎么可能忘记? 虽然丁小武后来将账目补齐了,但她知道,他是从李其龙那里借来的,她只是不说破而已。说破有什么意义? 她不能逼着丁小武去向董南妮要债。她不想丁小武再见到董南妮,即使能要回十万元也不想他去。

"这些年,我办作文培训班。"董南妮抬了抬手中的黑色皮包,接着说,"这些钱都是我办培训班赚来的。"

柯又红犹豫了。谁愿意和钱过不去呢? 当然,也不完全是钱的问题。她显然是被董南妮的行为打动了,她一直没有忘记还债,一直记挂在心上。这样的人值得尊重。应该让她见丁小武一面。柯又红犹豫的是她和丁小武曾经的关系,这是柯又红这辈子最大的禁区,是个死角,谁也不能碰,谁碰炸谁。

"我只想见他一面,这是最后一面。"董南妮看着她说。

花言巧语。柯又红不会相信这样的言辞,她不相信甜言蜜语,更不相信信誓旦旦。她不会被这样的说辞打动的,她说:"你把钱交给我就行。我会转告他的。"

"我必须见他一面,否则我于心不安。"董南妮看着柯又红,过了一会儿说,"我听说他得了帕金森病,已经失智了。如果需要的话,我随时可以来帮你照顾他。"

"不需要。"柯又红毫不犹豫地说,她突然提高了声调。她被董南妮那句话惹怒了,她不需要别人来照顾丁小武,更不需要董南妮。但是,说出这三个字后,她居然松开了门把上的手。

　　柯又红让董南妮到客厅,她去卧室扶丁小武。丁小武是自己"跳"出来的,他看见了董南妮,身体似乎颤抖了一下。董南妮看着丁小武,往前走了一步,马上又停了下来。丁小武"跳"到沙发边,坐了下来,依然看着董南妮,似乎又没有看着她。

　　董南妮这时转向柯又红,问道:"真的失智了?"

　　柯又红说:"他认得你。"

　　"真的?"

　　"他对你笑了。"柯又红冷笑了一声,接着说,"他对别人不笑的。"

　　董南妮原本想在沙发上坐下来的,一听柯又红这么说,弯下去的身体立即拉直了。她向前一步,打开黑色皮包的拉链,从里面拿出一捆一百元的钞票,轻轻放在丁小武面前的茶几上。然后,她退后一步,对丁小武鞠了一躬。当她抬起头来时,已经是满脸泪水了。她捂着嘴巴,对柯又红也鞠了个躬,转身冲出门去。

　　这个出乎意料的变化,是柯又红没有料到的。直到董南妮跑下楼去,她才回过神来。当她转头去看丁小武时,发现他的眼睛里似乎也噙着一汪晶莹的泪水。

　　柯又红看着丁小武,她发现,自己突然之间就不恨董南妮了,甚至产生了喊她回来的冲动。当然,她没有开口。怎么可能呢?

　　丁小武依然木然地看着董南妮离去的方向。柯又红慢慢走过去,在丁小武身边坐下来,坐了一会儿,突然呜呜呜地哭起来。

　　【作者简介】哲贵,浙江温州人,一九七三年生。已出版小说《猛虎图》《金属心》《信河街传奇》《某某人》《我对这个时代有话要说》、非虚构作品《金乡》等。曾获百花文学奖、十月文学奖、《作家》"金短篇"小说奖、郁达夫短篇小说奖等奖项。现为浙江省作家协会副主席,居杭州。

种植记忆

◎　张　翎

2035年5—6月：一个男人，一个女人，和一个不知道自己是谁的女孩

女孩醒了，觉得眼皮很沉。她不知道那是正午的阳光。睁开眼睛，满屋都是黑暗，是那种没有一丝破绽的黑暗。她不记得从前是否见过这样的黑暗。脑子是一片墨汁汇成的海洋，无边无际，无风无浪，看不见一片帆、一簇水草、一丝波纹和粼光。她觉得自己是一只海蜇，浑身长满了触须，却没有一条触须有根。漂浮。漂浮。漂浮。不知道从哪里来，也不知道要到哪里去。她渴望抓住一件东西：一根绳子、一块木板、一条被风吹落的树枝。她只是想念脚点在地上的感觉。她渴望上岸。

"灯。"她喃喃地说。

"你终于，开口了。"

一个男人的声音飘过来，落在她的耳膜上。耳膜告诉她：声音很近，近在她伸手可及的地方。

"你是谁？"女孩问。

男人的回答来得很慢，仿佛在进行一场世纪心算。男人的脑子和舌头之间隔着一段崎岖的山路，脑子在爬坡，寻找藏匿得很深的舌头。

"我是你的，爸爸。"男人说。

女孩的额头上鼓起一根细细的筋，眉心蹙成一个结子。女孩在一片汪洋中搜寻记忆。她的嘴唇翕动着，像离开了水面的鱼，却没有发出声音。女孩想问的那个问题长着刺，毛糙糙地堵在喉咙口。等她终于把话吐到舌头上时，已经剐破了喉

咙。

"我是谁？"女孩喑哑地问。

问题落地时，房子颤了一颤。阳光里那些飞舞着的尘粒突然驻足，世界陷入了混沌初开时的那种静默。

这个问题并不新鲜，被很多人在不同的年代里问过，在远古的希腊和中国，近代的德国和法国。可是，问这个问题的人中，没有一个是这个年纪的孩子。

男人习惯性地求助于ChatGPT。这是第12版，上个月刚刚推出。其实，在这个版本正式推出的三个月前，他就已经得到了试用版。他总能在第一时间得到最前沿的"玩具"——这是他对一切新科技产品的戏称。

"怎样告诉一个失忆的人她是谁？"他输入了问题。他打字的速度有点慢，指头远远落在脑子后边，指头和脑子在做着龟兔赛跑的游戏。

ChatGPT用闪电的速度做出了回答："从最简单的信息开始，比如名字、出生日期、她和你的关系。"

"叶先生。"屋子里传来一个女人的声音。女人的声音很陌生。女孩听见的所有声音都很陌生，但她知道女人的声音比男人略远一些。耳朵在黑暗中变成了眼睛。耳朵变成眼睛之后，比耳朵和眼睛共同运作、各司其职的时候更加警醒敏锐。女孩听是听见了，却听不出来女人的话到底是问候还是提醒。

"如实说就好，不必拐弯抹角。"女人说。

男人的面颊开始抽搐。男人的肌肉在运动时，舌头就不太灵光，很难一心二用。

"你叫陈千色，你是我的，女儿。"男人伸出手来抚摸女孩的额头。他想解开女孩眉心的那个结子。他的手掌很暖和，却不够厚实。女孩不习惯这样陌生突兀的亲昵，就偏过了头。

"她是谁？"女孩用下颌指了指女人说话的那个方向，问男人。

男人没立即回话。男人在默默地向那个女人讨主意。女孩醒得不是时候，男人和女人还没有来得及商量好全套对策。女人的脑子比男人跑得快，最终回话的是女人。

"我叫安珀，是你爸爸请来的训练师。你可以叫我安珀老师。"女人走过来，在女孩的床前停下。

训练？女孩有些疑惑。可是她没有力气多问，她只想看见。

"灯，点灯。"她说。

女孩觉得有一丝轻轻的气流在房间里走动，却不是风。是那个叫叶先生的男人和那个叫安珀的女人在无声地角力，看谁最终会去开启那扇谁也不愿意进入的门。

"千色，你经历了一场车祸，大脑受伤，失去了视力和记忆。"终于，女人开了口。

"你丧失了从前的记忆。你的医生预测，你的记忆能力应该还在，你能记住从现在开始的事。我们会努力帮助你恢复从前的记忆，还有视力。"女人说。

女人的声音很干脆，字和字之间没有多少拖泥带水的粘连。女人说话有口音，口音让语调变得奇怪，一起一落都很昭彰，像落在砧板上的菜刀，咚，咚。不过刀不锋利，砧板也不硬，剁下去虽有声响，却不凶狠。

"从现在开始，我们要强化训练，恢复你的记忆。我们告诉你的每一件事，刚开始的时候听起来也许没有意义。但是经过一段时间，你的大脑会开始自我学习，慢慢消化输入的信息，绕开损伤区，开辟新的神经通道……"

男人轻轻地咳嗽了一声。

"安珀，这个有点太复杂，她听不懂，也记不住。咱们放慢一点，让她有机会适应，毕竟……"男人轻声对女人说。

女孩听见屋里有些沙沙的响动，她不知道是那个自称安珀老师的女人在纸上写字——是写给叶先生看的。很多年后，当女孩进入迟暮之年时，才会在母亲遗留下来的一只箱子里偶然发现这张纸。纸已变脆，皱着黄皮，上面是用马克笔写下的两个大大的褪了色的英文单词：tough love（严厉的爱）！

"叶先生，意识复苏的头几天至关紧要，神经元最活跃。她不需要懂，只需要专注，还有，顺从。"女人其实是想说"服从"的，话溜到舌尖的时候，临时改道，变成了"顺从"。

男人不再说话。

"千色，这个训练过程也许很长，需要你的配合。从明天起，除非你的身体出现特殊状况，否则我们每天都要进行至少四个小时的对话。记住，是每一天。我们告诉你的每一件事，都在扩充你大脑的数据库。"安珀在女孩的床沿坐下来，捏住了女孩的手。安珀的手很结实，肉里边埋着坚硬的骨头，轻轻地捏，重重的疼，千色不敢动。

安珀说的每一句话都是星外语。千色没听懂，却记住了。千色的记忆是一张白纸，任何一滴水都能渗入，染上颜色。她现在是一个初出娘胎的婴孩。不，她不是。婴孩没有过去，婴孩可以心无旁骛地探索未来，而她不能，因为她曾经拥有过去。婴孩只需要匍匐朝前，而她却需要瞻前顾后。她身上每一块肌肉都隐隐作痛，疲乏铺天盖地地涌过来，卷着她一步一步地接近沉睡的边缘。她只需要稍稍松懈一下，就会跌入那个深谷，永远不用醒来，永远不再疼。

有人轻轻拍了拍她的脸颊："想睡你就再睡会儿吧。等你睡醒了，若还记得刚才的事，就证明你的短期记忆力完好无损。"男人附在她的耳边说。

她的身体抽了一下，突然彻底醒了。记忆是她的绳子和漂木，只有记忆能带她上岸。她不能睡，她怕在睡眠中丢失了刚才的记忆。

　　　　一群白鸟，飞成"V"队，
　　　　放学之后来相会。
　　　　记得来啊，别掉队。
　　　　白鸟啊白鸟，你往哪里飞？
　　　　归家吧，归家，
　　　　速归。速归。速速归。

　　千色在一阵歌声中醒来。是一个年轻的女声，轻柔快活，没心没肺。这首歌将会是她的闹钟和提时器，早餐、中餐、晚餐，每天播放三次。为什么是白鸟，而不是白鸽？她有点好奇。后来，歌词被日复一日的循环磨平了，只剩下几个扣在节点上的字：鸟、鸟、鸟，归、归、归……她便不再好奇。

　　睁大眼睛，眼前依旧是一片黑暗。今天的黑暗和昨天的一样，没有更深，也没有更浅。但今天的脑子却和昨天不同了。今天的记忆虽然还是荒原，地面却已经裂开了一条细缝。今天的她知道了她叫陈千色，她的爸爸是一个叫叶先生的人；今天的她还知道自己的脑子受了伤，是那个叫安珀的女人告诉她的。

　　关于她自己，她知道的只有这几个事实。这几个事实孤零零地站在她的记忆荒原里，彼此近在咫尺。于是女孩就想象着自己手里有一根绳子，她牵着这根绳子，从这几个事实中间走过，把它们拾在了一起。当它们被连成一体的时候，她脑子里突然就蹦出了一个新的事实：她姓陈，那个男人姓叶，所以她姓的不是他的姓。"爸爸"这两个字太别扭，她只能暂时称呼他"叶先生"。女孩脑袋瓜子里生出的这些想法，在大人的世界里会被称作逻辑推理，而在女孩看来，不过就是把几件看似不相关的事情糅在了一起。

　　　　千色。陈千色。

　　女孩喃喃自语，想坐起身，却动弹不得，身上仿佛压了一块岩石。
　　"你还不能动。你腿上打着石膏，要过几天才能拆除。"
　　即使没开口，女孩也知道这是叶先生。女孩现在可以准确地判断身边的人是谁。叶先生的体温比安珀老师高，他走近的时候，她能感受到他身上散发的热气，还有他毛孔透气的声音，嗡嗡，嗡嗡，像蜜蜂在轻轻地扇动翅膀。她的耳朵现在听得见地球的呼吸。

"安珀，她记得昨天的事！医生的预后完全准确，她有短期记忆。"叶先生大声喊道，欣喜窸窸窣窣地碎了一地。

安珀似乎在另一个房间，声音传过来时，隐隐带着一丝回音。

"叶先生，我说过你要相信医生。我们的工作才刚刚开始。"安珀的语调无波无澜。她的字典里没有"惊讶"二字。

"千色，早饭之后，我们开始第一次训练课程。"安珀说。

最初的训练程序和正常的小学课时安排没有什么差别——每天四节课，早上两节，从十点到十二点，中午午休两小时，下午再上两节，每两节课之间有十五分钟的休息时间。

内容的输入方式也与学校的授课过程大同小异：事先定下主题，经过反复灌输和巩固，再进行测试——单元测试、阶段测试、综合测试。当然，所有的测试都是口头答题。唯一和正规教育进程不同的是：训练内容并不总是按照事件发生的前后顺序。比如，前一节课还在讲三岁时居住过的一座房子，下一节课却有可能跳到小学一年级的某次郊游。在这一点上，叶先生和安珀达成了牢固的共识：既然人类正常的记忆存取过程是随心所致、没有预设的时间和空间模式的，那么重塑记忆的过程也该如此。

头几天的内容相对简单，都是一些围绕着女孩身份和生活环境的基本信息。每次十五分钟左右的重复讲述之后，大人和孩子之间就会插入一段诸如此类的对话：

"千色，今天的日期是？"

"2035年5月23日。"

"你的出生日期是？"

"2027年6月10日。"

"请告诉我你现在的年龄。"

"差18天8岁。"千色心算了一下，回答道。

安珀和叶先生交换了一下眼神，轻声说："概念和知识性记忆也在。"

"千色，你现在居住在哪里？"

"杭州。"

"说说你的家庭住址。"

"科技园驰骋新村9幢12楼802室。"

"你爸爸叫什么名字？"

"叶绍茗。"

"职业？"

"人工智能科学家。"

"你在哪所小学读书？"

"科技园附小一年级6班。"

"你最喜欢的课程是？"

"算术。"

"你最不喜欢的科目是？"

"音乐。"

"为什么不喜欢音乐？"

千色默想了几秒钟后，最终摇了摇头："我不知道。"

这是一个安珀和叶先生都未涉及过的问题。安珀挑选了这个问题，是想测试女孩根据已知信息演绎未知信息的能力。这是他们进入训练课程的第四天，老师明显操之过急。

在这个过程中，千色并没有显示出超常的记忆力。这里的"常"是指八岁孩子的平均记忆能力。对于灌输进她脑子的信息，她大致能够准确复述，但时不时也有犯错的时候，尤其是在相隔一两天之后重温时。她曾几次记错了自己厌恶的食物，一会儿说成花椒，一会儿说成榴梿；她也曾混淆了自己所在的班级，一会儿记成4班，一会儿记成5班。经过纠正之后，她一般能再次给出正确的答案。

他们告诉她的那些事实，简单、坚硬、干涩，落到她耳膜上时，产生的是吱吱的摩擦声，没有留下任何平滑柔润的印记。唯一的一次例外，是当叶先生谈起了她七岁时做的一件事：她用剪刀铰碎了一件睡衣，因为她憎恨粉红色。叶先生第一次使用了一个带有因果关系的长句子，并且在叙述中引进了色彩。这个例子，她一下子就记住了，而且在后来的反复测试中，始终没有犯过错误。只是可惜，类似这样的例子，后来没有被再次使用过。

这样的训练每天都在进行。女孩像一只仓鼠，在一个封闭的圆环之中无穷尽地奔跑，一圈又一圈，一小时又一小时。她很快对这种强力灌输的方式失去了兴趣。他们告诉她：每一条信息，都是一件曾在她的生活中发生过的事，可是她却没有任何亲历现场的细节，来辅佐建立记忆。他们耗尽心神在她脑子里种植下的，是没有根基的塑料往事。死记硬背留下的痕迹很肤浅，一阵轻风吹过，就被浮尘掩埋住了。训练进入第二个星期的时候，女孩的耐心就见了底。她以惊人的速度，跑完了从不耐烦到厌恶再到叛逆的整个路程，仓鼠的反骨已经长成。

女孩和大人之间的对话不再像先前那样平顺，开始出现答非所问或者问非所答的磕磕碰碰。女孩在听课时出现了明显的心不在焉。时不时地，女孩会拒绝回答某一个她已经熟记于心的问题，却用陌生的话题反问大人。比如在相隔两天的时间里第三次被问到自己的生日时，女孩刚报出年份，就收了口，突然反问：

"出生的地点呢？我是在哪里出生的？"又比如在第N次被问到父亲的职业时，女孩沉默了很久，以至于两个大人都以为她忘了答案。半晌，女孩才文不对题地开了口："为什么我不姓叶？"还有一次，没等大人开场，女孩就率先甩出了一个石破天惊的问题："我妈妈呢？为什么你们从不提她？"

每到这种时候，叶先生就显得格外笨拙，接招的往往是安珀老师："千色，万事有时。训练进展到一定阶段，我们自然会涉及那些话题。"

女孩很快就觉察到了两个大人之间的不同。和叶先生较劲，就像是一场拔河比赛，居多时候是他占上风。系在绳子中间的那条手绢，经常偏在他那一头。可是他若扯过去一尺，她偶尔也能掰回来一寸，那一寸就是他留给她的余地。而安珀老师是一块石头，没有缝隙，没有毛孔，不愠不喜，不进不退，不融化也不凝固，既无法讨好也无法惹怒。安珀老师待在恒态和恒温之中，纹丝不动。于是，女孩知道她舌头上的针，只能留着给叶先生。

有一天早晨，安珀给女孩讲述她小时候曾经居住过的那个环境。山地、经纬度、海拔、气候、物产……一堂生硬拙劣照本宣科的地理课，没有抑扬顿挫的语气，没有活色生香的事例。女孩听了个开头，就再也听不进去了。女孩已经无师自通地学会了睁着眼睛打瞌睡——她的眼睛反正也只是一个摆设。安珀照常把内容重复了几次，然后要求女孩复述。女孩猝然惊醒，瞠目结舌，忍不住嘟囔了一句："我凭什么信你？你怎么知道我小时候的事？"这原本是窘迫之中的搪塞，谁知竟然堵得安珀哑口无言。女孩突然发现，她舌头上的针，偶尔也可以拿来扎安珀老师。

叶先生站出来救急："千色，记忆重建是一个从零到十的渐进过程，你首先得信任'一'是真实存在的，才可能有后来。"

这话若是从安珀嘴里说出来，女孩可能会稍稍收敛一点。可偏偏说这话的是叶先生。女孩立刻知道拔河的游戏可以开始了。她的身体正在渐渐康复，疼痛时缓时急。今天不疼。八岁的孩子像街猫，只要不病，就会撒野。

"你拿什么证明你说的都是真的？要是'一'就是假的，我为什么要跟你走到'十'？"女孩亮出尖利的牙齿。

一个智商极高的大人，在一个八岁的孩子面前一败涂地。他想不出任何一道数学公式、一条物理定律、一套电脑程序，可以拿出来跟眼前的这个孩子证明记忆的真实性。

"很好，千色，你已经学会了质疑。推理和质疑是逻辑能力的表现，你的大脑正在修复。"安珀说。

女孩没有理会。女孩绕过安珀，一寸一寸地逼叶先生："证据，你给我证据，我就信你。"

女孩虽然失去了视力，但总能精准地判断声音的来源。她直直地盯着叶先生，叶先生觉出了疼。

"千色，如果哪天你、你能看见我了，我会有办法向你证明，我和安珀老师说的都是事实。我发誓，以我的生命。"叶先生结结巴巴地说。叶先生每逢着急的时候，舌头就会打结。

还要过些日子，女孩才会真正明白叶先生的意思。到那时，她会追悔莫及。她情愿在烈日之下赤脚绕赤道跑三圈，只要能追回她说出去的话。只是天下事，覆水难收。

"千色，进展不错。我们可以考虑在目前的基础上加快进度。"安珀老师平静地说。

…………

白鸟啊白鸟，你往哪里飞？

归家吧，归家，

速归。速归。速速归。

第二天早上，千色在歌声中醒来，却不想睁开眼睛。黑暗还在，一成不变。裹着石膏的腿上，爬着长长一队蚂蚁，湿痒难耐。她还需要在蚂蚁的啮噬之中煎熬多久？

她身体的残缺，是他们东一块西一片零敲碎打地告诉她的。她最先知道的是失明和失忆——这是瞒不过去的简单事实，即使他们不告诉她，她也能很快识破；后来她才知道她的右腿有两处骨折，胫骨上钉着三根钢钉；再后来她又知道她左手丢失了一小截无名指；再后来她又得知她的右侧颧骨经历了一次小修补；而折断的那几根肋骨，却是疼痛亲自泄密给她的。

直到前天，他们才告诉她：从车祸现场送到医院后，她经历了大小五次手术，在医院住了七个星期，一直睡睡醒醒。无论是昏睡还是清醒，千色都毫无印象。那天她睁开眼睛，吐出"灯"字的那个时刻，是她一切记忆的始点。所有发生在前面的事，都是创世之前的那团混沌。

他们明天又会告诉她什么呢？关于她的身体状况，她无法猜测他们到底知道多少实情。假如她的身体是一台机器，她知道还剩下什么，也明白她丢失了一些部件，但她也许永远不会清楚真正的损失程度。他们还在不停地往那张清单上添加内容，天晓得哪一天是尽头。

她闻到了一股香味，是面包。每天早上，叶先生都会去一条街之外一家叫"蓝山"的法式面包店买刚出炉的面包。"这是你的最爱，从前你每天早餐都只吃这家店的面包。"他告诉她。她的确喜欢这种面包,但她的口味偏好并非来自习惯——她还没来得及重塑关于食物的完整记忆,这只是新记忆带给她的新印象。装面包的盘子就在枕边,盘子里可能还放着一根香蕉、几颗坚果,旁边有一小桶牛奶。这是她每天的早餐内容。可是她今天毫无胃口,连手指头也懒得动一动。失明是一重囚禁,失忆也是,石膏也是。但是哪一重囚禁也无法与强塑记忆的过程相比。他们在她的头颅里放置了一条看不见的肠衣,然后把她的脑子搓成肉泥,灌入肠衣。他们用她的脑子制造记忆香肠。肠衣的口径很窄,脑子被挤得生疼。身体有声带和毛孔,疼的时候可以呻吟,可以喘气。脑子却不能。脑子的疼痛是窒息。

经过了十几天的隐忍,她的厌烦终于在这一刻决堤。堤坝崩溃之后,她惊异地发现,那头等待她的,竟然不是愤怒,而是绝望——那种走一千里路也看不到头的绝望。八岁的意志建也容易,毁也容易,有时只需要一句话轻轻一碰,就土崩瓦解,一溃千里。"……在目前的基础上加快进度。"这是安珀说的话,就在昨天。安珀给她判了无期劳役,一天比一天严苛。她抗不过,但她可以倒下。抵抗需要力气,倒下只需要安静。

女孩手里已经有了绳子和漂木,可是她却不想上岸了。假如她早知道上岸是一件如此耗费心神的事,也许她压根就不会渴望拥有绳子和漂木。现在她只想重归汪洋,做回海蜇。女孩此刻的心思若被医生知道了,一定会有一些耸人听闻的说法,比如创伤后应激障碍,再比如临床抑郁症,而在女孩有限的词汇里,她仅仅是感觉累了。

"孩子,你吃一点东西,至少喝口牛奶。没有蛋白质,你的脑子无法生长记忆。"叶先生说。

叶先生的口气异乎寻常的温柔,他没有像往常那样喊她的名字,而是叫她"孩子"。

千色没有力气摇头,只是轻轻地几近耳语似的说了一句话。叶先生半晌才醒悟过来,千色说的是"我不要记忆"。

叶先生沉默了。仿佛过了差不多半个世纪,他突然抓过千色的手,贴在了自己的脸颊上。千色的手在上面停留了片刻,突然感觉到了湿气。不需要任何人告诉她,她也知道那是眼泪。安珀不在。有安珀在的场合,男人不会这样失态。

千色一阵慌乱。她不记得从前是否见过眼泪,他们还没来得及灌输给她关于眼泪的记忆。假如此刻她能走路,她一定会仓皇逃窜。可是她不能行走,只能任由自己的手被叶先生捏在手里,任由他的泪水浸湿了她的指头。

"别哭,叶……爸爸。"千色颤颤地说。她没有意识到,她刚刚使用了一个石破天惊的称呼。

"其实我只想晒一晒,太阳。"千色说。这不是她此刻想说的话,可是她也不知道她到底该说什么。她的大脑里还没有关于安慰的记忆,她在笨拙地创造新的记忆。

男人安静了下来。"我怎么就没想到,你该晒晒太阳,补钙。我抱你去窗口吃早饭,那里阳光好。"

男人弯下腰,抱起千色。女孩的身体千疮百孔,男人的手需要在石膏和刚刚愈合的肋骨中间寻找安全之地。男人大概很久没有抱过人了,姿势笨拙僵硬,关节嘎啦嘎啦生响,脚板蹭过地面的时候,地板发出凄楚的呻吟。但是男人的肌肤温热,毛孔在嗡嗡地呼气,千色感觉安心。

男人把千色小心翼翼地放到窗前的躺椅上,拉开了窗帘。黑暗被搅动了,千色眼中涌进来一大团云彩,似乎是暗灰色的,又似乎是褐色的。她知道外边是个风和日丽的好天。

"孩子,今天我们不上课,放一天假。"男人说。

"为什么?"千色吃了一惊。

"因为今天是你的生日。"

千色终于想起了这个日期和她自己的联系。这是她的第八个生日。不,是第一个。

"她——知道吗?"千色在"她"字上拖出了一个长音。

"我和安珀老师商量过的。我们给你准备了一个,大大的惊喜。"男人说。

2035年6月:一件叫小梦的生日礼物

叶先生嘴里的生日惊喜,是一个名叫小梦的男孩。更准确地说,是一个在官宣文案里被称为"梦幻者6号"的机器人。

"这是日本大田动力公司开发的第6代情绪型机器人,全身有352个自由度,光下臂就有58个自由度。这么说,你可能不懂,换个说法你就明白了:他是世界上身体最灵活的人形机器人,没有之一。他可以来回走动,弯腰,扭头,精准调动膝盖、胳膊、手腕和手指,帮你端茶递水拿药瓶子,把茶几搬到你需要的地方,扫地擦桌收拾垃圾。他精通四门语言:英语、西班牙语、日语和汉语,粗通的就不计其数了。他的皮肤是特殊硅胶做成的,质感接近真人,能感受温度,也有痛感,所以他不喜欢人靠得太近。"叶先生说到机器人的时候,口若悬河,舌头一丁点也不打结。

"小梦的脑袋里装着一个宇宙一样巨大的知识库,但我们已经让客服把小梦的语音、语速调整到八岁到十岁的模式。他今天最重要的任务是陪你聊天。"安珀说。

"机器人，陪我？"千色满脸狐疑。

"他是我们完全按照你梦里朋友的样子打扮的：寸头，穿蓝布T恤、卡其短裤、白球鞋，背一只橄榄绿色的双肩背包。只是，我们没法在室内复制你梦中的海滩。"安珀说。

"你能看到我的梦？"千色大吃一惊。

"是的。"安珀简洁地回答。

"怎么做到的，你？"

"科技。"安珀似乎丝毫没觉察到女孩语气中的异常，"最近你频繁做梦，快速眼动睡眠阶段很长。这个你不一定懂，简单说，就是你的大脑神经元十分活跃。好迹象，继续努力。"

千色只觉得一股热气噌地涌了上来，面颊烧得如同抹了辣椒油。那是赤身裸体般的羞耻。羞耻不需要经验和记忆的引领，羞耻能自己找路。

千色摸了摸四周，早餐剩下的杯盘和牛奶盒子都已经收走了，她唯一可以拿到手的，只是一个躺椅靠枕。她一把抓起来，朝着女人声音的方向扔了过去。她使的劲太狠，差一点闪了胳膊。

"滚！"她气急败坏地喊道。她闻到了唾沫里的腥味，那是声带撕破了。她的眼睛是仿造的，耳朵却是真货，靠枕准确无误地飞到了安珀的脸上。安珀的身子噗地矮了下去，蹲在了地板上。靠垫的穗子蹭着了她的眼睛，眼泪汹涌而出。

"要紧吗？要紧吗？"叶先生慌乱地问道，手足无措。安珀摇头，示意他拿过茶几上的纸巾盒。安珀扯了几张手纸，压在眼皮上。屋里的空气绷得很紧，空调吹出来的风像沙子。

"陈千色！不许你这样对待你的，老师！"叶先生声音大变。叶先生先前的声音，像是一股从厚壁铁管里吹过来的气，低沉、饱满，带着点隐隐的回音。这一刻铁管还在，却已经破了几个洞；气也还在，却聚不拢一股劲。后来千色就知道了，每逢爸爸连名带姓地喊她的时候，都会换上这副嗓音。还要到更后来，等千色长大到可以回望的时候，她才会懂得那根有了洞的铁管里吹出的气中，包裹着的是失望、疲惫，或许还有万念俱灰。

"梦是我们观察你大脑状况的窗口。"安珀的脸依旧埋在纸巾里，声音却已经恢复了平静，仿佛什么也不曾发生，"其实，一个人想有朋友，并不是什么丢脸的事。没有记忆的人，很难有朋友。小梦是你最合适的聊天朋友，你们可以随便创造话题。"

千色没有说话。那个枕头，已经带走了她埋藏多日的愤怒，现在心里剩下的，只是浅浅的一点愧疚。那点愧疚虽没到让她说出"对不起"的地步，却也足够让她闭嘴。

"我们租了八个小时的服务，从早上十点到晚上六点，正好陪你一整个白天。他已经准备就绪，你只要揿一下开关，他就可以开始工作。"安珀把一个遥控器递给千色，将千色的食指放在一个硕大的按钮上，使了个眼色给叶先生，两人就走出去，关上了门。

屋里一片沉寂。靠枕已经被放回原处，但是空气还没有复位。靠枕在空气中撕出来的那条裂缝，尚未完全弥合。这本来就不是一场预谋的战争，只不过是一句话追赶另一句，追得太急了，导致了擦枪走火。千色看不见子弹飞过的效果，自己倒被后坐力震了一震。她再也无法确定那个叫安珀的女人身上，是否也有裂缝。

她半躺半坐地在躺椅上发了半天呆，才想起了手里的遥控器，就揿下了按钮。梦幻者6号——或者说小梦——的身体抽搐了一下，双手摊开，肩膀耸了一耸，头朝后微微一仰，仿佛打了个哈欠，眼睛唰地睁开，带着一丝梦中猝醒似的惊讶表情。小梦的动作分解开来，每一帧都和人类天衣无缝地重合，只是一帧和另一帧中间，缺失了一根顺滑的连接线。金属塑料与筋骨血肉之间，差的就是这么一根细线。而这一根细线，却是一道一个世纪也无法跨越的鸿沟。

这一切，千色是看不见的。千色听见的只是一个清脆童稚的声音："你好，千色，我是人形智能机器人小梦。很高兴认识你。祝你生日快乐！"

"你知道我的名字？"千色有点吃惊，想想又觉得正常，"是他们告诉你的？"

"我还知道你爱吃哪种面包。你喜欢那种烤得焦黄焦黄的，上面撒一层杏仁、碎核桃和葡萄干，最好抹点奶油。"

"也是他们告诉你的？"千色哼了一声。

"我还知道你喜欢游泳。你水性特别好，刚能走路，就会游泳了。不到三岁，就能在家门前的小河里，从这头游到那头。你肺活量很大，有时候淘气起来，会一口气在水底下藏很久，吓唬你外婆。"

千色不禁一怔。游泳，河，外婆。小梦讲到的，是她的每日课程里还没涉及的内容。她这才认真起来。

"你是怎么知道的？"千色问。

"是我爸爸和你爸爸一起输入的信息。"

"你爸爸是谁？"

"我爸爸是日本大田动力公司。"

千色忍不住哈哈大笑起来："我忘了你是机器人。告诉我，谁是我外婆？"

千色的笑声流感似的传染给了小梦，小梦也呵呵笑了。小梦笑起来的声音不像男孩，倒更像个没心没肺的傻丫头。"千色，我们有一整天的时间可以说话，你可以慢慢问我问题。不过,我也不知道谁是你外婆。"

千色收了笑,轻轻叹了一口气:"跟你能有什么好聊的。"

"你可以试一试嘛。我先给你讲个笑话暖一暖场,好吗?"不等千色回答,小梦就开始了,"有个老师是结巴,开学的时候,来了一位新同学,老师就领大家唱欢迎歌。'来来来,来欢迎,我们都是一家人。'老师一结巴,就唱成了'我们……一家,都是人'。"

见千色没吱声,小梦就敲了敲额头,说:"你听过的笑话比这个好笑,是吧?"

"这是我听过的,第一个笑话,我没有记忆。"千色说。

小梦的头微微晃动起来,这是他在进入思考模式时的样子。

"没关系,我们一起创造记忆。"在沉默了几秒钟后,小梦终于开口。小梦并不知道,这是他说过的最接近人类的一句话。

千色的喉咙堵了一下。"小梦,我看不见你,我爸爸说你不喜欢人类碰你。"

"我爸爸给我编程的时候,让我和人类一样,要有边界感。所以,只要谁碰我,我就会自动后退。但是他们允许我和人类握手。"

千色听见嘎啦嘎啦的脚步声,知道是小梦在朝自己靠拢。经过几次探索和搜寻之后,两双手终于笨拙地找到了彼此。这其实算不上是真正意义上的握手,只是指尖轻轻勾了一勾。即使只是一刹那,千色也觉出了小梦皮肤的柔软和温暖。

"小梦,你为什么这么大声喘气?"千色惊讶地问。

"因为我皮肤底下有马达、传感器和执行器,需要散热。我眨眼时,也会有咔嗒的声音。这些声音非常轻微,是因为你现在的听力格外敏锐,就觉得奇怪。希望没有打扰到你。"

千色突然感觉沮丧。小梦似乎在和她玩一种她叫不出名字的游戏:她进一步,他退一步;她退一步,他又进一步。当她把他当作机器时,他开口说出了人话;而当她几乎忘了他是机器时,他又及时提醒。

"千色,我给你来段脑筋急转弯好吗?"小梦的创造者赋予了他一项使命,要他为人类的所有沉默承担责任。每当和人类聊天时,假如他们之间的沉默超过15秒钟,他身上的编程就会自动启动新话题。

"有一个大人和一个小孩,一前一后在公园里骑自行车。前面的大人碰上了一个熟人,熟人问:'后边那个是你的孩子吗?'大人回答说:'是的。'后边的孩子也碰到了一个熟人,熟人问:'前面的那个是你的爸爸吗?'孩子说:'不是。'这两个人说的都是实话,你猜猜是怎么回事。"

千色的眉心蹙成一个柔软的线团,想了半天没想出来。小梦得意地笑了:"前面那个人是后边那个人的妈妈,笨蛋。"

千色回过味来,忍不住笑了。

"小梦，你能告诉我，我现在所在的地方，是什么样子的？他们说这是我的家，可是我不记得了。"千色说。

小梦发出一连串轻轻的咔嚓声，这是他身上的照相机和感受器在观测环境。

"这是一个长方形的房间，长7米，宽4米，总面积是28平方米。室内净高2.8米，符合中华人民共和国建筑条例。房间里有一扇大窗，高1.5米，宽2.5米，铝合金的材料，可以两边打开……"

千色喊了一声停："你真是个机器。我没问你这个，我问你看见了什么。"

小梦顿了一顿："对不起，千色，我试一试用别的方法回答你。这个房间没有床，应该不是卧室。墙壁的颜色是亚光白，墙的饰边、地脚线和家具的颜色都是湖蓝色的。屋里的光线很好，这样的颜色组合，让人想起海滩。"

"湖蓝是我最喜欢的颜色，我爸爸告诉我的。"千色说。

小梦嗯了一声："我懂了。"

"你能告诉我，屋里都有些什么东西吗？"千色问。

"靠窗子不远的地方，有一张湖蓝色的布艺躺椅，你现在就躺在上边。你的边上有一个相同色调的靠枕，四边缝着橘黄色的流苏。你右手的墙边，摆着一个双开门的木头柜子，上面有一个花瓶，瓶里插着一束淡黄色的花，我认为是雏菊。花瓶边上有两个镜框，一个镜框里是一个五六岁的女孩，另外一个是一位穿着蓝花布袍的女人，五六十岁，手里牵着一个女孩子，两到三岁，光腿，光脚，穿着一件很短的白色连衣裙。"

"那个老人是谁？"

小梦摇了摇头："我的数据库里没有她的信息。"

"那个女孩呢？我是说那个小的，是不是我？"千色问。

小梦迟疑了一下，才回答："根据我对那个女孩骨骼和五官的分析，有98.47%的概率是你。你现在身后的那堵墙边，有一个五层高的木头书架。书很多，一直堆到天花板。但有两格是空的，全部摆着泰迪熊。各种各样的尺寸，各种各样的颜色。"

千色眯着眼睛，想象着那些熊勾肩搭背拥挤在一起的样子。

"你去，随便拿一个过来给我。"千色说。

小梦有些为难："请你明确一下指令，你要的是哪一个。"

千色喊了一声："我总忘了你是机器，你不懂什么是'随便'。就拿中间的那个吧。"

"总共有两层格子，是哪一格的中间？"小梦问。

千色叹气："天，我怎么跟你说得清楚？你没脑子啊，就上面那个格子吧。"

小梦连连道歉："对不起，我只能执行没有歧义的指令。你等一下，我的动作还没有人类敏捷。为了让我的指头能够根据物体形状和质地调整动作，能准确抓起东西又不会毁坏东西，我爸爸花了整整五年时间。我可能会慢一些，请你包涵。"

千色突然感觉有些羞愧。

一阵嘎啦嘎啦声，脚步远了，又近了。小梦拿了一个泰迪熊递给千色。千色的指头缓缓划过熊的身体，大致知道是个可以抱满一怀的熊，身上的绒毛很厚很软，带着一丝薰衣草洗涤剂的清香。千色把脸埋了进去，轻轻说了一声："小梦，我是不是很招人讨厌？"

"对不起，我不知道怎么定义'讨厌'，不过我可以告诉你我眼里你的样子。你想听吗？"

千色仰起脸来，叹了一口气："小梦，我不知道我长的是什么样子。"

小梦轻轻一笑："千色，你常常叹气。根据我数据库里的资料，叹息不是小孩子常做的事情。你不知道你的样子？不要紧，我可以帮助你，我就是你的镜子。请你放松，让我慢慢告诉你。"

千色躺平了，泰迪熊静静地窝在她的臂弯里。

"你身高120厘米，体重约21公斤，比你这个年龄的女孩略微矮小一点。记住，是一点点。你的皮肤略显苍白，假如你多晒一晒太阳，吹一吹海风，变成燕麦那样的颜色，会非常健康。你的眉毛有一点点上扬，好像永远都很好奇的样子。你的眼睛，怎么描述你的眼睛呢？这是个难题。这么说吧，假如房间里没有阳光也没有灯光，你的眼睛可以用来照明。很奇怪，在迎着阳光的时候，你的眼睛会有一点点蓝色的反光。你的头发剪得很短，毛茸茸的……"

"我做过手术。"千色辩解道。

"这个样子也好看，但是如果长起来，扎一个马尾，会更可爱。有人告诉过你吗？你是个很好看的女孩子。"

千色的脸唰地涨红了。"你是不是对每个人都说这样的话？"

小梦的脑袋格棱棱地扭动了一下，说："我不知道我是不是对别人说过，我只记得对你说过。可惜我看不见你走路的样子，因为你的右腿上绑着石膏，脚下垫着枕头。我才发现，石膏上面写着字。"

"是我爸爸和安珀……老师写的。我后天拆石膏，他们说把石膏留起来，以后再让我看。你能先讲给我听吗？"

"等等，我的照相机需要调整焦距。"

一阵细微的咔嚓声之后，小梦说："有中文，有英文，还有一种我不认识的语言。中文是'通往天堂的路，有时是魔鬼修筑的'。英文的那一句是，'Hope springs eternal（希望永存）'。还有一句我看不懂，或许是越南文。"

千色一脸懵懂。

　　小梦的创造者在他身上投注了二十年心血,他没有辜负他们。他是一个效率极高、尽忠职守的机器人,花在他身上的每一个铜板都值。从千色揿下按钮那一刻起,他就开始毫不懈怠地履行着他的责任。无穷无尽的脑筋急转弯、冷热笑话,各种难易程度的游戏(从猜各国首都到石头剪刀布),还有那些交织在各样杂谈中的千色童年生活碎片——千色自己对此没有丝毫印象。最绝的是,小梦可以准确地判断千色的疲劳值,总能在离临界点还有一寸路的时候,切入一个新的话题。小梦的每一个话题都会在千色意犹未尽的时刻戛然而止。千色不知道,小梦的绝技来自多年的打造。他身上的深度学习和自我纠错功能,能让他从千色的反馈里,神速找到情绪的蛛丝马迹,然后在后续的话题上调整角度。

　　小梦很快从最初的笨拙中破冰而出,顺应了千色情绪的沟沟壑壑,后来干脆脱离了千色的牵引,把对话的缰绳掌控在自己的手中。小梦不知疲倦,不知饥渴,不需要睡眠,也没有内急,更不需要人来慰抚他的情绪。小梦是不耗费燃料的永动机,后劲十足,越聊越进退自如,舌灿莲花,几乎没有冷场的时候。千色不免恍惚:小梦到底是机器,是人,还是神? 他为什么总能猜到她的心思,有时候,甚至比她自己还快了半步?

　　小梦给千色创造了全新的记忆,她终于可以把连着耳朵和脑子的那根线剪断,单单只用耳朵,而把脑子搁置在一边。和小梦聊天没有主题,不带任务,她不需要聚精会神,不需要进入那个灌输和反刍的轮回。小梦让她在监狱里放了半天风。她一时还不能适应这种突如其来的轻松和自由,感觉有些失重。她害怕时间走得太快。

　　当《白鸟归家》的音乐响起,预告着午饭和午休开始时,她向大人们提出要暂停午休。午休是雷打不动的规矩,但是此刻千色的语气中也包着铁石。叶先生和安珀经过几轮的眼神交换,最终同意把午休从两个小时缩短到一个小时——这是他们在这场对峙中的第一次妥协。

　　千色并不知道,其实叶先生和安珀一直都在另一个房间里,从电脑屏幕上观察着她和小梦的一举一动。她也不知道,在看到她赢了一局语音提示的石头剪刀布游戏,笑得前仰后翻、乐不可支时,叶先生差点产生了改变计划的想法。

　　“安珀,我从没看见她这么高兴过。我们一定要逼着她找回记忆吗? 她可以没有过去,只要有将来就行了。”叶先生几乎哽咽地对安珀说。

　　安珀静默片刻,才说:“记忆不一定让人快乐,但记忆使人完整。你愿意她的一生里,永远缺失那条河的记忆吗? ”

　　“我只是,不忍心。”叶先生叹息道。

千色吃完午饭，躺下。到此时她觉出了身体的疲乏，开始有了浅浅的睡意。身体想让眼皮合上，脑子却在犹豫。身体和脑子较起了劲，眼皮就像拔河游戏里的那条手绢，簌簌地颤动起来。突然，她猛地一惊，拄着胳膊坐了起来。处在待机状态的小梦闻声立即启动，啪地睁开双眼，炯炯地看着千色："你醒了？"

千色没回答，却问："小梦，你会做梦吗？"

这个问题自小梦面世以来就被媒体、竞争对手、科学家、政客、伦理学家在新闻发布会上，在国际展会上，在科学年会上问过多次。反复的体验和训练，一轮又一轮的深度学习和自我纠正，小梦对应起来已经轻车熟路。"机器人也做梦，但和人类的方式不一样。我的脑子里可以输入各种和人类梦境高度相似的场景，这些场景从严格意义来说不是梦本身，但是像梦一样丰富多彩，无边无界。我可以通过这些场景了解世界。"小梦的回答听起来天衣无缝，无懈可击，那是金属质地的声音。

"人类能看见你的那些梦境吗？"千色问。

"当然，我的梦境都是人类输入的，他们预设了我的梦。"小梦说。

千色微微一颤，觉得脚心有点冷："人类能不能控制自己的大脑，不做梦呢？"

"为什么这么问？"小梦惊讶地问。

"我不敢睡觉，怕做梦。我不想，让人看见我的梦。"千色期期艾艾地说。

在一个熟悉舒适的话题里，小梦猝然被拖进了一条完全陌生的歧路。小梦没有前车之鉴可以借用。他只能用光一样的速度，在汪洋大海般的数据库中寻找任何略微擦边的线索，然后把它们串成一体。所幸的是，他的创造者在他身上埋下了一根粗壮的骨头，那就是逻辑。逻辑把看似不相干的碎片连接成了一个看得过去的整体。他的回答来得很慢，显然经过了深思熟虑。

"因为你失明，所以当你醒着的时候，你看不见现实世界。但如果你睡着了，你就可以看见无数个世界，无数层的颜色、光影、人物、事件。梦给了你眼睛，让你打开通往世界的门，把你从视觉的牢笼里解放出来。我没有做梦的自由，你有。能够自由做梦，是人类巨大的福分。只可惜，人类永远不满足于已经拥有的东西。"

千色怔住。站在混沌初开的记忆门槛上，她突然醒悟：梦给了她一双眼睛，这双眼睛不受视觉神经控制，甚至也不受肌肉的牵制，可以带她天马行空，想去哪里就去哪里，想推哪扇门就去推哪扇门。而带给她这番醒悟的，竟然是一个机器人。她只觉得心里透进了一丝风，凉爽清朗。

"那是，什么声音？"她突然问。

其实，那只是空气在某个遥远的地方产生了一丝位移，而移动的空气在千色的耳膜上擦出了一丝轻微的颤动。

小梦驻足细听,一时无法分辨。转过身去看窗外,渐渐地,声音近了,有了形状。

　　"好像是一条船,船上有人击鼓。"小梦说。

　　"龙舟。"千色突然想起来,今天是端午节,"我今年的生日在端午节这天,是他们告诉我的。你把窗打开,我要听鼓声。"千色吩咐小梦。

　　小梦推开窗,风穿了进来。六月的风身世复杂,气味杂陈。有被昨日的雨搅动起来还没来得沉淀的河泥味,有被雨打落的旧花的腐殖味,有枝头新蹿出来的蓓蕾的酸甜味,有昆虫的翅翼在空中搅起的轻尘味,有刚割过的青草的清香味,也有狗在草地上屙下的屎尿味。六月在江南是个混乱的季节,梅雨刚过,春天已经溃散,夏天正兵临城下。千色的鼻子和耳朵一样,也长满了眼睛,叫她看见了两军对垒时的混乱和生机。混乱和生机原本就是一件事情的两种说辞。

　　千色朝着声音的方向仰起了脸。黑暗破了一个洞,拥进来一群说不出形状的虫子,灰褐色的,无声地扇动着翅膀,在屋子里胡乱地飞来飞去。

　　"蛾子,为什么有这么多蛾子?"千色问。

　　小梦仔细看了看四周:"没有蛾子,那可能是太阳的光斑,落在你的虹膜上。"

　　"给我讲一讲,你看见的景色。"千色对小梦说。

　　"有一条小河,在你这个小区外边流过。河面不宽,从这岸可以清晰地看到那岸。河这岸是新建的住宅区,那岸是公园,有一片草地,岸边种满了垂柳,也有几棵梨树。柳树飘絮的时节已经过去,梨树也开过花了,可能已经挂果,但我看不太清楚。有一群孩子在草地上放风筝。"

　　"风筝是什么样子的?"

　　"大多是鸟类,燕子、凤凰等,加上绶带。最大的那个是一只八爪章鱼,尖尖的嘴,很多条长尾巴,身子是香槟色的,尾巴黄绿交织,眼睛是蓝色的,外边画了一个很大的黑圈。"

　　河面上飘来的声响越来越近,渐渐变得混杂起来。人声、桨声、水声,两记鼓声,尾随着两声呐喊,或者说,两声呐喊,引出两记鼓声——哎嘿,咚咚,哎嘿,咚咚……桨把水割破了,水没有喊痛,而是发出吱儿吱儿的笑声。

　　"给我讲一讲船,还有划船的人。"千色请求道。

　　"只有一条船,不像是比赛,更像是操练。船是一条狭长的木船,装饰简单,船头安了一个龙头,可是没有龙尾。龙嘴张得很大。"

　　"什么颜色?"

　　"船身是原木色的,很亮,可能漆了清油。龙头是黄色的,眼睛是用黑、白、红三种颜色勾勒出来的。船两边各坐了五位划手,船头站着一个掌舵的,船尾坐着一个鼓手,他也是领头喊号子的人。鼓很大,大约有一米的直径,鼓面包着皮。鼓身是大红色的,周围钉着一圈金黄色的木钉。船头船尾各有一面三角旗子,也是红色的,四周镶着黄色的穗子。"

"划船的,都是大人吗?"

"鼓手是个胖子,老一些,其他都是年轻人,但没有孩子。"

"他们穿的是什么颜色的衣服?"

"白色的T恤,蓝色的短裤,卡其色的遮阳帽子。"

"是不是,有点像你的样子?"

"我比他们酷。"小梦摇头晃脑地说,"千色,我发觉你很关心颜色。"

"那是因为,我想念颜色。"千色的脸上充满了神往。

船走远了,那是她的耳朵告诉她的。水的声音变了,从最早的吱儿吱儿的笑声,变成了窸窣的碎裂声,最后变成了耳膜上一丝若有若无的摩擦声——咝、咝、咝。千色感觉眼皮沉重起来。现在她可以放心地做梦,因为在她的梦里,一定会有船和水,或者说,水和船。

不知过了多久,千色突然醒了,觉出身边有人。是爸爸和安珀老师。

"时间到了,小梦要走了。"安珀说。

"天啊,我睡着了。为什么不叫醒我?"千色嚷道。

"昨天你没睡好,我们不忍心叫醒你。"爸爸说。

"还有最后五分钟,你和小梦道个别吧。"安珀说。

"千色,我会记住你的。再见,美丽的小女孩,晚上睡觉做个好梦。"小梦把手递给千色,依旧是指尖和指尖的轻轻一勾,却和早上的那一碰不一样了,已有相知和熟稔在里头。

"小梦,小梦……"千色反反复复地叫着他的名字。有很多话堵在喉咙口,齐齐地排着队,你看着我,我看着你,却哪一句也不肯冒头。大人在场,空气不再流动。千色还没来得及想出一句合宜的话,只听得嘟的一声,小梦的程序终止了。

"再给我五分钟,让我跟他把话说完。"千色央求道。

"太晚了,程序中断之后,小梦就不会记得你了。"安珀说。

"小梦说过,他会记得我的。"千色只是不信。

"为了防止个人资料泄露,聊天对象的所有信息都会在任务结束之后,立即从小梦的数据库里清除。所以,即使你再次启动他,他也不会记得你,还有你们之前的谈话。"安珀解释道。

"瞎说,我不信!"千色嘶吼。

"好吧,你可以自己试一下。"安珀把遥控器塞入千色手中。

千色按下了按钮。一串太极拳似的肢体扭动之后,咔嗒一声轻响,小梦睁开了眼睛:"你好,我是人形智能机器人小梦。请问有什么可以帮到你吗?"小梦的声音变了,变成了一个年轻女人的声音,带着客服人员有求必应的温柔亲切和遥远陌生。

"小梦,我是千色啊,你不记得啦?"千色的嗓音里裹着最后一丝希冀。

"对不起,我的信息库里没有这个名字。请你提供更多的身份信息,我可以更好地了解和帮助你。"

安珀没有撒谎,小梦果真已经将她遗忘。安珀把小梦带进她的生活,小梦把她拽到了快乐的云彩之上,再挥挥手把她掸回平地。其实平地一直都在,但有过了云彩,平地突然就成了深坑。千色不再说话,只是仰着头,定定地看着天花板。"看"在这里当然只是个胡乱抓来顶替的词,其实没有任何词语,可以准确地形容一个瞎子死死盯住一个方位的样子。千色的眼中渐渐蓄满了泪水。

叶先生的手臂抽搐了一下。他不知道他该不该伸手过去搂住他的女儿,或者捏住千色的手。男人在这些事上总是有些笨拙。安珀扫了他一眼。安珀的眼神像一枚钉子,一下子把叶先生钉在了原地。叶先生知道安珀想说什么。"有些过程是必要的,长大是一件孤单的事。"这是安珀没说出口的话。

这时有人敲门,是大田分公司的人。他们是按合同规定的时间来取回小梦的。这样的事他们已经操作过多回,每一个步骤都轻车熟路。小梦被剥去衣装,从腰际分离开来,然后卸下四肢和头颅,裹在泡泡纸里,用胶带封住,小心翼翼地抬了出去。一个有趣的身体,或许还有灵魂,瞬间被肢解成一堆金属、塑料、硅胶、集成电路板、马达、执行器。创世经过了二十年,拆毁却只需要几个瞬间。千色没看见这个"毁坏"过程,她只听见了一些叮叮咣咣的声音,还有零星的对话。道谢、文件签字、用户体验回馈、押金退返程序——结束了。

人走了,屋里一下子安静下来,只剩下厨房里钟点工准备晚餐的锅碗瓢盆磕碰声。

千色的眼泪终于流完了,颊上的泪痕结成了两条光滑的小径。

"你想念小梦,是吗?"安珀问。安珀在撕伤疤,眼睛都没有眨一下。

千色一动未动,眼睛依旧盯着天花板,眼里依旧有光,光像出鞘的刀子——是恨。

安珀不怕刀,不怕疼,不怕血,也不怕恨。千色错了,这个叫安珀的女人,身上确实没有毛孔。

"除去你午饭、午休和下午计划外的小睡,你和小梦在一起创造的记忆,总共是6小时39分钟。我知道你舍不得。但你想过吗?在见到小梦之前,你已经在这个世界上生活了整整八年。八年是个什么概念?除去每天9小时的睡眠——这是粗略的平均数,你小时候可能睡得更长一些。其实睡眠里有梦,梦也是记忆的组成部分。按最保守的算法，一天除去睡眠还剩下15个小时，一年365天，是5475个小时，八年里你和这个世界建立了43800个小时的记忆。那些记忆，你就愿意舍弃？你愿意像小梦那样，一生都在归零记忆？你愿意把那43800个小时的记忆，像掸灰尘那样，从你的一生中轻轻一抹，全部清除？当有一天，你的亲人、你童年一起长大的朋友在路上遇到你，和你谈起童年往事的时候，你对他们说：'对不起，我不认识你。'你愿意过这样的日子吗？"安珀淡淡地说。

安珀的话里没有抑扬顿挫，但每个字写出来，可能都是粗体、斜体，标注了下划线。

千色的嘴唇翕动了一下，却没有发出声音。没人猜得出来，最终被那两片嘴唇拦截住的，是不是柏油一样黑的诅咒。

叶先生轻轻咳嗽了一声，打断了安珀："安珀老师，你去厨房看一眼，小陈今天是不是照你的食谱买的食材？"小陈是钟点工，负责烧菜、做饭和打扫卫生。安珀在这个家里的角色复杂，几乎无法清晰定位。她是训练师，也是营养师，决定着千色每顿饭的营养构成。当钟点工请假的时候，她也客串家政助理。

安珀立刻明白了叶先生的意思——他想把她支走。叶先生心软，事后又会为自己的心软懊悔。叶先生比任何人都明白情绪是科学的死敌，可是科学在儿女亲情面前，有时也溃不成军。他就是管不住心软，所以他不想让她看见那些有可能犯低级错误的尴尬瞬间。他们共事的时间还短，尚在磨合之中，虽然谈不上完全默契，却也很少有剑拔弩张的对峙。她逼近一步时，他通常会退后一步。当他坚决不肯退却时，她总能在他的怨气酿成怒气之前，适时磨平自己的尖角。他们都明白彼此是同盟。

安珀离开房间，带上了门。

"千色，有件事，爸爸想了又想，还是决定告诉你。"

叶先生的开场白经过了一整个下午的排练，虽然还是忐忑，但忐忑里却已经裹了细细一根铁丝。"在你七岁的时候，曾经测试过两次智商，结果很稳定，都在130—132之间。也就是说，你是个智商很高的孩子。假如你冷静下来，是可以理解我要说的事情的。"

空气瞬间凝重起来，化成了果冻。

"那次车祸，让你的视力和大脑管理记忆的部位受到严重损害，我和安珀老师决定……"

"她也在场吗？你不是说她是你后来请的训练师吗？"千色突然在爸爸的叙述中，找到了一个先前不曾发现的漏洞。

叶先生没料到他会在尚未拐入正题时遭遇狙击。132的智商产生的后坐力，让他失了章法，步骤踉跄。"她是，是我事发不久请，请来的。"

"她怎么会知道我小时候的事？"千色穷追不舍。

他停顿了一小会儿。就在这几秒钟的沉默中，他匆匆构筑起了一套简单的防御机制，以后他会一直沿用这套机制，以不变应万变地抵御千色的各种突袭。"这个问题有点复杂，我以后会慢慢讲给你听。不过我可以告诉你，安珀老师懂越南文，你在越南生活过一段时间，所以，我请她来帮忙。"

千色的鼻孔里冲出了一股气流。这股气流有多种解释，可以是一声略显沉重的呼吸，也可以是一个简单的清理鼻腔分泌物的动作，还可以被理解为怀疑、轻蔑，或者嘲讽。

"其实，她，安珀老师，不是你梦里的那个样子。真的不是。有时候，冷漠和克制，是达到一个目标的、某种必要的途径。"叶先生越想认真解释一件事情，听上去就越像是在撕扯一团破布絮。

梦里，被偷窥的耻辱，再次轰的一声涌上了千色的脸颊。靠枕就在身边，她已经捏住了一个角，但她还在犹豫不决。靠枕只能发泄愤怒，而耻辱是一个更狡猾的魔鬼，靠枕不总是管用。

"我们在你的大脑里，植入了一个BR3芯片。BR是Brain Restore的缩写，是恢复脑功能的意思。这个芯片带有许多非常微小的、神经探针，可以观察，你脑细胞的工作状况——这也是为什么，我们能看见你的梦。它会刺激你受伤的脑区，让其产生，新的神经连接通道。我们在这个芯片里，输入了你大量的，记忆碎片。我们每天上的课，都是在扩充，你的记忆库存。只是，这些储存在芯片里的数据，必须有你自己大脑的参与，才可以激活，才能重新植入你健康的脑区，成为，永久记忆。"

屋子里陷入一阵沉默。沉默是两个大人和一个孩子之间经常发生的事，但是这次的沉默与哪一次都不相同。这一次的沉默是站在十九层地狱门前的惶恐。八岁是一道分水岭，一边是无知，一边是懂事，半步踏错，就有可能坠入任何智商和科学都无法解救的深渊。叶先生开始后悔对千色说出真相。恐惧如冰冷的泡沫泛上来，堵住了他的喉咙，他感觉呼吸艰难。他慌乱地在泡沫中间刨路。

"你不是第一例植入芯片的人。早在十一年前，美国就推出了，第一个人机接口的，案例。那个技术，已经落后，现在看来。但你是年龄最小的植入者。应该说，你、你创造了历史。现在你应该明白，为、为什么会有那些，严酷的训练课程。

"主管植入手术的，是一位世界顶尖的脑神经外科专家。你的芯片，是最新研究成果，爸爸实验室的，可以装载20000个电极，是目前世界上电极数量最多的。你是科学的孩子，爸爸不希望你像别的孩子那样软弱、无知，只、只会哭鼻子，在不了解的现象面前。"

在开口之前,他已经把台词背得滚瓜烂熟。肌肉和记忆都可以训练,唯独情绪不服管教。真到开口的时候,他依旧颠三倒四。

BR3,大脑植入芯片,电极,脑神经外科,人机接口。叶先生的每一句话里都包着一粒石子。石子不大,也不尖利,劈头盖脸地甩过来的时候,不致命,甚至也觉不出疼,却让人感到一种猝不及防的懵懂和麻木。

"我的脑子里,有一块铁?"千色喃喃自语。

"不是铁,是一个用生物相容性材料做的,芯片,小小的,像一块硬币。缝合得很好,几乎看不出疤痕。"

我不要做科学的孩子。我就是要做别的孩子,想哭就哭,想笑就笑,想记就记,想忘就忘。千色的鼻翼轻轻翕动一下。她有太多的事情可以哭,为那些她不知道却要记住的过去,为那些被劫持了的梦境,为那个来了又走、绝情绝义的小梦,为那份熬也熬不到头的、每一句话都要像牛饲料那样吞下又反刍的日子。她不知道该为哪一件事哭泣。可是她惊奇地发现,她竟然没有眼泪。她的眼泪,已经跟着早上的那个靠枕甩出去了。

一个没有眼泪的孩子。

"骗子!"千色声嘶力竭地喊道。

"千色,你冷静一点。芯片植入是可逆的。假如你真的,不愿意,继续下去,我们可以终止训练。世界上有些人,因为各种原因失去了记忆,他们也是有可能,快乐简单地,生活下去的,只要你满足于那样的生活。"叶先生在"简单"两个字上,加上了重量。他已经把最难的话说出来了,那样的关隘之后,什么都已是坦途。

"我们可以联系医院,安排取出BR3。那是个安全简单的手术,只要预防感染就行。"叶先生说。这个决定是今天他和安珀商量过的。早上挨的那一记靠枕,突然就把安珀打醒了,她和他同时意识到:强制的绳索,已经很难捆住一个八岁孩子的心了。

"吃饭啰……啰……啰……"厨房里传来小陈用汤勺柄敲击锅盖的声响。小陈预告三餐的方式,听起来像召唤猪猡,有一种没心没肺的野蛮欢喜。

"我去给你端饭。"叶先生起身朝厨房走去,突然如释重负。他知道自己犯了一个严重的错误:他高估了智商的作用。智商只能解决世上很少的一部分问题,而一个八岁孩子的心,却是智商的光亮照不到的死角。他在幻象的泡沫中艰难地刨路,每一条貌似通途的路,走到跟前时,才发现都是死胡同。面对一个支离破碎的女儿,他心力交瘁。

"你们必须取消考试。"

他已经走到门口,突然听见千色从身后说。他疑惑地转身看着千色,半晌,才明白了那话里的意思,一时怔住。

"好,不考,不考。我们从小梦那里,学到了很多东西。你爱听小梦讲故事,我们也给你讲故事,好吗?一个一个的故事,像《一千零一夜》那样,不再强求你死记。"欣喜来得太意外,叶先生捧不住,狼狈地洒了一地。

"我要出门,每天,晒太阳。"千色继续讨价还价。

叶先生连连点头:"等拆了石膏,我们每天带你,去公园散步。"

千色露在石膏筒外边的那只脚,大拇指轻轻抽了一抽,那是对阳光、树木和草地浑然不觉的思念。

"假如你们再对我撒谎,我就随时喊停,彻底地停。"千色说。

第一个故事:一个玩虫子的女孩
讲述时间:2035年6月
发生时间:1992—1999年

"千色,我知道你不喜欢我。'不喜欢'是很客气的说法,我相信你恨我,是那种咬牙切齿的恨法。你曾经多次试探过我,看我会不会退缩,可是我不会。我不像叶先生那样心软。在错的场合里心软,只会误事。这话我是当着叶先生的面讲的,我不怕他恼火,因为我知道,我稍稍让步,就有可能错过你大脑康复的最佳时机。假如总要有人扮演魔鬼的角色,那就让我来当那个魔鬼吧。'通往天堂的路,有时是魔鬼修筑的'。我把这句话写在你的石膏筒上了,希望你以后会明白其中的道理。

"叶先生和你做了妥协,答应以讲故事的方法,取代先前的硬核信息输入,而且从今往后,不会再强求你记住我们上课的内容,也不会再有测试。这事若事先和我商量,我也许不会同意,尽管我也觉得,对于你这个年龄的孩子来说,讲故事是个更有趣、更容易记住的方式。但我也有我的坚持:我们每天训练的课时一点也不能削减,你可以用主动提问的方式,来取代从前的硬性考试。除此之外,我不会再退让半步。假如叶先生再擅自做主,改变训练程序,我会立刻辞职。我是他请来的训练师,我最重要的责任是我的职守。千色,你不用喜欢我,更不需要爱我——我从来没指望过爱,爱使人愚蠢。我只希望你能像任何一个智力正常、讲道理的孩子一样,尊重我。尊重可以走很远的路,能走到喜欢和爱都走不到的地方。

"今天你的骨科医生在处理一个紧急病例,我们得在医院里多等一会儿。等他给你做完检查,才能决定拆不拆石膏。我们不要浪费时间,趁这个空当,我给你讲一个故事。这是我们的第一个故事,请你耐心一点。说不定,在听的过程中,你会产生兴趣。"

有一个女孩,在她出生的时候,父亲给她取名叫琥珀。那天清晨下过一场雨,是那种雨点有些黏稠的雨。女孩的父亲在屋后的林子里寻找可以采摘的木瓜。林子里种了许多果树、龙眼、牛奶果、番石榴、波罗蜜、莲雾、杧果、木瓜……父亲认识每一棵果树,在它们长成足够粗的树时——那时候他自己也还是个孩子,他曾在树干上刻下栽种的年份。有的年份已经是近二十年前的了,刻痕被成长的力量撕扯得歪歪扭扭。木瓜的采摘季节尚未到来,但父亲希望能从一簇簇青果中,找到一两只面颊上泛起隐隐黄斑的初熟之果。妻子快要生产,有些嘴馋,想要吃木瓜银耳羹。他可以把尚未熟透的瓜放到阴凉避光之处,旁边摆几个红透的西红柿——这是这些年里他学会的最有效的催熟方法。

那天父亲走过一棵刻着"1978年"日期的木瓜树时,突然被一只木瓜吸引住了。这是十四年前种下的树,垂垂老矣。虽然结果一年比一年少,但依旧壮硕。离他最近的那簇木瓜之中,有一只身形奇大,大得几乎像一只冬瓜的木瓜。瓜肉尚硬,通身青绿,上面歇着一滴大大的水珠,那是残留的雨水。那水珠之下压着一只蚂蚁,蚂蚁被阳光照得黄澄澄的,触须和每一条腿都纤毫分明。父亲呆呆地看着,心有所动。回到家,适逢妻子阵痛发作,生下了一个女儿,于是就有了"琥珀"这个名字。

父亲随他的父亲来到这个地方的时候,这里还是一片野草丛生的山地。他们在这里安定下来,平地开荒,栽种粮食、蔬菜和水果。他们没想在这里长住,每年耕种都有些三心二意,心底里总觉得那是最后一季。西贡堤岸区那座冬暖夏凉的三层楼房,才是他们的家,这里不过是一个躲避风雨的临时栖身地。在这样炎热湿润的气候带里,插根筷子都能长出绿芽,土地可以被马虎对待,时令一到,总会奉出或大或小的年成。

女孩的父亲是华侨,祖上是大明王朝的顺民,为躲清兵来到了越南——那时还叫安南。他们已经在越南生活了三个多世纪,家族里的男丁都是中医,女眷也粗通医术。而这份祖祖辈辈传下来的手艺,却终止于女孩父亲这一代,因为时代变了。只是女孩的爷爷当时还没有意识到这点,依旧逼着儿子们读古书、写汉字、背药方,所以父亲才会给女儿取"琥珀"这样的名字。闹"排华"的年代里,女孩的爷爷不想逃到国外去,就早早把家产贱卖了,变成黄金和美元,和一位朋友带着家小来到这片边远的山地,半靠家当,半靠开垦种植为生。二十多年后时局平定,女孩的爷爷死了,他的子女都陆续回到了西贡,只有女孩的父亲和舅舅一家依旧留在此地。女孩的父亲来此地时才四岁半,这里几乎是他的全部记忆。他不想有另外的记忆。于是,女孩琥珀就在这里出生了。

女孩的母亲是随女孩的爷爷一起迁居此地的朋友的女儿,也是华侨,只是血统比女孩的父亲复杂——母亲的外婆是越法混血儿。女孩的母亲中文不如父亲好,也没读过那么多书,就觉得"琥珀"这样的名字太难写,也叫不顺口,就给女孩取了个小名叫阿娇——娇娇女的娇。琥珀是大名,阿娇是小名,父亲喊她琥珀,母亲喊她阿娇,她都一视同仁地答应。父亲在她五岁的时候突发心脏病辞世,家里再也没有人喊她琥珀。她是在"阿娇"的名字里长大的。只是她一路长大,既不像琥珀也不像阿娇,她几乎不像个女孩。

　　她性子平稳,很少哭闹,还是婴儿的时候,饿了偶尔哼一下,一有奶头就马上住声,几乎不需要人抱。放在吊床上,她盯着趴在玻璃窗上的一只蜻蜓,或者天花板上倒挂着的一只蜘蛛,就可以自得其乐地待上半天。

　　她渐渐长大,皮肤是有光泽的麦色,五官浓烈清晰,不喜欢扎辫子、穿裙子,或者照镜子。天气炎热,为了方便洗头,母亲给她剃了光头。等她长到十几岁上中学时,也还不肯留长头发。直到成人,她都留着很短的发型。她的提包里或许会有一支凡士林护手霜,从来不会有其他化妆品、香水、镜子之类的玩意儿。

　　她的父亲走得早,母亲没有再嫁,他们没能给她带来弟弟妹妹,但是舅舅家有许多年岁相仿的表兄弟表姐妹。她不喜欢男孩,男孩太闹,随时随地制造噪声和战争。她也不喜欢女孩,女孩太作,她受不了她们的大惊小怪和随时爆发的傻笑。她觉得自己不是男孩也不是女孩,但她不知道男孩和女孩之外,是不是还有另外一个性别。她没有朋友,但丝毫不感觉寂寞。她另有一个世界。她的世界,就在她屋后的空地和稍远一点的那片果林里。

　　她可以几个小时不吃不喝地趴在地上观察蚂蚁,和蚂蚁玩着无休无止的游戏。在大雨将至的傍晚,她看见两队大小形状无异的蚂蚁从各自的巢穴里蜂拥而出,各行己路地寻找着免受洪涝之灾的新居。她从厨房里搬出蜂蜜罐子,用水调出稀液,在两个蚁群之间洒出一条线。蚂蚁开始顺着这条线前行,相逢,在触角相撞的那一刻,却又猝然改道,仓皇逃窜。女孩就用铲子把距离最近的两队蚂蚁铲起来,分别装进两只玻璃瓶子,放进冰箱冷藏。几分钟后,它们冻得麻木了,她就把它们混在一只瓶子里,猛烈摇晃,强行混合,待它们复苏后,再放回原地。她发觉它们不再彼此排斥躲避,而是成了一支你中有我、我中有你的大军团。于是她知道了,蚂蚁是因为巢穴的气味而相聚或者相斥。

　　她兴高采烈地把这个发现说给母亲听。母亲从十字绣的布绷里抬起头,看着她,迷茫地应了一句:"真好。"这就是母亲对她所有异想天开的事情做出的通常反应:不懂,也懒得懂,却盲目纵容。

　　屋后的果林在一片狭长的土地上,穿过最窄的那一端,就有一条小河。"河"在这里是夸张的说法,用"溪"可能更合宜一些。阿娇刚刚识字时,就查过一份标得很细的分区地图。她用放大镜反复扫过每一条细如发丝的河流,也没有找到这条河的标注。它大约是有来路的——世上万物都有来路,但她不知道它是否有去路,它极有可能流下山后在某一个地方悄悄地枯竭消失。她喜欢它的无名,它的渺小,它的不被打扰。她悄悄地给它取了一个名字,一个只有她自己知道的名字,这样她就觉得河是她一个人的了。一个人拥有一条河流,她觉得富可敌国。

河边有一小块空地,母亲和舅妈种了一片葵花。这个地方种葵花的人少,两个女人仅仅是为了解馋,她们都爱吃葵花籽。其实她们只是在播种和收籽的时候使了点小力气,其余便都是老天爷的事。雨来了就来了,太阳落了就落了,每年总会有一片金黄。

阿娇会一个人待在河边,看水,看葵花,看蜜蜂绕着花盘一圈一圈地转。她想等蜜蜂转晕了头,摔落在地上,可是她总也等不到。她等得无聊了,就发明了一个新游戏。她捡了一根树枝,在头上包了一圈烧烤用的锡纸,然后把树枝捅进蜂蜜罐子,蘸上蜂蜜,再拿回来放在葵林中。很快,树枝上就密密麻麻地爬满了蜜蜂。她用毛笔蘸着红墨水——笔和墨水都是父亲的遗物——在蜜蜂身上滴下红点作为记号。她拎着粗黑蠕动的树枝,沿着河边走了很远的路,一直走到再也没有力气,才把树枝远远地扔了。

第二天,她回到葵林,花还是花,太阳还是太阳,蜜蜂也还是蜜蜂,却不知是不是她扔掉的那一群了。她走过一棵又一棵的葵花,细细查看,终于在一个花盘里找到了几只红色的蜜蜂。那天回家,吃晚饭的时候,她对母亲说:"妈,蜜蜂认得回家的路。"母亲捡了一个鸡腿放在她碗里,笑笑说:"本来嘛。"

她不止一次被蜜蜂蜇过,却从来没有当过一回事。有一回伤口发炎了,蔓延成杯子大小的一块红肿,母亲骑着摩托车带她去山下的诊所看病。伤口已经溃烂,医生只好剜了小小一块肉止损,从此她的右手腕上就留下了一个浅坑。"不是蜜蜂的错,是我没洗手就去抓痒,指甲里有泥土,细菌感染。"她对医生说。医生忍不住笑:"等你再长几岁,我雇你当我的助手。"

等她略微长大些,她对昆虫的探究,就提升了一个段位。她很早就学会了观察,但现在她也学会了记录。有一天,她用父亲留下的放大镜观察饭桌上的几粒米饭。随着她不停地调整放大镜的距离和角度,米饭变成了一蓬棉花、一座山、一堆岩石。她惊奇地发现,光滑油亮的饭粒里竟长满了丑陋的窟窿。就在这个时候,一只贪食的苍蝇飞到了米粒上。她把放大镜的聚焦点对准了苍蝇,意外地看见苍蝇的翅翼开始抽搐,身体渐渐缩小,最终化为一个冒着烟的小炭粒。从此,米饭、阳光、放大镜就成了苍蝇歼灭战的常规武器。她仔细地记录下了体积、时间和光源的相互关系,而且慢慢知道了,假如她在放大镜面上滴一滴水,可以更快地升温。

再后来,她就对更大体积的动物产生了兴趣,她开始观察记录家里鸡鸭的日常生活。什么体型的鸡最能下蛋,怎样在阳光下目测鸡蛋的新鲜度,怎样搁置鸡蛋可以储存得更久……有一次,家里最能生蛋的那只来克亨母鸡,因吞食了一根橡皮筋无法消化而奄奄一息。阿娇捆住了鸡的翅膀和双腿,拔去鸡胸脯上的毛,抹了碘酒消毒后,用母亲绣花用的小剪子和针线,剪开鸡嗉子,取出橡皮筋,又细细缝合好。鸡在地上躺了半个小时,突然站起来,趔趄了一下,便健步如飞了。在旁边看热闹的舅妈对母亲说:"你家阿娇将来可以当兽医。"母亲说:"兽医好,她不怕血。"

这一切,都发生在阿娇上学之前。阿娇上学很辛苦,母亲要用摩托车驮着她,骑三十分钟的路到车站,然后她再坐一个小时的公共汽车到学校。学校让她失望,那里总不如河边的那片林子好玩,但她还是天天去上课。

她长大后,并没有成为动物医生,而是成了哈佛医学院附属医院的脑神经外科专家。

安珀的故事讲完了,千色从头到尾没有出声。安珀想问,话几次已溜到舌尖,最后还是咽了回去。不再强求记忆、索取反馈,这是他们答应千色的条件。她不想在第一天就破了规矩。

终于等来了骨科医生。拍完片子拆完石膏,三人坐车回家。就在大人们都以为千色已经忘记了这个故事的时候,千色突然开口。

"阿娇是我的妈妈,对吗?"

安珀窃喜。"你猜到了。但阿娇不是她的学名。除了在家里,没人用过这个名字。"

"给我动手术植入芯片的,就是我妈妈?"

"可以这么认为。芯片的纤维线比头发丝还细,肉眼无法精准植入,是特制的机器人操作的。但是你妈妈,她操控全程。"叶先生解释道。

"小梦说我的眼睛里有一点蓝色,那是因为外婆的外婆?"千色又问。

"BR3已经学会了,逻辑推理。"叶先生轻声对安珀说。

"是的,千色,那是基因的力量。太阳照进你眼睛的时候,会有微微一丝湖蓝。大雨打湿你的头发时,你的头发会起一点卷儿。"安珀说。

"我看不见。"千色说,听不出是叹息还是埋怨。

"但是你可以想象,太阳升起来,还没有升得很高的时候,背着光的河面,是什么样的颜色。墨黑中夹杂着一丝淡淡的亮光——那就是你的眼睛。"

"我的石膏上有一行字,小梦也不认得。是越南文吧?"

"是的。是安珀老师写的。"叶先生说。

"说的是什么？"

"Cuộc sống là một dòng sông."安珀说。

"生命是一条河。"千色喃喃地说。

"你记得越南话？"叶先生惊呼。

第八个故事：一个居住在数字和方格里的男孩
讲述时间：2035年6月

发生时间：1989—2007年

"千色，这几天，我们讲了一些关于你外公的事，说到他是怎样跟着他的父亲和一大家子人，通过层层关卡，有惊无险地从西贡逃到山区；怎样从一个有奶娘、仆人、司机的小少爷，变成一个懂得耕种、认识每一种水果的农夫。那些水果，从前都是别人切好了，铺在冰块上，用水晶盘子装了送到他的嘴边。

"我们也讲了你外婆的绣花手艺。你外婆曾经在一块一尺见方的白布上，绣了一百只蝴蝶，没有一只是雷同的，每一只都栩栩如生，摆在阳光下，它们似乎会随时飞走。她把这件绣品保存了多年，想等到她的独生女儿，也就是你妈妈，结婚时，给她做嫁妆用。可是你外公死后，家底渐渐空了，她不得已，托人把它卖给了一个正要嫁女儿的商人。"安珀说。

"后来，你妈妈考取全额奖学金来到美国留学，在波士顿的一家民间艺术收藏馆里，意外发现了这件绣品。开始她以为自己认错了，毕竟世界上有很多巧手的绣娘，也有很多精致的绣品，可是当她看见那块布的右下角那弯小小的、用银线绣的月亮时，终于确定这正是她母亲的作品，因为你外婆会在每一件绣品的下角，绣一弯月亮作为记号，就像是画家和书法家的签名。你妈妈后来成为脑神经外科医生，她做的事，也有些像在大脑里绣花。"

"成也基因，败也基因。"叶先生感叹。

"安珀老师，你为什么……"千色欲言又止。

"我知道你想问什么，你是想问，为什么我会知道这么多关于你妈妈的事，对吗？你妈妈是我最好的朋友，我们情同姐妹。"安珀说。

"等到有一天，你的脑神经网络终于和那块补丁，我是说，那个BR3芯片，天衣无缝地结合，加上脑补和联想，你就能找回八岁以前的全部记忆了。其实，你找回的，将要比你失去的还要多，因为很多事情，曾经先于你，或者在你的身后发生，但是你却是无知的。而当你通过BR3，把全部信息永久植回到你自己的大脑时，你不仅会知道八岁的你本该知道的事，也会知道你本来不知道的事情，你就有了360度的全方位记忆。这个过程有点复杂，爸爸解释得不好。关于脑子的知识，你妈妈会解释得更清楚,她是这方面的专家。"

"那你让我妈妈亲自来跟我解释。"千色咬住不放。

"会的,等时机成熟,请你再耐心些。前面你听到的,都是你妈妈家的事。今天我要给你讲的,是有关一个男孩的故事。你可能猜得到,那个男孩就是我,你的父亲。"

男孩的学名叫叶绍茗。在家里,他是小茗。对于人生的第一个生日,他毫无印象。第二个生日就有了点模糊的记忆:他从几件礼物中,一眼就看见了一个魔方。两岁的记忆里,除了魔方,零星还有一些别的事。比如他记得父亲经常在家里的一块白板上,用马克笔画下一行行直线、圆圈和"小蝌蚪"。他站在父亲身后,出神地看着那些奇奇怪怪的字,只觉得好看。那时他还不知道,这是父亲备课用的算式。

他父亲在南方一所二流大学里教数学,他母亲是一所普通中学的语文老师。父亲临退休也没混上正教授,母亲从来没被安排去教过毕业班。"热情""理想""奉献"这些词对他们来说是星外语,他们对待工作的态度是老老实实。在他们的词典里,"老老实实"的定义是:一分不多,一分不少。"躺平"这个词,还要再等三十年才会问世,可是他们早就已经在实践躺平。

他们把对工作的态度也带到了家庭生活之中。他们给儿子画了一个大大的圈,只要不逾界,他可以在其中自由行走。小茗出生在20世纪80年代末,手机、笔记本电脑、平板电脑都还是未来世界的产物。那时候,时间管理上的唯一敌人,是遍布大街小巷的网吧。而父母完全不用为此操心,因为男孩除了上学,几乎足不出户。

男孩上幼儿园时,有一年的"六一"儿童节,幼儿园组织了一个户外庆祝会,邀请家长参加。父母去了,发现儿子对气球玩具和上演的节目毫无兴趣,一个人坐在角落里,仰头看着一棵梧桐树出神。众人以为他在看树枝间飞来飞去的麻雀,他其实是在数叶子。最下面的那一根树枝分成了三杈,最低的那一杈有八片叶子,中间那一杈是十一片,最上面的那杈比较复杂,有两片抽了一半的芽叶。两个半片的芽叶,到底该算成两片还是一片? 在他眼里,世上的每一样东西都是数字。没有数字,就没有世界。

男孩从小到大不挑食,母亲做什么,他就吃什么,既无偏好,也无厌恶。有时候母亲问他今天的菜好吃吗,他刚落肚,却已经忘了吃的是什么,只是盲目地点头。肯德基在他所在的城市开了第一家门店,全城的孩子排着长队,热切地期待着美国的炸鸡,还有炸鸡包里的赠品玩具。父母要带他去尝新,他却拒绝了。他不想去不是因为队太长,或者鸡太贵,而是因为太吵。男孩不喜欢人多的环境,也不爱看电视、听随身听。任何声音,包括音乐,对他来说都是噪声。

男孩对外表也毫不在乎,几乎完全没注意他到底穿的是什么衣服。除非衬衫实在太小,露出了肚脐,或者鞋子顶得走路有点疼,否则他绝对不会想到置换。平日放学回家,他就把自己关在房间里,直到母亲喊吃饭了才会出来。男孩在自己的房间里,已经把三阶魔方复原的游戏,玩到了20.9秒的成绩,离当时的吉尼斯世界纪录只差了0.9秒。但他自己并不知道,即使知道了,他也不会在意。他心里唯一的念头是超越自己。

有一天,母亲进他的房间打扫卫生,偶然发现他把启蒙积木——一种乐高的便宜仿造品——搭成了一个由一座尖顶塔楼、两座辅楼组成的城堡。男孩用涂成白色的空火柴盒子镶嵌在塔楼上做成窗户,又把从杂志广告上剪下来的一个表贴在塔楼中间,作为塔楼的钟面。母亲有些吃惊,回头跟父亲说:"这孩子还有点审美。"父亲轻轻一笑,说:"那是空间想象力。"这其实是同一种看法的文科表述和理科表述,但他们没有大惊小怪。

有一天在饭桌上,男孩突然提出把客厅的家具换换位置。"五斗橱挪到这里,餐桌搬到那边,茶几挪到两张藤椅中间(那时家里还没有沙发),书橱稍微动一动,离鞋柜更近一点……"母亲说十年都是这个样子,为什么现在要换。男孩拿出一个笔记本,上面画满了图纸和算式。"要是按这个方法摆家具,能省出2.29平方米的空间,可以自由使用。"男孩才上小学一年级,老师还在教两位数以内的加减法,他却已经自己学会了四则运算和平方计算。

父母这时才真正吃了一惊。平生第一次,他们心中飘过了"天才"这个词,但彼此都不敢说出来,怕一语成谶。对他们来说,天才不是好话,反倒更像是咒语。他们希望这个咒语永远不要落在他们家。他们需要的是一个儿子,而不是爱因斯坦。但他们没有把隐忧放在脸上。他们只是相互看了一眼,说了一句:"想法不错,有空了再说。"这个"再说"便是永远——家具在老位置上待到了下一次搬迁。他们一直是笃定的父母,情绪的钟摆很稳,剧烈摇晃的时候不多。所以,在补习班、特长班开始出现的年代里,他们始终没有让孩子卷进旋涡。大多数家长奉为真理的"培养",在他们心中,都是"助长"。他们希望儿子的大脑能和身体合拍成长。

男孩的脑子里有一张无所不在的表格,世界被打成一个个方格,每个方格都有坐标和数字。天空是由等分的方格组成的,大地也是,每一张人脸、每一片树叶都是。所有的变化都是一种位移,都是可以精确地计算出来的。世界上不存在数字无法解释或者描述的事件。假如有,一定是计算的谬误,而不是数字本身的问题。他把这种看法一路坚持到了中年,直到有一天,一个叫千色的小女孩闯入他的世界,打乱了他的日常,他的数字理念遭遇了第一次挑战。千色是一个游离于他数字世界之外的存在。千色是个例外。一旦例外成立,公理就不再是公理。他开始有了疑惑。

那是后来的事,暂且不说。

男孩在整个小学期间,无时无刻不在玩着方格和数字的游戏。从他家到学校,大致要走二十分钟的路。他每天都在改变路径,并计算着相应的步数。有时走大路,有时走小巷,有时走大路再转小巷,有时先进入小巷再拐入大路。一段二十分钟的路程,竟然可以分解成无以计数的可能路线。有时甚至改换横穿马路的路口,或者干脆斜穿,直接避过交通灯,都会产生步数的差别。他用脑子里那张无形的方格纸,一次又一次地丈量计算他的路途,却发觉无论如何精细筹划,依旧还存在着更短更好的路程。

遇到下雨,那又是另外一种计算方式。他的路径不再以步数为计算单位,而是以避雨为主要目的:如何能找到一条最合理的路线,能经过最多座有屋檐的建筑物,以达到最小的淋雨概率。

他走在路上的样子,面色苍白、目光呆滞、神情恍惚,仿佛是一只受了惊吓的小动物。没有人会看到他脑子里像雪花一样不断飞舞着的格子和数字。后来他会惊讶地发现,他维持了几年的这个秘密游戏,有一个学名叫优化算法。

那个偶尔会在父母心中带来一丝"天才"隐忧的儿子,学习成绩却一直平常,没挂科,也不拔尖。各科老师的反馈都很一致:不合群,不吵闹,却总是神情恍惚,心不在焉。没有人知道,其实男孩只是感觉无聊。老师讲的内容,他早已经懂了,他在一分一秒地熬时间。老师不够细心,没发现他试卷上的扣分部分大多是因为没有答题。男孩不懂时间分配,往往在一道题上花了太多时间,导致无法完成其余部分。成绩单寄到家里,父母有忧也有喜。忧是天下所有父母的那种忧,喜却是独属于这一对父母、几乎有悖常理的喜。他们偷偷地松了一口气:感谢上苍,他们的儿子只是有点小聪明,离天才还差得很远。

男孩小学毕业,进入初中,长成了少年。儿童期的优点和缺点,随着身体的成长,像青春痘一样昭彰地凸显了出来。一次数学期末考试,他挂了科。老师是个能把《仿佛来自虚空》一字不落地背下来的数学迷,异想天开地在试卷末尾添加了一道解析几何附加题——这是高三才会涉及的教学内容。老师没指望任何人能解出这道题,没想到一个似乎天资平平的名叫叶绍茗的学生竟然解出来了。他不仅解出来了,而且列出了几种不同的解法,逻辑严密,语言精确,步骤清晰有序,有些解法甚至是老师完全没有想到的。这样一份几乎可以用惊艳来形容的试卷,最终却只得了20分——那是附加题的分数。叶绍茗跳过了所有的考试正题,直接进入了他感兴趣的那个部分。

老师把少年留下来,进行了一次艰难的谈话。其实算不上是谈话,因为绝大部分时间里,只是老师一人在发问。老师的问题一个接一个,像纳鞋底的锥子,扎了很久,却没能扎破少年的沉默。少年不是不尊重老师,他只是找不出话来解释他是如何获得那些超前于他年龄的知识的。他感觉自己是个小偷,窃取了不该有的财物。少年的口头表达能力,似乎与试卷上的清晰思路相差很远。老师起了疑惑,于是联系家长,建议带孩子去心理医学机构做一次智商和心理测试。

这一次的咨询,给父母带来了两枚炸弹。

第一枚炸弹虽然有些意外,但还算不上是彻彻底底的意外,至多只能说是将他们已经放下了的隐忧,重又提到了明处。小茗的智商测试结果是137分,击败了地球上99%的人。

第二枚炸弹才是真正的意外,是那种五雷轰顶的意外。"阿斯伯格综合征,是一种高功能自闭症,也就是自闭症谱系障碍中最轻微的一级。极有可能来自遗传。多数有阿斯伯格症状的孩子,都有高于均值的智商,少数会出现极高的智商,就像你们儿子那样。"心理医生告诉他们。

"没的治。只能加强干预,教他学会社交和时间管理技巧。高智商的阿斯伯格孩子,一般都能理解和执行干预方案,能配合大人,有意识地自我纠正。有一些孩子长大后会慢慢改善症状,最终能基本正常地融入社会。""基本"两个字,才是关键词。

父母一路无语地回了家。儿子身上一些貌似纷乱无章的特征,此时都一一落到了该落的地方,拼成了一个完整的谜底。不出门,不爱运动;怕光,怕声,怕人群;每一件新衣服上身,都抱怨扎脖子;总也学不会系鞋带;说话时面部轻微抽搐;对某一件事显示出超乎寻常的专注,对另外一些事却极度心不在焉……父母一直稳定的情绪钟摆,此时发生了摇晃。只是他们自己还不知道,风雨已在酝酿之中,最终将摧毁一切表面的稳固。

那天夜里,父亲问起母亲家族里有没有"脑子有点问题"的人。母亲沉吟半晌,才吞吞吐吐地说,小时候她母亲告诉过她,外公家的亲戚里头,出过几个有点"神经兮兮"的人。

"为什么不早说? 你要是不隐瞒这样的事,我们完全可以有别的办法的。"父亲说话的语气听上去依旧是温和沉稳的,可是"隐瞒"这两个字却是刚经过磨刀石的刀,再平滑的丝绒也盖不住这样的锋刃。

"什么方法? 不和我结婚? 不生这个儿子? 或者是,生了再把他送人?"母亲第一次从"躺平"的姿势里站起来,站得很直。世上最脆弱的关系,莫过于没有血缘关系的家人,禁不起一句话的磨损。父亲再也没有重提此事,但怨气已由此而生。

不再笃定的家长,开始频繁地与学校和心理医生联系,筹谋策划各种有意识的干预。当了一辈子教书匠的父母,自然有别于其他家长,他们对儿子的引导是循序渐进、循循善诱的。首先是应试的时间分配和管理——拿到考卷,从第一题做起,只列一种解法;其次是社交技能——先在班级里找一个性情上和儿子最相近的同学,结成搭子,再延伸到两个家庭的互动;再次是在家里有意识地增加和儿子的对话时间,每天都要求儿子描述在学校的各项活动。其他方面,是一些相对次要的琐事,可以见缝插针地实行,比如买几双不需要系鞋带的鞋子,在临睡前听一些刚刚超过听力阈值的轻柔音乐,习惯后,再慢慢提高分贝数……

这个训练过程绵延悠长,一根线似的穿过了小茗从初二到高三的整个阶段。小茗的智商在这里起了关键作用:理解之后的执行和不理解的执行,有着天壤之别的功效。

心理医生的预测,在小茗身上最终成为现实。后来发生的事,都是水到渠成、顺理成章的。高中毕业后,因为"奥数"所得的名次,小茗被保送进入清华大学。

小茗离家去北京的那一年,父母离婚。怨气像沼泽地的沼气,经历了多时的酝酿,终于蒸腾而出。

"千色,这就是爸爸小时候的故事。直到今天,爸爸都不喜欢穿有鞋带的鞋子。"

"唯心。"千色突然喃喃地说。

"什么?"叶绍茗问。

"两个白色的大字,中间有一个张开翅膀的天使。"千色眯缝着眼睛,像一个近视眼老人在吃力地破解远处的标识,"唯心。"

叶绍茗的声音扬高了一个八度:"你想起来了那个诊所,我带你去测的智商?"

"阿斯伯格,是不是我也有?就因为这个,你才带我去了'唯心'?"千色犹犹豫豫地问。

叶绍茗突然崩溃。

"对不起,千色,我给了你,我的垃圾。女孩得自闭症的概率,只有男孩的四分之一,甚至更低,可是偏偏……对不起啊,对不起……"

安珀轻轻咳嗽了一声,制止了他:"叶先生,自责于事无补。"

"千色,你爸爸传给你的,不只是自闭症,他也给了你他的智商。正因为超常的智商,他才能透彻了解自己的病情,学会自制和自我纠正。他能做到的事,你也能。"安珀说。

"那天,你梦到了一个和你年岁相仿的男孩子——我知道你还在为这件事生气。可是,假如我们看不到你的梦,我们就不会想到让小梦来,陪你过生日。后来,你那么不舍得让小梦走。还有,那天你听到龙舟的鼓声,那么兴奋,你要我们每天带你出门。这是你以前不会做的事。你以前和我一样,讨厌声音,讨厌光线,讨厌人。你的自闭症,症状已经平稳,所以……"

"所以,我们还要继续努力。"安珀说。

第十八个故事:一个眼睛发光的女子

讲述时间:2035年7月
发生时间:2026年9月

"千色,你一定感觉奇怪:为什么我们兜兜转转、啰啰唆唆地讲了这么多,却还没有讲到你。"安珀打开笔记本,开始了新一天的开场白。

"你一定急着想知道自己的故事,但请你再稍稍等一等,我们很快就会讲到你。今天要讲的事,可能有一些内容还不适宜你听。但你是个智商很高的孩子,我们相信你的理解能力。

"从生物学意义来说,你生命的孕育,只是一个几分钟内就完成的事件。但是在你的父亲和母亲相遇之前,他们各自都已经走过了千山万水的路程。现在回想起来,冥冥之中,他们走的每一步路,似乎都是为了走向你。你是他们的途径,也是目的地。假如把这些通往你的路途统统抹去,你的生命就成了无根之树。所以,我们想让你了解那些路途。

"你父母相遇的那一年,你父亲三十七岁,已经是中国最大的人工智能实验室的项目组组长。三年后,他成了实验基地的主任——这只是一个纯技术头衔,他对行政管理一无所知,毫无兴趣。他研究的专题,是人机接口的植入芯片。那个时候还是第一代,而现在已经是第三代。你母亲那年三十四岁,已经是美国小有名气的脑神经外科专家。三年后,她因为在大脑结构变化和行为之间关系的突破性研究,获得了国际青年Brain(布林)奖,那是国际脑神经学科颇有名望的奖项。

"你父亲回中国发展之前,在哈佛大学获得了计算机和人工智能科学博士学位,又在麻省理工学院做了两年的博士后研究。你母亲是跳级考入约翰·霍普金斯医学院读书的,毕业后进入麻省总医院的脑神经外科。他们在美国的生活轨迹,有过数年的重合。麻省理工学院和麻省总医院相隔不过两三公里地,开车只是十分钟的路程。他们也都住在波士顿旁边一个叫剑桥的小镇。他们完全有可能在某一个华人超市的收银台前相遇;或者在某一位共同朋友的晚宴上相邻而坐;再或者在某一个健身房里,为借用同一件器械而产生对话;甚至也有可能在某一个稍感寂寞的夜晚,使用同一款社交软件,进入一段完全放松的电子谈话。但是他们没有。

"他们不健身，不社交，不沉迷于社交软件，甚至难得光顾超市，他们基本在单位的咖啡店和附近的食品广场解决一日三餐。他们也很少感觉寂寞——他们没有时间。在他们眼里，除了手术台、实验室和必要的睡眠之外，世上所有其他的事，都是在消耗能量，浪费时间。天才大抵如此，他们很刻意地选择大脑的库存，存入的信息就构成了他们的世界里，除此之外的一切，无论是美食，还是美色，抑或各种各样的情绪，皆是可以忽略的过眼烟云。

"他们在美国本来可以有一千个相遇的机会，却从未谋面。而他们竟然会在2026年9月的一天，穿越了半个地球，在西贡偶遇。对不起，西贡改名为胡志明市已经很多年了，可是我还没有习惯，至今依旧叫它西贡。还是让我沿用这个老名字吧，它已经在我的大脑里刻下印记，改动记忆是件很麻烦的事。那时你父亲已经回国工作数年，刚参加了一个在曼谷举行的计算科学年会，偶然兴起，想去西贡走一走——这些年他几乎没有休过一次年假。而你的母亲，正好也从美国回到越南，探望她数年未见的母亲。那天她是从乡下老家来西贡办事的。他俩在各自的行程中拐了一个小弯，先后步入了西贡街头的同一家咖啡馆。西贡是咖啡的天堂。西贡街面上的咖啡馆，一家挨着一家。在茂密的咖啡馆丛林里，他们竟然推开了同一扇门，那是偶然中的偶然。故事就从那里开始。

"说是偶遇，其实也未必，因为世上并不存在真正意义上的偶然。所有的偶然，背后都存在着一些我们不能观测到的必然因素。人类的目光有限，我们看不见在我们之外的平行宇宙。你父亲和母亲属于地球上的少数人，他们具有旁人不具备的大脑。有那样大脑的人，注定是旷世孤独的。正是因为他们的孤独，他们散发出来的磁场，就格外特别。宇宙间有一些说不明白的神奇力量，会借着这样强大的磁场，将他们从人群中分辨出来，推送到一起。所以，他们的相遇是偶然，又不是偶然，是貌似偶然中的必然。

"叶先生，接下来的事，还是由你来讲吧，转述者总不及当事人记得清晰。"安珀说。

在曼谷会议上，叶绍茗遇见了久仰的日本大田动力公司的科学家同行。这些年里，他一直在跟踪大田的"梦幻者"系列情绪型机器人的技术进展。曼谷会议上，大田推出了梦幻3代。九年之后，当小梦来到千色身边时，已经是梦幻6代——这是后话。大田也是疯了，步子快得让叶绍茗头晕目眩。他自己实验室的BR1芯片，已经完成动物实验阶段，正在申请人体临床试验。虽然大田主打的是社交类机器人，而他的实验室主攻的是大脑植入芯片，但他们都在同一口大锅里舀饭吃——两家的灵魂技术都是通用生成人工智能，两家都需要海量的机器学习和数据训练人才。叶绍茗打算在会后去日本一趟，参观一下大田公司，和大田的那帮"疯子"深入聊一聊。可是大田的人还要在曼谷逗留两天，参加一个分公司的剪彩仪式。于是，叶绍茗决定在这两天的空当里，去西贡走一走。

"决定"这两个字有点粉饰事实的嫌疑，仿佛西贡是他的计划之地，其实这趟行程完全是一个偶发事件。当然，你可以说世上并没有偶然，每一个貌似的偶然，其实是有无数的必然在身后做着隐形的推手。

他对越南本来也没有特别的兴趣——他对所有的旅行都不感兴趣。他很少出门，他的办公室和公寓房间的地板上，都有两道深深的凹槽，那是他的滚轮椅在上面留下的印记。他是项目组组长，有时不得不参加单位组织的集体旅游。即使是这些时候，他往往也是独自待在旅馆里，看书，或者阅读团队人员的编程代码。他是团队的脑，而不是手，手是别人的角色。他底下有一群新锐的用AI武装起来的软件工程师，但他偶尔还会亲自操刀写代码。即使不写的时候，他也会时不时地阅读别人写的代码。编程是一个不同的世界，完全抽象，与世隔绝。编程不受现实世界的限制。编程的极限是自己。在编程的世界里，他感觉自如。

他成人以后，他父母一次又一次地告诉他，他已经从那层叫阿斯伯格综合征的皮囊中蜕皮而出，完全正常，彻底自由了。他知道这些话的言下之意：他们嘴里的自由，其实与自由无关，他们是在委婉地敦促他进入另一个樊笼——婚姻。他没有反驳，但心里知道那只叫阿斯伯格的魔鬼，只是在他强大的自我纠正力量面前退缩，换了一条更隐秘的、只有他一个人知道的路径，时不时地窜出来，搅浑他的感官，让它们错位、失职或者冒名顶替。

比如当他坐到电脑前阅读代码时，他的眼睛立即隐居幕后，让位给鼻子。僭越的鼻子独踞一方，敏锐地闻出代码中的坏味道：臃肿的、组织不良的、长虫子的、装在黑盒里的、漠视规矩的……对于他的鼻子，他手下的那帮工程师感觉复杂。收到他发来的那些语气还未经过打磨的电邮，他们最先是感觉惊艳，渐渐就变得麻木，再然后是恐惧，到最后就进入厌烦。当然，这个过程不总是那样界限分明、先后有序的，有时各种感觉是蜂拥而至、混成一团的。

曼谷会后，他一时兴起开始搜寻那两天的空当里可以去的地方。两天的行程里可供选择的城市很多，可以是金边、万象、吉隆坡，也可以是雅加达，或者新加坡城。所有的城市对他来说都不过是掀开窗帘时的那一小角街市，这里和那里，并没有本质的区别。可是那天的航班，只有西贡在时间上最合宜。他送出机票订单时，绝对没有想到，那根食指会把他引到一个命运的岔道口。

抵达西贡时，刚过上午十点，阳光已经是一层扒不下去的皮肤，灼烫湿黏，闷热无比。9月在越南是雨季。越南的雨很率性，说来就毫无预兆地来了，说去就一阵风似的去了，似乎不太缠绵缱绻。在旅馆放下行李，他决定到附近的街市逛一逛。一个人在一个完全陌生的城市里行走，对他来说是新鲜的体验。

他漫无目的地拐进一条小巷,看见一个老人在烧得很旺的柴火上,烤着一只乌黑的铁桶,周围聚了一堆孩子,青烟熏得他几欲流泪。老人不停地转动着铁桶尾部的把手,隔一小会儿就把铁桶倒立起来,有时朝这头,有时朝那头。他一下子想起了小时候放学回家路上见到的乡下人,他们脸色黝黑,皱纹深刻,手里拎着一只小板凳和一袋黑炭,身上背着和眼前相似的铁桶。"米花哦?米花哦……"那吆喝声拖着长长一条尾巴,一路拖过他的童年。孩子们也是这样拥围上来,乡下人在孩子中间坐下,也是这样烧起火来,也是这样摇动着手柄。一声在他听来雷霆般的轰响,在他耳中炸开。他捂着耳朵,失魂落魄地站在离家不远的街上,胸口跳得如同万马奔腾,通常一跳就会跳上几个钟点。

此刻他恍惚间觉得进入了时光隧道,突然回到了三十年前的日子。他加快步子,惊恐地逃开——高分贝的声响至今让他惊悸。后来,他才知道,那铁桶里装的不是米花,而是咖啡豆。这样的烘焙法,在老人的父亲、父亲的父亲的父亲手里就有了,也许还会传给孙子的孙子。世上总有一两个角落,是现代化的雨淋不到的死角。

他走出小巷,进入一条稍大的街。一家不知卖什么货物的小店门口,坐着三五个穿着花布长袍的女子——他不知道那种有点像旗袍的女装有个妖冶的名字叫奥黛。其中一个女子见到他,站起来,闲闲地靠在门上,朝他摇手,嫣然一笑:"喝一杯吗?"她用带着浓重口音的英语对他说。他也想礼貌地笑回去,但脸颊上的肌肉不听使唤地抽搐了起来。他低头急急地从她们跟前走过,听见她们在他身后哧哧地笑。

他三十七岁了,在有关女人的事上,还是一张白纸。他那已经离婚多年又都再婚了的父母,曾经各自为他策划过几次还不算过于拙劣的相亲机会,最终都不约而同地放弃了。在这个世界上,他的父母算是最懂得他的人。他们都曾试图用自己的理念影响他,但也都知道在什么时候放手。他不喜欢女人,跟性取向无关,他只是觉得女人的维持成本太过高昂。金钱、情感、时间,三项成本中,他缺了两项。后边的两项其实可以合并为一项:情感是需要用时间来呈现的,而时间是情感的必要培植土壤。

他对女人的这种观念,是在身体经历发育、荷尔蒙爆棚的年代里就有的。有时候早上醒来,他会为床单上的那片湿迹懊丧。不是羞愧,是懊丧,他在为自己的薄弱意志懊丧。他怕女人,不是那种脸红心跳的怕,而是一种昆虫对异类昆虫的那种怕。没有好奇,没有欲望,只是简简单单的恐惧。他之所以能和单位里的女同事坦然相处,是因为他只用脑子和她们相处。脑子的作用,仅仅是交换想法,他的身体和情绪都没有参与。世上吸引他的,无论男女,都只是脑子。身体是用来供养承载脑子、执行脑子的指令的,除此之外,身体本身并没有单独的用处。

他在一片惶乱之中走进了一家看起来相对气派的咖啡馆，坐下，过了一会儿，才渐渐安定下来，注意到了环境。咖啡馆不大，却很干净精致。墙漆成了深红色，不过裸露的墙面很少，两面墙上挂满了画。一面挂的是1920—1940年代香榭丽舍剧院的歌舞表演海报，另一面挂的是萨特和波伏娃在各个时期的黑白肖像。一张一张的小桌子，上面铺着精致的亚麻布，一只细瓷小花瓶里，插着一朵黄色的玫瑰。咖啡杯子和垫碟，都是镶着金边的欧瓷。柜台里摆着刚出炉的牛角包、法棍、焦糖布丁、马卡龙和奶油松饼。背景的音乐很轻，轻得好似袅袅青烟。歌手的嗓子很古怪，拐到高处时，生出些轻微的噼啪声，像是接触不良的线路发出的杂音。他虽然不知道那是艾迪特·皮雅芙的《玫瑰人生》，却也一下闻出了洋溢在他四周的法国气味。他脑子里突然浮现出几行古怪的字：

1885年6月9日
《中法新约》
李鸿章，巴德诺
1954年3月13日—5月7日
奠边府战役
卡斯特里，武元甲，韦国清

那是他高中时期学的世界历史知识。他的记忆是照相机，记得住所有经过他大脑回路的日期和事件。

那都是发生在很久以前的战事。原以为水面早已平静，没有了刀剑的划痕，只是没想到，依旧有些潜流，在悄悄地渗入战后生活的毛孔。西贡这匹织锦里，大概永远都会残留着无法剔除的法兰西丝线。

他去柜台要了一杯拿铁、一个牛角包和一块奶油松饼，端着托盘往回走的时候，突然发现旁边一张桌子上放着一本翻扣着的英文书，书名是The Brain That Changes Itself（《大脑的可塑性》）。他拿起来，翻开封面，发现扉页上写着一个"Chen"字，便猜想书的主人大概是个中国人。书显然是曾被认真读过的，贴满了五颜六色的便笺。他随意翻开一页，上面有一段被黄色的马克笔标注过的话：

... the brain changed its very structure with each different activity it performed, perfecting its circuits so it was better suited to the task at hand. If certain "parts" failed, then other parts could sometimes take over. The machine metaphor, of the brain as an organ with specialized parts, could not fully account for changes the scientists were seeing. They began to call this fundamental brain property "neuroplasticity".

（……大脑在进行不同活动时会改变其结构，完善其回路，使其更适合当前的任务。如果某些"部件"失灵，那么其他部件有时可以接管过来。把大脑比喻成一个由专用部件组成的机器般的器官，是不能完全解释科学家们观察到的变化的。他们开始将这种基本的大脑属性称为"神经可塑性"。）

他留意到另一处贴着的一张蓝色便笺，上面的标记是a woman with half a brain（一个只有半侧脑子的女人）。他忍不住放下托盘，坐下，看了起来。轰的一声，他立刻陷了进去，完全忘了身在何处。也不知过了多久，他听见旁边有人咳嗽了几声。声音虽进了耳朵，却被脑子拦在了大门外。直到那人连续说了两遍"Hello"，他才抬头，发现身边站着一个剪着短发的人。他猜想是书的主人。

"颠覆脑神经科学的根基啊。"他脱口而出，说完了方醒悟他在说中文。

"你也这么认为？"那人开口，他才意识到是个女人。潜意识里，他觉得读这一类书的，大抵是男人。女人生活在另外一个世界，关心的是另外一些事情。他实验室里的女同事们午休时闲聊的，绝对不会是科学。这个女人的中文稍稍有点口音，但他分不出是哪个区域的。

"一个先天缺失左脑的人，能正常说话，有正常的记忆，能把一整本日历装在脑子里，随时提取。那些左脑右脑分工的理论呢？神经生物学的教科书要改写了吗？"男人的语气里，有罕见的兴奋。就在这个早上，他同时打破了两项保持了三十七年的个人纪录：第一次独自出国旅行；第一次主动和一个陌生女子搭讪。

公平地说，这也算不上是搭讪，因为他绕过了所有试图搭讪的男人必须经过的路数。没有"你好"，没有"我是……"，没有"这个位置有人吗"，没有"今天天气……"，没有"你看起来像……"，没有"对不起"，没有"因为……所以……"，他越过寒暄、自我介绍、道歉、解释和任何五花八门的铺垫，直接砸破冰层，扑通一声跳入了正题。这是阿斯伯格综合征在他身上留下的疤痕：每当进入精彩的话题时，他便无暇旁顾。他完全没有注意到他的托盘大大咧咧地占据着桌子的中心地带，几乎没有给女人的咖啡杯子留下位置。

女人也没在意，扯出对面的一张椅子坐下来，把她的咖啡杯子捧在手里。

"四个世纪积累的传统学说是：大脑像机器，有区域和职责划分，每块地盘各司其职。发育成熟之后，只能损耗，不能变动。一百多年前就有人想画脑功能区域图，那时只能找开颅手术的病人，插入探针试验。一生能碰上几个病例？一个环节没掌控好，病人就有可能死在手术台上。后来有人发明了经颅磁刺激法，原本的用途是治抑郁症，但也有人拿它来反证大脑功能图的准确性，这回至少不用开颅。"

"经颅磁刺激？"男人有点疑惑。

"就是把一个磁线圈放在头皮上，向大脑某个区域传送磁脉冲，看人会做出什么反应。方法虽然进步，可惜隔着颅骨，信号弱，噪声大，缺乏精准度。大脑区域图至今还有许多盲区，图远未画完，就要变天了。"女人指了指桌子上的书说。

"左脑掌控语言逻辑、数字和记忆，这话说了多久，半个世纪？一个世纪？可是这个女人的右脑，明明接手了左脑的工作。要么脑分工的理论是伪科学，要么直接证明了脑子可塑，可以通过后天学习改变功能结构。"男人说。

"这本书是十几年前写的，我到现在才看到。学问现在是分门别类，越做越细，越钻越深，可惜每个人都只管自己那一摊子，也不看看别人做的是什么。手术台之外，原来还有精彩。"

"你是医生？"男人突然生出一点好奇。

"脑外科。"女人轻描淡写地答道，却没有往深里走的意思，"精彩开始的时候，都会被认为是异端，是噪声。这帮自称是'神经可塑性'学派的人，刚发表论文的时候，心惊胆战的，都不敢亮出这个名词。"

"新的想法，总要先招来一轮群殴的。"男人说。

"这本书，还有很多颠覆性的实例，比如感官输入渠道，是可以相互替代的，视觉可以被触觉替换，听觉也可以取代视觉。有一个先天失明的人，额头上戴了一个微型照相机装置，能把光信息输送到一条电磁带上，产生振动。那人把电磁带含在舌头上，振波传输进大脑，大脑把触觉信号转换为视觉信号，那人就能根据舌头的振幅'看见'物体的轮廓——当然不是高清。经过一定训练，他很快就能辨别路径，缓慢行走，甚至把一个篮球准确扔进敞口的垃圾桶。"

男人突然想起自己阅读代码时那种"嗅错"的感觉。"大脑只在意信号，却不在意信号是从哪扇门进来的。所有的感官都是邻里，遇到障碍时可以破壁而入，相互救助。"

说完了，他感觉有点奇怪：他那个通常被数字和矩阵充满了的脑子里，竟然也存在着文字比喻的潜能。是女人让他放松。其实他在她身上没看见女人，只看见了脑子。脑子没有性别。他也在别人身上见过脑子，但别的脑子被裹得太厚，他得吃力地扒刨找寻。这个女人的脑子没穿衣服，赤裸裸，毫无掩饰，他不需要分心搜寻。

"顺着大脑可塑的思路，有人对阿斯伯格综合征和自闭症——阿斯伯格也是自闭症的一种——提出新的假设，也是颠覆性的。一直以来人们都认为自闭症是一种未知的大脑障碍，一种残缺，或者阻隔。可是主张可塑性的那拨人，却认为这些人的大脑极有可能不是缺失，或者障碍，恰恰相反，是因为可塑性太强。"

男人的心脏停跳了一拍，耳朵直直地竖了起来。

"大脑可塑性太强,过于活跃,也要坏事。就像细胞生长本来是好事,但太活跃了就会产生癌变。大脑超常活跃,会产生超量的可塑连接,除了导致癫痫的潜在风险,还会产生过度敏感,这是自闭症最常见的临床症状。自闭症病人,大多会对某些东西超常敏感,怕光,怕噪声,怕人群——人群也是一种噪声。传统做法是从行为上干预,或是遏制,或是促进。其实行为只是结果,是脑细胞活动的输出端……"

"可是行为在完成以后,又会反馈给大脑,大脑再根据行为给出的反馈做出调整。这时,行为又成了输入,这是一个回路。"男人忍不住插话。

"照'可塑性'那群人的思路,或许可以用电磁刺激,来抑制或者调整过于活跃的脑神经区。这是治本。"

男人想起了自己的童年和少年。他和他的父母、医生,还有老师,像培育盆栽一样,用铁丝般的意志强行改塑了他的行为。铁丝价格不菲,赔上了父母白头偕老的梦。

"行为干预的过程,也许是二十年,也许是一生。一个带着电极的探头,刺激改变大脑结构,十五分钟? 一个疗程三天,五天,一个月? "他感叹。

女人笑了:"历史书会告诉你,一种新理论,从被视为异端到被广泛接受,可能需要半个世纪,甚至一个世纪。那是从前的步子。今天的实验手段高明多了,脑电图、核磁共振、功能磁共振,五花八门,但要平息千万个动物保护者的抗议,经过九百八十次听证会,三百六十个政府图章。凡尔纳在《八十天环游世界》里是怎么说的? 从前环游世界需要几个月,现在快多了,可是你要花同等的时间等待签证。从建立假设,到动物实验,再到FDA(美国食品药品监督管理局)批准,再到人体临床试验,你觉得,这个过程要多久? "

"肯定不是明天。"男人说。

"你也是学医的? "女人突然问道。

男人连连摇头说:"不是,不是。我在设计,我是说我们一群人,在设计一种植入大脑的芯片,可以监测大脑的电脉冲活动,再通过蓝牙送回到外部应用程序,解码大脑的运动意图……"

女人把咖啡杯子往头上轻轻一碰:"知道了,你们是在偷听大脑的私房话。你们能看见人的梦吗? 理论上应该可以。人心底里最隐秘的念头,远在还没有成为行为的时候,就已经被你们截获。你们要毁掉人间所有的私密。"

男人被女人逗乐了。女人的脑子是以光速运转的,哪怕抛给她一个关于星球的话题,她也可以立刻接住,并扔回来一个跳跃了三个步骤的问题。

"是有这种可能,可是我们研究这种芯片,不是为了探梦的。我们想做的,是了解一个人在产生某种运动意图时,脑电波是怎样一个状况。这样的话,即使是瘫痪病人,只要产生运动意图,就能被芯片获取,传到电脑或者智能手机,进行解码。解读后的信息得到执行,就变成了行为,比如操控电脑,或者指挥机器人端茶取药。霍金死早了,他要是植入这个芯片,还可以写多少本书?意念可以立即化为屏幕上的文字,因为通路是从大脑直接到电脑,跳过了肢体,跳过了键盘。"

"怎么解决身体对异物的排斥?芯片植入后,极有可能形成疤痕组织。一旦形成,肯定会干扰信号的清晰度。误传信息的后果很严重。"

女人的脑子是针,一针见血。

能把她挖到自己的团队吗?他暗想。他们一直在和大学的附属医院合作,但他的实验基地却没有自己的脑神经外科专家。

"预防感染和排斥,也是我们的研究重点。我们有生物相容性极高的专门材料,芯片设计上会尽量减少对组织的损伤,有一整套预防感染的程序。"

女人哼了一声,说:"马斯克推出第一个人机接口的实例时,也是这么宣传的。一切只能由时间来证明。"

男人没有理会女人语气里的质疑。男人在坚持自己的看法时,很少被他人的意见左右:"假如一切顺利,我们年底就会推出第一例人体实验。虽然比马斯克晚了两年半,可是他给了我们肩膀。他的芯片有一千多个电极,我们目前的设计是八千,未来不可预测。这两年半的技术发展,可以赶得上从前一个世纪的。这两年半里,AI已经从小孩长成巨人,材料科学也是。AI可以在人脑里做的事……"

女人打断了他的话:"大脑里植入了整个互联网,那是造神。想象一下,每个人的脑子里藏着一个宇宙的知识和能力,五大洲的土地上行走着几十亿个神。一场街头混混的小摩擦,就有可能毁掉一整个地球。"

女人的脑子走得太快了,男人感觉自己得开始小跑,但运动不是他的强项。

"没想那么远呢。我想的是,让瘫子走路,瞎子看见——哪怕是模糊的,聋子可以听见,哑巴可以开口说话。"

"那是《圣经》故事。人类总想造个小天使,行点善,没想到天使一出世,见风就长,就长成了魔鬼。然后人又得想方设法杀死魔鬼。人可以凭意志理念控制行为,但谁也无法控制想法。假设你的天使芯片被黑客闯入,你的每一个想法都被解读,像病毒一样地传播给天下人。那黑客劫走的,就不仅是你的银行账号,还有你羞于启齿的一闪念,你的全部记忆。它拿走了你整个人。你的天使成了魔鬼,这个魔鬼是杀不死的。你不怕吗?"

男人很少卷入这一类的思辨,他一直觉得自己的脑子容量很大,出口却很小,但是这个女人激发了他脑子里沉睡的火山。

"抗生素问世的时候,科学家想的是救命,而不会想到几十年后,会生出致命的泛耐药性。那些在地下室里创造了互联网的人,原先只想把没法见面的人连接起来,不出门就能交换思想。他们也没想到,互联网会一手抹去印刷术,把纸质书扔进垃圾箱。人类所有的发明,都是在进步和祸害的两极中间兜转。总有新技术出来造点福,总有新祸害从新技术里生出来,作点孽,也总有新办法可以遏制祸害。历史就是这样重复,只是速度越来越快。"男人停下来,才觉出嗓子有点暗哑。拿铁凉了,牛角包正在变成塑料。

"总有人要有预见。撞到南墙时,已经晚了。"女人说。

"那是伦理学家、社会学家的事,我只是修补伤口的工匠。"男人说完了,突然有点羞愧。女人戳着了他的某个痛处。在这之前,他并不知道这个地方疼。还好,女人没有再深究。

"一个芯片就能叫一个意念,随时变成行动,行动反过来重塑大脑。可塑性的本质是想法可以改变大脑结构。我思故我在。笛卡尔也没想到,他说的一句话,在四百年后被稍稍扭曲一下,就可以重新解释脑神经科学了。"女人说。

男人听不出来女人是在戏谑,还是在嘲讽。

"其实,你和我做的事,有点相似。脑神经科学想了解大脑的机器性,怎么分工,怎么运作,怎么一环扣一环地指挥肌肉运动。智能科学却是让机器尽量模拟大脑,能够从经验中自我学习,纠错,训练逻辑思维,学会推理联想。大脑想钻研机器,机器想模拟大脑。"男人说。

"我们要是联手,要么制造天神,要么制造魔鬼。"女人看了看手机,这一聊,就聊了两个小时。

"你来过越南吗?"女人换了话题。

男人摇头:"我很少旅行。"

"去过西贡哪些地方?"

男人又摇头:"还没来得及。"

女人站起来,端起还没喝完的咖啡,把书收进背包。"我带你去一个地方,那才是真正的越南。城里的景点是给游客看的,全是塑料景,你看明信片就够了。"

男人的脑子还在犹豫,身子却已经站起来了。平生第一次,他的大脑失去了支配肌肉的能力。

"这就是,我和你妈妈初次见面的情景。我们当时,都还不知道对方的名字,也没想起来打听。"叶先生对千色说,"我都记不起来她当时穿的是什么衣服,甚至连长相也没什么印象。只记得她头发剪得很短,像个男孩,还有,说话时眼睛里有光。我很少看见眼睛里有这种光的人,当时的感觉就是:这个人脑容量太大,脑壳装不下了,就从眼睛里溢出来了。"

"你们都没有留下联系方式?"千色问。

"那是第二天的事了。离开咖啡馆,我就跟你妈妈去了一个乡下地方,到了才知道,那是她的家。"

"你都不知道她的名字,就跟她去了她的家?"千色有些惊讶。

"是啊,回头想想我也觉得奇怪。可是,事情就是这样发生的。"

第十九个故事:一个人的一条河
讲述时间:2035年7月
发生时间:2026年9月

"千色,今天的故事不太好讲,因为里边发生的一些事情,不知道你这个年龄的孩子能不能理解。可是如果我们绕过这个部分,就无法进入你的故事。所以,叶先生让我给你……"

安珀突然停了下来,因为她看见千色在做一件很怪异的事:她把两只手放在眼前,五指张开,并拢,左右晃动。

"在动。"千色喃喃地说。

"你看见,你的手了?"安珀的声音裂开了一条细缝。

"影子,在动。"

一阵短暂的静默。千色看不见她父亲和安珀老师此刻的眼神。他们总是在等待情绪的浪潮平息之后,才和她说话。情绪是一切进步的障碍。他们这样认为。

"BR3在起作用了。"叶先生轻轻地说。

"千色,你能够识别物体在移动,是视力恢复的先兆。好迹象。"安珀说。

千色没回应,她在等着安珀后边的那句话:我们继续努力。那是安珀掉下来的第二只鞋子。这只鞋子不落地,天下不宁。

有进步的时候,我们继续努力。原地踏步的时候,我们继续努力。安珀的每一次呼吸里,透出的都是人民教师的气息。

可是安珀这次没说这话。她只是把千色没有喝完的牛奶杯子,递到千色手里:"喝完了,我们接着讲故事。

"千色,你知道大自然万物的繁衍规则吗?在植物界,一粒种子播进土里,吸收阳光水分,在土里孕育,然后破土而出,长成芽叶,再从小到大,长成一株植物,或者一棵树。动物界也是如此。一只公兔和一只母兔,因为身体结合,孕育出一个胚胎。胚胎在母亲的子宫里发育一段时间,然后脱离母腹……"

"你想要说我是怎么生出来的吧?"千色打断了安珀层层叠叠的铺垫。

"你都懂?"安珀小心翼翼地问。

"我懂。"

"你是怎么懂的？"安珀追问。

"我不知道我是怎么懂的。"千色说。

"你妈妈告诉我，你小时候，不爱说话，就爱画画，在纸上，在墙上，在地上，随时随处。别的孩子也画画，画的都是他们看见的东西，太阳、月亮、星星、房屋、花朵、蝴蝶、蜜蜂。可你不一样，你画的都是你梦里的事，很奇怪的梦。有一次，你画了一个女人的身体，没穿衣服，身体是透明的，有一根根肋骨，还有各种器官。没有人告诉过你人体结构，不知你是怎么想出来的。有没有可能，你梦见了什么？"安珀说。

"我的梦，你们不是最清楚吗？"千色反问。

千色还没过去那道坎。最初的耻辱和愤怒不再张着裂口，肉已经渐渐弥合，却还留着凹凸不平的疤痕。这些疤痕最终都会变成死皮，永远都在，但不再疼。

安珀没有给千色的情绪腾出位置。她知道最有效的持守，就是置若罔闻。"既然你已经了解了生命孕育的过程，那就让叶先生接着给你讲下面的故事。"安珀说。

离开那家法式咖啡馆后，叶绍茗跟着那个女人上了路。他不知道女人要带他去的地方，竟然离城市那么远。

刚上车的时候，他还有点小兴奋。走出车水马龙的西贡，窗外的景象就变了。建筑物渐渐稀疏，出现了大片大片的农田。路边是各种他不认得的树木，浓密的枝叶中露出些形状陌生的果子。他间歇看见一小片老式木头楼房，正墙漆着黄、绿、青、蓝的明艳颜色，侧墙却是一片千疮百孔的苍白。正看是一件华丽的袍子，侧看却是袍子边上的破洞。

后来新鲜感渐渐磨平，他就沉沉地睡了过去。刚才貌似轻松的两个小时谈话，已经消耗完了他脑子里的燃油。他从女人大脑里取走了多少能量，同时也给出了同等的分量。只是他从女人那里获取的，他当时就知道了；而他给出去的，却是他的身体后来才慢慢告诉他的——他已经筋疲力尽。每一种劳动都是物理的。这话是谁说的？马克思？爱因斯坦？福克纳？他想不起来了，只觉得说得通透妥帖。

中间有几次他被车身的颠簸摇醒，发现车子已经远离城镇，进入了山区。"现在好多了，从前这条路，一步一个坑，车慢得像蜗牛。"女人对他说。女人没睡，捧着那本《大脑的可塑性》，像捏着一根定海神针，在急剧的颠簸中稳坐，细读。女人的平衡系统是钢铁塑造的，禁得起地动山摇的折腾。他暗想。

后来女人把他推醒，告诉他要下车了。他看了一下手机，他们已经在路上颠簸了四个多小时。"修过路了，这在从前，要六七个小时。"女人说，"接下来没路了。我是说，汽车走不了了，我们得坐摩托车。"

"还没到？"男人问。

见男人焦急的样子，她笑了："不长，这段只要半小时。"

原来女人自己有摩托车，存放在车站边上的一家小卖部里。女人用越南语，和小卖部的阿嫂熟门熟路地聊了起来。阿嫂从柜台底下取出一只空矿泉水瓶子，去了后边。回来时，瓶子已经满了。女人交了钱，接过瓶子，打开摩托车的油盖，把那瓶浅绿色的液体咕咚咕咚地灌了进去。他这才恍然大悟那是汽油，便忍不住诧异：在这个智能化时代里，竟然还存在这样刀耕火种的地方。

女人从摩托车的储藏格里拿出两个头盔，自己戴一个，把另外一个扔给了他。"这段路，你得有点胆子。要是怕，就抓住我，我从很小就走这条路了，是老司机。"

他刚一坐上去，女人就启动了引擎，摩托车疯了似的弹了出去。路一下子窄了，一边是嶙峋的峭壁，一边是长满了野树的深渊。阳光从树丛中泻进来，一簇簇像尖针。海拔明显高了，山路一道弯接着一道弯，一道比一道急，石子在轮子底下啪啪地飞溅。男人彻底醒了，不再有一丝睡意。他不敢睁眼，也不敢一直闭眼——他怕他的身体随不上摩托车的拐弯角度。他只是紧紧地拽住了女人的外套。后来下车时，他才发觉他的指关节已经僵硬。

头顶飘过一大团棉絮似的乌云，天猝然暗了。没有任何预警和过渡，雨就哗哗地下了起来。雨并不急，但车速很急，雨成了条索，斜斜地打在脸上，有点疼，却是凉快了。"不躲了，也没地方躲。"女人从前座对他吆喝了一声。还好，雨是急性子，发了一小阵子脾气，就收了，但他们已经全身湿透。

女人说是半个小时，他却感觉过了一个世纪。等后来他略略安了些心，渐渐能感受到速度和节奏的刺激时，他们就到了。远远地，他就看见路边有一排前后错落的房屋，路口站着一个五六十岁的妇人，一只手搭在额头上遮着阳光，在眺望、等候。

"阿妈！"摩托车停了下来，女人一只脚支在地上，冲着妇人喊了一声。

"阿娇。"妇人应了一声，满脸都是细细碎碎的欢喜。

叶绍茗这才知道，女人叫阿娇，这是她的家。

"妈，线给你买回来了。那家店铺要关张，把尾货都扫给你了。以后要学网购。"阿娇从背包里拿出一个纸包，递给她妈。

阿娇妈看了叶绍茗一眼："朋友？"

叶绍茗不知如何回应，阿娇就说："妈，是我路上捡的。"

妇人连眉毛也没抬一下，女儿做的任何事情都不会让她感觉惊讶。"胡说。先生贵姓？"

阿娇看了叶绍茗一眼,他这才想起,这个叫阿娇的女人还不知道他的名字。

"阿姨,我叫叶绍茗。"他窘迫地说。

"叶先生,欢迎。衣服湿了,快换一换。阿娇的阿哥阿弟多,有的是衣服。"阿娇妈说中文的腔调,和阿娇一模一样。现在他明白了,那是越南口音。

这时屋里走出一大群人,男男女女、老老少少,将他们团团围住。阿娇指着两位年长的说:"我舅舅、舅妈。"又指着几个大人说:"我大哥、大嫂、二姐、三哥、三嫂、小弟。"又拿手勾了一个圈,把所有的孩子勾了进去:"这些都是我舅舅家的孙辈。我舅舅子女多,三个在西贡,两个在岘港,一个在日本,两个在中国。一到暑假,都把孩子送到这里来,大人谁有空谁过来管,像夏令营。"原来阿娇母女口里的阿哥、阿弟、阿姐,都是表亲。

大人们过来握手,各种问候、寒暄,说的都是中文,有的很顺畅,有的略微生硬。小孩在大人中间钻来钻去,说的却是越南文,偶尔夹杂几句中文。有一个稍大些的,怯生生地走近,用英文问叶绍茗有没有英文绘本。阿娇妈就解释:"我们阿娇从前也带美国同事来过,和这孩子说英文,送过他英文书。"

他同时明白了两件事:第一,阿娇在美国工作;第二,阿娇妈把他当成她的同事了。他不知道该怎么解释,只好结结巴巴地跟那个孩子道歉,说身边没带书。他从来没有和这么多陌生人相处过,有些手足无措。他在杭州出生长大,和那个年代的同龄人一样,是家里唯一的孩子。他父亲老家在山东,他母亲老家在常州。他也有表亲、堂亲,但那只是父母口中的传说,他从未见过他们,因为他们家几乎从来没有和亲戚走动过。当时他是懵懂的,现在他才领悟过来:那是因为他少时的阿斯伯格综合征,父母想罩着他不受陌生人的侵扰。然而,他们自己是不是也不想在亲戚面前感觉难堪呢?他不敢细想。在阿娇家里,他第一次看见这么一大群亲戚,人多,话杂,乌泱乌泱的。"热闹",他脑子里突然冒出了一个词。他有些奇怪,那个词为什么不是"吵闹"。

众人拥着他们进了屋。那是一个青砖青瓦的院子,四边都是一长排房间,中间留出方方正正一块天井。天井里有几个花缸,里头种了几株灌木,开着些白花,有一股香气隐隐钻进鼻孔。他觉得有些熟悉——在杭州的小巷子里,他闻过这样的香气,便猜想是茉莉。屋子算不上气派,却也干净平整。侧厢房的屋檐下,倒挂着几根电源延长线,砖头垒起来的台子上,摆着一排好几个电磁炉。当年盖这座院落的时候,设计的人大概没想到,后来会有这么多张吃饭的嘴。

"这是后盖的。我们逃过来时住的房子,在那边。"阿娇踮起脚尖,指了指院子的后方,"那几间房子是木头的,竹子搭的房顶,铺了芭蕉叶挡雨。老人习惯了这里的生活,不肯搬到城里住,所以又盖了这个院子。我舅舅的儿女,个个能挣钱。"

"逃什么?"叶绍茗疑惑地问。

阿娇斜看了他一眼："没好好学历史吧。没听过排华？"

阿娇妈拿出一套也不知是谁的T恤衫和牛仔裤，让叶绍茗进屋换上。衣服稍稍有点小，勉强还能穿，他只觉得脖子刺痒。这是他从小就有的毛病，所有的衣裳都要剪去商标才能上身。这衣服是别人家的，他不能擅动，可是他宁愿赤身，也不能忍受那样的折磨。他把衣服脱下来，发现是洗过多次已经半新不旧了，就放了心，开始满屋找剪刀。转身看见一张藤椅上摆着一个圆竹绷，上面绷着一块绣了一半的白布，绣的是两朵牡丹，一大一小，一红一粉，红在后，衬托着前边的粉。红的那朵已经完工，粉的那朵才绣了一半。花瓣层层叠叠、深深浅浅，针线功夫之细，如同是国画里的晕染写意。他不由得就多看了几眼。半晌，才想起绣花绷旁边的剪子。拿过来，把领子上的商标仔仔细细地剪下来，修平了毛边，才穿上。等他出来时，院子里的人都不见了，只有阿娇的舅妈还坐在树荫里，摇着蒲扇乘凉。

"都在那儿，往前走几步，林子边上。"舅妈拿蒲扇指了指路。

出了屋就看见林子了，但走到跟前，却还要几步路。远远地，他就看见那群孩子站在一棵树下，仰头看着什么东西。走近了，他发现树上站着一个人。仔细一看，原来是阿娇。阿娇换了背心和牛仔短裤，叉开两腿站在树杈上，手里拿着一根拴着布袋的竹竿，摇来晃去。看了一会儿，他才看出了门道，原来她在摘杶果。阿娇用布袋套住一只杶果，竹竿一扭，左一下，右一下，杶果就落进了布袋。她套下一只，就往树下一扔，孩子们跳起来接住了，欢呼雀跃。他从来没见过杶果树的样子，更没见过这样摘果子的方法，只觉得新奇。

看见他，阿娇就取了只杶果，直直地朝他掷来。他吓了一跳，慌忙一躲，差点绊了一跤。杶果落到地上，裂了，流出些黏汁。一群鸡围拢来，咯咯地啄了起来，扬起一地尘土。孩子们哈哈大笑起来，笑他笨。后来阿娇告诉他，这种杶果是一年里熟得最晚的，所以他还赶得上吃。

摘了有一二十只杶果，阿娇妈朝树上喊道："够了。你把那只白的，右手边的，抓下来。不怎么下蛋了，杀了吃。"

叶绍茗这才看清，树枝间那一团团灰不溜秋的东西是鸡。他见过超市里那些塑料薄膜包着的鸡肉，也见过乡下人在菜市场里卖的活鸡，那是装在铁丝笼子里的，但他从未见过栖在树上的鸡。纹丝不动，闭目养神，一副饱足之后的宁静和安详，浑然不知大难将临，不禁让他想起那些黑压压地停在高压电线上的麻雀。

"太老了，不吃。煲汤吧。"阿娇在树上回话。

"也好，左手下边的芦花，不老。那只煲汤，这只白斩。"阿娇妈说。

阿娇伸手过去，将那只白鸡稳稳地抓住，塞进布袋里，打了几个圈收紧了口，把沉甸甸的竹竿递给树下的人。鸡像被施了定身法，麻木乖顺，毫无反抗的意思。鸡大概也是热昏了，他暗想。

"谁上去抓芦花？我不管了。"阿娇轻轻一跃，落到了地上。

方才树上的这个女人，和早晨在咖啡馆里谈大脑可塑性的，是同一个人吗？他不禁疑惑起来。

大人们把孩子扔在果园里，回家煮饭。"煮饭"用在这里，有点轻飘。准备几个人的晚餐，那叫"煮饭"，而准备几十个人的饭食，是一场军事演习。四只电磁炉都开了，每只上面都咕嘟咕嘟地煮着水，分别是开水、肉汤、卤汁、银耳羹。五个大脸盆"一"字排开，自来水龙头上接了一根软水管，轮番给每个脸盆供水。洗衣用的那个水泥台上，摆着四个厚木案板，三个生食，一个熟食。女人们有的蹲，有的站，在淘米、洗菜、切菜、剥竹笋、拌凉菜、切香肠；男人们在杀鸡，放血，煺毛，剁鸡肉和排骨。阿娇的舅舅在屋外的空地上生起一堆柴火，架上一口大铁锅，准备煮一个军团的米饭。家里的那只柴狗见惯了这个阵势，没露出大惊小怪的样子，只是在树荫里安静地卧着，吐着舌头，耐心地等待着一切喧嚣过后主人给它留下的残羹剩饭。

阿娇见叶绍茗插不上手，就给他使了个眼色，示意他跟她走。于是她在前，他在后，两人又回到了林子里。他们绕过林子里喧闹的孩子，又走了几步，突然，就撞见了一片"火"——那是一片热烈地绽放着的向日葵。金黄的叶子边缘微微卷起，仿佛已经被阳光烤焦。他的眼睛感觉到了灼疼。

他们穿过那片小小的葵林，来到了一条小河边上。河很窄，阳光把暮夏所有的愤怒都倾倒在了水面上。9月的天还长，太阳虽然斜了，却依旧火力旺盛。傍晚的光线有着油彩般的浓腻，风一起，水起了波纹，阳光就碎裂了，生出一堆厚厚的渣沫。风朝前吹的时候，沫子是金色的。风向一变，颜色也跟着变了，一会儿是厚腻的白，一会儿是旖旎的红粉，一会儿又变成了一块巨大的、龟裂了的绿松石。后来风终于静了，水面的裂缝弥合了，颜色渐渐混淆起来，变成了一团胭脂。

"我小时候常来这里，不和他们一起来，只想一个人待着。他们只会说'下河'，我给河起了名字。有了名字，就觉得这条河是我一个人的。"

"你起的是什么名字？"他问。

"千色。"她说。

千色，好独特的名字。他只知道，中国有一个地方叫百色，在广西，那里曾经发生过一次有名的起义。但他从没听说过千色，无论是地名、人名，还是河流的名字。

"夜里再来，又是完全不同的颜色了。"她说。

他们在河边静静地坐了一会儿，看着太阳重了，渐渐下沉，却没有再说话。后来，他们听见了一阵歌声。声音太远，他辨不清歌词，只听见旋律像一根细线，缠绕在暮色之中。

"这首歌叫《白鸟归家》，是我们家的食堂钟声。夏天的时候孩子多，四下散在林子里，没法一个一个去叫。一听这歌，孩子们就都往回跑，知道是吃饭的时候了。下周学校都开学了，家里一下子就静了。"

世上没有哪一张桌子能坐得下那样一个军团，而阿娇家是另一种。阿娇家的餐桌搭在院子里，是四张长条凳上架上四块长木板，外加一块门板。椅子不够，小一点的孩子就坐在大人的腿上。男人喝的是啤酒，女人和孩子们喝的是椰汁、木瓜汁、柠檬茶，都是以箱为单位的。叶绍茗被劝了一轮又一轮啤酒，每一轮都想拒，又不知怎么拒。拿眼睛问阿娇，阿娇置若罔闻。后来阿娇扔给他一瓶驱蚊药水，对众人说："我带他出去看看夜景。他已经头重脚轻了。"

白天断断续续下了几场雨，晚上倒是彻底晴了，出了一轮大大的月亮，光照着林子，能看得见路。树木在地上投下大团大团的阴影，一只不知是什么鸟儿，被他们的脚步惊动，哗啦一声飞过，树影就乱了。近处有虫子在大声聒噪，远处青蛙在一下一下地擂鼓。葵花追了一天太阳，这时乏了，都垂头睡了。他们走到河边，发现河变了，变得很宽，水面成了一面大大的镜子。月光如剪子，把河岸的轮廓清晰地剪了出来，岸边半垂的苇草，在镜面上镂出一些细细的纹路。两人在一块石头上坐下，叶绍茗突然想起来，后天一大早，他要赶往东京和大田动力公司的人见面。那个世界，此刻离他很远。

他听见了一些窸窸窣窣的声响，回头看，是她在脱衣服。月光下，她赤裸的身体几乎成了一只瓷瓶，白底上抹着一层淡淡的青釉光。一些起起伏伏、大大小小的山丘和平原，彼此平和地过渡、交融，没有锐角，都是弧线。她的脑子——那个在咖啡馆里一下子揪住了他眼睛的东西——突然消失了，此刻，他看见的是一个女人。他觉得小腹里有一根细细的火绳，在身体里乱窜起来，想找一条逃路。

扑通一声，镜子裂成一地碎片，她跳进河里，潜入了水下。他等了一会儿，没有动静，忍不住恐慌起来，颤颤地喊了一声："阿、阿娇？"却突然被一只手拽住了脚踝。他不知道她是怎么游到他脚下的，完全没有声音，像水鬼。他起了一身的鸡皮疙瘩。"下来。"她说。她的声音很轻，轻得像气流，他几乎疑惑是不是在幻听。她手里仿佛拽着一根线，他像木偶一样被她牵着，走进了水里。

她把他的T恤和裤子脱了，扔到岸上。他还没来得及感觉羞涩，他们就已经贴在了一起。后来发生的事，他几乎完全没有印象。每一次回想起来，都觉得是一幅模糊的、缺乏细节的照片。但他知道自己的笨拙。三十七年，第一次。他下河的时候还是一个童男子。男人的第一次，不像女人的第一次那样，有着分水岭一样的庄严和仪式感。但第一次终究是第一次，没有铺垫，没有过渡，他哗的一声掉了进去，完全惶乱。

后来就上了岸。他找到衣服，却觉得衣服很沉，是她扯住了衣袖。她把她和他的衣服拿过来，铺在地上，躺了下去。他在她的身边躺下。天是深蓝色的。9月越南的天空，大概永远不会黑透。星星如炬，一明一暗。他在城市长大，没见过这样的夜空和这样的星星。这是创世初的天空，还没有经过科学的污染。科学？他被自己的想法吓了一跳。她没说话，不知道是不想说，还是没有话。但他有话。他嗫嚅地说了一声"对不起"。她没有立刻回应，半晌，才问："为什么？"他语塞。为他的笨拙？为没带给她愉悦？为没带给自己愉悦？都是，又都不是。他说不清楚。

　　过了一会儿，她慢慢地靠过来，将嘴唇压在了他的嘴唇上。负疚和羞愧突然消失了，让位给一种他从未体验过的感觉。他找不到词语，也没想找。舌头像热锅上的猪油，化成了一摊滋滋作响的水，而小腹中的那根火绳，在熄灭之后，又嘭的一声死灰复燃。

　　这一次，他有了经验。他的身体知道了，她的身体也知道了。身体是可塑的，一如大脑。经验重塑了他，他也反过来重塑了她。

　　第二天早上，他再见到她时，她脸色平静，毫无异常，像任何一个正常的主人那样，招呼他吃早餐。饭后，她的家人热热闹闹、纷纷乱乱地和他握手、拍肩、道别，然后她骑着摩托车，送他去汽车站。一路上，她只字未提昨晚的事。他开始怀疑他是否只是做了一个离奇的梦而已。临别时，他给她留下了自己的私人联系方式。而当他问她要联系方式时，她只说了一句："我会联系你的。"

　　可是她没有。

　　这个叫阿娇的女人，彻底颠覆了他从前关于女人的一些想法。这个女人，没问他讨情绪，讨钱包，讨时间。不是世界上所有的女人都要耗费心神。他不喜欢麻烦，但他不讨厌她这样的麻烦。或者说，他其实有一点喜欢这样的麻烦。

　　他从日本归来，立即恢复到他过去数十年一成不变的生活方式中，办公室、实验室、餐厅、公寓四点一线，滚轮椅在地板上碾出的凹槽越来越深。人机接口的第一例人体实验已经获得批准，是一名车祸导致瘫痪的病人。后边还会紧跟着第二例，第三例，第一百、一千例。瘫子走路、瞎子看见、聋子听见的事，很快就不再是神话故事。但是他接下来的重点研究方向会是自闭症干预，那是让脑子重新找到回家的路的过程。灵感是她给的，但也是他自己的心有所动。当然，后来回头来看，一切发生的事，都证明了他和她信奉的一个观点：世上并不存在真正的偶然。

　　一周之后的一天半夜，他睡不着，心血来潮想搜索一下她的联系方式。他不知道她的英文名字，只好搜寻了所有在美国行医的姓Chen的医生。出来了上千个名字，散布在全美各地，包括波多黎各和美属维京岛。后来他加上了更多的过滤条件：Chen，女性，脑外科医生。结果跳出来的只有九个名字。他很快在这九个人中,找到了那张他认识的脸。

Amber Chen, MD, PhD.
(安珀·陈,医学博士,哲学博士)
Senior Neurosurgeon and Neuro-behavioral Scientist
(资深神经外科医生、神经行为科学家)
Massachusetts General Hospital, an Affiliation of Harvard Medical School
(哈佛大学医学院附属麻省总医院)

他找到了她的工作电邮,坐到电脑前,脑子却一片空白。他想告诉她,他的下一个研究重点,也想让她转达对她家人的谢意,他其实真正想说的是"我想你了"。一封信起草了几稿,又删除了几稿,最后只好求救于ChatGPT。"简单,中性一点,不要冒犯,热情,但不要太热情,要有说服力……"在连接收到十来个限定条件之后,ChatGPT吐出了一封信:

……我们现在做的事,是人工智能和脑神经科学最高级别的融合,是人类两大未来的结晶。现在我们是前沿,二十年后,我们也许会成为日常。请你来这里看一看,哪怕一两天。

隔了两天,他收到了她的回信,信上只有一个英文单词maybe(也许)。
再后来,他就完全失去了她的讯息。

叶先生讲完故事,安珀轻轻一笑,说:"我纠正你一下,不是'完全'失去,而是'暂时'失去。"
"所以,我叫千色。"千色喃喃地说。
"全中国只有七个叫千色的人。现在你知道了,你为什么会有这个十四亿分之七的奇特名字。"安珀说。
"所以,你会在我的石膏上写下Cuộc sống là một dòng sông,生命是一条河。"
千色伸出手来,捏住了安珀的手腕,轻轻地摸索着。"你可以不用再骗我了,我知道你是谁。你就是我的妈妈。"
这是一枚装了消声器的开花弹,安静地射出,却炸出满天飞尘。等到尘土渐渐落地,一切重归寂静,安珀才问:"你是怎么知道的?"
"Amber的中文翻译就是琥珀,琥珀是你爸爸给你起的名字。还有,你的手腕上有一个疤,是你小时候被蜜蜂蜇了以后,手术留下的痕迹。"

安珀无语。

"你们可以不这么零敲碎打吗?还有什么谎话,可以打个包,一起告诉我。"千色有气无力地说。

她父母对她撒的谎,就像是俄罗斯套娃,一个套着一个。她一个一个地拆了,却永远不知道哪一个是最后一个。愤怒在最开始的时候是一把火,有声、有势、有光亮,烧得久了,就成了灰烬,还剩了些半死不活的光亮,却已经没有声势了,烧到终点,就烧成了疲惫。

叶先生走过来,坐到千色的躺椅边上。他想搂住他的女儿,可是他不敢。有太多不可言说的自责、愧疚,有太多的言不由衷和身不由己。他的手僵硬地停在了半空。

"安……你妈妈觉得,假如你知道她是你的妈妈,她就无法对你有严厉的要求。妈妈的角色,会混淆、削弱训练师的角色。所以,她宁愿你恨她,也不愿意让你失去成为一个健康、完全的人的机会。以后等你长大了,也做了母亲,也许你就会理解。"

千色听见了窸窸窣窣的响声,她知道是安珀哭了。她终于看见了那个刀枪不入的女人身上的毛孔和裂纹。

"我以我的生命担保,我跟你说的是实话。"叶绍茗说。

千色哼了一声:"你有多少条生命可以拿来担保? 你是猫,有九条命?"

叶绍茗无言以对。

第二十二个故事:一个叫Kaleido的女孩
讲述时间:2035年7月
发生时间:2027年6月—2031年6月

"千色,你最新的脑扫描结果证实了我们的预测。海马体和枕叶——处理记忆和视觉信息的两个区域——跟前一次相比,有了显著改变。这两个星期,你能够想起从前的一些事情,你看见了物体的轮廓和移动轨迹。行为上的变化,假如没有生理结构的变化作为支撑,我总持有怀疑——这就是科学家的怪毛病。看来BR3的电磁刺激的确起了作用,芯片已经和你的脑神经产生了良性互动,我们还要继续……"

安珀突然停了下来,因为她看见了女儿嘴角浮起一丝讥诮的笑意。

"千色,现在你知道了,我是你的妈妈。但你还是暂时叫我安珀老师,因为我们还要继续训练。"安珀说。

"我爸爸,不也在训练我吗? 为什么他就愿意做爸爸呢?"千色问。

问题像图钉,一下子把安珀按死。半晌,她才说:"因为你爸爸,错过了你很久,他一天也舍不得再成为父亲以外的人。"

千色怔住:"你和我爸爸,不在一起吗?"

"一会儿,我就会讲到这事。千色,自从你出生后,我可以放纵从容地做你妈妈的时间,只有一年多。后边的六年多,我都是你的医生。六年多养成的习惯,很难在一天里改变,请给我时间。"

那天在西贡街头咖啡馆遇到叶绍茗,纯属偶然,但她的怀孕,却是一场精心筹划了四年的预谋。

当阿娇还是个小女孩的时候,她爱看的童书里,从来不会出现《白雪公主》《灰姑娘》《睡美人》这样的名字,但她却能一遍又一遍地读《爱丽丝漫游仙境》,书里那些天马行空的人物和动物让她着魔。在自己的泪水中游泳的小爱丽丝,那棵吃一半让人变高、吃另一半让人变矮的神奇蘑菇,那只在空中露齿微笑、只有头而没有身子的柴郡猫,那条抽着水烟说人话的蓝色毛毛虫……它们所做的怪异之事,所说的疯言疯语,她可以如数家珍地讲给母亲听。同龄的女孩们喜爱的玩具,大都是布娃娃或者毛绒动物,而她的心头好却是放大镜、三角尺、剪子、刀片和大大小小的玻璃瓶子。

后来她到美国留学,取了个英文名字叫Amber(安珀)——那是照着她的中文名字琥珀取的。在学校里,她也和几个男生约会过,最终都不了了之,因为情到浓时,他们都会无一例外地向她索取一样她没有的东西:时间。于是,她决定不再陷入感情之中,也决不结婚。但她渴望有一个孩子。

孩子难道不会问她讨时间吗? 她也曾这样问过自己。可是她把母亲和她的关系,看成了世界上所有养育孩子的范本。母亲让她在自己的世界里随意撒野,在果树林里,在小河边,与植物、昆虫和其他动物为伍。母亲从不呵斥她的任何一个在外人看来近乎疯癫的举动。母亲放心地给了她全部的自由,因为母亲绣着花的指头上,还缠着另外一根看不见的线。线的那一头,拴在阿娇(也就是后来的安珀)的心上。母亲知道她的指头轻轻一勾,阿娇就会回头。在这样宽阔的天地中长大的安珀,以为全天下的孩子都可以这样不费心神自由自在地长大。安珀却没有明白,大都市没有果林、葵花和一个人专属的一条河。大都市随处可见的钢筋混凝土墙,会让所有的自由行走,变成囚笼里的放风。

从三十岁起,安珀就开始筹划人工受孕计划。她在波士顿最好的生育诊所里冰冻了几颗卵子,随时准备启动人工授精程序。让她一直踌躇不决的,是管辖所有生育诊所的一项政策:她无权知道授精者的背景资料,包括他的种族、教育背景、性格偏好……她无法确定,她孩子的生父会不会是一个在地铁上窃取皮夹的小偷,高速公路上屡教不改的飙车狂,路边挥舞着海绵刷、追着每辆车子讨硬币的流浪汉,或者是随意朝窗户扔石子、在街边的车辆上用钥匙刮出划痕的浑蛋。这些小过犯罪通常不会出现在正式的犯罪记录中,她无迹可寻。恐惧让她的人工受孕计划推迟了一年又一年,直到那天,她偶然走进了西贡街头的一家法式咖啡馆,新的灵感如春芽猝然冒出。

那天发生的事,用一个被人使烂了的成语来形容,就是天时地利人和。一个难得出国旅行的中国男子,在毫不知情的情况下,撞进了一个生物钟已经敲响的女人的排卵期里。他目测身高大约一米八,体型匀称。他的智力、教育背景、身体状况,符合她对潜在捐精者的全部要求。假如把他设想成一张就职审核表,表上的每一栏都会打上一个完美的勾。当她无意间听到他的名字后,就立即上网,悄悄核实了他的身份背景。然而,即使是一个最缜密的脑神经科学家,在一些很浅显的事上,也有可能犯下低级错误。比方说,她就没想过他的遗传病史。科学的泛光灯,有时恰恰漏过了鼻子跟前的一小片暗影。

从他们两个小时的对话中,安珀看出来,他和她一样,对男女私情并无多大兴趣,这就卸除了她内心的最后一丝负疚。于是,就有了后来发生的事。

这样的叙述虽然客观,却未免过于冷静,冷静得犹如一份临床医学报告,没有模糊地带,没有不小心溢出的情绪,没有也许,也没有然而。其实从一开头,安珀就已经被叶绍茗吸引。她身边不乏杰出的脑子,但是把他从他们中间剥离出来的,是他的单纯。他爱他所做的事,是为事本身。他对自己的智力、创造力和激情所能产生的影响,是一种懵懂无知的天真,就像一个形容娟好的女子,对自己的外貌带给世人的震慑毫不自知。那样的单纯,就让他成为一个具有不同磁场的人。她其实是有点喜欢他的,假如她没有怀孕,也许会和他保持联系。但是在和他分开之后的第三周,她的验孕棒出现了两条杠。从此,她就断绝了任何和他交往的念想。

安珀的孕期和生产过程都非常顺利。小时候在乡下练就的母马一样强壮的体魄,让她在没用任何止痛药物的情况下,自然产下一个重八磅九盎司的女婴。

中文名字是早就想好的,无论男女,都叫千色。那是她给老家那条小河起的名字,而千色的生命,就是在那条河边孕育的。按照弗洛伊德的理论,这是对童年经历的某种回溯和致敬。千色的出生纸上,父亲一栏是空白的,而孩子注册的英文名字是Kaleido　Chen,从kaleidoscope(万花筒)而来。安珀选了这个字,不是因为它有一个美丽的希腊词根,也不是因为她喜爱万花筒,而是因为它和千色的中文名字有着某种遥遥的呼应,还有一个重要原因是:取这个名字的人,世上大概没有几个，重名的概率很低。她痛恨那种一上搜索引擎就能弹出三千次的人名。虽然她深爱母亲，阿娇却是她痛恨的名字。

安珀把母亲从越南乡下接到波士顿郊外的公寓里，帮她一起照看孩子。母亲从未离开过家，来到美国很是欢喜。母亲欢喜，不是因为出国，而是因为可以和女儿在一起。只要女儿在身边，美国和赤道几内亚并无差别。

千色的出生扰乱了安珀的日常起居，打破了安珀情绪的平稳。千色的每一声咳嗽都让她心惊肉跳，每一次安睡中脚趾的轻轻抽动，都让她感觉到生命抽芽成长的惊喜。她在惊喜和惶恐中体验着天下所有初为人母的女人都会经历的情绪起伏。在生养儿女的事上，科学家的智力，甚至比不上目不识丁的村妇。这种时候，有过经验的母亲就成了安珀的定海神针。母亲像小号砂纸，轻轻打磨着安珀情绪上的小毛刺。母亲在照顾外孙女的过程里，又重做了一回母亲。而安珀在养育千色的过程中，又做了一回女儿。

在最初的一年半里，千色没有任何异常的迹象。身高、体重、胃口，对各种感官刺激的反应，都在正常范围之内。每一次从儿科医生那里拿回来的检查报告，都是一份满分的试卷。该睡的时候，她就睡了；该醒的时候，她就醒了。吃饱了不哭不闹，睁大眼睛盯着天花板出神。"草一样好养，和你小时候一模一样。"母亲说。只是安珀和母亲都没有意识到，这段日子会像草尖上的露珠一样转瞬即逝，魔鬼正潜伏在下一个路口，等候着发起第一轮阻击。

安珀的第一丝不安，发生在千色周岁的时候。千色的牙牙学语，并没有顺着发育表上的次序衍变为单词，甚至连牙牙之声，也渐渐变得稀少。千色越长越安静了。等到一岁半的时候，她依旧没有说出一个有意义的单词，安珀的担忧终于抵达了巅峰。

后边的几个月里，安珀频繁地在医院的各个科室轮转，给千色做各种测试。运动、反射神经检查，发音器官检查，脑电图，听觉脑干反应，视觉诱发电位测试……所有结果都正常。"增强语音刺激，多跟孩子说话。"每一位儿科专家都给出同样的建议。作为脑神经外科医生，这是基础知识，安珀的耳朵听出了茧子。

终于有一天，母亲忍不住说话了："要不然，让我带回乡下养养？大城市都是高楼，见不着天，晒不着太阳，她每天只见到你我两张脸。乡下有树有水有鸡鸭，还常常有孩子来，她的天地大了，兴许就开口说话了。"安珀想起了自己的童年，就同意了母亲的提议。在科学和常识之间，平生第一次，她选择站在了常识一边。

于是，在将近两岁的时候，千色被外婆带到了越南。安珀每天下班后都会和母亲隔洋视频，把所有的公假私假都用在了往返越南的旅途上。两岁零四个月的时候，千色终于开了金口。从她口中吐出的第一个词是"阿婆"，而不是"妈妈"——"妈妈"是后来的事。从一个一个单词，过渡到一个完整的句子，千色跌跌撞撞地走了一年半的路途,到将近四岁的时候,她才真正学会了说话。安珀的担忧,终是一场虚惊。很难定义千色的第一语言是什么。她最早接触到的,是外婆带着口音的中文,中间夹杂着一些越南语。而后来几年说的最多的,是英语。再后来,她又重归中文。

千色虽然开口说话,但除了外婆和妈妈,她极少在别人面前开口。即使开口,也从不看着人说话。有时极为安静,一天也不说一句话,有时则毫无缘由地放声哭号。但只要给她一张纸、一支笔,她就能安静下来。她可以趴在桌子上写写画画一整天。"你小时候,也是这样。"母亲说。

后来的事,其实早就埋下了伏笔,只是安珀和母亲被暂时的太平所蛊惑,听不见身后的魔鬼在咯咯磨牙。

千色在外婆身边待了两年。到四岁的时候,被安珀接回美国,进了学前班。真正的噩梦,就从这时开始。

"阿婆,黑痣,在这里,我总以为是芝麻。"千色听完这个故事,突然伸出食指,指了指下颌。

安珀怔了一下,突然醒悟:"对,阿婆这里长着一颗痣,我小时候常常拿手去抠。"

"阿婆看我游泳。"千色说。

"你想起来了? 阿婆说没人教你,你一点也不怕水,下了河就会游。"

"芦苇是空心的,折下来含在嘴里,可以待很久。"

安珀的眉毛轻轻扬了一扬,但她压住了兴奋。"有一回,你在水下待了太久,阿婆吓得要死。阿婆水性不好,只会一口气游到底,不会换气。"

"乡下的事,你还记得什么?"安珀追问。

千色摇了摇头,半晌,才又说:"香烛,阿婆烧香烛。"

安珀长长舒了一口气:"那是阿婆在拜阿公,每天两次,早上一次,晚上一次。"

第二十五个故事:雪天里的不速之客
讲述时间:2035年8月
发生时间:2033年12月

叶绍茗生活中发生的许多重大事件,似乎事先都有某种预兆,有的当时就很昭彰,有的是在事后才渐渐显露出其奥秘的。

有一天夜里,他做了一个奇怪的梦,梦见他的肚子裂成两半,肠子从开裂的肚腹中滑落出来，一圈一圈地盘在地上，像旧时井边取水的辘轳绳。肠子见光就开始腐烂，在他眼前改变着颜色。突然，肠子蛇似的直立起来，缠到了一个小女孩的身上，越缠越紧。女孩的呼吸急促起来，脸色也和肠子一样变着颜色，从粉红变成苍白，再变成蜡黄，最后变成青紫。他在梦中也知道自己在做梦，拼命想唤醒自己，身上却像压着一块巨石，嗓子喊哑了，也发不出声音，不知挣扎了多久，才终于挣醒了，已是一身冷汗。坐起来，他试图回想那个女孩的模样，面容却已模糊。后来他才知道，这样的梦在心理学和脑神经科学里有一个专有名词，叫Lucid Dream（清醒梦）。至于梦境和现实中间的那层象征意义，却是在事件发生之后，他才恍然醒悟的。

第二天，他开了一个长长的项目会议，下班晚了。回家的路上，天突然下起了雪。雪在他生活的城市是稀罕的景象，街上到处都是拿着手机拍雪景的人。其实天并不冷，雪是湿的，大朵大朵地打在脸上，微微有些凉意而已。已近圣诞节，街面上灯火辉煌，巨大的LED广告牌上，各样的商品广告一帧一帧飞闪而过。圣诞节在这里不过是一次众声喧哗的商机，一个长长冬季里的狂欢借口而已，光亮和声响都有点轻佻，与他并不相干。他突然感觉有点寂寞。他刚过完四十四岁生日，依旧单身。他没想过结婚，也从未后悔选择了单身。只是在这样一个下着湿雪的夜晚，要是有人陪他吃一顿饭，喝一杯酒，即使不说话，也是好的。一小杯温润的米酒就好，不要咖啡，他已经多年不在下午或晚上喝咖啡，怕影响睡眠。科学家没有不失眠的，失眠是脑容量的标签。他这样安慰自己。

他走到公寓门口，正要按门锁密码，突然发现楼道拐角里站着一个女人。女人的手里拎着一只拉杆箱，应该已经站了一会儿了，驼色呢子大衣上的雪花，已经化成了一斑一斑的水印。女人朝他走过来，喊了一声"叶先生"。可他并不认识她。看出他疑惑的眼神，女人就说："我是安珀，就是那个阿娇。那年在西贡，还记得吗？"

他一下子想了起来，却不禁吃了一惊。阿娇，不，安珀，变化太大了。倒也不完全是老，而是发型和神情。她的头发留长了，在脑后随意绾了个髻子。身上那股母马一样旺盛的生气消散了，眼睛里是遮掩不住的疲惫和沧桑。

"当然记得，我给你发过几封电邮，你有收到吗？"他问。

她含混地点了点头，转身说："千色，你过来。"

他这才发现女人身后的阴影里，藏着一个女孩子。女孩子被安珀扯到跟前，却不抬头看人，只是专注地翻着手里的一本书。书已经翻烂了，起着厚厚的毛边。他对孩子的年龄缺乏判断力，觉得可能七八岁，也可能五六岁，大约就在中间的某个阶段。

"我的女儿。"女人说，"千色，来跟叶先生打个招呼。"女孩置若罔闻。在被母亲催促多遍之后，女孩终于抬起头来，看了他一眼，立即垂下头，依旧翻弄着手里的书。就在四目相对的那一秒钟，叶绍茗觉得心脏咯噔了一下。

他从这个女孩子的脸上，看到了他自己。假如女孩的头发剪得更短一些，再换上一件海军蓝的校服，他会以为他穿越了三十多年的时光隧道，迎面撞见了玩三阶魔方时期的自己。

"不请我们进去吗？"安珀说。

叶绍茗开了门，领着母女两个进屋。安珀在鞋柜前的小拐角里放下行李箱，脱下大衣，也给女儿除去了外套，搁在沙发上，然后把女儿领到餐桌边上，扯出一张椅子，让女儿坐下。她做这些事的时候，神情娴熟自如，仿佛她已经在这里住了一辈子，熟悉每一个角落、每一件家具。女孩坐下来，立即打开了手里的书。叶绍茗发现，女孩并没有在看书，她只是在一页一页地翻着书，从头翻到尾，再从尾翻到头，周而复始，循环往复。女孩翻书的动作有点僵硬，左手的食指和中指上都缠着纱布。

"有牛奶吗？请给她热一杯，飞机上她没有好好吃饭。"安珀说。

叶绍茗从冰箱拿出牛奶，倒了一杯放进微波炉里加热。

"从越南来？"他问。

"美国。"女人把热了的牛奶递给女孩，看着她喝了，然后在沙发上坐了下来。

"千色是你的女儿，2027年6月10日出生。我带了她的出生证，你可以计算日期。"安珀说。

嗡的一声，他的脑子里飞进了一窝蜜蜂。他看见安珀的嘴唇一张一合，却听不清她在说什么。后来，她递给他一张卡片，上面的每一个字他都认识，合起来他却完全看不懂。

"这是附近可以做DNA测试的诊所。假如你不相信，我们可以做亲子鉴定。"她说。

他突然被她话语里的那股凛冽和决绝激怒。

"为什么到现在才告诉我？"他问道。

"这个问题，我们以后再慢慢说，我有别的事，当务之急，"女人单刀直入，"千色患有自闭症，我想问一下，你的家族里有没有这类病史。"

久已忘却的陈年旧事，突然涌了上来。少年时感受的羞耻，经过了三十多年的冲洗，竟然只洗去了浅浅一层皮，禁不起轻轻一抠。

"假如不是因为这个，你根本就不会告诉我，对吗？"他问。

女人点了点头。

"永远不会？"

"永远不会。"女人的声音平静而坚决。

叶绍茗的额头上有一根筋在蠕爬,那是还没有找到出路的话。

"你特么,真的冷酷。"他在茶几上擂了一拳,茶杯跳了起来,早上没喝完的咖啡,在玻璃面上流出一条脏黑的细线。这是他平生第一次开粗口,对一个女人。

那头餐桌上的女孩突然尖叫了起来,把手里的书卷成一个筒,砰砰地砸着自己的额头,仿佛那是一块岩石而不是皮肉。安珀飞奔过去,紧紧搂住了女孩。女孩像困兽一样剧烈地撕扯挣扎着,扭头咬了安珀一口。安珀没有松手,只是对叶绍茗大喊了一声:"我的行李箱,有一个本子、笔盒,在最上边,快!"

叶绍茗打开安珀的行李箱,找出本子和一只装着五彩马克笔的盒子,递给安珀。安珀在女孩的耳边说:"把你脑子里想的事,画出来,画出来,画出来,画出来,画出来……"安珀的声音越来越轻,轻得像催眠师的耳语。女孩渐渐安静了下来,安珀才松开手。叶绍茗看见安珀的手腕上,有一朵梅花在慢慢绽放,从浅红变成朱红——那是女孩的牙印。

叶绍茗拿出急救包,将安珀的伤口消毒包扎了。两人坐在地板上,一粗一细地喘着气。

"多久了,这个样子?"他问。

"从前她只是不跟别的孩子玩,不爱说话。半年前开始自残,身上到处是伤。特殊儿童学校最有经验的老师,也对付不了她。她在场,对别的孩子也不安全。现在已经没有学校可以收她,除非送进那种医院。"女人说。

叶绍茗无语。此刻若把他的脑子送入功能磁共振机器,扫描出来的成像一定是一片燃烧的森林。每一个细胞体、每一条树突、每一根轴突,都在着火。所有关于大脑结构的理论,在此刻都是无稽之谈,因为没有一条脑沟,可以隔离局限这样混乱的火情。他捧着脑袋,等待着那轰然一声的爆炸。

"叶先生,请放心,我不是来问你要赡养费的,也不想影响你的家庭,假如你有家庭。从一开始,我就是打算独自抚养她的。"安珀说。

你只是一个意外的精子捐献者。这是安珀想说而没有说出来的话。可以证明自己立场的途径有很多,她没有必要使用涂着毒药的匕首。

他突然明白过来,女人误解了他的沉默。

"为什么不早来问我?本来事情可以不是这样的。"他说。

他突然意识到,他正在重复当年他父亲对他母亲说过的话。两番话像两株芽叶,一株和另一株看着相似,但底下的根,却不尽相同。父亲的根是责备,而他的却是自责,或许还有心疼。

"我是说,本来可以不用发展到这个地步的。"叶绍茗解释说。

"我在《新英格兰医学杂志》的一篇科技综述上,看到了关于你们实验成果的一篇报道。"安珀说,"导致自闭症的确切原因,到今天还没有定论。目前的新说法

466

是,大脑活动过于活跃,感官太敏感,从环境中接受了过多刺激。自闭症患者的大脑不像正常大脑那样,知道自动修剪不必要的神经连接,所以它会被信息湮没。你们的BR3芯片,就是基于这个原理,对自闭症大脑进行电磁干预,修剪过多的繁枝杂叶,让大脑可以专注在主要的任务上。"

安珀说这话时并不知道,最初让他对自闭症项目产生灵感的,就是他们在西贡咖啡馆的那次谈话。

"对开颅植入手术,我一直犹豫不决。但你们已经有了成功的先例。而且,你都看见了,我还有别的选择吗?"

叶绍茗沉默良久。震惊已经淡去,同情也已经麻木。震惊和同情之下,嶙嶙峋峋地露出另外一样他从未经历过的、一时还说不清楚的东西。这样东西,在看到女孩第一眼的时候,就已经在了。这样东西,是上苍公平地给了天下所有物种的,与生俱来,无需培植。

"她也是我的女儿。"叶绍茗说。

安珀转过脸去,不想看见他眼睛里的情绪。她不是为情绪来的,她不能让情绪拖延拦阻她要走的路。"我知道现在你们的等候名单很长,来自世界各地。我需要一条捷径,或者说,一扇后门。再拖下去,就会错过她大脑最有可塑性的时期。这是我今天找你的唯一原因。"

"妈妈,画,你看,画。"趴在餐桌上的女孩,已经完全忘记了刚才的暴怒,拿着一张纸,颠颠地跑过来给安珀看。女孩画的是一个半人半兽的孩子,浑身赤裸,身上缠着一根绳子,一圈一圈的,像蛇。

叶绍茗万箭穿心。

叶绍茗的故事讲到这里,千色突然大声嚷了起来:"我知道了,你们的芯片,是在车祸以前就已经植入我的脑子的。是为了治我的自闭症,不是因为车祸。"

叶绍茗轻轻叹了一口气:"你的大脑里,有两个芯片,为不同的目的。"

第二十六个故事:千色的记忆
讲述时间:2035年8月
发生时间:2033年12月—2035年4月

吃过早饭,安珀和叶绍茗在千色身边坐下,正要开课,千色却先开口了。

"爸爸,昨天你讲到那个女孩画了一张被绳子缠住的画,我的耳朵就一直在嗡嗡响。早上起来,脑子就像被水洗过了,突然什么都清楚了。"千色说。

"那你记起了什么?"安珀问。

"那个小陈阿姨，一直都在我们家。我从美国到这里后，爸爸就请她到家里照看我。"千色说。

"你还记得，刚开始的时候，你咬过她吗？"叶绍茗问。

千色歪着头想了想，才说："我咬过的人太多，记不全了。我烦她每天开饭的时候敲锅子。她什么丁点大的事都能笑，桌子上掉了一粒米饭，窗外飞进来一只蛾子，她都咯咯咯咯的，像个傻子。"

"你爸爸就是为了这个，才决定雇她的。你爸爸说家里很需要笑声。她烧的饭，其实真不怎么样。"安珀说。

"她说天下所有有营养的东西，味道都像木屑。"千色说。

安珀忍不住笑了："无知。除了小陈阿姨，你还想起了什么？"

"我现在，什么都想起来了。后面的故事，我可以讲给你们听。"

我用指甲掐自己。妈妈隔两天就给我剪一遍指甲，可是我还有牙齿，整齐干净、小兽般尖利的牙齿。牙齿是对付别人的，很少对付自己。对付自己时，我更喜欢用头。我用头撞身边的任何障碍物，家里的每一件家具角上，都包了厚厚的纸。可是世界太大，森林不够，妈妈的眼睛也不够，我总能找到盲角。洗澡的时候，妈妈的指头在我的伤疤和瘀青上跳着轻柔的舞蹈，每一步都伴随着叹息："这儿，这儿，这儿，还有这儿，你知不知道疼？"我茫然地看着，不懂她在讲什么。我的身体是一块铁皮、一条木板，或者一张塑料纸，和我的脑子没有什么关系。我脑子里有个魔鬼，在急急地寻找逃路，需要经过木板、铁皮，或者塑料纸。

后来我做了手术，植入了那个芯片，接着就是漫长的治疗和康复。你们带我去那个叫"唯心"的地方，他们问我各种各样古怪的问题，进行一轮又一轮的考试。适应性行为指数测试，这是他们给那些考试起的名字。后来有一天，"唯心"的心理医生告诉你们，我的指标达到了最优等级，我已经基本治愈，不会再产生自残倾向，但还需要长期观察跟进。我强忍着没有笑出声。其实，我只是知道了疼而已。知道了疼，我就不会再使用指甲、牙齿和额头。森林有救了，家具和墙可以太平无事了。有一天，我无意间看见了爸爸放在餐桌上的账单，真是替爸爸不值。这么简单的事，却需要花这么多钱才讲得清楚。

其实远在"唯心"的人告诉爸妈之前，我就知道我已经好了，不仅因为我有了正常的痛感，还因为我对画画突然失去了兴趣。我的画本和彩笔盒子在桌角静静积攒着灰尘。当妈妈把我过去的画拿给我看的时候，我竟然完全看不懂画的是什么。"可能都是在记录你的梦境。"妈妈说。不，那不是我的梦。那是我脑子里的魔鬼做的梦。魔鬼走了。魔鬼已经是曾经的魔鬼了。

爸爸个子很高，和我说话的时候，他弯着腰，我仰着脖子。后来他改变了姿势，把一条腿跪在地上，和我平视，这样我们都省力了。那段时间，爸爸几乎都不去上班，只有在团队汇报项目进展的时候，他才会去办公室一趟。他似乎对他一辈子挚爱的科学突然失去了激情。"假如我一生的研究，都无法帮到我自己的女儿，那即使我拯救了全世界，又怎样？"绝望的时候，他也说过这样的话。有时临睡以前，他会坐在我的床头，什么话也不说，只是静静地看着我。我问他在想什么，他会喃喃地说："没想到爸爸血液里的一只蚂蚁，爬到你身上，会变成一条这么大的毒蛇。"

假如妈妈也在，妈妈就会打断他："这事，不是你……"妈妈总不把话说完。没说完的部分，才是重点。我知道妈妈在说我的出生——她没有事先征求爸爸的意见。大人总是低估孩子的理解能力，尤其是我这样的孩子。"唯心"给我测过两次智商，比爸爸低一点，却比世界上很多很多人高。很多的意思，是95%~98%之间。80亿人的95%是多少？76亿。76亿的人若是蚂蚁，会覆盖多少座喜马拉雅山？我不知道，也不觉得重要。我说了这个数字，仅仅是表示大人总是忽略孩子的理解能力，对我的智力水准，他们总是在不该记得的时候记得，不该忘记的时候忘记。

我知道他们都心怀愧疚，各有各的愧疚，爸爸为我，妈妈为爸爸，当然，也为我。可是，有谁问过我吗？有谁想过，我是不是愿意带着一个半人半机器的大脑，行走在这个世界上？我在学校里，老师见了我嘀嘀咕咕，同学见了我嘀嘀咕咕，连操场里种的那片梧桐树，在我经过的时候也嘀嘀咕咕。所有的嘀嘀咕咕，都是关于我的，却都绕过了我。他们一定在想，这个女孩大脑里的那个芯片，会不会像定时炸弹一样，在上课的某一个时间突然炸响，把教室变成一堆瓦砾？她会不会在听到一句不顺耳的话时，突然从太阳穴里伸出两把尖刀，在五分钟内让操场沦为一个屠宰场，像一些科幻电影里的情景？

所有的人和我说话都小心翼翼。"你昨天好吗？""我很好。""你今天好吗？""我很好。"这是一年级的孩子说的话吗？没有人会告诉我他家里的秘密，比如他爸爸和保姆有了腻歪，比如他姐姐跟一个卖羊肉串的跑了，更没有人会和我过不去，把我越界的铅笔盒推回到我这边来，在上厕所的时候和我抢位置。他们看我的眼神，好像我是一件景德镇瓷器。无论我怎么不讲道理，没有一个人敢和我吵架。没有秘密、没有争吵、没有嫉妒、没有抢夺，这样的童年还是童年吗？我的爸爸妈妈用一个芯片，直接把我送入了孤独的老年。

你们没有问过我，我要不要出生？你们真正需要愧疚的，不是遗传，而是在遗传还没有发生的时候，你们，不，是妈妈你一个人，做出的那个决定。我被你毫无选择地带到了这个世界上。

我做完手术后，需要一长段时间的训练和观察，芯片的编程，需要根据我的情况实时更新。妈妈几乎每隔两三个星期，就飞来一趟中国，就像我两岁时她需要频繁地飞往越南那样,有时仅仅是为了和我待一个周末。那段时间里,我觉得妈妈在空中和机场候机室里度过的时间, 远胜过在波士顿郊外那个叫剑桥的小镇里的那间公寓。

后来我发现爸爸和妈妈也开始嘀嘀咕咕,绕开我,在另一个房间,关上门。我知道他们在吵架。他们是科学家,很少允许情绪泛滥。他们吵架也是安安静静的,轮番说话,你说完了我再开口,不随便插嘴。他们也有指甲和牙齿,但是他们的指甲和牙齿不是我的指甲和牙齿,他们不会自残,也不会相互残杀。可是,无论裹上多少层外衣,吵架还是吵架。

我知道他们是为了我。妈妈以外国专家身份,加入了我的治疗团队,但是妈妈的正职在美国,在麻省那家世界闻名的医院里。妈妈不能这样长期两头奔波。妈妈想带我回美国。

可是爸爸不同意。"我才刚刚认识她,她正常的日子,还那么短。我想好好做一做她的父亲。"爸爸说,"她的医生,她的康复环境,都在这里,请不要再把她连根拔起。"爸爸在"再"字上画了一个重点。

就像我的出生一样,在我的归属问题上,他们也没有问过我的意见。我像是他们的一件行李,由他们决定到底该存放在哪里。

他们的每一次吵架,都会结束在"下一次,我们再谈"上。下一次很快就到了,再下一次,再再下一次,一晃我即将上完小学一年级。妈妈的耐心终于磨穿了,于是,就有了那一场爆发……

"千色,别讲了,求求你!"安珀突然像一件被大雨淋湿的旧衣服那样,瘫软了下去。

第二十七个故事:本该是开头的结尾
讲述时间:2035年8月
发生时间:2035年4月

"安珀,我知道你不想回到那一天的场景,我也不想。假如我们能从日历上将那一天撕去该多好。可是世上的日历太多,我们撕不完。即使我们撕去世界上每一本日历,上帝手里还攥着一本,那是谁也够不着的。那天发生的事,有一部分是连你也不知道的。所以,在我还有时间的时候,我必须和你,还有千色,讲一讲那天的事。"叶绍茗说。

"那天你从美国飞来,我们不可避免地又进入了关于千色去向的话题。这个话题,我们车轱辘似的,到底转过了多少个轮回,几十次?几百次?我知道你的耐心已经磨得很薄。最初你是非常有耐心的,你在耐心地等待芯片在千色的大脑里,一点一点地创造奇迹。可是奇迹一旦成为现实,你就想带她回去。你开始焦急。你的耐心从厚实磨到稀薄,是一个渐进的过程,而从稀薄到彻底磨穿,却只是一瞬间。这是我没有想到的,我总觉得还有下次,下次也许会有转机。其实那天,我没想再次进入那个车辖辘循环。那天我想告诉你,我做了两个决定,很大的决定。

"那天,在我的公文包里有一份盖着实验基地钢印的聘书,聘任你为我们的首席脑神经科学家。我知道你所在的医院是国际顶尖的,你现在从事的,是脑神经科学最前沿的研究。我们的基地也是顶尖的,我们是人工智能科学的顶尖。这几年的突破,你一直在跟踪。假如你的顶尖和我们的顶尖交汇,想象一下两座珠穆朗玛峰的高度,你会动心吗?

"我的公文包里还有一个黑丝绒的盒子,里边装的是一枚戒指。一粒不算大的钻石,素净地镶在白金圆环上。说句老实话,我并没有花太多的时间挑选款式。秘书给我推荐了她们女孩子都知道的一个网站,我翻了头两页,就看到了一枚顺眼的。不怎么贵重,却是一个四十六岁的单身男人平生第一次动的结婚念头。你和我都是坚定的不婚主义者,我们害怕的是同一件事:我们给不起时间。可是假如你和我在一起,我们完全懂得时间的意义,不会把它耗费在琐碎的仪式和纷争上。天下还会有我们这样的绝配吗?我们不会用感情绑架彼此,不做情绪的奴隶。我们会省去世上夫妻间一切争吵、道歉、和好的过程。天下不会有另外两个人,像我们那样理解彼此的需要。

"最重要的一点,是我们的女儿千色。那天你把她带进我的公寓,我看见你被她咬住,像狮子那样的咬法,你却死死不肯松手,我就知道你是真爱她的。我对自己基因里的那个污点一直心怀愧疚,但说起来也很惭愧,我有时也暗暗感激那个污点。若不是因为它,我也许一辈子都不会知道有千色,她也不会知道有我。但现在我们已经彼此知道了,就绝无可能再回到无知。我们的女儿,应该在有母亲的同时,也有父亲。

"我想用这三件事来说服你,劝你留下,可是我选错了时间。在我终于决定开口的时候,你的耳道已经长满了荒草。那天我刚说了一句'我想留下千色',还没来得及打开公文包,你就拖着你的拉杆箱,冲到了门外。那天的你完全不像你。失去了耐心的人都不像自己。耐心是牵制情绪的绳索,绳索断了,一切情绪就如同洪水猛兽,没有哪道堤坝能阻拦得住。

"那天外边下着雨,我很久没见过这样大的雨,仿佛天被戳漏了。但凡人生要发生一件大事,总会伴随着一场大雨、一场大雪,或者一场战争。雨水像一根根斜抽过来的鞭子,把你抽得体无完肤。你没有返回来取伞,你像逃离身后紧追的杀手似的,在大雨里疯狂奔跑,脚步溅起一片水花。我把千色匆匆塞进车里,开车去追你。后边的事你们都知道了。路太滑，另一条道上有一辆载货卡车在拐弯时失去控制，车顶上的钢管甩了出去，跌落到我们的车顶。

"我和千色被立即送进我们基地的附属医院。两个急救室里，进行着两场截然不同的手术。在千色的手术室里，他们在尽力修补破碎的身体。而我的身体，已经无法修补，他们想救的，是我的脑子……"

"你、你是谁？"千色的声音绽开了无数条裂缝，因为她突然看见了眼前的一切。她对面站着一个人，长着她父亲的脸，却比她父亲矮了一截。黑色T恤衫的领口露出一截金属脖子。牛仔裤之下赤裸的双足，是两坨没有脚趾的闪着银光的金属，像商场橱窗里模特儿的样式。一个奇怪的、她认得又不认得的男人。

世界陷入死一般的沉寂，空中的飞尘突然有了嘤嘤嗡嗡的响声。安珀捂住了千色的眼睛："别怕，你听，那是他的声音。他是你的父亲。"

一阵嘎啦嘎啦的细微声响，是那只金属颈脖在转动。

"请不要打断我，我只有三十分钟。在我和千色产生眼神对视，也就是千色恢复视力时，我身上的程序，三十分钟后就会自动关闭。"

千色掰开母亲的手，怔怔地看着那个自称是她父亲的怪物。

"千色，那天我被送到医院的急救室时，已经停止呼吸。我全身的器官都已经衰竭，再无可补救。但是我的大脑还活着。他们进行了紧急移植，把我的大脑接入了智能机器人的身体，这就是你看见的我，一个金属人。

"我没想让自己成为这样的人，可是我必须活着，亲身参与你的救治和康复。你的脑子里有两个芯片，世界上还没有过这样的先例。我要保证它们不会相互干扰，也要监控编程的更新。你是我愿意以这个样子留在世界上的唯一理由。但我不想让你每天面对这样的我，听见我身上马达的粗野呼吸声，看见我每一次扭动身躯时的怪异姿势，所以我才设置了三十分钟的滞后，让我把话说完就走。我每天都盼望着你能恢复视力，也每天都惧怕这一天的来临，因为你看见我的时候，也就是我离开你的时候。"

安珀打开手机，飞快地在通讯录中寻找她想找的名字。她持手术刀在细如发丝的脑神经丛林中自如行走的手，此刻却像风中的落叶般簌簌颤抖。

"安珀，别浪费时间了。掌控我行为的，是我自己写的闭源软件，使用的是我自创的语言，没有人可以进入，做任何修改。你还是安静地听我把话说完。

"千色，我和你妈妈让你在魔鬼般的训练中，失去了许多你这个年纪该有的快乐。我不知道让你找回记忆是不是一件好事。也许，给你输入记忆是我们的自私想法，是我们害怕自己在世界上留下的踪迹，会随着你的失忆而彻底消失。我知道你到现在也还在怀疑，我们强塞给你的记忆是不是真实的。我发过誓，会以我的生命担保，现在是我兑现诺言的时候。假如我的消失，能让你相信我们的话，那我的目的已经达到。我们没把实情一下子全告诉你,是为了让你有时间慢慢消化,不至于被太多的真相窒息。我唯一对你隐瞒了的,是我的机器人身体。"

"爸爸!"千色泣不成声,"我早就信了。"

机器人缓缓地转向安珀:"我还有一点遗憾, 没有告诉过你。是你让我知道了,除了脑子,身体也是可爱的。在那条叫千色的河边,你教会了我,欣赏身体。可就在我懂得从你的身体里享受快乐,也让我的身体给你快乐的时候,我却失去了我的身体。幸运的是,我们留下了千色。她身上,有你母马一样的生命力,破碎了多少次,都活了下来。基因的力量啊……"

"绍茗,你听我说一句,那天我情绪失控,是因为……"

嘀的一声,电源自动关闭了。叶绍茗的双手扭动了几下,进入了静止状态,眼睛慢慢合拢。

"……是因为我等你那枚戒指, 等得太久了。"这是安珀没能说完的后半截话。

2075年12月:一场主角缺席的颁奖典礼

在多伦多北约克区的一间公寓里, 一个中国女人正在观看一场现场直播的颁奖典礼。这是国际人文科学艺术联盟的一个非虚构文学大奖,获奖者是一位叫Kaleido Chen的女作家。说她是作家似乎有点勉强,因为除了这本书之外,她没有写过任何文学作品,业内几乎没有人认识她。

获奖的作品是一本名为*What's Remembered Gets to Live*(《只有铭记,才可永存》)的书。这本书以日记和随笔的形式,详细记录了作家一段奇特的童年生活经历。Kaleido是世界上最早受惠于多重人机接口技术的人:在她的大脑里有两个芯片,用于干预她的自闭症症状和恢复她由于车祸而失去的记忆和视力。而她已经过世的父亲,则是世界上第一个将人脑成功移植入智能机器人身体的例子。

"一个拥有'机器大脑'的女儿,一位寄居于机器人身躯里的父亲,和一位100%正常人类的科学家母亲,共同创造了一个脑神经科学和智能科技相融汇的奇迹。当时的奇迹,在今天已经是人类生活的日常。Kaleido用敏锐而独具一格的文字,记录下了一段人类探索科学边界的历史。她在描述科学给人类带来的裨益的同时,也尖锐地揭示了人工智能对人类生活的强悍入侵。科学的终点到底是上帝还是魔鬼?记忆会怎样重塑个人生活?记忆和存在之间,到底是一种什么样的关系?四十年后的今天,这依旧是人类热议的话题。Kaleido的书写,对人类几千年积累的智慧和常识,发出了令人深思的叩问。"这是主办方的颁奖词。

获奖者没有出席典礼。代替她领奖的,是出版社的编辑。编辑介绍了作者的身份背景，与会者才知道，这位获奖作家实际上是一位大学心理学教师，她研究的领域是梦境与思维及行为之间的关系。这本被归类在非虚构文学作品里的书，只是一部与她的专业领域毫无关联的私人记录。她完全没想到这本书会被翻译成三十六种语言，为她赢得一个全球著名的文学大奖。

编辑告诉与会者，Kaleido没有亲临颁奖现场，是因为她觉得这不是她该得的奖项。"那是颁给马的奖，而我却是一头牛。让马和牛都待在各自应该待的地方，世界会安静一些。"编辑转述了作者的原话，引来哄堂大笑。

住在北约克区的那个中国女人，看着自己的巨幅照片被投射在颁奖典礼的大屏幕上，轻轻地叹了一口气。她的两部学术专著手稿，经过了七七四十九轮修改，依旧还在大学出版社编辑的桌子上，遥遥无期地等待着面世的那一天。而她那本未带任何期望值的回忆录，却像野火一样烧红了一片天空。

那年她四十八岁，已经在副教授的位置上待了整整十五年。由于她的学术论文发表数量不够，在大学体制里的晋升希望渺茫。天才的后代，只是芸芸众生中的一个常人。一加一不等于二，更不大于二。一加一甚至小于一。这就是遗传不可破解的奥秘。

【作者简介】张翎，女，浙江温州人。1983年毕业于复旦大学外文系，1986年赴加拿大留学，分别获英国文学硕士学位和美国辛辛那提大学听力康复学硕士学位。主要作品有《张翎小说精选集》（六卷本），长篇小说《劳燕》《流年物语》《阵痛》《金山》《邮购新娘》《交错的彼岸》《望月》，小说集《余震》《雁过藻溪》《盲约》《尘世》等。曾获第三届"红楼梦"长篇小说奖专家推荐奖、中国首届华侨文学奖评委会特别大奖、华语文学传媒大奖年度小说家奖、人民文学奖、十月文学奖等多种奖项。小说多次入选各种选刊、选本及年度排行榜。

理想婚姻

◎　温亚军

一

好不容易从奢侈品网站退出来，卫立然的脑子还要在名品榜单里停留一阵子。这是她每晚的必修课，哪怕一根针都不买，也要在高端名品店里逛两到三个小时。平时不能穿戴那些名品，是为了注意形象，不给老公添乱，但不等于没有。她时常把自己的库存拿出来，与网上的比对一下价码、成色，让自己的优越感飙升到临界点，才意犹未尽地顺便瞄眼时钟——十点十分。哟，到睡觉的点了。早睡不容易衰老，最明显的是不容易有眼袋。到了她这个年龄，老公仕途正顺，儿子研究生在读，父母健康无忧，唯一让她每天费心的事就是自我保养。所以，先从早睡开始。这个点了还没洗漱呢，她丢下手机去开热水器时，关林浩打来电话，开口问她："还没睡吧？"卫立然不喜欢这种明知故问式的开场白，用沉默作为应答。要放在以前，她肯定会怼老公一鼻子灰，"别说这种废话，说重点。"老公去掉"副"字，坐上县长位子已满三年，没有什么动人的业绩，弦绷得很紧，卫立然对自己提出要求，这个时候得收敛一些，与不能穿金戴银一样，该掩藏的还是得藏，说话做事不要直来直去，时刻以关林浩为中心，从大局出发。毕竟，作为县长夫人，她目前主打的是个"贤"字。道理她都懂，可真正做起来，还无法做到得心应手，这跟她性格里长期的强势有关，如同刹车一样，脚下不能踩猛了，急刹不行，得缓缓地踩着脚刹，慢慢让车速减缓下来。可关林浩不知道是不是习惯了那一套废话程序，或是不太懂得卫立然"删繁就简"的语言模式，仍时不时地自然启动这种废话开场白，这样不走心的话怎么听着都别扭。

"儿子的情况告诉你了吗？"关林浩可能意识到老婆的沉默意味着什么，立马切入了重点。

卫立然把自己的思绪从奢侈品里强行扯回来，声调随即变了："啊！什么情况，我是说儿子？"

关林浩故意停顿了一小会儿。通常，这是他不满的表现，果然，他的语气上升到县长的身份："要我怎么说，你才能当回事啊？上午我提醒过你，得盯紧点，别让这浑小子搞砸喽。一晚上我陪着——领导，你知道的，我心里一直在等你这边的消息，你倒好，根本没往心里去，你就不能把我的话当回事？叫我怎么说呢。"

"哦哦！"卫立然从恍惚中反应过来，把声调降至正常，嘿嘿笑道，"我这就问儿子。中午我叮咛过他，让他见面后给我回个电话的。"

关林浩气不打一处来："等他主动打电话？你就做梦吧。"话临出口时，他拐了个弯，没有指责老婆玩手机逛网站商城误了正事。

卫立然当然明白老公的不满，一起生活了二十多年，彼此之间的说话语气、做事方式早就揣摩透了，他们都是聪明人，早已不直面相互掰扯对错了，那太低级。而且，她为了不让关林浩落下口实，隐藏着自己对奢侈品的强烈欲望，也就说明她是懂得主次和分寸的。卫立然没因关林浩的气急而生气，家庭关系中，她同样分得清孰轻孰重。关掉热水器，她立马拨打儿子的手机，直到里面语音提示"您拨打的电话暂时无人接听"，才摁断，怕老公等得着急，她忙发信息过去，用安慰的口气告知他，儿子没接电话，见面可能还没结束，不方便接电话。关林浩秒回一个模棱两可的符号，卫立然解读不了，不知所以，干脆没回复，起身准备继续去洗漱。

再次打开热水器，燃气发出像蛇吐芯子一般的咝咝声，往常她会完全忽略的，这会儿绵密而细长的声音却像预谋好了似的，带着扯锯般的锐利感迅速窜进她耳中，她无来由地打了个寒战，情绪顿时跌入低谷，没心情洗澡了，于是关掉电源，从暖壶里倒些热水简单洗把脸算了。在卫生间磨蹭了一会儿，刷牙时听到微信提示音响了一下，她没在意。牙还没刷完，手机又连续响了几次，卫立然判断这肯定是儿子发来的信息，他能把一句话拆成四五句连续发过来，完全一副靠拼手速刷屏的态度，用一条信息说完一句话，表达一下完整意思那是绝对不可容忍的事情。关林浩对此深为不满，但他不在儿子跟前说这些事，而是不停在卫立然面前痛斥这种行为，好像卫立然是他在这个家庭里的秘书。卫立然倒也履行着家庭秘书的职责，很郑重其事地跟儿子交涉，试图纠正这种貌似节奏过快却又是断续的、词不达意的语言表达方式。但是没用，儿子翘着嘴角用看外星人的眼神盯视着她，嘴里嗯嗯答应，下次依然如故，倒显得她的郑重其事有点小题大做了。她没办法，索性懒得去管。

嘴里含着牙膏沫，卫立然回客厅抓过手机看儿子的信息，三条信息的字数加在一起只有七个字:见过。回来了。晚安。很有连贯性,而且密不透风,她想知道的内容,一个字都不透露。卫立然心里不悦,打开另一条信息,是老公的,他也惜字如金:什么玩意儿! 强烈的情绪明明白白,比儿子的七个字内容丰富多了。卫立然心头掠过一丝不妙,赶紧拨打儿子的电话,依然不接听,她返回微信,拨打语音,这回接通了,儿子在那头显得极不耐烦:"又怎么啦? 不是跟您道过晚安了!"

"关卫洋,是不是你把事搞砸了?"

儿子在那头高声叫道:"什么叫我把事搞砸? 都按你们说的程序做的呀,见面了,吃饭了,一步没落。怎么着,是后面又增加程序了吗? 难不成你想让我一步到位,直接把人家给摁倒在床上?"

卫立然没想到儿子会说出这样的话,被噎了一下,还没开口,儿子又以隐忍的口气道:"你们到底要我怎么样? 我跟个提线木偶似的随你们摆布,还想让我怎么做?"

卫立然缓过神来,抽了一张纸巾,把嘴角残留的牙膏沫擦拭干净,冷笑了一下,语气却变得温和了:"你就不能体谅体谅我这当妈的心? 能不能告诉我重点,见了那女孩感觉怎么样? 你们吃了什么,谈得投机不?"

关卫洋立马松弛下来,从语音里传来游戏通关的声音:"跟我爸已说过了,女孩长相、气质俱佳。去的是她们学校的西餐厅,吃的是带血牛排。光吃饭了,能聊出什么花样来,现在谁和谁能见面就投机啊。再没什么事就不说了,我要睡觉了,明天的课程安排很紧。"

儿子干脆利落地摁掉了语音聊天。卫立然握着手机的手手心都潮了,她还是拨通了老公的电话,调整了语气告诉他,儿子说和那女孩一起吃的西餐,说女孩长相、气质俱佳,言语里没有不好的状态。"你生的哪门子气?"关林浩冷冷哼了一声:"你真不知道关卫洋干了什么吗?"不到事态严重,关林浩不会连名带姓地称呼自己儿子。卫立然告诫自己,如果老公不往明白说,她坚决不问,父子俩两头打哑谜,她又不是神仙,能猜出什么来? 她也懒得费那个心思,夹在中间猜了这个猜那个的。关林浩见她不接话茬,沉不住气了,怒气冲冲地说:"他是跟人家吃的西餐,吃完后,这兔崽子只付了一半饭钱,还示意人家服务员直接找女孩子要另一半。这叫什么玩意? 缺这点钱吗? 这不是恶心人吗。"

天哪! 卫立然在心里叫了一声,这让他们做父母的脸往哪儿搁? 尤其是老公这个县长怎么见人? 这次的介绍人可是省府办的庞处长啊。她强压住内心的慌乱,用相对平静的口气对老公说:"你先别着急,这恐怕不是儿子的意思,人家女孩在美国读过几年书,思维和行为习惯都西化了也说不定。以关卫洋的智商,第一次见面不会蠢到这种地步,你说是吧?"

"你倒是挺会替他找理由,人家女孩子要真是习惯AA制,还能等着服务员过来讨餐费？你就护着那个玩意儿吧，迟早我这点脸面得叫他丢光不可。好了，打乱你的养生睡眠了，赶紧睡吧，我还得陪着呢，说不定得干通宵。"很明显，关林浩被卫立然的话劝的情绪有了些好转，不然，在气头上他不会说后半截话的。卫立然心里舒坦了一些，至于儿子相亲时，付饭费是不是自己想的那样，她没把握，可事已至此，又不能倒回去重新来过，堵在心里也于事无补。话是这么说，可她还是毫无悬念地失眠了。第二天起来，不是眼袋，而是黑眼圈，熊猫眼似的，为遮住黑眼圈，卫立然在眼眶周边打了好几层底霜，把半年量的粉全扑上，才让脸上的疲惫感没那么明显。

前几天与老同学燕燕约好，周五下班后一起去天街试吃新开张的那家杭帮菜，据说味很正宗。江浙一带的菜品为养生上品，可到了这种北方三线小城，为了迎合当地人的口味迅速串味，营养功能大打折扣。像卫立然这样的优越女人，要的不是口味，而是延缓皮肤衰老的实用价值。"永葆青春"这样的话说起来总是令人心神愉悦，虽然谁都知道"永葆"不过是一种自欺，但自欺至少也是一种积极的心态吧，对于容颜的衰老，女人自然希望能缓一时是一时。卫立然不能明目张胆地以各种奢侈品加持于身，暗戳戳地养个生，总是可以的吧。从周三起，卫立然就开始考虑穿什么衣服赴这场饭局了，谁知周四晚上在家翻衣柜，对照镜子在身上比画时，关林浩突然回来了。

按关林浩的说法，不到周末，离开县里就是脱离岗位，万一给市里查到，是要被通报的。当然，特殊情况除外。至于什么情况才算特殊，还不是自己说了算，好歹一县之长呢，找个借口很容易。这次是老婆卫立然病了，作为丈夫，关林浩得回来看看。

"你就咒我吧。"卫立然嘴上这么说，心里还是很高兴的，老公找这个借口，总比编别的瞎话强吧，再说了，他肯定有什么事，不然，以他谨小慎微的性子，又是敏感时期，他哪会这么随意地起这个念头。人在官场，身不由己啊。可是，她不主动问他是什么事，自从老公去掉"副"字，坐正了县长位置，她便压住了自己的好奇心，对他工作上的事装作不感兴趣，让波涛在内心深处汹涌。所以，她看了老公一眼，扯起一件真丝套裙搭在身上，在镜子前转过来扭过去，"老公，你看我穿上这套裙子怎么样？"

"好看。"关林浩漫不经心地看了一眼，自己去倒了杯凉开水，边喝边说，"恐怕，你这个周末的饭局得另改时间了。"

卫立然扯着衣服的手停了下来："为什么？你知道的，我与燕燕一周前就约好的。"上个周末，关林浩说要为迎接省里主要领导做准备，没有时间回市里，他们通电话时，卫立然顺口把约饭的事说了，当时关林浩还表示支持，让她多与老同学聚会、走动、交流、散心对身体有好处，别整天沉浸在手机里，看那些刻意而为的小视频,还动不动就共情,伤春悲秋的,影响情绪不说,连着颈椎、眼睛、思维都在消耗损毁,生活毫无规律可言。卫立然觉得老公说得虽然夸张了点,不过她也觉得整天沉浸在手机里,确实是一种巨大的内在损耗。

"你别着急,饭哪天吃都不迟。"关林浩在床上坐下,随即又弹起来。他进门还没来得及换衣服,外衣上有没有灰尘倒在其次,关键是老婆反感穿着外衣上床,坐也不行。他把老婆扯到客厅坐下:"现在有这么个情况,省领导这次专门强调了,一定要想法子把高铁站的项目拿到手,这关系到我们清宁县的长远发展,情况你是知道的,目前的软肋还是武原的开发工程迟迟上不了马……"

卫立然决然打断道:"你说的事大,也很重要,可这与我周末出去吃饭挨不上边呀!"她本来想说,难不成她周末不吃这顿饭,他就可以拿下高铁站的项目,武原的开发工程就能上马?她忍不住在心里冷哼了一声,也不知道自己什么时候具有这种能量了。

关林浩不恼,继续微笑着,抓起老婆的手放在自己胸口,摩挲着说:"与你关系大着呢。是这样,省府办的庞处长给咱儿子介绍对象,是不是为咱好?眼下只见了一面,吃顿饭还AA了,到底是不是关卫洋这玩意儿整的糗事,暂且搁下,吃饭AA制当然也不是不能接受,但从传统的观念来打量这事,你是不是觉得这相亲吃饭应该男方掏钱更合适?何况这次怎么说也是领导给牵的线,咱不该郑重其事些吗?所以得想法子补救。我考虑了很久,想让你周五晚上去趟北京,给儿子做做工作,让他无论如何要与这个女孩搞好关系,不能半途而废。你可是不知道,这个省府办的庞处长很关键,他负责开发项目的考察论证,说白了,就是我们开发项目的生杀大权在他手里握着,如果把他惹不高兴了,后果很严重。当然这些你心里清楚就行,不要跟关卫洋说,免得他胡思乱想。"

卫立然从老公手中抽回自己的手,不知如何应答,心里明明有些失落,却一点不怪关林浩,人到了这个位子,就开始如履薄冰了,要考虑和顾忌的东西多了起来,就比如她,说话行事不如此前那般随性了,该藏的得藏着,该收的得收着,该奉迎的还得奉迎着,要不怎么办呢?哪个层级都有自己的生态圈,不融进这种生态里,前程怎么被扼杀的都不知道。这些年来,她越来越理解老公,以前任副县长时,上面有县长顶着,他分管文旅和教育,县里的大盘轮不到他出面、操心,也会受到排挤、倾轧,可只要分管的行业不出什么事故,谁拿他也没办法。如今不同以往,成了一县之长,就像是一棵拔了尖的大树,风吹雨打都得顶着,有了高度就有了更多的责任与担当,得想着法子为县里的经济发展倾心倾力,为老百姓谋利益。这样的话,关林浩不会在卫立然跟前说,是卫立然心里给老公设计的词。其实,卫立然明白,武原的开发项目不是关林浩给自己升迁铺路搞政绩,而是上一任开发实施的,拖至他的任上,是职责所在,躲避不了的。本来与儿子相亲风马牛不相及的事，就因为介绍人敏感的身份和地位，倒让这件纯私人的事扯到了工作上。卫立然心里不悦，又清楚一旦扯上关林浩的工作，她的情绪都无足轻重，行动上必须配合。她按捺住心里的不快，把脸别开，轻声说道："好吧，我去北京试试。"

关林浩立马舒展眉眼，站起身来："有你出马，我这颗心就放下了。今晚我陪你先去尝下那家杭帮菜，走。"

"算了，我已经吃过饭了，再说你出现在大庭广众之下，不怕碰到熟人？要让人传到县上，你可有的解释了。"话是这么说，卫立然心里肯定希望老公能陪她一起去吃饭，女人嘛，挽着县长老公的胳膊逛街进饭店，撑面儿的事，巴不得碰到熟人呢。不过希望是希望，卫立然懂得分寸，也不是儿女情长的年龄，并不真在意这一次关林浩的陪伴。而且，她确实吃过晚饭了，一个人回家懒得做，下班路上经受不住烧烤的诱惑，解了回馋，至于养生不养生，下回再说吧，她把自己收得那么紧，偶尔放纵一次也不打紧。

关林浩嘴上说得好听，陪自己老婆吃饭怕什么，行动上已显露出来，立马脱了外套换上家居服，边换边说："既然你吃过了，那我下面条吃点就行。这两天陪领导的确累，总怕说错话，把要说的记在本子上，背过人不停地偷着背诵，精神都快崩溃了，难得回一次家，还真想要放松放松。这人吧，还真是能造，总是不肯放过自己，当官当官，当不上，上蹿下跳、撕心裂肺，当上了，又提心吊胆、如履薄冰，你说有啥意思。"

卫立然听着心里一愣，关林浩的话说得没错，这种感慨来得也很真实，但她知道，如果重新来过一遍，无论是关林浩自己还是她，都依然会选择当县长和县长夫人，现实的残酷总也比不上残酷后面的诱惑。

家里连片青菜叶子都没有，面条没法下。一个人在家开伙没意思，卫立然很少买菜。没等关林浩关上冰箱门，她一脸尴尬地扯了扯嘴角，拿过手机，边划拉边说："得了吧，家里啥都没有，点个外卖吧，你想吃啥？"没等关林浩答复，她自作主张，点了份红椒炒肥肠，老公好这口，又加了份油焖大虾，大补。自从关林浩扶正后，变的可不止位子这么简单，事无巨细都得操心，书记老何年龄偏大，没有了干劲儿，一个县的大事小情全堆在关林浩跟前，其他的都好办，按部就班，可武原的开发项目往前推进不了，资金链接不上，磕磕绊绊又过去了三年，这事就大了。这次，省长下到县里，说是随便走走看看，其实是在考察清宁县的家底，看有没有发展和上升的空间。不敢懈怠啊。

二

周五下班后，卫立然回家拉上行李箱直奔高铁站，一小时二十分后，她已经站在北京西客站的出站口，犹豫着是打车还是坐地铁。她打开手机百度地图，输入"首都师范大学"，上面标明驾车需要一小时二十九分钟，我的个乖乖，比来时的高铁还多出九分钟，这就是首都的周末，让不让活了！她选择了地铁，想想地面上坐个车，明明才短短几公里的路程，却只能几步几步地挪过去，就像在会议室开会一样，得熬多久才能熬过去一个领导四五十分钟的"简单说几句"，再接着熬下一个领导半个小时的"只有几句话"，那是真揪心啊，这或许就是关林浩的常态。卫立然甩了甩头，赶紧切断这种联想。还好，过了下班高峰，地铁上不像传说中那么拥挤，但路不顺，她从手机上搜好线路，先乘九号线，只坐了两站换乘十号线，在慈寿寺又换乘六号线，坐了一站到了花园桥。从地铁口出来，卫立然被眼前的阵势惊住了，乖乖，这哪是三环，简直就是停车场，几条交叉线路延伸出去皆是混成一片的灯光秀，像停止流动的水，被风吹拂微微漾动着波纹。她边在心里庆幸自己没有打车，边拨打儿子的电话，电话依然处在无人接听状态，身在异乡的她，情绪突然间滑向低谷，茫然四顾，高楼林立，霓虹闪烁，四处都是灯火，她伫立在灯光的阴影之中，有种毫无方向的飘零感。她站了好一会儿，点开微信给儿子留言：你要手机弄啥？关键时候总是不接电话，要你这个兔崽子弄啥！

这次儿子很快回过来电话，气喘吁吁地问怎么了，周末还这么大火气。

生气与周末没半毛钱关系。卫立然长舒了口气，缓解了下情绪，毕竟儿子回电话了嘛。她告诉儿子，她已出了花园桥地铁站，夜晚辨不清方向，不知往哪里走。关卫洋明显愣怔了一下，随即追问："这是闹的哪一出？"

卫立然这才反应过来，儿子压根不知道她来北京，当时抱着一腔为关林浩清障的决心登上来京的高铁，哪里考虑到儿子这头的无知无觉，事先不打个招呼，到了门口找不着道了才想起打电话，还一肚子怨气，放谁都不会高兴的。卫立然心里有了丝歉意，赶紧缓和下口气，与儿子打起了感情牌："儿子啊，妈妈想你想得睡不着觉，为了安抚我这颗念儿的心，干脆牺牲我自己的休息时间，不远数百里来陪你一起过个周末。拳拳慈母之心，难道你不为你妈感动，不欢迎妈妈？"

关卫洋无奈道："妈呀，我都上大学了，就别用幼儿园那套了。我可以不感动，可哪敢不欢迎您啊，现在您从地铁口往南走，大约也就三五百米——我也搞不清到底多少米，总之不远就到校门口了，我现在赶到门口去接您。"

"儿子呀，这可是晚上，妈妈要是能分清南北，就不会给你打电话了，直接到学校，还不给你个大惊喜？"卫立然依旧用刚才的那种口吻转着圈找方向，儿子吃她这套，她知道。

也是，别说晚上，就是青天白日，卫立然也未必能分清东西南北，何况这是北京，她每次来都像在迷宫里被车拉着走，根本记不住哪儿是哪儿。但她能记住北京重要的吃食，烤鸭倒一般，太油太腻，吃了只会增长脂肪，值得一提的倒是那个卤煮,闻着有味,吃进嘴里那才叫香呢。她第一次跟着老公在北京吃这玩意儿,起初不敢下嘴,谁知尝了一口根本停不下来,学着别人的样子边走边吃,确实有种恣意的快乐。还有爆肚、豆汁儿,凡是带点别样味道的老北京食物,全对上了卫立然的胃口,就连早餐店里的炒肝,她也觉得软糯可口、香味持久,一天吃三顿都不够。当时,关林浩还为这些调侃过她,说得查下她祖上是不是老北京,要不然怎么炒肝、豆汁儿这些都能接受,而且乐此不疲,说明骨子里有这种饮食基因。

卫立然到底还是听从了儿子的建议,跟路人打听,确定南北方位和与首都师范大学校门的距离。卫立然心中暗嘲自己失去了与这个世界相通的能力,从地铁站出来那么多人,她怎么能无措到好像第一次出门似的,连找人问个路都不会了,就几百米的距离,以她站立的位置,稍稍往前走几步都能看到学校大门一侧的校名。看来,这几年她是享受惯了别人安排好的生活,有依赖感了。

与儿子会合后,卫立然高兴之余才想起还没预订住的地方,她不逞强了,让儿子替她想办法,怎么说,她来看儿子,儿子也算是东道主,总不能对她不管不顾吧。

三环上的车流还在拥堵中,车辆如甲虫般缓慢蠕动,亮白的车前灯与红色尾灯交融在一起,向南北方向无限延伸,让人时刻处在崩溃的边缘。路边的人行道却被刻意清掉一般空空荡荡,这个点了,除了被堵在路上的,人们不是在饭馆聚餐就是回家团圆了。关卫洋似乎被妈妈关于住宿的问题难住了,他挠着头面露难色:"妈妈,你不会叫我去女生宿舍求个铺位吧? 这也不是不可以,就是……"

卫立然吭哧笑了:"你果真思维清奇、想法独特,你把妈妈当成逃难的,还是以为咱们家穷困潦倒无以为继啊? 法学不至于把你上傻了吧儿子,我人生地不熟的,哪知道就近有什么宾馆酒店? 你帮我预订一间,要五星级的大床房。"

关卫洋把身子贴上来,在母亲身上蹭来蹭去:"妈,那你带上我一起住呗,明天周末刚好没课,让儿子也享受一番五星级待遇。对了妈妈,你确定要住五星级?"

"我怎么就不能住五星级?"卫立然抚摸着儿子的头说。

关卫洋拉着卫立然在路灯下停住,打开手机,很快订到房间,预付订金时给卫立然看了一眼,她扫到地址上有"公主坟"三个字,立马拦住:"哎,停停停,不要这个宾馆,黑灯瞎火的去什么坟住宿,多瘆人啊。"

关卫洋不以为然:"我的妈妈欸,那只是个地名,以前你和爸爸来北京时住过,离我学校近,条件也够好。你别听个'坟'字就风雨不顺,公主坟那一片可繁华了。"

"换一个吧。"卫立然说,"最近我本来睡眠就不好。"

母子二人很快在紫竹桥西边的香格里拉饭店订到了房间,倒是比公主坟还要近些。卫立然没心思去吃自己酷爱的卤煮,点了饭店的几样小吃,送到房间里,与儿子边吃边聊。东拉西扯几句,卫立然见儿子很是敷衍,眼睛始终在手机上粘着,好像手机比她这个大老远跑过来的老娘更亲。她心里不悦,一把夺过儿子的手机扔到床上:"关卫洋,你就这种态度对待妈妈,手机比你妈亲啊,它是能供你吃啊还是喝啊?"

关卫洋没恼,看着黑脸的母亲反倒嘿嘿一乐:"看您说的,这不是无聊才玩儿把消消乐啥的。"

手机斜躺在床上,屏幕上闪动的确实是消消乐,卫立然也经常玩这个游戏,看来儿子没有撒谎,以前他喜欢边吃饭边看书,美其名曰为了不浪费时间,反正嘴与眼各干各的,互不干扰。现在书本变成了手机,眼睛看着,耳朵听着,嘴里嚼着,同时聊着,两只手还不停歇,卫立然哭笑不得,儿子这是把所有器官全调动了起来,确实是忙啊。瞅着儿子贴近她一脸讨好的笑,卫立然心里思忖了一下,对儿子说:"妈妈为啥失眠,就是想你想的,你倒好,不好好跟妈妈说句话,安抚一下妈这颗慈母心,倒一门心思玩游戏。你说,这么冷落你妈,真的好吗?算了,我也懒得跟你生气,说点正经的,那天你见的女孩子,到底是什么情况,怎么吃顿饭你只付了自己的那份钱?"

关卫洋瞪大了眼睛说:"妈,你不是专门为此事来的吧?"

卫立然迟疑了一下,还是选择摇摇头,她要让儿子知道这事的重要性,但也不愿意让他因此而背负过大的负担,一家人扑在一件很边缘的事上,根本不正常。关卫洋摇了摇头:"我是不想再提这事了。我还在上学,要不是你和爸不停地劝说,我是没有跟一个完全陌生的女孩子见面吃饭的念头的,相亲对我来说太遥远了。可是妈妈,你,还有爸爸,能把这事看得重,肯定是有原因的,是非要知道儿子为啥那么做吗?"

卫立然静静地看着儿子:"当然。"

"我不能骗爸妈,可这事说出来,儿子怕你们心里难受。"

卫立然看儿子脸色凝重起来,便起身坐到儿子的床铺,把手搭在他肩膀上,用鼓励的眼神望着他。关卫洋往母亲身上靠了靠,随即坐直了,扭脸望着别处才说道:"她一上来就问,我在北京有没有房。这话都没说够两句,没开头呢,就直奔结尾,换了谁心里舒服啊,再说,我还没毕业呢,就算上完学能留在北京,买房那也得有个过程不是。"

啊,竟然会这样?卫立然很惊讶,现在年轻人信奉实用主义不足为奇,现实把人逼得不得不用物质来衡量婚恋,可这女孩未免太过现实了,才刚见面,而且两个人年龄都不大,未来走到哪一步还不知道呢,怎么一开口目的性如此之强?卫立然听了心里不痛快,神色明显暗淡下来,差点脱口而出赞成儿子的做法,只是脑子里倏然闪过关林浩，这才想到自己可不是来跟儿子结盟的。她轻轻呼了口气，迅速梳理自己的情绪，调整面部表情，用笑声化解心里的愤懑："哈哈，就为这个，你就掏了一半饭钱？儿子啊，这做派可不像妈妈生的呀，气量这么小，哪像男子汉大丈夫？咱们得把格局放大，眼光放远，爸妈以后还想靠你风光呢。"

"可是妈，她这种做法，还不气人？"

"当然气人！"卫立然说，"但是儿子，咱换位思考一下，一个女孩子，在婚恋问题上想要得到某种生活保障，最大的保障是什么？当然是房子了。所以她这样问无可厚非，有几个女孩子不希望自己的对象有房有车？有了先决条件，才无后顾之忧，然后才能单纯地享受爱情，享受生活呀。"

关卫洋生气了，噌地站起来说："那是你的立场，我接受不了这种严格的实用主义者。既然这样，你跟爸爸说一声，我才二十出头，你们今后不要再给我介绍什么对象了，我一点兴趣没有。要继续这样，我可保不齐会继续做些让你们不痛快的事。"说完，他嘟囔着困了，说要冲个澡早点睡觉，便进了卫生间，丢下卫立然呆坐着，她脑子里一片空白，不知该怪自己还是儿子。

厘不清头绪，卫立然给老公发了条微信，问他这会儿说话方便吗。关林浩很快打电话过来，她把事情的前前后后全部倒给他，没想到他一点都不生气，反倒安慰起她，并且告诉她："这事不能顺着儿子的思路往下走，别停留在目前的状态，你已经埋下了伏笔，那就引导儿子，一定要理解女孩的想法，至少人家没藏着掖着跟你玩躲猫猫虚晃着你，有啥不能接受的。好好劝劝儿子，别在女孩跟前耍性子，一句话没谈好，他就自己吃自己的？就这做派以后谁跟他往来，他在社会上还要不要立足？意识到扯远了，关林浩及时刹住车，顿了一下，又补充道，"跟儿子说，二十出头就该是谈情说爱的时候，至于房子，不是问题。"

什么叫房子不是问题？对卫立然来说，这恰恰是最大的问题，并且不仅仅是观念的问题。她要问个明白，关林浩却挂断了电话。

这一夜，卫立然几乎没睡，除了考虑怎么说服儿子不要固执己见，主动去弥合与那个女孩的关系，想得最多的还是关林浩嘴里的房子。她从未在关林浩那里听到过一丝关于北京的房子的风声，他怎么会那么笃定地说出"房子不是问题"这样的话呢？

第二天，卫立然带儿子去前门烤鸭店吃全套精品烤鸭，她满腹心事，强打精神象征性地吃了几块蘸白糖的、酥脆焦嫩、入口即化的鸭皮，竟然没吃出香在哪儿。倒是关卫洋干完了整只烤鸭，满嘴流油，喝着鸭架汤说："烤鸭还是前门这家全聚德的最正宗。"

卫立然看着一脸满足的关卫洋，开玩笑道："儿子，要不要咱们也AA一下？"

关卫洋一愣，说："妈，您可是我亲妈，不带这么戳心的。"

卫立然说:"哟,你还知道这样戳心啊?"

关卫洋哼了一声,不再言语。

吃罢饭,母子俩溜达着来到一家百年表店,看着玻璃柜里摆放的各种世界名表,卫立然两眼放光,一遍一遍逡巡着,舍不得离开。儿子等那个穿长衫的店员去接电话,扯上她来到店外,满脸疑问:"您不是看上哪块名表了吧?眼珠快掉玻璃柜里去了。"

卫立然认真地说:"看上了又怎样?你妈辛苦了半辈子,就不能戴块名表?"

关卫洋被噎得直翻白眼,连声说:"能戴能戴。"卫立然扑哧笑了,点着儿子的额头,借机把话题往重点上引:"儿子呀,你不懂女人的心,哪个女人不想过好日子,可多少女人才能有这个命?不多,很少的一部分。而且很多是通过婚姻得到的。妈妈就是这少部分中的一个呀,幸运地遇到了你爸,拥有了这么理想的婚姻,所以妈妈是幸福的女人,也可以说,你是幸运的孩子,有这样的爸爸妈妈,难道你没感受到咱们家的幸福吗?"

"感受到了。"关卫洋揽住母亲的胳膊,诚恳地说,"妈妈,等我毕业工作后攒够钱,先给您买块中意的名表,感谢您的养育之恩。"

卫立然立马不高兴了:"傻儿子,你以为妈妈没名表吗?你爸早就给我买了,只是我不爱显摆。我是喜欢看高端有品质的东西,赏心悦目还怡情。谁不喜欢好的东西,好的事情呢,是不是?儿子,你刚说感谢妈的养育之恩,妈心里别提有多开心啦,什么事都是趁早,别等以后,眼下就有个感恩的机会,你赶紧做了吧。"

关卫洋明白母亲的意思,赶紧说道:"不会吧?妈妈,您和爸爸为啥要给儿子定制一套生活呢?我年龄还小,今后的路还很长,没必要这么早把自己贡献给已知的生活。"

"得了吧,我在你这个年龄已经碰到你爸了。"

"那是你们一见钟情,自由恋爱的。"

"瞎扯,我和你爸也是托人介绍的,那年我还不到二十岁。"卫立然提高了声调,引得路人侧目,但她没降低音调的意思,慷慨激昂,"我从你爸的眼神里看到了婚姻,心里踏实,可我也不能这么轻易把自己交出去,该要的就得要,什么'三金一钻'一样不能少,那时候你爷爷家境一般,后来才听说,为给我凑足'三金一钻'差点卖掉房子,为此你爸借了不少外债,感动得我哭得稀里哗啦,后来还的那些债务里还有我的一份呢。为了啥?婚姻呗!我二十二岁结的婚,二十三岁就生了你。不然,你妈还这么年轻,儿子就已经本科毕业读到了研究生!"

"妈妈,能不能等我毕业以后再说?说不定后面会碰到更好的让你更满意的呢。"

"以后的事谁也说不来……还是先看眼前吧,儿子,妈不想太多参与你的生活,只是,很多时候,咱们总会被一些身不由己的事情左右,并不能置身事外。"

卫立然不确定儿子能否明白她话里的意思,但显然,关卫洋是懂的,不像以前那样用他的语言方式跟她拉扯、抗争,他神情蔫然:"人家苗媛媛要在北京有房,我的亲妈。"他本来想问下什么是"三金一钻"的,也没了兴趣。

苗媛媛就是省府办庞处长介绍的那个女孩,卫立然大意到一直没问人家的名字,现在知道了,只能装作早就知道的样子。她微笑着道:"媛媛想要美好的生活,这没错呀。"

"可咱有吗?"

"有啊!"卫立然等的就是这句话,顿时理直气壮起来,"你是知道的,妈妈就是路盲,记不住哪儿是哪儿,说不清楚房子买在了哪个位置。要不,打电话问下你爸爸?"

"得了吧,您哪!"关卫洋心里得意了,学着北京人说话的腔调调侃,"一夜工夫,看您能吹出一套房子来。"

卫立然不解释,立马拨通老公的手机,开成免提,直接问房子在哪个地方。关林浩连个磕巴都没打,真真切切地告诉她,西三环边上,首城华府。末了,还怪卫立然怎么总记不住,要不要把门牌号发给她。卫立然何等机灵,连说:"不用不用,我没带钥匙。没打算去住,是不想打扫卫生,最主要是离儿子学校太远,不方便,是吧,儿子?"

手机音量很大,关卫洋听得真真切切,心里怎么想的,脸上全显露了出来。年轻人沉不住气,冲着手机兴奋地喊叫:"爸爸,你们可真是,咱们家在北京居然有房子,这么大的事咋不告诉我呢,搞得我这小心脏承受不了。"挂断电话,他在手机上搜索到首城华府的位置,伸到妈妈眼前说:"看见了吧,离我们学校不算远,也就四五公里路程。"

卫立然说:"可惜我忘带钥匙了,不然,咱约上那个苗媛媛一起去房子里看看。"

关卫洋一扫刚才的沮丧神色:"妈妈,有了这套房子,儿子底气足得能飞起来,别说什么苗媛媛,其他的媛媛还得咱瞧得上才行。"

"哎,儿子,你若要这样,咱可把丑话说在前头,这房子不是让你乱来的。爸妈让你与这个苗媛媛处对象,主要是知根知底,我们希望你读书恋爱两不误,毕业后能留在北京发展,一个人打拼得多难、多孤独,有个自己的家,将来爸妈退休来北京也有个依靠不是。现在的年轻人不光实际,更复杂,你这样没心没肺,爸妈哪放得下心,要是碰上个……不说这些了,你给妈一个痛快话,能不能与苗媛媛处好?"

关卫洋毫不犹豫地说:"我不是告诉过您吗,她长相气质还不错,就是第一次见面就问我有没有房子,让我觉得——不过,妈妈说得对,谁还没有个自己的小九九,谁不想过好日子啊。所以一听说咱有房,我立马就想显摆给她。"

真是孩子的思维,二十出头了还这德行。

三

周日一大早,卫立然乘上了返程的高铁,她在北京一刻也待不住了。临走时,儿子还没醒来,她用宾馆的便笺纸留了言,说单位有事,她得赶回去处理,让儿子起床后在宾馆餐厅吃了饭再回学校,身体是革命的本钱,健康从早餐开始。临了,她从宾馆一楼的ATM机(自动取款机)上取了一万块钱,压在留言纸上。

回到家里,卫立然做的第一件事就是打电话给关林浩,问是他回来,还是她过去。关林浩明白老婆的意思,这事只能当面说,电话上只字不提,他没犹豫,说她如果到家了,那他午饭后回来。按现在的规定,周末两天休息日两个主要领导各在位值班一天,以防发生什么意外,一般情况下,书记、县长根据自己的实际情况,如果需要调整值班时间,秘书会协调办理。这个周末老婆去了北京,关林浩没打算回市里,就没调整值班,顺其自然值了周日的班。按说这种值班只是个形式,通信这么发达,在不在岗都一样,可关林浩从不敷衍,很少离开岗位。今天情况实在特殊,他太了解卫立然的脾气秉性了,不能拖。他中午去食堂用餐是为了让人们看到他在岗,饭后便驱车回了市里。县城距市区只有四十多公里,不到一个小时车程,他没告诉司机回家干什么,到了小区门口,他犹豫着要不要让司机去开个钟点房休息一下,免得返回时打瞌睡。司机似乎看透了他的意图,把公文包递过来,说他在车里眯会儿就行,不用去别处,随时等候领导召唤。

门没从里面锁上,显然是特意给留着的。关林浩推开门,从公文包里拿出红皮房产证,递到卫立然手上,边脱鞋子边问儿子的情况。卫立然不作答,打开房产证看到上面是关卫洋的名字,递过来房产证,用眼神询问。关林浩习惯性地看了下门口,拉老婆坐到沙发上才说:"这事没告诉你,是不能告诉你。现在,必须告诉你了,我们在北京不同地域买了几套房子,以备申请重大项目时急用,你知道的,不用我多说。买房时肯定不能写我们的名字,只能用子女或者老婆的。你名下也有一套,不过是在省城,将来需要时办个过户手续就行。这房子不属于我们,只是借个名而已。这个没必要跟儿子说清,先顾眼前吧。"他边说边将一把钥匙放在茶几上,"钥匙快递过去,别忘了地址。"

这些年,卫立然从网上看到过不少此类情况,形形色色,什么样的都有,她不觉得有什么稀奇,可眼下与自己有关,她心里却产生了异样的感觉,有些惶恐不安。她抚摸着带有刺鼻塑胶味的房产证,声音颤抖了:"我想知道的,不是这个。"

"你放心,买房的款项走的不是财政,也不在企业账上,不会牵扯到我。"关林浩苦笑了一下,"不这样做,不行啊!"

卫立然搂住老公的肩膀,把脸贴上去说:"我担心坏了,在北京一分钟都待不下去。你能告诉我,这钱是从哪儿来的吗?"

关林浩断然道:"我已经违规了。"想了想,似有不妥,随即改变方式,开起玩笑,"你不能叫我把底裤也脱掉吧!"

"讨厌!"卫立然轻打了一下老公,她本想说,都老夫老妻了,底裤脱掉就脱掉,但觉得这话说出来不像是开玩笑,便咽了下去。卫立然清楚了房子的来源,心里踏实了些,把儿子的情况详细复述了一遍。关林浩一副似听非听的样子,激发了她心里不悦,趁机说出自己的疑问:"那个苗媛媛,真值得吗?"关林浩收起不知落在哪儿的眼神,解释道:"苗媛媛是庞处长的外甥女,人家可是看在老同学的分上,给咱儿子牵的这条线,千万不能辜负了。这样说吧,要不是庞处长从中斡旋,省长怎么能来清宁这种破地方摸底?听说领导都在挑选能立竿见影的县包点,清宁县本不在这个范围之内。"

关林浩这一说,卫立然强压的对苗媛媛的不快顿时消散。机会并不是天上的馅饼,莫名其妙地掉落下来,那是人不遗余力创造出来的,创造出来了还得费心思抓住才行。卫立然明白,她应该让老公全力干他的事情,自己保证把儿子盯紧,好在从儿子的言语里,能听出他对苗媛媛并不反感。

时间差不多了,临出门,关林浩从卫生间柜子里拿了一盒护肤品,上车后递给司机,说:"你嫂子送给弟妹的。"司机瞄了眼牌子说:"这么好,我老婆用着浪费。"说着往后座上递,被关林浩推了回来:"什么叫用着浪费?少说这种屁话,我不爱听。开车,待会儿上高速后,咱们先不回县里,拐下武原,顺便去看看那个'瀑布'。"

关林浩所说的"瀑布",是四年前他任副县长时上的旅游项目,他当时分管文旅,名义上是主抓领导,实质是正职直接插手。前些年,各地都在开发旅游事业,有条件没条件的都想法子创造,把旅游文化当成了香饽饽,好像只要手里抓着这块香饽饽,经济发展就有了保障。清宁当然不甘落后,经过多次考察、研究、规划,最后确定了依托武原乡的岳王庙,争取旅游开发项目。书记高达海从北京请来的设计师,据说参与过世界各地的许多项目设计,果然不同凡响,大胆提出将岳王庙前面的沟坡削掉,建成一道世界上最大的瀑布景观。当然是人工的。好在武原下面有条斜水河,可以将河水抽上去引到原上,再从原边落下来。看似不是难事,报到市里却批不下来,说是口气太大,动不动世界第一,到省里肯定通不过。于是改成亚洲最大瀑布,报到了省里,谁知省里更谨慎,派出考察组来武原实地勘察后表明,这个项目设计创意空前,只是对水源估计不足。丰水期时斜水河还像条河流,气势虽不磅礴,可也水流湍急,丰水期一过,河水枯下去,有些地方显露出河床,倒像是条宽大的沟渠,就是水量最大时全抽到武原,也难造出亚洲最大的瀑布,再说,河水还要浇灌两岸农田。罔顾实际,夸大效果,现在的游客可没那么好糊弄,一旦在网上形成了舆论,这个项目就白瞎了。县里重新造报表,将"亚洲最大"改为"全国最大",后又改为"全省最大",省里这才批复:本省属北方干旱地区,没有形成瀑布的天然条件,是不是第一,只要建起来就是第一。这下妥了。接下来是与省文旅集团联系投资事宜,经过规划计算,认为这个项目成本高,见效慢,存在难以收回成本的风险,省文旅集团直接拒了这个项目。县里财政本来捉襟见肘,拿不出钱,但可以贷款,高达海书记找来从本县出去的房地产老板李常荣,让他挑头,与政府合作开发。据小道消息,说高书记承诺,只要项目尽快上马,就是将来亏损了,也全是政府的。这等好事商人李常荣何乐而不为!他借机开出条件,在县城边上拿下一块地,新开了一个楼盘。

"全省第一瀑布"上马开工,现在看来,当时县领导太想出政绩,太想有个发展经济的抓手了,考虑不周,项目上马太过仓促,致使出现一大堆问题——征地、拆迁、补偿,哪个环节都有意想不到的事情发生。在削沟坡时,涉及蔡家庄的一些祖坟,按规定划出了新坟地,蔡家庄人嫌远,为多得些补偿,联合起来绝不迁坟,县上动用警力强行挖坟时碰伤一个七十多岁的老农,对方心脏病发作当场死亡。蔡家庄男女老少披麻戴孝,抬着老人的遗体去市里、省里集体上访,直接导致项目停工。为此,高达海丢了书记。何县长勉强接任了书记,却没有干劲儿,五十岁出头才当上一把手,一晃三年过去,年龄摆在那里,没有上升的空间,便混起了日子。关林浩去副扶正,实属意外,他没有背景,在"奔五"的路上阔步前进,不属于年轻有为,是他分管的文旅帮了大忙,上面不想放弃武原这个项目,两个多亿的拆迁、补偿款都花出去了,不能打了水漂,让项目烂尾。所以,关县长压力山大,这几年一门心思全在"修复"武原的"瀑布"上,不求有功,但求无过。可是,事情远远不是他想的这么简单,要重启项目工程,远比当年开发更艰难,主要是合作方李常荣不积极,他在城边上的楼盘建设完工,出售得也差不多了,目的已然达到,如果再无商机,他着急啥呀,武原的项目反正有政府兜底。

这些天,关林浩食不甘味、夜不能寐。在省府办庞处长的斡旋下,省长来了清宁,只要能看到希望,蹲点包干倒是问题不大,可领导的胃口太大,要清宁县拿下高铁站规划项目。说句实话,这太难了。高铁不属于省管,先不说省领导能不能说上话,高铁线路都是国家统一规划,不受地方限制,至于线路要不要拐弯,沿途在哪儿设站,这里面学问大着呢。仅从表面看,凡是设站的区域,除过省城、地市,县一级的站点大多拥有名胜古迹、旅游胜地,或者人口密度极高的央企国企,不会为十几万人口的小县城专门设站,那是放空内耗,谁敢啊。清宁现在唯一还能挨着一点边的，就只有"旅游"了，拿什么来吸引游客？噱头大的、拿得出手的，只能是"省第一"了。所以，武原的"瀑布"眼下至关重要。

四

　　收到房子钥匙，关卫洋迫不及待打车去首城华府认门。广告打得多，名头便大，他很容易便找到了地方，可没有门禁卡进不去，关卫洋在院门一侧等了会儿，瞅机会跟一个买菜的大妈混了进去。院子是欧式风格，绿树成荫，步道精致，曲径通幽，小桥流水，大湖套小湖。楼房排列分散，形态各异，楼与楼之间花木繁盛，硕果累累，浓稠绿色里，石榴红了，柿子黄了，葡萄紫黑，热烈的色彩中，底色依然是浓稠的绿，使小区显得颇为清静。就是楼不太好找，东拐西折，快转晕了，终于找到了七号楼二单元，乘电梯上楼时，关卫洋心跳不已，打开房门的一刹那，紧张感顿时消失。房子精装修过，也配好了家具，小区的绿植好，楼又不挨着马路，尽管屋里并无人打扫的痕迹，却明显没什么灰尘，而且异常安静。关卫洋像回到久违的家里，熟门熟路去了三个房间、三个阳台、两个卫生间，点燃厨房的煤气灶，望着蓝色的火苗发了会儿呆，才回到偌大的客厅，掀开真皮沙发上的苫布，把自己扔上去蹦了几下，在心里盘算，这套房至少有一百六十平方米，就这地段，还有院子的环境，价格不到两千万元，也接近了。关卫洋的心跳又加快了，掩饰不住内心的兴奋，给妈妈发了条微信：乖乖，有这套房子，傻瓜才联系什么苗媛媛呢。

　　卫立然很快打电话过来："少动歪心思，不然房子给你收回来。"

　　关卫洋哈哈大笑道："急眼了吧，逗你玩呢。那么，妈妈，你能告诉我，为什么非得和苗媛媛对上眼吗？"

　　"兔崽子说啥话呢。"卫立然嗔道，"处对象怎么叫对上眼，像话吗？给我说话文明点。儿子，上次妈给你说过了，这个女孩子知根知底，介绍人——是你爸的老同学，虽然是他的外甥女，但亲如闺女，不会有幺蛾子。现在的女孩多复杂啊，像你这样缺根弦的，爸妈不给你找个可靠的，让人卖了你会跟着人家数钱的。"

　　关卫洋心里嗤笑了一声，觉得妈妈还是轻看了他，虽说受家庭环境影响，从小到大，他一直是妈妈眼里的乖乖男，除过上小学时为买玩具闹过情绪，懂事后听话、顺从，也比较单纯，上大学后，他其实也处过几个女友，只是他看不懂她们的行为乖张、思想复杂，要么是逢场作戏，要么就是像苗媛媛一样现实。读研生了，他反而懒得去追女孩子，有什么用呢？徒增过尽千帆皆不是的惆怅罢了。他大抵还是知道父母让他与苗媛媛相处，或者并不仅仅是母亲所说的知根知底这个理由，不过他懒得追问，什么原因不重要，重要的是现在他手里有房子了，北京的房子。他这时才反应过来，感觉心里泛起来的优越感有多强烈。他因此理解了苗媛媛,明白母亲说的没错,哪个女人是为了图你的贫穷而和你在一起呢。

那就与苗媛媛再处处吧。

五

　　北京的秋天很短,香山的红叶还没到主赏期,寒风便迫不及待翻山越岭赶来了,降温、冷雨、落叶,提前进入了冬季,可还没到供暖时间,室内室外一样冷。大学宿舍为了安全,不让私自装空调。关卫洋冻得睡不着,半夜爬起来打车去了首城华府,打开空调暖风睡了个踏实觉。只要开了头,晚上在宿舍根本待不住,每天想回家。研究生相对自由,管理松散,几乎没人过问谁的私人空间,关卫洋在母亲的鼓励下,置办了些简单的灶具,有时自己开顿火,煮些速冻饺子或煎两个鸡蛋下点挂面什么的。有一回,他买了几块半成品牛排,摸索着煎个五分、七分熟的,结果用陶瓷水果刀切开牛排,望着丝丝渗出来的血迹,没敢吃,重新扔到锅里再煎一遍,却又老得嚼不动了。不管是精心的准备还是凑合着吃,在关卫洋心里,因为在自己的房子里,这种感觉有些特别,没有不耐烦,倒生出些情趣来。

　　关卫洋周末约好了与苗媛媛去香山赏红叶,人比红叶多,挤来挤去,该死的风又跑来凑热闹,两人冻得没了兴致,干脆退回首城华府,打算吃自嗨锅。没想到苗媛媛会做饭,她从网上下单买了肥牛、羊肉卷,还有一大堆时令蔬菜,自己拼起火锅,比自嗨锅强太多了。两人吃得肚饱气圆,出了一头的汗,洗完碗筷,苗媛媛提出去院子里走走,凉快一下,也消消食。外面风刮得呜呜吼,关卫洋不愿下楼吹风。也是,风太大了,苗媛媛放弃散步,可身上汗湿得厉害,她提出想冲个澡,关卫洋没理由不同意,帮她打开热水器和浴霸。这天晚上,苗媛媛很自然地留下过夜,起初两人各居一屋,不久,苗媛媛声称她那屋太冷,抱着枕头钻进了关卫洋的被窝,进行了取暖运动。为便于出入,关卫洋用身份证在物业公司办了两张门禁卡,给了苗媛媛一张,当然也给了她一把房门钥匙。元旦前,苗媛媛将自己的东西搬了过来,这是关卫洋的主意,她没有反对,更没有犹豫,当天就搬来了。

　　关卫洋忍不住把两人同居的消息委婉地说给母亲。卫立然是什么人,立马明白了,打断儿子,追问是谁先提出来的。关卫洋回答:"这个很重要吗?"可他还是如实告诉了母亲来龙去脉。

　　卫立然傻眼了,她纠结的不是谁先主动。的确,这个已经不重要了。又不能怪他俩,不是她促使人家往这条道上走的吗? 如今儿子如她所愿,正像开始说与母亲的,成功地将苗媛媛"扑倒",睡在一起了。这是关林浩的授意,也是他们夫妻间的秘而不宣。按理儿子与苗媛媛已经成功同居,她该高兴才对,可她高兴不起来,她想要的只是一个过程,而不是直接到达结果。这结果像有东西卡在她心里边,于是她试探着问关卫洋:"儿子,你对媛媛这个人到底了解多少?"

这下,关卫洋纳闷了,母亲不一直说苗媛媛知根知底吗,怎么反倒问起他来?他只当是母亲在试探他,便把所知晓的苗媛媛的大概情况告诉了母亲。苗媛媛刚上小学时,父亲在外面有了别的女人,为了达到离婚目的,父亲使出各种手段,甚至找男人去勾引母亲,然后借此大做文章。母亲受不了父亲的卑劣行径,最后,为了女儿幼小心灵免受伤害,身心俱疲地跟父亲离了婚,带着女儿搬出了那个屈辱的家,在外面租房子住,并放弃再嫁的机会,含辛茹苦将苗媛媛拉扯大。由于她学习成绩一般,高中毕业没考取理想的大学,她在舅舅的资助下,去美国留学,为的是出人头地,回报母亲的养育之恩。所以,苗媛媛第一次见面就提房子,是觉得房子才是根基,与母亲在外租房多年,搬过数次家,她实在厌倦了那种居无定所的飘零感。她对房子的追求,很大一部分原因是她从小生活在单亲家庭的阴影里,太缺乏安全感了。

后面的话,卫立然几乎没听进去,她已经在思考怎么面对眼下的情况,她该怎么做。末了,她只能对儿子说:"女人认准了一个男人,那你就是她最大的依靠了。从现在起,你是个男人了,就得像你爸那样,做个有担当的男人,千万不能辜负了她。"

说出这句话,卫立然哽咽了。

放寒假,关卫洋回来了,在母亲的催促下,去看望爷爷奶奶。两个老人围在他身边,恨不得把心掏出来给孙子,他却心烦意乱,煎熬到吃过午饭后,推说要写论文急匆匆回了家。他去姥爷姥姥家也一样,恨不得立马离开,姥姥把他从出生带到三岁上幼儿园,可他找不回血脉中的亲情,在姥爷姥姥身边待着只感觉不自在,早早地打道回府。母亲在上班,家里就他一人,他游戏也打不进去,不断有同学朋友来电话或者微信约他出去吃喝或者游玩,他都以看望爷爷奶奶为借口拒绝了。他想苗媛媛了。他俩每天都有联系,而且不止一次,可见不到真人犹如隔靴搔痒。苗媛媛家在北边的一个县城,有点偏,距离却不远,不到两百公里,只是交通不方便,没有高铁,连普通的火车也没有,去一次不容易。他想到了学车,以前爸妈让他假期去学车,他懒得去驾校,现在才知道会开车的重要性。想到便去做,他马上给母亲发微信说了这个想法,不一会儿,母亲给他发来驾校的联络人、电话,叫他自己报名,还说等他学会了,给他买辆车,问他有没有喜欢的车型,要是不确定,就先到网上或者车展去看一下,比较一下不同车的性能。关卫洋乐了,说:"妈妈,你太天真了,北京买车得摇号,有人摇了好多年都没摇上。

驾校报名、收费很利索,教练却很少,快过年了,教练回家的太多,留下的几个根本忙不过来,关卫洋去约了两次,站在寒风里等了几个小时才摸到方向盘,还让教练一路连呵带斥,悲催得不行,他干脆不去了。在家闲得无聊,他越发想念苗媛媛,想约她一起回北京,过他们的小日子。苗媛媛当然赞成了,两人在电话里说得热火朝天,恨不得当天就去北京。可冷静下来,苗媛媛又犹豫了,快过年了,她不能丢下她妈一个人在老家。绕来绕去,她的意思是把她妈带上,关卫洋听明白了,立马答应:"那就带上呗,留她一人在家过年确实不合适。"苗媛媛感动得飞吻不断。

摞下电话,关卫洋脑子冷静下来,想着与苗媛媛还在交往的初期阶段,与她妈怎么相处?当着她妈的面,还能与苗媛媛毫无顾忌地睡一张床呀?显然不行!这不是脸面的问题,是不合时宜。他为难了,可是答应了的事,又不能出尔反尔,冲动下的决定压得他心里实在难受。晚上他想到一招——如果扯上自己的妈去北京过年,苗媛媛的母亲是不是会放弃跟去北京?毕竟房子是他的,而他和苗媛媛交往时间又不是很长,离见家长、谈婚论嫁还早着,八字还没一撇呢。

卫立然很高兴能去北京过年。她早就想去感受一下北京过年的气氛,逛庙会、游故宫,主要是吃正宗的老北京小吃,听说过年时的各种小吃是最地道的,想着都流口水。早些年她一直想去,担心过节时候人多,订的住处不理想,去哪儿都不方便,现在好了,有了自己的房子,步行都能到颐和园转一圈,听儿子说,距地铁十号线也很近,交通非常便利。那还等什么,她立马给关林浩发了一条信息,询问能不能放假去北京过年。

等了好久,关林浩才回电话,他刚开完会,是商量省里主要领导来清宁县过年的接待事宜。怎么办呢?他这个一县之长肯定得陪着领导,哪儿也去不成。"你和儿子一起去吧,只是有个原则,只能坐高铁,不能开车,路上我不放心。"关林浩倒是同意卫立然和儿子去北京过年,他确定不能回家陪着老婆孩子,就随他俩高兴吧,反正不能一家人团聚,在哪儿过不是个过。

卫立然心里的热情顿时减半,情绪低落地说:"根本没想着开车去,你去不了,我们娘儿俩丢下你一个人,于心何忍?"

关林浩叹气:"职责所在,没办法啊。别考虑我,一大堆同事在一起,也挺热闹的。"

放下老公的电话,卫立然和儿子说:"那我们去转转吧,听说北京过年时庙会很热闹,吃食很正宗。"

关卫洋不失时机地跟母亲说:"苗媛媛也去北京。"卫立然愣怔了几秒钟,说了句:"好呀,刚好我也见下这丫头。"

"她心里胆怯,让……她妈陪着。"犹豫了一下,关卫洋还是说出了实情。

卫立然顿了一下,情绪如同滴落在纸巾上的水滴迅速洇开,她避开儿子半是探询的目光,心里乱糟糟的,嘴上却问道:"你答应人家了?"见儿子点头,她尴尬了,眼神不自觉地落到地上,给自己找台阶下,"哎呀,瞧我这记性,元旦时就说,过年陪你姥爷姥姥去清宁县拜谒岳王庙,顺便看下你爸说的那个大瀑布。"说完,抬起头抱歉地看着儿子。

关卫洋心里疼了一下,是自己的无知伤害到了母亲,她哪用得着给儿子编这种瞎话掩饰?从来都是怎么想的怎么说出来,看来自己的这招愚蠢透顶。可话都说过了,也没法找补,关卫洋在懊悔中蛰伏于家中,打了两天游戏,没有一次顺利过关,连续几天的外卖吃得都快吐了,他穿上外衣准备出门去转转,顺便吃顿可口的。

年关将至,街上洋溢着喜庆的气氛,人群中最抢眼的当数年轻的情侣,他们毫无顾忌,高兴了当街亲嘴,闹别扭了撒泼发脾气,转过身又喜笑颜开。还没走到小吃街,碰上了好几对恋人或者小夫妻,关卫洋心生凄凉,忍不住拨通苗媛媛的电话,问她干什么呢。那天征得关卫洋的同意,苗缓缓立马带着母亲乘坐长途汽车赶到了北京,享受起有暖气的生活。她如实告诉他,正与她妈和面包饺子,听说关卫洋喜欢吃羊肉馅的,她妈买了三斤羊肉,包纯肉馅的,速冻后等他来吃呢。那一刻,关卫洋只觉周遭的嘈杂声都隐没了,唯有春风徐徐,拂面而来,撩拨得他的心柔软极了,眼里竟涌满了热泪。苗媛媛不吃羊肉,极其讨厌羊肉的膻味,却为了他包羊肉馅饺子,关卫洋不仅被感动了,而且越发想念苗媛媛了,想念与她在一起拥有的烟火气息,那是生活真实的样子,温暖而不做作。在哪儿都能吃到羊肉馅饺子,可苗媛媛只有一个。他肚子感觉不到饿,只想快点去北京。

母子俩的晚饭是在外面吃的。快下班时,卫立然打来电话,让儿子打车去天街,他们去吃那家杭帮菜,好吃极了。几个招牌菜端上来,卫立然两眼放光,给儿子搛笋干、狮子头,催促儿子尝这尝那,关卫洋抓着筷子,兴致不如卫立然,对哪个菜都不感兴趣,勉强吃了两片腊肉,便玩起了手机。这饭吃得没意思了,卫立然试了几次,想让儿子放下手机专心吃菜,关卫洋倒不拧着性子,温顺地答应着,偶尔完成任务似的象征性从碗里随便挑着什么菜往嘴里塞那么一点,眼睛全程没离开手机。卫立然心生愤怒,却发不得火,在家里她也是这样一边吃饭一边看手机,可在外面尤其是公众场合,她是懂得收敛的。

这顿饭吃得不畅快。回到家后,卫立然思前想后,与老公在微信上沟通了一下,也豁然了,与其让关卫洋无精打采地待在家里,还不如放手让他去选择自己的生活。她来到儿子卧室,对抱着手机的儿子说:"我是去不成北京了,你既答应了苗媛媛,就去北京跟她们一起过年吧。她们娘儿俩也挺不容易的。"

关卫洋停下游戏,两眼顿时亮晶晶的,意识到自己压不住的笑意,随即把目光移开,装作游戏没停,盯着手机说:"看您说的,我哪能把妈一个人丢在家里,自己去玩呢?我得陪着我自己的妈。"

"行了,别装了,你妈这点眼力见能没有?瞧你嘴角那笑都快溢到地面上了。咱不玩言不由衷这套哈,留着甜言蜜语去哄女朋友吧,你妈早过了听这些话的年纪,你说给我是极大的浪费。"

关卫洋跳起来抱住母亲,摇晃着她亲了又亲,然后抓起手机查车票。当晚的高铁票还有剩余,也能赶得上,只是立马就走怕会伤了母亲的心。他还是选了转天的票,截屏发给苗媛媛,关卫洋与她在微信上又腻歪了许久,毫无悬念地失眠了。

第二天到了北京西站,与苗媛媛在站台上相拥时,关卫洋看到她的眼圈也是黑的,忍不住亲了一口,一日不见,如隔三秋,关卫洋这会儿觉得他和苗媛媛之间真的是爱情了。两人牵着手出站、打车,一直到了家门口,手都没有松开。望着紧闭的门,关卫洋把嘴贴在苗媛媛耳朵上说:"我心跳很快,不信你摸摸。"没等苗媛媛摸,门突然打开了,未来的丈母娘笑盈盈地站在门内,略带局促地说:"快进来吧,外面冷。"是够冷的,从出租车上下来才走了这么一段路,两个人已经冻得两腮通红了,一路上只顾欢喜,忽略了寒冷。

饺子已经下锅,关卫洋立马闻到熟悉的羊肉香味。一路想好的开场白还没说出口,一直没找到机会,苗媛媛的妈进门就去厨房忙乎煮饺子了,他惦记着要不要待会儿说出来,悄声问苗媛媛,她也没主意,让他看着办。饺子端上来,他让老人家坐下,唤了声阿姨,磕磕巴巴把开场程序走完,没想到苗媛媛的妈比他还尴尬,脸红得像喝了酒。不难看出,老人家是个心善之人,两只眼睛看向哪儿都觉不妥,身子前倾,屁股只坐半个椅子,手足无措,在女儿的男朋友跟前竟这般拘谨。唉,善良的人容易受伤害,她只比自己母亲大几岁,可两人要放在一起对比,自己的母亲看着可年轻多了,婚姻的不幸,给她多大的摧残啊。关卫洋心里一阵难受,赶紧撷起一只饺子,递到她碗里,他自己也赶紧吃了一口,连连称赞好吃,说这是他吃过的最好吃的羊肉馅饺子。

天气冷,不好在外面闲逛,经过苗媛媛同意,关卫洋从网上买了三张电影票,下午带娘儿俩去就近的华联购物中心影院,看了最新上映的影片,然后又去吃了顿西餐,关卫洋担心苗媛媛的妈吃不习惯,专门给她点了意大利面,三个人一家人似的,吃完饭一团和气地步行回家。

苗媛媛趁她妈洗澡时,凑到关卫洋跟前,悄悄跟他说,晚上先分开睡,待老太太睡着了,她会溜过来。"别到时锁死门,不让我进哦。"这话说到关卫洋心坎里去了,他早已按捺不住,把她揽在怀里不松手。听着卫生间的动静,她让他抱了一阵,然后默默挣出身子,去每个房间收拾床铺。为不打扰各自的睡眠,三人各占一屋,苗媛媛把两间朝阳的房间留给母亲和关卫洋,自己坚持住北面的小屋。关卫洋说什么都不同意,抱着枕头扎在北屋不出来,后来被苗媛媛的一句话赶了出来。她说："你把我们当成客人啊！"

最后，两人把带卫生间的主卧硬是让给了苗媛媛的妈，说是方便老人起夜，其实是为了两人合住一屋打下的基础。卫生间在卧室里，老人家夜里不好出来乱转，但关卫洋还是小心翼翼，生怕动静大了惹苗媛媛的妈不高兴。

六

过完年，"全省第一瀑布"重新开工，这次有省文旅集团的加持，工程规模比之前要大得多。元旦前，省长确定蹲点县为清宁，形势马上大变，不用领导出面或者暗示，之前态度倨傲的省文旅集团已闻讯凑了过来，他们很快组织人员来到清宁，通过再次考察论证，认为这个项目潜力很大，董事会研究决定注资投入股份。消息刚放出去，房地产老板李常荣立马从省城的工地赶回来参加竞标。

天气转暖，武原边上的工地为赶工程进度，日夜连轴转，为避免安全出现意外，关林浩亲自担任工程总指挥，当然，他的名字前面，挂着何书记的大名。这是规矩。常委会上，何书记提出不挂他的名字，正常的大项工作，像党建、教育、会议、日常工作已经够他忙的，工程那边根本无暇顾及，还是省了吧，他当即捏笔划掉自己的名字。到正式行文时，关林浩又给加上了，规矩是不能破的，责任也得担着，他不能给这个老滑头溜掉的机会。瀑布工程烂尾这几年，能够起死回生，是关林浩努力争取的结果，这是大家都知道的事实，可要做点事情，搞项目开发，尤其是动工程，就容易出事。不管是哪方面出了问题，领导都难辞其咎，上一任的遭遇就是教训，宁愿守住摊子，不作为，不出任何政绩，何书记也不想陷入泥淖，毁了前程，乃至一生。关林浩就不同了，正是年富力强能干事也想干点事的时候，占着这么好的位置，上班开会学习上级的指示，再开会把精神传达给下属，应付、奉迎，整天浑浑噩噩，那是他任副职时的状态，扶正后能说了算，谁还愿意继续缩着脖子呢，总得干点实事有明显的改变吧，不说为下一步提升打基础，就是为让人高看一眼，那也得出些政绩。能做事的位置，碌碌无为也是过错。除了县上的日常事务，关林浩把更多的精力投放到武原的工程上，在工地移动房搭就的指挥部里，他本来想留一间屋作为宿舍的，可实在太吵闹，根本睡不着。于是，秘书去岳王庙文管所，把所长的宿舍要过来，简单收拾了一下，供关林浩临时休息。刚开始他只来短暂的午休，后来春回大地万物复苏，岳王庙院内的海棠、玉兰开得灿烂无比，宜景怡情，会让他的心情松弛下来。偶尔偷个闲，他当自己是个游客，赏花观景，倒也轻松，就留下来过夜，晚饭后到工地各处走走，检查监督安全生产，也能给夜班工人提劲儿助力。回到岳王庙，沐浴在各种花香里，与值班人员闲聊历史人文，感叹岳飞的英勇忠烈，能开拓了思路，冒出不少新的想法。打造瀑布是为增强旅游项目,依托岳王庙,那就得让这个庙发挥作用。

关林浩叫来文旅局、发改委等相关单位领导,在武原实地考察,看看还能挖掘出哪些不为人知的人文历史,无论有无实际价值,只要存在,便可如灯火般点亮,成为岳王庙的点缀,也为将来的瀑布增光添彩。只是人文历史的挖掘还需时日,而且岳王庙存在已久,它的星火要么都刻在了墙上,要么早已如尘烟散去,就连地方史志上也没有可点亮的东西。但只要放开思路,各抒己见,再枯竭的河沟也能捞着几条瘦鱼,抛开动辄需要规划报送审批、招商引资的不着调主意外,还是碰撞出一个切实可行的法子:围绕岳王庙周边,让农民种植花卉,先弄几十亩花海,放到网上吸睛。省外不就有很多地方也造出过花海,那没有边界的色彩,对视觉极具冲击力,比如油菜花的活泼绚烂、玫瑰花的静谧高洁、薰衣草的典雅高贵,还有向日葵的沉稳艳丽,哪一种花海没成为游人津津乐道、趋之若鹜的景点呢。种花也是因地制宜,不用大动干戈,耽搁了农民种粮,要给予适当的补贴,正是开春播种好时节,拖延不得。关林浩回县里给何书记通过气,常委会上过了一下,立即采购来各色花种,统一播种后,让宣传部门充分发挥融媒体功能,在网上一番狂轰滥炸,效果立竿见影,花卉长了起来,花苞还没冒齐,游客已慕名而来,待花儿开放,岳王庙周围连停车的地方都难找了。武原乡政府人员全体下沉,指导当地农民移开房前屋后的杂物,开拓停车场,鼓励有条件的人家赶紧开办农家乐,不仅能拓展家庭经济,还可以成为岳王庙的景观。

暮春时节,花期正盛,游客越来越多,几个农家乐根本接待不过来,关林浩实地察看过几次,与乡政府商议,能不能铲除几块花田,抓紧搭建一个临时美食街,从县城抽调一批餐饮商加盟,给予适当的税收优惠政策。至于停车问题,是否从稍远点的麦田里开辟,关林浩下不了决心,原因是麦子已经抽穗,快灌浆了,农民肯定舍不得,这不是补偿多少的问题,粮食于他们就是天,没有什么可以大过天。想来想去,他登门去见李常荣,请他临时想个办法。李常荣得依靠政府扩大产业,县长能开这个口,他都得解决,他二话不说,当即拍着胸脯承诺,马上联系租赁一个临时停车楼,腾出工地材料场,组装起停车楼,解决燃眉之急。

武原的花卉种植在网络上掀起了热潮,引起了省长的注意。北方比不得南方的水土滋润,插根树枝都可能长出一片森林来,大面积的花卉种植在当地也有一定的难度,正因为如此,才尤显可贵。为此,省长专程赶来参观,面对壮观花海中游人如织,当场给予了肯定,认为这种投入小、成效大的做法值得在全省推广,让清宁县抓紧整理出经验材料,再把道路和配套设施修整完善一下,搞个全省旅游项目推广现场会,让经济欠发达县的领导都来看看,什么是不等不靠、发挥本地优势。

省长对瀑布工程的进展也很满意,这可是天大的惊喜。这样一来,清宁在全省就挂上号了,为下一步的旅游发展、招商引资奠定了坚实基础,更重要的是,为争取高铁站项目拉开了帷幕。关林浩很兴奋,瞅个饭后散步的机会,跟着省长散步,汇报下一步的思路。省长对清宁有个头脑清醒、敢作敢为的县长深感欣慰,鼓励关林浩放手去干,大胆往前走,只要不是劳民伤财、胡乱折腾,能为老百姓谋幸福的事,他和省里领导都会大力支持的。

现场会后,连一向往后缩的何书记也看到了光亮,接二连三地往武原跑,转一圈后,钻进岳王庙关林浩的临时宿舍里能喝半天的茶。

关林浩踌躇满志,对清宁和自己的未来充满了信心。

七

"五一"假期,卫立然来了一趟北京。事先,她给儿子打过招呼,说是"见未来的儿媳妇",申明自己得住几天,这回不住五星级宾馆,就住自己家里。她把北京的房子称为"自己家",谁也挑不出错。本来,苗媛媛还想着"五一"天气好,让自己的母亲来北京玩几天,这下不能来了,而且,连她自己住在首城华府也似有不妥。关卫洋对苗媛媛说:"别想太多,迟早得见,还不如早见早完事,古语怎么说的,'丑媳妇总要见公婆的'。"

"你说谁丑?"苗媛媛抓住这句不放。关卫洋赶紧道歉,收回古人的话,后来发现苗媛媛并不是真生气。她在意的是现实的观念差异问题,"我们这样住在一起,你妈不会轻看了我吧,以为我是个随便的女孩,毕竟,咱俩……"

关卫洋从未想过苗媛媛对于他们同居心里还是忐忑的,一时不知怎么回答,脑子犯起糊涂,竟然反问道:"你是想说,我们该确定关系了?"

苗媛媛一愣,脸色一暗:"那按你的意思,我们这是什么关系?"

关卫洋意识到自己说错话了,赶紧找补:"不是不是,咱们是恋爱关系,你是我女朋友啊。我就是觉得,我都见过你妈了,她对我也很好,为了让你安心,再见一下我的妈妈,这样双方家长都见过,咱们的关系不就确定下来了——不,是比现在更进一步……"

苗媛媛的神色缓了缓,瞥了一眼关卫洋,口气却不肯缓和下来:"我可没想那么远,又不是没人要,嫁不出去了,非得黏着你不撒手。"

关卫洋继续补救:"是我没人要,我想黏着你行不?我真没别的意思,就是想着咱俩相处了半年多,彼此都了解差不多了,也该考虑以后了。"

"现在不是考虑以后的时候。"苗媛媛打断他的话。

"为什么?"

"你爸妈没见过我,不清楚他们的态度。"

关卫洋本想说他们能在一起,都是父母最初态度坚决,但怕这句话会被误会成他对她并没啥意思,犹豫了一下才说:"你跟我谈对象,不关他们的事。"又故作姿态地说,"一辈子的事,难道你自己做不了主?"

苗媛媛不吭声,过了会儿,关卫洋才发现她在默默流泪。关卫洋有些心疼,把她拉进怀里,安慰起来,肉麻的话说了一大堆,苗媛媛似乎一句都没听进去,突然挣脱开,放声大哭起来。哭过,才告诉关卫洋,她怕,怕确定关系,怕结婚生子,主要是怕被人抛弃,像她妈那样,一个人不知偷偷流过多少眼泪。

关卫洋信誓旦旦,不停表明自己的心迹,这才慢慢将苗媛媛安抚好。

卫立然来北京后,与苗媛媛相处得还算融洽。苗媛媛无论长相还是气质,像儿子所说,还不错,能配上自己的儿子。只是有一点,卫立然心里有些不爽,这个女孩太不顾忌了,别说没过门,八字还没一撇呢,晚上与儿子同居一点也不避讳,门都懒得关,让她这个未来婆婆倒臊得慌,生怕听到不该听的声音,把自己的房门关得严严实实,热得一夜睡不踏实。第二天想一想,倒觉得是自己过于传统了,只要两个人愿意,随他们去吧。为表明自己的态度,卫立然从包里掏出两万块钱,作为见面礼交到苗媛媛手上。苗媛媛不肯接,两人推来让去,惹急了一旁的关卫洋,一把抓过去说了句"没人要,给我",扔在自己床上,等于替苗媛媛收下了。

假期的北京人满为患,去哪儿都是人挤人。关卫洋叫嚷着要去前门吃全聚德烤鸭,得让妈妈放回血。谁知叫了网约车,半天来不了,马路上根本看不到空着的出租车,他们三人只好去挤地铁,倒了几次地铁好不容易进了全聚德,里面同样人满为患,压根排不上号,点了份烤鸭外卖提溜着又挤地铁回来,烤鸭已经凉透了,加热后没了在店里吃的那份香脆。卫立然不爱吃烤鸭,嫌油太大,苗媛媛给她卷好,不吃不行,她强忍着油腻,吃了一个,坚持不再多吃一口。关卫洋看出来了,歉疚地说,忘了妈妈不爱吃烤鸭,附近有家店,主打北京菜,肯定有卤煮和爆肚,这就带她去吃。卫立然拉住儿子说,别去凑热闹了,去了肯定没有座位,还不如去超市买点菜,自己随便做点可口的。她买菜回来,炖了排骨,炒了腰花、蒜蓉菜薹,苗媛媛在每道菜里只撩了一筷头,儿子连筷子都没动一下。她心里不悦,一个人大吃大嚼,故意弄出很大动静,这才引起儿子的注意,放下手机,搂住她的脖子说:"妈,您别多想,这菜炒得很好吃,只是我俩吃多了烤鸭,肚子里实在装不下。"后来,卫立然才弄明白,儿子替苗媛媛打了掩护,苗媛媛不太爱吃这些家常菜,偏好半生的牛排,还有三文鱼刺身这些舶来菜。

随她吧,又不是和自己过日子。卫立然想得通。离开北京前,卫立然瞅机会与儿子交心,什么时候把关系确定了,住在一起名正言顺不是。

儿子看着母亲,认真地问:"妈,你觉得媛媛行吗?"

卫立然点点头:"我看着不错。你对她也不是嬉戏的态度,她眼里也装着你。"

顿了一下,觉得自己这样说怕有左右儿子想法的嫌疑,赶紧又说道,"你们是不是彼此理想的婚姻伴侣,这个我不能断定,得你们自己去体验和感受,日子还长,相信你们俩慢慢会心里有数的。不过儿子,妈从你身上看到了你爸的影子,懂得维护自己的女人。这个基因遗传得好啊,苗媛媛有福了。"说完心里话,卫立然美滋滋地回去上班了。

夏天的一个晚上,关卫洋打电话来跟母亲闲聊,突然转变话题,说苗媛媛的父亲突然联系她,与她打亲情牌,说当年离开其实是有苦衷的之类。十多年没见,媛媛都忘记他长啥样了,正苦恼要不要理他。

要在过去,或者这事落在别人身上,卫立然肯定会毫不犹豫地说,这种人不要搭理他,年轻风光的时候绝情转身,年纪大了,就一脸可怜地来寻亲情、找温暖,她厌烦这种手段卑劣、抛妻弃子的男人。但眼下,这个男人是苗媛媛的亲生父亲,她不能让自己的情绪被儿子传递给苗媛媛,让未来的儿媳妇觉得她心胸狭隘,还操心过度。反正与己无关,儿子也不过闲聊顺出来的话题而已。于是,她告诉儿子,这种事让苗媛媛自己拿主意就行,你说左说右都不合适,别掺和。

苗媛媛拿不定主意,给自己母亲说了此事,她妈刚开始态度很坚决,罗列很多当年的伤心事,诉不尽的艰难和辛酸。苗媛媛与母亲同心,决定不理会这个无情无义的父亲。可是到了秋天,北京最美的季节,她已经把这个父亲抛在脑后时,他却突然出现了,将她堵在校门口,说他得了大病,实在没办法才硬着头皮来找她。当时,苗媛媛嘴上挺硬,说她又不是医生,找她没用。

苗媛媛的父亲被病魔折磨成又瘦又小的老头儿,满眼含泪,不装也能看出他的可怜。他哭诉来北京三天了,挂不到医院的专家号,实在没辙才一路打听过来,在校门口等了她整整一天。

从校门出入的学生、教职员工,脚步再匆忙也要往苗媛媛这边瞅一眼。苗媛媛碍于脸面,将父亲带离校门,钻进旁边胡同的小饭馆里,给他买了碗炸酱面,谁知他吃不下去,挑着面条不往嘴里送,只是默默流泪。谁受得了这种场面,苗媛媛只能答应替他想办法。她能有什么办法,只能把苦恼说给关卫洋。

关卫洋不好推托,答应帮她看看能不能挂到肿瘤医院的专家号。可关卫洋哪有什么办法,为了尽快帮女友解决问题,他多花了两百块钱,从"黄牛"手里拿到专家号。苗媛媛把号送给父亲,觉得自己帮过他了,不想再牵扯过多,没打算陪他去医院,横下心离开了。

谁知国庆节前,苗媛媛再次被她父亲堵在学校门口,他告诉苗媛媛,他确诊了胃部肿瘤,得做切除手术。

关卫洋早在网上做好国庆长假攻略,要与苗媛媛去青岛吃三文鱼,车票和宾馆都订好了,这下彻底泡汤。关卫洋不知怎么劝苗媛媛,打电话问母亲的主意。

卫立然听后不知怎么回答才好,沉默了一下,问儿子是怎么想的。

"我能怎么想?这事看上去与我没关系,其实我躲不开。"关卫洋说,"起初媛媛很生气,问我怎么办,我就说凉拌呗,不理那个人好了。可她很苦闷,说是她亲生父亲,到这分上不理他,良心上过不去。可她怎么帮?住院得排队,说要等两至三个月才能住进去。从网上咨询了下,这个手术费少说得三十万块钱,我们都是学生,钱从哪儿来?"

卫立然替儿子发愁,他长这么大哪处理过这么大的难题?不能再给他增加压力,得想法子给儿子减压才对:"儿子,你先不要急,摊上这事别说你了,妈都不知道咋办。可是,妈要告诉你,这事你千万不要给人家拿主意,身份不一样,定不了,这也不是感同身受的事。至于手术费,妈说句不该说的,依照你们现在的关系,也不是你需要考虑的。这个时候很微妙,你跟媛媛说话时多动点脑子,千万别揽事,也别推脱事。车到山前必有路,事情总会得到解决的。"

"那好吧。"关卫洋对母亲这些话的理解是尽量置身事外,不主动去触碰,能拖则拖。可治病的事哪拖得过去?苗媛媛的父亲已经在肿瘤医院附近的地下室住着了,等着女儿送他进医院手术。苗媛媛不知道该以什么样的态度对待这个男人,她不能彻底迈过血缘这个坎,倒也不跟关卫洋讨主意,一个人不是哭就是发呆。关卫洋哪经历过这些,只能给母亲打电话讨应对办法。

一个八竿子打不着的人,还是个令人厌烦的人,卫立然哪有可行的办法。她与儿子扯东扯西,没有一条意见可以实施。好不容易把儿子搪塞过去,她打电话给老公,向他讨主意。关林浩这阵心情大好,瀑布工程进展顺利,花海帮衬到了点子上,虽然是秋天了,游客没春天那么多,但还是源源不断;蹲点的省长隔三岔五来县里住几天,关林浩陪省长去工地转转,吃饭、散步、聊天,俨然成了领导的亲信。有一天领导不经意地说了句,你要有挑重担的准备,肩膀这么厚实,那得给你多压点才对。这话说过刚一周,市委组织部来清宁搞第三季度例行考核班子,带队的高副部长与关林浩谈话时,问题还是老一套,眼神却有些躲闪,关林浩当时没多想。不久,他被召到市委,书记亲自跟他面谈,让他接替老何担任县委书记。至于老何,已报请省委,拟任市政协副主席。当然,关林浩提升,还得公示七天,报送省委组织部审批。

此等好事,关林浩从市委出来,等不到见面,就迫不及待打电话给老婆说了个大概。卫立然从哑谜似的话语里,听明白了实质内容,她很兴奋,说马上请假找个地方庆祝一下。关林浩告诉她,下午开常委会,他得赶回县里,这个时候得更谨慎才是,等周末回来在家里庆祝吧。

谁知,一个令人兴奋的周末过后,事情突然出现了变故,何书记被人举报,他任县长期间,给房地产开发商批地时,拿了百分之十的回扣。举报虽没有真凭实据,但得移送纪检机关,暂缓提升,待调查结果出来,另行处理。

这个时候,卫立然跟老公说未来儿媳妇家里的事情,关林浩烦死了,可他不能跟老婆在电话里说自己的烦恼,随口回道:"这算啥事呀,也来烦我。咱给他掏这三十万块手术费得了。"

"关林浩,你是不是没听明白,苗媛媛和关卫洋是男女朋友关系,还没成为我们的儿媳呢。她的父亲是当年抛弃了她们母女的负心汉,且不说苗媛媛自己有没有凭一己之力承担那个男人医药费的打算,我们,用什么身份,又凭什么掏这三十万块手术费?"卫立然很生气,她说这事不是想要关林浩直接解决,不过是听听他的看法,或者说建议,没想到他倒干脆,抛开所有外在的因素,直奔主题,干脆利落地给出了解决方案。这算什么?太不靠谱了吧。她真要气死了,这父子俩,真是没谁了。

这下关林浩不高兴了:"你怎么这样说?不是告诉过你,这个女孩是那个谁的外甥女,咱得对人家好嘛。"

"两回事。"卫立然断然道,"咱儿子对女孩好着呢,上次从北京回来后跟你说过。但苗媛媛的这个父亲得另当别论,如果他是个好父亲,得这么大病,咱帮一下理所应当,可他是这么个人,咱不能把钱塞进黑窟窿,连个响声都听不着。"

"你要听啥响声?"

"关林浩你要搞清楚,那个男人十几年前就与苗媛媛母女没有关系了,这回得大病了突然冒出来纠缠自己女儿,你觉得帮他是在帮苗媛媛还是在助长一个人的恶劣品行?还有,这样做,你考虑过苗媛媛母亲的感受吗?"

"那你说咋办?"

"我要能想到办法,就不跟你费口舌了。"

"我这忙得很,顾不过来。这事你费点心,想好了再对我说。"关林浩不给老婆再说下去的机会,直接挂断了电话。

"我又不是你的下属。"卫立然在心里恨恨地说了一句,把手机摔到沙发上。生了会儿闷气,她抓过手机,要给儿子诉说几句,可想着儿子大概也是愁结一身,就不要给他添堵了,便划拉开奢侈品网站,看有几款新品上线,点击进去逛了一圈又一圈,把什么烦恼都丢在了脑后。

八

"十一"假期,关林浩说省长要在清宁度过,他抽不开身回家,卫立然说,那她去清宁吧,反正不能去北京陪儿子,总不能整个假期都在她父母家里待着吧。关林浩沉默了,在卫立然的追问下,他惜字如金,说过会儿再打。卫立然心有不悦,不就是从老二升到老大吗,还不是一样的级别,至于吗?

过了一会儿,关林浩用司机的手机再打过来,说老何出了问题并简单讲了下情况。卫立然知道在电话里不便多问,可心里堵得慌,发了句牢骚:"谁这么缺德,处心积虑坏老何呀?"

"还能有谁? 用脚指头都想得到。"

"姜总还是张总? 还是包工程奸笑的那个房地产老板……"

"真服你了。"关林浩打断老婆,"你连脚指头都没启动。扯包工头干吗,他的钱从哪儿挣的? 打死他也不会做这种事。往别处想,谁最不舒服?"

卫立然脑子一闪,想到了供电局的那位高某人,刚要张口,被老公迅速堵住:"好了,不要说出口。我这阵陪领导,不要轻易给我打电话,有啥情况,我会主动找你的。记住,别乱打听。"

这一夜,卫立然失眠得很彻底。好几次,她握着手机调出了儿子的号码,却没拨出去。跟儿子说啥,她没想好。第二天上午她还在迷糊中,儿子却打来电话,说苗媛媛的父亲又来了,缠着他女儿,让找人帮他住进医院,尽快手术,他的病拖不起。

"苗媛媛是怎么想的?"卫立然问出这句话,心里很后悔。为什么要问她的想法,自己的脑子真是进水了。

果然,听上去关卫洋情绪极其烦躁:"别提了,妈妈,我都快烦死了。她遇事只会哭,哪有什么想法呀。上次您告诉过我,不要给她出主意,我说话像走钢丝,一个字一个字地往出吐,难受死了。妈妈,您说我该咋办呀?"

卫立然没好气地说:"是她苗媛媛该咋办,是吧? 你爸——又不是你爸病了,呸,瞧我这嘴,吃啥了。"

"瞧着媛媛挺可怜的,我想不行先让她那个父亲住过来,听说他住在地下室,潮湿不说,房租还不低。"

卫立然本想打断儿子,强忍住听完,才咬着牙说:"这是苗媛媛的意思?"

"没有没有,她没说过,但我看出来她有这个意思,只是我没说破。"

"那你就忍着,别说!"说完这句,卫立然降低声调,"儿子,妈知道你善良,咱们一家人都善良,像你爸就是太善良了,遭人欺啊。要我说呀,再善良也得有底线。不跟你扯了,我得去你姥姥家,他们催得我快疯了。"

说句实话,卫立然不爱回娘家,两个老人闲得没事,围住你什么都问。父亲会就国际形势提出匪夷所思的问题,母亲却细致到极点,会一脸神秘地问,天快冷了,她外孙带没带厚衣服。千万别冻感冒,难受着呢。这个对象快谈成了,他们要是结婚学校会不会反对。

每当这时,卫立然只能无奈地摇摇头,对两位老人说:"你们识文断字工作了一辈子,该懂得社会常识,怎么还问我这些问题?"

挨过长假,没有关林浩的消息,卫立然憋了两天,晚上拨打他的手机,没想到无法接通,拨了几次都是"无法接通"的语音回复,卫立然的心悬了起来。她没法冷静,调出关林浩司机的号码,还好,能拨通,只是对方不接听。接连拨打了三次,她才停手,不能再拨了,她精神快崩溃了。

临近晚上十点,司机回过来电话,说他一直在开车,不方便接电话。

"关林浩呢?他的手机无法接通。"

"关县长在开会,手机可能锁在屏蔽柜里了。"司机说完,却不挂电话,沉默了一阵,又说,"嫂子,我明天要去市里办事。不,关县长不去。他让我把你的电脑带回去,说你急着要的夏天带老人来清宁时的照片,全在电脑里。"

尽管卫立然听得一头雾水,可她没向司机提问。她脑子里已乱成一团,有种不祥的预感,"电脑""照片"与她无关,老公肯定有别的用意,这个时候不能再添乱。

第二天一上午,卫立然心神不宁,没等来司机的电话,她本想打过去问下他到了哪里,觉得不妥,便忍住了。中午快下班时,司机打来了电话,说他先去办事了,现在把电脑送过来,问送到家里还是单位。

卫立然不假思索地回答:"送家里吧。"她穿上外套跑下楼,开车直奔家里。路上有点堵,等到了小区门口,她看到老公的黑色奥迪车停在门侧,便开车过去停在旁边,下车去取电脑。司机不让,非要给她送到家里,还从后备箱里搬出两箱水果,说是关县长让拿回来的。

进屋放下东西,卫立然让司机稍等,她带他去外面吃饭,家里没有菜,她做不了饭。司机说他吃过了,马上就走,却站着不动。卫立然让他坐,要给他倒茶,司机不让,仍站着,欲言又止的样子。卫立然快急死了,她惦记着电脑里老公的东西,诚恳地请司机有话就说,别有顾虑。

司机这才说:"嫂子,我跟了关县长五年,比他的秘书还要亲近,县长与什么人交往接触,我最清楚了。"

卫立然赶紧鼓励:"那是,我们家林浩经常跟我念叨你呢。"

"可有人往县长身上泼脏水,他怎么可能外面有别的女人呢!别说我不信,大家都不信,可那些嚼蛆的非要埋汰县长,是看他要升了,故意害他呢。嫂子,关县长是什么人,你比我清楚,可不能上了那帮浑蛋的当啊……"

司机怎么走的,他后面还说了些什么,卫立然一点都记不清了,她脑子里一片空白,散架似的瘫在沙发里。直到觉得冷了,扯过外套往身上盖时,看到茶几上的电脑,她才起身把电脑拿到书房打开,找到标着"清宁照片"的文件夹想点开,发现需要密码才能进入。她略加思索,输入了儿子的生日,顺利打开。在一堆照片里,她找到一张比较模糊的图片,点开后看到老公的留言:扯上我了,省城房子是个炸弹,引信在你手里,无论谁问,你要一口咬定,不知此事! 房子与你我无关,上半年已过户到那个人表妹的名下了,他们顺藤摸瓜,从不动产那里摸到了你的名字,非说这个女人也与我有关。哼哼!

这个女人是司机所说的那个人吗? 卫立然一会儿确定,一会儿又否定。她认为眼下这一点都不重要,她的心思已经飞到更远的地方。起来、坐下,出去、进来……整个中午,她魂不守舍,把自己折腾得浑身无力,实在忍不住,她歪倒在书房地板上,哆嗦着拨打儿子的电话。刚一拨通,儿子就接了,却压低声音说,他正在听导师讲论文,如果没啥急事,待会儿再说。

卫立然竟然没反应过来,她问道:"急事? 什么是急事! 房子算得了急事吧?"

关卫洋不知所措,小心地说:"妈,您别急呀,我不会让她爸住进来的,这是你们给我的婚房,不是啥人都能住的。"

【作者简介】温亚军,1967年10月出生于陕西省岐山县,1984年年底入伍,现居北京。著有长篇小说《西风烈》《伪生活》等七部,小说集二十多部,以及《温亚军文集》(五卷)。曾获第三届鲁迅文学奖、第十一届庄重文文学奖、首届柳青文学奖,以及《小说选刊》《中国作家》《上海文学》等刊物奖。部分作品被翻译成英、日、俄、法等文字。